世界の児童文学
登場人物索引

単行本篇

2011-2013

An Index

of

The Characters

in

Foreign Children's Literature

Published in 2011-2013

刊行にあたって

　本書は、小社の既刊 「児童文学登場人物索引アンソロジー篇　2003-2014　日本と世界のお話」 の姉妹版にあたるものである。

　また、先に刊行した「世界の児童文学登場人物索引　単行本篇　2008-2010」に続く継続版にあたるものである。

　採録の対象期間は 2011（平成 23）〜2013（平成 25）年とし、その３年間に国内で翻訳刊行された海外の児童文学の単行本作品の中から主な登場人物を採録し、登場人物から引ける索引とした。

　前刊「世界の児童文学登場人物索引　単行本篇　2008-2010」と同様、図書館の児童書架に置かれた書籍群の中から翻訳された外国人作家による文学作品を採録対象として主な登場人物を拾い出し、名前、年齢や短いプロフィールを抜き出して、人物名から作品を探せる索引とした。

　この索引は、外国の児童文学の作品の中から登場人物の名をもとに目当てのものを探すための索引である。しかし、何らかの目的を持った探索だけでなく、これらの豊富な作品群の中から、読んでみたい、面白そう、内容に興味が涌く、といった作品の存在を知り、そしてまったく知ることのなかった作品に思いがけず出会うきっかけにもなり得る一覧リストである。

　学校内で子どもたちが読書をする場所や、図書館のレファレンスの現場で利用していただきたい。

　そして、これ自体も一つのブックガイド、または登場人物情報として、児童であれ成人であれ、まだ知らない児童文学作品や物語を知ることのきっかけになればとも望んでいる。

　既刊の「世界の児童文学登場人物索引」（アンソロジー篇・単行本篇）、「世界の児童文学登場人物索引　単行本篇　2005-2007」、「世界の児童文学登場人物索引　単行本篇　2008-2010」、続刊予定の登場人物索引などと合わせて活用いただけることを願ってやまない。

2018 年 2 月

DBジャパン編集部

凡例

1. 本書の内容

　本書は国内で翻訳刊行された海外の児童文学（絵本、詩を除く）の単行本に登場する主な登場人物を採録した人物索引である。

2. 採録の対象

　2011 年（平成 23 年）〜2013 年（平成 25 年）の 3 年間に日本国内で翻訳刊行された海外の児童文学の単行本 688 作品に登場する主な登場人物のべ 2,817 人を採録した。

3. 記載項目

　登場人物名見出し ／ 人物名のよみ

　学年・身分・特長・肩書・職業 ／ 登場する単行本の書名 ／ 作家名；訳者名；挿絵画家名 ／出版者（叢書名） ／ 刊行年月

（例）

アーサー・ジョサイア・トレント（AJT） あーさーじょさいあとれんと（えいじぇいてぃー）

ケイヒル家一族の若きリーダー・エイミーとダン兄妹の死んでしまったはずの父親 「サーティーナイン・クルーズ 14 天文台の謎」 ピーター・ルランジス著；小浜杳訳；HACCAN イラスト メディアファクトリー 2013 年 6 月

　　1) 登場人物名に別名がある場合は（ ）に別名を付し、見出しに副出した。
　　2) 人物名のよみ方が不明のものについては末尾に＊（アステリスク）を付した。

4. 排列

　　1) 登場人物名の姓名よみ下しの五十音順とした。「ヴァ」「ヴィ」「ヴ」

「ヴェ」「ヴォ」はそれぞれ「バ」「ビ」「ブ」「ベ」「ボ」とみなし、「ヲ」は「オ」、「ヂ」「ヅ」は「ジ」「ズ」とみなして排列した。

2) 濁音・半濁音は清音、促音・拗音はそれぞれ一字とみなして排列し、長音符は無視した。

5. 採録作品名一覧

巻末に索引の対象とした作品名一覧を掲載。

（並び順は児童文学作家の姓の表記順→名の順→出版社の字順排列とした。）

登場人物名目次

【あ】

アイアース	1
アイオナ・マクネア	1
アイク	1
アイバースン	1
アイビー・ベガ	1
アイリス	1
アイリーン・ハリス	1
アイルペサス	1
アイルランドのおじさんたち	1
赤ちゃんパンダ　あかちゃんぱんだ	1
アガメムノーン	2
アキレウス	2
アクセルロッド	2
アークタ	2
アグネス	2
アグネス・ソウワーバッツ	2
アークライト	2
アーサー・クロース	2
アーサー・ジョサイア・トレント（AJT） あーさーじょさいあとれんと（えいじぇいてぃー）	2
アーサー・ペンハリガン	2
あしながおじさま	2
あしながおじさん	3
あしながおじさん（ジョン・スミス）	3
アシラ	3
アスカン	3
アダム	3
アッカ	3
アティカス・ローゼンブルーム	3
アティクス	3
アデレード（ミス・ベヴァン）	3
アナ	3
アナ	4
アナベス	4
アナベス・チェイス	4
アナベル・ドール	4
アニー	4
アニィ	4

アニータ・ブルーム	5
アニドリィ・キラドラ・タリアンナ・イシリー（アニィ）	5
アバラ・ロッコツ	5
アビー	5
アビー・ウエスト	5
アーヒエ	5
アビー・カーソン	6
アブドゥル	6
アブ・ハッサン	6
アブラハム	6
アヴロム・アモス	6
アペプ	6
アーベルチェ・ルーフ	6
アマサ・マコーマー夫人（ケイトおばさん）　あまさまこーまーふじん（けいとおばさん）	6
アマゾン・ハント（ゾニー）	6
アマデウス	6
アマンド	7
アミーラ	7
アームストロング	7
アメリア	7
アーメンガード	7
アーメンガード・セント・ジョン	7
アモン	7
アーヤ・ツール	7
アヤーナ・バヨ	7
アラヤ	7
アリ	7
アリ	8
アリー（アリス・モーガン）	8
アリ（アリソン・オドウヤー）	8
アリ（アリソン・キャサリン・ミラー）	8
アリアトゥ	8
アリア・モンゴメリー	8
アリア・モンゴメリー	9
アリウス	9
アリシア・デュニック	9
アリーシャ・デービス	9
アリス	9
アリスター	9

アリスター・マックーリー	9
アリステア・オウ（アリステアおじさん）	9
アリステアおじさん	9
アリス・ディーン	9
アリス・ディーン	10
アリス・バンダーズ	10
アリス・モーガン	10
アリソン・オドウヤー	10
アリソン・キャサリン・ミラー	10
アリソン・ディローレンティス	10
主　あるじ	10
アルストン・ネガティブ	11
アルトゥーロ	11
アルドリッチ・キリアン（キリアン）	11
アルバート	11
アルバート・ナラコット	11
アル・ハーフィ	11
アルビナ	11
アルビン	11
アルフィー（エルフ）	11
アルフィー（エルフ）	12
アルフィー・メイソン	12
アルフォンソ	12
アルランド	12
アレイク・アマボ	12
アレキサンドリア・ファー	12
アレクサンドロス王子　あれくさんどろ	12
すおうじ	
アレクシア（レクシー）	12
アレックス	12
アレッシア・メディチ	12
アレッシオ	13
アン	13
アン・オマケー（アン女王）　あんおま	13
けー（あんじょおう）	
アンガス	13
アンガス・オーグ	13
アンゴラッド	13
アンジェリカ	13
アン・シャーリー	13
アン・シャーリー	14
アン女王　あんじょおう	14

アンダース・バーグストローム教授	14
あんだーすばーぐすとろーむきょう	
じゅ	
アントニウス	14
アントニオ	14
アント・ハット	14
アンドリュス・アルヴィダス	14
アンドルーシク	14
アンドレイ	14
アンドレス	14
アントレル	14
アンナ	14
アンナ	15
アンナ・スマッジ	15
アンナ・ハイビスカス	15
アンネ	15

【い】

イアン	15
イアン・カブラ	15
イーガン	16
イクネルド卿　いくねるどきょう	16
イザベラ	16
イザベル・カブラ	16
イサボー	16
イザヤ・ストームワーグナー	17
イシィ	17
イシェル	17
イシェル	18
イースターバニー	18
イズールト	18
いたずら姫　いたずらひめ	18
イツアムナ（ボッシュ）	18
イップ	18
イヌ	18
犬（ティロウ）　いぬ（てぃろう）	18
犬（ホットドッグ）　いぬ（ほっとどっぐ）	18
イノセント	18
イバンス	19
イビル	19
イヴ	19

(2)

イメルダ・スモール	19
いやいや姫　いやいやひめ	19
イルマ・レアー	19
イーロ	20
イワーシェチカ	20
イワン	20
イワン・ヴァンコ	20
インガ王子　いんがおうじ	20
インジャン・ジョー	20
インジラ	20
インディ	20

【う】

ウィギンズ	20
ウィギンズ	21
ウィニー・スワンソン	21
ウィノナ・ウィルソン	21
ウィリアム	21
ウィリアム・ケッチーノ・スティルトン	21
ウィリスさん	21
ウィル	21
ウィルおじいちゃん	21
ウィルキレン	22
ウィルコックス	22
ウィル・ジュニア・ミークス	22
ウィル・バンドム	22
ウィル・ピゴット	22
ウィルヘルム	22
ウィロー	22
ウィン	22
ウィング・ファンチュウ	23
ウィンスロー・ウィルソン	23
ウィンディバンク	23
ウェスター・フラック	23
ウェッブ	23
ウェーバー先生（コンラート・ウェーバー）　うぇーばーせんせい（こんらーとうぇーばー）	23
ウェルギリウス	23
ウォーカー・ウォレス	23
ウォリス・ウォレス	23

ウォリス・ウォレス	24
ウォルター	24
ウォルター・ウィルソン	24
ウォルター・テイト	24
ウォルト・ストーンズ	24
ウォーレンおじさん	24
ウグ	24
ウグラ	24
ウート（さすらいのウート）	24
ウード・モクスレー・ランダそン・オブ・ソレル	24
馬　うま	24
馬（ナンジ・リム）　うま（なんじりむ）	24
海の乙女　うみのおとめ	25
ウラジーミル・メンシコフ	25
ウリ	25
ウルフ	25
ウンチャイ	25

【え】

Ａ　えー	25
Ａ　えー	26
エアレス	26
AJT　えいじぇいてぃー	26
エイダン・リディ（最高司令官）　えいだんりでぃ（さいこうしれいかん）	26
エイト	26
エイドリアーナ・ローナン	26
エイナル・アンデション	26
エイブ・ウォード	26
エイブラハム・ギブズ	26
エイプリル・フィネモア	26
エイヴォン	26
エイミー	26
エイミアス・クロウ	26
エイミアス・クロウ	27
エイミー・ケイヒル	27
エイミー・モード	27
エイモス	28
エイモス・ケイン	28
エクセリノール	28

エグランタイン夫人　えぐらんたいんふじん	28
エグランティン	28
エーコ	28
エゴベルト	28
エージェントP　えーじぇんとぴー	28
エズミ	28
エッグズ・スパークス（エグランティン）	28
エッタ	28
エディ	29
エドガー・ライス・バローズ（ネッド）	29
エドナ・ボウエン	29
エドメ	29
エドワーズさん	29
エドワード	29
エドワード・ティーチ	29
エドワード・ブランデーワイン	29
エナ	29
エバ・エイト（エイト）	29
エバ・ナイン	29
エバ・ナイン	30
エバノラ	30
エヴァリン	30
エヴァリン（カサンドラ王女）　えばりん（かさんどらおうじょ）	30
エバン・トリバー	30
A.V.ヴァーガ　えーびーばーが	30
エファ	30
エベレット	30
エマ	30
エミリー	31
エミーリエ	31
エミリー・フィールズ	31
エミリー・ワイルド	31
エーミール	31
エム・イー（マリアエレナ・エスペラント）	31
エムおばさん	31
エラク	31
エラク	32
エラゴン	32
エリー	32

エリオット	32
エリオン・ポートレト	32
エリオン・ポートレト	33
エリクソン夫人　えりくそんふじん	33
エリザ・フロット	33
エリザベス	33
エリザベス（ベス）	33
エリザベス・グレーソン	33
エリザベス・ペニーケトル（リズ）	33
エリーザベト	33
エリック	34
エリック（オペラ座の怪人）　えりっく（おぺらざのかいじん）	34
エリック・カルフーン（モービー）	34
エリナ	34
エリノア王妃　えりのあおうひ	34
エリー・マクドナルド	34
エリヤフ	34
エルザ・ホフ	34
エルゼ	34
エルドウェン	35
エルフ	35
エルメンリッヒ	35
エレナ	35
エレーナ・ヴィルカス	35
エロル夫人　えろるふじん	35

【お】

オーウェン・トマス・グリフィス	35
オウマー・チープ	35
オーエン・ウォルターズ	36
大おとこ　おおおとこ	36
オオカミ	36
おおきなゆうれい（フーパーせんちょう）	36
おかあさん	36
お母さん　おかあさん	36
お母さん（ペフリング夫人）　おかあさん（ぺふりんぐふじん）	36
おかあさん（ヘンリエッタ）	36
おかあさん（リジー）	36

オーガスタス	36	お父さん　おとうさん	41
オーク	36	おとうさん（エベレット）	41
オクサ・ポロック	36	お父さん（ペフリング氏）　おとうさん	41
オクサ・ポロック	37	（ぺふりんぐし）	
オジー（オズグッド・マニング）	37	弟　おとうと	41
おじいさま（ウィリアム・ケッチーノ・ス	37	男　おとこ	41
ティルトン）		乙女（海の乙女）　おとめ（うみのおと	41
おじいさま（ドリンコート伯爵）　おじい	37	め）	
さま（どりんこーとはくしゃく）		オニたち	42
おじいさん（老人）　おじいさん（ろうじ	37	おねだり王子　おねだりおうじ	42
ん）		おばあさん	42
おじいちゃん	37	おばあさん（魔女）　おばあさん（ま	42
おじいちゃん（ウォルター・テイト）	37	じょ）	
おじいちゃん（長老ティム）　おじい	37	おばあちゃん	42
ちゃん（ちょうろうてぃむ）		おばあちゃん（ヤン・リンおばあちゃ	42
おじさん（コルネリウス）	37	ん）	
おじさん（スクルージ）	38	オバディア・ステイン	42
オーシャン・カーター	38	オパール	42
オジョ	38	オビディア・フラッド	42
オズ	38	オブシディアン・ダーク（ダーク）	42
オズ（オスカー・ディグス）	38	オーブリー	42
オズ（魔法使いオズ）　おず（まほうつ	38	オブリヴィア・ニュートン	43
かいおず）		オペラ座の怪人　おぺらざのかいじ	43
オスカー	38	ん	
オスカー・ディグス	38	オームストーン	43
オズガ姫（バラの姫）　おずがひめ	39	オリー	43
（ばらのひめ）		オリビア	43
オスカー・ピル	39	オリビア・アボット	43
オズグッド・マニング	39	オリビエ	43
オズさま	39	オリン・ワトキンズ	43
オズマ姫　おずまひめ	39	オルドウィン	43
オズマ姫　おずまひめ	40	オールド・キルジョイ	44
オーソン・マックグロー	40		
おちびちゃん	40	【か】	
オット	40		
オットー	40	母さん　かあさん	44
オットー・ハラグロ卿　おっとーはらぐ	40	母さん（キャロライン）　かあさん（きゃ	44
ろきょう		ろらいん）	
オットー・マルペンス	41	母さん（キャロライン・インガルス）　か	44
オティ	41	あさん（きゃろらいんいんがるす）	
オーディーン	41	かあさん（ミセス・マッキー）	44
オデュッセウス	41	ガイア	44
おとうさん	41	カイウス	44

(5)

ガイコツじいさん	44	カリコ王　かりこおう	48
カイサ	44	カリスフォードさん	49
怪物　かいぶつ	44	カリスフォード氏　かりすふぉーどし	49
カイ・マーカム	44	カリス・ワッツ	49
カイ・マーカム	45	カリム	49
カイル	45	カール	49
カイル・ブルーマン	45	ガルゲ	49
ガウェイン	45	カルシファー	49
カエルマン	45	ガルバトリックス	49
かかし	45	カルホーン軍曹　かるほーんぐんそう	49
かかし	46	カルロス	49
かかし（かかし陛下）　かかし（かかし	46	カルロス・モントヨ	49
へいか）		カルロッタ	50
かかし陛下　かかしへいか	46	ガレス	50
影（死の女）　かげ（しのおんな）	46	カロリーナ	50
カサンドラ王女　かさんどらおうじょ	46	カロリーナ・モラーチェ	50
ガズークス	46	ガンサー・ウルフ（ウルフ）	50
カスパール	46	カンダリン（イズールト）	50
カーター・ケイン	46	ガンボ	50
カダリー	46		
カチューシカおばさん	47	【き】	
カッシア・マリア・レイズ	47		
カート・コナーズ博士　かーとこなー	47	キーアン	50
ずはかせ		キオーナ	51
カドマス・プライド	47	キキー	51
ガーネット	47	キキ・アル	51
ガーフェース	47	キット	51
ガフ将軍　がふしょうぐん	47	キツネ	51
ガブナー・パール	47	ギデオン・ケイヒル	51
ガブリエル	47	ギブズ（エイブラハム・ギブズ）	51
ガブリエル・オブライエン	48	キャサリン・ブルック	51
ガブリエル・キティグナ・テッソウアト	48	キャシー	51
カミカジ	48	キャスパー・ワイオミング	51
カーミット	48	キャッチポール巡査部長　きゃっち	52
カミーロ	48	ぽーるじゅんさぶちょう	
カム	48	キャッティ・ブリー	52
ガラスのネコ（ヘマ子）　がらすのねこ	48	キャット	52
（へまこ）		ギャビン	52
カーラ・フィンチ	48	ギャビン・ブロムフィールド（サンドマ	52
カラム・マグレガー	48	ン）	
カーリ	48	キャプテン・ジャック・スパロウ	52
カリカリ	48	船長ジョン　きゃぷてんじょん	52

(6)

船長ジョン　きゃぷてんじょん	53
船長ナンシイ　きゃぷてんなんしい	53
船長フリント　きゃぷてんふりんと	53
キャベンディッシュ	53
キャリー	53
キャリコ	53
キャルパーニア・ヴァージニア・テイト	53
（コーリー・ヴィー）	
キャロライン	53
キャロライン・インガルス	53
キャロライン・インガルス	54
キャロライン・ベル	54
ギャントリー判事　ぎゃんとりーはん	54
じ	
Q　きゅー	54
ギュス	54
巨人の女房　きょじんのにょうぼう	54
ギラン	54
キリアン	54
キリエル	54
キルディーン	54
ギルバート	54
ギルバート・ブライス	55
キンギョソウ	55
キング	55

【く】

クーイーオー女王　くーいーおーじょ	56
おう	
クイン・キィ	56
クイーン・ハラグロ	56
グウィネスおば	56
グウィネヴィア	56
グウィラナ	56
グウィラン	56
グウェン・ステイシー	56
グウェンドレン	57
グウグウ（赤ちゃんパンダ）　ぐうぐう	57
（あかちゃんぱんだ）	
グエン	57
クエンティン（Q）　くえんてぃん	57
（きゅー）	

グエンドリン	57
クエントン・コーエン	57
グエンワイヴァー	57
ククブ	57
クサンチップス先生　くさんちっぷす	57
せんせい	
グスタフ	57
首なしの騎士　くびなしのきし	57
クプカ	58
クマ	58
クラターフーンさん	58
クラッジ	58
グラッフェン	58
グラディス	58
グラン	58
クリス・コリンズ	59
クリスチーヌ	59
クリスチャン	59
クリスティーナ・バルコニー	59
クリストファー	59
クリスマスの精霊　くりすますのせい	59
れい	
グリーズル	59
グリッグス先生　ぐりっぐすせんせい	59
グリット・トログ	59
クリフォード・ナンス弁護士　くり	59
ふぉーどなんすべんごし	
グリマルキン	60
グリムさん	60
グリンダ	60
クルー大尉　くるーたいい	60
クルト・フォン・シュタウフェン	60
クレア	60
クレア・ロドリゲス	60
クレイグ	60
グレイフライアーズ・ボビー	60
クレオ・ファー	61
グレース	61
グレース・ケイヒル	61
グレース・テンペスト	61
グレース・テンペスト	62
クレッキー	62

(7)

グレッグ	62	ケン	66
グレーテル	62	ケンジ	66
クレフ	62		
クレメント・ラーション	62	**【こ】**	
黒いプリンス　くろいぷりんす	62		
クロウ	62	公園管理人　こうえんかんりにん	66
クロウ先生（エイミアス・クロウ）　くろ	62	コウシャク	66
うせんせい（えいみあすくろう）		公女さま　こうじょさま	66
クロウ先生（エイミアス・クロウ）　くろ	63	校長（ホートレイ先生）　こうちょう	67
うせんせい（えいみあすくろう）		（ほーとれいせんせい）	
クロエ・キャンフィールド	63	校長先生　こうちょうせんせい	67
クロス	63	皇帝（シャー・ジャハーン皇帝）　こう	67
グロックル	63	てい（しゃーじゃはーんこうてい）	
クローディアス・ラピエ	63	ココ・デュビュッフェ	67
黒ひげ（エドワード・ティーチ）　くろひ	63	ココ・ミリッチ	67
げ（えどわーどてぃーち）		ゴス王　ごすおう	67
黒服の男　くろふくのおとこ	63	コスター	67
クワッキー	63	コゼット	67
クンクン	63	コーディ（ダコタ・ジョーンズ）	67
		コーテックス教授　こーてっくすきょう	67
【け】		じゅ	
		ゴーテル	68
ケイシー・ハップルトン	64	ゴードン	68
ケイティ・ガラハー	64	コナー	68
ケイデンス	64	コナー・オマリー	68
ケイト	64	コナー・テンペスト	68
ケイトおばさん	64	コナー・ブロークハート	68
ケイト・オープンショー	64	コーネリアス	69
ゲイリー	64	コーネリア・ヘイル	69
ケイレブ・ブラウン	64	コブ	69
ケイン	64	コーラル	69
ケエキ	65	コリーナ	70
ゲージ	65	コーリー・ヴィー	70
ゲシェム	65	コーリン	70
ケニー	65	ゴルゴ	70
ゲニア	65	コル女王　こるじょおう	70
ケブ監督　けぶかんとく	65	コルネリウス	70
ケーラ	65	ゴルバ	70
ケリー	65	コンカース	70
ゲリック	65	コンラッド男爵　こんらっどだんしゃく	70
ケール	65	コンラート・ウェーバー	71
ケン	65		

【さ】

サー（サーラベッタ）	71
サイクン	71
最高司令官　さいこうしれいかん	71
ザイチク（サーシャ・ザイチク）	71
サイード	71
サイモン	71
サイモン・スペクター	71
サイモン・フォックス	71
サイモン・ブルーム	71
サオ・フェン	71
ザクネイフィン	72
サクラソウ	72
サーシャ・ザイチク	72
サーシャ・トンプソン	72
サースキ	72
サストランク先生　さすとらんくせんせい	72
さすらいのウート	72
サタデー	72
作家（スキップストーン）　さっか（すきっぷすとーん）	72
サッカリン	72
ザック	72
サッシ	72
サディード・バヤト	73
ザナ・マーティンデイル	73
サバンナ・ショー	73
サービス	73
サフィラ	73
サブラルカン	73
サマー・ハモンド　さまーはもんど	73
サミ	73
サミー・バンクス	74
サミュエル（サム）	74
サミュエル王　さみゅえるおう	74
サム	74
サム・シルバー	74
サラ	74
サラ	75
サラ・アボット	75
サラディン	75
サラ・バーンズ	75
サーラベッタ	75
サリー	75
サリー（ジェームズ・P・サリバン）　さりー（じぇーむずぴーさりばん）	75
サリー・ガラハー	75
サリー・ジョーンズ	75
サリー・ボーンズ	75
サル	75
サルヴァ	75
ザンコック王　ざんこっくおう	76
ザンダー・ゼルト	76
ザンダップ教授　ざんだっぷきょうじゅ	76
ザンダー・トーマス・カロウ	76
サンダーハート	76
ザンダー・ホームズ	76
サンデー	76
サンドマン	76

【し】

シアラ	76
ジェイキット（ジェイポー）	77
ジェイク	77
ジェイク・オールドフィールド	77
ジェイク・ジョーンズ	77
ジェイク・スケルトン（ガイコツじいさん）	77
ジェイク・トゥルーハート	77
ジェイク・ローゼンブルーム	77
ジェイコブ・クート	77
ジェイコブ・ピアーズ	77
ジェイコブ・マーレイ	77
JJ・リディ　じぇいじぇいりでぃ	78
JCスター　じぇいしーすたー	78
ジェイソン・グレイス	78
ジェイソン・コヴナント	78
ジェイソン・コヴナント	79
ジェイフェト・マクレディ（バイブル・J）　じぇいふぇとまくれでぃ（ばいぶるじぇい）	79

ジェイポー	79	シスター	84
ジェイムズ・ハンター	79	シター	84
ジェイムズ・ハンター	80	シッセ	84
ジェシカ	80	シッポーノ・ニャンバルト	84
ジェシカ・ハート（ジェス）	80	シドリオ	84
ジェシー・フィン	80	ジーナ	84
ジェス	80	ジーナ・ホームズ	84
ジェゼベル	80	ジーナ・ホームズ	85
ジェニー	80	ジーニー	85
ジェニー・リンスキー	80	ジニア姫　じにあひめ	85
ジェニーン	81	死の女　しのおんな	85
ジェファーソン・ホープ	81	シーバー・ナイル（師匠）　しーばーな	85
ジェフィ	81	いる（ししょう）	
ジェフリー	81	シビル・ウィリス（ウィリスさん）	85
ジェフロ・ルーカッスル（ルーカッスル）	81	シム	85
ジェームズ・アダムズ	81	ジム	85
ジェームズ・ウィンディバンク（ウィン	81	ジム（ジェームス・テイラー）	85
ディバンク）		ジムおじさん（船長フリント）　じむおじ	85
ジェームズ・カニンガム	81	さん（きゃぷてんふりんと）	
ジェームス・テイラー	81	ジムおじさん（船長フリント）　じむおじ	86
ジェームズ・テリク	81	さん（きゃぷてんふりんと）	
ジェームズ・P・サリバン　じぇーむず	82	ジム・ブラディング	86
ぴーさりばん		シャイアン・ワイオミング	86
ジェームズ・ローズ中佐（ローディ）	82	ジャーウッドさん	86
じぇーむずろーずちゅうさ（ろーでぃ）		ジャクソン・コールフィールド	86
GM451　じーえむよんごーいち	82	ジャクソン・トゥルーハート	86
シエラ	82	ジャコ	86
シェリー	82	ジャコット・トゥルーハート	86
ジェルーシャ・アボット	82	シャー・ジャハーン皇帝　しゃーじゃ	86
シェルドン・クロー	82	はーんこうてい	
ジェルバーティさん	83	ジャスパー	86
シェルビー・トリニティ	83	ジャスミン	87
ジェレミー・ピッツ（ピッツ博士）　じぇ	83	ジャスミン・スミス	87
れみーぴっつ（ぴっつはかせ）		ジャッキー（ジャック・スパロウ）	87
ジェレミー・ロング	83	ジャッキー・カラス	87
ジェロニモ・スティルトン	83	ジャッキー・トゥルーハート	87
ジェンキンス	83	ジャック	87
ジェントルマン・ジョカルト（ガンボ）	83	ジャック	88
ジェンナ・フォックス	83	ジャック	89
シーグ・アンデション	83	ジャック（キャプテン・ジャック・スパロ	89
シサンダ	83	ウ）	
シシィ	83	ジャック（チェロ少女）　じゃっく（ちぇろ	89
師匠　ししょう	84	しょうじょ）	

(10)

ジャック・カーター	89
ジャック・ガーディナー	89
ジャック・カボチャアタマ	89
ジャック・クロスビー	89
ジャックさん	89
ジャック・スパロウ	90
ジャック船長（ジャック・スパロウ） じゃっくせんちょう（じゃっくすぱろう）	90
ジャック・タッカー	90
じゃっく・トゥルーハート	90
ジャック・トゥルーハート	91
ジャック・ホーガン検事　じゃっくほー がんけんじ	91
ジャック・リーパー	91
シャドウ・ロード	91
シャネイド・スターリング	91
ジャービス・ペンデルトン	91
ジャービス・ペンドルトン	92
ジャビーぼっちゃま（ジャービス・ペン デルトン）	92
ジャービーぼっちゃん（ジャービス・ペ ンドルトン）	92
シャベリスキー	92
シャーロック・ホームズ（ホームズ）	92
シャルロット	92
ジャレット・フィンチ	92
シャーロック・スコット・ホームズ	92
シャーロック・ホームズ（ホームズ）	92
シャーロック・ホームズ（ホームズ）	93
シャーロック・ホームズ（ホームズ）	94
シャーロック・ホームズ（ホームズ）	95
シャーロット	95
ジャン・バルジャン（マドレーヌ）	95
ジャンピ	95
ジャンピ	96
ジャン・ピエロ（ジャンピ）	96
主人（ラッシュ）　しゅじん（らっしゅ）	96
ジュゼッペ	96
ジュディ（ジェルーシャ・アボット）	96
ジュディー（ジェルーシャ・アボット）	96
ジュディ・アボット（ジェルーシャ・ア ボット）	96
ジュディ・モード	97
シュヴァル	97
ジュリア・コヴナント	97
ジュリアス・ケイン	98
ジュリアス・シャーマン・ヴァン・ヘクト	98
ジョー（ジョゼフィン）	98
ジョーイ	98
ジョーイ・アップルヤード	98
ジョウゼフ・ハッチンソン（ハッチさん）	98
鐘離権（離）　しょうりけん（りー）	98
女王　じょおう	98
女禍　じょか	98
女禍　じょか	99
ジョーグ	99
ジョージー	99
ジョシー・ジェンキンズ	99
ジョージ・ディグウェル	99
ジョシュ	99
ジョシュ・ガルシア	99
ジョシュ・ガルシア	100
ジョシュ・ピント	100
ジョシュ・フィリップス	101
ジョゼフィン	101
ジョセフィン・アリブランディ	101
ジョディ・モード	101
ジョナ・ウィザード	101
ジョナサン	101
ジョナサン・スモール	101
ジョーナ・フィン	101
ジョニー・ケロック	102
ジョニー・スワンソン（クワッキー）	102
ジョー・ハーパー	102
ジョー・フォード	102
ジョー・ボウルズ	102
ジョリー	102
ジョリティ・ブラウンフィールド	102
ショーン	102
ジョン	102
ジョン・ウォーカー（船長ジョン）　じょ んうぉーかー（きゃぷてんじょん）	102
ジョン・ウォーカー（船長ジョン）　じょ んうぉーかー（きゃぷてんじょん）	103
ジョン・カーター	103

ジョン・グレゴリー	103
ジョン・スミス	103
ジョン・ダグラス（ダグラス）	103
ジョン・ディー博士　じょんでぃーはかせ	103
ジョン・ペンドルトン	103
ジョン・リード（ローン・レンジャー）	103
白雪姫　しらゆきひめ	104
シリオ	104
シリル	104
シルバーテイル	104
シレフ	104
白い鳥　しろいとり	104
ジン館長　じんかんちょう	104
シンシア・レムリー（レムリー先生）しんしあれむりー（れむりーせんせい）	104
ジンジャー将軍　じんじゃーしょうぐん	104
シンスライフ	104
シンスライフ	105
シンチャイ	105
シンディ（シンデレラ）	105
シンディ（シンデレラ・ブラウン）	105
シンデレラ	105
シンデレラ	106
シンデレラ・ブラウン	106
ジーン・マグリオール	106

【す】

ズィー	106
スカアハ	106
スカイラー	106
スカラベック	106
スカーレット	106
スキッパー	107
スキップストーン	107
スクーター・マッカシー	107
スクラッフィ	107
スクルージ	107
ズグルンチ	107
凄腕　すごうで	107
スコット・カーター	107

スーザン	107
スーザン	108
スーザン・ウォーカー	108
スザンナ・ギブズ	108
スザンナ・ベニス	108
スージー	108
スタニスラウス・ピム博士（ピム博士）すたにすらうすぴむはかせ（ぴむはかせ）	108
スタニスラウス・ピム博士（ピム博士）すたにすらうすぴむはかせ（ぴむはかせ）	109
スターボード	109
スターンデール	109
スタンプ	109
スタンリー・ホプキンズ	109
ステイシー警部　すていしーけいぶ	109
スティッチ（エリオット）	109
スティービー・マンズ	109
スティーブ・クロース	110
スティーヴン卿　すてぃーぶんきょう	110
スティング	110
ステファノ	110
ステュアート	110
ステラ・メイナード	110
ストーム	110
ストリーガ	110
ストーン（ルーファス・ストーン）	110
スナッフル	110
スナッフル	111
スノウ	111
スノーウィ	111
スノット	111
スノット（ソフィ）	111
スノッベ・グルドロック	111
スノーティア	111
スノーティア	112
スパイクさん	112
スパイダーマン（ピーター・パーカー）	112
スパーキー	112
スピック	112
スベン	112

スペンサー船長　すぺんさーせんちょ112
う
スペンサー・ヘイスティングス　　112
スマイルおばさん　　　　　　　112
スマシーヌ　　　　　　　　　　112
ズラトコ・ブルンチッチ　　　　113
スリ・スンバジ　　　　　　　　113
スルタン・サラディン（サラディン）　113
スロ　　　　　　　　　　　　　113
スワラ　　　　　　　　　　　　113

【せ】

セイディー　　　　　　　　　　113
セイディ・ケイン　　　　　　　113
精霊　せいれい　　　　　　　　113
セオ（セオドア・ブーン）　　　113
セオ（セオドア・ブーン）　　　114
セオドア・ブーン　　　　　　　114
セオドラ　　　　　　　　　　　114
セシル・ジョンソン（インジラ）　114
セシル・バーカー（バーカー）　114
セト　　　　　　　　　　　　　114
セドリック　　　　　　　　　　114
セドリック（フォントルロイ）　114
セバスチャン（セブ）　　　　　115
セバスチャン・モラン　　　　　115
セブ　　　　　　　　　　　　　115
ゼブ　　　　　　　　　　　　　115
セーラ　　　　　　　　　　　　115
セーラ・クルー　　　　　　　　115
セーラ・クルー（公女さま）　せーらく 115
るー（こうじょさま）
セリア　　　　　　　　　　　　115
ゼルダ　　　　　　　　　　　　115
ゼルダ（ヴィオレッタ）　　　　115
セレステ　　　　　　　　　　　115
セレーナ姫　せれーなひめ　　　115
先生（ヘリオット先生）　せんせい（へ 116
りおっとせんせい）
先生（ワウター）　せんせい（わう 116
たー）

【そ】

ぞうくん　　　　　　　　　　　116
ゾエ　　　　　　　　　　　　　116
ゾニー　　　　　　　　　　　　116
ソバキン（ヴォフカ・ソバキン）　116
ソフィ　　　　　　　　　　　　116
ソフィー　　　　　　　　　　　117
ソフィー（ペンドラゴン夫人）　そ 117
ふぃー（ぺんどらごんふじん）
ソフィー・プレンティス　　　　117
ソラス　　　　　　　　　　　　117
空飛ぶキルト　そらとぶきると　118
ソール・ハーシュ　　　　　　　118
ソーレン　　　　　　　　　　　118
ソーン・マルキン　　　　　　　118

【た】

ダイアナ　　　　　　　　　　　118
ダイアナ・バリー　　　　　　　118
ダイア・マグヌス　　　　　　　118
タイラー　　　　　　　　　　　118
ダウ　　　　　　　　　　　　　119
ダーク　　　　　　　　　　　　119
ダグラス　　　　　　　　　　　119
ダコタ・ジョーンズ　　　　　　119
タシ　　　　　　　　　　　　　119
タシ　　　　　　　　　　　　　120
ダーシャ　　　　　　　　　　　120
ターシュ　　　　　　　　　　　120
タスク　　　　　　　　　　　　120
ダスティ・クロップホッパー　　120
ダーティー・ドーラ・ディーン　120
タナトス　　　　　　　　　　　120
ダニー　　　　　　　　　　　　120
タニア　　　　　　　　　　　　120
ダニエル　　　　　　　　　　　121
ダニエル・ソーンリー　　　　　121
ダニエル・リーヴァー　　　　　121
タニッシュ・ユール　　　　　　121

(13)

ダニー・フィリップス	121
タハマパー	121
ダフィー氏（ピーター・ダフィー）　だ	121
ふぃーし（ぴーただふぃー）	
タブス夫人　たぶすさん	121
ダミアン・ヴェスパー	121
タム	122
ダーヤ	122
タラニー・クック	122
ダルシーおばさん	122
ダン	122
ダンカン	123
ダンカン・マクダンカン	123
タンク	123
ダン・ケイヒル	123
男爵　だんしゃく	124
タンタルム	124
タンタン	124
ダンテ	124
タンピ	124

【ち】

小さいおうち　ちいさいおうち	124
チェイス	124
チェイス・ウェルズ	124
チェイン	124
チェイン	125
チェスラブ	125
チェッカーズ	125
チェリー	125
チェロ少女　ちぇろしょうじょ	125
チェン・リー	125
チキ・プーおじさん	125
チクタク	125
チーチー	125
父親　ちちおや	126
チップ	126
チップくん	126
チップさん	126
ちび王子（おちびちゃん）　ちびおうじ	126
（おちびちゃん）	

ちびのフリント	126
チビ虫くん　ちびむしくん	126
チープ（オウマー・チープ）	126
チャグ	126
チャティおばさん	126
チャーメイン・ベイカー	126
チャーリー	126
チャーリー・ジョー・ジャクソン	127
チャーリー・スパークス	127
チャーリー・チーヴァリー	127
チャールズ・インガルス	127
チャールズ・ディケンズ	127
チャールズ・ベガ	127
町長さん　ちょうちょうさん	127
長老ティム　ちょうろうていむ	127
チョコチップ	127
チルチル	127
チンパンジー（アームストロング）	128

【つ】

ツイード博士　ついーどはかせ	128
ツィポラ	128
月姫　つきひめ	128
ツソ	128
ツバッキー博士　つばっきーはかせ	128
つぶれソフト	128
ツラノカワ	128

【て】

テア・スティルトン	128
ティー	128
ティア・ダルマ	129
ディエゴ・デ・レオン	129
ティーグ	129
ディケンズ（チャールズ・ディケンズ）	129
デイジー	129
デイジー	130
TJ（トマス・ジェームズ・バウアーズ）	130
てぃーじぇい（とますじぇーむずばう	
あーず）	

デイスター　130
ディック・カラム　130
ティッド・モッセル　130
ティティ・ウォーカー　130
ティナ　131
デイビー　131
デイビッド・Q・ドーソン博士　でいびっ 131
どきゅーどーそんはかせ
ティファニー　131
ティファニー・ファンクラフト　131
ティミー　131
ティミー・マッギブニー　131
テイラー・ブキャナン（サクラソウ）　131
ティリー　131
デイリー　131
ディーリア　131
デイル・ソーントン　132
ティレット　132
ティロウ　132
ディロン・ルイス　132
ティン・エバン　132
ティンカー・ベル（ティンク）　132
ティンク　132
ディンク（ドナルド・デイヴィッド・ダンカ 132
ン）
ディンク（ドナルド・デイヴィッド・ダンカ 133
ン）
ティンクル・フロスト　133
デオ　133
デジャー・ソリス　133
テックス・リッチマン　133
テッド・ステンソン・ジュニア　133
テティス　133
テディ・ロビンソン　134
デニー（デニス・マックガフィン）　134
デニス　134
デニス・マックガフィン　134
デーヴィッド　134
デービット・レイン　134
デービッド・レイン　134
デボラ　134
デューイ（番人）　でゅーい（ばんに 135
ん）

デューク・スケルトン（首なしの騎士）　135
　でゅーくすけるとん（くびなしのきし）
テュグデュアル　135
デュシェス　135
デューデルモント　135
テラプト先生　てらぷとせんせい　135
デリク・フィングル　135
デルス　135
デルフィーン　135
テレサ・アボット　135
テレル・ハリス・ドゥーガン　135
テレンス・マカファティ博士（マック）　136
てれんすまかふぁてぃはかせ（まっく）

【と】

とうさん　136
父さん（チャールズ・インガルス）　とう 136
さん（ちゃーるずいんがるす）
父さん（ヤーコブ）　とうさん（やーこ 136
ぶ）
トゥースレス　136
とうちゃん　136
ドゥーフェンシュマーツ博士　どぅー 136
ふぇんしゅまーつはかせ
トゥホムティドム　136
ドゥーラン　136
トゥリル　136
ドゥルカンセリン　137
トゥングル　137
ドゥンネ　137
トゥンプさん　137
ドクター・コーリー　137
ドクター・フレッド　137
ドーソンくん（デイビッド・Q・ドーソン博 137
士）　どーそんくん（でいびっどきゅー
どーそんはかせ）
トッド・ブレッケン・バイヤー　137
トト　137
ドナルド・デイヴィッド・ダンカン　137
ドナルド・デイヴィッド・ダンカン　138
ドナル・リディ　138
トニー・スターク　138

ドニファン	139	ドリンコート伯爵　どりんこーとはく	144
トパーズ・サントノレ	139	しゃく	
トビー	139	トリンドル	144
トビー（トビアス）	139	ドール	145
トビアス	139	トール（凄腕）　とーる（すごうで）	145
トマーシュ・ボビック	139	トルケル・クローケ	145
トーマス	139	トルーディ	145
トマス	139	トレヴァー	145
トーマス（トリビックリ・トーマス）	139	トレバー（ビクター・トレバー）	145
トーマス・J・ウォード（トム）　とーます	140	トレバー老人　とればーろうじん	145
じぇいうぉーど（とむ）		ドレンテ先生　どれんてせんせい	145
トマス・ジェームズ・バウアーズ	140	ドロシー	145
トーマス・スタビンズ	140	ドロシー	146
トーマス・トップ	140	ドロシア・カラム	146
トマスナル	140	ドロシー・ゲイル	146
トミー（トマス・スタビンズ）	140	トロット	146
トミー・ラニエリ・ストランビ	141	とんでる姫　とんでるひめ	147
トム	141	トント	147
トム・ゲイツ	142	ドンドンドシン一家　どんどんどしん	147
トム・ソーヤ	142	いっか	
トム・ソーヤー	142	ドーン・ロシェル	147
トム・ダッジョン	142		
トム・トゥルーハート	142	【な】	
トム・マーロウ	142		
トム・ヤンセン	142	ナイジェル	147
トーラー	142	ナイトソング	147
トラー	142	ナイラ	147
ドーラ	143	長ひげ　ながひげ	147
ドラゴミラ（バーバ・ポロック）	143	ナサニエル・フラッド	147
ドラゴン	143	ナサニエル・フラッド	148
トラップ・スティルトン	143	ナスアダ	148
ドーラ・ポメロイ	143	ナタリー・カブラ	148
ドリー	143	ナタリー・フィールド	148
トリクシー	143	ナータン	148
トリクシー	144	ナット・ブレイク	148
トリクシィ・エラー	144	ナナワトリ	148
トリジェニス	144	ナーヤ	149
ドリッスト・ドゥアーデン	144	ナン	149
ドリトル先生　どりとるせんせい	144	ナンシー	149
トリビックリ・トーマス	144	ナンシイ・ブラケット	149
トリレ	144	ナンシイ・ブラケット（船長ナンシイ）	149
ドリーンおばさん	144	なんしいぶらけっと（きゃぷてんなんし	
		い）	

(16)

ナンジ・リム	149
ナンス弁護士（クリフォード・ナンス弁護士） なんすべんごし（くりふぉーどなんすべんごし）	149

【に】

ニコ	149
ニコ・ディ・アンジェロ	150
ニコラ・フラメル	150
ニコロ・スピーニ	150
ニコロ・マキャベリ	150
西の悪い魔女　にしのわるいまじょ	150
ニック	150
ニミー・エイミー	150
ニャナ・ジョージアナ・ハスラーサ・オブ・フュルドラーカ（フローラ）	150
ニルス	151

【ぬ】

ヌママムシの婆　ぬままむしのばば	151

【ね】

ネイサン・ワイルダー	151
ネオ	151
ネスター・マクダグラス	151
ネスター・マクダグラス	152
ネズミさん	152
ネッド	152
ネート	152
眠り姫　ねむりひめ	152
ネリア	152
ネリア	153
ネリー・ゴメス	153
ネロ	153
ネロ博士（マクシミリアン）　ねろはかせ（まくしみりあん）	153

【の】

ノウサギ	154

ノコギリ馬　のこぎりうま	154
ノニー	154
ノーム王　のーむおう	154
ノーム王（ロクワット）　のーむおう（ろくわっと）	154
ノルト	154

【は】

ばあちゃん	154
バイオレット・ハンター	154
バイオレット・ハンター（ミス・ハンター）	154
パイパー・マクリーン	154
パイパー・マクリーン	155
HIVEマインド　はいぶまいんど	155
バイブル・J　ばいぶるじぇい	155
パイラー	155
ハイロイシ伯爵（フラドゥス・ハイロイシ）　はいろいしはくしゃく（ふらどぅすはいろいし）	155
バイロンさん	155
バイロン・マーフィ	155
バウ	155
バウ	156
ハーウィ・ケンプ	156
パウラ	156
バーカー	156
ハーカー博士　はーかーはかせ	156
墓掘り（デーヴィッド）　はかほり（でーびっど）	156
ハギレ	156
ハグ	156
伯爵（ハンガーブルグ＝ハンガーブルグ伯爵）　はくしゃく（はんがーぶるぐはんがーぶるぐはくしゃく）	156
伯爵夫人　はくしゃくふじん	156
バクスター	156
バーグストローム	157
バーグストローム教授（アンダース・バーグストローム教授）　ばーぐすとろーむきょうじゅ（あんだーすばーぐすとろーむきょうじゅ）	157
ハークル・ハーペル	157
バケーシュ	157

パーシー・ジャクソン	157
バージニア・クロウ	157
バージニア・ポッツ	157
バージャック・ポー	157
バジリスク	158
パスカレ	158
ハッカム	158
ハックルベリ・フィン	158
ハッチさん	158
パッチワーク娘（ハギレ）　ぱっちわー	158
くむすめ（はぎれ）	
バッハ・ミレナ	158
パップ	158
ハーディ	158
バディ（キング）	158
バディ（キング）	159
ハティ・アイネズ・ブルックス	159
バティストさん	159
バート	159
バート（ティンクル・フロスト）	159
ハドソン	159
パトラッシュ	159
パトリック	159
パトリック・ピンク（ピンク）	159
パトロギュス（黒いプリンス）　ぱとろ	159
ぎゅす（くろいぷりんす）	
パトロクロス	159
ハナヒゲ博士　はなひげはかせ	160
バーニー	160
バネッサ	160
バネロペ	160
パパ	160
パパ（ジャッキー・カラス）	160
パパ（ジュリアス・ケイン）	161
パパ（スピック）	161
パパ（スロ）	161
パパ（チャーリー・スパークス）	161
婆（ヌママムシの婆）　ばば（ぬままむ	161
しのばば）	
母親（エロル夫人）　ははおや（えろる	161
ふじん）	
母親（クレア）　ははおや（くれあ）	161
ハーバート	161

パヴァーナ	161
バーバ・ポロック	161
バーバ・ポロック	162
バーバ・ヤーガ	162
バーバ・ヤガー	162
バーバラ・ハンティントン	162
パヴェル・ポロック	162
ハマー	162
ハーミッシュ（空飛ぶキルト）　はー	162
みっしゅ（そらとぶきると）	
ハミルトン・ホルト	162
バラの姫　ばらのひめ	163
ハラルド	163
ハーリー	163
バリー	163
パーリー	163
パリス	163
ハリスさん	163
ハリー・スミス	163
ハリネズミ	164
ハル	164
ハルおじさん	164
ハルシュタイル侯爵（コウシャク）　は	164
るしゅたいるこうしゃく（こうしゃく）	
ヴァルター	164
バルトロメオ・カザル	164
バルハララマ	164
ハルバル	164
ハルバル	165
ハル・ハント（ハルおじさん）	165
バルボッサ（ヘクター・バルボッサ）	165
パレット王子　ぱれっとおうじ	165
バレンタイン	165
ハンガーブルグ＝ハンガーブルグ伯	165
爵　はんがーぶるぐはんがーぶるぐ	
はくしゃく	
ヴァンキ	165
パンク	166
バンシー魔女　ばんしーまじょ	166
ハンナ	166
ハンナ・スピヴェロ	166
ハンナ・トーマス	166
ハンナ・マリン	166

番人　ばんにん	166
ハンフリー	166
バンポ王子　ばんぽおうじ	166

【ひ】

ビアトリス	166
ピエール	166
ヴィオレッタ	167
ピーカピカさん	167
光　ひかり	167
光の魔女　ひかりのまじょ	167
ヴィクター	167
ビクター・トレバー	167
ビクター・フランケンシュタイン	167
ピコ	167
ビゴレス	167
ビーザス（ビアトリス）	167
ビジャヌエバ	167
ピーター	168
ピーターサンドさん	168
ピーター・ダック	168
ピーター・ダフィー	168
ピーター・ディーダラス	168
ピーター・パーカー	168
ピーター・パンク（パンク）	168
ピーター・ヴァン・ホーテン	168
ピーター・リージス	168
ビッグ・ジャック・トゥルーハート	168
ヒック・ホレンダス・ハドック三世　ひっ	168
くほれんだすはどっくさんせい	
ヒック・ホレンダス・ハドック三世　ひっ	169
くほれんだすはどっくさんせい	
ピッグル・ウィッグルおばさん	169
ピックルズ	169
ビッケ	169
ピッツ博士　ぴっつはかせ	170
ピッパ	170
ビティ	170
ビディー	170
ヴィニーさん	170
ビーネ	170

ビネガー園長　びねがーえんちょう	170
ビネー先生　びねーせんせい	170
ビーバーム姫　びーばーむひめ	170
微風　びふう	170
ビブロス長老　びぶろすちょうろう	170
ピム博士　ぴむはかせ	170
ピム博士　ぴむはかせ	171
ヒューゴ・ボンヴィレン（ボンヴィレン）	171
ヒョンス	171
ヒラテウッチ	171
ビリー（ビル・ターナー）	171
ビリー・サラサテール	171
ビリーナ	171
ビル	171
ビル・アークライト（アークライト）	171
ビル船長　びるせんちょう	172
ビル・ターナー	172
ビルビル	172
ヴィルヘルム	172
ヴィレメインおばさん	172
ピンカートン校長　ぴんかーとんこう	172
ちょう	
ピンク	172
ヴィンニ	172
ヴィンニ	173

【ふ】

ファオラン	173
ファーガス王　ふぁーがすおう	173
ファーガソン	173
ファニー・ブレーク	173
ファハス	173
ファビオ	173
ファヒム・ビンハッサム	173
ファーブ・フレッチャー	174
ファ・L・グラシエル　ふぁらるごぐらし	174
える	
ファーン	174
ファンティーヌ	174
ファン・デル・ステフ	174
フアン・デ・ルナ	174

(19)

ファントム	174	フラウロ	178
フィスク・ケイヒル	174	ブラック・ジャックジェイク	178
フィスク・ケイヒル	175	ブラック・ボルケーノ	178
フィッシュ	175	フラッシュバーン	179
フィッシュ・ボーモント	175	フラドゥス・ハイロイシ	179
フィニアス・フリン	175	フラーマン先生　ふらーまんせんせい	179
フィービー	175	フランキー（フランチェスカ・ダイアナ・	179
フィリス	175	ブラッドリー）	
フィリッポ・フィリベルト（フィルフィル）	175	フランキー・ワロップ	179
フィリパ・ゴードン	175	フランク・チャン	179
フィリパ・ゴードン（フィル）	175	ブランコ・ビゴレス（ビゴレス）	179
フィル	175	フランス先生（ファン・デル・ステフ）	179
フィル・A・フラッド　ふぃるえーふらっ	175	ふらんすせんせい（ふぁんでるすてふ）	
ど		ふ）	
フィル・A・フラッド　ふぃるえーふらっ	176	フランチェスカ・ダイアナ・ブラッドリー	179
ど		ブランチさん	179
フィルおばさん（フィル・A・フラッド）	176	プリアモス	179
ふぃるおばさん（ふぃるえーふらっど）		ブリアン	180
フィルフィル	176	ブリキのきこり	180
フィン	176	ブリキの木こり　ぶりきのきこり	180
フィンケルシュテイン	176	ブリザード	180
フィン・マックミサイル	176	ブリジット	180
フィンリー	176	プリシラ・グラント	180
飛卿　ふぇいきん	177	フリーダー	180
フェットロック・ハローウェイ	177	ブリン	181
フェリックス	177	フリン・ライダー	181
フェリックス（ウィルヘルム）	177	ブルシャーさん	181
フェルノ	177	ブルース・ノリス	181
フォイヤーバッハ	177	ブルック	181
フォボス	177	ブルーノ	181
フォントルロイ	177	ブルレット	181
フォン・ボルク	177	ブレイク	181
プス	177	フレイザー・ハント	181
フーパーせんちょう	177	プレシャス・ラモツエ	181
ププリウス	177	フレック	181
冬の支配者ミロリ　ふゆのしはいしゃ	178	フレッド	182
みろり		フレディ	182
フュリオス	178	フレデリック	182
ブライアン	178	ブレード船長　ぶれーどせんちょう	182
ブライアンおじさん	178	フレーム	182
フライデー（レディ・フライデー）	178	ブロックさん	182
プライマス	178	ブロディ	182
フラウィウス	178		

フローラ	182
フローラおばさん	182
ブローレ	182
ブロンウェン	182
ブロンウェン	183
ブロントサウルス	183

【へ】

ベア先生　べあせんせい	183
ベイジル	183
ヘイゼル・グレイス	183
ヘイゼル・レベック	183
ヴェイッコ	183
ヘイリー	183
ヘイリー・ターナー	183
ヘイ・リン	184
ペギー	184
ペギイ・ブラケット	184
ヘクター・バルボッサ	185
ヘクトール	185
ベーコンさん（ヘンリー・ベーコン）	185
ベス	185
ベスティール	186
ヴェスパー1　べすぱーわん	186
ペーター・カム	186
ベッキー	186
ベッキー（レベカ・ヴィンター）	186
ベッキー・サッチャー	186
ベック	186
ベッツィ・ボビン	186
ベッティーナ・グレゴリー（キンギョソウ）	187
ペッパー（バージニア・ポッツ）	187
ペッパー・ポッツ	187
ペッパー・ルー	187
ペッペ・ツバッキー博士（ツバッキー博士）　ぺっぺつばっきーはかせ（つばっきーはかせ）	187
ベッポ	187
ペティグルーさん	187
ペティ・ポッツ	187

ベドーズ	187
ペトラ	187
ペドリンニョ	187
ベニー（ベネディクト・ハンティントン）	188
ペニー（ペネロペ・ドクバリー）	188
ベニーシオ	188
ベネディクト・ハンティントン	188
ペネロピおばさま	188
ペネロペ・グウィン	188
ペネロペ・ドクバリー	189
ペフリング氏　ぺふりんぐし	189
ペフリング夫人　ぺふりんぐふじん	189
ヘマ子　へまこ	189
ヘラ	189
ベラ・ヤーガ	189
ペリー（エージェントP）　ぺりー（えーじぇんとぴー）	189
ペリウィンクル	189
ヘリオット先生　へりおっとせんせい	189
ベリリュンヌ	189
ペルシア人　ぺるしあじん	189
ヘル・シュトラウス	189
ヘールト-ヤン　へーると-やん	189
ヘルマン	190
ペーレウス	190
ヘレネー　へれね―	190
ペレネル・フラメル	190
ヘレン・ストーナー	190
ヘレン・ドルマン	190
ベロンカ	190
ベン	190
ペンおじさん	191
ベン・クマロ	191
ベンジャミン・スティルトン	191
ペンドラゴン夫人　ぺんどらごんふじん	191
ペンドルトンさん（ジョン・ペンドルトン）	191
ヘンリー	191
ヘンリエッタ	191
ヘンリエッタ・ポップルホフ	191
ヘンリーおじさん	191

ヘンリー・ギャントリー判事（ギャント 191
リー判事）　へんりーぎゃんとりーは
んじ（ぎゃんとりーはんじ）
ヘンリー男爵　へんりーだんしゃく 191
ヘンリー・ハギンズ 192
ヘンリー・ベーコン 192

【ほ】

ホー 192
ホイッティカーさん 192
ホイットニー・ウィルソン 192
ボウエン医師（エドナ・ボウエン）　ぼ 192
うえんいし（えどなぼうえん）
ホーガン検事（ジャック・ホーガン検 192
事）　ほーがんけんじ（じゃっくほーが
んけんじ）
ホークマン 193
ボサ男　ぼさお 193
ボージョ 193
ボス 193
ホズマー・エンジェル 193
ホタル 193
ボタン 193
ボタン・ブライト 193
ボタン・ブライト 194
ボッシュ 194
ポッター 194
ポッツさん（ペティ・ポッツ） 194
ホットドッグ 194
ボーディシア 194
ポート 194
ホートレイ先生　ほーとれいせんせい 194
ボニー 194
ボニー 195
ボニー・リジー 195
ヴォネッタ 195
ボビー（グレイフライアーズ・ボビー） 195
ボビー（ロバータ） 195
ボビー（ロバータ・ミークス） 195
ボビー・コブラー 195
ボブ 195
ポープ 195

ヴォフカ・ソバキン 195
ホプキンズ（スタンリー・ホプキンズ） 195
ボブ・クラチット 195
ホープ・バルデス 196
ボブ・ブラウン（ミスター・ブラウン） 196
ホープ・ロング 196
ボヘミア 196
ホームズ 196
ホームズ 197
ホームズ 198
ホームズ 199
ホームレス 199
ポメロイ夫人　ぽめろいふじん 199
ホラス・アルトマン 199
ホーリー 199
ホリー 199
ポリー（ポリクローム） 199
ポリアンナ・ホイッティアー 200
ポリーおばさん 200
ポリーおばさん（ミス・ポリー・ハリント 200
ン）
ホリーキット（ホリーポー） 200
ポリクローム 200
ホリー・シフトウェル 200
ポリネシア 200
ホリーポー 200
ポリー・ポンク（ポンク） 200
ホーリーリーフ 200
ポーリーン 201
ポーリン 201
ヴォルケ・ヤンセン 201
ポール・スティーブンス 201
ホールト 201
ボレク 201
ポレケ 201
ポンク 201
ボンヴィレン 201

【ま】

マイク 201
マイク 202

(22)

マイクス	202
マイクロフト・ホームズ	202
マイク・ワゾウスキ	202
マイケ	202
マイケル	202
マイケル・アンドレッティ	203
マイケル・コックス	203
マイルズ・アクセルロッド（アクセル ロッド）	203
マウ	203
魔王　まおう	203
マーカス・ハイルブローナー	203
マーガレット（メグ）	203
マギンティ	203
マクシミリアン	203
マグダレーナ	203
マクマード	203
マーゴ・ロス・スピーゲルマン	203
マザー	204
マーサ・フィンチ	204
マージ	204
マジー	204
まじない師　まじないし	204
マージ2号　まーじにごう	204
マシュー	204
マシュー・アーナット（マティ）	204
マシュー・アーナット（マティ）	205
マシュー・カスバート	205
魔女　まじょ	205
マストドン	205
マスワラ（スワラ）	205
マーセラ・マグリオール	205
マータグ	205
マタヒ	206
マダム・セリーナ	206
マダム・チン	206
マダム・バタフライ	206
マダム・パンプルムース	206
マダム・プライマス（プライマス）	206
マダム・ペレ	206
マック	206
マックィーン	206

マックグロー先生（オーソン・マックグ ロー）　まっくぐろーせんせい（おーそ んまっくぐろー）	206
マックス	206
マックス1号　まっくすいちごう	207
マックス・ジャクソン	207
マックス2号　まっくすにごう	207
マッジ	207
マッティ	207
マット	207
マーティ	207
マティ	207
マーティノウ（マリウス・マーティノウ）	207
マーティーン・アレン	207
マーティン・ソーパー（マーティ）	208
マデリン・ケイヒル	208
マトゥ・アマボ	208
マートル	208
マドレーヌ	208
マナス・カニング	208
マービン（チビ虫くん）　まーびん（ち びむしくん）	208
マーヴィン・レッドポスト	208
マーヴィン・レッドポスト	209
マーフ（バイロン・マーフィ）	209
マフィン	209
マフムード	209
まほう使い　まほうつかい	209
魔法使いオズ　まほうつかいおず	209
マボロシドラゴン	209
ママ	209
ママ	210
ママ（エレーナ・ヴィルカス）	210
ママ（グレース）	210
ママ（チェリー）	210
ママ（ティナ）	210
ママ（リズ）	210
ママ（レギーナ・スーゼウィンド）	210
マーモン・ビーニー	210
マヤ	210
マヤ	211
マヤ・ミュラー	211

マラリウス・ヴォイニッチ	211	ミス・ピギー	215
マリー	211	ミス・ベヴァン	216
マリアエレナ・エスペラント	212	ミス・ポリー・ハリントン	216
マリウス	212	ミス・ミンチン	216
マリウス・マーティノウ	212	ミセス	216
マリラ・カスバート	212	ミセス・ゴールデンゲート	216
マーリン	212	ミセス・バラブル	216
マーリーン・フォレスター	212	ミセス・マクビティー	216
マール・オ・デーブ	212	ミセス・マッキー	216
マルグリット	212	ミセス・マルドゥーン	216
マルゴット	213	ミセス・ミネルバ・マクビティー（ミセス・	216
マールさん	213	マクビティー）	
マルセロ・サンドバル	213	ミセス・モッグス	216
マルチーヌ伯母さん　まるちーぬおば	213	ミダス	216
さん		ミチル	216
マルベル	213	ミッキー	217
マール・ヘンリー	213	ミッジ	217
マロドーラ	213	ミッツィ	217
マローラ	213	ミップ	217
マンクル・トロッグ	213	ミナ・マッキー	217
マンソレイン王　まんそれいんおう	213	ミネット	217
マンディ・ホープ	213	ミ・V・グラシエル　みぶいぐらしえる	217
マンディ・ホープ	214	ミ・V・グラシエル　みぶいぐらしえる	218
マンドレーク	214	ミブズ	218
マンブル	214	ミムン	218
		ミラー	218
【み】		ミラダ・クラリチェク（エファ）	218
		ミランダ	218
ミキ・ホルバティッチ	214	ミリエル司教　みりえるしきょう	218
ミサイアネス（主）　みさいあねす（あ	214	ミルクマン	218
るじ）		ミロス・フェランジ	218
ミシシッピ・ボーモント（ミブズ）	215	ミンタク	218
ミシュー	215	ミンチン先生　みんちんせんせい	218
ミス・セイラ	215	ミンティ・スパークス	219
ミスター	215	ミン・ランドル	219
ミスターおとぎ	215		
ミスター・チュン	215	【む】	
ミスター・ツースーツ	215		
ミスター・フー	215	ムカムカ	219
ミスター・ブラウン	215	ムキウス	219
ミス・デンジャーフィールド	215	ムサ	219
ミス・ハンター	215	ムッシュ・カルヌヴァル	219

【め】

メアリー	219
メアリー・インガルス	220
メアリー・オーウェンス	220
メアリー・サザーランド	220
メアリー・モースタン	220
メイさん	220
メイビス	220
メイヴィス・グリーン	220
メイベル	220
メイベル・ブラッシュ	220
メガネ（フィンケルシュテイン）	220
メガン	220
メガン	221
メギー	221
メグ	221
メグ・スケルトン	221
メスメル博士　めすめるはかせ	221
雌ライオン　めすらいおん	221
メーター	221
メネラーオス	221
メリサンド	221
メリダ	221
メレディス	221
メンダンバー	222

【も】

モー	222
モー（モルティマ）	222
モーウェン	222
モーガン・アボット	222
モグラくん	222
モコ	222
モースタン大尉　もーすたんたいい	222
モーティマー	222
モーティマー・トリジェニス（トリジェニス）	222
モートン・ヘザーウィック	222
モナ・ヴァンダーワール	223

モービー	223
モプシー（マーサ・フィンチ）	223
モラグ	223
モリー	223
モリアーティ	223
モリアーティ教授　もりあーてぃきょうじゅ	223
モリアン	224
モリツモス	224
モルガラス	224
モルティマ	224
モントヨ（カルロス・モントヨ）	224

【や】

ヤオーツィ	224
ヤーク	224
ヤーコブ	224
ヤーコプ	225
ヤスミン	225
ヤナ・ミュラー	225
ヤニス	225
ヤネケ	225
闇の魔女　やみのまじょ	225
ヤール・エラク（エラク）	225
ヤン	225
ヤン・トゥーレルルーレ	225
ヤン・リンおばあちゃん	225

【ゆ】

ユーアト・アスカー	226
ユエン	226
ユキ	226
ユッタ・ママ	226
ユニス・カーン	226
ユミ・ルイス・ハーシュ	226
ユリウス	226
ユリーカ	226
ユリシーズ・ムーア	226

【よ】

妖精　ようせい	227
ヨコシマ女王　よこしまじょおう	227
ヨシュ	227
ヨスネビト	227
ヨッシー	227
ヨナ	227
ヨーナス	227

【ら】

ライアン・フリン	228
ライオン	228
ライオンキット（ライオンポー）	228
ライオンブレイズ	228
ライオンポー	228
ライトニング・マックィーン（マックィーン）	229
ライナス・ウィンター	229
ライラ	229
ラウラ	229
ラウル	229
ラクシュミ	229
ラグドー（老ノーム）　らぐどー（ろうのーむ）	229
ラクラン	229
ラクラン（バケーシュ）	229
ラゲドー（ノーム王）　らげどー（のーむおう）	230
ラザー伯爵夫妻　らざーはくしゃくふさい	230
ラゾ	230
ラチェット	230
ラッシュ	230
ラティファ	230
ラーテン・クレプスリー	230
ラード氏　らーどし	230
ラヴィニア	230
ラプンツェル	231
ラヘル	231
ラベンダー王　らべんだーおう	231

ラボック	231
ラム・ダス	231
ラモーナ・クインビー	231
ラモーナ・クインビー	232
ラモン	232
ララ	232
ララ（GM451）　らら（じーえむよんごーいち）	232
ラルフ	232
ラルファゴン・ウィントロフリン	232
ラングィディア姫　らんぐぃでぃあひめ	233
ラングフォード先生　らんぐふぉーどせんせい	233
ランバート・スプロット	233

【り】

離　りー	233
リアン・ダオ	233
リイサス・ネガティブ	233
リオ・バルデス	233
リオ・バルデス	234
リーコ	234
リサ・グローバー	234
リサ・ジェームズ	234
リザード	234
リサ・モーガン	234
リジー	234
リジー（エリーザベト）	234
リズ	234
リズ	235
リチャード・パーカー	235
リック	235
リック・バナー	235
リック・バナー	236
リッチマン（テックス・リッチマン）	236
リディア・ロビン	236
リディ将軍（ドナル・リディ）　りでぃしょうぐん（どなるりでぃ）	236
リトル・ジーニー	236
リトル・ジーニー（ジーニー）	236
リトル・ジーニー（ジーニー）	237

リトルホーン	237	ルースおばあちゃん	242
リーナ	237	ルース・ローズ・ハサウェイ	242
リナ	237	ルドルフ王子（ヘル・シュトラウス）る243	
リネア	237	どるふおうじ（へるしゅとらうす）	
リーネケ	237	ルナ（ホープ・バルデス）	243
リビー・マスターズ	237	ルビー	243
リーフ	237	ルビー・ジン	243
リーフプール	237	ルーファス・ストーン	243
リーフプール	238	ルーフス	243
リプリー・ピアス	238	ルル	244
龍　りゅう	238	ルンピ・ルンピ	244
漁師　りょうし	238	ルンペルスティルツキン	244
リランテ	238		
リリ	238	**【れ】**	
リリ	239		
リリー	239	レイ	244
リリアーネ・スーゼウィンド（リリ）	239	レイチェル・ライリー	244
リンカン大統領　りんかんだいとうりょ239		レイフ	244
う		レイフ・キャチャドリアン	244
リンカーン・マクリーン夫人（チャティお239		レイフ・キャチャドリアン	245
ばさん）　りんかーんまくりーんふじん		レイモンド（レイ）	245
（ちゃていおばさん）		レエナ	245
リンキティンク王　りんきてぃんくおう　240		レオ	245
		レオナルド（レオ）	245
【る】		レオナルド・ミナゾー	245
		レオン・スターンデール（スターンデー 245	
ルイーザ	240	ル）	
ルイス	240	レキシー	245
ルオー	240	レギス	246
ルーカスル	240	レギーナ・スーゼウィンド	246
ルーカッスル	240	レクシー	246
ルーク	240	レストレード	246
ルーク・ケイヒル	240	レッド・ラッカム	246
ルーク・ラヴォー	240	レディ	246
ルーク・ワトソン	240	レディ・フライデー	246
ルーク・ワトソン	241	レディ・マーレイナ	246
ルーシー	241	レディ・ローラ・ロックウッド	246
ルーシー・スチュワート	241	レーナ	246
ルーシー・フェリア	241	レーナ・シーグリスト	247
ルーシー・ペニーケトル	241	レノックス・ハート（ホタル）	247
ルーシー・ペニーケトル（ルース）	241	レーハ	247
ルース	242	レープ	247

レプラコーン	247
レベッカ・デュー	247
レベッカ姫（いたずら姫）　れべっかひめ（いたずらひめ）	247
レベッカ・ヴィンター	247
レベッカ・ロルフ	247
レミニサンス	247
レムリー先生　れむりーせんせい	247
レンジャー	247

【ろ】

ロアン	248
ロイ	248
ロイヤル・ガードナー（ロイ）	248
ロイロット博士　ろいろっとはかせ	248
老人　ろうじん	248
老紳士　ろうしんし	248
老ノーム　ろうのーむ	249
ローカン・フューリー	249
ロクワット	249
ローザ	249
ロザリア	249
ロザリー・ノーマン	249
ロージー	249
ロジャ・ウォーカー	249
ロジャ・ウォーカー	250
ローズ	250
ローズ・マギー	250
ロスマレインさん	250
ロゼッタ	250
ロータス・ブラッサム	251
ローディ	251
ロナルド・アデア卿　ろなるどあであきょう	251
ロナン・モス	251
ロバータ	251
ロバータ・ミークス	251
ロバート・ファーガソン（ファーガソン）	251
ロバート・ワロップ	251
ロビィ（ロベンダー・キット）	251

ロビン先生（リディア・ロビン）　ろびんせんせい（りでぃあろびん）	252
ロブ	252
ロベルト	252
ロベンダー・キット	252
ローラ・インガルス	252
ローラ・インガルス・ワイルダー	252
ローラ・ブランド	253
ローラン	253
ローリィ	253
ローレン・アダムズ	253
ローレンス	253
ロロ	253
ローン・レンジャー	253

【わ】

ワウター	254
わし	254
ワトスン	254
ワトスン	255
ワトソン	255
ワトソン博士　わとそんはかせ	255
ワトソン博士　わとそんはかせ	256
笑う男　わらうおとこ	256
ワルサ	256

登場人物索引

【あ】

アイアース
サラミース王テラモーンの息子、トロイア遠征にくわわった勇士 「ホメーロスのイーリアス物語」 ホメーロス原作;バーバラ・レオニ・ピカード作;高杉一郎;訳　岩波書店（岩波少年文庫）2013年10月

アイオナ・マクネア
カラムの家の農場に保護鳥のミサゴの巣を見つけた少女、イカレタじいさんの孫 「ミサゴのくる谷」 ジル・ルイス作;さくまゆみこ訳　評論社（評論社の児童図書館・文学の部屋）2013年6月

アイク
十三歳の少年弁護士・セオの伯父、確定申告の代行業をする元弁護士 「少年弁護士セオの事件簿2 誘拐ゲーム」 ジョン・グリシャム作;石崎洋司訳　岩崎書店 2011年11月

アイバースン
難破船「スラウギ号」で無人島に漂着した十五人の少年のひとり、牧師の息子で優等生の九歳 「十五少年漂流記 ながい夏休み」 ベルヌ作;末松氷海子訳;はしもとしん絵　集英社（集英社みらい文庫）2011年6月

アイビー・ベガ
フランクリン中学の新聞部員、オリビアと双子の十三歳のバンパイア 「バンパイアガールズno.5 映画スターは吸血鬼!?」 シーナ・マーサー作;田中亜希子訳　理論社 2012年7月

アイビー・ベガ
フランクリン中学の新聞部員、オリビアと双子の十三歳のバンパイア 「バンパイアガールズno.6 吸血鬼の王子さま!」 シーナ・マーサー作;田中亜希子訳　理論社 2013年1月

アイリス
スコットランドにあるカラムの家の農場に巣を作った保護鳥・ミサゴのメス 「ミサゴのくる谷」 ジル・ルイス作;さくまゆみこ訳　評論社（評論社の児童図書館・文学の部屋）2013年6月

アイリス
ネバーランドの秘密の場所・ピクシー・ホロウに住む植物の妖精 「ティンカー・ベルは"修理やさん"」 キキ・ソープ作;デニース・シマブクロ絵;小宮山みのり訳　講談社（新ディズニーフェアリーズ文庫）2011年4月

アイリーン・ハリス
ユタ州生まれの女性作家・テレルの六歳下の妹、知的障がいをもつ女性 「アイリーンといっしょに」 テレル・ハリス・ドゥーガン著;宇野葉子訳　ポプラ社 2012年9月

アイルペサス
全能なるドラゴンのたったひとりの支配者・ドラゴンロードを継承する者 「フューチャーウォーカー 7 愛しい人を待つ海辺」 イヨンド作;ホンカズミ訳;金田榮路画　岩崎書店 2012年6月

アイルランドのおじさんたち
アイルランドからきた干し草つくりの人たち、こぶたのサムの新しい友だち 「おめでたこぶた その2 サム、風をつかまえる」 アリソン・アトリー作;すがはらひろくに訳;やまわきゆりこ画　福音館書店（世界傑作童話シリーズ）2012年10月

赤ちゃんパンダ　あかちゃんぱんだ
「ツップリンゲン動物公園」にいる育児放棄された赤ちゃんパンダ 「動物と話せる少女リリアーネ 6 赤ちゃんパンダのママを探して!」 タニヤ・シュテーブナー著;中村智子訳;駒形イラスト　学研教育出版 2011年12月

あがめ

アガメムノーン
スパルタ王メネラーオスの兄でミュケーナイの王、トロイア戦争デギリシア全軍の総指揮官となったギリシア最大の王 「ホメーロスのイーリアス物語」ホメーロス原作;バーバラ・レオニ・ピカード作;高杉一郎;訳 岩波書店(岩波少年文庫) 2013年10月

アキレウス
ギリシアのプティーア王ペーレウスの息子、勇気ある美しい青年 「ホメーロスのイーリアス物語」ホメーロス原作;バーバラ・レオニ・ピカード作;高杉一郎;訳 岩波書店(岩波少年文庫) 2013年10月

アクセルロッド
新しいエコ燃料「アリノール」を開発した石油王、ワールド・グランプリの主催者 「カーズ2」アイリーン・トリンブル作;橘高弓枝訳 偕成社(ディズニーアニメ小説版) 2011年8月

アークタ
魔法使いマルベルにさらわれてゴルゴニアにいるアバンティア王国の守り神の山男 「ビースト・クエスト18 サソリ男スティング」アダム・ブレード作;浅尾敦則訳;大庭賢哉イラスト ゴマブックス 2011年2月

アグネス
テーリング学校中等部一年生、人生は無意味だと言って登校をやめたピエールの同級生の女の子 「人生なんて無意味だ」ヤンネ・テラー著;長島要一訳 幻冬舎 2011年11月

アグネス・ソウワーバッツ
魔王と魔女のあいだに生まれた娘・アリスのおば、勇敢な魔女 「魔使いの盟友 魔女グリマルキン(魔使いシリーズ)」ジョゼフ・ディレイニー著;田中亜希子訳 東京創元社(sogen bookland) 2013年8月

アークライト
悪を封じる職人の魔使い、魔使いの少年トムの師匠 「魔女の物語(魔使いシリーズ外伝)」ジョゼフ・ディレイニー著;田中亜希子訳 東京創元社(sogen bookland) 2012年8月

アーサー・クロース
代々サンタクロースを継いでいるクロース家の次男、サンタあてのお手紙に返事を書く係の青年 「アーサー・クリスマスの大冒険」ジャスティン・フォンテス著;ロン・フォンテス著;中村佐千江訳 メディアファクトリー 2011年11月

アーサー・ジョサイア・トレント(AJT) あーさーじょさいあとれんと(えいじぇいてぃー)
ケイヒル家一族の若きリーダー・エイミーとダン兄妹の死んでしまったはずの父親 「サーティーナイン・クルーズ14 天文台の謎」ピーター・ルランジス著;小浜杏訳;HACCANイラスト メディアファクトリー 2013年6月

アーサー・ペンハリガン
万物の創造主の後継者、創造主の七つに分断された遺書を集める少年 「王国の鍵5 記憶を盗む金曜日」ガース・ニクス著;原田勝訳 主婦の友社 2011年1月

アーサー・ペンハリガン
万物の創造主の後継者、創造主の七つに分断された遺書を集める少年 「王国の鍵6 雨やまぬ土曜日」ガース・ニクス著;原田勝訳 主婦の友社 2011年6月

アーサー・ペンハリガン
万物の創造主の後継者、創造主の七つに分断された遺書を集める少年 「王国の鍵7 復活の日曜日」ガース・ニクス著;原田勝訳 主婦の友社 2011年12月

あしながおじさま
毎月手紙を書くことを条件に孤児院育ちの女の子・ジェルーシャを大学に行かせてくれた紳士 「あしながおじさん 世界でいちばん楽しい手紙」ジェーン・ウェブスター作・絵;曽野綾子訳 講談社(青い鳥文庫) 2011年4月

あな

あしながおじさん
毎月手紙を書くことを条件に孤児院育ちの女の子・ジェルーシャを大学に行かせてくれたお金持ちの評議員「あしながおじさん」ジーン・ウェブスター作;中村凪子訳;ユンケル絵 KADOKAWA（角川つばさ文庫）2013年12月

あしながおじさん（ジョン・スミス）
孤児のジュディーを援助している謎の人物「あしながおじさん」ウェブスター作;木村由利子訳;駒形絵 集英社（集英社みらい文庫）2011年8月

アシラ
「太陽の国」の王子・モリツモスの恐ろしく賢い妻「最果てのサーガ 3 泥の時」リリアナ・ボドック著;中川紀子訳 PHP研究所 2011年3月

アシラ
「太陽の国」の王子・モリツモスの恐ろしく賢い妻、男子の誕生を待つ女「最果てのサーガ 4 火の時」リリアナ・ボドック著;中川紀子訳 PHP研究所 2011年3月

アスカン
キャンプ場でリリの前にあらわれたひとりぼっちの大きなオオカミ「動物と話せる少女リリアーネ 7 さすらいのオオカミ森に帰る!」タニヤ・シュテーブナー著;中村智子訳;駒形イラスト 学研教育出版 2012年4月

アダム
元イギリス秘密情報部のの天才スパイ犬ララの飼い主ベンの臆病で小心者のいとこ「天才犬ララ、危機一髪!? 秘密指令!誘拐団をやっつけろ!!」アンドリュー・コープ作;柴野理奈子訳 講談社（青い鳥文庫）2013年2月

アッカ
スウェーデンの最北部・ラップランドの山あいに夏のあいだ住みついていたガンの群れの隊長「ニルスが出会った物語 5 ワシのゴルゴ」セルマ・ラーゲルレーヴ原作;菱木晃子訳構成;平澤朋子画 福音館書店（世界傑作童話シリーズ）2013年1月

アティカス・ローゼンブルーム
11歳ながらIQ200以上の天才、ケイヒル一族と共通の使命を持つ「ガーディアン」の男の子「サーティーナイン・クルーズ 14 天文台の謎」ピーター・ルランジス著;小浜杏訳;HACCANイラスト メディアファクトリー 2013年6月

アティカス・ローゼンブルーム
11歳ながらIQ200以上の天才、ネットを通じて知り合ったダンの親友「サーティーナイン・クルーズ 12 メドゥーサの罠」ゴードン・コーマン著;小浜杏訳;HACCANイラスト メディアファクトリー 2012年11月

アティカス・ローゼンブルーム
11歳ながらIQ200以上の天才、ネットを通じて知り合ったダンの親友「サーティーナイン・クルーズ 13 いにしえの地図」ジュード・ワトソン著;小浜杏訳;HACCANイラスト メディアファクトリー 2013年2月

アティクス
皇帝ペンギン王国のシーモアの息子、皇帝ペンギンのエリックの友だち「ハッピーフィート 2」河井直子訳 メディアファクトリー 2011年11月

アデレード（ミス・ベヴァン）
ラツカヴィア王国の王子と秘密裏に結婚しロンドンで暮らしている英国人の若い女性「ブリキの王女 上下 サリー・ロックハートの冒険 外伝」フィリップ・プルマン著;山田順子訳 東京創元社（sogen bookland）2011年11月

アナ
ニューヨークで人形修理店をいとなむ両親と暮らす三姉妹の九さいの次女「うちはお人形の修理屋さん」ヨナ・ゼルディス・マクドノー作;おびかゆうこ訳;杉浦さやか絵 徳間書店 2012年5月

あな

アナ
ニューヨークに住む十一さいの少女、お人形屋さん一家の三姉妹の次女 「お人形屋さん
に来たネコ」 ヨナ・ゼルディス・マクドノー作;おびかゆうこ訳;杉浦さやか絵 徳間書店
2013年5月

アナベス
夏休みの間フォレスト・ヒルのおばあちゃんに預けられているもうすぐ八年生になる女の子
「ローズの小さな図書館」 キンバリー・ウィリス・ホルト作;谷口由美子訳 徳間書店 2013年
7月

アナベス・チェイス
ギリシャの女神・アテナの娘で頭脳明晰で努力家の女の子、パーシー・ジャクソンのガール
フレンド 「オリンポスの神々と7人の英雄 3 アテナの印」 リック・リオーダン作;金原瑞人訳;
小林みき訳 ほるぷ出版 2013年11月

アナベス・チェイス
ギリシャの女神アテナの娘でハーフ訓練所のリーダー的存在、パーシー・ジャクソンのガー
ルフレンド 「オリンポスの神々と7人の英雄 1 消えた英」 リック・リオーダン作;金原瑞人訳;
小林みき訳 ほるぷ出版 2011年10月

アナベル・ドール
百年にわたってパーマー家にうけつがれてきた陶製のアンティーク人形、八歳の女の子
「アナベル・ドールとちっちゃなティリー(アナベル・ドール3)」 アン・M・マーティン作;ロー
ラ・ゴドウィン作;三原泉訳 偕成社 2012年10月

アニー
アメリカ・ペンシルベニア州に住む仲よし兄妹の妹、兄のジャックとマジック・ツリーハウスで
時空をこえて知らない世界へでかけた九歳の女の子 「マジック・ツリーハウス 35 アレクサ
ンダー大王の馬」 メアリー・ポープ・オズボーン著;食野雅子訳 KADOKAWA(マジック・ツ
リーハウス) 2013年11月

アニー
兄のジャックと魔法のツリーハウスでリンカン大統領の住むホワイトハウスに来た九歳の女の
子 「大統領の秘密」 メアリー・ポープ・オズボーン著;食野雅子訳 メディアファクトリー(マ
ジック・ツリーハウス33) 2012年11月

アニー
魔法のツリーハウスで兄のジャックとスイス・アルプスの峠に来た九歳の女の子 「アルプス
の救助犬バリー」 メアリー・ポープ・オズボーン著;食野雅子訳 メディアファクトリー(マジッ
ク・ツリーハウス32) 2012年6月

アニー
魔法のツリーハウスで兄のジャックと十九世紀のロンドンに来た九歳の女の子 「ロンドンの
ゴースト」 メアリー・ポープ・オズボーン著;食野雅子訳 メディアファクトリー(マジック・ツ
リーハウス30) 2011年6月

アニー
魔法のツリーハウスで兄のジャックと十七世紀のインドに来た九歳の女の子 「インド大帝国
の冒険」 メアリー・ポープ・オズボーン著;食野雅子訳 メディアファクトリー(マジック・ツリー
ハウス31) 2011年11月

アニー
魔法のツリーハウスで兄のジャックと中国・臥龍に来た九歳の女の子 「パンダ救出作戦」
メアリー・ポープ・オズボーン著;食野雅子訳 メディアファクトリー(マジック・ツリーハウス
34) 2013年6月

アニィ
キルデンリー国の動物と話ができる世継ぎの王女 「グース・ガール—がちょう番の娘の物
語」 シャノン・ヘイル著;石黒美央[ほか]訳 バベルプレス 2011年1月

あひえ

アニータ・ブルーム
ベネチアの「落書きの家」と呼ばれる古い家に引っこしてきたロンドン生まれの12歳、驚くほどに記憶力が良い少女 「ユリシーズ・ムーアと隠された町」 Pierdomenico Baccalario著;金原瑞人訳;佐野真奈美訳;井上里訳 学研パブリッシング 2012年6月

アニータ・ブルーム
ベネチアの「落書きの家」に引っこしてきたばかりのロンドン生まれの夢見がちな12歳、驚くほどに記憶力が良い少女 「ユリシーズ・ムーアとなぞの迷宮」 Pierdomenico Baccalario著;金原瑞人訳;佐野真奈美訳;井上里訳 学研教育出版 2012年12月

アニータ・ブルーム
ベネチアの「落書きの家」に引っこしてきたばかりのロンドン生まれの夢見がちな12歳、驚くほどに記憶力が良い少女 「ユリシーズ・ムーアと灰の庭」 Pierdomenico Baccalario著;金原瑞人訳;佐野真奈美訳;井上里訳 学研教育出版 2013年7月

アニータ・ブルーム
ベネチアの「落書きの家」に引っこしてきたばかりのロンドン生まれの夢見がちな12歳、驚くほどに記憶力が良い少女 「ユリシーズ・ムーアと空想の旅人」 Pierdomenico Baccalario著;金原瑞人訳;佐野真奈美訳;井上里訳 学研教育出版 2013年10月

アニータ・ブルーム
ベネチアの「落書きの家」に引っこしてきたばかりのロンドン生まれの夢見がちな12歳、驚くほどに記憶力が良い少女 「ユリシーズ・ムーアと氷の国」 Pierdomenico Baccalario著;金原瑞人訳;佐野真奈美訳;井上里訳 学研教育出版 2013年4月

アニータ・ブルーム
ベネチアの「落書きの家」に引っこしてきたばかりのロンドン生まれの夢見がちな12歳、驚くほどに記憶力が良い少女 「ユリシーズ・ムーアと雷の使い手」 Pierdomenico Baccalario著;金原瑞人訳;佐野真奈美訳;井上里訳 学研パブリッシング 2012年10月

アニドリィ・キラドラ・タリアンナ・イシリー（アニィ）
キルデンリー国の動物と話ができる世継ぎの王女 「グース・ガール—がちょう番の娘の物語」 シャノン・ヘイル著;石黒美央[ほか]訳 バベルプレス 2011年1月

アバラ・ロッコツ
「ホラー横丁」の住人、「首なしの騎士」デュークにあこがれるガイコツの少女 「ホラー横丁13番地 5 骸骨の頭」 トミー・ドンババンド作;伏見操訳;ヒョーゴノスケ絵 偕成社 2012年3月

アビー
向かいの家に住むジェイクのことが好きな十二歳の少女 「恐怖のお泊まり会 〔1〕 死者から届いたメール」 P.J.ナイト著;岡本由香子訳;shirakabaイラスト メディアファクトリー 2013年7月

アビー・ウエスト
ブロッキンハースト女子学園に入学し寮生活をはじめた新入生の十歳の女の子 「ヒミツの子ねこ 2 アビーの学園は大さわぎ!」 スー・ベントレー作;松浦直美訳;naoto絵 ポプラ社（ポプラポケット文庫） 2013年11月

アーヒエ
ペテフレット荘の二十階に住むいつもピンクのワンピースを着た女の子、きれい好きすぎるピーカピカさんの娘 「ペテフレット荘のブルック 下 とんでけ、空へ」 アニー・M.G.シュミット作;フィープ・ヴェステンドルプ絵;西村由美訳 岩波書店 2011年7月

アーヒエ
ペテフレット荘の二十階に住むいつもピンクのワンピースを着た女の子、きれい好きすぎるピーカピカさんの娘 「ペテフレット荘のブルック 上 あたらしい友だち」 アニー・M.G.シュミット作;フィープ・ヴェステンドルプ絵;西村由美訳 岩波書店 2011年7月

あぴか

アビー・カーソン
落第寸前のために特別課題としてアフガニスタンの村の男の子と文通することになったアメリカの六年生の女の子 「はるかなるアフガニスタン」 アンドリュー・クレメンツ著;田中奈津了訳 講談社(青い鳥文庫) 2012年2月

アブドゥル
戦乱のバグダッドを去りフランスの港町カレーにたどりついた少年、イギリスへ向かうボートに乗ったひとり 「きみ、ひとりじゃない」 デボラ・エリス作;もりうちすみこ訳 さ・え・ら書房 2011年4月

アブ・ハッサン
スルタン・サラディン軍の司令官、ユダヤ人を憎みサラディン失墜を企てる男 「賢者ナータンと子どもたち」 ミリヤム・プレスラー作;森川弘子訳 岩波書店 2011年11月

アブラハム
「アブラハムの書」を記した魔導師 「伝説の双子ソフィー&ジョシュ(アルケミスト6)」 マイケル・スコット著;橋本恵訳 理論社 2013年11月

アブラハム
「アブラハムの書」を記した魔導師 「魔導師アブラハム(アルケミスト5)」 マイケル・スコット著;橋本恵訳 理論社 2012年12月

アヴロム・アモス
腹話術師の若者フレディが出会った幽霊、ナチスの将校に殺されたユダヤ人の少年 「<天才フレディ>と幽霊の旅」 シド・フライシュマン作;野沢佳織訳 徳間書店 2011年3月

アペプ
脱獄して世界を破滅させようとしている凶悪な蛇神で魔術師の敵 「ケイン・クロニクル炎の魔術師たち 1」 リック・リオーダン著;小浜杏訳;エナミカツミイラスト メディアファクトリー 2013年8月

アーベルチェ・ルーフ
オランダのミデルム市に住む少年、学校を出てデパートのエレベーターボーイになった少年 「アーベルチェとふたりのラウラ」 アニー・M.G.シュミット作;西村由美訳 岩波書店(岩波少年文庫) 2011年12月

アーベルチェ・ルーフ
オランダのミデルム市に住む少年、学校を出てデパートのエレベーターボーイになった少年 「アーベルチェの冒険」 アニー・M.G.シュミット作;西村由美訳 岩波書店(岩波少年文庫) 2011年1月

アマサ・マコーマー夫人(ケイトおばさん)　あまさまこーまーふじん(けいとおばさん)
サマーサイド高校の校長に就任したアンが下宿する柳風荘(ウィンディ・ウィローズ)の家主の未亡人姉妹 「アンの幸福(赤毛のアン 4)」 L.M.モンゴメリ作;村岡花子訳;HACCAN絵 講談社(青い鳥文庫) 2013年4月

アマゾン・ハント(ゾニー)
動物保護団体「トラックス」のメンバー、活発で動物のあつかいがうまい十三歳の少女 「アニマル・アドベンチャー ミッション2 タイガーシャークの襲撃」 アンソニー・マゴーワン作;西本かおる訳 静山社 2013年12月

アマゾン・ハント(ゾニー)
両親が動物保護の仕事をしている動物好きの活発な12歳の少女 「アニマル・アドベンチャー ミッション1 アムールヒョウの親子を救え!」 アンソニー・マゴーワン作;西本かおる訳 静山社 2011年6月

アマデウス
ウィーンのメスメル博士の屋敷に招かれた神童と呼ばれる十二歳の男の子、音楽家のモーツァルトの息子 「庭師の娘」 ジークリート・ラウベ作;若松宣子訳 岩波書店 2013年7月

あり

アマンド
北アフリカ沿岸のバーバーリーの海賊も従える黒海の海賊長 「パイレーツ・オブ・カリビアン外伝 シャドウ・ゴールドの秘密5」 ロブ・キッド著;川村玲訳 講談社 2011年7月

アミーラ
アフガニスタンのバハーランの村で英語のできる優秀な生徒サディードの二つ下の妹、アメリカの女の子と文通をすることになった女の子 「はるかなるアフガニスタン」 アンドリュー・クレメンツ著;田中奈津子訳 講談社(青い鳥文庫) 2012年2月

アームストロング
動物と話せるリリが公園で出会ったなぞのチンパンジー 「動物と話せる少女リリアーネ4 笑うチンパンジーのひみつ!」 タニヤ・シュテーブナー著;中村智子訳;駒形イラスト 学研教育出版 2011年3月

アメリア
重い心臓病に苦しみ心臓の移植提供を待っているミネソタに住む十四歳の少女 「ハートビートに耳をかたむけて」 ロレッタ・エルスワース著;三辺律子訳 小学館(SUPER!YA) 2011年3月

アーメンガード
ロンドンの精華女子学院の生徒でセーラの親友、勉強が苦手な女の子 「小公女」 フランシス・ホジソン・バーネット作;脇明子訳 岩波書店(岩波少年文庫) 2012年11月

アーメンガード・セント・ジョン
セーラと仲良しなったロンドンの寄宿学校の生徒、学校きっての劣等生 「小公女」 フランシス・ホジソン・バーネット作;高楼方子訳;エセル・フランクリン・ベッツ;画 福音館書店(福音館古典童話シリーズ) 2011年9月

アモン
ヒトラーが作った子どもたちの軍隊・ヒトラー・ユーゲントのメンバー、ドイツ人の少年 「フェリックスとゼルダその後」 モーリス・グライツマン著;原田勝訳 あすなろ書房 2013年8月

アーヤ・ツール
身よりのない子どもの家から変わったふたり組にひきとられ魔女の家にきた女の子 「アーヤと魔女」 ダイアナ・ウィン・ジョーンズ作;田中薫子訳;佐竹美保絵 徳間書店 2012年7月

アヤーナ・バヨ
十二歳の女の子フランキーのパパへメールを送ったパパの恋人かもしれない女の人 「パパのメールはラブレター!?」 メアリー・アマート作;尾高薫訳 徳間書店 2011年12月

アラヤ
グリーヴ王国の荒地にいるという山賊の女親分 「にげだした王女さま」 ケイト・クームズ著;綾音惠美子[ほか]訳 バベルプレス 2012年5月

アリ
アメリカの小学四年生の女の子、ランプの精・リトル・ジーニーのごしゅじんさま 「リトル・ジーニーときめきプラス アリの初恋パレード」 ミランダ・ジョーンズ作;宮坂宏美訳;サトウユカ絵 ポプラ社 2012年9月

アリ
アメリカの小学四年生の女の子、ランプの精・リトル・ジーニーのごしゅじんさま 「リトル・ジーニーときめきプラス ティファニーの恋に注意報!」 ミランダ・ジョーンズ作;宮坂宏美訳;サトウユカ絵 ポプラ社 2013年3月

アリ
アメリカの小学四年生の女の子、ランプの精・リトル・ジーニーのごしゅじんさま 「リトル・ジーニーときめきプラス ドキドキ!恋する仮装パーティー」 ミランダ・ジョーンズ作;宮坂宏美訳;サトウユカ絵 ポプラ社 2013年8月

あり

アリ
ジーニー・スクールの卒業式に出席することになった小学四年生の女の子、ランプの精のリトル・ジーニーのごしゅじんさま 「ランプの精リトル・ジーニー 20 ジーニーランドの卒業式」 ミランダ・ジョーンズ作;宮坂宏美訳;サトウユカ画 ポプラ社 2012年3月

アリ
むかしの世界にタイム・トラベルした小学四年生の女の子、ランプの精のリトル・ジーニーのごしゅじんさま 「ランプの精リトル・ジーニー 17 タイム・トラベル!」 ミランダ・ジョーンズ作;宮坂宏美訳;サトウユカ画 ポプラ社 2011年3月

アリ
家族と「貝がら浜」ビーチにバカンスにいくことになった小学四年生の女の子、ランプの精のリトル・ジーニーのごしゅじんさま 「ランプの精リトル・ジーニー 18 ひみつの海のお友だち」 ミランダ・ジョーンズ作;宮坂宏美訳;サトウユカ画 ポプラ社 2011年7月

アリ
野生動物のアメリカモモンガについてしらべることになった小学四年生の女の子、ランプの精のリトル・ジーニーのごしゅじんさま 「ランプの精リトル・ジーニー 19 空とぶおひっこし大作戦!」 ミランダ・ジョーンズ作;宮坂宏美訳;サトウユカ画 ポプラ社 2011年11月

アリー(アリス・モーガン)
イギリスの大人気バンドのボーカル・スティービーに真剣に恋をしたごくふつうの中学生の女の子 「スキ・キス・スキ!」 アレックス・シアラー著;田中亜希子訳 あかね書房(YA Step!) 2011年2月

アリ(アリソン・オドウヤー)
メイン州のシカモア湖畔にあるカモメ荘に従妹のベビーシッターとして行くことになった十三歳の女の子 「深く、暗く、冷たい場所」 メアリー・D.ハーン作;せなあいこ訳 評論社(海外ミステリーBOX) 2011年1月

アリ(アリソン・キャサリン・ミラー)
おばあちゃんにフリーマーケットで古いラバ・ランプを買ってもらったガラクタずきの四年生の少女 「ランプの精リトル・ジーニー 1 おねがいごとを、いってみて!」 ミランダ・ジョーンズ作;宮坂宏美訳 ポプラ社(ポプラポケット文庫) 2013年4月

アリ(アリソン・キャサリン・ミラー)
ランプの精のリトル・ジーニーのごしゅじんさま、モンゴメリー小学校に通う四年生の少女 「ランプの精リトル・ジーニー 2 小さくなるまほうってすてき?」 ミランダ・ジョーンズ作;宮坂宏美訳 ポプラ社(ポプラポケット文庫) 2013年4月

アリ(アリソン・キャサリン・ミラー)
ランプの精のリトル・ジーニーのごしゅじんさま、モンゴメリー小学校に通う四年生の少女 「ランプの精リトル・ジーニー 3 ピンクのまほう」 ミランダ・ジョーンズ作;宮坂宏美訳 ポプラ社(ポプラポケット文庫) 2013年4月

アリ(アリソン・キャサリン・ミラー)
ランプの精のリトル・ジーニーのごしゅじんさま、モンゴメリー小学校に通う四年生の少女 「ランプの精リトル・ジーニー 4 ゆうれいにさらわれた!」 ミランダ・ジョーンズ作;宮坂宏美訳 ポプラ社(ポプラポケット文庫) 2013年6月

アリアトゥ
シエラレオネでの激しい内戦によって両手をなくし難民となった十二歳の少女 「両手を奪われても シエラレオネの少女マリアトゥ」 マリアトゥ・カマラ共著;スーザン・マクリーランド共著;村上利佳訳 汐文社 2012年12月

アリア・モンゴメリー
アイスランド帰りでローズウッド学院に通う個性的な女の子、遺体で見つかったアリソンの元親友 「ライアーズ3 誘惑の代償」 サラ・シェパード著;中尾眞樹訳 AC Books 2011年3月

ありす

アリア・モンゴメリー
アイスランド帰りでローズウッド学院に通う個性的な女の子、遺体で見つかったアリソンの元親友 「ライアーズ4 つながれた絆」 サラ・シェパード著;中尾眞樹訳 AC Books 2011年5月

アリウス
たくさんの太くて短い腕を持つ青白くでっぷりとした生きもの 「ワンダラ2 人類滅亡?」 トニー・ディテルリッジ作;飯野眞由美訳 文溪堂 2013年2月

アリシア・デュニック
バンパイアのラーテンと恋に落ちたパリの女性 「クレプスリー伝説－ダレン・シャン前史3 呪われた宮殿」 Darren Shan作;橋本恵訳;田口智子絵 小学館 2011年12月

アリシア・デュニック
バンパイアのラーテンと恋に落ちたパリの女性 「クレプスリー伝説－ダレン・シャン前史4 運命の兄弟」 Darren Shan作;橋本恵訳;田口智子絵 小学館 2012年4月

アリーシャ・デービス
空想好きな少年サイモンの同級生、子どもの頃サイモンとよく遊んでいた女の子 「空想科学少年サイモン・ブルーム 重力の番人 上下」 マイケル・ライスマン作;三田村信行編訳;加藤アカツキ絵 文溪堂 2013年7月

アリス
第二次世界大戦中チェコスロバキアの貧しい村にあった小さな動物園の園長の娘 「真夜中の動物園」 ソーニャ・ハートネット著;野沢佳織訳 主婦の友社 2012年7月

アリスター
入れられていた救貧院からベイカーストリートの「イレギュラーズ」に戻ってきた少年 「シャーロック・ホームズ&イレギュラーズ3 女神ディアーナの暗号」 T.マック&M.シトリン著;金原瑞人共訳;相山夏奏共訳;スカイエマ画 文溪堂 2011年11月

アリスター・マックーリー
特殊能力で病気を治す「メディキュス団」の「賢人」の中でいちばん若い青年 「オスカー・ピル 2メディキュスの秘宝を守れ! 上下」 エリ・アンダーソン著;坂田雪子訳 角川書店 2013年5月

アリステア・オウ(アリステアおじさん)
ケイヒル一族の分家エカテリーナ家の一員、39の手がかりを探すレースに参加する韓国系の発明家 「サーティーナイン・クルーズ 10 最期の試練 前編」 マーガレット・ピーターソン・ハディックス著;小浜杏訳;HACCANイラスト メディアファクトリー 2011年11月

アリステアおじさん
ケイヒル一族の分家エカテリーナ家の一員、39の手がかりを探すレースに参加する韓国系の発明家 「サーティーナイン・クルーズ 10 最期の試練 前編」 マーガレット・ピーターソン・ハディックス著;小浜杏訳;HACCANイラスト メディアファクトリー 2011年11月

アリス・ディーン
魔使いの弟子トムの友だち、闇の世界からきた魔王の娘 「魔使いの犠牲(魔使いシリーズ)」 ジョゼフ・ディレイニー著;田中亜希子訳 東京創元社(sogen bookland) 2011年3月

アリス・ディーン
魔使いの弟子トムの友だち、魔王と魔女のあいだに生まれた娘 「魔使いの悪夢(魔使いシリーズ)」 ジョゼフ・ディレイニー著;田中亜希子訳 東京創元社(sogen bookland) 2012年3月

アリス・ディーン
魔使いの弟子の少年トムの友だち、魔王と魔女のあいだに生まれた娘 「魔使いの運命(魔使いシリーズ)」 ジョゼフ・ディレイニー著;田中亜希子訳 東京創元社(sogen bookland) 2013年3月

ありす

アリス・ディーン
魔女ボニー・リジーとちっぽけな家で暮らし始めた魔女の血をひく女の子 「魔女の物語(魔使いシリーズ外伝)」ジョゼフ・ディレイニー著;田中亜希子訳 東京創元社(sogen bookland) 2012年8月

アリス・バンダーズ
ロンドンのインターナショナル・スクールに通うジーナの同級生でプリンセス 「XX・ホームズの探偵ノート 4 いなくなったプリンセス」トレーシー・バレット作;こだまともこ訳;十々夜絵 フレーベル館 2012年7月

アリス・モーガン
イギリスの大人気バンドのボーカル・スティービーに真剣に恋をしたごくふつうの中学生の女の子 「スキ・キス・スキ!」アレックス・シアラー著;田中亜希子訳 あかね書房(YA Step!) 2011年2月

アリソン・オドウヤー
メイン州のシカモア湖畔にあるカモメ荘に従妹のベビーシッターとして行くことになった十三歳の女の子 「深く、暗く、冷たい場所」メアリー・D.ハーン作;せなあいこ訳 評論社(海外ミステリーBOX) 2011年1月

アリソン・キャサリン・ミラー
おばあちゃんにフリーマーケットで古いラバ・ランプを買ってもらったガラクタずきの四年生の少女 「ランプの精リトル・ジーニー 1 おねがいごとを、いってみて!」ミランダ・ジョーンズ作;宮坂宏美訳 ポプラ社(ポプラポケット文庫) 2013年4月

アリソン・キャサリン・ミラー
ランプの精のリトル・ジーニーのごしゅじんさま、モンゴメリー小学校に通う四年生の少女 「ランプの精リトル・ジーニー 2 小さくなるまほうってすてき?」ミランダ・ジョーンズ作;宮坂宏美訳 ポプラ社(ポプラポケット文庫) 2013年4月

アリソン・キャサリン・ミラー
ランプの精のリトル・ジーニーのごしゅじんさま、モンゴメリー小学校に通う四年生の少女 「ランプの精リトル・ジーニー 3 ピンクのまほう」ミランダ・ジョーンズ作;宮坂宏美訳 ポプラ社(ポプラポケット文庫) 2013年4月

アリソン・キャサリン・ミラー
ランプの精のリトル・ジーニーのごしゅじんさま、モンゴメリー小学校に通う四年生の少女 「ランプの精リトル・ジーニー 4 ゆうれいにさらわれた!」ミランダ・ジョーンズ作;宮坂宏美訳 ポプラ社(ポプラポケット文庫) 2013年6月

アリソン・ディローレンティス
ローズウッド学院に通うパーフェクトな人気者、八年生になる前の夏に失踪し遺体で見つかった女の子 「ライアーズ3 誘惑の代償」サラ・シェパード著;中尾眞樹訳 AC Books 2011年3月

アリソン・ディローレンティス
ローズウッド学院に通うパーフェクトな人気者、八年生になる前の夏に失踪し遺体で見つかった女の子 「ライアーズ4 つながれた絆」サラ・シェパード著;中尾眞樹訳 AC Books 2011年5月

主 あるじ
「永遠の憎悪」を持つ「古の土地」の支配者、「死の女」の息子 「最果てのサーガ 1 鹿の時」リリアナ・ボドック著;中川紀子訳 PHP研究所 2011年1月

主 あるじ
「永遠の憎悪」を持つ「古の土地」の支配者、「死の女」の息子 「最果てのサーガ 2 影の時」リリアナ・ボドック著;中川紀子訳 PHP研究所 2011年1月

あるふ

アルストン・ネガティブ
「ホラー横丁」に住むワトソン一家の隣人でリイサスの父親、吸血鬼 「ホラー横丁13番地 2 魔女の血」トミー・ドンババンド作;伏見操訳;ヒョーゴノスケ絵 偕成社 2012年3月

アルトゥーロ
発達障害をもつ17歳のマルセロの自立を願う父親、法律事務所を持つ弁護士 「マルセロ・イン・ザ・リアルワールド」フランシスコ・X.ストーク作;千葉茂樹訳 岩波書店(STAMP BOOKS) 2013年3月

アルドリッチ・キリアン（キリアン）
謎のシンクタンク・エイムの代表であり科学者 「アイアンマン3」マイケル・シグレイン ノベル;吉田章子[ほか]訳 講談社(ディズニーストーリーブック) 2013年9月

アルバート
ホーリーとマシューのおばあちゃんの家で飼われているしゃべったり本を読んだりする不思議なネコ 「魔女のネコ(魔女の本棚14)」ルース・チュウ作;日当陽子訳;たんじあきこ絵 フレーベル館 2011年7月

アルバート・ナラコット
競りで父親が買ってきた馬・ジョーイの世話をする農場の息子 「戦火の馬」マイケル・モーパーゴ著;佐藤見果夢訳 評論社 2012年1月

アル・ハーフィ
エルサレムに住むイスラム教托鉢修道士、ユダヤ人の商人ナータンの友人 「賢者ナータンと子どもたち」ミリヤム・プレスラー作;森川弘子訳 岩波書店 2011年11月

アルビナ
犬がほしい少年・ハルのお母さん、買い物や社交生活にいそがしい人 「おいでフレック、ぼくのところに」エヴァ・イボットソン著;三辺律子訳 偕成社 2013年9月

アルビン
ヤバン諸島でもっとも邪悪で危険な男、バイキングの少年ヒックの宿敵 「ヒックとドラゴン 10 砂漠の宝石」クレシッダ・コーウェル作;相良倫子・陶浪亜希訳 小峰書店 2013年7月

アルビン
ヤバン諸島でもっとも邪悪で危険な男、バイキングの少年ヒックの宿敵 「ヒックとドラゴン 8 樹海の決戦」クレシッダ・コーウェル作;相良倫子・陶浪亜希訳 小峰書店 2011年3月

アルビン
ヤバン諸島でもっとも邪悪で危険な男、バイキングの少年ヒックの宿敵 「ヒックとドラゴン 9 運命の秘剣」クレシッダ・コーウェル作;相良倫子・陶浪亜希訳 小峰書店 2012年6月

アルフィー（エルフ）
名探偵ホームズの仕事を手伝う「イレギュラーズ」のメンバー、一番年下の少年 「シャーロック・ホームズ&イレギュラーズ 1 消されたサーカスの男」T.マック&M.シトリン著;金原瑞人共訳;相山夏奏共訳;スカイエマ画 文溪堂 2011年9月

アルフィー（エルフ）
名探偵ホームズの仕事を手伝う「イレギュラーズ」のメンバー、一番年下の少年 「シャーロック・ホームズ&イレギュラーズ 2 冥界からの使者」T.マック&M.シトリン著;金原瑞人共訳;相山夏奏共訳;スカイエマ画 文溪堂 2011年9月

アルフィー（エルフ）
名探偵ホームズの仕事を手伝う「イレギュラーズ」のメンバー、一番年下の少年 「シャーロック・ホームズ&イレギュラーズ 3 女神ディアーナの暗号」T.マック&M.シトリン著;金原瑞人共訳;相山夏奏共訳;スカイエマ画 文溪堂 2011年11月

あるふ

アルフィー（エルフ）
名探偵ホームズの仕事を手伝う「イレギュラーズ」のメンバー、一番年下の少年 「シャーロック・ホームズ&イレギュラーズ4 最後の対決」T.マック&M.シトリン著;金原瑞人共訳;相山夏奏共訳;スカイエマ画 文溪堂 2012年1月

アルフィー・メイソン
家の屋根裏部屋にこもって漫画を描くのが好きな少年、アメリカの貧乏な家族の子ども 「漫画少年」ベッツィ・バイアーズ作;もりうちすみこ訳 さ・え・ら書房 2011年10月

アルフォンソ
魔法の才能がない女の子・ルビーのおじさんと名乗る男 「世界一ちいさな女の子のはなし（マジカルチャイルド2）」サリー・ガードナー作;三辺律子訳 小峰書店 2012年9月

アルランド
イフ王国の王子、キルダー王国のダウ王女と婚約している青年 「イフ」アナ・アロンソ作;ハビエル・ペレグリン作;ばんどうとしえ訳;市瀬淑子絵 未知谷 2011年8月

アレイク・アマボ
アフリカの内戦をのがれアメリカにやってきたアマボ家の長女、内戦時のショックで口がきけなくなった十五歳の少女 「闇のダイヤモンド」キャロライン・B・クーニー著;武富博子訳 評論社(海外ミステリーBOX) 2011年4月

アレキサンドリア・ファー
「ホラー横丁」の住人・クレオの行方がわからなくなっていた母親 「ホラー横丁13番地3 ミイラの心臓」トミー・ドンババンド作;伏見操訳;ヒョーゴノスケ絵 偕成社 2012年3月

アレクサンドロス王子　あれくさんどろすおうじ
古代マケドニア王国の王・フィリッポス二世の息子、もうすぐ十三歳になる王子 「マジック・ツリーハウス35 アレクサンダー大王の馬」メアリー・ポープ・オズボーン著;食野雅子訳 KADOKAWA(マジック・ツリーハウス) 2013年11月

アレクシア（レクシー）
コネチカット州のスノウヒル小学校の五年生、クラスのボス的な存在の女子 「テラプト先生がいるから」ロブ・ブイエー作;西田佳子訳 静山社 2013年7月

アレックス
ダウン症のセブの十三歳の弟 「ウィッシュ 願いをかなえよう!」フェリーチェ・アリーナ作;横山和江訳 講談社 2011年8月

アレックス
チッカディ通りに住む男の子、名探偵ネコのルオーの飼い主 「名探偵ネコ ルオー〜ハロウィンを探せ〜」マーシャ・フリーマン著;栗山理栄[ほか]訳 バベルプレス 2011年10月

アレックス
三年生の女の子・ヴィンニのクラスメート、ヴィンニが恋をした男の子 「ヴィンニとひみつの友だち[ヴィンニ!](2)」ペッテル・リードベック作;菱木晃子訳;杉田比呂美絵 岩波書店 2011年6月

アレックス
三年生の女の子・ヴィンニのクラスメート、ヴィンニとつきあってる男の子 「われらがヴィンニ[ヴィンニ!](4)」ペッテル・リードベック作;菱木晃子訳;杉田比呂美絵 岩波書店 2011年6月

アレッシア・メディチ
天空の民を統べる大公のあまやかされて育った娘 「天空の少年ニコロ2 呪われた月姫」カイ・マイヤー著;遠山明子訳;佐竹美保画 あすなろ書房 2011年7月

アレッシア・メディチ
天空の民を統べる大公のあまやかされて育った娘 「天空の少年ニコロ3 龍とダイヤモンド」カイ・マイヤー著;遠山明子訳;佐竹美保画 あすなろ書房 2012年3月

あんじ

アレッシオ
森の洞窟の盗賊・ヒラテウッチとくらす人間のことばをしゃべるサル 「ねてもさめてもいたずら姫」 シルヴィア・ロンカーリァ作;エレーナ・テンポリン絵;たかはしたかこ訳 西村書店(ときめきお姫さま4) 2012年3月

アン
森でくらしている四ひきのこぶたの家事をとりしきるねえさん 「おめでたこぶた その1 四ひきのこぶたとアナグマのお話」 アリソン・アトリー作;すがはらひろくに訳;やまわきゆりこ画 福音館書店(世界傑作童話シリーズ) 2012年2月

アン
森でくらしている四ひきのこぶたの家事をとりしきるねえさん 「おめでたこぶた その2 サム、風をつかまえる」 アリソン・アトリー作;すがはらひろくに訳;やまわきゆりこ画 福音館書店(世界傑作童話シリーズ) 2012年10月

アン・オマケー(アン女王) あんおまけー(あんじょおう)
魔法の国オズのすみっこにあるいちばん小さくてまずしいウーガブーの女王 「オズの魔法使いシリーズ8 完訳オズのチクタク」 ライマン・フランク・ボーム著;宮坂宏美訳 復刊ドットコム 2012年10月

アンガス
アメリカメイン州にある農場の夫婦にひきとられたボーダーコリーの雑種のオスの黒犬 「アンガスとセイディー 農場の子犬物語」 シンシア・ヴォイト作;せきねゆき絵;陶浪亜希訳 小峰書店(おはなしメリーゴーラウンド) 2011年10月

アンガス・オーグ
もと演奏家JJ・リディの祖父で妖精 「世界の終わりと妖精の馬 上下−時間のない国で3」 ケイト・トンプソン著;渡辺庸子訳 東京創元社(sogen bookland) 2011年5月

アンゴラッド
キルデンリー国の王女アニィが隣国ベイヤーン王国に向かう旅路の護衛、かつては商隊の用心棒 「グース・ガール−がちょう番の娘の物語」 シャノン・ヘイル著;石黒美央[ほか]訳 バベルプレス 2011年1月

アンジェリカ
海賊ジャック・スパロウの元恋人、凶悪な海賊・黒ひげの船の一等航海士 「パイレーツ・オブ・カリビアン−生命の泉」 ジェームズ・ポンティ作;橘高弓枝訳 偕成社(ディズニーアニメ小説版) 2011年6月

アン・シャーリー
アンボリーに住むマシューとマリラ兄妹に引き取られ育った女の子、レドモンド大学に入学した十八歳 「新訳 アンの愛情」 モンゴメリ作;木村由利子訳;羽海野チカイラスト;おのともえイラスト 集英社(集英社みらい文庫) 2013年3月

アン・シャーリー
グリーン・ゲイブルズで暮らすマシュー兄弟に引き取られた孤児、自分が通った小学校に赴任した十六歳の新米教師 「新訳 アンの青春」 モンゴメリ作;木村由利子訳;羽海野チカイラスト;おのともえイラスト 集英社(集英社みらい文庫) 2012年3月

アン・シャーリー
グリーン・ゲイブルズで暮らすマシュー兄妹が引き取ることになった孤児、おしゃべりな十一歳くらいの少女 「新訳 赤毛のアン」 モンゴメリ作;木村由利子訳;羽海野チカイラスト;おのともえイラスト 集英社(集英社みらい文庫) 2011年3月

アン・シャーリー
レドモンド大学に入学し「パティの家」で友だちと暮らすことになった赤毛の女の子 「アンの愛情(赤毛のアン 3)」 L.M.モンゴメリ作;村岡花子訳;HACCAN絵 講談社(青い鳥文庫) 2011年2月

13

あんし

アン・シャーリー
レドモンド大学を卒業後サマーサイド高校校長に就任した赤毛の女性 「アンの幸福(赤毛のアン 4)」 L.M.モンゴメリ作;村岡花子訳;HACCAN絵 講談社(青い鳥文庫) 2013年4月

アン女王　あんじょおう
魔法の国オズのすみっこにあるいちばん小さくてまずしいウーガブーの女王 「オズの魔法使いシリーズ8 完訳オズのチクタク」 ライマン・フランク・ボーム著;宮坂宏美訳 復刊ドットコム 2012年10月

アンダース・バーグストローム教授　あんだーすばーぐすとろーむきょうじゅ
小説を書く青年デービッドと恋人ザナの大学の指導教官 「龍のすむ家 第3章-炎の星 上下」 クリス・ダレーシー著;三辺律子訳 竹書房(竹書房文庫) 2013年12月

アントニウス
古代ローマの学校に通う七人の生徒の一人、大ぼらをふく少年 「カイウスはばかだ」 ヘンリー・ウィンターフェルト作;関楠生訳 岩波書店(岩波少年文庫) 2011年6月

アントニオ
ノルウェーの男子高校生、世界的な会社を相手に抗議運動をする会「世界を救おう」のメンバー 「このTシャツは児童労働で作られました。」 シモン・ストランゲル著;枇谷玲子訳 汐文社 2013年2月

アント・ハット
子どもたちの前でマジックショーをしている手品師、縮んでしまったルビーが入ったバックを拾ったおばさん 「世界一ちいさな女の子のはなし(マジカルチャイルド2)」 サリー・ガードナー作;三辺律子訳 小峰書店 2012年9月

アンドリュス・アルヴィダス
1940年ソ連に占領されたリトアニアで母親と一緒に拘束されてシベリアの強制労働収容所へ送られた少年 「灰色の地平線のかなたに」 ルータ・セペティス作;野沢佳織訳 岩波書店 2012年1月

アンドルーシク
ふるい国からあたらしい国へやってきたちいさい男の子、カチューシカおばさんの甥っ子 「けしつぶクッキー」 マージェリー・クラーク作;モウド・ピーターシャム絵;渡辺茂男訳 童話館出版 2013年10月

アンドレイ
第二次世界停戦中チェコスロバキアにいた幼い三人兄弟の一番上の兄、十二歳の男の子 「真夜中の動物園」 ソーニャ・ハートネット著;野沢佳織訳 主婦の友社 2012年7月

アンドレス
コロンビアのメデジンに住み学校に通わず親友カミーロと毎日ぶらぶらしている貧しい十歳の少年 「雨あがりのメデジン-この地球を生きる子どもたち」 アルフレッド・ゴメス=セルダ作;宇野和美訳;鴨下潤絵 鈴木出版(鈴木出版の海外児童文学) 2011年12月

アントレル
十六歳の少年デイスターが魔法の森で出あった魔法使いの男 「困っちゃった王子さま」 パトリシア・C.リーデ著;田中亜希子訳; 東京創元社(sogen bookland) 2011年9月

アンナ
コネチカット州のスノウヒル小学校の五年生、仲のいい友だちがひとりもいない女子 「テラプト先生がいるから」 ロブ・ブイエー作;西田佳子訳 静山社 2013年7月

アンナ
十四歳の少年シーグの五つ年の離れた姉、約百年前のスウェーデンの湖で凍死したエイナルの娘 「シーグと拳銃と黄金の謎」 マーカス・セジウィック著;小田原智美訳;金原瑞人選 作品社 2012年2月

アンナ
犯罪組織によって英国にボートで密入国させられた身元不明の少女 「英国情報局秘密組織 CHERUB(チェラブ) Mission7 疑惑」 ロバート・マカモア作;大澤晶訳 ほるぷ出版 2011年8月

アンナ・スマッジ
ベンドックス学園六年生、ニューヨークに住む十一歳の内気で目立たない女の子 「アンナとプロフェッショナルズ 1 天才カウンセラー、あらわる!」 MAC著;なかがわいずみ訳;岸田メルイラスト メディアファクトリー 2012年2月

アンナ・スマッジ
ベンドックス学園六年生のクエントンの親友、カウンセリングを得意とする女の子 「アンナとプロフェッショナルズ 2 カリスマシェフ、誕生!!」 MAC著;なかがわいずみ訳;岸田メルイラスト メディアファクトリー 2012年8月

アンナ・ハイビスカス
たくさんのかぞくと大きな家でくらしているアフリカの女の子 「アンナのうちはいつもにぎやか」 アティヌーケ作;ローレン・トビア絵;永瀬比奈訳 徳間書店 2012年7月

アンネ
南ドイツに暮らす大家族の七人兄妹でマリーのふたごの姉妹 「愛の一家 あるドイツの冬物語」 アグネス・ザッパー作;マルタ・ヴェルシュ画;遠山明子訳 福音館書店(福音館文庫) 2012年1月

【い】

イアン
エリアナンの南東に位置する霧の地アランの公子(プリオンサ)、女藩公・マルグリットのひとり息子 「エリアナンの魔女4 黒き翼の王(下)」 ケイト・フォーサイス作;井辻朱美訳 徳間書店 2011年4月

イアン
ロンドンの寄宿学校生、ブラックスロープ村の屋敷に休暇で帰ってきていた少年 「XX・ホームズの探偵ノート 2 ブラックスロープの怪物」 トレーシー・バレット作;こだまともこ訳;十々夜絵 フレーベル館 2011年3月

イアン・カブラ
ケイヒル一族の分家ルシアン家の一員、39の手がかりを探すレースに参加するロンドン在住の裕福でハンサムな14歳の少年 「サーティーナイン・クルーズ 10 最期の試練 後編」 マーガレット・ピーターソン・ハディックス著;小浜杳訳;HACCANイラスト メディアファクトリー 2012年2月

イアン・カブラ
ケイヒル一族の分家ルシアン家の一員、39の手がかりを探すレースに参加するロンドン在住の裕福でハンサムな14歳の少年 「サーティーナイン・クルーズ 10 最期の試練 前編」 マーガレット・ピーターソン・ハディックス著;小浜杳訳;HACCANイラスト メディアファクトリー 2011年11月

イアン・カブラ
ケイヒル一族の分家ルシアン家の一員、39の手がかりを探すレースに参加するロンドン在住の裕福でハンサムな14歳の少年 「サーティーナイン・クルーズ 8 皇帝の暗号」 ゴードン・コーマン著;小浜杳訳;HACCANイラスト メディアファクトリー 2011年2月

イアン・カブラ
ケイヒル一族の分家ルシアン家の一員、39の手がかりを探すレースに参加するロンドン在住の裕福でハンサムな14歳の少年 「サーティーナイン・クルーズ 9 海賊の秘宝」 リンダ・スー・パーク著;小浜杳訳;HACCANイラスト メディアファクトリー 2011年6月

いがん

イーガン
フィギュアスケート大会での事故で急死したミルウォーキーに住む十六歳の少女 「ハートビートに耳をかたむけて」ロレッタ・エルスワース著;三辺律子訳 小学館(SUPER!YA) 2011年3月

イクネルド卿　いくねるどきょう
十八世紀のノーフォークに住む貴族、悪魔崇拝者とうわさされている男 「呪いの訪問者(トム・マーロウの奇妙な事件簿3)」クリス・プリーストリー作;堀川志野舞訳;佐竹美保画 ポプラ社　2012年7月

イザベラ
アイルランド沖の小さな君主国・ソルティー・アイランズの国王のひとり娘、少年・コナーの幼なじみ 「エアーマン」オーエン・コルファー作;茅野美ど里訳 偕成社　2011年7月

イザベル・カブラ
ケイヒル一族の分家ルシアン家の幹部、39の手がかりを探すレースに参加するカブラ兄妹の母親 「サーティーナイン・クルーズ 10 最期の試練 後編」マーガレット・ピーターソン・ハディックス著;小浜杏訳;HACCANイラスト メディアファクトリー　2012年2月

イザベル・カブラ
ケイヒル一族の分家ルシアン家の幹部、39の手がかりを探すレースに参加するカブラ兄妹の母親 「サーティーナイン・クルーズ 10 最期の試練 前編」マーガレット・ピーターソン・ハディックス著;小浜杏訳;HACCANイラスト メディアファクトリー　2011年11月

イザベル・カブラ
ケイヒル一族の分家ルシアン家の幹部、39の手がかりを探すレースに参加するカブラ兄妹の母親 「サーティーナイン・クルーズ 8 皇帝の暗号」ゴードン・コーマン著;小浜杏訳;HACCANイラスト メディアファクトリー　2011年2月

イザベル・カブラ
ケイヒル一族の分家ルシアン家の幹部、39の手がかりを探すレースに参加するカブラ兄妹の母親 「サーティーナイン・クルーズ 9 海賊の秘宝」リンダ・スー・パーク著;小浜杏訳;HACCANイラスト メディアファクトリー　2011年6月

イサボー
魔女メガンに育てられた少女、前王妃マヤの娘ブロンウェンの養育係 「エリアナンの魔女5 薔薇と茨の塔(上)」ケイト・フォーサイス作;井辻朱美訳 徳間書店　2011年5月

イサボー
魔女メガンに育てられた魔女の見習い、前王妃マヤの娘ブロンウェンを育てる少女 「エリアナンの魔女6 薔薇と茨の塔(下)」ケイト・フォーサイス作;井辻朱美訳 徳間書店　2011年6月

イサボー
魔女メガンに育てられた魔女の見習い、魔女術を使ったために拷問にあい左手の指を二本失った少女 「エリアナンの魔女3 黒き翼の王(上)」ケイト・フォーサイス作;井辻朱美訳 徳間書店　2011年2月

イサボー
魔女メガンに育てられた魔女の見習い、魔女術を使ったために拷問にあい左手の指を二本失った少女 「エリアナンの魔女4 黒き翼の王(下)」ケイト・フォーサイス作;井辻朱美訳 徳間書店　2011年4月

イサボー
魔女メガンに森で拾われ育てられた十六歳の少女、魔女の見習い 「エリアナンの魔女2 魔女メガンの弟子(下)」ケイト・フォーサイス作;井辻朱美訳 徳間書店　2011年1月

いしぇ

イザヤ・ストームワーグナー
五年生の天才少年、両親が中国にいるためとなりに住む親友リリの家でくらしている少年
「動物と話せる少女リリアーネ5 走れストーム風のように!」タニヤ・シュテーブナー著;中村
智子訳;駒形イラスト 学研教育出版 2011年7月

イザヤ・ストームワーグナー
五年生の天才少年、両親が中国にいるためとなりに住む親友リリの家でくらしている少年
「動物と話せる少女リリアーネ6 赤ちゃんパンダのママを探して!」タニヤ・シュテーブナー
著;中村智子訳;駒形イラスト 学研教育出版 2011年12月

イザヤ・ストームワーグナー
四年生のリリのとなりの家に住む親友、ギフテッドと呼ばれる五年生の天才少年「動物と話
せる少女リリアーネ4 笑うチンパンジーのひみつ!」タニヤ・シュテーブナー著;中村智子訳
;駒形イラスト 学研教育出版 2011年3月

イザヤ・ストームワーグナー
四年生のリリのとなりの家に住む親友、ギフテッドと呼ばれる五年生の天才少年「動物と話
せる少女リリアーネ7 さすらいのオオカミ森に帰る!」タニヤ・シュテーブナー著;中村智子
訳;駒形イラスト 学研教育出版 2012年4月

イザヤ・ストームワーグナー
四年生のリリのとなりの家に住む親友、ギフテッドと呼ばれる五年生の天才少年「動物と話
せる少女リリアーネ9 ペンギン、飛べ大空へ! 上下」タニヤ・シュテーブナー著;中村智子
訳;駒形イラスト 学研教育出版 2013年10月

イザヤ・ストームワーグナー
四年生のリリのとなりの家に住む親友、ギフテッドと呼ばれる五年生の天才少年「動物と話
せる少女リリアーネ スペシャル1 友だちがいっしょなら!」タニヤ・シュテーブナー著;中村
智子訳;駒形イラスト 学研教育出版 2012年9月

イザヤ・ストームワーグナー
小学五年生、となりに住む親友リリの家族とアルプスにスキー旅行に来た少年「動物と話
せる少女リリアーネ8 迷子の子鹿と雪山の奇跡!」タニヤ・シュテーブナー著;中村智子訳;
駒形イラスト 学研教育出版 2013年2月

イシィ
ベイヤーン王国のゲリック王子と結婚した異国の王女、動物と風の言葉がわかる女の人
「エナ─火をあやつる少女の物語」シャノン・ヘイル著;石黒美央[ほか]訳 バベルプレス
2011年10月

イシィ
ベイヤーン王国の王妃、動物と風の言葉がわかる女の人「ラゾー川の秘密」シャノン・ヘ
イル著;石黒美央[ほか]訳 バベルプレス 2013年4月

イシェル
イギリス人の少年・ジョシュとパラレルワールドのメキシコに紛れこんだマヤ人の少女「ジョ
シュア・ファイル8 パラレルワールド 下」マリア・G.ハリス作;石随じゅん訳 評論社 2012年
10月

イシェル
メキシコの秘密都市「エク・ナーブ」に住んでいる少女「ジョシュア・ファイル5 消えた時間
上」マリア・G.ハリス作;石随じゅん訳 評論社 2011年3月

イシェル
メキシコの秘密都市「エク・ナーブ」の住人、イギリス人のジョシュのガールフレンド「ジョ
シュア・ファイル9 世界の終わりのとき 上」マリア・G.ハリス作;石随じゅん訳 評論社 2012
年11月

いしぇ

イシェル
メキシコの秘密都市「エク・ナーブ」の住人、反対勢力のフラカン派に誘拐された少女 「ジョシュア・ファイル6 消えた時間 下」 マリア・G.ハリス作;石随じゅん訳 評論社 2011年3月

イースターバニー
ねこにつかまりそうになったねずみの男の子・オスカーをたすけたうさぎ 「ねずみのオスカーとはるのおくりもの」 リリアン・ホーバン作;みはらいずみ訳 のら書店 2012年11月

イズールト
イサボーの双子の姉、エリアナンの王・ラクランの妻で王妃 「エリアナンの魔女5 薔薇と茨の塔（上）」 ケイト・フォーサイス作;井辻朱美訳 徳間書店 2011年5月

イズールト
イサボーの双子の姉、エリアナンの王・ラクランの妻で王妃 「エリアナンの魔女6 薔薇と茨の塔（下）」 ケイト・フォーサイス作;井辻朱美訳 徳間書店 2011年6月

イズールト
カンコーバンの火竜族に育てられた少女、イサボーの双子の姉 「エリアナンの魔女2 魔女メガンの弟子（下）」 ケイト・フォーサイス作;井辻朱美訳 徳間書店 2011年1月

イズールト
カンコーバンの火竜族に育てられた少女、イサボーの双子の姉 「エリアナンの魔女3 黒き翼の王（上）」 ケイト・フォーサイス作;井辻朱美訳 徳間書店 2011年2月

イズールト
カンコーバンの火竜族に育てられた少女、イサボーの双子の姉 「エリアナンの魔女4 黒き翼の王（下）」 ケイト・フォーサイス作;井辻朱美訳 徳間書店 2011年4月

いたずら姫　いたずらひめ
いたずらばかりしているお姫さま 「ねてもさめてもいたずら姫」 シルヴィア・ロンカーリァ作;エレーナ・テンポリン絵;たかはしたかこ訳 西村書店（ときめきお姫さま4） 2012年3月

イツアムナ（ボッシュ）
二十二世紀から超古代のイサパに来たタイムトラベラー、考古学者 「ジョシュア・ファイル8 パラレルワールド 下」 マリア・G.ハリス作;石随じゅん訳 評論社 2012年10月

イップ
シンタクラースのプレゼントをとなりに住むなかよしのヤネケとまつオランダの男の子 「イップとヤネケ シンタクラースがやってくる!」 アニー・M.G.シュミット作;フィープ・ヴェステンドルプ絵;西村由美訳 岩波書店 2011年11月

イヌ
街のペットショップで住みこみではたらかされているやせっぽちの少女 「あたしがおうちに帰る旅」 ニコラ・デイビス作;代田亜香子訳 小学館 2013年6月

犬（ティロウ）　いぬ（てぃろう）
貧しいきこりの兄妹チルチルとミチルが飼っている犬のティロウ 「青い鳥（新装版）」 メーテルリンク作;江國香織訳 講談社（講談社青い鳥文庫） 2013年10月

犬（ホットドッグ）　いぬ（ほっとどっぐ）
デンマークの小学生・シッセの通学路で毎日お弁当をもらっていた胴長ののら犬 「のら犬ホットドッグ 大かつやく」 シャーロッテ・ブレイ作;オスターグレン晴子訳;むかいながまさ絵 徳間書店 2011年11月

イノセント
故郷ジンバブエでの虐殺を生きのび難民となって南アフリカに来た少年、デオの兄 「路上のストライカー」 マイケル・ウィリアムズ作;さくまゆみこ訳 岩波書店（STAMP BOOKS） 2013年12月

18

いるま

イバンス
サンフランシスコの船「セバーン号」の機関長、悪党一味にとらわれていた男 「十五少年漂流記 ながい夏休み」ベルヌ作;末松氷海子訳;はしもととしん絵 集英社(集英社みらい文庫) 2011年6月

イビル
「プリンセススクール」の上級生、新入生のシンディのいじわるな義理の姉 「プリンセススクール 2 お姫さまにぴったりのくつ」ジェーン・B.メーソン作;セアラ・ハインズ・スティーブンス作;田中薫子訳;小栗麗加絵 徳間書店 2011年6月

イビル
森の中の「プリンセススクール」の上級生、新入生のシンディの義理の姉 「プリンセススクール 1 お姫さまにぴったりのくつ」ジェーン・B.メーソン作;セアラ・ハインズ・スティーブンス作;田中薫子訳;小栗麗加絵 徳間書店 2011年6月

イヴ
古いロンドンの街を再現したテーマパーク「パストワールド」に住む美少女 「パストワールド 暗闇のファントム」イアン・ベック作;大嶌双恵訳 静山社 2011年12月

イメルダ・スモール
ピップ通りに引っこしてきた少年ボビーのおとなりさん、超元気な女の子 「ピップ通りは大さわぎ! 1 ボビーの町はデンジャラス!」ジョー・シモンズ作;スティーブ・ウェルズ絵;岡田好惠訳 学研教育出版 2013年11月

いやいや姫　いやいやひめ
なにをするにも「いやいや」と言ってだだをこねるティラミス王国のお姫さま 「いやいや姫とおねだり王子」シルヴィア・ロンカーリァ作;エレーナ・テンポリン絵;たかはしたかこ訳 西村書店(ときめきお姫さま2) 2011年12月

イルマ・レアー
シェフィールド学院の女子中学生、地球を悪者から守る「ガーディアン」のメンバー 「奇跡を起こす少女」エリザベス・レンハード作;岡田好惠訳;千秋ユウ絵 講談社(ディズニー・ウィッチシリーズ6) 2012年5月

イルマ・レアー
ヘザーフィールドにある名門中学「シェフィールド学院」の生徒でヘイ・リンの同級生 「選ばれた少女たち」エリザベス・レンハード作;岡田好惠訳;千秋ユウ絵 講談社(ディズニー・ウィッチシリーズ1) 2011年9月

イルマ・レアー
宇宙を悪から守る「ガーディアン」のメンバー、水を制御する力をあたえられた少女 「悪の都メリディアン」エリザベス・レンハード作;岡田好惠訳;千秋ユウ絵 講談社(ディズニー・ウィッチシリーズ3) 2011年11月

イルマ・レアー
宇宙を悪から守る「ガーディアン」のメンバー、水を制御する力をあたえられた少女 「消えた友だち」エリザベス・レンハード作;岡田好惠訳;千秋ユウ絵 講談社(ディズニー・ウィッチシリーズ2) 2011年10月

イルマ・レアー
世界を悪から救う「ガーディアン」に選ばれた五人の中学生少女の一人 「危険な時空旅行」エリザベス・レンハード作;岡田好惠訳;千秋ユウ絵 講談社(ディズニー・ウィッチシリーズ5) 2012年3月

イルマ・レアー
世界を悪から救う「ガーディアン」に選ばれた五人の中学生少女の一人 「再びメリディアンへ」エリザベス・レンハード作;岡田好惠訳;千秋ユウ絵 講談社(ディズニー・ウィッチシリーズ4) 2012年1月

いろ

イーロ
森で出会ったクマのタハマパーとリスのタンピとハリネズミのヴェイッコと友だちになったヘラ
ジカ 「大きなクマのタハマパー 友だちになるのまき」 ハンネレ・フオヴィ作;末延弘子訳;い
たやさとし絵 ひさかたチャイルド(SHIRAKABA BUNKO) 2011年3月

イワーシェチカ
舟にのって魚をつっていたときに近くにすむ魔女にとらえられてしまった男の子 「イワー
シェチカと白い鳥」 I.カルナウーホワ再話;松谷さやか訳;M.ミトゥーリチ絵 福音館書店(ラ
ンドセルブックス) 2013年1月

イワン
七つのわかれ道秘密作戦の仲間のネコ 「七つのわかれ道の秘密 上下」 トンケ・ドラフト
作;西村由美訳 岩波書店(岩波少年文庫) 2012年8月

イワン・ヴァンコ
スターク家をうらみ復讐心を持つロシアの物理学者 「アイアンマン2」 アレキサンダー・イ
ルヴァイン ノベル;上原尚子訳;有馬さとこ訳 講談社 2013年6月

インガ王子 いんがおうじ
世界一大きくて美しい真珠がとれるピンガリー島で育った勇気があって考え深い王子 「オ
ズの魔法使いシリーズ10 完訳オズのリンキティンク」 ライマン・フランク・ボーム著;田中亜
希子訳 復刊ドットコム 2013年1月

インジャン・ジョー
わんぱく少年トムの住む田舎町できらわれている気のあらいならず者 「トム・ソーヤーの冒
険」 マーク・トウェーン作;飯島淳秀訳 講談社(講談社青い鳥文庫) 2012年4月

インジャン・ジョー
人殺し 「トム・ソーヤの冒険 宝さがしに出発だ!」 マーク・トウェイン作;亀井俊介訳;ミギー
絵 集英社(集英社みらい文庫) 2011年7月

インジラ
黒人の少女・デルフィーンの母親、人種差別と闘うブラックパンサー党の人 「クレイジー・
サマー」 リタ・ウィリアムズ=ガルシア作;代田亜香子訳 鈴木出版(鈴木出版の海外児童文
学) 2013年1月

インディ
「ソサエティ」の市民カッシアと同じ労働キャンプに派遣された少女 「カッシアの物語 2」 ア
リー・コンディ著;高橋啓訳 プレジデント社 2013年4月

【う】

ウィギンズ
名探偵ホームズの仕事を手伝う「イレギュラーズ」のメンバー、ヨーロッパへ向かったホーム
ズのあとを追った少年 「シャーロック・ホームズ&イレギュラーズ 4 最後の対決」 T.マック
&M.シトリン著;金原瑞人共訳;相山夏奏共訳;スカイエマ画 文溪堂 2012年1月

ウィギンズ
名探偵ホームズの仕事を手伝う「イレギュラーズ」のリーダー、何事にも前向きな少年
「シャーロック・ホームズ&イレギュラーズ 1 消されたサーカスの男」 T.マック&M.シトリン著;
金原瑞人共訳;相山夏奏共訳;スカイエマ画 文溪堂 2011年9月

ウィギンズ
名探偵ホームズの仕事を手伝う「イレギュラーズ」のリーダー、仲間からの信頼があつい少
年 「シャーロック・ホームズ&イレギュラーズ 2 冥界からの使者」 T.マック&M.シトリン著;金
原瑞人共訳;相山夏奏共訳;スカイエマ画 文溪堂 2011年9月

うぃる

ウィギンズ
名探偵ホームズの仕事を手伝う「イレギュラーズ」のリーダー、仲間からの信頼があつい少年 「シャーロック・ホームズ&イレギュラーズ 3 女神ディアーナの暗号」 T.マック&M.シトリン著;金原瑞人共訳;相山夏奏共訳;スカイエマ画 文溪堂 2011年11月

ウィニー・スワンソン
戦争で夫をなくしひとりで十一歳のジョニーを育てている母親 「天才ジョニーの秘密」 エレナー・アップデール作;こだまともこ訳 評論社(海外ミステリーBOX) 2012年11月

ウィノナ・ウィルソン
ホテルのエレベーターが気に入って泊まることに決めたウィルソン一家のおくさん 「エレベーター・ファミリー」 ダグラス・エバンス作;清水奈緒子訳;矢島真澄絵 PHP研究所(PHP創作シリーズ) 2011年7月

ウィリアム
動物保護センターから四ひきの犬と一ぴきのネコを引きとった四年生の男の子 「犬のことばが聞こえたら」 パトリシア・マクラクラン作;こだまともこ訳 徳間書店 2012年12月

ウィリアム・ケッチーノ・スティルトン
子住島の「中央新聞社」初代社長、現社長のネズミ・ジェロニモの祖父 「チーズピラミッドの呪い(冒険作家ジェロニモ・スティルトン)」 ジェロニモ・スティルトン作;加門ベル訳 講談社 2011年8月

ウィリスさん
赤ん坊のころに捨てられた孤児の女の子・ミンの担当の児童救済協会のケースワーカー 「ミンのあたらしい名前」 ジーン・リトル著;田中奈津子訳 講談社 2011年2月

ウィル
クレドローという町の城にとらわれていた十五歳ほどの少年、勇敢な騎士・ギルバート卿の息子 「魔使いの盟友 魔女グリマルキン(魔使いシリーズ)」 ジョゼフ・ディレイニー著;田中亜希子訳 東京創元社(sogen bookland) 2013年8月

ウィル
レドモント城の孤児院で育った好奇心旺盛な十五歳の少年 「アラルエン戦記 1 弟子」 ジョン・フラナガン作;入江真佐子訳 岩崎書店 2012年6月

ウィル
レドモント城の孤児院で育った十五歳の少年、レンジャーのホールトの弟子 「アラルエン戦記 2 炎橋」 ジョン・フラナガン作;入江真佐子訳 岩崎書店 2012年10月

ウィル
レドモント領のレンジャーであるホールトの弟子、海賊スカンディアに囚われた少年 「アラルエン戦記 3 氷賊」 ジョン・フラナガン作;入江真佐子訳 岩崎書店 2013年3月

ウィル
レドモント領のレンジャーの弟子、アラルエン王国の王女と逃亡していた少年 「アラルエン戦記 4 銀葉」 ジョン・フラナガン作;入江真佐子訳 岩崎書店 2013年7月

ウィル
万物の創造主がのこした遺書の化身、大ガラス 「王国の鍵 6 雨やまぬ土曜日」 ガース・ニクス著;原田勝訳 主婦の友社 2011年6月

ウィル
万物の創造主がのこした遺書の化身、大きな洞窟にいた怪獣 「王国の鍵 5 記憶を盗む金曜日」 ガース・ニクス著;原田勝訳 主婦の友社 2011年1月

ウィルおじいちゃん
ロンドンに住む少女ルーシーの田舎に住むおじいちゃん 「緑の精にまた会う日」 リンダ・ニューベリー作;野の水生訳;平澤朋子絵 徳間書店 2012年10月

うぃる

ウィルキレン
「最果て」に暮らすウシウィルケ族の十二歳の娘でトゥングルの妹 「最果てのサーガ 2 影の時」 リリアナ・ボドック著;中川紀子訳 PHP研究所 2011年1月

ウィルコックス
難破船「スラウギ号」で無人島に漂着した十五人の少年のひとり、銃のあつかいが上手な十二歳 「十五少年漂流記 ながい夏休み」 ベルヌ作;末松氷海子訳;はしもとしん絵 集英社(集英社みらい文庫) 2011年6月

ウィル・ジュニア・ミークス
牧師の息子でボビーの弟、友人のミブズのパパを訪ねるバス旅に同行した十四歳の少年 「チ・カ・ラ。」 イングリッド・ロウ著;田中亜希子訳 小学館 2011年11月

ウィル・バンドム
シェフィールド学院の女子中学生、地球を悪者から守る「ガーディアン」のメンバー 「奇跡を起こす少女」 エリザベス・レンハード作;岡田好惠訳;千秋ユウ絵 講談社(ディズニー・ウィッチシリーズ6) 2012年5月

ウィル・バンドム
ヘザーフィールドにある名門中学「シェフィールド学院」に転校してきた女の子 「選ばれた少女たち」 エリザベス・レンハード作;岡田好惠訳;千秋ユウ絵 講談社(ディズニー・ウィッチシリーズ1) 2011年9月

ウィル・バンドム
宇宙を悪から守る「ガーディアン」に選ばれた五人の少女のリーダー 「悪の都メリディアン」 エリザベス・レンハード作;岡田好惠訳;千秋ユウ絵 講談社(ディズニー・ウィッチシリーズ3) 2011年11月

ウィル・バンドム
宇宙を悪から守る「ガーディアン」に選ばれた五人の少女のリーダー 「消えた友だち」 エリザベス・レンハード作;岡田好惠訳;千秋ユウ絵 講談社(ディズニー・ウィッチシリーズ2) 2011年10月

ウィル・バンドム
地球を守る「ガーディアン」に選ばれた五人の中学生の一人でリーダーの少女 「危険な時空旅行」 エリザベス・レンハード作;岡田好惠訳;千秋ユウ絵 講談社(ディズニー・ウィッチシリーズ5) 2012年3月

ウィル・バンドム
地球を守る「ガーディアン」に選ばれた五人の中学生の一人でリーダーの少女 「再びメリディアンへ」 エリザベス・レンハード作;岡田好惠訳;千秋ユウ絵 講談社(ディズニー・ウィッチシリーズ4) 2012年1月

ウィル・ピゴット
十八世紀のロンドンですりをしている少年、印刷工房の見習い・トムの友だち 「死神の追跡者(トム・マーローの奇妙な事件簿1)」 クリス・プリーストリー作;堀川志野舞訳;佐竹美保画 ポプラ社 2011年11月

ウィルヘルム
十歳になるユダヤ人の少年、ナチスに捕まった両親を探す旅に出た男の子 「フェリックスとゼルダその後」 モーリス・グライツマン著;原田勝訳 あすなろ書房 2013年8月

ウィロー
魔法の国「ひみつの王国」のヨロコビ王のおつきの妖精・トリクシーのお友だち 「シークレット♥キングダム 6 かがやきのビーチ」 ロージー・バンクス作;井上里訳 理論社 2013年3月

ウィン
ウィンストン・コガンズ、高校を卒業した夏休みに親友のクリスと自転車でのアメリカ大陸横断旅行に出かけた少年 「シフト」 ジェニファー・ブラッドベリ著;小梨直訳 福音館書店 2012年9月

ウィング・ファンチュウ
悪人養成機関「HIVE」のアジア系の生徒、武術の達人 「ハイブ－悪のエリート養成機関volume3 ルネッサンス・イニシアチブ」 マーク・ウォールデン作;三辺律子訳 ほるぷ出版 2011年12月

ウィンスロー・ウィルソン
ホテルのエレベーターが気に入って泊まることに決めたウィルソン一家のふたごの弟 「エレベーター・ファミリー」 ダグラス・エバンス作;清水奈緒子訳;矢島真澄絵 PHP研究所(PHP創作シリーズ) 2011年7月

ウィンディバンク
メアリーの父の死後その未亡人と結婚した義理の父親、ワイン輸入会社の外交員 「名探偵ホームズ 消えた花むこ」 コナン・ドイル作;日暮まさみち訳;青山浩行絵 講談社(青い鳥文庫) 2011年2月

ウェスター・フラック
バンパイアのラーテンと人生の大半を兄弟同然にすごしてきたバンパイア 「クレプスリー伝説－ダレン・シャン前史4 運命の兄弟」 Darren Shan作;橋本恵訳;田口智子絵 小学館 2012年4月

ウェスター・フラック
バンパイアのラーテンと二十年にわたって旅をしているバンパイア 「クレプスリー伝説－ダレン・シャン前史2 死への航海」 Darren Shan作;橋本恵訳;田口智子絵 小学館 2011年6月

ウェスター・フラック
殺人鬼に家族を殺されて孤児となった少年 「クレプスリー伝説－ダレン・シャン前史1 殺人誕生」 Darren Shan作;橋本恵訳;田口智子絵 小学館 2011年4月

ウェッブ
難破船「スラウギ号」で無人島に漂着した十五人の少年のひとり、裁判所で働く父をもつ勝気な十三歳 「十五少年漂流記 ながい夏休み」 ベルヌ作;末松氷海子訳;はしもとしん絵 集英社(集英社みらい文庫) 2011年6月

ウェーバー先生(コンラート・ウェーバー) うぇーばーせんせい(こんらーとうぇーばー)
ドイツのハイデルベルクの近くの田舎の村にある動物病院の獣医、マリーのパパ 「動物病院のマリー 1 走れ、捨て犬チョコチップ!」 タチアナ・ゲスラー著;中村智子訳 学研教育出版 2013年6月

ウェーバー先生(コンラート・ウェーバー) うぇーばーせんせい(こんらーとうぇーばー)
ドイツのハイデルベルクの近くの田舎の村にある動物病院の獣医、マリーのパパ 「動物病院のマリー 2 猫たちが行方不明!」 タチアナ・ゲスラー著;中村智子訳 学研教育出版 2013年11月

ウェルギリウス
ダンテ少年が家庭教師のドレンテ先生からもらおうとしていた生まれたばかりの子ネコ 「ネコの目からのぞいたら」 シルヴァーナ・ガンドルフィ作;関口英子訳;ジュリア・オレッキア絵 岩波書店 2013年7月

ウォーカー・ウォレス
有名なミステリー作家・ウォリス・ウォレスの弟、ロブスター漁をしている男の人 「ぼくらのミステリータウン 2 お城の地下のゆうれい」 ロン・ロイ作;八木恭子訳;ハラカズヒロ絵 フレーベル館 2011年6月

ウォリス・ウォレス
グリーン・ローンの町に住む小学3年生のディンクが大好きな有名なミステリー作家 「ぼくらのミステリータウン 1 消えたミステリー作家の謎」 ロン・ロイ作;八木恭子訳;ハラカズヒロ絵 フレーベル館 2011年6月

うぉり

ウォリス・ウォレス
メイン州にあるお城にすんでいる有名なミステリー作家、グリーン・ローンの小学3年生の
ディンクたちの友だち 「ぼくらのミステリータウン 2 お城の地下のゆうれい」 ロン・ロイ作;八
木恭子訳;ハラカズヒロ絵 フレーベル館 2011年6月

ウォルター
スモールタウンで兄弟のゲイリーと暮らすテレビ番組の「マペット・ショー」が大好きな青年
「ザ・マペッツ」 キャサリン・ターナー作;しぶやまさこ訳 偕成社(ディズニーアニメ小説版)
2012年6月

ウォルター・ウィルソン
ホテルのエレベーターが気に入って泊まることに決めたウィルソン一家のだんなさん 「エレ
ベーター・ファミリー」 ダグラス・エバンス作;清水奈緒子訳;矢島真澄絵 PHP研究所(PHP
創作シリーズ) 2011年7月

ウォルター・テイト
テキサスの田舎町に住む少女・キャルパーニアの「実験室」で「実験」をして過ごす変わり者
のおじいちゃん 「ダーウィンと出会った夏」 ジャクリーン・ケリー作;斎藤倫子訳 ほるぷ出
版 2011年7月

ウォルト・ストーンズ
魔術師のセイディが担当する若い魔術師の訓練生、シアトル出身の少年 「ケイン・クロニク
ル炎の魔術師たち 1」 リック・リオーダン著;小浜杏訳;エナミカツミイラスト メディアファクト
リー 2013年8月

ウォーレンおじさん
グリーン・ローンの町に住む小学3年生のディンクのニューヨークのポーター博物館で働い
ているおじさん 「ぼくらのミステリータウン 5 盗まれたジャガーの秘宝」 ロン・ロイ作;八木恭
子訳;ハラカズヒロ絵 フレーベル館 2012年2月

ウグ
山の上の枝編みの城に住む靴職人で魔術師 「オズの魔法使いシリーズ11 完訳オズの消
えた姫」 ライマン・フランク・ボーム著;宮坂宏美訳 復刊ドットコム 2013年3月

ウグラ
貧富の差が大きすぎる町を圧政している裕福な家系の三人の王さまの一人 「ビッケのとっ
ておき大作戦」 ルーネル・ヨンソン作;エーヴェット・カールソン絵;石渡利康訳 評論社(評
論社の児童図書館・文学の部屋) 2012年3月

ウート(さすらいのウート)
オズのギリキンの国のはずれがふるさとであちこち旅しているさすらいの少年 「オズの魔法
使いシリーズ12 完訳オズのブリキのきこり」 ライマン・フランク・ボーム著;ないとうふみこ訳
復刊ドットコム 2013年5月

ウード・モクスレー・ランダソン・オブ・ソレル
軍士官候補生フローラの親友、軍司令官の側近青年 「怒りのフローラ 上下」 イザボー・S.
ウィルス著;杉田七重訳 東京創元社(一万一千の部屋を持つ屋敷と魔法の執事) 2013年
4月

馬 うま
スウェーデン中部のエーレブローという町にいたひどく年老いてやせこけたみじめな馬 「ニ
ルスが出会った物語 2 風の魔女カイサ」 セルマ・ラーゲルレーヴ原作;菱木晃子訳構成;
平澤朋子画 福音館書店(世界傑作童話シリーズ) 2012年6月

馬(ナンジ・リム) うま(なんじりむ)
アメリカの田舎に住む男の子レイが丘の上で出合った大きくて白い馬 「丘はうたう」 マイン
ダート・ディヤング作;モーリス・センダック絵;脇明子訳 福音館書店(世界傑作童話シリー
ズ) 2011年6月

え

海の乙女　うみのおとめ
スウェーデンに面するバルト海のはるか沖の岩礁に住む美しい娘「ニルスが出会った物語 4 ストックホルム」セルマ・ラーゲルレーヴ原作;菱木晃子訳構成;平澤朋子画 福音館書店（世界傑作童話シリーズ）2012年10月

ウラジーミル・メンシコフ
現在世界で三番目に強い魔術師、ケイン兄妹の命を狙うロシア人の男「ケイン・クロニクル 炎の魔術師たち 1」リック・リオーダン著;小浜杏訳;エナミカツミイラスト メディアファクトリー 2013年8月

ウリ
プリッツェル町に動物園ができると聞いてなかよしのビーネと大よろこびした男の子「ライオンがいないどうぶつ園」フレート・ロドリアン作;ヴェルナー・クレムケ絵;たかはしふみこ訳 徳間書店 2012年4月

ウルフ
十年かけてエイナル・アンデション一家をさがしていた大男、かつてエイナルと金の取引をしていた男「シーグと拳銃と黄金の謎」マーカス・セジウィック著;小田原智美訳;金原瑞人選 作品社 2012年2月

ウンチャイ
バイサスに潜入したジャイファンの元スパイでとらえられて転向した男、グランとネリアとともに反逆者を追う男「フューチャーウォーカー 2 詩人の帰還」イヨンド作;ホンカズミ訳;金田榮路画 岩崎書店 2011年2月

ウンチャイ
バイサスに潜入したジャイファンの元スパイでとらえられて転向した男、グランとネリアとともに反逆者を追う男「フューチャーウォーカー 3 影はひとりで歩かない」イヨンド作;ホンカズミ訳;金田榮路画 岩崎書店 2011年5月

ウンチャイ
バイサスに潜入したジャイファンの元スパイでとらえられて転向した男、グランとネリアとともに反逆者を追う男「フューチャーウォーカー 4 未来へはなつ矢」イヨンド作;ホンカズミ訳;金田榮路画 岩崎書店 2011年8月

ウンチャイ
バイサスに潜入したジャイファンの元スパイでとらえられて転向した男、グランとネリアとともに反逆者を追う男「フューチャーウォーカー 5 忘れられたものを呼ぶ声」イヨンド作;ホンカズミ訳;金田榮路画 岩崎書店 2011年11月

ウンチャイ
バイサスに潜入したジャイファンの元スパイでとらえられて転向した男、グランとネリアとともに反逆者を追う男「フューチャーウォーカー 6 時の匠人」イヨンド作;ホンカズミ訳;金田榮路画 岩崎書店 2012年2月

ウンチャイ
バイサスに潜入したジャイファンの元スパイでとらえられて転向した男、グランとネリアとともに反逆者を追う男「フューチャーウォーカー 7 愛しい人を待つ海辺」イヨンド作;ホンカズミ訳;金田榮路画 岩崎書店 2012年6月

【え】

A　えー
ローズウッド学院に通うスペンサーたちに謎のメールを送る差出人「ライアーズ3 誘惑の代償」サラ・シェパード著;中尾眞樹訳 AC Books 2011年3月

え

A えー
ローズウッド学院に通うスペンサーたちに謎のメールを送る差出人 「ライアーズ4 つながれた絆」 サラ・シェパード著;中尾眞樹訳 AC Books 2011年5月

エアレス
森のなかのゆうれいやしきで男の子のタシに会った女の人 「タシとゆうれいやしき」 アナ・ファインバーグ作;バーバラ・ファインバーグ作;加藤伸美訳;キム・ギャンブル絵 朝日学生新聞社(タシのぼうけんシリーズ9) 2013年2月

AJT えいじぇいてぃー
ケイヒル家一族の若きリーダー・エイミーとダン兄妹の死んでしまったはずの父親 「サーティーナイン・クルーズ 14 天文台の謎」 ピーター・ルランジス著;小浜杏訳;HACCANイラスト メディアファクトリー 2013年6月

エイダン・リディ(最高司令官) えいだんりでぃ(さいこうしれいかん)
もと演奏家のJJ・リディの末っ子、リディ将軍の弟で独裁者 「世界の終わりと妖精の馬 上下一時間のない国で3」 ケイト・トンプソン著;渡辺庸子訳 東京創元社(sogen bookland) 2011年5月

エイト
13歳の少女エバの前にサンクチュアリー573で生まれた8世代のエバ 「ワンダラ 5 独裁者カドマスの攻撃」 トニー・ディテルリッジ作;飯野眞由美訳 文溪堂 2013年11月

エイドリアーナ・ローナン
鳥を仲間にもつ魔女、アイリッシュ海にうかぶ島・モナ島で生まれ育った女の子 「魔使いの悪夢(魔使いシリーズ)」 ジョゼフ・ディレイニー著;田中亜希子訳 東京創元社(sogen bookland) 2012年3月

エイナル・アンデション
少年シーグの父親で湖で凍死した男、約百年前のスウェーデンの鉱山で働いていた鉱石分析官 「シーグと拳銃と黄金の謎」 マーカス・セジウィック著;小田原智美訳;金原瑞人選 作品社 2012年2月

エイブ・ウォード
FBIアトランタ支局の捜査官、クリスの失踪した親友ウィンの行方を捜す男 「シフト」 ジェニファー・ブラッドベリ著;小梨直訳 福音館書店 2012年9月

エイブラハム・ギブズ
十八世紀のノーフォークに住む歴史研究者、ハーカー博士の友人の息子 「呪いの訪問者(トム・マーロウの奇妙な事件簿3)」 クリス・プリーストリー作;堀川志野舞訳;佐竹美保画 ポプラ社 2012年7月

エイプリル・フィネモア
十三歳の少年弁護士・セオの幼なじみ、真夜中に失踪した女の子 「少年弁護士セオの事件簿2 誘拐ゲーム」 ジョン・グリシャム作;石崎洋司訳 岩崎書店 2011年11月

エイヴォン
冒険をしたくてアリのエドワードと旅に出た小さいカタツムリ 「はじまりのはじまりのはじまりのおわり」 アヴィ作;トリシャ・トゥサ画;松田青子訳 福音館書店(福音館文庫) 2012年11月

エイミー
マーチ家四姉妹の絵が大好きでおませな四女 「若草物語 四姉妹とすてきな贈り物」 オルコット作;植松佐知子訳;駒形絵 集英社(集英社みらい文庫) 2012年4月

エイミアス・クロウ
少年シャーロックの家庭教師、犯罪人をつかまえるためにイギリスにきたアメリカ人 「ヤング・シャーロック・ホームズ vol.1 死の煙」 アンドリュー・レーン著;田村義進訳 静山社 2012年9月

えいみ

エイミアス・クロウ
少年シャーロックの家庭教師、犯罪人をつかまえるためにイギリスにきたアメリカ人 「ヤング・シャーロック・ホームズ vol.2 赤い吸血ヒル」 アンドリュー・レーン著;田村義進訳 静山社 2012年11月

エイミアス・クロウ
少年シャーロックの家庭教師、犯罪人をつかまえるためにイギリスにきたアメリカ人 「ヤング・シャーロック・ホームズ vol.3 雪の罠」 アンドリュー・レーン著;田村義進訳 静山社 2013年11月

エイミー・ケイヒル
ケイヒル一族の若きリーダー、文献調査が得意のボストンの高校に通う16歳の女の子 「サーティーナイン・クルーズ 12 メドゥーサの罠」 ゴードン・コーマン著;小浜杏訳;HACCANイラスト メディアファクトリー 2012年11月

エイミー・ケイヒル
ケイヒル一族の若きリーダー、文献調査が得意のボストンの高校に通う16歳の女の子 「サーティーナイン・クルーズ 13 いにしえの地図」 ジュード・ワトソン著;小浜杏訳;HACCANイラスト メディアファクトリー 2013年2月

エイミー・ケイヒル
ケイヒル一族の若きリーダー、文献調査が得意のボストンの高校に通う16歳の女の子 「サーティーナイン・クルーズ 14 天文台の謎」 ピーター・ルランジス著;小浜杏訳;HACCANイラスト メディアファクトリー 2013年6月

エイミー・ケイヒル
ケイヒル家の亡き祖母グレースの遺言により弟のダンとともに三十九の手がかりを集めるレースに参加した高校生の女の子 「サーティーナイン・クルーズ 11 新たなる脅威」 リック・リオーダン著;ピーター・ルランジス著;ゴードン・コーマン著;ジュード・ワトソン著;小浜杏訳;HACCANイラスト メディアファクトリー 2012年6月

エイミー・ケイヒル
名門ケイヒル一族の女当主だったグレースの孫でダンの姉、遺産相続人候補となり39の手がかりを探すレースに参加する14歳の女の子 「サーティーナイン・クルーズ 8 皇帝の暗号」 ゴードン・コーマン著;小浜杏訳;HACCANイラスト メディアファクトリー 2011年2月

エイミー・ケイヒル
名門ケイヒル一族の女当主だったグレースの孫でダンの姉、遺産相続人候補となり39の手がかりを探すレースに参加する14歳の女の子 「サーティーナイン・クルーズ 9 海賊の秘宝」 リンダ・スー・パーク著;小浜杏訳;HACCANイラスト メディアファクトリー 2011年6月

エイミー・ケイヒル
名門ケイヒル一族の女当主だったグレースの孫で分家マドリガル家の成員、39の手がかりを探すレースに参加する14歳の女の子 「サーティーナイン・クルーズ 10 最期の試練 後編」 マーガレット・ピーターソン・ハディックス著;小浜杏訳;HACCANイラスト メディアファクトリー 2012年2月

エイミー・ケイヒル
名門ケイヒル一族の女当主だったグレースの孫で分家マドリガル家の成員、39の手がかりを探すレースに参加する14歳の女の子 「サーティーナイン・クルーズ 10 最期の試練 前編」 マーガレット・ピーターソン・ハディックス著;小浜杏訳;HACCANイラスト メディアファクトリー 2011年11月

エイミー・モード
小学三年生のジュディ・モードと同じ学校に通う女の子、小学生新聞の記者 「ジュディ・モード、世界をまわる!(ジュディ・モードとなかまたち7)」 メーガン・マクドナルド作;ピーター・レイノルズ絵;宮坂宏美訳 小峰書店 2012年4月

えいも

エイモス
ロンドンにいる兄妹カーターとセイディの前に現れた黒ずくめの謎の男 「ケイン・クロニクル 1 灼熱のピラミッド」リック・リオーダン 著;小浜杏訳;エナミカツミイラスト メディアファクトリー 2012年3月

エイモス・ケイン
エジプト考古学者・ジュリアスの弟、カーターとセイディの行方不明のおじさん 「ケイン・クロニクル 3 最強の魔術師」リック・リオーダン 著;小浜杏訳;エナミカツミイラスト メディアファクトリー 2012年12月

エクセリノール
バイキングの少年ヒックの宿敵の男アルビンの母親、魔女 「ヒックとドラゴン 9 運命の秘剣」 クレシッダ・コーウェル作;相良倫子・陶浪亜希訳 小峰書店 2012年6月

エグランタイン夫人　えぐらんたいんふじん
少年シャーロックが夏休みを過ごすことになったおじの家の家政婦 「ヤング・シャーロック・ホームズ vol.1 死の煙」アンドリュー・レーン著;田村義進訳 静山社 2012年9月

エグランタイン夫人　えぐらんたいんふじん
少年シャーロックが夏休みを過ごすことになったおじの家の家政婦 「ヤング・シャーロック・ホームズ vol.3 雪の罠」アンドリュー・レーン著;田村義進訳 静山社 2013年11月

エグランティン
森の中にひっそりと建つ家でひと冬かくれ住まわせてもらおうとしたスパークス家ののんびりやの次女 「ミンティたちの森のかくれ家」キャロル・ライリー・ブリンク著;谷口由美子訳;中村悦子画 文渓堂(Modern Classic Selection) 2011年1月

エーコ
イギリスで有名な批評家マラリウス・ヴォイニッチのアシスタント、「放火クラブ」のために働く男 「ユリシーズ・ムーアと隠された町」Pierdomenico Baccalario著;金原瑞人訳;佐野真奈美訳;井上里訳 学研パブリッシング 2012年6月

エゴベルト
ヤンセン乗馬クラブにいる気むずかしい馬・ストームをトレーニングしている調教師 「動物と話せる少女リリアーネ 5 走れストーム風のように!」タニヤ・シュテーブナー著;中村智子訳;駒形イラスト 学研教育出版 2011年7月

エゴベルト
馬を虐待してヤンセン牧場を追いだされた調教師の男 「動物と話せる少女リリアーネ スペシャル1 友だちがいっしょなら!」タニヤ・シュテーブナー著;中村智子訳;駒形イラスト 学研教育出版 2012年9月

エージェントP　えーじぇんとぴー
天才発明家兄弟・フィニアスとファーブのペットのカモノハシ、政府の秘密組織のスパイ 「フィニアスとファーブ カーレースに出よう」ジャスミン・ジョーンズ文;ララ・バージェン文;杉田七重訳 KADOKAWA(角川つばさ文庫) 2013年11月

エズミ
やせっぽちの少女・イヌがはたらくペットショップにいるハナグマ、イヌの友だち 「あたしがおうちに帰る旅」ニコラ・デイビス作;代田亜香子訳 小学館 2013年6月

エッグズ・スパークス(エグランティン)
森の中にひっそりと建つ家でひと冬かくれ住まわせてもらおうとしたスパークス家ののんびりやの次女 「ミンティたちの森のかくれ家」キャロル・ライリー・ブリンク著;谷口由美子訳;中村悦子画 文渓堂(Modern Classic Selection) 2011年1月

エッタ
秘密の「島」に住む姉妹の骨ばった体つきの長女、「島」のてつだいをさせるために子どもたちを誘拐したおばさん 「クラーケンの島」エヴァ・イボットソン著;三辺律子訳 偕成社 2011年10月

エディ

将来は国連職員になって世界平和のために働くのを夢見ている優等生、ファッションに夢中のノニーの親友 「リアル・ファッション」 ソフィア・ベネット著;西本かおる訳 小学館 (SUPER!YA) 2012年4月

エドガー・ライス・バローズ（ネッド）

突然亡くなったおじ・ジョン・カーターの回顧録を物語にまとめた作家 「ジョン・カーター」 スチュアート・ムーア作;橘高弓枝訳 偕成社(ディズニーアニメ小説版) 2012年4月

エドナ・ボウエン

アルゴ邸があるキルモア・コーヴの医者、アルゴ邸の庭師・ネスターの幼なじみ 「ユリシーズ・ムーアと氷の国」 Pierdomenico Baccalario著;金原瑞人訳;佐野真奈美訳;井上里訳 学研教育出版 2013年4月

エドメ

オオカミの部族・マクヒース一家の元骨ウルフ、聖なる火山の番人の聖ウルフ 「ファオランの冒険 3 クマ対オオカミ戦いの火蓋」 キャスリン・ラスキー著;中村佐千江訳 メディアファクトリー 2013年6月

エドワーズさん

カンザス州の大草原に引っ越してきたインガルス一家のお隣さん、独りものの男の人 「大草原の小さな家」 ローラ・インガルス・ワイルダー作;中村凪子訳;椎名優絵 角川書店(角川つばさ文庫) 2012年7月

エドワード

カタツムリのエイヴォンに誘われて冒険の旅に出た小さいアリ 「はじまりのはじまりのはじまりのおわり」 アヴィ作;トリシャ・トゥサ画;松田青子訳 福音館書店(福音館文庫) 2012年11月

エドワード・ティーチ

残虐かつ凶悪な海賊、キャプテン・ジャック・スパロウの最強の敵 「パイレーツ・オブ・カリビアン－生命の泉」 ジェームズ・ポンティ作;橘高弓枝訳 偕成社(ディズニーアニメ小説版) 2011年6月

エドワード・ブランデーワイン

むねのところが白くとてもきれいな目をしたがっしりした宿なしのトラネコ、白と黒のネコ・チェッカーズの兄貴 「黒ネコジェニーのおはなし3 ジェニーときょうだい」 エスター・アベリル作・絵;松岡享子訳;張替惠子訳 福音館書店(世界傑作童話シリーズ) 2012年2月

エナ

ベイヤーン王国の炎をあやつる力を身につけた少女、ベイヤーンの王妃イシィの友だち 「エナ・火をあやつる少女の物語」 シャノン・ヘイル著;石黒美央[ほか]訳 バベルプレス 2011年10月

エナ

ベイヤーン王国の森の民の火をあやつる少女 「ラゾー川の秘密」 シャノン・ヘイル著;石黒美央[ほか]訳 バベルプレス 2013年4月

エバ・エイト（エイト）

13歳の少女エバの前にサンクチュアリー573で生まれた8世代のエバ 「ワンダラ 5 独裁者カドマスの攻撃」 トニー・ディテルリッジ作;飯野眞由美訳 文溪堂 2013年11月

エバ・ナイン

生まれてからずっと地下シェルター「サンクチュアリー」で教育係のロボット・マザーとくらしている12歳の少女 「ワンダラ 1 地下シェルターからの脱出」 トニー・ディテルリッジ作;飯野眞由美訳 文溪堂 2013年2月

エバ・ナイン

地下シェルター「サンクチュアリー」が破壊され地上に逃げだした12歳の少女 「ワンダラ 2 人類滅亡?」 トニー・ディテルリッジ作;飯野眞由美訳 文溪堂 2013年2月

えばな

エバ・ナイン
地下シェルター「サンクチュアリー」が破壊され地上に逃げだした12歳の少女 「ワンダラ 3 惑星オーボナの秘密」 トニー・ディテルリッジ作;飯野眞由美訳 文溪堂 2013年4月

エバ・ナイン
地下シェルター「サンクチュアリー」が破壊され地上に逃げだしなかまの人間を探す旅に出た12歳の少女 「ワンダラ 4 謎の人類再生計画」 トニー・ディテルリッジ作;飯野眞由美訳 文溪堂 2013年8月

エバ・ナイン
地下シェルター「サンクチュアリー」で生まれたリブート(再起動者)で13歳の少女 「ワンダラ 5 独裁者カドマスの攻撃」 トニー・ディテルリッジ作;飯野眞由美訳 文溪堂 2013年11月

エバノラ
美しいが邪悪な心をもつ東の魔女、西の魔女・セオドラの姉 「オズ はじまりの戦い」 エリザベス・ルドニック作;しぶやまさこ訳 偕成社(ディズニーアニメ小説版) 2013年4月

エヴァリン
アラルエン王国とケルティカとの国境付近をひとりで歩いていたなぞめいた少女 「アラルエン戦記 2 炎橋」 ジョン・フラナガン作;入江真佐子訳 岩崎書店 2012年10月

エヴァリン
レドモント領のレンジャーの弟子・ウィルとともに海賊スカンディアに囚われた少女 「アラルエン戦記 3 氷賊」 ジョン・フラナガン作;入江真佐子訳 岩崎書店 2013年3月

エヴァリン(カサンドラ王女) えばりん(かさんどらおうじょ)
レンジャーの弟子・ウィルと逃亡していた少女、じつはアラルエン国王の娘 「アラルエン戦記 4 銀葉」 ジョン・フラナガン作;入江真佐子訳 岩崎書店 2013年7月

エバン・トリバー
ケイヒル一族の若きリーダー・エイミーの同級生でボーイフレンド、電子機器にくわしい男の子 「サーティーナイン・クルーズ 12 メドゥーサの罠」 ゴードン・コーマン著;小浜杏訳;HACCANイラスト メディアファクトリー 2012年11月

A.V.ヴァーガ えーびーばーが
「クリの木ビレッジ」にある骨董屋の経営者 「謎の国からのSOS」 エミリー・ロッダ著;さくまゆみこ訳;杉田比呂美絵 あすなろ書房 2013年11月

エファ
チェコスロバキアの農村の少女、ナチスに拉致されてアーリア人化を強いられた十一歳 「名前をうばわれた少女」 ジョアン・M.ウルフ作;日当陽子訳;朝倉めぐみ絵 フレーベル館 2012年8月

エベレット
きりかぶの家にむすこのオスカーとおかあさんとくらしているねずみのおとうさん 「ねずみのオスカーとはるのおくりもの」 リリアン・ホーバン作;みはらいずみ訳 のら書店 2012年11月

エマ
孤児院をたらいまわしにされてきたケイトたち3きょうだいの十一歳末っ子、負けん気が強くけんかっ早い女の子 「エメラルド・アトラス(最古の魔術書 〔1〕)」 ジョン・スティーブンス著;片岡しのぶ訳 あすなろ書房 2011年12月

エマ
三冊の最古の魔術書を発見し運命を成就させることができると予言された子どもたち、ケイトたち3きょうだいの末っ子 「ファイアー・クロニクル(最古の魔術書 2)」 ジョン・スティーブンス著;こだまともこ訳 あすなろ書房 2013年12月

エマ
十三歳のアリの従妹、伯母のダルシーの四歳の娘 「深く、暗く、冷たい場所」 メアリー・D.ハーン作;せなあいこ訳 評論社(海外ミステリーBOX) 2011年1月

エミリー
ドイツ軍の野戦病院のそばの農場で暮らすことになった馬・ジョーイの世話をした女の子
「戦火の馬」 マイケル・モーパーゴ著;佐藤見果夢訳 評論社 2012年1月

エミーリエ
ノルウェーの首都オスロで豊かに暮らしている都会的な高校生の女の子 「このTシャツは
児童労働で作られました。」 シモン・ストランゲル著;枇谷玲子訳 汐文社 2013年2月

エミリー・フィールズ
ローズウッド学院に通うまじめな水泳部のエース、遺体で見つかったアリソンの元親友 「ラ
イアーズ3 誘惑の代償」 サラ・シェパード著;中尾眞樹訳 AC Books 2011年3月

エミリー・フィールズ
ローズウッド学院に通うまじめな水泳部のエース、遺体で見つかったアリソンの元親友 「ラ
イアーズ4 つながれた絆」 サラ・シェパード著;中尾眞樹訳 AC Books 2011年5月

エミリー・ワイルド
キャッスルキー島の灯台ホテルの経営者の娘、探偵になる訓練をしている女の子 「冒険島
1 口ぶえ洞窟の謎」 ヘレン・モス著;金原瑞人訳;井上里訳;萩谷薫絵 メディアファクトリー
 2012年7月

エミリー・ワイルド
キャッスルキー島の灯台ホテルの経営者の娘、探偵になる訓練をしている女の子 「冒険島
2 真夜中の幽霊の謎」 ヘレン・モス著;金原瑞人訳;井上里訳;萩谷薫絵 メディアファクト
リー 2012年11月

エミリー・ワイルド
キャッスルキー島の灯台ホテルの経営者の娘、探偵になる訓練をしている女の子 「冒険島
3 盗まれた宝の謎」 ヘレン・モス著;金原瑞人訳 メディアファクトリー 2013年3月

エーミール
めぐまれない少年少女たちの学校・プラムフィールド学園のかつての生徒、二等航海士の
青年 「若草物語4 それぞれの赤い糸」 オルコット作;谷口由美子訳;藤田香絵 講談社
(青い鳥文庫) 2011年10月

エム・イー(マリアエレナ・エスペラント)
仲間と暗号を作って遊ぶ「暗号クラブ」のメンバー、六年生の女の子 「暗号クラブ 1 ガイコ
ツ屋敷と秘密のカギ」 ペニー・ワーナー著;番由美子訳;ヒョーゴノスケ絵 メディアファクト
リー 2013年4月

エム・イー(マリアエレナ・エスペラント)
仲間と暗号を作って遊ぶ「暗号クラブ」のメンバー、六年生の女の子 「暗号クラブ 2 ゆうれ
い灯台ツアー」 ペニー・ワーナー著;番由美子訳;ヒョーゴノスケ絵 メディアファクトリー
2013年8月

エム・イー(マリアエレナ・エスペラント)
仲間と暗号を作って遊ぶ「暗号クラブ」のメンバー、六年生の女の子 「暗号クラブ 3 海賊が
のこしたカーメルの宝」 ペニー・ワーナー著;番由美子訳;ヒョーゴノスケ絵 KADOKAWA
2013年12月

エムおばさん
めいのドロシーとともにオズの国に住むことになったおばさん 「オズの魔法使いシリーズ6
完訳オズのエメラルドの都」 ライマン・フランク・ボーム著;ないとうふみこ訳 復刊ドットコム
2012年6月

エラク
北方の国スカンディアの海賊のリーダー、ウィルとエヴァリンを捕虜にした男 「アラルエン戦
記 3 氷賊」 ジョン・フラナガン作;入江真佐子訳 岩崎書店 2013年3月

えらく

エラク
北方の国スカンディアの海賊のリーダー、捕虜だったウィルとエヴァリンを逃した男 「アラル
エン戦記4 銀葉」 ジョン・フラナガン作;入江真佐子訳 岩崎書店 2013年7月

エラゴン
青き竜・サフィアのライダー、ヴァーデン軍とともに帝国アラゲイジアと戦う少年 「インヘリタ
ンス－果てなき旅 上下(ドラゴンライダー BOOK4)」 クリストファー・パオリーニ著;大嶌双
恵訳 静山社 2012年11月

エリー
夏休みにロンドンからおばさんの住むサンデー島にやってきた好奇心旺盛な女の子
「ビーチサンダルガールズ1 つまさきに自由を!」 エレン・リチャードソン作;中林晴美訳;たち
ばなはるか絵 フレーベル館 2013年5月

エリー
夏休みにロンドンからおばさんの住むサンデー島にやってきて最高の友だちシエラとター
シュに出会った女の子 「ビーチサンダルガールズ2 パレオを旗にSOS!」 エレン・リチャー
ドソン作;中林晴美訳;たちばなはるか絵 フレーベル館 2013年7月

エリオット
名探偵ホームズの仕事を手伝う「イレギュラーズ」のメンバー、けんかっぱやい少年
「シャーロック・ホームズ&イレギュラーズ 4 最後の対決」 T.マック&M.シトリン著;金原瑞人
共訳;相山夏奏共訳;スカイエマ画 文溪堂 2012年1月

エリオット
名探偵ホームズの仕事を手伝う「イレギュラーズ」のメンバー、裁縫の達人で赤毛の少年
「シャーロック・ホームズ&イレギュラーズ 1 消されたサーカスの男」 T.マック&M.シトリン著;
金原瑞人共訳;相山夏奏共訳;スカイエマ画 文溪堂 2011年9月

エリオット
名探偵ホームズの仕事を手伝う「イレギュラーズ」のメンバー、体が大きく気性の激しい少年
「シャーロック・ホームズ&イレギュラーズ 2 冥界からの使者」 T.マック&M.シトリン著;金原
瑞人共訳;相山夏奏共訳;スカイエマ画 文溪堂 2011年9月

エリオット
名探偵ホームズの仕事を手伝う「イレギュラーズ」のメンバー、体が大きく気性の激しい少年
「シャーロック・ホームズ&イレギュラーズ 3 女神ディアーナの暗号」 T.マック&M.シトリン
著;金原瑞人共訳;相山夏奏共訳;スカイエマ画 文溪堂 2011年11月

エリオン・ポートレト
ヘザーフィールドにある名門中学「シェフィールド学院」の生徒でコーネリアの同級生 「選
ばれた少女たち」 エリザベス・レンハード作;岡田好惠訳;千秋ユウ絵 講談社(ディズニー・
ウィッチシリーズ1) 2011年9月

エリオン・ポートレト
ヘザーフィールドを出て悪の国・メタムアに住みついたの中学生の少女 「再びメリディアン
へ」 エリザベス・レンハード作;岡田好惠訳;千秋ユウ絵 講談社(ディズニー・ウィッチシリー
ズ4) 2012年1月

エリオン・ポートレト
ヘザーフィールドを出て悪の国・メタムアの住人となった中学生の少女 「危険な時空旅行」
エリザベス・レンハード作;岡田好惠訳;千秋ユウ絵 講談社(ディズニー・ウィッチシリーズ
5) 2012年3月

エリオン・ポートレト
ヘザーフィールドを出て悪の国・メタムアの住人となった中学生の少女 「奇跡を起こす少
女」 エリザベス・レンハード作;岡田好惠訳;千秋ユウ絵 講談社(ディズニー・ウィッチシリー
ズ6) 2012年5月

えりざ

エリオン・ポートレト
名門中学「シェフィールド学院」の生徒でコーネリアの同級生、行方不明の少女 「悪の都メリディアン」 エリザベス・レンハード作;岡田好惠訳;千秋ユウ絵 講談社(ディズニー・ウィッチシリーズ3) 2011年11月

エリオン・ポートレト
名門中学「シェフィールド学院」の生徒でコーネリアの同級生、姿をくらました少女 「消えた友だち」 エリザベス・レンハード作;岡田好惠訳;千秋ユウ絵 講談社(ディズニー・ウィッチシリーズ2) 2011年10月

エリクソン夫人　えりくそんふじん
ダブリンのトリニティー・カレッジのエリクソン教授の夫人、サリーの雇い主 「サリーの愛する人」 エリザベス・オハラ作;もりうちすみこ訳 さ・え・ら書房 2012年4月

エリザ・フロット
海岸通りぞいにたつグランドホテルの小間使いの少年・トビーが出会った人魚 「11号室のひみつ」 ヘザー・ダイヤー作;ピーター・ベイリー絵;相良倫子訳 小峰書店(おはなしメリーゴーラウンド) 2011年12月

エリザベス
母方のリビー叔母さんにあずけられ自分とそっくりな祖先の少女の肖像画を見た少女 「語りつぐ者」 パトリシア・ライリー・ギフ作;もりうちすみこ訳 さ・え・ら書房 2013年4月

エリザベス(ベス)
マーチ家四姉妹のおしとやかでしっかり者の十三歳の三女 「若草物語 四姉妹とすてきな贈り物」 オルコット作;植松佐知子訳;駒形絵 集英社(集英社みらい文庫) 2012年4月

エリザベス・グレーソン
サマーサイド高校の校長に就任したアンが下宿する柳風荘の隣のときわ木荘に気むずかしい曾祖母と暮らす八歳の少女 「アンの幸福(赤毛のアン 4)」 L.M.モンゴメリ作;村岡花子訳;HACCAN絵 講談社(青い鳥文庫) 2013年4月

エリザベス・ペニーケトル(リズ)
ペニーケトル家の女主人、陶器の龍に命を吹き込む力を持っている陶芸家 「龍のすむ家　第2章－氷の伝説」 クリス・ダレーシー著;三辺律子訳 竹書房(竹書房文庫) 2013年7月

エリザベス・ペニーケトル(リズ)
ペニーケトル家の女主人、龍の置物ばかりを作る陶芸家 「龍のすむ家 グラッフェンのぼうけん」 クリス・ダレーシー著;三辺律子訳 竹書房 2011年3月

エリザベス・ペニーケトル(リズ)
ペニーケトル家の女主人、龍の置物ばかりを作る陶芸家 「龍のすむ家 ゲージと時計塔の幽霊」 クリス・ダレーシー著;三辺律子訳 竹書房 2013年3月

エリザベス・ペニーケトル(リズ)
ペニーケトル家の女主人、龍の置物ばかりを作る陶芸家 「龍のすむ家」 クリス・ダレーシー著;三辺律子訳 竹書房(竹書房文庫) 2013年3月

エリザベス・ペニーケトル(リズ)
小説を書く青年デービッドの大家さん、陶器の龍に命を吹き込む力を持った陶芸家 「龍のすむ家　第3章－炎の星 上下」 クリス・ダレーシー著;三辺律子訳 竹書房(竹書房文庫) 2013年12月

エリーザベト
十六歳のころドイツ東部の町ドレスデンの空襲から子ゾウのマレーネとともに逃げたと話すおばあちゃん、介護施設に入っている老人 「ゾウと旅した戦争の冬」 マイケル・モーパーゴ作;杉田七重訳 徳間書店 2013年12月

えりっ

エリック
皇帝ペンギン王国のマンブルとグローリアの息子、歌もダンスも苦手な男の子 「ハッピーフィート2」 河井直子訳 メディアファクトリー 2011年11月

エリック(オペラ座の怪人)　えりっく(おぺらざのかいじん)
パリのオペラ座の地下にかくれ住むおそろしい怪人 「オペラ座の怪人」 ガストン・ルルー作;村松定史訳 集英社(集英社みらい文庫) 2011年12月

エリック・カルフーン(モービー)
母と二人暮らしの男の子、幼少のころからデブとからかわれ続けた水泳部員の高校生 「彼女のためにぼくができること」 クリス・クラッチャー著;西田登訳 あかね書房(YA Step!) 2011年2月

エリナ
動物保護センターから犬とネコを引きとった男の子・ウィリアムの妹、四つの女の子 「犬のことばが聞こえたら」 パトリシア・マクラクラン作;こだまともこ訳 徳間書店 2012年12月

エリノア王妃　えりのあおうひ
スコットランドのダンブロッホ王国の王妃、勇敢な王女・メリダの母 「メリダとおそろしの森」 アイリーン・トリンブル作;しぶやまさこ訳 偕成社(ディズニーアニメ小説版) 2012年7月

エリー・マクドナルド
友だちのサマーとジャスミンと「ひみつの王国」の「かがやきのビーチ」にやってきた女の子 「シークレット♥キングダム 6 かがやきのビーチ」 ロージー・バンクス作;井上里訳 理論社 2013年3月

エリー・マクドナルド
友だちのサマーとジャスミンと「ひみつの王国」の「マーメイドの海」にむかった女の子 「シークレット♥キングダム 4 マーメイドの海」 ロージー・バンクス作;井上里訳 理論社 2013年1月

エリー・マクドナルド
友だちのサマーとジャスミンと「ひみつの王国」の「魔法の山」にやってきた女の子 「シークレット♥キングダム 5 魔法の山」 ロージー・バンクス作;井上里訳 理論社 2013年2月

エリー・マクドナルド
友だちのサマーとジャスミンと「ひみつの王国」の上にうかぶ「空飛ぶアイランド」にむかった女の子 「シークレット♥キングダム 3 空飛ぶアイランド」 ロージー・バンクス作;井上里訳 理論社 2012年12月

エリー・マクドナルド
友だちのサマーとジャスミンと魔法の生き物たちがくらす「ひみつの王国」にむかった女の子 「シークレット♥キングダム 2 ユニコーンの谷」 ロージー・バンクス作;井上里訳 理論社 2012年11月

エリヤフ
エルサレムに住むユダヤ人の商人ナータンの友人で管財人 「賢者ナータンと子どもたち」 ミリヤム・プレスラー作;森川弘子訳 岩波書店 2011年11月

エルザ・ホフ
叔母の死の真相解明をホームズに依頼した十九歳の女性 「シャーロック・ホームズ&イレギュラーズ 2 冥界からの使者」 T.マック&M.シトリン著;金原瑞人共訳;相山夏奏共訳;スカイエマ画 文渓堂 2011年9月

エルゼ
南ドイツに暮らす大家族の七人兄妹の末っ子で小さな女の子 「愛の一家 あるドイツの冬物語」 アグネス・ザッパー作;マルタ・ヴェルシュ画;遠山明子訳 福音館書店(福音館文庫) 2012年1月

おうま

エルドウェン
人間界からきた少年ニコに量子の世界を案内した少年科学者 「3つの鍵の扉」 ソニア・フェルナンデス=ビダル著;轟志津香訳 晶文社 2013年11月

エルフ
名探偵ホームズの仕事を手伝う「イレギュラーズ」のメンバー、一番年下の少年 「シャーロック・ホームズ&イレギュラーズ 1 消されたサーカスの男」 T.マック&M.シトリン著;金原瑞人共訳;相山夏奏共訳;スカイエマ画 文溪堂 2011年9月

エルフ
名探偵ホームズの仕事を手伝う「イレギュラーズ」のメンバー、一番年下の少年 「シャーロック・ホームズ&イレギュラーズ 2 冥界からの使者」 T.マック&M.シトリン著;金原瑞人共訳;相山夏奏共訳;スカイエマ画 文溪堂 2011年9月

エルフ
名探偵ホームズの仕事を手伝う「イレギュラーズ」のメンバー、一番年下の少年 「シャーロック・ホームズ&イレギュラーズ 3 女神ディアーナの暗号」 T.マック&M.シトリン著;金原瑞人共訳;相山夏奏共訳;スカイエマ画 文溪堂 2011年11月

エルフ
名探偵ホームズの仕事を手伝う「イレギュラーズ」のメンバー、一番年下の少年 「シャーロック・ホームズ&イレギュラーズ 4 最後の対決」 T.マック&M.シトリン著;金原瑞人共訳;相山夏奏共訳;スカイエマ画 文溪堂 2012年1月

エルメンリッヒ
復活祭の前夜に小人の大きさの男の子・ニルスを砂浜につれていったコウノトリ 「ニルスが出会った物語 1 まぼろしの町」 セルマ・ラーゲルレーヴ原作;菱木晃子訳構成;平澤朋子画 福音館書店(世界傑作童話シリーズ) 2012年5月

エレナ
アバンティア王国の守り神・火龍フェルノを救出しに行った少年トムの相棒の少女 「ビースト・クエスト 17 超マンモスタスク」 アダム・ブレード作;浅尾敦則訳;大庭賢哉イラスト ゴマブックス 2011年1月

エレナ
アバンティア王国の守り神・山男アークタを救出しに行った少年トムの相棒の少女 「ビースト・クエスト 18 サソリ男スティング」 アダム・ブレード作;浅尾敦則訳;大庭賢哉イラスト ゴマブックス 2011年2月

エレーナ・ヴィルカス
1940年ソ連に占領されたリトアニアで子どもたちと一緒に拘束されてシベリアの強制労働収容所へ送られたリナのママ 「灰色の地平線のかなたに」 ルータ・セペティス作;野沢佳織訳 岩波書店 2012年1月

エロル夫人　えろるふじん
イギリス人エロル大尉の未亡人のアメリカ人女性、セドリックの母親 「小公子」 フランシス・ホジソン・バーネット作;脇明子訳 岩波書店(岩波少年文庫) 2011年11月

【お】

オーウェン・トマス・グリフィス
人とのコミュニケーションが苦手な十七歳の男の子 「どこからも彼方にある国」 アーシュラ・K・ル・グィン著;中村浩美訳 あかね書房(YA Step!) 2011年2月

オウマー・チープ
探偵会社の経営者、がっしりした体つきのスキンヘッドの男 「少年弁護士セオの事件簿1 なぞの目撃者」 ジョン・グリシャム作;石崎洋司訳 岩崎書店 2011年9月

おえん

オーエン・ウォルターズ
空想好きな少年サイモンの同級生、すぐパニックになり早口でしゃべる特徴がある少年
「空想科学少年サイモン・ブルーム 重力の番人 上下」マイケル・ライスマン作;三田村信行編訳;加藤アカツキ絵 文溪堂 2013年7月

大おとこ　おおおとこ
むかし山の上のおしろにひとりでくらしていたこころのやさしい大おとこ 「やさしい大おとこ」ルイス・スロボドキン作・絵;こみやゆう訳 徳間書店 2013年6月

オオカミ
第二次世界大戦中チェコスロバキアにあった貧しい村の小さな動物園にいたオオカミ 「真夜中の動物園」ソーニャ・ハートネット著;野沢佳織訳 主婦の友社 2012年7月

おおきなゆうれい（フーパーせんちょう）
ホイッティカーさんたちがきた海べの家にすむおおきなさわがしいゆうれい 「おばけのジョージーとさわがしいゆうれい」ロバート・ブライト作・絵;なかがわちひろ訳 徳間書店 2013年3月

おかあさん
アフリカの女の子・アンナの母親でカナダから来た人 「アンナのうちはいつもにぎやか」アティヌーケ作;ローレン・トビア絵;永瀬比奈訳 徳間書店 2012年7月

お母さん　おかあさん
三人の子どもを連れてロンドンから田舎の一軒家への引っ越しを決行したお母さん 「鉄道きょうだい」E.ネズビット著;チャールズ・E.ブロック画;中村妙子訳 教文館 2011年12月

お母さん（ペフリング夫人）　おかあさん（ぺふりんぐふじん）
七人の子どもたちと南ドイツに暮らす大家族の母親、音楽教師の妻 「愛の一家 あるドイツの冬物語」アグネス・ザッパー作;マルタ・ヴェルシュ画;遠山明子訳 福音館書店(福音館文庫) 2012年1月

おかあさん（ヘンリエッタ）
はるに赤ちゃんがうまれるねずみ、オスカーのおかあさん 「ねずみのオスカーとはるのおくりもの」リリアン・ホーバン作;みはらいずみ訳 のら書店 2012年11月

おかあさん（リジー）
オーストラリアに住む家族の母親、バザーに中古服のお店を出す女性 「とくべつなお気に入り」エミリー・ロッダ作;神戸万知訳;下平けーすけ絵 岩崎書店 2011年4月

オーガスタス
骨肉腫で片脚を失った17歳の高校生、甲状腺がんを患う少女ヘイゼルと出会った青年 「さよならを待つふたりのために」ジョン・グリーン作;金原瑞人訳;竹内茜訳 岩波書店（STAMP BOOKS）2013年7月

オーク
顔はオウムそっくりだが羽根が一本もはえていなくて鳥とよぶことはできないきみょうな生き物 「オズの魔法使いシリーズ9 完訳オズのかかし」ライマン・フランク・ボーム著;ないとうふみこ訳 復刊ドットコム 2012年12月

オクサ・ポロック
ロンドンのフランス人中学校に通う13歳の少女、〈エデフィア〉国の君主の地位の継承者 「オクサ・ポロック 2 迷い人の森」アンヌ・プリショタ著;サンドリーヌ・ヴォルフ著;児玉しおり訳 西村書店 2013年6月

オクサ・ポロック
ロンドンのフランス人中学校に通う14歳の少女、〈エデフィア〉国の君主の地位の継承者 「オクサ・ポロック 3 二つの世界の中心」アンヌ・プリショタ著;サンドリーヌ・ヴォルフ著;児玉しおり訳 西村書店 2013年12月

おじさ

オクサ・ポロック
ロンドンのフランス人中学校に編入したもうすぐ13歳になる活発な少女 「オクサ・ポロック 1 希望の星」アンヌ・プリショタ著;サンドリーヌ・ヴォルフ著;児玉しおり訳 西村書店 2012年 12月

オジー（オズグッド・マニング）
名探偵ホームズの仕事を手伝う「イレギュラーズ」のメンバー、ヨーロッパへ向かったホームズのあとを追った少年 「シャーロック・ホームズ&イレギュラーズ 4 最後の対決」T.マック&M.シトリン著;金原瑞人共訳;相山夏奏共訳;スカイエマ画 文溪堂 2012年1月

オジー（オズグッド・マニング）
名探偵ホームズの仕事を手伝う「イレギュラーズ」のメンバー、頭の回転がはやい少年 「シャーロック・ホームズ&イレギュラーズ 2 冥界からの使者」T.マック&M.シトリン著;金原瑞人共訳;相山夏奏共訳;スカイエマ画 文溪堂 2011年9月

オジー（オズグッド・マニング）
名探偵ホームズの仕事を手伝う「イレギュラーズ」のメンバー、父親探しの旅に出た少年 「シャーロック・ホームズ&イレギュラーズ 3 女神ディアーナの暗号」T.マック&M.シトリン著;金原瑞人共訳;相山夏奏共訳;スカイエマ画 文溪堂 2011年11月

オジー（オズグッド・マニング）
名探偵ホームズの仕事を手伝う「イレギュラーズ」の新メンバー、父親を探している少年 「シャーロック・ホームズ&イレギュラーズ 1 消されたサーカスの男」T.マック&M.シトリン著;金原瑞人共訳;相山夏奏共訳;スカイエマ画 文溪堂 2011年9月

おじいさま（ウィリアム・ケッチーノ・スティルトン）
子住島の「中央新聞社」初代社長、現社長のネズミ・ジェロニモの祖父 「チーズピラミッドの呪い（冒険作家ジェロニモ・スティルトン）」ジェロニモ・スティルトン作;加門ベル訳 講談社 2011年8月

おじいさま（ドリンコート伯爵）　おじいさま（どりんこーとはくしゃく）
アメリカにいる孫のセドリックをあとつぎとしてイギリスに呼びよせた老伯爵 「小公子」フランシス・ホジソン・バーネット作;脇明子訳 岩波書店（岩波少年文庫）2011年11月

おじいさん（老人）　おじいさん（ろうじん）
「りっぱな兵士になるための九か条」をきっちりと実行しているりっぱな兵士がであったしわくちゃな小男 「りっぱな兵士になりたかった男の話」グイード・スガルドリ著;杉本あり訳 講談社 2012年6月

おじいちゃん
声が大きい女の子・ファニーが大好きなとても年をとって弱ってしまったおじいちゃん 「魔法がくれた時間」トビー・フォワード作;浜田かつこ訳;ナカムラユキ画 金の星社 2012年12月

おじいちゃん（ウォルター・テイト）
テキサスの田舎町に住む少女・キャルパーニアの「実験室」で「実験」をして過ごす変わり者のおじいちゃん 「ダーウィンと出会った夏」ジャクリーン・ケリー作;斎藤倫子訳 ほるぷ出版 2011年7月

おじいちゃん（長老ティム）　おじいちゃん（ちょうろうていむ）
すべての種族のために時の番をしているトキモリ族の守護官長、グリニッジ公園に工房を持ち時をつかさどる魔法の「大時計」の作り手 「グリニッジ大冒険 “時”が盗まれた!」ヴァル・タイラー著;柏倉美穂[ほか]訳 バベルプレス 2011年2月

おじさん（コルネリウス）
中国にいるストームワーグナー夫妻に代わって甥の面倒を見ているおじさん 「動物と話せる少女リリアーネ 4 笑うチンパンジーのひみつ!」タニヤ・シュテーブナー著;中村智子訳;駒形イラスト 学研教育出版 2011年3月

37

おじさ

おじさん(スクルージ)
会計事務所の経営者、ケチでいじわるでつめたい男 「クリスマス・キャロル」ディケンズ作;
杉田七重訳;HACCAN絵 KADOKAWA(角川つばさ文庫) 2013年11月

オーシャン・カーター
十八世紀のロンドンで泥棒をしている青年、すりの少年・ウィルの兄貴分 「死神の追跡者
(トム・マーロウの奇妙な事件簿1)」クリス・プリーストリー作;堀川志野舞訳;佐竹美保画 ポ
プラ社 2011年11月

オーシャン・カーター
十八世紀のロンドン暗黒街にくわしい青年、ハーカー博士の助手・トムの友人 「悪夢の目
撃者(トム・マーロウの奇妙な事件簿2)」クリス・プリーストリー作;堀川志野舞訳;佐竹美保
画 ポプラ社 2012年3月

オジョ
オズの国のマンチキンの国の青の森でだんまり屋で有名なナンキーおじさんと住む少年
「オズの魔法使いシリーズ7 完訳オズのパッチワーク娘」ライマン・フランク・ボーム著;田中
亜希子訳 復刊ドットコム 2012年8月

オズ
エメラルドの都に住むどんなことでもできるという偉大な魔法使い 「オズの魔法使い」L.F.
バーム作;松村達雄訳;鳥羽雨画 講談社(青い鳥文庫) 2013年1月

オズ
オズの国のエメラルドの都を治める大魔法使い 「オズの魔法使い 新訳」ライマン・フラン
ク・ボーム作;西田佳子訳 集英社(集英社みらい文庫) 2013年6月

オズ
少女・ドロシーの願いをかなえてくれるというエメラルドの街にいる偉大な魔法使い 「オズの
魔法使い」ライマン・フランク・ボウム著;江國香織訳 小学館 2013年3月

オズ
魔法の国オズのエメラルドの街に住むといわれている大魔法使い 「オズの魔法使い」L.
フランク・ボーム作;柴田元幸訳;吉野朔実絵 角川書店(角川つばさ文庫) 2013年2月

オズ(オスカー・ディグス)
気球に乗って大竜巻にまきこまれ「オズの国」に不時着したお調子者のマジシャン 「オズ
はじまりの戦い」エリザベス・ルドニック作;しぶやまさこ訳 偕成社(ディズニーアニメ小説
版) 2013年4月

オズ(魔法使いオズ)　おず(まほうつかいおず)
気球で地下のマンガブー国に落ちてきたペテン師の魔法使い 「オズの魔法使いシリーズ
4 完訳オズとドロシー」ライマン・フランク・ボーム著;田中亜希子訳 復刊ドットコム 2012年
2月

オスカー
きりかぶの家におとうさんとおかあさんとくらしているねずみの男の子 「ねずみのオスカーと
はるのおくりもの」リリアン・ホーバン作;みはらいずみ訳 のら書店 2012年11月

オスカー
特別支援学級に通うリーコの親友 「リーコとオスカーと幸せなどろぼう石」アンドレアス・
シュタインヘーフェル作;森川弘子訳 岩波書店 2012年7月

オスカー・ディグス
気球に乗って大竜巻にまきこまれ「オズの国」に不時着したお調子者のマジシャン 「オズ
はじまりの戦い」エリザベス・ルドニック作;しぶやまさこ訳 偕成社(ディズニーアニメ小説
版) 2013年4月

おずま

オズガ姫（バラの姫）　おずがひめ（ばらのひめ）
バラ王国を追放されてしまった姫 「オズの魔法使いシリーズ8 完訳オズのチクタク」 ライマン・フランク・ボーム著;宮坂宏美訳　復刊ドットコム 2012年10月

オスカー・ピル
自分が特殊能力で病気を治すことができる「メディキュス」だと知った十二歳の少年 「オスカー・ピル 体内に潜入せよ! 上下」 エリ・アンダーソン著;坂田雪子訳　角川書店 2012年2月

オスカー・ピル
特殊能力で病気を治す「メディキュス団」の訓練を受けている十三歳の少年 「オスカー・ピル 2メディキュスの秘宝を守れ! 上下」 エリ・アンダーソン著;坂田雪子訳　角川書店 2013年5月

オズグッド・マニング
名探偵ホームズの仕事を手伝う「イレギュラーズ」のメンバー、ヨーロッパへ向かったホームズのあとを追った少年 「シャーロック・ホームズ&イレギュラーズ 4 最後の対決」 T.マック&M.シトリン著;金原瑞人共訳;相山夏奏共訳;スカイエマ画　文溪堂 2012年1月

オズグッド・マニング
名探偵ホームズの仕事を手伝う「イレギュラーズ」のメンバー、頭の回転がはやい少年 「シャーロック・ホームズ&イレギュラーズ 2 冥界からの使者」 T.マック&M.シトリン著;金原瑞人共訳;相山夏奏共訳;スカイエマ画　文溪堂 2011年9月

オズグッド・マニング
名探偵ホームズの仕事を手伝う「イレギュラーズ」のメンバー、父親探しの旅に出た少年 「シャーロック・ホームズ&イレギュラーズ 3 女神ディアーナの暗号」 T.マック&M.シトリン著;金原瑞人共訳;相山夏奏共訳;スカイエマ画　文溪堂 2011年11月

オズグッド・マニング
名探偵ホームズの仕事を手伝う「イレギュラーズ」の新メンバー、父親を探している少年 「シャーロック・ホームズ&イレギュラーズ 1 消されたサーカスの男」 T.マック&M.シトリン著;金原瑞人共訳;相山夏奏共訳;スカイエマ画　文溪堂 2011年9月

オズさま
オズの国のエメラルドの都に住む大魔法使い 「オズの魔法使いシリーズ1　完訳オズの魔法使い」 ライマン・フランク・ボーム著;宮坂宏美訳　復刊ドットコム 2011年10月

オズマ姫　おずまひめ
オズの国のエメラルドの都の前の王・パストリアのひとり娘、エメラルドの都の正統な跡継ぎ 「オズの魔法使いシリーズ2 完訳オズのふしぎな国」 ライマン・フランク・ボーム著;宮坂宏美訳　復刊ドットコム 2011年10月

オズマ姫　おずまひめ
オズの国のかれんな女王 「オズの魔法使いシリーズ3 完訳オズのオズマ姫」 ライマン・フランク・ボーム著;ないとうふみこ訳　復刊ドットコム 2011年12月

オズマ姫　おずまひめ
オズの国の若く美しい統治者 「オズの魔法使いシリーズ13 完訳オズの魔法」 ライマン・フランク・ボーム著;田中亜希子訳　復刊ドットコム 2013年7月

オズマ姫　おずまひめ
オズの国の若く美しい統治者 「オズの魔法使いシリーズ14 完訳オズのグリンダ」 ライマン・フランク・ボーム著;宮坂宏美訳　復刊ドットコム 2013年9月

オズマ姫　おずまひめ
オズの国の女王 「オズの魔法使いシリーズ5 完訳オズへの道」 ライマン・フランク・ボーム著;宮坂宏美訳　復刊ドットコム 2012年3月

おずま

オズマ姫　おずまひめ
オズの国の女王 「オズの魔法使いシリーズ6 完訳オズのエメラルドの都」 ライマン・フランク・ボーム著;ないとうふみこ訳 復刊ドットコム 2012年6月

オズマ姫　おずまひめ
魔法の国オズの統治者である愛らしい少女 「オズの魔法使いシリーズ11 完訳オズの消えた姫」 ライマン・フランク・ボーム著;宮坂宏美訳 復刊ドットコム 2013年3月

オーソン・マックグロー
〈エディフィア〉国の君主の地位の継承者オクサ・ポロックが通うロンドンの聖プロクシマス中学校の教師 「オクサ・ポロック 2 迷い人の森」 アンヌ・プリショタ著;サンドリーヌ・ヴォルフ著;児玉しおり訳 西村書店 2013年6月

オーソン・マックグロー
活発な少女オクサ・ポロックが転校したロンドンの聖プロクシマス中学校の数学教師、オクサの担任 「オクサ・ポロック 1 希望の星」 アンヌ・プリショタ著;サンドリーヌ・ヴォルフ著;児玉しおり訳 西村書店 2012年12月

オーソン・マックグロー
少女オクサたちの故郷〈エディフィア〉国の反逆者(フェロン)の首領の息子 「オクサ・ポロック 3 二つの世界の中心」 アンヌ・プリショタ著;サンドリーヌ・ヴォルフ著;児玉しおり訳 西村書店 2013年12月

おちびちゃん
砂漠に不時着した「ぼく」が出会った彼方の惑星から来た少年 「星の王子さま」 サン=テグジュペリ作;管啓次郎訳 角川書店(角川つばさ文庫) 2011年6月

オット
地下シェルター「サンクチュアリー」でくらすエバと心で会話ができる赤茶色の甲羅をつけた6本足の巨獣 「ワンダラ 1 地下シェルターからの脱出」 トニー・ディテルリッジ作;飯野眞由美訳 文渓堂 2013年2月

オットー
中世のドイツにあった竜の館の城主・コンラッド男爵の息子、僧院で育った少年 「銀のうでのオットー」 ハワード=パイル作・画;渡辺茂男訳 童話館出版(子どもの文学・青い海シリーズ) 2013年7月

オットー
南ドイツに暮らす大家族の七人兄妹の三男、優等生で少し体裁屋の少年 「愛の一家 あるドイツの冬物語」 アグネス・ザッパー作;マルタ・ヴェルシュ画;遠山明子訳 福音館書店(福音館文庫) 2012年1月

オットー・ハラグロ卿　おっとーはらぐろきょう
「ホラー横丁」の悪名だかい大地主、モンスターが大きらいな男 「ホラー横丁13番地 1 吸血鬼の牙」 トミー・ドンババンド作;伏見操訳;ヒョーゴノスケ絵 偕成社 2012年2月

オットー・ハラグロ卿　おっとーはらぐろきょう
「ホラー横丁」の悪名だかい大地主、モンスターが大きらいな男 「ホラー横丁13番地 2 魔女の血」 トミー・ドンババンド作;伏見操訳;ヒョーゴノスケ絵 偕成社 2012年3月

オットー・ハラグロ卿　おっとーはらぐろきょう
「ホラー横丁」の悪名だかい大地主、聖遺物をぜんぶ手に入れようとしている男 「ホラー横丁13番地 3 ミイラの心臓」 トミー・ドンババンド作;伏見操訳;ヒョーゴノスケ絵 偕成社 2012年3月

オットー・ハラグロ卿　おっとーはらぐろきょう
「ホラー横丁」の大地主、邪悪な欲望のために聖遺物をねらっている男 「ホラー横丁13番地 5 骸骨の頭」 トミー・ドンババンド作;伏見操訳;ヒョーゴノスケ絵 偕成社 2012年3月

おとめ

オットー・マルペンス
悪人養成機関「HIVE」の生徒、超人的頭脳を持つ十三歳の少年 「ハイブ－悪のエリート養成機関 volume3 ルネッサンス・イニシアチブ」 マーク・ウォールデン作;三辺律子訳 ほるぷ出版 2011年12月

オティ
ポリネシアのウバアブ島の英語が話せる親切な少年 「アニマル・アドベンチャー ミッション2 タイガーシャークの襲撃」 アンソニー・マゴーワン作;西本かおる訳 静山社 2013年12月

オーディーン
多くの人々を殺してきたギリシア太古の恐ろしい女神、魔使いの弟子トムの母さんの宿敵 「魔使いの犠牲(魔使いシリーズ)」 ジョゼフ・ディレイニー著;田中亜希子訳 東京創元社 (sogen bookland) 2011年3月

オデュッセウス
イオーニア海に浮かぶ小島イタケーの王、ギリシア軍の智将 「ホメーロスのイーリアス物語」 ホメーロス原作;バーバラ・レオニ・ピカード作;高杉一郎;訳 岩波書店(岩波少年文庫) 2013年10月

おとうさん
アフリカの女の子・アンナの父親、たくさんのかぞくとくらしている人 「アンナのうちはいつもにぎやか」 アティヌーケ作;ローレン・トビア絵;永瀬比奈訳 徳間書店 2012年7月

おとうさん
菜園にスケートリンクをつくる「わたしたち」のおとうさん 「12種類の氷」 エレン・ブライアン・オベッド文;バーバラ・マクリントック絵;福本友美子訳 ほるぷ出版 2013年9月

お父さん　おとうさん
三人きょうだいのボビーとピーターとフィリスのお父さん、イギリス政府の公務員 「鉄道きょうだい」 E.ネズビット著;チャールズ・E.ブロック画;中村妙子訳 教文館 2011年12月

お父さん　おとうさん
小学生の男の子・ハリーのお父さん、お母さんとわかれてロンドンに住んでいるお父さん 「名犬ボニーはマルチーズ 4」 ベル・ムーニー作;宮坂宏美訳 徳間書店 2013年1月

おとうさん(エベレット)
きりかぶの家にむすこのオスカーとおかあさんとくらしているねずみのおとうさん 「ねずみのオスカーとはるのおくりもの」 リリアン・ホーバン作;みはらいずみ訳 のら書店 2012年11月

お父さん(ペフリング氏)　おとうさん(ぺふりんぐし)
七人の子どもたちと南ドイツに暮らす大家族の父親、音楽教師 「愛の一家 あるドイツの冬物語」 アグネス・ザッパー作;マルタ・ヴェルシュ画;遠山明子訳 福音館書店(福音館文庫) 2012年1月

弟　おとうと
巨人チンツーといっしょに住みはじめた弟、一日中食べつづけている巨人 「タシとはらぺこ巨人」 アナ・ファインバーグ作;バーバラ・ファインバーグ作;加藤伸美訳;キム・ギャンブル絵 朝日学生新聞社(タシのぼうけんシリーズ7) 2012年9月

男　おとこ
「おとぎの国」で有名なトゥルーハート家を滅ぼそうとしている悪者、黒い服を着た男 「盗まれたおとぎ話－少年冒険家トム1」 イアン・ベック作・絵;松岡ハリス佑子訳 静山社 2012年1月

乙女(海の乙女)　おとめ(うみのおとめ)
スウェーデンに面するバルト海のはるか沖の岩礁に住む美しい娘 「ニルスが出会った物語4 ストックホルム」 セルマ・ラーゲルレーヴ原作;菱木晃子訳構成;平澤朋子画 福音館書店(世界傑作童話シリーズ) 2012年10月

おにた

オニたち
サラシナ姫をつかまえてしばり置きざりにした2匹のおそろしいオニたち 「タシと赤い目玉のオニたち」 アナ・ファインバーグ作;バーバラ・ファインバーグ作;加藤伸美訳;キム・ギャンブル絵 朝日学生新聞社(タシのぼうけんシリーズ6) 2012年6月

おねだり王子　おねだりおうじ
なんでもかんでも「ちょうだい」と言ってほしがるバッカラ王国の王子さま 「いやいや姫とおねだり王子」 シルヴィア・ロンカーリァ作;エレーナ・テンポリン絵;たかはしたかこ訳 西村書店(ときめきお姫さま2) 2011年12月

おばあさん
森に住む木彫り師だと名乗る魔女のおばあさん 「メリダとおそろしの森」 アイリーン・トリンブル作;しぶやまさこ訳 偕成社(ディズニーアニメ小説版) 2012年7月

おばあさん(魔女)　おばあさん(まじょ)
青い木イチゴでかざられたお菓子の家に住む魔女のようなおばあさん 「ルンピ・ルンピ ぼくのともだちドラゴン ぜんぶ青い木イチゴのせいだ!の巻」 シルヴィア・ロンカーリア文;ロベルト・ルチアーニ絵;佐藤まどか訳 集英社 2012年3月

おばあちゃん
孫のベンとロンドン塔に保管されている戴冠用宝玉を盗む計画をたてたおばあちゃん 「おばあちゃんは大どろぼう?!」 デイヴィッド・ウォリアムズ作;三辺律子訳;きたむらさとし絵 小学館 2013年12月

おばあちゃん
母親に置いていかれた十一歳の少女・オーブリーのおばあちゃん 「もういちど家族になる日まで」 スザンヌ・ラフルーア作;永瀬比奈訳 徳間書店 2011年12月

おばあちゃん(ヤン・リンおばあちゃん)
中国系の女の子・ヘイ・リンのおばあちゃん、孫にふしぎなことをふきこむのが好きな人 「選ばれた少女たち」 エリザベス・レンハード作;岡田好惠訳;千秋ユウ絵 講談社(ディズニー・ウィッチシリーズ1) 2011年9月

オバディア・ステイン
アメリカの巨大軍需企業スターク・インダストリーズ社の役員 「アイアンマン」 ピーター・デイビッド ノベル;吉田章子訳;大島資生訳 講談社 2013年5月

オパール
公園の妖精・パーリーの前にあらわれたさばくの妖精、大きな町にはじめてきた女の子 「パークフェアリーのパーリー3 パーリーとオパール」 ウェンディ・ハーマー作;マイク・ザーブ絵;あんどうゆう訳 講談社 2011年1月

オビディア・フラッド
偉大な探検家サー・マンゴ・フラッドのはみだし者の八人目の息子・オクタビウスの子孫 「見習い幻獣学者ナサニエル・フラッドの冒険 3 ワイバーンの反乱」 R.L.ラフィーバース作;ケリー・マーフィー絵;千葉茂樹訳 あすなろ書房 2012年12月

オビディア・フラッド
偉大な探検家サー・マンゴ・フラッドのはみだし者の八人目の息子・オクタビウスの子孫 「見習い幻獣学者ナサニエル・フラッドの冒険 4 ユニコーンの赤ちゃん」 R.L.ラフィーバース作;ケリー・マーフィー絵;千葉茂樹訳 あすなろ書房 2013年1月

オブシディアン・ダーク(ダーク)
海賊の友軍となりヴァンパイレーツと戦う「ノクターン号」の船長 「ヴァンパイレーツ 13 予言の刻」 ジャスティン・ソンパー作;海後礼子訳 岩崎書店 2013年10月

オーブリー
母親に置いていかれひとりぼっちになりおばあちゃんの家に引っ越した十一歳の少女 「もういちど家族になる日まで」 スザンヌ・ラフルーア作;永瀬比奈訳 徳間書店 2011年12月

おるど

オブリヴィア・ニュートン
ふたごのジェイソンとジュリアが引っこしてきたアルゴ邸を手に入れたがっている若き美人実業家 「ユリシーズ・ムーアと仮面の島」 Pierdomenico Baccalario著;金原瑞人訳;佐野真奈美訳;井上里訳 学研パブリッシング 2011年2月

オブリヴィア・ニュートン
ふたごのジェイソンとジュリアが引っこしてきたアルゴ邸を手に入れたがっている若き美人実業家 「ユリシーズ・ムーアと石の守護者」 Pierdomenico Baccalario著;金原瑞人訳;佐野真奈美訳;井上里訳 学研パブリッシング 2011年4月

オブリヴィア・ニュートン
ふたごのジェイソンとジュリアが引っこしてきたアルゴ邸を手に入れたがっている若き美人実業家 「ユリシーズ・ムーアと第一のかぎ」 Pierdomenico Baccalario著;金原瑞人訳;佐野真奈美訳;井上里訳 学研パブリッシング 2011年6月

オペラ座の怪人　おぺらざのかいじん
パリのオペラ座の地下にかくれ住むおそろしい怪人 「オペラ座の怪人」 ガストン・ルルー作;村松定史訳 集英社(集英社みらい文庫) 2011年12月

オームストーン
おとぎ工房の悪事をたくらむ作家、「おとぎの国」の少年冒険家・トムの宿敵 「予言された英雄-少年冒険家トム3」 イアン・ベック作・絵;松岡ハリス佑子訳 静山社 2013年4月

オームストーン
おとぎ工房の作家、「おとぎの国」で結婚式をしていたトゥルーハート家の兄たちをさらった男 「暗闇城の黄金-少年冒険家トム2」 イアン・ベック作・絵;松岡ハリス佑子訳 静山社 2012年7月

オリー
スパイ犬とは知らずにララを保護センターからひきとったクック家の次男 「スパイ・ドッグ-天才スパイ犬、ララ誕生!」 アンドリュー・コープ作;前沢明枝訳;柴野理奈子訳 講談社(青い鳥文庫) 2012年10月

オリビア
アイルランドの小学生、幼いころに父親をなくした少年・ハルの幼なじみ 「空色の凧」 シヴォーン・パーキンソン作;渋谷弘子訳 さ・え・ら書房 2011年11月

オリビア・アボット
フランクリン中学の転入生、チアリーダーをやっている元気な十三歳 「バンパイアガールズno.5 映画スターは吸血鬼!?」 シーナ・マーサー作;田中亜希子訳 理論社 2012年7月

オリビア・アボット
フランクリン中学の転入生、チアリーダーをやっている元気な十三歳 「バンパイアガールズno.6 吸血鬼の王子さま!」 シーナ・マーサー作;田中亜希子訳 理論社 2013年1月

オリビエ
ヴァンパイア・シドリオの仲間になろうとしてサンクチュアリから逃げだした男 「ヴァンパイレーツ 13 予言の刻」 ジャスティン・ソンパー作;海後礼子訳 岩崎書店 2013年10月

オリン・ワトキンズ
エネルギー療法士、霊媒師であるキャットの母親の友だち 「ある日とつぜん、霊媒師 2 恐怖の空き家」 エリザベス・コーディー・キメル著;もりうちすみこ訳 朔北社 2012年4月

オルドウィン
念力を使える野良猫、魔法使いの弟子・ジャックの相棒 「黒猫オルドウィンの探索-三びきの魔法使いと動く要塞」 アダム・ジェイ・エプスタイン著;アンドリュー・ジェイコブスン著;大谷真弓訳 早川書房 2011年10月

43

おるど

オールド・キルジョイ
オチコボレ族の親分で一番のワル 「グリニッジ大冒険 "時" が盗まれた!」 ヴァル・タイラー
著;柏倉美穂[ほか]訳 バベルプレス 2011年2月

【か】

母さん　かあさん
魔使いの弟子トムの母さん、魔女 「魔使いの犠牲(魔使いシリーズ)」 ジョゼフ・ディレイ
ニー著;田中亜希子訳 東京創元社(sogen bookland) 2011年3月

母さん(キャロライン)　かあさん(きゃろらいん)
アメリカ北部にある大きな森の小さな丸太づくりの家で暮らしはじめた一家の母さん 「大き
な森の小さな家(新装版)大草原の小さな家シリーズ」 ローラ・インガルス・ワイルダー作;こ
だまともこ・渡辺南都子訳;丹地陽子絵 講談社(青い鳥文庫) 2012年8月

母さん(キャロライン・インガルス)　かあさん(きゃろらいんいんがるす)
ウィスコンシン州の「大きな森」に建てた小さな家に住む一家の母親 「大きな森の小さな
家」 ローラ・インガルス・ワイルダー作;中村凪子訳;椎名優絵 角川書店(角川つばさ文庫)
2012年1月

母さん(キャロライン・インガルス)　かあさん(きゃろらいんいんがるす)
カンザス州の大草原へと引っ越すことになった一家の母親 「大草原の小さな家」 ローラ・
インガルス・ワイルダー作;中村凪子訳;椎名優絵 角川書店(角川つばさ文庫) 2012年7月

かあさん(ミセス・マッキー)
不登校の女の子ミナの理解ある母親 「ミナの物語」 デイヴィッド・アーモンド著;山田順子
訳 東京創元社 2012年10月

ガイア
オリンポスの神々や人間の世界を破滅に追いこもうと企む大地の女神 「オリンポスの神々
と7人の英雄 2 海神の息子」 リック・リオーダン作;金原瑞人訳;小林みき訳 ほるぷ出版
2012年11月

カイウス
古代ローマの学校に通う七人の生徒の一人、級友のルーフスと仲たがいした少年 「カイウ
スはばかだ」 ヘンリー・ウィンターフェルト作;関楠生訳 岩波書店(岩波少年文庫) 2011
年6月

ガイコツじいさん
六年生の女の子・コーディの向かいの古めかしい屋敷に一人で住むおじいさん 「暗号クラ
ブ 1 ガイコツ屋敷と秘密のカギ」 ペニー・ワーナー著;番由美子訳;ヒョーゴノスケ絵 メディ
アファクトリー 2013年4月

カイサ
スウェーデン中部のネルケ地方に住むちょっと変わった風の魔女 「ニルスが出会った物語
2 風の魔女カイサ」 セルマ・ラーゲルレーヴ原作;菱木晃子訳構成;平澤朋子画 福音館
書店(世界傑作童話シリーズ) 2012年6月

怪物　かいぶつ
病気の母親と暮らす十三歳のコナーの前に現れ物語を聞かせたイチイの木の姿をした怪
物 「怪物はささやく」 シヴォーン・ダウド原案;パトリック・ネス著;池田真紀子訳 あすなろ書
房 2011年11月

カイ・マーカム
未来社会の「ソサエティ」から外縁州の戦地に送られた「逸脱者」の身分の少年 「カッシア
の物語 2」 アリー・コンディ著;高橋啓訳 プレジデント社 2013年4月

かかし

カイ・マーカム
未来社会の「ソサエティ」に暮らす孤児、マーカム家に住む養子の少年 「カッシアの物語1」アリー・コンディ著;高橋啓訳 プレジデント社 2011年11月

カイル
夏休みに図書館の子ども向けの短い劇を手伝うことになった本嫌いの少年、太った十六歳くらい体の大きい十三歳の男の子 「ローズの小さな図書館」キンバリー・ウィリス・ホルト作;谷口由美子訳 徳間書店 2013年7月

カイル・ブルーマン
英国情報局の裏組織で十七歳以下の子どもが活躍する極秘スパイ機関「チェラブ」の十六歳のエージェント、チェラブの一員・ジェームズの親友 「英国情報局秘密組織 CHERUB（チェラブ）Mission8 ギャング戦争」ロバート・マカモア作;大澤晶訳 ほるぷ出版 2012年12月

ガウェイン
ペニーケトル家の龍、ルーシーの特別な龍 「龍のすむ家 第2章－氷の伝説」クリス・ダレーシー著;三辺律子訳 竹書房(竹書房文庫) 2013年7月

ガウェイン
ペニーケトル家の龍、ルーシーの特別な龍 「龍のすむ家」クリス・ダレーシー著;三辺律子訳 竹書房(竹書房文庫) 2013年3月

カエルマン
魔法のスコッシュを食べて大きくなりなみはずれた知恵までついた人間みたいなかっこうをしたカエル、イップの国の相談役 「オズの魔法使いシリーズ11 完訳オズの消えた姫」ライマン・フランク・ボーム著;宮坂宏美訳 復刊ドットコム 2013年3月

かかし
ウィンキー国の皇帝であるブリキのきこりの親友 「オズの魔法使いシリーズ12 完訳オズのブリキのきこり」ライマン・フランク・ボーム著;ないとうふみこ訳 復刊ドットコム 2013年5月

カカシ
エメラルドの都にいるオズの魔法使いに会うためにドロシーと旅に出たカカシ 「オズの魔法使い」L.F.バーム作;松村達雄訳;鳥羽雨画 講談社(青い鳥文庫) 2013年1月

かかし
オズの国でも指折りの有名人で人気者の善良なかかし 「オズの魔法使いシリーズ9 完訳オズのかかし」ライマン・フランク・ボーム著;ないとうふみこ訳 復刊ドットコム 2012年12月

かかし
オズの国にとばされたドロシーが旅のとちゅうで仲間になった脳みそがほしいかかし 「オズの魔法使いシリーズ1 完訳オズの魔法使い」ライマン・フランク・ボーム著;宮坂宏美訳 復刊ドットコム 2011年10月

かかし
オズの国のエメラルドの都へ行くドロシーの道づれになったかかし 「オズの魔法使い 新訳」ライマン・フランク・ボーム作;西田佳子訳 集英社(集英社みらい文庫) 2013年6月

かかし
むぎばたけにやってくる鳥たちをおいはらうためにおひゃくしょうさんがつくったかかし 「しんせつなかかし」ウェンディ・イートン作;おびかゆうこ訳;篠崎三朗絵 福音館書店(ランドセルブックス) 2012年1月

かかし
偉大な魔法使い・オズのいるエメラルドの街をめざし少女・ドロシーと旅をするかかし 「オズの魔法使い」ライマン・フランク・ボウム著;江國香織訳 小学館 2013年3月

45

かかし

かかし
魔法使いオズに会うためにエメラルドの街を目指すドロシーと旅に出たかかし 「オズの魔法使い」 L.フランク・ボーム作;柴田元幸訳;吉野朔実絵 角川書店（角川つばさ文庫）2013年2月

かかし（かかし陛下） かかし（かかしへいか）
オズの国のエメラルドの都の王 「オズの魔法使いシリーズ2 完訳オズのふしぎな国」 ライマン・フランク・ボーム著;宮坂宏美訳 復刊ドットコム 2011年10月

かかし陛下 かかしへいか
オズの国のエメラルドの都の王 「オズの魔法使いシリーズ2 完訳オズのふしぎな国」 ライマン・フランク・ボーム著;宮坂宏美訳 復刊ドットコム 2011年10月

影（死の女） かげ（しのおんな）
「古の土地」の支配者・ミサイアネスの母で「肥沃な土地」征服を助ける女 「最果てのサーガ 2 影の時」 リリアナ・ボドック著;中川紀子訳 PHP研究所 2011年1月

カサンドラ王女 かさんどらおうじょ
レンジャーの弟子・ウィルと逃亡していた少女、じつはアラルエン国王の娘 「アラルエン戦記 4 銀葉」 ジョン・フラナガン作;入江真佐子訳 岩崎書店 2013年7月

ガズークス
ペニーケトル家の龍、デービットの特別な龍 「龍のすむ家 第2章－氷の伝説」 クリス・ダレーシー著;三辺律子訳 竹書房（竹書房文庫）2013年7月

ガズークス
ペニーケトル家の龍、デービットの特別な龍 「龍のすむ家」 クリス・ダレーシー著;三辺律子訳 竹書房（竹書房文庫）2013年3月

カスパール
「りっぱな兵士になるための九か条」をきっちりと実行しているりっぱな兵士 「りっぱな兵士になりたかった男の話」 グイード・スガルドリ著;杉本あり訳 講談社 2012年6月

カーター・ケイン
ファラオの血を引く魔術師、妹のセイディと邪神セトに立ち向かう十四歳の少年 「ケイン・クロニクル 3 最強の魔術師」 リック・リオーダン著;小浜杏訳;エナミカツミイラスト メディアファクトリー 2012年12月

カーター・ケイン
兄妹で古代ファラオの血を引く魔術師、セイディの十四歳の兄 「ケイン・クロニクル炎の魔術師たち 1」 リック・リオーダン著;小浜杏訳;エナミカツミイラスト メディアファクトリー 2013年8月

カーター・ケイン
考古学者の父親と世界中を旅している十四歳の少年、ロンドンにいるセイディの兄 「ケイン・クロニクル 1 灼熱のピラミッド」 リック・リオーダン著;小浜杏訳;エナミカツミイラスト メディアファクトリー 2012年3月

カーター・ケイン
自分たち兄妹がファラオの血を引く魔術師だと知った十四歳の少年、セイディの兄 「ケイン・クロニクル 2 ファラオの血統」 リック・リオーダン著;小浜杏訳;エナミカツミイラスト メディアファクトリー 2012年8月

カダリー
破天荒で発明好きな若き天才僧侶だった真の信仰に目覚めた大僧侶 「ダークエルフ物語 夜明けへの道」 R.A.サルバトーレ著;安田均監訳;笠井道子訳 アスキー・メディアワークス 2011年3月

がぶり

カチューシカおばさん
ふるい国からあたらしい国へやってきた男の子・アンドルーシクのおばさん、けしつぶクッキーを作るおばさん 「けしつぶクッキー」 マージェリー・クラーク作;モウド・ピーターシャム絵;渡辺茂男訳 童話館出版 2013年10月

カッシア・マリア・レイズ
「ソサエティ」に管理されている未来社会の十七歳の少女、少年ザンダーの幼なじみ 「カッシアの物語1」 アリー・コンディ著;高橋啓訳 プレジデント社 2011年11月

カッシア・マリア・レイズ
未来社会の「ソサエティ」で育った少女、「逸脱者」である少年カイを愛する少女 「カッシアの物語2」 アリー・コンディ著;高橋啓訳 プレジデント社 2013年4月

カート・コナーズ博士　かーとこなーずはかせ
オズコープ社の優秀な科学者、スパイダーマンになったピーターの父・リチャードの元同僚 「アメイジングスパイダーマン」 アリソン・ローウェンスタイン ノベル;小山克昌訳;飛田万梨子訳;吉富節子訳 講談社 2013年4月

カドマス・プライド
「人類再生プロジェクト(HRP)」を計画した人物、人間の町ニューアッティカ・シティの指導者 「ワンダラ5 独裁者カドマスの攻撃」 トニー・ディテルリッジ作;飯野眞由美訳 文溪堂 2013年11月

カドマス・プライド
マザー型ロボットによって試験管ベビーを育てる計画をたてた人物、人間の町ニューアッティカ・シティの指導者 「ワンダラ4 謎の人類再生計画」 トニー・ディテルリッジ作;飯野眞由美訳 文溪堂 2013年8月

ガーネット
難破船「スラウギ号」で無人島に漂着した十五人の少年のひとり、アコーディオンが好きで気立てが良い十二歳 「十五少年漂流記 ながい夏休み」 ベルヌ作;末松氷海子訳;はしもとしん絵 集英社(集英社みらい文庫) 2011年6月

ガーフェース
少年の時に家を捨てテキサス州の森の中で二十五年生きてきた恐ろしい男 「千年の森をこえて」 キャシー・アッペルト著;デイビッド・スモール画;片岡しのぶ訳 あすなろ書房 2011年5月

ガフ将軍　がふしょうぐん
地下王国を支配するノーム王の軍隊を指揮する新しい将軍 「オズの魔法使いシリーズ6 完訳オズのエメラルドの都」 ライマン・フランク・ボーム著;ないとうふみこ訳 復刊ドットコム 2012年6月

ガブナー・パール
一緒にいて世話をしてくれるラーテンが自分の両親を殺したことを知らない男の子 「クレプスリー伝説－ダレン・シャン前史3 呪われた宮殿」 Darren Shan作;橋本恵訳;田口智子絵 小学館 2011年12月

ガブナー・パール
両親を殺したラーテンをゆるし師匠として受けいれるようになったバンパイア 「クレプスリー伝説－ダレン・シャン前史4 運命の兄弟」 Darren Shan作;橋本恵訳;田口智子絵 小学館 2012年4月

ガブリエル
魔法使いのピム博士を手伝う屈強な人間の大男 「ファイアー・クロニクル(最古の魔術書2)」 ジョン・スティーブンス著;こだまともこ訳 あすなろ書房 2013年12月

がぶり

ガブリエル・オブライエン
英国情報局の裏組織で十七歳以下の子どもが活躍する極秘スパイ機関「チェラブ」のエージェント 「英国情報局秘密組織 CHERUB(チェラブ) Mission8 ギャング戦争」 ロバート・マカモア著;大澤晶訳 はるぷ出版 2012年12月

ガブリエル・キティグナ・テッソウアト
屈強な謎の大男 「エメラルド・アトラス(最古の魔術書 〔1〕)」 ジョン・スティーブンス著;片岡しのぶ訳 あすなろ書房 2011年12月

カミカジ
ドロドロ族という女海賊のカシラの跡継ぎ、やんちゃ娘 「ヒックとドラゴン 8 樹海の決戦」 クレシッダ・コーウェル作;相良倫子・陶浪亜希訳 小峰書店 2011年3月

カーミット
テレビ番組「マペット・ショー」で演出や進行役を務めていたマペットたちのリーダー 「ザ・マペッツ」 キャサリン・ターナー作;しぶやまさこ訳 偕成社(ディズニーアニメ小説版) 2012年6月

カミーロ
コロンビアのメデジンに住み学校に通わず親友アンドレスと毎日ぶらぶらしている貧しい十歳の少年 「雨あがりのメデジン－この地球を生きる子どもたち」 アルフレッド・ゴメス=セルダ作;宇野和美訳;鴨下潤絵 鈴木出版(鈴木出版の海外児童文学) 2011年12月

カム
グリーヴ王国の王女マーガレットの仲よしの庭師見習いの少年 「にげだした王女さま」 ケイト・クームズ著;綾音惠美子[ほか]訳 バベルプレス 2012年5月

ガラスのネコ(ヘマ子) がらすのねこ(へまこ)
ピンクの脳とかたいルビーの心臓を持った生意気で礼儀をわきまえないガラスでできたネコ 「オズの魔法使いシリーズ7 完訳オズのパッチワーク娘」 ライマン・フランク・ボーム著;田中亜希子訳 復刊ドットコム 2012年8月

カーラ・フィンチ
アフリカからの難民家族を一時あずかることになったアメリカのフィンチ家の母親、教会のボランティア活動に熱心な女性 「闇のダイヤモンド」 キャロライン・B・クーニー著;武富博子訳 評論社(海外ミステリーBOX) 2011年4月

カラム・マグレガー
アイオナと一緒に巣を作った保護鳥・ミサゴを見守った少年、スコットランドの農場の息子 「ミサゴのくる谷」 ジル・ルイス作;さくまゆみこ訳 評論社(評論社の児童図書館・文学の部屋) 2013年6月

カーリ
ドイツ東部の町ドレスデンの空襲から子ゾウのマレーネとともに逃げた十六歳の少女・リジーの体が弱くてとても小さい弟 「ゾウと旅した戦争の冬」 マイケル・モーパーゴ作;杉田七重訳 徳間書店 2013年12月

カリカリ
ハエに変身したふたごの兄弟ジョシュとダニーを助けたネズミ、クンクンの夫 「SWITCH 2 ハエにスイッチ!」 アリ・スパークス作;神戸万知訳;舵真秀斗絵 フレーベル館 2013年10月

カリカリ
ふたごの兄弟ジョシュとダニーの家の物置の下に住むネズミ、クンクンの夫 「SWITCH 1 クモにスイッチ!」 アリ・スパークス作;神戸万知訳;舵真秀斗絵 フレーベル館 2013年10月

カリコ王 かりこおう
ノームの王 「オズの魔法使いシリーズ10 完訳オズのリンキティンク」 ライマン・フランク・ボーム著;田中亜希子訳 復刊ドットコム 2013年1月

48

かるろ

カリスフォードさん
セーラが住むイギリスの寄宿学校セレクト女学院のとなりの家のとても裕福な紳士 「小公女セーラ」バーネット作;杉田七重訳;椎名優絵 角川書店（角川つばさ文庫）2013年7月

カリスフォードさん
ロンドンの精華女子学院のとなりの空き家にきた住人、イギリス人紳士 「小公女」フランシス・ホジソン・バーネット作;脇明子訳 岩波書店（岩波少年文庫）2012年11月

カリスフォード氏　かりすふぉーどし
セーラがくらすロンドンの寄宿学校のとなりの家に入ってきたインド帰りの紳十 「小公女」フランシス・ホジソン・バーネット作;高楼方子訳;エセル・フランクリン・ベッツ画 福音館書店（福音館古典童話シリーズ）2011年9月

カリス・ワッツ
イギリス・ダートマスで暮らすさえない平凡な女の子、お金持ちのお嬢様フランキーの親友 「フライ・ハイ」ポーリン・フィスク著;代田亜香子訳 あかね書房(YA Step!) 2011年3月

カリム
ロンドンのインターナショナル・スクールに通うザンダーの同級生で親切な少年 「XX・ホームズの探偵ノート 3 消えたエジプトの魔よけ」トレーシー・バレット作;こだまともこ訳;十々夜絵 フレーベル館 2011年7月

カール
南ドイツに暮らす大家族の七人兄妹の長男、責任感の強い少年 「愛の一家 あるドイツの冬物語」アグネス・ザッパー作;マルタ・ヴェルシュ画;遠山明子訳 福音館書店（福音館文庫）2012年1月

ガルゲ
貧富の差が大きすぎる町を圧政している裕福な家系の三人の王さまの一人 「ビッケのとっておき大作戦」ルーネル・ヨンソン作;エーヴェット・カールソン絵;石渡利康訳 評論社（評論社の児童図書館・文学の部屋）2012年3月

カルシファー
ハイ・ノーランド王国の王宮図書室にあらわれたオレンジ色の目をした火の悪魔 「ハウルの動く城 3 チャーメインと魔法の家」ダイアナ・ウィン・ジョーンズ作;市田泉訳 徳間書店 2013年5月

ガルバトリックス
帝国アラゲイジアの邪悪な支配者、圧政を敷く凶悪な王 「インヘリタンス―果てなき旅 上下(ドラゴンライダー BOOK4)」クリストファー・パオリーニ著;大嶌双恵訳 静山社 2012年11月

カルホーン軍曹　かるほーんぐんそう
ゲームセンターの最新式シューティングゲームのキャラクター、強く美しい兵士 「シュガー・ラッシュ」アイリーン・トリンブル作;倉田真木訳 偕成社（ディズニーアニメ小説版）2013年3月

カルロス
やせっぽちの少女・イヌがはたらくペットショップにつれてこられたオウム 「あたしがおうちに帰る旅」ニコラ・デイビス作;代田亜香子訳 小学館 2013年6月

カルロス・モントヨ
メキシコの秘密の地底都市「エク・ナーブ」の執行部の一員、ユカタン大学教授 「ジョシュア・ファイル7 パラレルワールド 上」マリア・G.ハリス作;石随じゅん訳 評論社 2012年10月

カルロス・モントヨ
メキシコの秘密都市「エク・ナーブ」の執行部の一員 「ジョシュア・ファイル5 消えた時間 上」マリア・G.ハリス作;石随じゅん訳 評論社 2011年3月

かるろ

カルロッタ
北極のそばの黒いどうくつの奥に住んでいる海の王国の闇の女王 「ひみつのマーメイド 6 闇の女王と光のマーチ」 スー・モングレディエン作;柴野理奈子訳 KADOKAWA 2013年11月

ガレス
ペニーケトル家の龍、ルーシーの作った願いを叶える龍 「龍のすむ家 第2章－氷の伝説」 クリス・ダレーシー著;三辺律子訳 竹書房(竹書房文庫) 2013年7月

カロリーナ
ブラックパール号のジャックの仲間になり旅をするスペインの若く美しいプリンセス 「パイレーツ・オブ・カリビアン外伝 シャドウ・ゴールドの秘密2」 ロブ・キッド著;川村玲訳 講談社 2011年4月

カロリーナ
ブラックパール号のジャックの仲間になり旅をするスペインの若く美しいプリンセス 「パイレーツ・オブ・カリビアン外伝 シャドウ・ゴールドの秘密3」 ロブ・キッド著;川村玲訳 講談社 2011年5月

カロリーナ
ブラックパール号のジャックの仲間になり旅をするスペインの若く美しいプリンセス 「パイレーツ・オブ・カリビアン外伝 シャドウ・ゴールドの秘密4」 ロブ・キッド著;川村玲訳 講談社 2011年6月

カロリーナ
ブラックパール号のジャックの仲間になり旅をするスペインの若く美しいプリンセス 「パイレーツ・オブ・カリビアン外伝 シャドウ・ゴールドの秘密5」 ロブ・キッド著;川村玲訳 講談社 2011年7月

カロリーナ
冷酷な総督と結婚させられそうなスペインの若く美しいプリンセス 「パイレーツ・オブ・カリビアン外伝 シャドウ・ゴールドの秘密1」 ロブ・キッド著;川村玲訳 講談社 2011年4月

カロリーナ・モラーチェ
イタリア代表の伝説の女子サッカー選手、サッカー少女サミーのあこがれの人 「サッカー少女サミー 2 友と涙と逆転ゴール!?」 ミッシェル・コックス著;今居美月訳;十々夜絵 学研教育出版 2013年7月

ガンサー・ウルフ(ウルフ)
十年かけてエイナル・アンデション一家をさがしていた大男、かつてエイナルと金の取引をしていた男 「シーグと拳銃と黄金の謎」 マーカス・セジウィック著;小田原智美訳;金原瑞人選 作品社 2012年2月

カンダリン(イズールト)
カンコーバンの火竜族に育てられた少女、イサボーの双子の姉 「エリアナンの魔女2 魔女メガンの弟子(下)」 ケイト・フォーサイス作;井辻朱美訳 徳間書店 2011年1月

ガンボ
レンジャー号の船長、ブラックパール号の元乗組員 「パイレーツ・オブ・カリビアン外伝 シャドウ・ゴールドの秘密4」 ロブ・キッド著;川村玲訳 講談社 2011年6月

【き】

キーアン
父親のもとへ送られた問題児のスカーレットがアイルランドで出会った黒馬に乗った男の子 「スカーレット わるいのはいつもわたし?」 キャシー・キャシディー作;もりうちすみこ訳;大高郁子画 偕成社 2011年6月

きオーナ
人間界からきた少年ニコに量子の世界を案内した美しい妖精の女の子 「3つの鍵の扉」
ソニア・フェルナンデス=ビダル著;轟志津香訳 晶文社 2013年11月

キキー
ドリームライダーがきらいでとくにドリームチームのミッジをにくんでいるなぞの人物「ドリー
ム☆チーム5 悪夢ストップ大作戦」アン・コバーン作;伊藤菜摘子訳;山本ルンルン絵 偕成
社 2011年3月

キキー
ドリーム界にうらみをもち人間界に追放された元ドリームライダーの訓練生 「ドリーム☆チー
ム6 デイジーと雪の妖精」アン・コバーン作;伊藤菜摘子訳;山本ルンルン絵 偕成社 2011
年11月

キキ・アル
オズの国のはずれのマンチ山にくらすタカーイ族の魔術師ビニ・アルの息子、強力な魔法
の呪文を手に入れた少年 「オズの魔法使いシリーズ13 完訳オズの魔法」ライマン・フラン
ク・ボーム著;田中亜希子訳 復刊ドットコム 2013年7月

キット
ハロウィーンのまじょのくろねこ 「ハロウィーンのまじょティリー うちゅうへいく」ドン・フリー
マン作;なかがわちひろ訳 BL出版 2012年10月

キツネ
こぶたのサムの舟をぬすんで密猟につかっていた性悪のキツネ 「おめでたこぶた その2
サム、風をつかまえる」アリソン・アトリー作;すがはらひろくに訳;やまわきゆりこ画 福音館
書店(世界傑作童話シリーズ) 2012年10月

ギデオン・ケイヒル
アイルランド沖合の孤島に家族と暮らし人間の能力を飛躍的に向上させられる秘薬を開発
する科学者 「サーティーナイン・クルーズ 11 新たなる脅威」リック・リオーダン著;ピー
ター・ルランジス著;ゴードン・コーマン著;ジュード・ワトソン著;小浜杏訳;HACCANイラスト
メディアファクトリー 2012年6月

ギブズ(エイブラハム・ギブズ)
十八世紀のノーフォークに住む歴史研究者、ハーカー博士の友人の息子 「呪いの訪問者
(トム・マーロウの奇妙な事件簿3)」クリス・プリーストリー作;堀川志野舞訳;佐竹美保画 ポ
プラ社 2012年7月

キャサリン・ブルック
サマーサイド高校の副校長 「アンの幸福(赤毛のアン 4)」L.M.モンゴメリ作;村岡花子訳
;HACCAN絵 講談社(青い鳥文庫) 2013年4月

キャシー
飼っていたチャンピオン犬を何者かにさらわれてしまった女の子 「すりかわったチャンピオ
ン犬(名探偵犬バディ)」ドリー・ヒルスタッド・バトラー作;もりうちすみこ訳;うしろだなぎさ絵
国土社 2012年9月

キャスパー・ワイオミング
ケイヒル家の秘薬を狙う悪の組織「ヴェスパー一族」の幹部、シャイアンの双子の兄 「サー
ティーナイン・クルーズ 13 いにしえの地図」ジュード・ワトソン著;小浜杏訳;HACCANイラ
スト メディアファクトリー 2013年2月

キャスパー・ワイオミング
ケイヒル家の秘薬を狙う悪の組織「ヴェスパー一族」の幹部、シャイアンの双子の兄 「サー
ティーナイン・クルーズ 14 天文台の謎」ピーター・ルランジス著;小浜杏訳;HACCANイラ
スト メディアファクトリー 2013年6月

きゃっ

キャッチポール巡査部長　きゃっちぽーるじゅんさぶちょう
古いロンドンの街を再現したテーマパーク「パストワールド」に送りこまれたロンドン警視庁の有能な巡査部長　「パストワールド　暗闇のファントム」イアン・ベック作;大嶌双恵訳　静山社　2011年12月

キャッティ・ブリー
老ドワーフ・ブルーノーの養女となった人間のみなしご、ダークエルフのドリッズトと少女のころからの友人　「ダークエルフ物語　夜明けへの道」R.A.サルバトーレ著;安田均監訳;笠井道子訳　アスキー・メディアワークス　2011年3月

キャット
十三歳の誕生日に霊が見え始めた女の子、見習い霊媒師　「ある日とつぜん、霊媒師 3 呪われた504号室」エリザベス・コーディー・キメル著;もりうちすみこ訳　朔北社　2013年4月

キャット
十三歳の誕生日を迎えたとたん霊が見え始めた女の子、見習い霊媒師　「ある日とつぜん、霊媒師 2 恐怖の空き家」エリザベス・コーディー・キメル著;もりうちすみこ訳　朔北社　2012年4月

キャット
十三歳の誕生日を迎えたとたん霊が見え始めた母親が霊媒師の女の子　「ある日とつぜん、霊媒師」エリザベス・コーディー・キメル著;もりうちすみこ訳　朔北社　2011年1月

ギャビン
ウィルソン一家が泊まったホテルのベルボーイ、恋に悩んでいる少年　「エレベーター・ファミリー」ダグラス・エバンス作;清水奈緒子訳;矢島真澄絵　PHP研究所(PHP創作シリーズ)　2011年7月

ギャビン
こわい話が大好きなケリーが住むバーモント州の小さな町に転校してきた整った顔にスタイル抜群の男の子　「恐怖のお泊まり会　吹雪の夜に消えた少女」P.J.ナイト著;岡本由香子訳　KADOKAWA　2013年12月

ギャビン・ブロムフィールド(サンドマン)
海辺の町に住む風変わりな老人で砂の彫像をつくる天才　「真夜中の図書館 2」ニック・シャドウ作;鮎川晶訳　集英社(集英社みらい文庫)　2011年8月

キャプテン・ジャック・スパロウ
自由を愛する大胆不敵な海賊、永遠の命をもたらすという泉を求めて航海に出た男　「パイレーツ・オブ・カリビアン－生命の泉」ジェームズ・ポンティ作;橘高弓枝訳　偕成社(ディズニーアニメ小説版)　2011年6月

船長ジョン　きゃぷてんじょん
ウォーカー家四きょうだいの長男、小帆船ツバメ号の船長　「ツバメの谷　上下(ランサム・サーガ2)」アーサー・ランサム作;神宮輝夫訳　岩波書店(岩波少年文庫)　2011年3月

船長ジョン　きゃぷてんじょん
ウォーカー家四きょうだいの長男、帆船ツバメ号の船長　「ヤマネコ号の冒険　上下(ランサム・サーガ3)」アーサー・ランサム作;神宮輝夫訳　岩波書店(岩波少年文庫)　2012年5月

船長ジョン　きゃぷてんじょん
ウォーカー家四きょうだいの長男、帆船ツバメ号の船長　「長い冬休み　上下(ランサム・サーガ4)」アーサー・ランサム作;神宮輝夫訳　岩波書店(岩波少年文庫)　2011年7月

船長ジョン　きゃぷてんじょん
ハイトップスと呼ばれる高原地帯で金を探す採鉱師になった子ども、ウォーカー家のきょうだいの長男「ツバメ号の伝書バト　上下(ランサム・サーガ6)」アーサー・ランサム作;神宮輝夫訳　岩波書店(岩波少年文庫)　2011年10月

きゃろ

船長ジョン　きゃぷてんじょん
港町ハリッジに来たウォーカー家のきょうだいの長男、帆船ツバメ号の船長 「海へ出るつもりじゃなかった　上下 (ランサム・サーガ7)」 アーサー・ランサム作;神宮輝夫訳　岩波書店 (岩波少年文庫) 2013年5月

船長ジョン　きゃぷてんじょん
子どもたちだけで秘密の島々の探検をすることになったウォーカー家のきょうだいの長男 「ひみつの海　上下 (ランサム・サーガ8)」 アーサー・ランサム作;神宮輝夫訳　岩波書店 (岩波少年文庫) 2013年11月

船長ナンシイ　きゃぷてんなんしい
アマゾン号の船長兼共同所有者、ハウスボートで暮らすジムおじさんのめい 「ツバメの谷　上下 (ランサム・サーガ2)」 アーサー・ランサム作;神宮輝夫訳　岩波書店 (岩波少年文庫) 2011年3月

船長フリント　きゃぷてんふりんと
ハウスボートで暮らす男、アマゾン号の海賊少女二人のおじさん 「ツバメの谷　上下 (ランサム・サーガ2)」 アーサー・ランサム作;神宮輝夫訳　岩波書店 (岩波少年文庫) 2011年3月

船長フリント　きゃぷてんふりんと
ハウスボートで暮らす男、アマゾン号を操る少女二人のおじさん 「ヤマネコ号の冒険　上下 (ランサム・サーガ3)」 アーサー・ランサム作;神宮輝夫訳　岩波書店 (岩波少年文庫) 2012年5月

船長フリント　きゃぷてんふりんと
ハウスボートで暮らす男、アマゾン号を操る少女二人のおじさん 「長い冬休み　上下 (ランサム・サーガ4)」 アーサー・ランサム作;神宮輝夫訳　岩波書店 (岩波少年文庫) 2011年7月

キャベンディッシュ
魔女の伯爵夫人の手下、不気味な小男 「エメラルド・アトラス (最古の魔術書 〔1〕)」 ジョン・スティーブンス著;片岡しのぶ訳　あすなろ書房　2011年12月

キャリー
少女・ローラの妹、大きな森の小さな家で暮らしはじめた一家の赤んぼう 「大きな森の小さな家 (新装版) 大草原の小さな家シリーズ」 ローラ・インガルス・ワイルダー作;こだまともこ・渡辺南都子訳;丹地陽子絵　講談社 (青い鳥文庫) 2012年8月

キャリコ
テキサス州の森に迷いこんだ捨てネコ、鎖でつながれた犬・レンジャーに出会った雌猫 「千年の森をこえて」 キャシー・アッペルト著;デイビッド・スモール画;片岡しのぶ訳　あすなろ書房　2011年5月

キャルパーニア・ヴァージニア・テイト (コーリー・ヴィー)
テキサスの田舎町に住む七人きょうだいの真ん中で好奇心が強くて元気いっぱいの11歳の少女 「ダーウィンと出会った夏」 ジャクリーン・ケリー作;斎藤倫子訳　ほるぷ出版　2011年7月

キャロライン
アメリカ北部にある大きな森の小さな丸太づくりの家で暮らしはじめた一家の母さん 「大きな森の小さな家 (新装版) 大草原の小さな家シリーズ」 ローラ・インガルス・ワイルダー作;こだまともこ・渡辺南都子訳;丹地陽子絵　講談社 (青い鳥文庫) 2012年8月

キャロライン・インガルス
ウィスコンシン州の「大きな森」に建てた小さな家に住む一家の母親 「大きな森の小さな家」 ローラ・インガルス・ワイルダー作;中村凪子訳;椎名優絵　角川書店 (角川つばさ文庫) 2012年1月

きゃろ

キャロライン・インガルス
カンザス州の大草原へと引っ越すことになった一家の母親 「大草原の小さな家」ローラ・インガルス・ワイルダー作;中村凪子訳;椎名優絵 角川書店(角川つばさ文庫) 2012年7月

キャロライン・ベル
子どものころミニチュアルームの魔法を体験している医師 「消えた鍵の謎 12分の1の冒険2」マリアン・マローン作;橋本恵訳 ほるぷ出版 2012年11月

ギャントリー判事　ぎゃんとりーはんじ
ダフィー婦人殺人事件の裁判の担当裁判官、十三歳の少年弁護士・セオの友だち 「少年弁護士セオの事件簿1 なぞの目撃者」ジョン・グリシャム作;石崎洋司訳 岩崎書店 2011年9月

Q　きゅー
フロリダの分譲住宅地ジェファソンパークに住む平凡な高校生、魅力的な女子高生マーゴの隣人で幼なじみ 「ペーパータウン」ジョン・グリーン作;金原瑞人訳 岩波書店(STAMP BOOKS) 2013年1月

ギュス
活発な少女オクサ・ポロックの幼なじみで親友、オクサといっしょにロンドンのフランス人中学校に通う美少年 「オクサ・ポロック2 迷い人の森」アンヌ・プリショタ著;サンドリーヌ・ヴォルフ著;児玉しおり訳 西村書店 2013年6月

ギュス
活発な少女オクサ・ポロックの幼なじみで親友、オクサといっしょにロンドンのフランス人中学校に通う美少年 「オクサ・ポロック3 二つの世界の中心」アンヌ・プリショタ著;サンドリーヌ・ヴォルフ著;児玉しおり訳 西村書店 2013年12月

ギュス
活発な少女オクサ・ポロックの幼なじみで親友、オクサといっしょにロンドンのフランス人中学校に編入した美少年 「オクサ・ポロック1 希望の星」アンヌ・プリショタ著;サンドリーヌ・ヴォルフ著;児玉しおり訳 西村書店 2012年12月

巨人の女房　きょじんのにょうぼう
その昔スウェーデンのイェムランドにいた巨人族の亭主の女房、大きな家に住む女 「ニルスが出会った物語6 巨人と勇士トール」セルマ・ラーゲルレーヴ原作;菱木晃子訳構成;平澤朋子画 福音館書店(世界傑作童話シリーズ) 2013年2月

ギラン
アラルエン王国の若いレンジャー、レンジャーのホールトの元弟子 「アラルエン戦記2 炎橋」ジョン・フラナガン作;入江真佐子訳 岩崎書店 2012年10月

キリアン
謎のシンクタンク・エイムの代表であり科学者 「アイアンマン3」マイケル・シグレイン ノベル;吉田章子[ほか]訳 講談社(ディズニーストーリーブック) 2013年9月

キリエル
地獄の仕事に嫌気がさしアメリカの男子高校生のショーンの体をのっとって地上生活を楽しむことにした堕天使 「キリエル」ジェンキンス著;宮坂宏美訳 あかね書房(YA Step!) 2011年3月

キルディーン
手のつけられないわがまま少女に育ち七歳で国の外れの塔に閉じこめられた王女 「わし姫物語」マリー王妃作;長井那智子訳;ジョブ絵 集英社(集英社みらい文庫) 2012年10月

ギルバート
水たまりに未来を見ることができるアマガエル、魔法使いの弟子・メアリアンの相棒 「黒猫オルドウィンの探索－三びきの魔法使いと動く要塞」アダム・ジェイ・エプスタイン著;アンドリュー・ジェイコブスン著;大谷真弓訳 早川書房 2011年10月

きんぐ

ギルバート・ブライス
アンの幼馴染で親友、アンとともにレドモンド大学に進学した青年 「新訳 アンの愛情」 モンゴメリ作;木村由利子訳;羽海野チカイラスト;おのともえイラスト 集英社(集英社みらい文庫) 2013年3月

ギルバート・ブライス
サマーサイド高校の校長に就任したアンの母校レドモンド大学で医学を勉強している婚約者 「アンの幸福(赤毛のアン 4)」 L.M.モンゴメリ作;村岡花子訳;HACCAN絵 講談社(青い鳥文庫) 2013年4月

ギルバート・ブライス
孤児のアンの親友でホワイト・サンズの学校で教えている若者、アボンリー改善会の会長 「新訳 アンの青春」 モンゴメリ作;木村由利子訳;羽海野チカイラスト;おのともえイラスト 集英社(集英社みらい文庫) 2012年3月

ギルバート・ブライス
孤児の少女アンと同じ学校に通い女の子を死ぬほどいじめる十四歳のハンサムな少年 「新訳 赤毛のアン」 モンゴメリ作;木村由利子訳;羽海野チカイラスト;おのともえイラスト 集英社(集英社みらい文庫) 2011年3月

ギルバート・ブライス
赤毛のアンと同じレドモンド大学に入学した小学校以来の友人でハンサムな青年 「アンの愛情(赤毛のアン 3)」 L.M.モンゴメリ作;村岡花子訳;HACCAN絵 講談社(青い鳥文庫) 2011年2月

キンギョソウ
イノシシの毛を杖にもつとてもはやく飛ぶことができるフェアリー 「NEWフェアリーズ 秘密の妖精たち5 ルナと秘密の井戸」 J.H.スイート作;津森優子訳;唐橋美奈子絵 文溪堂 2011年1月

キング
いくつもの事件を解決してきた名探偵犬、セラピー犬としてフォーレイクス小学校にかようことになったゴールデンレトリーバー 「なぞの火災報知器事件(名探偵犬バディ)」 ドリー・ヒルスタッド・バトラー作;もりうちすみこ訳;うしろだなぎさ絵 国土社 2013年9月

キング
ゴールデンレトリーバーの優れた能力と犬のネットワークを活用していくつもの事件を解決してきた名探偵犬 「すりかわったチャンピオン犬(名探偵犬バディ)」 ドリー・ヒルスタッド・バトラー作;もりうちすみこ訳;うしろだなぎさ絵 国土社 2012年9月

キング
ゴールデンレトリーバーの優れた能力と犬のネットワークを活用していくつもの事件を解決してきた名探偵犬 「なぞのワゴン車を追え!(名探偵犬バディ)」 ドリー・ヒルスタッド・バトラー作;もりうちすみこ訳;うしろだなぎさ絵 国土社 2012年12月

キング
ゴールデンレトリーバーの優れた能力と犬のネットワークを活用していくつもの事件を解決してきた名探偵犬 「消えた少年のひみつ(名探偵犬バディ)」 ドリー・ヒルスタッド・バトラー作;もりうちすみこ訳;うしろだなぎさ絵 国土社 2012年5月

キング
テキサス州の湿地バイユー・タータインの主、体長三十メートルの千年生きているワニ 「千年の森をこえて」 キャシー・アッペルト著;デイビッド・スモール画;片岡しのぶ訳 あすなろ書房 2011年5月

【く】

くいお

クーイーオー女王　くーいーおーじょおう
湖に住むスキーザー族の女王 「オズの魔法使いシリーズ14 完訳オズのグリンダ」 ライマン・フランク・ボーム著;宮坂宏美訳　復刊ドットコム　2013年9月

クイン・キィ
仲間と暗号を作って遊ぶ「暗号クラブ」のメンバー、六年生の男の子 「暗号クラブ 1 ガイコツ屋敷と秘密のカギ」 ペニー・ワーナー著;番由美子訳;ヒョーゴノスケ絵　メディアファクトリー　2013年4月

クイン・キィ
仲間と暗号を作って遊ぶ「暗号クラブ」のメンバー、六年生の男の子 「暗号クラブ 2 ゆうれい灯台ツアー」 ペニー・ワーナー著;番由美子訳;ヒョーゴノスケ絵　メディアファクトリー　2013年8月

クイン・キィ
仲間と暗号を作って遊ぶ「暗号クラブ」のメンバー、六年生の男の子 「暗号クラブ 3 海賊がのこしたカーメルの宝」 ペニー・ワーナー著;番由美子訳;ヒョーゴノスケ絵　KADOKAWA　2013年12月

クイーン・ハラグロ
「ホラー横丁」の大地主・オットー卿の姉でディクソンの母親 「ホラー横丁13番地 5 骸骨の頭」 トミー・ドンババンド作;伏見操訳;ヒョーゴノスケ絵　偕成社　2012年3月

グウィネスおば
リズのおばを名乗る謎の老婦人 「龍のすむ家　第2章－氷の伝説」 クリス・ダレーシー著;三辺律子訳　竹書房(竹書房文庫)　2013年7月

グウィネヴィア
ペニーケトル家の龍、リズの特別な龍 「龍のすむ家 ゲージと時計塔の幽霊」 クリス・ダレーシー著;三辺律子訳　竹書房　2013年3月

グウィネヴィア
ペニーケトル家の龍、リズの特別な龍 「龍のすむ家　第2章－氷の伝説」 クリス・ダレーシー著;三辺律子訳　竹書房(竹書房文庫)　2013年7月

グウィネヴィア
ペニーケトル家の龍、リズの特別な龍 「龍のすむ家」 クリス・ダレーシー著;三辺律子訳　竹書房(竹書房文庫)　2013年3月

グウィネヴィア
世界最後の龍ガウェインの炎の涙を受けとめたと言い伝えられる赤毛の少女 「龍のすむ家　第3章－炎の星 上下」 クリス・ダレーシー著;三辺律子訳　竹書房(竹書房文庫)　2013年12月

グウィラナ
青年デービッドの家の大家のおば、世界最後の龍・ガウェインの復活をたくらむ魔女 「龍のすむ家　第3章－炎の星 上下」 クリス・ダレーシー著;三辺律子訳　竹書房(竹書房文庫)　2013年12月

グウィラン
ペニーケトル家のお掃除担当の龍 「龍のすむ家　第2章－氷の伝説」 クリス・ダレーシー著;三辺律子訳　竹書房(竹書房文庫)　2013年7月

グウェン・ステイシー
スパイダーマンになったピーターのクラス一優等生で美人な同級生、オズコープ社のチーフ研修生 「アメイジングスパイダーマン」 アリソン・ローウェンスタイン ノベル;小山克昌訳;飛田万梨子訳;吉富節子訳　講談社　2013年4月

くびな

グウェンドレン
ペニーケトル家の龍、ルーシーのもう一匹の特別な龍 「龍のすむ家 第2章－氷の伝説」
クリス・ダレーシー著;三辺律子訳 竹書房(竹書房文庫) 2013年7月

グウェンドレン
ペニーケトル家の龍、ルーシーのもう一匹の特別な龍 「龍のすむ家」 クリス・ダレーシー
著;三辺律子訳 竹書房(竹書房文庫) 2013年3月

グウグウ(赤ちゃんパンダ) ぐうぐう(あかちゃんぱんだ)
「ツップリンゲン動物公園」にいる育児放棄された赤ちゃんパンダ 「動物と話せる少女リリ
アーネ 6 赤ちゃんパンダのママを探して!」 タニヤ・シュテーブナー著;中村智子訳;駒形イ
ラスト 学研教育出版 2011年12月

グエン
おばさんとふたり暮らしのドイツの小学五年生、捨てネコを飼うことにした少女 「どこに行っ
たの?子ネコのミニ」 ルザルカ・レー作;齋藤尚子訳;杉田比呂美絵 徳間書店 2012年4月

クエンティン(Q) くえんてぃん(きゅー)
フロリダの分譲住宅地ジェファソンパークに住む平凡な高校生、魅力的な女子高生マーゴ
の隣人で幼なじみ 「ペーパータウン」 ジョン・グリーン作;金原瑞人訳 岩波書店(STAMP
BOOKS) 2013年1月

グエンドリン
小さな谷間の村にすむくつやのおじいさんのまごむすめ、七さいの女の子 「やさしい大お
とこ」 ルイス・スロボドキン作・絵;こみやゆう訳 徳間書店 2013年6月

クエントン・コーエン
ベンドックス学園六年生、今すぐ自分のレストランを開きたいと思っている少年 「アンナとプ
ロフェッショナルズ 2 カリスマシェフ、誕生!!」 MAC著;なかがわいずみ訳;岸田メルイラスト
メディアファクトリー 2012年8月

クエントン・コーエン
ベンドックス学園六年生のアンナの同級生で親友、黒人と白人のハーフの少年 「アンナと
プロフェッショナルズ 1 天才カウンセラー、あらわる!」 MAC著;なかがわいずみ訳;岸田メル
イラスト メディアファクトリー 2012年2月

グエンワイヴァー
ダークエルフのドリッズと特別な友情で結ばれている魔法の黒ヒョウ 「ダークエルフ物語
夜明けへの道」 R.A.サルバトーレ著;安田均監訳;笠井道子訳 アスキー・メディアワークス
2011年3月

ククブ
「最果て」に使者として来たシツァーイ人、「孤立地帯」の元旅芸人 「最果てのサーガ 1 鹿
の時」 リリアナ・ボドック著;中川紀子訳 PHP研究所 2011年1月

クサンチップス先生 くさんちっぷすせんせい
古代ローマの学校の冗談がわからないきびしい先生、ギリシャ人の数学者 「カイウスはば
かだ」 ヘンリー・ウィンターフェルト作;関楠生訳 岩波書店(岩波少年文庫) 2011年6月

グスタフ
ドイツのとある村のお百姓トビアスの下男、キャベツ畑にかかしのトーマスを立てた男 「か
かしのトーマス」 オトフリート・プロイスラー作;ヘルベルト・ホルツィング絵;吉田孝夫訳 さ・
え・ら書房 2012年9月

首なしの騎士 くびなしのきし
ヒーローとしてふるさとの「ホラー横丁」に帰ってきた騎士、ガイコツの男 「ホラー横丁13番
地 5 骸骨の頭」 トミー・ドンババンド作;伏見操訳;ヒョーゴノスケ絵 偕成社 2012年3月

くぷか

クプカ
「最果て」の人々を支える最年長のまじない師 「最果てのサーガ 1 鹿の時」 リリアナ・ボドック著;中川紀子訳 PHP研究所 2011年1月

クマ
スウェーデン中部にあるベルイスラーゲルナ鉱山地帯の森で暮らす雄のクマ、森の王者 「ニルスが出会った物語 3 クマと製鉄所」 セルマ・ラーゲルレーヴ原作;菱木晃子訳構成;平澤朋子画 福音館書店(世界傑作童話シリーズ) 2012年9月

クラターフーンさん
音楽の先生、デパートのエレベーターに乗って空へ飛び出した4人のひとり 「アーベルチェの冒険」 アニー・M.G.シュミット作;西村由美訳 岩波書店(岩波少年文庫) 2011年1

クラターフーンさん
音楽の先生、デパートのエレベーターボーイのかつての冒険仲間 「アーベルチェとふたりのラウラ」 アニー・M.G.シュミット作;西村由美訳 岩波書店(岩波少年文庫) 2011年12月

クラッジ
お屋敷を出て街にやってきた猫・バージャックの仲間、大きな黒い犬 「バージャック アウトローの掟」 SFサイード作;金原瑞人訳;相山夏奏訳;田口智子画 偕成社 2011年3月

グラッフェン
ペニーケトル家の龍、陶芸家のリズが作った謎の部屋〈龍のほら穴〉の新米の番人 「龍のすむ家」 クリス・ダレーシー著;三辺律子訳 竹書房(竹書房文庫) 2013年3月

グラッフェン
ペニーケトル家の龍、陶芸家のリズが作った謎の部屋〈龍のほら穴〉の番人 「龍のすむ家 グラッフェンのぼうけん」 クリス・ダレーシー著;三辺律子訳 竹書房 2011年3月

グラッフェン
ペニーケトル家の龍、陶芸家のリズが作った謎の部屋〈龍のほら穴〉の番人 「龍のすむ家 第2章－氷の伝説」 クリス・ダレーシー著;三辺律子訳 竹書房(竹書房文庫) 2013年7月

グラディス
数学ぎらいの男の子・マイクがペンシルバニアのいなかで会った超ミニスカートの美少女 「ぼくの見つけた絶対値」 キャスリン・アースキン著;代田亜香子訳 作品社 2012年7月

グラン
元バイサスの反逆者、ウンチャイとネリアとともに反逆者を追う男 「フューチャーウォーカー 2 詩人の帰還」 イヨンド作;ホンカズミ訳;金田榮路画 岩崎書店 2011年2月

グラン
元バイサスの反逆者、ウンチャイとネリアとともに反逆者を追う男 「フューチャーウォーカー 3 影はひとりで歩かない」 イヨンド作;ホンカズミ訳;金田榮路画 岩崎書店 2011年5月

グラン
元バイサスの反逆者、ウンチャイとネリアとともに反逆者を追う男 「フューチャーウォーカー 4 未来へはなつ矢」 イヨンド作;ホンカズミ訳;金田榮路画 岩崎書店 2011年8月

グラン
元バイサスの反逆者、ウンチャイとネリアとともに反逆者を追う男 「フューチャーウォーカー 5 忘れられたものを呼ぶ声」 イヨンド作;ホンカズミ訳;金田榮路画 岩崎書店 2011年11月

グラン
元バイサスの反逆者、ウンチャイとネリアとともに反逆者を追う男 「フューチャーウォーカー 6 時の匠人」 イヨンド作;ホンカズミ訳;金田榮路画 岩崎書店 2012年2月

グラン
元バイサスの反逆者、ウンチャイとネリアとともに反逆者を追う男 「フューチャーウォーカー 7 愛しい人を待つ海辺」 イヨンド作;ホンカズミ訳;金田榮路画 岩崎書店 2012年6月

くりふ

クリス・コリンズ
高校を卒業した夏休みに親友のウィンと自転車でのアメリカ大陸横断旅行に出かけた少年 「シフト」ジェニファー・ブラッドベリ著;小梨直訳 福音館書店 2012年9月

クリスチーヌ
パリのオペラ座のぶ台に立つ金ぱつの美しい歌い手 「オペラ座の怪人」ガストン・ルルー作;村松定史訳 集英社(集英社みらい文庫) 2011年12月

クリスチャン
雲を狩りにいく「雲を追う者(クラウド・ハンター)」にあこがれている少年 「あの雲を追いかけて」アレックス・シアラー著;金原瑞人訳;秋川久美子訳 竹書房 2012年11月

クリスティーナ・バルコニー
メトロポリタン美術館のとてもきれいな学芸員の女の人 「チビ虫マービンは天才画家!」エリース・ブローチ作;ケリー・マーフィー絵;伊藤菜摘子訳 偕成社 2011年3月

クリストファー
魔女の顔が彫られていてお願いすれば色んなものに変身してくれる魔法のコインを手に入れた姉弟の弟 「魔女と魔法のコイン(魔女の本棚16)」ルース・チュウ作;日当陽子訳;たんじあきこ絵 フレーベル館 2013年9月

クリスマスの精霊 くりすますのせいれい
ケチでいじわるなスクルージに過去・現在・未来を見せるクリスマスの3精霊 「クリスマス・キャロル」ディケンズ作;杉田七重訳;HACCAN絵 KADOKAWA(角川つばさ文庫) 2013年11月

グリーズル
人間のことばを話すグレムリン 「見習い幻獣学者ナサニエル・フラッドの冒険 1 フェニックスのたまご」R.L.ラフィーバース作;ケリー・マーフィー絵;千葉茂樹訳 あすなろ書房 2012年12月

グリーズル
人間のことばを話すグレムリン、見習い幻獣学者のナサニエルの友だち 「見習い幻獣学者ナサニエル・フラッドの冒険 2 バジリスクの毒」R.L.ラフィーバース作;ケリー・マーフィー絵;千葉茂樹訳 あすなろ書房 2012年12月

グリーズル
人間のことばを話すグレムリン、見習い幻獣学者のナサニエルの友だち 「見習い幻獣学者ナサニエル・フラッドの冒険 3 ワイバーンの反乱」R.L.ラフィーバース作;ケリー・マーフィー絵;千葉茂樹訳 あすなろ書房 2012年12月

グリーズル
人間のことばを話すグレムリン、見習い幻獣学者のナサニエルの友だち 「見習い幻獣学者ナサニエル・フラッドの冒険 4 ユニコーンの赤ちゃん」R.L.ラフィーバース作;ケリー・マーフィー絵;千葉茂樹訳 あすなろ書房 2013年1月

グリッグス先生 ぐりっぐすせんせい
グレンウッド小学校一年生のラモーナの担任、よく勉強しなさいと毎日いう女の先生 「ゆうかんな女の子ラモーナ―ゆかいなヘンリーくんシリーズ」ベバリイ・クリアリー作;アラン・ティーグリーン絵;松岡享子訳 学研教育出版 2013年10月

グリット・トロッグ
「大きい族」なのに小さいマンクルの弟、さいのうにめぐまれている少年 「マンクル・トロッグ 大きい族の小さな少年」ジャネット・フォクスレイ作;スティーブ・ウェルズ絵;鹿田昌美訳 小学館 2013年9月

クリフォード・ナンス弁護士 くりふぉーどなんすべんごし
妻殺害の容疑者・ダフィーの主任弁護人、白髪まじりの男 「少年弁護士セオの事件簿1 なぞの目撃者」ジョン・グリシャム作;石崎洋司訳 岩崎書店 2011年9月

ぐりま

グリマルキン
魔女、はさみで死者の肉を切りさく非情で残忍な暗殺者 「魔使いの盟友 魔女グリマルキン（魔使いシリーズ）」ジョゼフ・ディレイニー著;田中亜希子訳 東京創元社(sogen bookland) 2013年8月

グリマルキン
魔女、はさみで死者の肉を切りさく非情で残忍な暗殺者 「魔女の物語(魔使いシリーズ外伝)」ジョゼフ・ディレイニー著;田中亜希子訳 東京創元社(sogen bookland) 2012年8月

グリムさん
「ツップリンゲン動物公園」の園長、ビネガー園長と交際している男性 「動物と話せる少女リリアーネ 9 ペンギン、飛べ大空へ! 上下」タニャ・シュテーブナー著;中村智子訳;駒形イラスト 学研教育出版 2013年10月

グリンダ
オズの国のいい魔女 「オズの魔法使いシリーズ14 完訳オズのグリンダ」ライマン・フランク・ボーム著;宮坂宏美訳 復刊ドットコム 2013年9月

グリンダ
オズの国の王だった父親を悪い魔女に殺された平和を愛する善良で美しい魔女 「オズ はじまりの戦い」エリザベス・ルドニック作;しぶやまさこ訳 偕成社(ディズニーアニメ小説版) 2013年4月

クルー大尉　くるーたいい
セーラのお父さん、インドに住む裕福な軍人 「小公女」フランシス・ホジソン・バーネット作;高楼方子訳;エセル・フランクリン・ベッツ;画 福音館書店(福音館古典童話シリーズ) 2011年9月

クルト・フォン・シュタウフェン
テンプル騎士団の若い騎士、シュヴァーベンの故郷からエルサレムに来た男 「賢者ナータンと子どもたち」ミリヤム・プレスラー作;森川弘子訳 岩波書店 2011年11月

クレア
昏睡状態から目覚めた少女・ジェンナの母親、母親と娘とカリフォルニアに住む女性 「ジェンナ 奇跡を生きる少女」メアリ・E.ピアソン著;三辺律子訳 小学館(SUPER!YA) 2012年2月

クレア
弟のダニーを追って「謎の国」へ来てしまった少女、パトリックの姉 「謎の国からのSOS」エミリー・ロッダ著;さくまゆみこ訳;杉田比呂美絵 あすなろ書房 2013年11月

クレア
問題児のスカーレットの継母 「スカーレット わるいのはいつもわたし?」キャシー・キャシディー作;もりうちすみこ訳;大高郁子画 偕成社 2011年6月

クレア・ロドリゲス
ベンドックス学園六年生のアンナの同級生で親友、写真が趣味の女の子 「アンナとプロフェッショナルズ 1 天才カウンセラー、あらわる!」MAC著;なかがわいずみ訳;岸田メルイラスト メディアファクトリー 2012年2月

クレイグ
名門ユナイテッドの十二歳以下チームのチームメイト 「フットボール・アカデミー 2 ストライカーはおれだ!FWユニスの希望」トム・パーマー作;石崎洋司訳;岡本正樹画 岩崎書店 2013年7月

グレイフライアーズ・ボビー
エディンバラの町でおまわりさんのジョン・グレイに飼われていた警察犬のスカイテリア 「グレイフライアーズ・ボビー―心あたたまる名犬の物語」デイヴィッド・ロス著;ヴァージニア・グレイ画;樋口陽子訳 あるば書房 2011年7月

ぐれす

クレオ・ファー
「ホラー横丁」につれてこられたルークと出会ったミイラの少女 「ホラー横丁13番地 1 吸血鬼の牙」 トミー・ドンババンド作;伏見操訳;ヒョーゴノスケ絵 偕成社 2012年2月

クレオ・ファー
「ホラー横丁」の住人、聖遺物をさがすルークをずっとてつだってきたミイラの少女 「ホラー横丁13番地 4 ゾンビの肉」 トミー・ドンババンド作;伏見操訳;ヒョーゴノスケ絵 偕成社 2012年3月

クレオ・ファー
「ホラー横丁」の住人、聖遺物をさがすルークをずっとてつだってきたミイラの少女 「ホラー横丁13番地 5 骸骨の頭」 トミー・ドンババンド作;伏見操訳;ヒョーゴノスケ絵 偕成社 2012年3月

クレオ・ファー
「ホラー横丁」の住人、聖遺物をさがすルークをずっとてつだってきたミイラの少女 「ホラー横丁13番地 6 狼男の爪」 トミー・ドンババンド作;伏見操訳;ヒョーゴノスケ絵 偕成社 2012年3月

クレオ・ファー
「ホラー横丁」の住人、聖遺物をさがすルークをてつだうミイラの少女 「ホラー横丁13番地 2 魔女の血」 トミー・ドンババンド作;伏見操訳;ヒョーゴノスケ絵 偕成社 2012年3月

クレオ・ファー
「ホラー横丁」の住人、聖遺物をさがすルークをてつだうミイラの少女 「ホラー横丁13番地 3 ミイラの心臓」 トミー・ドンババンド作;伏見操訳;ヒョーゴノスケ絵 偕成社 2012年3月

グレース
イギリス東部の農場で木でつくられた犬のおもちゃ「リトル・マンフレート」をとても大切にしているチャーリーのママ 「時をつなぐおもちゃの犬」 マイケル・モーパーゴ作;マイケル・フォアマン絵;杉田七重訳 あかね書房 2013年6月

グレース
ペニーケトル家の龍、ソフィーの特別な龍 「龍のすむ家 第2章－氷の伝説」 クリス・ダレーシー著;三辺律子訳 竹書房(竹書房文庫) 2013年7月

グレース
ペニーケトル家の龍、ソフィーの特別な龍 「龍のすむ家」 クリス・ダレーシー著;三辺律子訳 竹書房(竹書房文庫) 2013年3月

グレース
四年生の少年ウィリアムの家に引きとられた動物保護センターの犬、おしゃべり犬 「犬のことばが聞こえたら」 パトリシア・マクラクラン作;こだまともこ訳 徳間書店 2012年12月

グレース・ケイヒル
ケイヒル家の二女、好奇心と使命感が強い女の子 「サーティーナイン・クルーズ 11 新たなる脅威」 リック・リオーダン著;ピーター・ルランジス著;ゴードン・コーマン著;ジュード・ワトソン著;小浜杏訳;HACCANイラスト メディアファクトリー 2012年6月

グレース・テンペスト
ヴァンパイア・シドリオの娘でコナーとふたごの兄妹、サンクチュアリの癒し手 「ヴァンパイレーツ 13 予言の刻」 ジャスティン・ソンパー作;海後礼子訳 岩崎書店 2013年10月

グレース・テンペスト
ヴァンパイアのシドリオの「夜の帝国」にふたごの兄・コナーと招かれた少女 「ヴァンパイレーツ 12 微笑む罠」 ジャスティン・ソンパー作;海後礼子訳 岩崎書店 2013年6月

グレース・テンペスト
ヴァンパイレーツたちに身をよせている少女、少年コナーとふたごの兄妹 「ヴァンパイレーツ 10 死者の伝言」 ジャスティン・ソンパー作;海後礼子訳 岩崎書店 2011年9月

ぐれす

グレース・テンペスト
死んだはずの母親に再会しともに故郷に向かった少女、少年コナーとふたごの兄妹 「ヴァンパイレーツ 9 眠る秘密」 ジャスティン・ソンパー作;海後礼子訳 岩崎書店 2011年5月

グレース・テンペスト
自分が邪悪なヴァンパイアの娘だと知った少女、少年コナーとふたごの兄妹 「ヴァンパイレーツ 11 夜の帝国」 ジャスティン・ソンパー作;海後礼子訳 岩崎書店 2013年3月

クレッキー
リナたちをリトアニアからシベリアに送ったソ連の軍人、秘密警察エヌカーヴェーデー (NKVD)の監視兵 「灰色の地平線のかなたに」 ルータ・セペティス作;野沢佳織訳 岩波書店 2012年1月

グレッグ
日記をつけている男の子、感謝祭からクリスマスの1か月間にバカなことをしないかぴりぴりしてしまうダメ少年 「グレッグのダメ日記 どうかしてるよ!」 ジェフ・キニー作;中井はるの訳 ポプラ社 2011年11月

グレッグ
日記をつけている男の子、親友のロウリーにカノジョができてこまったことになったダメ少年 「グレッグのダメ日記 わけがわからないよ!」 ジェフ・キニー作;中井はるの訳 ポプラ社 2013年11月

グレッグ
日記をつけている男の子、生まれてから起きたことをほとんどおぼえているダメ少年 「グレッグのダメ日記 どんどん、ひどくなるよ」 ジェフ・キニー作;中井はるの訳 ポプラ社 2012年11月

グレーテル
ペニーケトル家の龍、グウィネスおばの龍 「龍のすむ家 第2章－氷の伝説」 クリス・ダレーシー著;三辺律子訳 竹書房(竹書房文庫) 2013年7月

クレフ
ネバーランドの秘密の場所・ピクシー・ホロウに住む男の妖精、コンサートの指揮者 「トゥリルのコンサート革命」 ゲイル・ハーマン作;デニース・シマブクロ絵;アドリンヌ・ブラウン絵;小宮山みのり訳 講談社(新ディズニーフェアリーズ文庫) 2011年4月

クレメント・ラーション
ストックホルムに住むバイオリン奏者、故郷が恋しいスウェーデン東北部出身の老人 「ニルスが出会った物語 4 ストックホルム」 セルマ・ラーゲルレーヴ原作;菱木晃子訳構成;平澤朋子画 福音館書店(世界傑作童話シリーズ) 2012年10月

黒いプリンス　くろいぷりんす
人類を謎の病気で破滅させようともくろむ「パトロギュス団」のリーダー 「オスカー・ピル 2 メディキュスの秘宝を守れ! 上下」 エリ・アンダーソン著;坂田雪子訳 角川書店 2013年5月

黒いプリンス　くろいぷりんす
人類を謎の病気で破滅させようともくろむ「パトロギュス団」のリーダー 「オスカー・ピル 体内に潜入せよ! 上下」 エリ・アンダーソン著;坂田雪子訳 角川書店 2012年2月

クロウ
アフリカのウガンダからロンドンに来た識字障害だが天才的ファッションセンスのある十二歳の女の子 「リアル・ファッション」 ソフィア・ベネット著;西本かおる訳 小学館(SUPER!YA) 2012年4月

クロウ先生(エイミアス・クロウ)　くろうせんせい(えいみあすくろう)
少年シャーロックの家庭教師、犯罪人をつかまえるためにイギリスにきたアメリカ人 「ヤング・シャーロック・ホームズ vol.1 死の煙」 アンドリュー・レーン著;田村義進訳 静山社 2012年9月

クロウ先生（エイミアス・クロウ）　くろうせんせい（えいみあすくろう）
少年シャーロックの家庭教師、犯罪人をつかまえるためにイギリスにきたアメリカ人　「ヤング・シャーロック・ホームズ vol.2 赤い吸血ヒル」　アンドリュー・レーン著;田村義進訳　静山社　2012年11月

クロウ先生（エイミアス・クロウ）　くろうせんせい（えいみあすくろう）
少年シャーロックの家庭教師、犯罪人をつかまえるためにイギリスにきたアメリカ人　「ヤング・シャーロック・ホームズ vol.3 雪の罠」　アンドリュー・レーン著;田村義進訳　静山社　2013年11月

クロエ・キャンフィールド
コロニアル大学のイケてる女子学生、小学生のジュディに大学のキャンパスで算数を教えた大学生　「ジュディ・モード、大学にいく!(ジュディ・モードとなかまたち8)」　メーガン・マクドナルド作;ピーター・レイノルズ絵;宮坂宏美訳　小峰書店　2012年10月

クロス
難破船「スラウギ号」で無人島に漂着した十五人の少年のひとり、地主の息子で十三歳、ドニファンのいとこ　「十五少年漂流記 ながい夏休み」　ベルヌ作;末松氷海子訳;はしもとしん絵　集英社(集英社みらい文庫)　2011年6月

グロックル
ペニーケトル家の龍、陶器の卵に命が宿って生まれた本物の龍の子供　「龍のすむ家 第2章－氷の伝説」　クリス・ダレーシー著;三辺律子訳　竹書房(竹書房文庫)　2013年7月

クローディアス・ラピエ
不動産業界の大物を父に持つ金持ちの口のうまい息子、動物に対して特別な能力を持つマーティーンのクラスメート　「砂の上のイルカ」　ローレン・セントジョン著;さくまゆみこ訳　あすなろ書房　2013年4月

黒ひげ（エドワード・ティーチ）　くろひげ（えどわーどてぃーち）
残虐かつ凶悪な海賊、キャプテン・ジャック・スパロウの最強の敵　「パイレーツ・オブ・カリビアン 生命の泉」　ジェームズ・ポンティ作;橘高弓枝訳　偕成社(ディズニーアニメ小説版)　2011年6月

黒服の男　くろふくのおとこ
39の手がかりを探すレースに参加するエイミーとダンの行く先々に現れる謎の男　「サーティーナイン・クルーズ 9 海賊の秘宝」　リンダ・スー・パーク著;小浜杏訳;HACCANイラスト　メディアファクトリー　2011年6月

クワッキー
イギリスの小さな町で母親とふたりで暮らしているやせっぽちでいじめられっ子の十一歳の少年　「天才ジョニーの秘密」　エレナー・アップデール作;こだまともこ訳　評論社(海外ミステリーBOX)　2012年11月

クンクン
ハエに変身したふたごの兄弟ジョシュとダニーを助けたネズミ、カリカリのおくさん　「SWITCH 2 ハエにスイッチ!」　アリ・スパークス作;神戸万知訳;舵真秀斗絵　フレーベル館　2013年10月

クンクン
ふたごの兄弟ジョシュとダニーの家の物置の下に住むネズミ、カリカリのおくさん　「SWITCH 1 クモにスイッチ!」　アリ・スパークス作;神戸万知訳;舵真秀斗絵　フレーベル館　2013年10月

【け】

けいし

ケイシー・ハップルトン
クラスメートのマーヴィンにヘンな子だと思われている女子 「ぼくって女の子??」 ルイス・サッカー作;はらるい訳;むかいながまさ絵 文研出版(文研ブックランド) 2011年8月

ケイシー・ハップルトン
クラスメートの男子マーヴィンを家にさそい「まほうの水晶」を見せた女の子 「きみの声がききたいよ!」 ルイス・サッカー作;はらるい訳;むかいながまさ絵 文研出版(文研ブックランド) 2012年4月

ケイティ・ガラハー
北アイルランドの田舎で育ち遠くの農場へ奉公に出た十三歳の娘、サリーの妹 「サリーのえらぶ道」 エリザベス・オハラ作;もりうちすみこ訳 さ・え・ら書房 2011年12月

ケイティ・ガラハー
北アイルランドの田舎で育ち遠くの農場へ奉公に出た娘、サリーの妹 「サリーの愛する人」 エリザベス・オハラ作;もりうちすみこ訳 さ・え・ら書房 2012年4月

ケイデンス
ネバーランドの秘密の場所・ピクシー・ホロウに住む音楽の妖精でトゥリルの親友 「トゥリルのコンサート革命」 ゲイル・ハーマン作;デニース・シマブクロ絵;アドリンヌ・ブラウン絵;小宮山みのり訳 講談社(新ディズニーフェアリーズ文庫) 2011年4月

ケイト
オーストラリアに住む小学生、バザーに中古服のお店を出すリジーの娘 「とくべつなお気に入り」 エミリー・ロッダ作;神戸万知訳;下平けーすけ絵 岩崎書店 2011年4月

ケイト
孤児院をたらいまわしにされてきた十四歳の女の子、マイケル・エマの3きょうだいの一番上の姉 「エメラルド・アトラス(最古の魔術書〔1〕)」 ジョン・スティーブンス著;片岡しのぶ訳 あすなろ書房 2011年12月

ケイト
三冊の最古の魔術書を発見し運命を成就させることができると予言された子どもたち、マイケル・エマの3きょうだいの一番上の姉 「ファイアー・クロニクル(最古の魔術書2)」 ジョン・スティーブンス著;こだまともこ訳 あすなろ書房 2013年12月

ケイトおばさん
サマーサイド高校の校長に就任したアンが下宿する柳風荘(ウィンディ・ウィローズ)の家主の未亡人姉妹 「アンの幸福(赤毛のアン4)」 L.M.モンゴメリ作;村岡花子訳;HACCAN絵 講談社(青い鳥文庫) 2013年4月

ケイト・オープンショー
おばあちゃんのお墓まいりに行ってから頭の中でふしぎな声が聞こえるようになった十二歳の少女 「真夜中の図書館1」 ニック・シャドウ作;堂田和美訳 集英社(集英社みらい文庫) 2011年5月

ゲイリー
スモールタウンで「マペット・ショー」が大好きな兄弟のウォルターと暮らす青年 「ザ・マペッツ」 キャサリン・ターナー作;しぶやまさこ訳 偕成社(ディズニーアニメ小説版) 2012年6月

ケイレブ・ブラウン
かつてのバックランド・コーポレーションの最高幹部・ルーシャス・ブラウンの十七歳の息子 「パストワールド 暗闇のファントム」 イアン・ベック作;大嶌双恵訳 静山社 2011年12月

ケイン
ジュニアサッカーチーム「シューティング・スターズ」のメンバー、意地悪な男の子 「サッカー少女サミー1 魔法のシューズでキックオフ!」 ミッシェル・コックス著;今居美月訳;十々夜絵 学研教育出版 2013年5月

けん

ケエキ
ダイヤモンドをちりばめた黄金の洗い桶がぬすまれたイップの国のクッキー職人 「オズの魔法使いシリーズ11 完訳オズの消えた姫」 ライマン・フランク・ボーム著;宮坂宏美訳 復刊ドットコム 2013年3月

ゲージ
陶器の龍に命を吹きこむことができるリズが新しく作った「時をつかさどる龍」 「龍のすむ家 ゲージと時計塔の幽霊」 クリス・ダレーシー著;三辺律子訳 竹書房 2013年3月

ゲシェム
ナータンの家に養われている下働きの少年 「賢者ナータンと子どもたち」 ミリヤム・プレスラー作;森川弘子訳 岩波書店 2011年11月

ケニー
イングランドに住む十五歳、親友ロスの遺灰を持って遠くの町・ロスへ旅をした三人の少年のひとり 「ロス、きみを送る旅」 キース・グレイ作;野沢佳織訳 徳間書店 2012年3月

ゲニア
ナチスから逃げるユダヤ人少年・フェリックスを助けた農家の女の人 「フェリックスとゼルダ その後」 モーリス・グライツマン著;原田勝訳 あすなろ書房 2013年8月

ケブ監督　けぶかんとく
イーデンで一番強いジュニアサッカーチーム「シューティング・スターズ」の監督 「サッカー少女サミー 1 魔法のシューズでキックオフ!」 ミッシェル・コックス著;今居美月訳;十々夜絵 学研教育出版 2013年5月

ケブ監督　けぶかんとく
イーデンで一番強いジュニアサッカーチーム「シューティング・スターズ」の監督 「サッカー少女サミー 2 友と涙と逆転ゴール!?」 ミッシェル・コックス著;今居美月訳;十々夜絵 学研教育出版 2013年7月

ケーラ
名探偵犬バディのもと飼い主、バディといっしょにいくつも事件を解決してきた女の子 「なぞのワゴン車を追え!(名探偵犬バディ)」 ドリー・ヒルスタッド・バトラー作;もりうちすみこ訳;うしろだなぎさ絵 国土社 2012年12月

ケリー
イーデンパーク小学校に通う女の子、サッカー少女サミーのクラスメイトで親友 「サッカー少女サミー 2 友と涙と逆転ゴール!?」 ミッシェル・コックス著;今居美月訳;十々夜絵 学研教育出版 2013年7月

ケリー
バーモント州の小さな町に住むこわい話が大好きな中学1年生の女の子 「恐怖のお泊まり会 吹雪の夜に消えた少女」 P.J.ナイト著;岡本由香子訳 KADOKAWA 2013年12月

ゲリック
身分をかくしてベイヤーン国王のがちょう番になった隣国の王女アニィが出会った青年 「グース・ガール―がちょう番の娘の物語」 シャノン・ヘイル著;石黒美央[ほか]訳 バベルプレス 2011年1月

ケール
ラグの森の塔の囚人、イフ王国にむかうダンカンたちにたすけられた青年 「イフ」 アナ・アロンソ作;ハビエル・ペレグリン作;ばんどうとしえ訳;市瀬淑子絵 未知谷 2011年8月

ケン
ひみつのマーメイドのモリーの友だち、海が大すきな男の子 「ひみつのマーメイド 1 まほうの貝のかけら」 スー・モングレディエン作;柴野理奈子訳 メディアファクトリー 2012年3月

けん

ケン
ひみつのマーメイドのモリーの友だち、海が大すきな男の子 「ひみつのマーメイド 2 光る どうくつのふしぎ」 スー・モングレディエン作;柴野理奈子訳 メディアファクトリー 2012年7月

ケン
ひみつのマーメイドのモリーの友だち、海が大すきな男の子 「ひみつのマーメイド 3 海ぞく 船の宝もの」 スー・モングレディエン作;柴野理奈子訳 メディアファクトリー 2012年11月

ケン
ひみつのマーメイドのモリーの友だち、海が大すきな男の子 「ひみつのマーメイド 4 七色 のサンゴしょう」 スー・モングレディエン作;柴野理奈子訳 メディアファクトリー 2013年3月

ケン
ひみつのマーメイドのモリーの友だち、海が大すきな男の子 「ひみつのマーメイド 5 深海 のアドベンチャー」 スー・モングレディエン作;柴野理奈子訳 メディアファクトリー 2013年7月

ケンジ
ランプの精のごしゅじんさま・アリの同級生、頭がよくてスポーツがとくいなやさしい小学四年 生 「リトル・ジーニーときめきプラス アリの初恋パレード」 ミランダ・ジョーンズ作;宮坂宏美 訳;サトウユカ絵 ポプラ社 2012年9月

ケンジ
ランプの精のごしゅじんさま・アリの同級生、頭がよくてスポーツがとくいなやさしい小学四年 生 「リトル・ジーニーときめきプラス ドキドキ!恋する仮装パーティー」 ミランダ・ジョーンズ 作;宮坂宏美訳;サトウユカ絵 ポプラ社 2013年8月

【こ】

公園管理人　こうえんかんりにん
キジバトの森の木をきりたおす計画をしている公園管理人 「ペテフレット荘のブルック 下 と んでけ、空へ」 アニー・M.G.シュミット作;フィープ・ヴェステンドルプ絵;西村由美訳 岩波 書店 2011年7月

コウシャク
グランたちに追われているバイサスの反逆者 「フューチャーウォーカー 3 影はひとりで歩 かない」 イヨンド作;ホンカズミ訳;金田榮路画 岩崎書店 2011年5月

コウシャク
グランたちに追われているバイサスの反逆者 「フューチャーウォーカー 4 未来へはなつ 矢」 イヨンド作;ホンカズミ訳;金田榮路画 岩崎書店 2011年8月

コウシャク
グランたちに追われているバイサスの反逆者 「フューチャーウォーカー 5 忘れられたもの を呼ぶ声」 イヨンド作;ホンカズミ訳;金田榮路画 岩崎書店 2011年11月

コウシャク
グランたちに追われているバイサスの反逆者 「フューチャーウォーカー 6 時の匠人」 イヨ ンド作;ホンカズミ訳;金田榮路画 岩崎書店 2012年2月

コウシャク
グランたちに追われているバイサスの反逆者 「フューチャーウォーカー 7 愛しい人を待つ 海辺」 イヨンド作;ホンカズミ訳;金田榮路画 岩崎書店 2012年6月

公女さま　こうじょさま
七歳でロンドンの精華女子学院に入った少女、ある日孤児となった女の子 「小公女」 フラ ンシス・ホジソン・バーネット作;脇明子訳 岩波書店(岩波少年文庫) 2012年11月

校長（ホートレイ先生）　こうちょう（ほーとれいせんせい）
十二歳の少年デニスを退学にした校長、暗黒の心を持つ先生「ドレスを着た男子」デイヴィッド・ウォリアムズ作;クェンティン・ブレイク画;鹿田昌美訳　福音館書店（世界傑作童話シリーズ）2012年5月

校長先生　こうちょうせんせい
グリーン・ローンの町に住む小学3年生のディンクたちが通う学校の校長先生「ぼくらのミステリータウン 8 学校から消えたガイコツ」ロン・ロイ作;八木恭子訳;ハラカズヒロ絵　フレーベル館　2013年2月

皇帝（シャー・ジャハーン皇帝）　こうてい（しゃーじゃはーんこうてい）
ムガル帝国の強い権力を持っていた第五代皇帝、宝石の収集家「インド大帝国の冒険」メアリー・ポープ・オズボーン著;食野雅子訳　メディアファクトリー（マジック・ツリーハウス 31）2011年11月

ココ・デュビュッフェ
村のお医者さんゾウのドクターフレッドといっしょにくらすことになった赤アリの女の子「ゾウの家にやってきた赤アリ」カタリーナ・ヴァルクス作・絵;伏見操訳　文研出版（文研ブックランド）2013年4月

ココ・ミリッチ
ゼレニ・ブルフから都会のザグレブに引っ越してきた家を出ていくように脅迫されている少年「ココと幽霊」イワン・クーシャン作;山本郁子訳　冨山房インターナショナル　2013年3月

ゴス王　ごすおう
レゴス島の体が大きくて力も強い王、コレゴス島のコル女王の夫「オズの魔法使いシリーズ 10 完訳オズのリンキティンク」ライマン・フランク・ボーム著;田中亜希子訳　復刊ドットコム 2013年1月

コスター
難破船「スラウギ号」で無人島に漂着した十五人の少年のひとり、最年少で食いしん坊の八歳「十五少年漂流記 ながい夏休み」ベルヌ作;末松氷海子訳;はしもとしん絵　集英社（集英社みらい文庫）2011年6月

コゼット
貧しい女工ファンティーヌの娘、三つのときに宿屋のテナルディエにあずけられた少女「レ・ミゼラブル―ああ無情」ビクトル・ユーゴー作;塚原亮一訳;片山若子絵　講談社（青い鳥文庫）2012年11月

コーディ（ダコタ・ジョーンズ）
仲間と暗号を作って遊ぶ「暗号クラブ」のメンバー、六年生の女の子「暗号クラブ 1 ガイコツ屋敷と秘密のカギ」ペニー・ワーナー著;番由美子訳;ヒョーゴノスケ絵　メディアファクトリー　2013年4月

コーディ（ダコタ・ジョーンズ）
仲間と暗号を作って遊ぶ「暗号クラブ」のメンバー、六年生の女の子「暗号クラブ 2 ゆうれい灯台ツアー」ペニー・ワーナー著;番由美子訳;ヒョーゴノスケ絵　メディアファクトリー 2013年8月

コーディ（ダコタ・ジョーンズ）
仲間と暗号を作って遊ぶ「暗号クラブ」のメンバー、六年生の女の子「暗号クラブ 3 海賊がのこしたカーメルの宝」ペニー・ワーナー著;番由美子訳;ヒョーゴノスケ絵　KADOKAWA 2013年12月

コーテックス教授　こーてっくすきょうじゅ
イギリス秘密情報部の教授、元天才スパイ犬ララの育ての親「天才犬ララ、危機一髪!? 秘密指令!誘拐団をやっつけろ!!」アンドリュー・コープ作;柴野理奈子訳　講談社（青い鳥文庫）2013年2月

ごてる

ゴーテル
生まれたばかりのプリンセスをさらって森の奥の塔でひっそり育てた老婆 「塔の上のラプンツェル」 アイリーン・トリンブル作;しぶやまさこ訳 借成社(ディズニーアニメ小説版) 2011年2月

ゴードン
難破船「スラウギ号」で無人島に漂着した十五人の少年のひとり、唯一のアメリカ人で最年長のまじめな十四歳 「十五少年漂流記 ながい夏休み」 ベルヌ作;末松氷海子訳;はしもとしん絵 集英社(集英社みらい文庫) 2011年6月

コナー
名探偵犬バディの新しい飼い主、カリフォルニア州からミネソタ州のフォーレイクスにひっこしてきたばかりの男の子 「すりかわったチャンピオン犬(名探偵犬バディ)」 ドリー・ヒルスタッド・バトラー作;もりうちすみこ訳;うしろだなぎさ絵 国土社 2012年9月

コナー
名探偵犬バディの新しい飼い主、カリフォルニア州からミネソタ州のフォーレイクスにひっこしてきたばかりの男の子 「なぞのワゴン車を追え!(名探偵犬バディ)」 ドリー・ヒルスタッド・バトラー作;もりうちすみこ訳;うしろだなぎさ絵 国土社 2012年12月

コナー
名探偵犬バディの新しい飼い主、カリフォルニア州からミネソタ州のフォーレイクスにひっこしてきたばかりの男の子 「消えた少年のひみつ(名探偵犬バディ)」 ドリー・ヒルスタッド・バトラー作;もりうちすみこ訳;うしろだなぎさ絵 国土社 2012年5月

コナー
名探偵犬バディの新しい飼い主、フォークレイクス小学校に通う男の子 「なぞの火災報知器事件(名探偵犬バディ)」 ドリー・ヒルスタッド・バトラー作;もりうちすみこ訳;うしろだなぎさ絵 国土社 2013年9月

コナー・オマリー
重い病気にかかっている母親と二人で暮らす十三歳の男の子 「怪物はささやく」 シヴォーン・ダウド原案;パトリック・ネス著;池田真紀子訳 あすなろ書房 2011年11月

コナー・テンペスト
ヴァンパイア・シドリオの息子でグレースとふたごの兄妹、海賊船「タイガー号」の船員 「ヴァンパイレーツ 13 予言の刻」 ジャスティン・ソンパー作;海後礼子訳 岩崎書店 2013年10月

コナー・テンペスト
ヴァンパイアのシドリオの「夜の帝国」にふたごの妹・グレースと招かれた少年 「ヴァンパイレーツ 12 微笑む罠」 ジャスティン・ソンパー作;海後礼子訳 岩崎書店 2013年6月

コナー・テンペスト
ヴァンパイレーツ暗殺部隊の「タイガー号」船員、少女グレースとふたごの兄妹 「ヴァンパイレーツ 10 死者の伝言」 ジャスティン・ソンパー作;海後礼子訳 岩崎書店 2011年9月

コナー・テンペスト
元海賊アカデミー教官が率いる海賊船のクルー、少女グレースとふたごの兄妹 「ヴァンパイレーツ 9 眠る秘密」 ジャスティン・ソンパー作;海後礼子訳 岩崎書店 2011年5月

コナー・テンペスト
自分が邪悪なヴァンパイアの息子だと知った少年、少女グレースとふたごの兄妹 「ヴァンパイレーツ 11 夜の帝国」 ジャスティン・ソンパー作;海後礼子訳 岩崎書店 2013年3月

コナー・ブロークハート
アイルランド沖の小さな君主国・ソルティー・アイランズにいた男の子、空を飛ぶ夢をもつ少年 「エアーマン」 オーエン・コルファー作;茅野美ど里訳 借成社 2011年7月

こらる

コーネリアス
幻獣学者のフィルおばさんの家にいるしゃべるドードー鳥 「見習い幻獣学者ナサニエル・フラッドの冒険 1 フェニックスのたまご」R.L.ラフィーバース作;ケリー・マーフィー絵;千葉茂樹訳 あすなろ書房 2012年12月

コーネリアス
幻獣学者のフィルおばさんの家にいるしゃべるドードー鳥 「見習い幻獣学者ナサニエル・フラッドの冒険 3 ワイバーンの反乱」R.L.ラフィーバース作;ケリー・マーフィー絵;千葉茂樹訳 あすなろ書房 2012年12月

コーネリアス
幻獣学者のフィルおばさんの家にいるしゃべるドードー鳥 「見習い幻獣学者ナサニエル・フラッドの冒険 4 ユニコーンの赤ちゃん」R.L.ラフィーバース作;ケリー・マーフィー絵;千葉茂樹訳 あすなろ書房 2013年1月

コーネリアス
緑の妖精ロブがたどり着いた庭の主、ロンドンに住む目の見えない老人 「緑の精にまた会う日」リンダ・ニューベリー作;野の水生訳;平澤朋子絵 徳間書店 2012年10月

コーネリア・ヘイル
シェフィールド学院の女子中学生、地球を悪者から守る「ガーディアン」のメンバー 「奇跡を起こす少女」エリザベス・レンハード作;岡田好惠訳;千秋ユウ絵 講談社(ディズニー・ウィッチシリーズ6) 2012年5月

コーネリア・ヘイル
ヘザーフィールドにある名門中学「シェフィールド学院」の女王みたいな存在の生徒 「選ばれた少女たち」エリザベス・レンハード作;岡田好惠訳;千秋ユウ絵 講談社(ディズニー・ウィッチシリーズ1) 2011年9月

コーネリア・ヘイル
宇宙を悪から守る「ガーディアン」のメンバー、大地の力をあたえられた少女 「悪の都メリディアン」エリザベス・レンハード作;岡田好惠訳;千秋ユウ絵 講談社(ディズニー・ウィッチシリーズ3) 2011年11月

コーネリア・ヘイル
宇宙を悪から守る「ガーディアン」のメンバー、大地の力をあたえられた少女 「消えた友だち」エリザベス・レンハード作;岡田好惠訳;千秋ユウ絵 講談社(ディズニー・ウィッチシリーズ2) 2011年10月

コーネリア・ヘイル
世界を悪から救う「ガーディアン」に選ばれた五人の中学生少女の一人 「危険な時空旅行」エリザベス・レンハード作;岡田好惠訳;千秋ユウ絵 講談社(ディズニー・ウィッチシリーズ5) 2012年3月

コーネリア・ヘイル
世界を悪から救う「ガーディアン」に選ばれた五人の中学生少女の一人 「再びメリディアンへ」エリザベス・レンハード作;岡田好惠訳;千秋ユウ絵 講談社(ディズニー・ウィッチシリーズ4) 2012年1月

コブ
グリニッジ公園に住むトキリスのリーダー、言葉もしゃべれる誇り高い生き物 「グリニッジ大冒険 "時"が盗まれた!」ヴァル・タイラー著;柏倉美穂[ほか]訳 バベルプレス 2011年2月

コーラル
秘密の「島」に住む姉妹の大柄で芸術家タイプの次女、「島」のてつだいをさせるために子どもたちを誘拐したおばさん 「クラーケンの島」エヴァ・イボットソン著;三辺律子訳 偕成社 2011年10月

こりな

コリーナ
ペットショップ「ペットランド」に入ってきた男の子ティミーに話しかけたカメ 「ペットショップはぼくにおまかせ」 ヒルケ・ローゼンボーム作;若松宣子訳;岡本順画 徳間書店 2011年9月

コーリー・ヴィー
テキサスの田舎町に住む七人きょうだいの真ん中で好奇心が強くて元気いっぱいの11歳の少女 「ダーウィンと出会った夏」 ジャクリーン・ケリー作;斎藤倫子訳 ほるぷ出版 2011年7月

コーリン
伝説の地・フール島のガフールの神木の王、正義の代行者・ガフールの勇者のメンフクロウ 「ガフールの勇者たち 12 コーリン王対決の旅」 キャスリン・ラスキー著;食野雅子訳 メディアファクトリー 2011年3月

コーリン
伝説の地・フール島のガフールの神木の王、正義の代行者・ガフールの勇者のメンフクロウ 「ガフールの勇者たち 13 風の谷の向こうの王国」 キャスリン・ラスキー著;食野雅子訳 メディアファクトリー 2011年7月

コーリン
伝説の地・フール島のガフールの神木の王、正義の代行者・ガフールの勇者のメンフクロウ 「ガフールの勇者たち 15 炎の石を賭けた大戦」 キャスリン・ラスキー著;食野雅子訳 メディアファクトリー 2012年3月

コーリン
伝説の地・フール島のガフールの神木の王、正義の代行者・ガフールの勇者のメンフクロウ 「ガフールの勇者たち14 神木に迫る悪の炎」 キャスリン・ラスキー著;食野雅子訳 メディアファクトリー 2011年12月

ゴルゴ
スウェーデンの最北部・ラップランドの山あいに夏のあいだ住みついていたワシの夫婦のひな 「ニルスが出会った物語 5 ワシのゴルゴ」 セルマ・ラーゲルレーヴ原作;菱木晃子訳構成;平澤朋子画 福音館書店(世界傑作童話シリーズ) 2013年1月

コル女王 こるじょおう
コレゴス島のきびしくざんこくな女王、レゴス島のゴス王の妻 「オズの魔法使いシリーズ10 完訳オズのリンキティンク」 ライマン・フランク・ボーム著;田中亜希子訳 復刊ドットコム 2013年1月

コルネリウス
中国にいるストームワーグナー夫妻に代わって甥の面倒を見ているおじさん 「動物と話せる少女リリアーネ 4 笑うチンパンジーのひみつ!」 タニヤ・シュテーブナー著;中村智子訳;駒形イラスト 学研教育出版 2011年3月

ゴルバ
グリーヴ王国の魔女の森にいるという魔女 「にげだした王女さま」 ケイト・クームズ著;綾音惠美子[ほか]訳 バベルプレス 2012年5月

コンカース
ピップ通りに住む飼い主の少年ボビーといつでもいっしょの黒ネコ 「ピップ通りは大さわぎ! 1 ボビーの町はデンジャラス!」 ジョー・シモンズ作;スティーブ・ウェルズ絵;岡田好惠訳 学研教育出版 2013年11月

コンラッド男爵 こんらっどだんしゃく
中世のドイツにあった竜の館の城主で盗賊、息子のオットーを僧院に預けた男 「銀のうでのオットー」 ハワード=パイル作・画;渡辺茂男訳 童話館出版(子どもの文学・青い海シリーズ) 2013年7月

さおふ

コンラート・ウェーバー
ドイツのハイデルベルクの近くの田舎の村にある動物病院の獣医、マリーのパパ 「動物病院のマリー 1 走れ、捨て犬チョコチップ!」 タチアナ・ゲスラー著;中村智子訳 学研教育出版 2013年6月

コンラート・ウェーバー
ドイツのハイデルベルクの近くの田舎の村にある動物病院の獣医、マリーのパパ 「動物病院のマリー 2 猫たちが行方不明!」 タチアナ・ゲスラー著;中村智子訳 学研教育出版 2013年11月

【さ】

サー(サーラベッタ)
物理学団の番人たちから物理学の「書」をうばおうとしている女の人 「空想科学少年サイモン・ブルーム 重力の番人 上下」 マイケル・ライスマン作;三田村信行編訳;加藤アカツキ絵 文溪堂 2013年7月

サイクン
山に住むフラットヘッド族の最高君主で魔術師 「オズの魔法使いシリーズ14 完訳オズのグリンダ」 ライマン・フランク・ボーム著;宮坂宏美訳 復刊ドットコム 2013年9月

最高司令官 さいこうしれいかん
もと演奏家のJJ・リディの末っ子、リディ将軍の弟で独裁者 「世界の終わりと妖精の馬 上下 ―時間のない国で3」 ケイト・トンプソン著;渡辺庸子訳 東京創元社(sogen bookland) 2011年5月

ザイチク(サーシャ・ザイチク)
スターリンを崇拝する10歳の少年、父さんが秘密警察に逮捕されてしまい家を追い出された子ども 「スターリンの鼻が落っこちた」 ユージン・イェルチン作・絵;若林千鶴訳 岩波書店 2013年2月

サイード
パレスチナにすむすばらしいカイトをつくるヒツジ飼いの少年、しゃべる事ができない男の子 「カイト パレスチナの風に希望をのせて」 マイケル・モーパーゴ作;ローラ・カーリン絵;杉田七重訳 あかね書房 2011年6月

サイモン
画家になるためにロンドンのトワイト夫妻の下宿先へやってきた少年 「バタシー城の悪者たち(「ダイドーの冒険」シリーズ)」 ジョーン・エイキン作;こだまともこ訳 冨山房 2011年7月

サイモン・スペクター
ベンドックス学園六年生のアンナの同級生、病気で学校を休みがちな少年 「アンナとプロフェッショナルズ 1 天才カウンセラー、あらわる!」 MAC著;なかがわいずみ訳;岸田メル イラスト メディアファクトリー 2012年2月

サイモン・フォックス
キャッスルキー島の灯台ホテルの客、単身でオーストラリアからやってきた青年 「冒険島 3 盗まれた宝の謎」 ヘレン・モス著;金原瑞人訳 メディアファクトリー 2013年3月

サイモン・ブルーム
アメリカのローンビルに住んでいる空想好きな12歳の普通の少年 「空想科学少年サイモン・ブルーム 重力の番人 上下」 マイケル・ライスマン作;三田村信行編訳;加藤アカツキ絵 文溪堂 2013年7月

サオ・フェン
アジアの海を統べる海賊長リアン・ダオの弟、かけひきが上手な策略家 「パイレーツ・オブ・カリビアン外伝 シャドウ・ゴールドの秘密2」 ロブ・キッド著;川村玲訳 講談社 2011年4

ザクネイフィン
息子ドリッズトと同様に善なる心を持っていた亡父、ダークエルフの地下都市随一の剣士
「ダークエルフ物語 夜明けへの道」R.A.サルバトーレ著;安田均監訳;笠井道子訳 アスキー・メディアワークス 2011年3月

サクラソウ
小さな黒いカラスのはねを杖にもつわずかなヒントで謎を解く力をもつフェアリー 「NEW フェアリーズ 秘密の妖精たち5 ルナと秘密の井戸」J.H.スイート作;津森優子訳;唐橋美奈子絵 文溪堂 2011年1月

サーシャ・ザイチク
スターリンを崇拝する10歳の少年、父さんが秘密警察に逮捕されてしまい家を追い出された子ども 「スターリンの鼻が落っこちた」ユージン・イェルチン作・絵;若林千鶴訳 岩波書店 2013年2月

サーシャ・トンプソン
ギャング組織「マッドドッグス」のリーダー 「英国情報局秘密組織 CHERUB（チェラブ）Mission8 ギャング戦争」ロバート・マカモア作;大澤晶訳 ほるぷ出版 2012年12月

サースキ
妖精の母親と人間の父親のあいだに生まれた子ども、ふうがわりな女の子 「サースキの笛がきこえる」エロイーズ・マッグロウ作;斎藤倫子訳;丹地陽子絵 偕成社 2012年6月

サストランク先生　さすとらんくせんせい
十三歳の少年・セオの音楽の先生、ユーモアたっぷりのおじいちゃん 「少年弁護士セオの事件簿4 正義の黒幕」ジョン・グリシャム作;石崎洋司訳 岩崎書店 2013年11月

さすらいのウート
オズのギリキンの国のはずれがふるさとであちこち旅しているさすらいの少年 「オズの魔法使いシリーズ12 完訳オズのブリキのきこり」ライマン・フランク・ボーム著;ないとうふみこ訳 復刊ドットコム 2013年5月

サタデー
万物の創造主の不誠実な七人の管財人のうちの一人、卓越した魔術師 「王国の鍵6 雨やまぬ土曜日」ガース・ニクス著;原田勝訳 主婦の友社 2011年6月

作家（スキップストーン）　さっか（すきっぷすとーん）
「ホラー横丁ものがたり」を書き呪文をかけてその本に自分のたましいを入れた作家 「ホラー横丁13番地 6 狼男の爪」トミー・ドンババンド作;伏見操訳;ヒョーゴノスケ絵 偕成社 2012年3月

サッカリン
郊外にあるムーランサール城の主、ユニコーン号という船の模型を持っていたひげの男 「小説タンタンの冒険」アレックス・アーバイン文;スティーヴン・モファット脚本;石田文子訳 角川書店（角川つばさ文庫）2011年11月

ザック
ニューヨークの小学五年生、パパとハワイへ出かけたふしぎな話好きの男の子 「恐怖!!火の神ののろい（ザックのふしぎたいけんノート）」ダン・グリーンバーグ著;原京子訳;原ゆたか絵 メディアファクトリー 2011年4月

ザック
フォークレイクス小学校一年生、何者かに地下にある体育館のロッカーにとじこめられた男の子 「なぞの火災報知器事件（名探偵犬バディ）」ドリー・ヒルスタッド・バトラー作;もりうちすみこ訳;うしろだなぎさ絵 国土社 2013年9月

サッシ
ブラジルの密林にいるいたずら好きで知恵もある一本足の小さな妖怪 「いたずら妖怪サッシー密林の大冒険」モンテイロ・ロバート作;小坂允雄訳;松田シヅコ絵 子どもの未来社 2013年10月

さみ

サディード・バヤト
アフガニスタンのバハーランの村で英語のできる優秀な生徒、アメリカの女の子との文通を手伝うことになった六年生の男の子 「はるかなるアフガニスタン」 アンドリュー・クレメンツ著;田中奈津子訳 講談社(青い鳥文庫) 2012年2月

ザナ・マーティンデイル
デービットの同級生、ゴス・ファッションの風変わりな少女 「龍のすむ家 第2章-氷の伝説」 クリス・ダレーシー著;三辺律子訳 竹書房(竹書房文庫) 2013年7月

ザナ・マーティンデイル
小説を書く青年デービットの恋人、魔女としての能力が開花しはじめたゴス・ファッションの風変りな少女 「龍のすむ家 第3章-炎の星 上下」 クリス・ダレーシー著;三辺律子訳 竹書房(竹書房文庫) 2013年12月

サバンナ・ショー
ハリウッドの人気スター、映画「スパイ・ダイアモンド」の撮影でキャッスルキー島を訪れた女優 「冒険島2 真夜中の幽霊の謎」 ヘレン・モス著;金原瑞人訳;井上里訳;萩谷薫絵 メディアファクトリー 2012年11月

サービス
難破船「スラウギ号」で無人島に漂着した十五人の少年のひとり、冒険小説好きでやんちゃな十二歳 「十五少年漂流記 ながい夏休み」 ベルヌ作;末松氷海子訳;はしもとしん絵 集英社(集英社みらい文庫) 2011年6月

サフィラ
少年・エラゴンが拾った卵からかえった青い雌のドラゴン、エラゴンとともに旅する相棒 「インヘリタンス-果てなき旅 上下(ドラゴンライダー BOOK4)」 クリストファー・パオリーニ著;大嶌双恵訳 静山社 2012年11月

サブラルカン
「孤立地帯」の都・ベレラムの最高天文学者で「解放派」の長 「最果てのサーガ1 鹿の時」 リリアナ・ボドック著;中川紀子訳 PHP研究所 2011年1月

サマー・ハモンド　さまーはもんど
友だちのエリーとジャスミンと「ひみつの王国」の「かがやきのビーチ」にやってきた女の子 「シークレット♥キングダム6 かがやきのビーチ」 ロージー・バンクス作;井上里訳 理論社 2013年3月

サマー・ハモンド　さまーはもんど
友だちのエリーとジャスミンと「ひみつの王国」の「マーメイドの海」にむかった女の子 「シークレット♥キングダム4 マーメイドの海」 ロージー・バンクス作;井上里訳 理論社 2013年1月

サマー・ハモンド　さまーはもんど
友だちのエリーとジャスミンと「ひみつの王国」の「魔法の山」にやってきた女の子 「シークレット♥キングダム5 魔法の山」 ロージー・バンクス作;井上里訳 理論社 2013年2月

サマー・ハモンド　さまーはもんど
友だちのエリーとジャスミンと「ひみつの王国」の上にうかぶ「空飛ぶアイランド」にむかった女の子 「シークレット♥キングダム3 空飛ぶアイランド」 ロージー・バンクス作;井上里訳 理論社 2012年12月

サマー・ハモンド　さまーはもんど
友だちのエリーとジャスミンと魔法の生き物たちがくらす「ひみつの王国」にむかった女の子 「シークレット♥キングダム2 ユニコーンの谷」 ロージー・バンクス作;井上里訳 理論社 2012年11月

サミ
ドイツの町の団地のアパートに住む小学五年生のマッティの弟 「マッティのうそとほんとの物語」 ザラー・ナオウラ作;森川弘子訳 岩波書店 2013年10月

さみば

サミー・バンクス
イーデンの町に住むサッカーが大好きな九歳の女の子 「サッカー少女サミー 1 魔法の
シューズでキックオフ!」ミッシェル・コックス著;今居美月訳;十々夜絵 学研教育出版
2013年5月

サミー・バンクス
ジュニアサッカーチーム「シューティング・スターズ」に入団できた九歳の女の子 「サッカー
少女サミー 2 友と涙と逆転ゴール!?」ミッシェル・コックス著;今居美月訳;十々夜絵 学研
教育出版 2013年7月

サミュエル(サム)
アパルトヘイト下の南アフリカ共和国でひどい人種差別にあっていたバンツー族の黒人青
年 「大地のランナー」ジェイムズ・リオーダン作;原田勝訳 鈴木出版(鈴木出版の海外児
童文学) 2012年7月

サミュエル王 さみゅえるおう
残酷で腹黒い大西洋の海賊長 「パイレーツ・オブ・カリビアン外伝 シャドウ・ゴールドの秘
密4」ロブ・キッド著;川村玲訳 講談社 2011年6月

サム
アパルトヘイト下の南アフリカ共和国でひどい人種差別にあっていたバンツー族の黒人青
年 「大地のランナー」ジェイムズ・リオーダン作;原田勝訳 鈴木出版(鈴木出版の海外児
童文学) 2012年7月

サム
森でくらしている四ひきのこぶたのすえっ子、とびきり元気な男の子 「おめでたこぶた その
1 四ひきのこぶたとアナグマのお話」アリソン・アトリー作;すがはらひろくに訳;やまわきゆり
こ画 福音館書店(世界傑作童話シリーズ) 2012年2月

サム
森でくらしている四ひきのこぶたのすえっ子、とびきり元気な男の子 「おめでたこぶた その
2 サム、風をつかまえる」アリソン・アトリー作;すがはらひろくに訳;やまわきゆりこ画 福音
館書店(世界傑作童話シリーズ) 2012年10月

サム
田舎からロンドンに出てきた十七歳の家出少年 「迷子のアリたち」ジェニー・ヴァレンタイ
ン著;田中亜希子訳 小学館(SUPER! YA) 2011年4月

サム
魔法のくすりを飲んだジャックとアニーの前にあらわれたみすぼらしい少年 「大統領の秘
密」メアリー・ポープ・オズボーン著;食野雅子訳 メディアファクトリー(マジック・ツリーハウ
ス33) 2012年11月

サム・シルバー
三百年前の海賊船にタイムスリップしたイギリスの少年、海賊ジョゼフ・シルバーの子孫 「タ
イムスリップ海賊サム・シルバー 1」ジャン・バーチェット著;サラ・ボーラー著;浅尾敦則訳;
スカイエマイラスト メディアファクトリー 2013年7月

サム・シルバー
三百年前の海賊船にタイムスリップして冒険を楽しんでいるバックウォーター・ベイに住んで
いる少年 「タイムスリップ海賊サム・シルバー 2 幽霊船をおいかけろ!」ジャン・バーチェッ
ト著;サラ・ボーラー著;浅尾敦則訳;スカイエマ絵 KADOKAWA 2013年10月

サラ
海辺の町で開催される毎年恒例の砂の彫刻コンテストに兄といっしょに出場した十二歳の
少女 「真夜中の図書館 2」ニック・シャドウ作;鮎川晶訳 集英社(集英社みらい文庫)
2011年8月

74

サラ
元ジェイクの彼女、事故で亡くなった長くてまっすぐな赤い髪の少女 「恐怖のお泊まり会〔1〕死者から届いたメール」P.J.ナイト著;岡本由香子訳;shirakabaイラスト メディアファクトリー 2013年7月

サラ・アボット
アメリカ合衆国初の女性大統領、高校3年生のモーガンのママ 「ママは大統領－ファーストガールの告白」キャシディ・キャロウェイ著;山本紗耶訳 小学館(SUPER!YA) 2012年11月

サラディン
エルサレムを奪還し統治する支配者、テンプル騎士団の騎士たちを処刑した男 「賢者ナータンと子どもたち」ミリヤム・プレスラー作;森川弘子訳 岩波書店 2011年11月

サラ・バーンズ
心を閉ざし入院してしまった顔と手にやけどのあとがある十六歳の少女、太っちょエリックの親友 「彼女のためにぼくができること」クリス・クラッチャー著;西田登訳 あかね書房(YA Step!) 2011年2月

サーラベッタ
物理学団の番人たちから物理学の「書」をうばおうとしている女の人 「空想科学少年サイモン・ブルーム 重力の番人 上下」マイケル・ライスマン作;三田村信行編訳;加藤アカツキ絵 文溪堂 2013年7月

サリー
ふたごの兄妹・コナーとグレースの母親、サンクチュアリでよみがえった女性 「ヴァンパイレーツ 9 眠る秘密」ジャスティン・ソンパー作;海後礼子訳 岩崎書店 2011年5月

サリー(ジェームズ・P・サリバン) さりー(じぇーむずぴーさりばん)
モンスターズ・ユニバーシティの新入生、名門家出身で勉強ぎらいのモンスター 「モンスターズ・ユニバーシティ」アイリーン・トリンブル作;しぶやまさこ訳 偕成社(ディズニーアニメ小説版) 2013年7月

サリー・ガラハー
遠くの奉公先の農場から北アイルランドの生家に戻った十五歳の娘、ケイティの姉 「サリーのえらぶ道」エリザベス・オハラ作;もりうちすみこ訳 さ・え・ら書房 2011年12月

サリー・ガラハー
北アイルランドの農家の娘、ダブリンのエリクソン家の娘の家庭教師 「サリーの愛する人」エリザベス・オハラ作;もりうちすみこ訳 さ・え・ら書房 2012年4月

サリー・ジョーンズ
100年前にアフリカの熱帯雨林で生まれ数々の不幸にみまわれると予言されたゴリラの女の子 「サリー・ジョーンズの伝説－あるゴリラの数奇な運命」ヤコブ・ヴェゲリウス作;オスターグレン晴子訳 福音館書店(世界傑作童話シリーズ) 2013年6月

サリー・ボーンズ
ギャング猫たちを率いて街じゅうの強い猫をつかまえてはやっつけている邪悪な猫 「バージャック アウトローの掟」SFサイード作;金原瑞人訳;相山夏奏訳;田口智子画; 偕成社 2011年3月

サル
ニューヨークに住む六年生、親友だった少女ミランダと絶交した少年 「きみに出会うとき」レベッカ・ステッド著;ないとうふみこ訳 東京創元社 2011年4月

サルヴァ
スーダンの裕福な家で育ったが1985年の内戦で故郷の村を追われた十一歳の少年 「魔法の泉への道」リンダ・スー・パーク著;金利光訳 あすなろ書房 2011年11月

ざんこ

ザンコック王　ざんこっくおう
ジンクスランドを支配するざんこくな国王 「オズの魔法使いシリーズ9 完訳オズのかかし」
ライマン・フランク・ボーム著;ないとうふみこ訳　復刊ドットコム　2012年12月

ザンダー・ゼルト
歴史を変えようともくろむ男、タイムトラベルの特殊能力をもつ者の秘密組織「ヒストリーキー
パーズ」の宿敵 「ヒストリーキーパーズ　時空の守り人 上下」ダミアン・ディベン著;中村浩
美訳 ソフトバンククリエイティブ　2012年8月

ザンダップ教授　ざんだっぷきょうじゅ
邪悪な陰謀をくわだてている武器デザイナーとしても知られるドイツの科学者「カーズ2」
アイリーン・トリンブル作;橘高弓枝訳　偕成社(ディズニーアニメ小説版)　2011年8月

ザンダー・トーマス・カロウ
未来社会の「ソサエティ」で共に育ったカッシアと結婚するはずだった少年 「カッシアの物
語 2」アリー・コンディ著;高橋啓訳　プレジデント社　2013年4月

ザンダー・トーマス・カロウ
未来社会の「ソサエティ」で共に育ったカッシアに好意を寄せている少年 「カッシアの物語
1」アリー・コンディ著;高橋啓訳　プレジデント社　2011年11月

サンダーハート
捨てられたオオカミの子ども・ファオランに乳をあげて育てたハイイログマ 「ファオランの冒
険 1 王となるべき子の誕生」キャスリン・ラスキー著;中村佐千江訳　メディアファクトリー
2012年7月

ザンダー・ホームズ
シャーロック・ホームズの子孫、姉の同級生プリンセス・アリスに事件を依頼された少年
「XX・ホームズの探偵ノート 4 いなくなったプリンセス」トレーシー・バレット作;こだまともこ
訳 十々夜絵 フレーベル館　2012年7月

ザンダー・ホームズ
シャーロック・ホームズの子孫で未解決事件のノートを姉と預かった十歳の少年 「XX・ホー
ムズの探偵ノート 2 ブラックスロープの怪物」トレーシー・バレット作;こだまともこ訳;十々夜
絵 フレーベル館　2011年3月

ザンダー・ホームズ
シャーロック・ホームズの子孫で未解決事件のノートを姉と預かった十歳の少年 「XX・ホー
ムズの探偵ノート 3 消えたエジプトの魔よけ」トレーシー・バレット作;こだまともこ訳;十々夜
絵 フレーベル館　2011年7月

サンデー
万物の創造主の不誠実な七人の管財人のうちの一人、創造主の息子 「王国の鍵 7 復活
の日曜日」ガース・ニクス著;原田勝訳　主婦の友社　2011年12月

サンドマン
海辺の町に住む風変わりな老人で砂の影像をつくる天才 「真夜中の図書館 2」ニック・
シャドウ作;鮎川晶訳 集英社(集英社みらい文庫)　2011年8月

【し】

シアラ
十六歳の少年デイスターが魔法の森で出あった炎使いの女の子 「困っちゃった王子さま」
パトリシア・C.リーデ著;田中亜希子訳; 東京創元社(sogen bookland)　2011年9月

ジェイキット（ジェイポー）
星の力をもつと予言され生まれたサンダー族の三きょうだいの目の見えない弟、灰色の縞柄の雄猫 「ウォーリアーズⅢ1 見えるもの」 エリン・ハンター作;高林由香子訳 小峰書店 2011年10月

ジェイク
一九一二年アメリカ東部ローレンスの町にいた貧しい少年、織物工場で働く十三歳の男の子 「パンとバラ─ローザとジェイクの物語」 キャサリン・パターソン作;岡本浜江訳 偕成社 2012年9月

ジェイク・オールドフィールド
サッカー大好き少年、名門ユナイテッドの入団テストを受ける11歳の男の子 「フットボール・アカデミー 1 ユナイテッド入団!MFジェイクの挑戦」 トム・パーマー作;石崎洋司訳;岡本正樹画 岩崎書店 2013年4月

ジェイク・オールドフィールド
名門ユナイテッドの十二歳以下チームのミッドフィールダー、サッカー大好きな11歳の男の子 「フットボール・アカデミー 2 ストライカーはおれだ!FWユニスの希望」 トム・パーマー作;石崎洋司訳;岡本正樹画 岩崎書店 2013年7月

ジェイク・ジョーンズ
タイムトラベルの特殊能力をもつ14歳の少年、秘密組織「ヒストリーキーパーズ」の一員 「ヒストリーキーパーズ 時空の守り人 上下」 ダミアン・ディベン著;中村浩美訳 ソフトバンククリエイティブ 2012年8月

ジェイク・スケルトン（ガイコツじいさん）
六年生の女の子・コーディの向かいの古めかしい屋敷に一人で住むおじいさん 「暗号クラブ 1 ガイコツ屋敷と秘密のカギ」 ペニー・ワーナー著;番由美子訳;ヒョーゴノスケ絵 メディアファクトリー 2013年4月

ジェイク・トゥルーハート
「おとぎの国」で有名な冒険一家の六男、おとぎ工房に王子役を命じられ旅だった若者 「盗まれたおとぎ話─少年冒険家トム1」 イアン・ベック作・絵;松岡ハリス佑子訳 静山社 2012年1月

ジェイク・ローゼンブルーム
IQ200以上の天才・アティカスの異母兄弟、長身で超ハンサムな18歳 「サーティーナイン・クルーズ 13 いにしえの地図」 ジュード・ワトソン著;小浜杏訳;HACCANイラスト メディアファクトリー 2013年2月

ジェイク・ローゼンブルーム
IQ200以上の天才・アティカスの異母兄弟、長身で超ハンサムな18歳 「サーティーナイン・クルーズ 14 天文台の謎」 ピーター・ルランジス著;小浜杏訳;HACCANイラスト メディアファクトリー 2013年6月

ジェイコブ・クート
シドニーの公立高校生、学校の合同ダンス・パーティーでジョセフィンと踊ったハンサムな男子 「アリブランディを探して」 メリーナ・マーケッタ作;神戸万知訳 岩波書店(STAMP BOOKS) 2013年1月

ジェイコブ・ピアーズ
ベンドックス学園六年生で同級生のアンナを目の敵にしているいじめっ子 「アンナとプロフェッショナルズ 1 天才カウンセラー、あらわる!」 MAC著;なかがわいずみ訳;岸田メルイラスト メディアファクトリー 2012年2月

ジェイコブ・マーレイ
ケチでいじわるでつめたいスクルージといっしょに会計事務所をやっていた七年前に死んだ男 「クリスマス・キャロル」 ディケンズ作;杉田七重訳;HACCAN絵 KADOKAWA(角川つばさ文庫) 2013年11月

じぇい

JJ・リディ　じぇいじぇいりでぃ
妖精たちの住む時間のない国ティル・ナ・ノグで暮らすもと演奏家で楽器職人、妖精ジェニーの人間界の父親　「世界の終わりと妖精の馬 上下－時間のない国で3」ケイト・トンプソン著;渡辺庸子訳　東京創元社(sogen bookland)　2011年5月

JCスター　じぇいしーすたー
ベンドックス学園六年生のクエントンのクラスにきた転校生、アイドル歌手の少年　「アンナとプロフェッショナルズ 2 カリスマシェフ、誕生!!」MAC著;なかがわいずみ訳;岸田メルイラスト　メディアファクトリー　2012年8月

ジェイソン・グレイス
ローマの神・ユピテルの息子でユピテル訓練所のプラエトル、風を操ることができる少年　「オリンポスの神々と7人の英雄 3 アテナの印」リック・リオーダン作;金原瑞人訳;小林みき訳　ほるぷ出版　2013年11月

ジェイソン・グレイス
神と人間との間に生まれた「ハーフ」があつまるハーフ訓練所に新たに入った記憶をなくした少年　「オリンポスの神々と7人の英雄 1 消えた英」リック・リオーダン作;金原瑞人訳;小林みき訳　ほるぷ出版　2011年10月

ジェイソン・コヴナント
イギリスのキルモア・コーヴにあるアルゴ邸に引っこしてきたふたごの弟、空想にひたることの多い11歳　「ユリシーズ・ムーアと仮面の島」Pierdomenico Baccalario著;金原瑞人訳;佐野真奈美訳;井上里訳　学研パブリッシング　2011年2月

ジェイソン・コヴナント
イギリスのキルモア・コーヴにあるアルゴ邸に引っこしてきたふたごの弟、空想にひたることの多い11歳　「ユリシーズ・ムーアと石の守護者」Pierdomenico Baccalario著;金原瑞人訳;佐野真奈美訳;井上里訳　学研パブリッシング　2011年4月

ジェイソン・コヴナント
イギリスのキルモア・コーヴにあるアルゴ邸に引っこしてきたふたごの弟、空想にひたることの多い11歳　「ユリシーズ・ムーアと第一のかぎ」Pierdomenico Baccalario著;金原瑞人訳;佐野真奈美訳;井上里訳　学研パブリッシング　2011年6月

ジェイソン・コヴナント
イギリスのキルモア・コーヴのアルゴ邸で暮らす13歳のふたごの好奇心旺盛な弟　「ユリシーズ・ムーアとなぞの迷宮」Pierdomenico Baccalario著;金原瑞人訳;佐野真奈美訳;井上里訳　学研教育出版　2012年12月

ジェイソン・コヴナント
イギリスのキルモア・コーヴのアルゴ邸で暮らす13歳のふたごの好奇心旺盛な弟　「ユリシーズ・ムーアと隠された町」Pierdomenico Baccalario著;金原瑞人訳;佐野真奈美訳;井上里訳　学研パブリッシング　2012年6月

ジェイソン・コヴナント
イギリスのキルモア・コーヴのアルゴ邸で暮らす13歳のふたごの好奇心旺盛な弟　「ユリシーズ・ムーアと灰の庭」Pierdomenico Baccalario著;金原瑞人訳;佐野真奈美訳;井上里訳　学研教育出版　2013年7月

ジェイソン・コヴナント
イギリスのキルモア・コーヴのアルゴ邸で暮らす13歳のふたごの好奇心旺盛な弟　「ユリシーズ・ムーアと空想の旅人」Pierdomenico Baccalario著;金原瑞人訳;佐野真奈美訳;井上里訳　学研教育出版　2013年10月

ジェイソン・コヴナント
イギリスのキルモア・コーヴのアルゴ邸で暮らす13歳のふたごの好奇心旺盛な弟　「ユリシーズ・ムーアと氷の国」Pierdomenico Baccalario著;金原瑞人訳;佐野真奈美訳;井上里訳　学研教育出版　2013年4月

ジェイソン・コヴァナント
イギリスのキルモア・コーヴのアルゴ邸で暮らす13歳のふたごの好奇心旺盛な弟 「ユリシーズ・ムーアと雷の使い手」Pierdomenico Baccalario著;金原瑞人訳;佐野真奈美訳;井上里訳 学研パブリッシング 2012年10月

ジェイフェト・マクレディ(バイブル・J) じぇいふぇとまくれでい(ばいぶるじぇい)
古いロンドンの街を再現したテーマパーク「パストワールド」を徘徊するスリ 「パストワールド 暗闇のファントム」 イアン・ベック作;大嶌双恵訳 静山社 2011年12月

ジェイポー
星の力をもつと予言され生まれたサンダー族の三きょうだいの目の見えない弟、灰色の縞柄の雄猫 「ウォーリアーズⅢ1 見えるもの」 エリン・ハンター作;高林由香子訳 小峰書店 2011年10月

ジェイポー
予言された運命の猫、サンダー族の目の見えない見習い看護猫、看護猫リーフプールの弟子 「ウォーリアーズⅢ5 長い影」 エリン・ハンター作;高林由香子訳 小峰書店 2013年11月

ジェイポー
予言された運命の猫でサンダー族の目の見えない見習い看護猫、看護猫リーフプールの弟子 「ウォーリアーズⅢ2 闇の川」 エリン・ハンター作;高林由香子訳 小峰書店 2012年3月

ジェイポー
予言された運命の猫でサンダー族の目の見えない見習い看護猫、看護猫リーフプールの弟子 「ウォーリアーズⅢ3 追放」 エリン・ハンター作;高林由香子訳 小峰書店 2012年10月

ジェイポー
予言された運命の猫でサンダー族の目の見えない見習い看護猫、看護猫リーフプールの弟子 「ウォーリアーズⅢ4 日食」 エリン・ハンター作;高林由香子訳 小峰書店 2013年3月

ジェイムズ・ハンター
動物のお医者さんになりたい女の子・マンディの一歳年下の親友、動物好きな男の子 「カエルのおひっこし(こちら動物のお医者さん)」 ルーシー・ダニエルズ作;千葉茂樹訳;サカイノビー絵 ほるぷ出版 2013年12月

ジェイムズ・ハンター
動物のお医者さんになりたい女の子・マンディの一歳年下の親友、動物好きな男の子 「チビ犬どんでんがえし(こちら動物のお医者さん)」 ルーシー・ダニエルズ作;千葉茂樹訳;サカイノビー絵 ほるぷ出版 2013年8月

ジェイムズ・ハンター
動物のお医者さんになりたい女の子・マンディの一歳年下の親友、動物好きな男の子 「ヒヨコだいさくせん(こちら動物のお医者さん)」 ルーシー・ダニエルズ作;千葉茂樹訳;サカイノビー絵 ほるぷ出版 2012年8月

ジェイムズ・ハンター
動物のお医者さんになりたい女の子・マンディの一歳年下の親友、動物好きな男の子 「ポニー・パレード(こちら動物のお医者さん)」 ルーシー・ダニエルズ作;千葉茂樹訳;サカイノビー絵 ほるぷ出版 2012年12月

ジェイムズ・ハンター
動物のお医者さんになりたい女の子・マンディの一歳年下の親友、動物好きな男の子 「モルモットおうえんだん(こちら動物のお医者さん)」 ルーシー・ダニエルズ作;千葉茂樹訳;サカイノビー絵 ほるぷ出版 2013年3月

じぇい

ジェイムズ・ハンター
動物のお医者さんになりたい女の子・マンディの一歳年下の親友、動物好きな男の子 「子ヒツジかんさつノート(こちら動物のお医者さん)」 ルーシー・ダニエルズ作;千葉茂樹訳;サカイノビー絵 ほるぷ出版 2013年5月

ジェイムズ・ハンター
動物のお医者さんになりたい小学生・マンディの一歳年下の友だち、動物好きな男の子 「ウサギおたすけレース(こちら動物のお医者さん)」 ルーシー・ダニエルズ作;千葉茂樹訳;サカイノビー絵 ほるぷ出版 2011年2月

ジェイムズ・ハンター
動物のお医者さんになりたい小学生・マンディの一歳年下の友だち、動物好きな男の子 「おさわがせハムスター(こちら動物のお医者さん)」 ルーシー・ダニエルズ作;千葉茂樹訳;サカイノビー絵 ほるぷ出版 2011年3月

ジェシカ
コネチカット州のスノウヒル小学校の五年生、カリフォルニアから来た転校生の女子 「テラプト先生がいるから」 ロブ・ブイエー作;西田佳子訳 静山社 2013年7月

ジェシカ・ハート(ジェス)
四度も里親が替わっている孤児の女の子・ミンを引き取った小児科の医師 「ミンのあたらしい名前」 ジーン・リトル著;田中奈津子訳 講談社 2011年2月

ジェシー・フィン
ストラテンバーグ高校の九年生、トラブルメーカーの中学生・ジョーナの兄貴 「少年弁護士セオの事件簿3 消えた被告人」 ジョン・グリシャム作;石崎洋司訳 岩崎書店 2012年11月

ジェス
四度も里親が替わっている孤児の女の子・ミンを引き取った小児科の医師 「ミンのあたらしい名前」 ジーン・リトル著;田中奈津子訳 講談社 2011年2月

ジェゼベル
一人ぐらしのおじいさん・ガイコツじいさんの屋敷から出てきた体の大きなおばさん 「暗号クラブ1 ガイコツ屋敷と秘密のカギ」 ペニー・ワーナー著;番由美子訳;ヒョーゴノスケ絵 メディアファクトリー 2013年4月

ジェニー
十四歳にしてハリウッドデビューした女の子、ファッションに夢中のノニーの親友 「リアル・ファッション」 ソフィア・ベネット著;西本かおる訳 小学館(SUPER!YA) 2012年4月

ジェニー
妖精アンガス・オーグの娘、大きくなるためにとろりん族の世界に送られJJ・リディに育てられた子 「世界の終わりと妖精の馬 上下 一時間のない国で3」 ケイト・トンプソン著;渡辺庸子訳 東京創元社(sogen bookland) 2011年5月

ジェニー・リンスキー
キャプテン・ティンカーといっしょにくらす小さな黒いみなしごだったネコ 「黒ネコジェニーのおはなし1 ジェニーとキャットクラブ」 エスター・アベリル作・絵;松岡享子訳;張替惠子訳 福音館書店(世界傑作童話シリーズ) 2011年10月

ジェニー・リンスキー
ご主人のキャプテン・ティンカーとくらす赤いマフラーをまいた小さな黒いネコ 「黒ネコジェニーのおはなし2 ジェニーのぼうけん」 エスター・アベリル作・絵;松岡享子訳;張替惠子訳 福音館書店(世界傑作童話シリーズ) 2012年1月

ジェニー・リンスキー
ご主人のキャプテン・ティンカーとくらす赤いマフラーをまいた小さな黒いネコ 「黒ネコジェニーのおはなし3 ジェニーときょうだい」 エスター・アベリル作・絵;松岡享子訳;張替惠子訳 福音館書店(世界傑作童話シリーズ) 2012年2月

じぇむ

ジェニーン
雲を追って大気の海をさすらう流浪の民「雲を追う者(クラウド・ハンター)」の女の子 「あの雲を追いかけて」 アレックス・シアラー著;金原瑞人訳;秋川久美子訳 竹書房 2012年11月

ジェファーソン・ホープ
好青年で財産家の美しい娘ルーシー・フェリアの婚約者 「名探偵ホームズ 緋色の研究」コナン・ドイル作;日暮まさみち訳;青山浩行絵 講談社(青い鳥文庫) 2011年3月

ジェフィ
ピッグル・ウィッグルおばさんの農場にあずけられた子ども、なんでも分解してしまう男の子「ピッグル・ウィッグルおばさんの農場」 ベティ・マクドナルド作;小宮由訳 岩波書店(岩波少年文庫) 2011年5月

ジェフリー
コネチカット州のスノウヒル小学校の五年生、学校が苦手でいつも不機嫌な男子 「テラプト先生がいるから」 ロブ・ブイエー作;西田佳子訳 静山社 2013年7月

ジェフロ・ルーカッスル(ルーカッスル)
ウィンチェスター郊外にあるぶな屋敷の持ち主 「名探偵ホームズ ぶな屋敷のなぞ」 コナン・ドイル作;日暮まさみち訳;青山浩行絵 講談社(青い鳥文庫) 2011年5月

ジェームズ・アダムズ
英国情報局の裏組織で十七歳以下の子どもが活躍する極秘スパイ機関「チェラブ」のエージェント、十五歳のプレイボーイ 「英国情報局秘密組織 CHERUB(チェラブ) Mission7 疑惑」 ロバート・マカモア作;大澤晶訳 ほるぷ出版 2011年8月

ジェームズ・アダムズ
英国情報局の裏組織で十七歳以下の子どもが活躍する極秘スパイ機関「チェラブ」のエージェント、十五歳のプレイボーイ 「英国情報局秘密組織 CHERUB(チェラブ) Mission8 ギャング戦争」 ロバート・マカモア作;大澤晶訳 ほるぷ出版 2012年12月

ジェームズ・アダムズ
英国情報局の裏組織で十七歳以下の子どもが活躍する極秘スパイ機関「チェラブ」のエージェント、十五歳のプレイボーイ 「英国情報局秘密組織 CHERUB(チェラブ) Mission9 クラッシュ」 ロバート・マカモア作;大澤晶訳 ほるぷ出版 2013年12月

ジェームズ・ウィンディバンク(ウィンディバンク)
メアリーの父の死後その未亡人と結婚した義理の父親、ワイン輸入会社の外交員 「名探偵ホームズ 消えた花むこ」 コナン・ドイル作;日暮まさみち訳;青山浩行絵 講談社(青い鳥文庫) 2011年2月

ジェームズ・カニンガム
名門ユナイテッドの十二歳以下チームのセンターバック、元イングランド代表の名選手の子ども 「フットボール・アカデミー 3 PKはまかせろ!GKトマーシュの勇気」 トム・パーマー作;石崎洋司訳;岡本正樹画 岩崎書店 2013年10月

ジェームス・テイラー
二十三歳の探偵、ロンドンの裏社会に精通していていくつもの顔をもつ青年 「ブリキの王女 上下 サリー・ロックハートの冒険 外伝」 フィリップ・プルマン著;山田順子訳 東京創元社(sogen bookland) 2011年11月

ジェームズ・テリク
ニューヨークのアパートに住むポンパデー一家のひっこみじあんの十一歳の男の子 「チビ虫マービンは天才画家!」 エリース・ブローチ作;ケリー・マーフィー絵;伊藤菜摘子訳 偕成社 2011年3月

じぇむ

ジェームズ・P・サリバン　じぇーむずぴーさりばん
モンスターズ・ユニバーシティの新入生、名門家出身で勉強ぎらいのモンスター 「モンスターズ・ユニバーシティ」 アイリーン・トリンブル作;しぶやまさこ訳 偕成社(ディズニーアニメ小説版) 2013年7月

ジェームズ・ローズ中佐(ローディ)　じぇーむずろーずちゅうさ(ろーでぃ)
アメリカ空軍中佐、アイアンマンのトニーの親友 「アイアンマン2」 アレキサンダー・イルヴァイン ノベル;上原尚子訳 有馬さとこ訳 講談社 2013年6月

GM451　じーえむよんごーいち
イギリス秘密情報部のスパイ犬、麻薬密輸団を追うとちゅうで仲間とはぐれた犬 「スパイ・ドッグ―天才スパイ犬、ララ誕生!」 アンドリュー・コープ作;前沢明枝訳;柴野理奈子訳 講談社(青い鳥文庫) 2012年10月

GM451　じーえむよんごーいち
元イギリス秘密情報部の天才スパイ犬、いまはクック家の飼い犬 「天才犬ララ、危機一髪!? 秘密指令!誘拐団をやっつけろ!!」 アンドリュー・コープ作;柴野理奈子訳 講談社(青い鳥文庫) 2013年2月

シエラ
夏のあいだ父親とふたりでサンデー島のキャンプ場で暮らすおしゃれでビーチサンダルをこよなく愛する女の子 「ビーチサンダルガールズ1 つまさきに自由を!」 エレン・リチャードソン作;中林晴美訳;たちばなはるか絵 フレーベル館 2013年5月

シエラ
夏のあいだ父親とふたりでサンデー島のキャンプ場で暮らすおしゃれでビーチサンダルをこよなく愛する女の子、エリーの最高の友だち 「ビーチサンダルガールズ2 パレオを旗にSOS!」 エレン・リチャードソン作;中林晴美訳;たちばなはるか絵 フレーベル館 2013年7月

シェリー
ランプの精のリトル・ジーニーが見つけた青いまき貝からあらわれた海のジーニー 「ランプの精リトル・ジーニー 18 ひみつの海のお友だち」 ミランダ・ジョーンズ作;宮坂宏美訳;サトウユカ画 ポプラ社 2011年7月

シェリー
小学四年生のアリとランプの精のリトル・ジーニーが貝がら浜で出会った海のジーニー 「ランプの精リトル・ジーニー 20 ジーニーランドの卒業式」 ミランダ・ジョーンズ作;宮坂宏美訳;サトウユカ画 ポプラ社 2012年3月

ジェルーシャ・アボット
あしながおじさんのおかげで大学に通えることになった孤児の女の子 「あしながおじさん」 ウェブスター作;木村由利子訳;駒形絵 集英社(集英社みらい文庫) 2011年8月

ジェルーシャ・アボット
毎月手紙を書くことを条件に「あしながおじさま」のおかげで大学に行けることになった孤児院育ちの女の子 「あしながおじさん 世界でいちばん楽しい手紙」 ジェーン・ウェブスター作・絵;曽野綾子訳 講談社(青い鳥文庫) 2011年4月

ジェルーシャ・アボット
毎月手紙を書くことを条件に「あしながおじさん」のおかげで大学に行けることになった孤児院育ちの女の子 「あしながおじさん」 ジーン・ウェブスター作;中村凪子訳;ユンケル絵 KADOKAWA(角川つばさ文庫) 2013年12月

シェルドン・クロー
乱暴で友達もなくいつもオチコボレ族を観察しているトキモリ族の少年 「グリニッジ大冒険 "時"が盗まれた!」 ヴァル・タイラー著;柏倉美穂[ほか]訳 バベルプレス 2011年2月

しし

ジェルバーティさん
ヴァーモント州ベリーにいたイタリア人移民、貧しい少年・ジェイクが避難した家のおじいさん 「パンとバラーローザとジェイクの物語」 キャサリン・パターソン作;岡本浜江訳 偕成社 2012年9月

シェルビー・トリニティ
悪人養成機関「HIVE」の生徒でローラの親友、アメリカ人の元泥棒の少女 「ハイブ-悪のエリート養成機関 volume3 ルネッサンス・イニシアチブ」 マーク・ウォールデン作;三辺律子訳 ほるぷ出版 2011年12月

ジェレミー・ピッツ(ピッツ博士) じぇれみーぴっつ(ぴっつはかせ)
インカ秘宝協会の博士 「ぼくらのミステリータウン 5 盗まれたジャガーの秘宝」 ロン・ロイ作;八木恭子訳;ハラカズヒロ絵 フレーベル館 2012年2月

ジェレミー・ロング
十六歳のホープの兄で殺人事件の容疑者、十年くらい前から言葉を発さなくなった特別な個性をもつ十八歳の少年 「沈黙の殺人者」 ダンディ・デイリー・マコール著;武富博子訳 評論社(海外ミステリーBOX) 2013年3月

ジェロニモ・スティルトン
「中央新聞」の編集長、ジャングルでのサバイバルツアーに参加することになったネズミ 「ジャングルを脱出せよ!(冒険作家ジェロニモ・スティルトン)」 ジェロニモ・スティルトン作;加門ベル訳 講談社 2011年12月

ジェロニモ・スティルトン
子住島に住む「中央新聞社」社長のネズミ、エジプトへ取材に行った冒険作家 「チーズピラミッドの呪い(冒険作家ジェロニモ・スティルトン)」 ジェロニモ・スティルトン作;加門ベル訳 講談社 2011年8月

ジェロニモ・スティルトン
子住島の首都・東中都で新聞社を経営しながら自分の冒険話を本にしているネズミ 「ユーレイ城のなぞ(冒険作家ジェロニモ・スティルトン)」 ジェロニモ・スティルトン作;加門ベル訳 講談社 2011年6月

ジェンキンス
難破船「スラウギ号」で無人島に漂着した十五人の少年のひとり、寄宿学校一の優等生の九歳 「十五少年漂流記 ながい夏休み」 ベルヌ作;末松氷海子訳;はしもとしん絵 集英社(集英社みらい文庫) 2011年6月

ジェントルマン・ジョカルト(ガンボ)
レンジャー号の船長、ブラックパール号の元乗組員 「パイレーツ・オブ・カリビアン外伝 シャドウ・ゴールドの秘密4」 ロブ・キッド著;川村玲訳 講談社 2011年6月

ジェンナ・フォックス
十六歳で事故にあってから眠り続け十七歳で目覚めたカリフォルニアに住む少女 「ジェンナ 奇跡を生きる少女」 メアリ・E.ピアソン著;三辺律子訳 小学館(SUPER!YA) 2012年2月

シーグ・アンデション
約百年前のスウェーデンの湖で凍死したエイナルの息子、十四歳で学校を辞めた少年 「シーグと拳銃と黄金の謎」 マーカス・セジウィック著;小田原智美訳;金原瑞人選 作品社 2012年2月

シサンダ
生まれつき心臓病を持つ九歳の女の子、マスワラの娘 「走れ!マスワラ」 グザヴィエ=ローラン・プティ作;浜辺貴絵訳 PHP研究所 2011年9月

シシィ
十三歳のアリがメイン州のシカモア湖で出会った十歳の女の子 「深く、暗く、冷たい場所」 メアリー・D.ハーン作;せなあいこ訳 評論社(海外ミステリーBOX) 2011年1月

師匠　ししょう
殺人をして霊廟ににげてきたラーテンに話しかけたバンパイア　「クレプスリー伝説－ダレン・シャン前史1 殺人誕生」Darren Shan作;橋本恵訳;田口智子絵　小学館　2011年4月

師匠　ししょう
少年だったラーテンに出会い手下にしたバンパイア、師匠　「クレプスリー伝説－ダレン・シャン前史2 死への航海」Darren Shan作;橋本恵訳;田口智子絵　小学館　2011年6月

シスター
タンザニアの町の道ばたでくらしていた少年ツツを寄宿舎へつれていった女の人　「ただいま!マラング村 タンザニアの男の子のお話」ハンナ・ショット作;佐々木田鶴子訳;齊藤木綿子絵　徳間書店　2013年9月

シター
エルサレムを奪還し統治するスルタン・サラディンの妹　「賢者ナータンと子どもたち」ミリヤム・プレスラー作;森川弘子訳　岩波書店　2011年11月

シッセ
デンマークの小学校にかようひとりっ子の女の子、通学路で見つけたのら犬を家に連れてきた子ども　「のら犬ホットドッグ大かつやく」シャーロッテ・ブレイ作;オスターグレン晴子訳;むかいながまさ絵　徳間書店　2011年11月

シッポーノ・ニャンバルト
歴史に名高い天下分け目の子住ヶ原の戦いで寝古族のリーダーだったニャンバルト一族の唯一の生き残りのネコ　「ユーレイ城のなぞ(冒険作家ジェロニモ・スティルトン)」ジェロニモ・スティルトン作;加門ベル訳　講談社　2011年6月

シドリオ
ヴァンパイレーツ船「ブラッドキャプテン号」船長、ヴァンパイア・ローラの夫　「ヴァンパイレーツ 11 夜の帝国」ジャスティン・ソンパー作;海後礼子訳　岩崎書店　2013年3月

シドリオ
ヴァンパイレーツ船「ブラッドキャプテン号」船長、ヴァンパイア・ローラの夫　「ヴァンパイレーツ 12 微笑む罠」ジャスティン・ソンパー作;海後礼子訳　岩崎書店　2013年6月

シドリオ
ヴァンパイレーツ船「ブラッドキャプテン号」船長、ヴァンパイア・ローラの夫　「ヴァンパイレーツ 13 予言の刻」ジャスティン・ソンパー作;海後礼子訳　岩崎書店　2013年10月

シドリオ
ヴァンパイレーツ船「ブラッドキャプテン号」船長、人間を襲うヴァンパイア　「ヴァンパイレーツ 10 死者の伝言」ジャスティン・ソンパー作;海後礼子訳　岩崎書店　2011年9月

ジーナ
ドラン通りに住むやさしくておだやかな性質のゴールデンラブラドール、おとなりのスクラッフィの親友　「だれも知らない犬たちのおはなし」エミリー・ロッダ著;さくまゆみこ訳;山西ゲンイチ画　あすなろ書房　2012年4月

ジーナ・ホームズ
シャーロック・ホームズの子孫、同級生のプリンセス・アリスに事件を依頼された少女　「XX・ホームズの探偵ノート 4 いなくなったプリンセス」トレーシー・バレット作;こだまともこ訳;十々夜絵　フレーベル館　2012年7月

ジーナ・ホームズ
シャーロック・ホームズの子孫で未解決事件のノートを弟と預かった十二歳の少女　「XX・ホームズの探偵ノート 2 ブラックスロープの怪物」トレーシー・バレット作;こだまともこ訳;十々夜絵　フレーベル館　2011年3月

ジーナ・ホームズ
シャーロック・ホームズの子孫で未解決事件のノートを弟と預かった十二歳の少女 「XX・ホームズの探偵ノート3 消えたエジプトの魔よけ」 トレーシー・バレット作;こだまともこ訳;十々夜絵 フレーベル館 2011年7月

ジーニー
小学生アリをごしゅじんさまにもつランプの精、まほうのしゅぎょうちゅうの女の子 「リトル・ジーニーときめきプラス アリの初恋パレード」 ミランダ・ジョーンズ作;宮坂宏美訳;サトウユカ絵 ポプラ社 2012年9月

ジーニー
小学生アリをごしゅじんさまにもつランプの精、まほうのしゅぎょうちゅうの女の子 「リトル・ジーニーときめきプラス ティファニーの恋に注意報!」 ミランダ・ジョーンズ作;宮坂宏美訳;サトウユカ絵 ポプラ社 2013年3月

ジーニー
小学生アリをごしゅじんさまにもつランプの精、まほうのしゅぎょうちゅうの女の子 「リトル・ジーニーときめきプラス ドキドキ!恋する仮装パーティー」 ミランダ・ジョーンズ作;宮坂宏美訳;サトウユカ絵 ポプラ社 2013年8月

ジニア姫 じにあひめ
「おとぎの国」で有名な冒険一家の五男との結婚式で悪者のオームストーンにさらわれた姫 「暗闇城の黄金-少年冒険家トム2」 イアン・ベック作・絵;松岡ハリス佑子訳 静山社 2012年7月

死の女 しのおんな
「古の土地」の支配者・ミサイアネスの母で「肥沃な土地」征服を助ける女 「最果てのサーガ 2 影の時」 リリアナ・ボドック著;中川紀子訳 PHP研究所 2011年1月

シーバー・ナイル(師匠) しーばーないる(ししょう)
殺人をして霊廟ににげてきたラーテンに話しかけたバンパイア 「クレプスリー伝説-ダレン・シャン前史1 殺人誕生」 Darren Shan作;橋本恵訳;田口智子絵 小学館 2011年4月

シーバー・ナイル(師匠) しーばーないる(ししょう)
少年だったラーテンに出会い手下にしたバンパイア、師匠 「クレプスリー伝説-ダレン・シャン前史2 死への航海」 Darren Shan作;橋本恵訳;田口智子絵 小学館 2011年6月

シビル・ウィリス(ウィリスさん)
赤ん坊のころに捨てられた孤児の女の子・ミンの担当の児童救済協会のケースワーカー 「ミンのあたらしい名前」 ジーン・リトル著;田中奈津子訳 講談社 2011年2月

シム
イングランドに住む十五歳、親友ロスの遺灰を持って遠くの町・ロスへ旅をした三人の少年のひとり 「ロス、きみを送る旅」 キース・グレイ作;野沢佳織訳 徳間書店 2012年3月

ジム
農場の少年ゼブの相棒の年より馬 「オズの魔法使いシリーズ4 完訳オズとドロシー」 ライマン・フランク・ボーム著;田中亜希子訳 復刊ドットコム 2012年2月

ジム(ジェームス・テイラー)
二十三歳の探偵、ロンドンの裏社会に精通していていくつもの顔をもつ青年 「ブリキの王女 上下 サリー・ロックハートの冒険 外伝」 フィリップ・プルマン著;山田順子訳 東京創元社(sogen bookland) 2011年11月

ジムおじさん(船長フリント) じむおじさん(きゃぷてんふりんと)
ハウスボートで暮らす男、アマゾン号の海賊少女二人のおじさん 「ツバメの谷 上下(ランサム・サーガ2)」 アーサー・ランサム作;神宮輝夫訳 岩波書店(岩波少年文庫) 2011年3月

じむお

ジムおじさん（船長フリント）　じむおじさん（きゃぷてんふりんと）
ハウスボートで暮らす男、アマゾン号を操る少女二人のおじさん　「ヤマネコ号の冒険 上下（ランサム・サーガ3）」アーサー・ランサム作;神宮輝夫訳 岩波書店（岩波少年文庫）2012年5月

ジムおじさん（船長フリント）　じむおじさん（きゃぷてんふりんと）
ハウスボートで暮らす男、アマゾン号を操る少女二人のおじさん　「長い冬休み 上下（ランサム・サーガ4）」アーサー・ランサム作;神宮輝夫訳　岩波書店（岩波少年文庫）2011年7月

ジム・ブラディング
港町ハリッジに来たウォーカー家の子どもたちを帆船ゴブリンに招いたた青年　「海へ出るつもりじゃなかった 上下（ランサム・サーガ7）」アーサー・ランサム作;神宮輝夫訳　岩波書店（岩波少年文庫）2013年5月

シャイアン・ワイオミング
ケイヒル家の秘薬を狙う悪の組織「ヴェスパー一族」の幹部、キャスパーの双子の妹　「サーティーナイン・クルーズ 13 いにしえの地図」ジュード・ワトソン著;小浜杏訳;HACCANイラスト メディアファクトリー 2013年2月

シャイアン・ワイオミング
ケイヒル家の秘薬を狙う悪の組織「ヴェスパー一族」の幹部、キャスパーの双子の妹　「サーティーナイン・クルーズ 14 天文台の謎」ピーター・ルランジス著;小浜杏訳;HACCANイラスト メディアファクトリー 2013年6月

ジャーウッドさん
孤児の少年・マイケルの後見人であるスティーヴン卿の財産管理をする男　「ホートン・ミア館の怖い話」クリス・プリーストリー著;西田佳子訳 理論社 2012年12月

ジャクソン・コールフィールド
フランクリンの町に撮影でやってきた青い瞳のハリウッドスター　「バンパイアガールズno.5 映画スターは吸血鬼!?」シーナ・マーサー作;田中亜希子訳 理論社 2012年7月

ジャクソン・トゥルーハート
「おとぎの国」で有名な冒険一家の五男、おとぎ工房にカエルの王子役を命じられ旅だった若者　「盗まれたおとぎ話－少年冒険家トム1」イアン・ベック作・絵;松岡ハリス佑子訳　静山社 2012年1月

ジャコ
食べることが大好きであまり成績はよくない男の子　「ジャコのお菓子な学校」ラッシェル・オスファテール作;ダニエル遠藤みのり訳;風川恭子絵　文研出版（文研じゅべにーる）2012年12月

ジャコット・トゥルーハート
「おとぎの国」で有名な冒険一家の次男、おとぎ工房に王子役を命じられ旅だった若者　「盗まれたおとぎ話－少年冒険家トム1」イアン・ベック作・絵;松岡ハリス佑子訳　静山社 2012年1月

シャー・ジャハーン皇帝　しゃーじゃはーんこうてい
ムガル帝国の強い権力を持っていた第五代皇帝、宝石の収集家　「インド大帝国の冒険」メアリー・ポープ・オズボーン著;食野雅子訳 メディアファクトリー（マジック・ツリーハウス 31）2011年11月

ジャスパー
一人ぐらしのおじいさん・ガイコツじいさんの屋敷から出てきたやせっぽちのおじさん　「暗号クラブ 1 ガイコツ屋敷と秘密のカギ」ペニー・ワーナー著;番由美子訳;ヒョーゴノスケ絵 メディアファクトリー 2013年4月

ジャスミン
発達障害をもつ17歳のマルセロが働くことになった父の法律事務所の事務員 「マルセロ・イン・ザ・リアルワールド」 フランシスコ・X.ストーク作;千葉;茂樹訳 岩波書店(STAMP BOOKS) 2013年3月

ジャスミン・スミス
友だちのサマーとエリーと「ひみつの王国」の「かがやきのビーチ」にやってきた女の子 「シークレット♥キングダム 6 かがやきのビーチ」 ロージー・バンクス作;井上里訳 理論社 2013年3月

ジャスミン・スミス
友だちのサマーとエリーと「ひみつの王国」の「マーメイドの海」にむかった女の子 「シークレット♥キングダム 4 マーメイドの海」 ロージー・バンクス作;井上里訳 理論社 2013年1月

ジャスミン・スミス
友だちのサマーとエリーと「ひみつの王国」の「魔法の山」にやってきた女の子 「シークレット♥キングダム 5 魔法の山」 ロージー・バンクス作;井上里訳 理論社 2013年2月

ジャスミン・スミス
友だちのサマーとエリーと「ひみつの王国」の上にうかぶ「空飛ぶアイランド」にむかった女の子 「シークレット♥キングダム 3 空飛ぶアイランド」 ロージー・バンクス作;井上里訳 理論社 2012年12月

ジャスミン・スミス
友だちのサマーとエリーと魔法の生き物たちがくらす「ひみつの王国」にむかった女の子 「シークレット♥キングダム 2 ユニコーンの谷」 ロージー・バンクス作;井上里訳 理論社 2012年11月

ジャッキー(ジャック・スパロウ)
カリブ海の海賊長でブラックパール号の船長、自由とラム酒を愛する若い海賊 「パイレーツ・オブ・カリビアン外伝 シャドウ・ゴールドの秘密4」 ロブ・キッド著;川村玲訳 講談社 2011年6月

ジャッキー・カラス
イギリス北部の町で娘のリジーとふたり暮らしするパパ、鳥人間コンテストの参加者 「パパはバードマン」 デイヴィッド・アーモンド作;ポリー・ダンバー絵;金原瑞人訳 フレーベル館 2011年10月

ジャッキー・トゥルーハート
「おとぎの国」で有名な冒険一家の四男、おとぎ工房に王子役を命じられ旅だった若者 「盗まれたおとぎ話－少年冒険家トム1」 イアン・ベック作・絵;松岡ハリス佑子訳 静山社 2012年1月

ジャック
あいきょうたっぷりのダメ犬、犬語をしゃべるラブラドール・レトリバー 「ダメ犬ジャックは今日もごきげん」 パトリシア・フィニー作;ピーター・ベイリー絵;相良倫子訳 徳間書店 2012年2月

ジャック
アメリカ・ペンシルベニア州に住む仲よし兄妹の兄、妹のアニーとマジック・ツリーハウスで時空をこえて知らない世界へかけた十歳の男の子 「マジック・ツリーハウス 35 アレクサンダー大王の馬」 メアリー・ポープ・オズボーン著;食野雅子訳 KADOKAWA(マジック・ツリーハウス) 2013年11月

ジャック
オニにつかまっていた姫を友だちのタシが助けた話をパパとママに聞かせた男の子 「タシと赤い目玉のオニたち」 アナ・ファインバーグ作;バーバラ・ファインバーグ作;加藤伸美訳;キム・ギャンブル絵 朝日学生新聞社(タシのぼうけんシリーズ6) 2012年6月

じゃっ

ジャック
ずばぬけたチェロの才能をもつ少女、見習い霊媒師・キャットの親友で怪奇オタク 「ある日とつぜん、霊媒師 3 呪われた504号室」 エリザベス・コーディー・キメル著;もりうちすみこ訳 朔北社 2013年4月

ジャック
ダウン症のセブと出会ったスケートボードの少年 「ウィッシュ 願いをかなえよう!」 フェリーチェ・アリーナ作;横山和江訳 講談社 2011年8月

ジャック
チェロの天才音楽家、見習い霊媒師・キャットの親友 「ある日とつぜん、霊媒師 2 恐怖の空き家」 エリザベス・コーディー・キメル著;もりうちすみこ訳 朔北社 2012年4月

ジャック
ハクチョウに乗ってとおいところからやってきたタシと友だちになった男の子 「とおい国からきたタシ」 アナ・ファインバーグ作;バーバラ・ファインバーグ作;加藤伸美訳;キム・ギャンブル絵 朝日学生新聞社(タシのぼうけんシリーズ1) 2011年10月

ジャック
新しい友だちのタシから巨人に会った話を聞いた男の子 「タシとふたりの巨人」 アナ・ファインバーグ作;バーバラ・ファインバーグ作;加藤伸美訳;キム・ギャンブル絵 朝日学生新聞社(タシのぼうけんシリーズ2) 2011年11月

ジャック
難破船「スラウギ号」で無人島に漂着した十五人の少年のひとり、フランス人の十一歳でブリアンの弟 「十五少年漂流記 ながい夏休み」 ベルヌ作;末松氷海子訳;はしもとしん絵 集英社(集英社みらい文庫) 2011年6月

ジャック
魔法のツリーハウスで妹のアニーとスイス・アルプスの峠に来た十歳の男の子 「アルプスの救助犬バリー」 メアリー・ポープ・オズボーン著;食野雅子訳 メディアファクトリー(マジック・ツリーハウス32) 2012年6月

ジャック
魔法のツリーハウスで妹のアニーと十九世紀のロンドンに来た十歳の男の子 「ロンドンのゴースト」 メアリー・ポープ・オズボーン著;食野雅子訳 メディアファクトリー(マジック・ツリーハウス30) 2011年6月

ジャック
魔法のツリーハウスで妹のアニーと十七世紀のインドに来た十歳の男の子 「インド大帝国の冒険」 メアリー・ポープ・オズボーン著;食野雅子訳 メディアファクトリー(マジック・ツリーハウス31) 2011年11月

ジャック
魔法のツリーハウスで妹のアニーと中国・臥龍に来た十歳の男の子 「パンダ救出作戦」 メアリー・ポープ・オズボーン著;食野雅子訳 メディアファクトリー(マジック・ツリーハウス34) 2013年6月

ジャック
魔法使いの弟子の十一歳の少年、念力猫・オルドウィンの使い手 「黒猫オルドウィンの探索-三びきの魔法使いと動く要塞」 アダム・ジェイ・エプスタイン著;アンドリュー・ジェイコブスン著;大谷真弓訳 早川書房 2011年10月

ジャック
妹のアニーと魔法のツリーハウスでリンカン大統領の住むホワイトハウスに来た十歳の男の子 「大統領の秘密」 メアリー・ポープ・オズボーン著;食野雅子訳 メディアファクトリー(マジック・ツリーハウス33) 2012年11月

じゃっ

ジャック
友だちのタシからランプの精に会ったときの話を聞いた男の子 「タシとぐうたらランプの精」 アナ・ファインバーグ作;バーバラ・ファインバーグ作;加藤伸美訳;キム・ギャンブル絵 朝日学生新聞社(タシのぼうけんシリーズ4) 2012年4月

ジャック
友だちのタシから巨人のチンツーのお城に行ったときの話を聞いた男の子 「タシとはらぺこ巨人」 アナ・ファインバーグ作;バーバラ・ファインバーグ作;加藤伸美訳;キム・ギャンブル絵 朝日学生新聞社(タシのぼうけんシリーズ7) 2012年9月

ジャック
友だちのタシから聞いたゆうれいの話をパパとママに話した男の子 「タシとひみつのゆうれいパイ」 アナ・ファインバーグ作;バーバラ・ファインバーグ作;加藤伸美訳;キム・ギャンブル絵 朝日学生新聞社(タシのぼうけんシリーズ3) 2011年12月

ジャック
友だちのタシから聞いた魔女・バーバ・ヤーガの話をパパとママに聞かせた男の子 「タシと魔女バーバ・ヤーガ」 アナ・ファインバーグ作;バーバラ・ファインバーグ作;加藤伸美訳;キム・ギャンブル絵 朝日学生新聞社(タシのぼうけんシリーズ5) 2012年5月

ジャック(キャプテン・ジャック・スパロウ)
自由を愛する大胆不敵な海賊、永遠の命をもたらすという泉を求めて航海に出た男 「パイレーツ・オブ・カリビアン―生命の泉」 ジェームズ・ポンティ作;橘高弓枝訳 偕成社(ディズニーアニメ小説版) 2011年6月

ジャック(チェロ少女) じゃっく(ちぇろしょうじょ)
いつ見てもでっかいチェロのケースを引きずっている赤毛の女の子 「ある日とつぜん、霊媒師」 エリザベス・コーディー・キメル著;もりうちすみこ訳 朔北社 2011年1月

ジャック・カーター
夏休みに兄弟でロンドンからキャッスルキー島にやってきた十二歳の少年、スコットの弟 「冒険島1 口ぶえ洞窟の謎」 ヘレン・モス著;金原瑞人訳;井上里訳;萩谷薫絵 メディアファクトリー 2012年7月

ジャック・カーター
夏休みに兄弟でロンドンからキャッスルキー島にやってきた十二歳の少年、スコットの弟 「冒険島2 真夜中の幽霊の謎」 ヘレン・モス著;金原瑞人訳;井上里訳;萩谷薫絵 メディアファクトリー 2012年11月

ジャック・カーター
夏休みに兄弟でロンドンからキャッスルキー島にやってきた十二歳の少年、スコットの弟 「冒険島3 盗まれた宝の謎」 ヘレン・モス著;金原瑞人訳 メディアファクトリー 2013年3月

ジャック・ガーディナー
動物好きな小学生・マンディの住むイギリスの農村に引っ越してきた七歳の男の子 「ウサギおたすけレース(こちら動物のお医者さん)」 ルーシー・ダニエルズ作;千葉茂樹訳;サカイノビー絵 ほるぷ出版 2011年2月

ジャック・カボチャアタマ
オズの国の少年・チップがつくりモンビばあさんの魔法で命を持ったカボチャ頭の人形 「オズの魔法使いシリーズ2 完訳オズのふしぎな国」 ライマン・フランク・ボーム著;宮坂宏美訳 復刊ドットコム 2011年10月

ジャック・クロスビー
政府の避難命令で新しい土地へ引っ越した家族の長男、馬を飼うことになった少年 「嵐にいななく」 L.S.マシューズ作;三辺律子訳 小学館 2013年3月

ジャックさん
ニューオーリンズでディンクたちを案内してくれたガイドさん 「ぼくらのミステリータウン6 恐怖のゾンビタウン」 ロン・ロイ作;八木恭子訳;ハラカズヒロ絵 フレーベル館 2012年7月

じゃっ

ジャック・スパロウ
カリブ海の海賊長でブラックパール号の船長、自由とラム酒を愛する若い海賊 「パイレーツ・オブ・カリビアン外伝 シャドウ・ゴールドの秘密1」 ロブ・キッド 著;川村玲訳 講談社 2011年4月

ジャック・スパロウ
カリブ海の海賊長でブラックパール号の船長、自由とラム酒を愛する若い海賊 「パイレーツ・オブ・カリビアン外伝 シャドウ・ゴールドの秘密2」 ロブ・キッド 著;川村玲訳 講談社 2011年4月

ジャック・スパロウ
カリブ海の海賊長でブラックパール号の船長、自由とラム酒を愛する若い海賊 「パイレーツ・オブ・カリビアン外伝 シャドウ・ゴールドの秘密3」 ロブ・キッド 著;川村玲訳 講談社 2011年5月

ジャック・スパロウ
カリブ海の海賊長でブラックパール号の船長、自由とラム酒を愛する若い海賊 「パイレーツ・オブ・カリビアン外伝 シャドウ・ゴールドの秘密4」 ロブ・キッド 著;川村玲訳 講談社 2011年6月

ジャック・スパロウ
カリブ海の海賊長でブラックパール号の船長、自由とラム酒を愛する若い海賊 「パイレーツ・オブ・カリビアン外伝 シャドウ・ゴールドの秘密5」 ロブ・キッド 著;川村玲訳 講談社 2011年7月

ジャック船長（ジャック・スパロウ）　じゃっくせんちょう（じゃっくすぱろう）
カリブ海の海賊長でブラックパール号の船長、自由とラム酒を愛する若い海賊 「パイレーツ・オブ・カリビアン外伝 シャドウ・ゴールドの秘密1」 ロブ・キッド 著;川村玲訳 講談社 2011年4月

ジャック船長（ジャック・スパロウ）　じゃっくせんちょう（じゃっくすぱろう）
カリブ海の海賊長でブラックパール号の船長、自由とラム酒を愛する若い海賊 「パイレーツ・オブ・カリビアン外伝 シャドウ・ゴールドの秘密2」 ロブ・キッド 著;川村玲訳 講談社 2011年4月

ジャック船長（ジャック・スパロウ）　じゃっくせんちょう（じゃっくすぱろう）
カリブ海の海賊長でブラックパール号の船長、自由とラム酒を愛する若い海賊 「パイレーツ・オブ・カリビアン外伝 シャドウ・ゴールドの秘密3」 ロブ・キッド 著;川村玲訳 講談社 2011年5月

ジャック船長（ジャック・スパロウ）　じゃっくせんちょう（じゃっくすぱろう）
カリブ海の海賊長でブラックパール号の船長、自由とラム酒を愛する若い海賊 「パイレーツ・オブ・カリビアン外伝 シャドウ・ゴールドの秘密5」 ロブ・キッド 著;川村玲訳 講談社 2011年7月

ジャック・タッカー
シカゴ美術館のソーン・ミニチュアルームに入っていける魔法の鍵を手に入れた男の子、オークトン私立小学校に通う六年生 「消えた鍵の謎 12分の1の冒険 2」 マリアン・マローン作;橋本恵訳 ほるぷ出版 2012年11月

じゃっく・トゥルーハート
「おとぎの国」で有名な冒険一家の三男、おとぎ工房に王子役を命じられ旅だった若者 「盗まれたおとぎ話－少年冒険家トム1」 イアン・ベック作・絵;松岡ハリス佑子訳 静山社 2012年1月

ジャック・トゥルーハート
「おとぎの国」で有名な冒険一家の長男、おとぎ工房に農夫役を命じられ旅だった若者 「盗まれたおとぎ話－少年冒険家トム1」 イアン・ベック作・絵;松岡ハリス佑子訳 静山社 2012年1月

ジャック・トゥルーハート
冒険一家の長男、悪者・オームストーンにとらわれ「暗い物語の国」へ連れて行かれた若者
「暗闇城の黄金-少年冒険家トム2」イアン・ベック作・絵;松岡ハリス佑子訳 静山社 2012
年7月

ジャック・ホーガン検事　じゃっくほーがんけんじ
ダフィー婦人殺人事件の裁判で被告人を追求する主任検察官 「少年弁護士セオの事件
簿1 なぞの目撃者」ジョン・グリシャム作;石崎洋司訳 岩崎書店 2011年9月

ジャック・リーパー
カリフォルニアの刑務所から脱獄した男、失踪した少女・エイプリルの親戚 「少年弁護士セ
オの事件簿2 誘拐ゲーム」ジョン・グリシャム作;石崎洋司訳 岩崎書店 2011年11月

シャドウ・ロード
闇と影を支配する恐るべき錬金術師 「パイレーツ・オブ・カリビアン外伝 シャドウ・ゴールド
の秘密1」ロブ・キッド著;川村玲訳 講談社 2011年4月

シャドウ・ロード
闇と影を支配する恐るべき錬金術師 「パイレーツ・オブ・カリビアン外伝 シャドウ・ゴールド
の秘密2」ロブ・キッド著;川村玲訳 講談社 2011年4月

シャドウ・ロード
闇と影を支配する恐るべき錬金術師 「パイレーツ・オブ・カリビアン外伝 シャドウ・ゴールド
の秘密4」ロブ・キッド著;川村玲訳 講談社 2011年6月

シャドウ・ロード
闇と影を支配する恐るべき錬金術師、ブラックパール号の船長・ジャックに呪いをかけた張
本人 「パイレーツ・オブ・カリビアン外伝 シャドウ・ゴールドの秘密3」ロブ・キッド著;川村
玲訳 講談社 2011年5月

シャドウ・ロード
闇と影を支配する恐るべき錬金術師、ブラックパール号の船長・ジャックに呪いをかけた張
本人 「パイレーツ・オブ・カリビアン外伝 シャドウ・ゴールドの秘密5」ロブ・キッド著;川村
玲訳 講談社 2011年7月

シャネイド・スターリング
ケイヒル一族のエカテリーナ家の一員で工学分野の天才、ケイヒル一族の若きリーダー・エ
イミーの親友 「サーティーナイン・クルーズ 12 メドゥーサの罠」ゴードン・コーマン著;小浜
杏訳;HACCANイラスト メディアファクトリー 2012年11月

シャネイド・スターリング
ケイヒル一族の分家エカテリーナ家の一員、レース開始直後に脱落したと思われていた三
つ子 「サーティーナイン・クルーズ 10 最期の試練 後編」マーガレット・ピーターソン・ハ
ディックス著;小浜杏訳;HACCANイラスト メディアファクトリー 2012年2月

シャネイド・スターリング
ケイヒル一族の分家エカテリーナ家の一員、レース開始直後に脱落したと思われていた三
つ子 「サーティーナイン・クルーズ 10 最期の試練 前編」マーガレット・ピーターソン・ハ
ディックス著;小浜杏訳;HACCANイラスト メディアファクトリー 2011年11月

ジャービス・ペンデルトン
大学に通う孤児院育ちの女の子・ジェルーシャの同級生ジュリアのニューヨークに住んでい
るおじさま 「あしながおじさん」ジーン・ウェブスター作;中村凪子訳;ユンケル絵
KADOKAWA(角川つばさ文庫) 2013年12月

ジャービス・ペンデルトン
大学に通う孤児院育ちの少女ジェルーシャの同級生ジュリアのニューヨークに住んでいる
おじさま 「あしながおじさん 世界でいちばん楽しい手紙」ジェーン・ウェブスター作・絵;曽
野綾子訳 講談社(青い鳥文庫) 2011年4月

じゃび

ジャービス・ペンドルトン
大学に通う孤児のジュディーの寮仲間のジュリアの叔父さん 「あしながおじさん」 ウェブスター作;木村由利子訳;駒形絵 集英社(集英社みらい文庫) 2011年8月

ジャビーぼっちゃま(ジャービス・ペンデルトン)
大学に通う孤児院育ちの女の子・ジェルーシャの同級生ジュリアのニューヨークに住んでいるおじさま 「あしながおじさん」 ジーン・ウェブスター作;中村凪子訳;ユンケル絵 KADOKAWA(角川つばさ文庫) 2013年12月

ジャビーぼっちゃま(ジャービス・ペンデルトン)
大学に通う孤児院育ちの少女ジェルーシャの同級生ジュリアのニューヨークに住んでいるおじさま 「あしながおじさん 世界でいちばん楽しい手紙」 ジェーン・ウェブスター作・絵;曽野綾子訳 講談社(青い鳥文庫) 2011年4月

ジャービーぼっちゃん(ジャービス・ペンデルトン)
大学に通う孤児のジュディーの寮仲間のジュリアの叔父さん 「あしながおじさん」 ウェブスター作;木村由利子訳;駒形絵 集英社(集英社みらい文庫) 2011年8月

シャベリスキー
ペットショップ「ペットランド」に入ってきた男の子ティミーに話しかけたオウム 「ペットショップはぼくにおまかせ」 ヒルケ・ローゼンボーム作;若松宣子訳;岡本順画 徳間書店 2011年9月

シャーロック・ホームズ(ホームズ)
名探偵 「シャーロック・ホームズ 04 なぞのブナやしき」 コナン・ドイル作;中尾明訳;岡本正樹絵 岩崎書店 2011年3月

シャルロット
お菓子作りが大好きなジャコのとなりの席のおしゃべりでうるさい女の子 「ジャコのお菓子な学校」 ラッシェル・オスファテール作;ダニエル遠藤みのり訳;風川恭子絵 文研出版(文研じゅべにーる) 2012年12月

ジャレット・フィンチ
アフリカからの難民家族を一時あずかることになったアメリカのフィンチ家の長男、人と何かを分けあうのが苦手な十六歳の少年 「闇のダイヤモンド」 キャロライン・B・クーニー著;武富博子訳 評論社(海外ミステリーBOX) 2011年4月

シャーロック・スコット・ホームズ
夏休みをおじの家があるファーナムの町で過ごすことになった十四歳のイギリス人の少年 「ヤング・シャーロック・ホームズ vol.1 死の煙」 アンドリュー・レーン著;田村義進訳 静山社 2012年9月

シャーロック・スコット・ホームズ
夏休みをおじの家があるファーナムの町で過ごすことになった十四歳のイギリス人の少年 「ヤング・シャーロック・ホームズ vol.2 赤い吸血ヒル」 アンドリュー・レーン著;田村義進訳 静山社 2012年11月

シャーロック・スコット・ホームズ
夏休みをおじの家があるファーナムの町で過ごすことになった十四歳のイギリス人の少年 「ヤング・シャーロック・ホームズ vol.3 雪の罠」 アンドリュー・レーン著;田村義進訳 静山社 2013年11月

シャーロック・ホームズ(ホームズ)
「イレギュラーズ」の少年たちに仕事を手伝わせている名探偵 「シャーロック・ホームズ&イレギュラーズ 1 消されたサーカスの男」 T.マック&M.シトリン著;金原瑞人共訳;相山夏奏共訳;スカイエマ画 文溪堂 2011年9月

しゃろ

シャーロック・ホームズ（ホームズ）
「イレギュラーズ」の少年たちに仕事を手伝わせている名探偵 「シャーロック・ホームズ＆イレギュラーズ 2 冥界からの使者」 T.マック＆M.シトリン著;金原瑞人共訳;相山夏奏共訳;スカイエマ画 文溪堂 2011年9月

シャーロック・ホームズ（ホームズ）
「イレギュラーズ」の少年たちに仕事を手伝わせている名探偵 「シャーロック・ホームズ＆イレギュラーズ 3 女神ディアーナの暗号」 T.マック＆M.シトリン著;金原瑞人共訳;相山夏奏共訳;スカイエマ画 文溪堂 2011年11月

シャーロック・ホームズ（ホームズ）
ロンドンのベーカー街に事務所をかまえる私立探偵 「おどる人形」 ドイル作;亀山龍樹訳 ポプラ社（〈図書館版〉名探偵ホームズ5） 2012年3月

シャーロック・ホームズ（ホームズ）
ロンドンのベーカー街に事務所をかまえる私立探偵 「ひん死の探偵」 ドイル作;亀山龍樹訳 ポプラ社（〈図書館版〉名探偵ホームズ8） 2012年3月

シャーロック・ホームズ（ホームズ）
ロンドンのベーカー街に事務所をかまえる私立探偵 「ぶな屋敷のなぞ」 ドイル作;亀山龍樹訳 ポプラ社（〈図書館版〉名探偵ホームズ2） 2012年3月

シャーロック・ホームズ（ホームズ）
ロンドンのベーカー街に事務所をかまえる私立探偵 「悪魔の足」 ドイル作;亀山龍樹訳 ポプラ社（〈図書館版〉名探偵ホームズ7） 2012年3月

シャーロック・ホームズ（ホームズ）
ロンドンのベーカー街に事務所をかまえる私立探偵 「銀星号事件」 ドイル作;亀山龍樹訳 ポプラ社（〈図書館版〉名探偵ホームズ3） 2012年3月

シャーロック・ホームズ（ホームズ）
ロンドンのベーカー街に事務所をかまえる私立探偵 「赤毛連盟」 ドイル作;亀山龍樹訳 ポプラ社（〈図書館版〉名探偵ホームズ1） 2012年3月

シャーロック・ホームズ（ホームズ）
ロンドンのベーカー街に事務所をかまえる私立探偵 「盗まれた秘密文書」 ドイル作;亀山龍樹訳 ポプラ社（〈図書館版〉名探偵ホームズ4） 2012年3月

シャーロック・ホームズ（ホームズ）
ロンドンのベーカー街に事務所をかまえる私立探偵 「名探偵ホームズ8 ひん死の探偵」 ドイル作;亀山龍樹訳 ポプラ社（ポプラポケット文庫） 2011年2月

シャーロック・ホームズ（ホームズ）
ロンドンのベーカー街に事務所をかまえる私立探偵 「六つのナポレオン像」 ドイル作;亀山龍樹訳 ポプラ社（〈図書館版〉名探偵ホームズ6） 2012年3月

シャーロック・ホームズ（ホームズ）
ロンドンのベーカー街に住む世界的に有名な私立探偵 「名探偵ホームズ サセックスの吸血鬼」 コナン・ドイル作;日暮まさみち訳;青山浩行絵 講談社（青い鳥文庫） 2012年1月

シャーロック・ホームズ（ホームズ）
ロンドンのベーカー街に住む世界的に有名な私立探偵 「名探偵ホームズ ぶな屋敷のなぞ」 コナン・ドイル作;日暮まさみち訳;青山浩行絵 講談社（青い鳥文庫） 2011年5月

シャーロック・ホームズ（ホームズ）
ロンドンのベーカー街に住む世界的に有名な私立探偵 「名探偵ホームズ まだらのひも」 コナン・ドイル作;日暮まさみち訳;青山浩行絵 講談社（青い鳥文庫） 2011年1月

しゃろ

シャーロック・ホームズ（ホームズ）
ロンドンのベーカー街に住む世界的に有名な私立探偵「名探偵ホームズ 悪魔の足」コナン・ドイル作;日暮まさみち訳;青山浩行絵 講談社（青い鳥文庫）2011年11月

シャーロック・ホームズ（ホームズ）
ロンドンのベーカー街に住む世界的に有名な私立探偵「名探偵ホームズ 恐怖の谷」コナン・ドイル作;日暮まさみち訳;青山浩行絵 講談社（青い鳥文庫）2011年7月

シャーロック・ホームズ（ホームズ）
ロンドンのベーカー街に住む世界的に有名な私立探偵「名探偵ホームズ 金縁の鼻めがね」コナン・ドイル作;日暮まさみち訳;青山浩行絵 講談社（青い鳥文庫）2011年12月

シャーロック・ホームズ（ホームズ）
ロンドンのベーカー街に住む世界的に有名な私立探偵「名探偵ホームズ 最後のあいさつ」コナン・ドイル作;日暮まさみち訳;青山浩行絵 講談社（青い鳥文庫）2012年2月

シャーロック・ホームズ（ホームズ）
ロンドンのベーカー街に住む世界的に有名な私立探偵「名探偵ホームズ 最後の事件」コナン・ドイル作;日暮まさみち訳;青山浩行絵 講談社（青い鳥文庫）2011年6月

シャーロック・ホームズ（ホームズ）
ロンドンのベーカー街に住む世界的に有名な私立探偵「名探偵ホームズ 三年後の生還」コナン・ドイル作;日暮まさみち訳;青山浩行絵 講談社（青い鳥文庫）2011年8月

シャーロック・ホームズ（ホームズ）
ロンドンのベーカー街に住む世界的に有名な私立探偵「名探偵ホームズ 四つの署名」コナン・ドイル作;日暮まさみち訳;青山浩行絵 講談社（青い鳥文庫）2011年4月

シャーロック・ホームズ（ホームズ）
ロンドンのベーカー街に住む世界的に有名な私立探偵「名探偵ホームズ 囚人船の秘密」コナン・ドイル作;日暮まさみち訳;青山浩行絵 講談社（青い鳥文庫）2011年9月

シャーロック・ホームズ（ホームズ）
ロンドンのベーカー街に住む世界的に有名な私立探偵「名探偵ホームズ 消えた花むこ」コナン・ドイル作;日暮まさみち訳;青山浩行絵 講談社（青い鳥文庫）2011年2月

シャーロック・ホームズ（ホームズ）
ロンドンのベーカー街に住む世界的に有名な私立探偵「名探偵ホームズ 緋色の研究」コナン・ドイル作;日暮まさみち訳;青山浩行絵 講談社（青い鳥文庫）2011年3月

シャーロック・ホームズ（ホームズ）
ロンドンのベーカー街に住む世界的に有名な私立探偵「名探偵ホームズ 六つのナポレオン像」コナン・ドイル作;日暮まさみち訳;青山浩行絵 講談社（青い鳥文庫）2011年10月

シャーロック・ホームズ（ホームズ）
宿敵のモリアーティ教授と対決することになった名探偵「シャーロック・ホームズ＆イレギュラーズ 4 最後の対決」T.マック&M.シトリン著;金原瑞人共訳;相山夏奏共訳;スカイエマ画 文溪堂 2012年1月

シャーロック・ホームズ（ホームズ）
名探偵「シャーロック・ホームズ 01 マザリンの宝石事件」コナン・ドイル作;中尾明訳;岡本正樹絵 岩崎書店 2011年3月

シャーロック・ホームズ（ホームズ）
名探偵「シャーロック・ホームズ 02 赤毛軍団のひみつ」コナン・ドイル作;中尾明訳;岡本正樹絵 岩崎書店 2011年3月

シャーロック・ホームズ（ホームズ）
名探偵「シャーロック・ホームズ 03 くちびるのねじれた男」コナン・ドイル作;中尾明訳;
岡本正樹絵 岩崎書店 2011年3月

シャーロック・ホームズ（ホームズ）
名探偵「シャーロック・ホームズ 05 三人のガリデブ事件」コナン・ドイル作;中尾明訳;岡
本正樹絵 岩崎書店 2011年3月

シャーロック・ホームズ（ホームズ）
名探偵「シャーロック・ホームズ 06 技師のおやゆび事件」コナン・ドイル作;中尾明訳;
岡本正樹絵 岩崎書店 2011年3月

シャーロック・ホームズ（ホームズ）
名探偵「シャーロック・ホームズ 07 なぞのソア橋事件」コナン・ドイル作;中尾明訳;岡本
正樹絵 岩崎書店 2011年3月

シャーロック・ホームズ（ホームズ）
名探偵「シャーロック・ホームズ 08 背中のまがった男」コナン・ドイル作;中尾明訳;岡本
正樹絵 岩崎書店 2011年3月

シャーロック・ホームズ（ホームズ）
名探偵「シャーロック・ホームズ 09 ボスコム谷のなぞ」コナン・ドイル作;中尾明訳;岡本
正樹絵 岩崎書店 2011年3月

シャーロック・ホームズ（ホームズ）
名探偵「シャーロック・ホームズ 10 はう男のひみつ」コナン・ドイル作;中尾明訳;岡本正
樹絵 岩崎書店 2011年3月

シャーロック・ホームズ（ホームズ）
名探偵「シャーロック・ホームズ 11 まだらのひも事件」コナン・ドイル作;中尾明訳;岡本
正樹絵 岩崎書店 2011年3月

シャーロック・ホームズ（ホームズ）
名探偵「シャーロック・ホームズ 12 ライオンのたてがみ事件」コナン・ドイル作;中尾明
訳;岡本正樹絵 岩崎書店 2011年3月

シャーロック・ホームズ（ホームズ）
名探偵「シャーロック・ホームズ 13 名馬シルバー・ブレイズ号」コナン・ドイル作;中尾明
訳;岡本正樹絵 岩崎書店 2011年3月

シャーロック・ホームズ（ホームズ）
名探偵「シャーロック・ホームズ 14 引退した絵具屋のなぞ」コナン・ドイル作;中尾明訳;
岡本正樹絵 岩崎書店 2011年3月

シャーロック・ホームズ（ホームズ）
名探偵「シャーロック・ホームズ 15 ホームズ最後の事件」コナン・ドイル作;中尾明訳;岡
本正樹絵 岩崎書店 2011年3月

シャーロット
孤児の少年・マイケルの後見人であるスティーヴン卿の妹、美しい女性「ホートン・ミア館の
怖い話」クリス・プリーストリー著;西田佳子訳 理論社 2012年12月

ジャン・バルジャン（マドレーヌ）
一切れのパンを盗んだため十九年間も牢獄に入っていた男「レ・ミゼラブル—ああ無情」
ビクトル・ユーゴー作;塚原亮一訳;片山若子絵 講談社（青い鳥文庫） 2012年11月

ジャンピ
空想した青いドラゴンをともだちにもつ男の子「ルンピ・ルンピ ぼくのともだちドラゴン おそ
ろしい注射からにげろ!の巻」シルヴィア・ロンカーリア文;ロベルト・ルチアーニ絵;佐藤まど
か訳 集英社 2012年6月

じゃん

ジャンピ
空想した青いドラゴンをともだちにもつ男の子 「ルンピ・ルンピ ぼくのともだちドラゴン ぜんぶ青い木イチゴのせいだ!の巻」 シルヴィア・ロンカーリア文;ロベルト・ルチアーニ絵;佐藤まどか訳 集英社 2012年3月

ジャンピ
空想した青いドラゴンをともだちにもつ男の子 「ルンピ・ルンピ ぼくのともだちドラゴン たいせつなカーペットさがしの巻」 シルヴィア・ロンカーリア文;ロベルト・ルチアーニ絵;佐藤まどか訳 集英社 2012年3月

ジャンピ
空想した青いドラゴンをともだちにもつ男の子 「ルンピ・ルンピ ぼくのともだちドラゴン わがままはトラブルのはじまりの巻」 シルヴィア・ロンカーリア文;ロベルト・ルチアーニ絵;佐藤まどか訳 集英社 2012年9月

ジャン・ピエロ(ジャンピ)
空想した青いドラゴンをともだちにもつ男の子 「ルンピ・ルンピ ぼくのともだちドラゴン おそろしい注射からにげろ!の巻」 シルヴィア・ロンカーリア文;ロベルト・ルチアーニ絵;佐藤まどか訳 集英社 2012年6月

ジャン・ピエロ(ジャンピ)
空想した青いドラゴンをともだちにもつ男の子 「ルンピ・ルンピ ぼくのともだちドラゴン ぜんぶ青い木イチゴのせいだ!の巻」 シルヴィア・ロンカーリア文;ロベルト・ルチアーニ絵;佐藤まどか訳 集英社 2012年3月

ジャン・ピエロ(ジャンピ)
空想した青いドラゴンをともだちにもつ男の子 「ルンピ・ルンピ ぼくのともだちドラゴン たいせつなカーペットさがしの巻」 シルヴィア・ロンカーリア文;ロベルト・ルチアーニ絵;佐藤まどか訳 集英社 2012年3月

ジャン・ピエロ(ジャンピ)
空想した青いドラゴンをともだちにもつ男の子 「ルンピ・ルンピ ぼくのともだちドラゴン わがままはトラブルのはじまりの巻」 シルヴィア・ロンカーリア文;ロベルト・ルチアーニ絵;佐藤まどか訳 集英社 2012年9月

主人(ラッシュ) しゅじん(らっしゅ)
スウェーデン中部のエーレブローという町にいた農家の主人、ケチな男 「ニルスが出会った物語 2 風の魔女カイサ」 セルマ・ラーゲルレーヴ原作;菱木晃子訳構成;平澤朋子画 福音館書店(世界傑作童話シリーズ) 2012年6月

ジュゼッペ
イタリアから人買いに連れてこられ奴隷のように働かされている十一歳の少年、バイオリン弾きの大道芸人 「クロックワークスリー マコーリー公園の秘密と三つの宝物」 マシュー・カービー作;石崎洋司訳;平澤朋子絵 講談社 2011年12月

ジュディ(ジェルーシャ・アボット)
毎月手紙を書くことを条件に「あしながおじさん」のおかげで大学に行けることになった孤児院育ちの女の子 「あしながおじさん」 ジーン・ウェブスター作;中村凪子訳;ユンケル絵 KADOKAWA(角川つばさ文庫) 2013年12月

ジュディー(ジェルーシャ・アボット)
あしながおじさんのおかげで大学に通えることになった孤児の女の子 「あしながおじさん」 ウェブスター作;木村由利子訳;駒形絵 集英社(集英社みらい文庫) 2011年8月

ジュディ・アボット(ジェルーシャ・アボット)
毎月手紙を書くことを条件に「あしながおじさま」のおかげで大学に行けることになった孤児院育ちの女の子 「あしながおじさん 世界でいちばん楽しい手紙」 ジェーン・ウェブスター作・絵;曽野綾子訳 講談社(青い鳥文庫) 2011年4月

ジュディ・モード
アメリカ・バージニア州の小学三年生、イケてる大学生のクロエから算数をおそわった女の子「ジュディ・モード、大学にいく!(ジュディ・モードとなかまたち8)」メーガン・マクドナルド作;ピーター・レイノルズ絵;宮坂宏美訳　小峰書店　2012年10月

ジュディ・モード
アメリカ・バージニア州の小学三年生、小学生新聞記者のエイミーと親友になった女の子「ジュディ・モード、世界をまわる!(ジュディ・モードとなかまたち7)」メーガン・マクドナルド作;ピーター・レイノルズ絵;宮坂宏美訳　小峰書店　2012年4月

シュヴァル
地中海の海賊長、気取り屋のフランス人「パイレーツ・オブ・カリビアン外伝 シャドウ・ゴールドの秘密5」ロブ・キッド著;川村玲訳　講談社　2011年7月

ジュリア・コヴナント
イギリスのキルモア・コーヴにあるアルゴ邸に引っこしてきたふたごの姉、考えるよりも動くほうが得意な11歳「ユリシーズ・ムーアと仮面の島」Pierdomenico Baccalario著;金原瑞人訳;佐野真奈美訳;井上里訳　学研パブリッシング　2011年2月

ジュリア・コヴナント
イギリスのキルモア・コーヴにあるアルゴ邸に引っこしてきたふたごの姉、考えるよりも動くほうが得意な11歳「ユリシーズ・ムーアと石の守護者」Pierdomenico Baccalario著;金原瑞人訳;佐野真奈美訳;井上里訳　学研パブリッシング　2011年4月

ジュリア・コヴナント
イギリスのキルモア・コーヴにあるアルゴ邸に引っこしてきたふたごの姉、考えるよりも動くほうが得意な11歳「ユリシーズ・ムーアと第一のかぎ」Pierdomenico Baccalario著;金原瑞人訳;佐野真奈美訳;井上里訳　学研パブリッシング　2011年6月

ジュリア・コヴナント
イギリスのキルモア・コーヴのアルゴ邸で暮らす13歳のふたごの活発な姉「ユリシーズ・ムーアとなぞの迷宮」Pierdomenico Baccalario著;金原瑞人訳;佐野真奈美訳;井上里訳　学研教育出版　2012年12月

ジュリア・コヴナント
イギリスのキルモア・コーヴのアルゴ邸で暮らす13歳のふたごの活発な姉「ユリシーズ・ムーアと隠された町」Pierdomenico Baccalario著;金原瑞人訳;佐野真奈美訳;井上里訳　学研パブリッシング　2012年6月

ジュリア・コヴナント
イギリスのキルモア・コーヴのアルゴ邸で暮らす13歳のふたごの活発な姉「ユリシーズ・ムーアと灰の庭」Pierdomenico Baccalario著;金原瑞人訳;佐野真奈美訳;井上里訳　学研教育出版　2013年7月

ジュリア・コヴナント
イギリスのキルモア・コーヴのアルゴ邸で暮らす13歳のふたごの活発な姉「ユリシーズ・ムーアと空想の旅人」Pierdomenico Baccalario著;金原瑞人訳;佐野真奈美訳;井上里訳　学研教育出版　2013年10月

ジュリア・コヴナント
イギリスのキルモア・コーヴのアルゴ邸で暮らす13歳のふたごの活発な姉「ユリシーズ・ムーアと氷の国」Pierdomenico Baccalario著;金原瑞人訳;佐野真奈美訳;井上里訳　学研教育出版　2013年4月

ジュリア・コヴナント
イギリスのキルモア・コーヴのアルゴ邸で暮らす13歳のふたごの活発な姉「ユリシーズ・ムーアと雷の使い手」Pierdomenico Baccalario著;金原瑞人訳;佐野真奈美訳;井上里訳　学研パブリッシング　2012年10月

じゅり

ジュリアス・ケイン
邪神セトに連れ去られたエジプト考古学者、兄妹ケインとセイディの父親　「ケイン・クロニクル 2 ファラオの血統」 リック・リオーダン 著;小浜杏訳;エナミカツミイラスト　メディアファクトリー　2012年8月

ジュリアス・ケイン
邪神セトに連れ去られたエジプト考古学者、兄妹ケインとセイディの父親　「ケイン・クロニクル 3 最強の魔術師」 リック・リオーダン 著;小浜杏訳;エナミカツミイラスト　メディアファクトリー　2012年12月

ジュリアス・ケイン
世界中を旅しているエジプト考古学者、別々に暮らす兄妹ケインとセイディの父親　「ケイン・クロニクル 1 灼熱のピラミッド」 リック・リオーダン 著;小浜杏訳;エナミカツミイラスト　メディアファクトリー　2012年3月

ジュリアス・シャーマン・ヴァン・ヘクト
自転車で走行中にひき逃げにあい二年間意識不明で入院している男の子　「ある日とつぜん、霊媒師 2 恐怖の空き家」 エリザベス・コーディー・キメル 著;もりうちすみこ訳　朔北社　2012年4月

ジョー（ジョゼフィン）
マーチ家四姉妹のおてんばで本が大好きな十五歳の次女　「若草物語 四姉妹とすてきな贈り物」 オルコット作;植松佐知子訳;駒形絵　集英社(集英社みらい文庫)　2012年4月

ジョー（ジョゼフィン）
めぐまれない少年少女たちの学校・プラムフィールド学園でお母さん役をする女性　「若草物語 3 ジョーの魔法」 オルコット作;谷口由美子訳;藤田香絵　講談社(青い鳥文庫)　2011年3月

ジョー（ジョゼフィン）
ローレンス大学の学長・ベア先生の妻、売れっ子作家　「若草物語 4 それぞれの赤い糸」 オルコット作;谷口由美子訳;藤田香絵　講談社(青い鳥文庫)　2011年10月

ジョーイ
穏やかな農場暮らしを後にして戦争の最前線に送られた馬　「戦火の馬」 マイケル・モーパーゴ 著;佐藤見果夢訳　評論社　2012年1月

ジョーイ・アップルヤード
動物のお医者さんになりたい女の子・マンディの小学校の転校生、耳がきこえない男の子　「チビ犬どんでんがえし(こちら動物のお医者さん)」 ルーシー・ダニエルズ作;千葉茂樹訳;サカイノビー絵　ほるぷ出版　2013年8月

ジョウゼフ・ハッチンソン（ハッチさん）
十一歳のジョニーのアルバイト先のハッチンソン雑貨店兼郵便局の主人　「天才ジョニーの秘密」 エレナー・アップデール作;こだまともこ訳　評論社(海外ミステリーBOX)　2012年11月

鐘離権（離）　しょうりけん（リー）
八仙人のひとり、八仙人のうち五人を殺した月姫を追う巨漢の仙人　「天空の少年ニコロ2 呪われた月姫」 カイ・マイヤー 著;遠山明子訳;佐竹美保画　あすなろ書房　2011年7月

女王　じょおう
少年・ベンが戴冠用宝玉を盗みに入ったロンドン塔のメインルームにいた女王陛下　「おばあちゃんは大どろぼう?!」 デイヴィッド・ウォリアムズ作;三辺律子訳;きたむらさとし絵　小学館　2013年12月

女禍　じょか
南海龍王ヤオーツィのもとで育った人の子　「天空の少年ニコロ2 呪われた月姫」 カイ・マイヤー 著;遠山明子訳;佐竹美保画　あすなろ書房　2011年7月

じょじ

女禍　じょか
南海龍王ヤオーツィのもとで育った人の子　「天空の少年ニコロ3 龍とダイヤモンド」 カイ・
マイヤー著;遠山明子訳;佐竹美保画　あすなろ書房　2012年3月

ジョーグ
未来を見ることができる盲目の魔術師　「エリアナンの魔女2 魔女メガンの弟子（下）」 ケイ
ト・フォーサイス作;井辻朱美訳　徳間書店　2011年1月

ジョーグ
未来を見ることができる盲目の魔術師　「エリアナンの魔女3 黒き翼の王（上）」 ケイト・
フォーサイス作;井辻朱美訳　徳間書店　2011年2月

ジョージー
ホイッティカーさんの家にすむちいさなやさしいおばけ　「おばけのジョージーとさわがしい
ゆうれい」 ロバート・ブライト作・絵;なかがわちひろ訳　徳間書店　2013年3月

ジョシー・ジェンキンズ
世界一の力もちになった八歳の女の子　「世界一力もちの女の子のはなし（マジカルチャイ
ルド1）」 サリー・ガードナー作;三辺律子訳　小峰書店　2012年5月

ジョージ・ディグウェル
スクラブレイ図書館公園の庭師　「龍のすむ家」 クリス・ダレーシー著;三辺律子訳　竹書房
（竹書房文庫）　2013年3月

ジョシュ
いとこのスーザンといっしょにずっと空き家だったおとなりの家の庭で不思議なミントの葉を
摘んだ男の子　「魔女の庭（魔女の本棚13）」 ルース・チュウ作;日当陽子訳;たんじあきこ絵
　フレーベル館　2011年4月

ジョシュ
サンフランシスコの高校生、ソフィーの双子の弟で"伝説の双子"の一人　「死霊術師ジョン・
ディー－ネクロマンサー（アルケミスト4）」 マイケル・スコット著;橋本恵訳　理論社　2011年7
月

ジョシュ
サンフランシスコの高校生、ソフィーの双子の弟で"伝説の双子"の一人　「伝説の双子ソ
フィー＆ジョシュ（アルケミスト6）」 マイケル・スコット著;橋本恵訳　理論社　2013年11月

ジョシュ
サンフランシスコの高校生、ソフィーの双子の弟で"伝説の双子"の一人　「魔導師アブラハ
ム（アルケミスト5）」 マイケル・スコット著;橋本恵訳　理論社　2012年12月

ジョシュ・ガルシア
マヤ人の少女・イシェルとパラレルワールドのメキシコに紛れこんだイギリス人の少年　「ジョ
シュア・ファイル8 パラレルワールド 下」 マリア・G.ハリス作;石随じゅん訳　評論社　2012年
10月

ジョシュ・ガルシア
メキシコの秘密の地底都市「エク・ナーブ」に母親と引っ越したイギリス人の少年　「ジョシュ
ア・ファイル7 パラレルワールド 上」 マリア・G.ハリス作;石随じゅん訳　評論社　2012年10月

ジョシュ・ガルシア
メキシコの秘密都市「エク・ナーブ」の執行部員になる血すじのイギリス人の少年　「ジョシュ
ア・ファイル10 世界の終わりのとき 下」 マリア・G.ハリス作;石随じゅん訳　評論社　2012年
11月

ジョシュ・ガルシア
メキシコの秘密都市「エク・ナーブ」の執行部員になる血すじのイギリス人の少年　「ジョシュ
ア・ファイル5 消えた時間 上」 マリア・G.ハリス作;石随じゅん訳　評論社　2011年3月

じょし

ジョシュ・ガルシア
メキシコの秘密都市「エク・ナーブ」の執行部員になる血すじのイギリス人の少年 「ジョシュア・ファイル9 世界の終わりのとき 上」マリア・G.ハリス作;石随じゅん訳 評論社 2012年11月

ジョシュ・ガルシア
誘拐された母親と友達のイシェルの救出に秘密都市「エク・ナーブ」から向かった少年 「ジョシュア・ファイル6 消えた時間 下」マリア・G.ハリス作;石随じゅん訳 評論社 2011年3

ジョシュ・ピント
グリーン・ローンの町に住む小学3年生の男の子、読書がしゅみの男の子・ディンクの親友 「ぼくらのミステリータウン 1 消えたミステリー作家の謎」ロン・ロイ作;八木恭子訳;ハラカズヒロ絵 フレーベル館 2011年6月

ジョシュ・ピント
グリーン・ローンの町に住む小学3年生の男の子、読書がしゅみの男の子・ディンクの親友 「ぼくらのミステリータウン 10 ひみつの島の宝物」ロン・ロイ作;八木恭子訳;ハラカズヒロ絵 フレーベル館 2013年10月

ジョシュ・ピント
グリーン・ローンの町に住む小学3年生の男の子、読書がしゅみの男の子・ディンクの親友 「ぼくらのミステリータウン 2 お城の地下のゆうれい」ロン・ロイ作;八木恭子訳;ハラカズヒロ絵 フレーベル館 2011年6月

ジョシュ・ピント
グリーン・ローンの町に住む小学3年生の男の子、読書がしゅみの男の子・ディンクの親友 「ぼくらのミステリータウン 3 銀行強盗を追いかけろ!」ロン・ロイ作;八木恭子訳;ハラカズヒロ絵 フレーベル館 2011年10月

ジョシュ・ピント
グリーン・ローンの町に住む小学3年生の男の子、読書がしゅみの男の子・ディンクの親友 「ぼくらのミステリータウン 4 沈没船と黄金のガチョウ号」ロン・ロイ作;八木恭子訳;ハラカズヒロ絵 フレーベル館 2011年12月

ジョシュ・ピント
グリーン・ローンの町に住む小学3年生の男の子、読書がしゅみの男の子・ディンクの親友 「ぼくらのミステリータウン 5 盗まれたジャガーの秘宝」ロン・ロイ作;八木恭子訳;ハラカズヒロ絵 フレーベル館 2012年2月

ジョシュ・ピント
グリーン・ローンの町に住む小学3年生の男の子、読書がしゅみの男の子・ディンクの親友 「ぼくらのミステリータウン 6 恐怖のゾンビタウン」ロン・ロイ作;八木恭子訳;ハラカズヒロ絵 フレーベル館 2012年7月

ジョシュ・ピント
グリーン・ローンの町に住む小学3年生の男の子、読書がしゅみの男の子・ディンクの親友 「ぼくらのミステリータウン 7 ねらわれたペンギンダイヤ」ロン・ロイ作;八木恭子訳 フレーベル館 2012年10月

ジョシュ・ピント
グリーン・ローンの町に住む小学3年生の男の子、読書がしゅみの男の子・ディンクの親友 「ぼくらのミステリータウン 8 学校から消えたガイコツ」ロン・ロイ作;八木恭子訳;ハラカズヒロ絵 フレーベル館 2013年2月

ジョシュ・ピント
グリーン・ローンの町に住む小学3年生の男の子、読書がしゅみの男の子・ディンクの親友 「ぼくらのミステリータウン 9 ミイラどろぼうを探せ!」ロン・ロイ作;八木恭子訳 フレーベル館 2013年6月

ジョシュ・フィリップス
となりに住む科学者ポッツさんの計画をふたごの兄ダニーと手伝うことになった少年
「SWITCH 3 バッタにスイッチ!」 アリ・スパークス作;神戸万知訳;舵真秀斗絵 フレーベル館 2013年12月

ジョシュ・フィリップス
八歳のダニーのふたごの弟、昆虫マニアの男の子 「SWITCH 1 クモにスイッチ!」 アリ・スパークス作;神戸万知訳;舵真秀斗絵 フレーベル館 2013年10月

ジョシュ・フィリップス
八歳のダニーのふたごの弟、昆虫採集が大すきな男の子 「SWITCH 2 ハエにスイッチ!」 アリ・スパークス作;神戸万知訳;舵真秀斗絵 フレーベル館 2013年10月

ジョゼフィン
マーチ家四姉妹のおてんばで本が大好きな十五歳の次女 「若草物語 四姉妹とすてきな贈り物」 オルコット作;植松佐知子訳;駒形絵 集英社(集英社みらい文庫) 2012年4月

ジョゼフィン
めぐまれない少年少女たちの学校・プラムフィールド学園でお母さん役をする女性 「若草物語 3 ジョーの魔法」 オルコット作;谷口由美子訳;藤田香絵 講談社(青い鳥文庫) 2011年3月

ジョゼフィン
ローレンス大学の学長・ベア先生の妻、売れっ子作家 「若草物語 4 それぞれの赤い糸」 オルコット作;谷口由美子訳;藤田香絵 講談社(青い鳥文庫) 2011年10月

ジョゼフィン・アリブランディ
シドニー郊外にあるカトリック系高校に通う少女、イタリア系オーストラリア人で未婚の母の娘 「アリブランディを探して」 メリーナ・マーケッタ作;神戸万知訳 岩波書店(STAMP BOOKS) 2013年1月

ジョディ・モード
「少女探偵ナンシー・ドルー」シリーズの本が大好きな女の子 「ジュディ・モード、探偵になる!(ジュディ・モードとなかまたち9)」 メーガン・マクドナルド作;ピーター・レイノルズ絵;宮坂宏美訳 小峰書店 2013年3月

ジョナ・ウィザード
ケイヒル一族の分家ジェイナス家の一員、39の手がかりを探すレースに参加する人気絶頂のアイドル・タレント 「サーティーナイン・クルーズ 10 最期の試練 前編」 マーガレット・ピーターソン・ハディックス著;小浜杏訳;HACCANイラスト メディアファクトリー 2011年11月

ジョナ・ウィザード
ケイヒル一族の分家ジェイナス家の一員、39の手がかりを探すレースに参加する人気絶頂のアイドル・タレント 「サーティーナイン・クルーズ 8 皇帝の暗号」 ゴードン・コーマン著;小浜杏訳;HACCANイラスト メディアファクトリー 2011年2月

ジョナサン
数百年前の世界に迷いこんでしまった姉弟メレディスとクリストファーの前にあらわれた海賊の男 「魔女と魔法のコイン(魔女の本棚16)」 ルース・チュウ作;日当陽子訳;たんじあきこ絵 フレーベル館 2013年9月

ジョナサン・スモール
アグラの財宝をめぐって「四人のしるし」として署名したなかのただひとりのイギリス人 「名探偵ホームズ 四つの署名」 コナン・ドイル作;日暮まさみち訳;青山浩行絵 講談社(青い鳥文庫) 2011年4月

ジョーナ・フィン
十三歳の少女・エイプリルの顔見知り、一匹狼でトラブルメーカーの中学生 「少年弁護士セオの事件簿3 消えた被告人」 ジョン・グリシャム作;石崎洋司訳 岩崎書店 2012年11月

じょに

ジョニー・ケロック
カナダのハリファックスに住む11歳の女の子ロザリーが大好きな従兄、夏休みに失踪した少年 「ロザリーの秘密－夏の日、ジョニーを捜して」ハドリー・ダイアー著;粉川栄訳 バベルプレス 2011年5月

ジョニー・スワンソン(クワッキー)
イギリスの小さな町で母親とふたりで暮らしているやせっぽちでいじめられっ子の十一歳の少年 「天才ジョニーの秘密」エレナー・アップデール作;こだまともこ訳 評論社(海外ミステリーBOX) 2012年11月

ジョー・ハーパー
トム・ソーヤの親友 「トム・ソーヤの冒険 宝さがしに出発だ!」マーク・トウェイン作;亀井俊介訳;ミギー絵 集英社(集英社みらい文庫) 2011年7月

ジョー・フォード
不動産開発業者の男、弁護士・ミスター・ブーンのクライアント 「少年弁護士セオの事件簿4 正義の黒幕」ジョン・グリシャム作;石崎洋司訳 岩崎書店 2013年11月

ジョー・ボウルズ
森の中に建つ家でかくれ住んでいるミンティが出会ったお医者さんのかばんを持った十六歳くらいの少年 「ミンティたちの森のかくれ家」キャロル・ライリー・ブリンク著;谷口由美子訳;中村悦子画 文溪堂(Modern Classic Selection) 2011年1月

ジョリー
六年生の女の子・コーディが遠足で訪れた博物館にいた三つあみのおばさん 「暗号クラブ 3 海賊がのこしたカーメルの宝」ペニー・ワーナー著;番由美子訳;ヒョーゴノスケ絵 KADOKAWA 2013年12月

ジョリティ・ブラウンフィールド
冒険旅行に出るトムのお伴をするために魔法でカラスになった見習い妖精 「暗闇城の黄金－少年冒険家トム2」イアン・ベック作・絵;松岡ハリス佑子訳 静山社 2012年7月

ジョリティ・ブラウンフィールド
冒険旅行に出るトムのお伴をするために魔法でカラスになった見習い妖精 「予言された英雄－少年冒険家トム3」イアン・ベック作・絵;松岡ハリス佑子訳 静山社 2013年4月

ショーン
堕天使のキリエルに体をのっとられたアメリカの男子高校生 「キリエル」ジェンキンス著;宮坂宏美訳 あかね書房(YA Step!) 2011年3月

ジョン
海辺の町で開催される毎年恒例の砂の彫刻コンテストに妹といっしょに出場した十三歳の少年 「真夜中の図書館 2」ニック・シャドウ作;鮎川晶訳 集英社(集英社みらい文庫) 2011年8月

ジョン
年をとった船長さんが町にたてた小さいおうちに住んでいた男の子 「ちいさいおうちうみへいく」エリーシュ・ディロン作;たがきょうこ訳;ひらさわともこ絵 福音館書店(ランドセルブックス) 2013年9月

ジョン・ウォーカー(船長ジョン) じょんうぉーかー(きゃぷてんじょん)
ウォーカー家四きょうだいの長男、小帆船ツバメ号の船長 「ツバメの谷 上下(ランサム・サーガ2)」アーサー・ランサム作;神宮輝夫訳 岩波書店(岩波少年文庫) 2011年3月

ジョン・ウォーカー(船長ジョン) じょんうぉーかー(きゃぷてんじょん)
ウォーカー家四きょうだいの長男、帆船ツバメ号の船長 「ヤマネコ号の冒険 上下(ランサム・サーガ3)」アーサー・ランサム作;神宮輝夫訳 岩波書店(岩波少年文庫) 2012年5月

じょん

ジョン・ウォーカー（船長ジョン）　じょんうぉーかー（きゃぷてんじょん）
ウォーカー家四きょうだいの長男、帆船ツバメ号の船長　「長い冬休み 上下（ランサム・サーガ4）」アーサー・ランサム作;神宮輝夫訳 岩波書店（岩波少年文庫） 2011年7月

ジョン・ウォーカー（船長ジョン）　じょんうぉーかー（きゃぷてんじょん）
ハイトップスと呼ばれる高原地帯で金を探す採鉱師になった子ども、ウォーカー家のきょうだいの長男　「ツバメ号の伝書バト 上下（ランサム・サーガ6）」アーサー・ランサム作;神宮輝夫訳 岩波書店（岩波少年文庫） 2011年10月

ジョン・ウォーカー（船長ジョン）　じょんうぉーかー（きゃぷてんじょん）
港町ハリッジに来たウォーカー家のきょうだいの長男、帆船ツバメ号の船長　「海へ出るつもりじゃなかった 上下（ランサム・サーガ7）」アーサー・ランサム作;神宮輝夫訳 岩波書店（岩波少年文庫） 2013年5月

ジョン・ウォーカー（船長ジョン）　じょんうぉーかー（きゃぷてんじょん）
子どもたちだけで秘密の島々の探検をすることになったウォーカー家のきょうだいの長男　「ひみつの海 上下（ランサム・サーガ8）」アーサー・ランサム作;神宮輝夫訳 岩波書店（岩波少年文庫） 2013年11月

ジョン・カーター
元南軍騎兵隊大尉、未知なる惑星バルスームに迷い込んで闘争にまきこまれた男　「ジョン・カーター」スチュアート・ムーア作;橘高弓枝訳 偕成社（ディズニーアニメ小説版） 2012年4月

ジョン・グレゴリー
悪を封じる職人の魔使い、魔女メグ・スケルトンを愛してしまった若者　「魔女の物語（魔使いシリーズ外伝）」ジョゼフ・ディレイニー著;田中亜希子訳 東京創元社（sogen bookland） 2012年8月

ジョン・スミス
孤児のジュディーを援助している謎の人物　「あしながおじさん」ウェブスター作;木村由利子訳;駒形絵 集英社（集英社みらい文庫） 2011年8月

ジョン・ダグラス（ダグラス）
イングランド南部のサセックス州にあるバールストンの領主館の主人　「名探偵ホームズ 恐怖の谷」コナン・ドイル作;日暮まさみち訳;青山浩行絵 講談社（青い鳥文庫） 2011年7月

ジョン・ディー博士　じょんでぃーはかせ
伝説の錬金術師ニコラ・フラメルの宿敵、ダークエルダーに仕える男　「死霊術師ジョン・ディー ネクロマンサー（アルケミスト4）」マイケル・スコット著;橋本恵訳 理論社 2011年7月

ジョン・ディー博士　じょんでぃーはかせ
伝説の錬金術師ニコラ・フラメルの宿敵、ダークエルダーに仕える男　「伝説の双子ソフィー＆ジョシュ（アルケミスト6）」マイケル・スコット著;橋本恵訳 理論社 2013年11月

ジョン・ディー博士　じょんでぃーはかせ
伝説の錬金術師ニコラ・フラメルの宿敵、ダークエルダーに仕える男　「魔導師アブラハム（アルケミスト5）」マイケル・スコット著;橋本恵訳 理論社 2012年12月

ジョン・ペンドルトン
大きなお屋敷に一人で暮らす気むずかしい男性　「少女ポリアンナ」エレナ・ポーター作;木村由利子訳;結川カズノ絵 角川書店（角川つばさ文庫） 2012年6月

ジョン・リード（ローン・レンジャー）
若き検事、正体をかくして巨悪とたたかうローン・レンジャー　「ローン・レンジャー」エリザベス・ルドニック作;橘高弓枝訳 偕成社（ディズニーアニメ小説版） 2013年8月

しらゆ

白雪姫　しらゆきひめ
「おとぎの国」で有名な冒険一家の三男との結婚式で悪者のオームストーンにさらわれた姫　「暗闇城の黄金-少年冒険家トム2」 イアン・ベック作・絵;松岡ハリス佑子訳　静山社　2012年7月

白雪姫　しらゆきひめ
おとぎ話のお姫さま、じつは魔法にかかったスノーティア　「プリンセス★マジックティア 1 かがみの魔法で白雪姫!」 ジェニー・オールドフィールド作　ポプラ社　2013年2月

白雪姫　しらゆきひめ
おとぎ話のお姫さま、じつは魔法にかかったスノーティア　「プリンセス★マジックティア 2 白雪姫と七人の森の王子さま!」 ジェニー・オールドフィールド作　ポプラ社　2013年6月

白雪姫　しらゆきひめ
おとぎ話のお姫さま、じつは魔法にかかったスノーティア　「プリンセス★マジックティア 3 わたし、夢みる白雪姫!」 ジェニー・オールドフィールド作　ポプラ社　2013年10月

シリオ
キルダー王国の騎士ダンカンをよそおいイフ王国へむかうダウ王女の従者　「イフ」 アナ・アロンソ作;ハビエル・ペレグリン作;ばんどうとしえ訳;市瀬淑子絵　未知谷　2011年8月

シリル
ナチス兵が歩きまわる広場のそばのお店の子、ユダヤ人を憎んでいる少年　「フェリックスとゼルダその後」 モーリス・グライツマン著;原田勝訳　あすなろ書房　2013年8月

シルバーテイル
魔法の生き物たちがくらす「ひみつの王国」のユニコーン一族の長　「シークレット♥キングダム 2 ユニコーンの谷」 ロージー・バンクス作;井上里訳　理論社　2012年11月

シレフ
ベイヤーン王国の敵ティラ王国の第一等隊長　「エナー火をあやつる少女の物語」 シャノン・ヘイル著;石黒美央[ほか]訳　バベルプレス　2011年10月

白い鳥　しろいとり
魔女にとらえられていたイワーシェチカをたすけてお父さんとお母さんのところへはこんだ白い鳥　「イワーシェチカと白い鳥」 I.カルナウーホワ再話;松谷さやか訳;M.ミトゥーリチ絵　福音館書店(ランドセルブックス)　2013年1月

ジン館長　じんかんちょう
ソラスの王立博物館で生物の研究をしている生きもの　「ワンダラ 2 人類滅亡?」 トニー・ディテルリッジ作;飯野眞由美訳　文溪堂　2013年2月

ジン館長　じんかんちょう
ソラスの王立博物館で生物の研究をしている生きもの　「ワンダラ 3 惑星オーボナの秘密」 トニー・ディテルリッジ作;飯野眞由美訳　文溪堂　2013年4月

シンシア・レムリー(レムリー先生)　しんしあれむりー(れむりーせんせい)
太っちゃ高校生エリックの水泳部のコーチであり良き理解者、現代アメリカ思想(CAT)を担当する高校教師　「彼女のためにぼくができること」 クリス・クラッチャー著;西田登訳　あかね書房(YA Step!)　2011年2月

ジンジャー将軍　じんじゃーしょうぐん
オズの国のエメラルドの都をのっとった反乱軍を指揮した娘　「オズの魔法使いシリーズ2 完訳オズのふしぎな国」 ライマン・フランク・ボーム著;宮坂宏美訳　復刊ドットコム　2011年10月

シンスライフ
六十六年ぶりに復活した大富豪　「フューチャーウォーカー 5 忘れられたものを呼ぶ声」 イ・ヨンド作;ホンカズミ訳;金田榮路画　岩崎書店　2011年11月

しんで

シンスライフ
六十六年ぶりに復活した大富豪 「フューチャーウォーカー 6 時の匠人」 イヨンド作;ホンカズミ訳;金田榮路画 岩崎書店 2012年2月

シンスライフ
六十六年ぶりに復活しファの肉体にのりうつった大富豪 「フューチャーウォーカー 7 愛しい人を待つ海辺」 イヨンド作;ホンカズミ訳;金田榮路画 岩崎書店 2012年6月

シンチャイ
レッドサーパント号の船長、元ジャイファンのスパイ・ウンチャイの従弟 「フューチャーウォーカー 4 未来へはなつ矢」 イヨンド作;ホンカズミ訳;金田榮路画 岩崎書店 2011年8月

シンチャイ
レッドサーパント号の船長、元ジャイファンのスパイ・ウンチャイの従弟 「フューチャーウォーカー 7 愛しい人を待つ海辺」 イヨンド作;ホンカズミ訳;金田榮路画 岩崎書店 2012年6月

シンディ(シンデレラ)
「プリンセススクール」一年生、「グリム学院」との大運動会にそなえている女の子 「プリンセススクール 4 いちばんのお姫さまは?」 ジェーン・B.メーソン作;セアラ・ハインズ・スティーブンス作;田中薫子訳;小栗麗加絵 徳間書店 2011年7月

シンディ(シンデレラ・ブラウン)
「プリンセススクール」一年生、学校の舞踏会で「かんむり姫」に選ばれた女の子 「プリンセススクール 3 いちばんのお姫さまは?」 ジェーン・B.メーソン作;セアラ・ハインズ・スティーブンス作;田中薫子訳;小栗麗加絵 徳間書店 2011年7月

シンディ(シンデレラ・ブラウン)
森の中の「プリンセススクール」に入学した気持ちのやさしい女の子 「プリンセススクール 1 お姫さまにぴったりのくつ」 ジェーン・B.メーソン作;セアラ・ハインズ・スティーブンス作;田中薫子訳;小栗麗加絵 徳間書店 2011年6月

シンディ(シンデレラ・ブラウン)
森の中の「プリンセススクール」に入学して三人の友だちができた女の子 「プリンセススクール 2 お姫さまにぴったりのくつ」 ジェーン・B.メーソン作;セアラ・ハインズ・スティーブンス作;田中薫子訳;小栗麗加絵 徳間書店 2011年6月

シンデレラ
「おとぎの国」で有名な冒険一家の六男との結婚式で悪者のオームストーンにさらわれた姫 「暗闇城の黄金-少年冒険家トム2」 イアン・ベック作・絵;松岡ハリス佑子訳 静山社 2012年7月

シンデレラ
「プリンセススクール」一年生、「グリム学院」との大運動会にそなえている女の子 「プリンセススクール 4 いちばんのお姫さまは?」 ジェーン・B.メーソン作;セアラ・ハインズ・スティーブンス作;田中薫子訳;小栗麗加絵 徳間書店 2011年7月

シンデレラ
おとぎ話のシンデレラ、じつは魔法にかかったララ 「プリンセス★マジック 3 わたし、キケンなシンデレラ?」 ジェニー・オールドフィールド作;田中亜希子訳 ポプラ社 2012年6月

シンデレラ
おとぎ話のシンデレラ、じつは魔法にかかってシンデレラになったララ 「プリンセス★マジック 1 ある日とつぜん、シンデレラ!」 ジェニー・オールドフィールド作;田中亜希子訳 ポプラ社 2011年10月

シンデレラ
おとぎ話のシンデレラ、じつは魔法にかかってシンデレラになったララ 「プリンセス★マジック 2 王子さまには恋しないっ!」 ジェニー・オールドフィールド作;田中亜希子訳 ポプラ社 2012年2月

105

しんで

シンデレラ
おとぎ話のシンデレラ、じつは魔法にかかってシンデレラになったララ 「プリンセス★マジック 4 おねがい! 魔法をとかないで!」 ジェニー・オールドフィールド作; 田中亜希子訳 ポプラ社 2012年10月

シンデレラ・ブラウン
「プリンセススクール」一年生、学校の舞踏会で「かんむり姫」に選ばれた女の子 「プリンセススクール 3 いちばんのお姫さまは?」 ジェーン・B・メーソン作; セアラ・ハインズ・スティーブンス作; 田中薫子訳; 小栗麗加絵 徳間書店 2011年7月

シンデレラ・ブラウン
森の中の「プリンセススクール」に入学した気持ちのやさしい女の子 「プリンセススクール 1 お姫さまにぴったりのくつ」 ジェーン・B・メーソン作; セアラ・ハインズ・スティーブンス作; 田中薫子訳; 小栗麗加絵 徳間書店 2011年6月

シンデレラ・ブラウン
森の中の「プリンセススクール」に入学して三人の友だちができた女の子 「プリンセススクール 2 お姫さまにぴったりのくつ」 ジェーン・B・メーソン作; セアラ・ハインズ・スティーブンス作; 田中薫子訳; 小栗麗加絵 徳間書店 2011年6月

ジーン・マグリオール
ブラックパール号のジャックの古い友人 「パイレーツ・オブ・カリビアン外伝 シャドウ・ゴールドの秘密4」 ロブ・キッド著; 川村玲訳 講談社 2011年6月

ジーン・マグリオール
ブラックパール号のジャックの古い友人 「パイレーツ・オブ・カリビアン外伝 シャドウ・ゴールドの秘密5」 ロブ・キッド著; 川村玲訳 講談社 2011年7月

ジーン・マグリオール
ブラックパール号の船長・ジャックの古い友人 「パイレーツ・オブ・カリビアン外伝 シャドウ・ゴールドの秘密3」 ロブ・キッド著; 川村玲訳 講談社 2011年5月

【す】

ズィー
アメリカ独立戦争時代に生きた18世紀のアメリカ開拓民の娘、エリザベスの祖先 「語りつぐ者」 パトリシア・ライリー・ギフ作; もりうちすみこ訳 さ・え・ら書房 2013年4月

スカアハ
ヴァンパイアで赤毛の女戦士 「死霊術師ジョン・ディー—ネクロマンサー(アルケミスト4)」 マイケル・スコット著; 橋本恵訳 理論社 2011年7月

スカイラー
まぼろしをつくりだすことができるアオカケス、魔法使いの弟子・ドルトンの相棒 「黒猫オルドウィンの探索—三びきの魔法使いと動く要塞」 アダム・ジェイ・エプスタイン著; アンドリュー・ジェイコブスン著; 大谷真弓訳 早川書房 2011年10月

スカラベック
アイルランド南西部出身の女、殺戮の女神・モリアンをあがめる魔女 「魔使いの運命(魔使いシリーズ)」 ジョゼフ・ディレイニー著; 田中亜希子訳 東京創元社(sogen bookland) 2013年3月

スカーレット
学校を退学になり大嫌いな父親の暮らすアイルランドへ送られた十二歳の女の子 「スカーレット わるいのはいつもわたし?」 キャシー・キャシディー作; もりうちすみこ訳; 大高郁子画 偕成社 2011年6月

すざん

スキッパー
もと戦闘機の飛行教官、農業用飛行機・ダスティの飛行訓練をする老コーチ 「プレーンズ」
アイリーン・トリンブル作;倉田真木訳 偕成社(ディズニーアニメ小説版) 2013年12月

スキップストーン
「ホラー横丁ものがたり」を書き呪文をかけてその本に自分のたましいを入れた作家 「ホ
ラー横丁13番地 6 狼男の爪」トミー・ドンバパンド作;伏見操訳;ヒョーゴノスケ絵 偕成社
2012年3月

スクーター・マッカシー
グレンウッド小学校の七年生、新聞配達をしている男の子 「ヘンリーくんと新聞配達－ゆか
いなヘンリーくんシリーズ」 ベバリイ・クリアリー作;ルイス・ターリング画;松岡享子訳 学研
教育出版 2013年11月

スクラッフィ
ドラン通りに住む毛が白くてもしゃもしゃの小さな犬 「だれも知らない犬たちのおはなし」
エミリー・ロッダ著;さくまゆみこ訳;山西ゲンイチ画 あすなろ書房 2012年4月

スクルージ
会計事務所の経営者、ケチでいじわるでつめたい男 「クリスマス・キャロル」 ディケンズ作;
杉田七重訳;HACCAN絵 KADOKAWA(角川つばさ文庫) 2013年11月

スクルージ
会計事務所の経営者のエベニザー・スクルージ、しまり屋の心の冷たい老人 「クリスマス・
キャロル」ディケンズ作;木村由利子訳 集英社(集英社みらい文庫) 2011年11月

ズグルンチ
人をおそって「心」をうばうおそろしい怪物 「とんでる姫と怪物ズグルンチ」 シルヴィア・ロ
ンカーリァ作;エレーナ・テンポリン絵;たかはしたかこ訳 西村書店(ときめきお姫さま3)
2012年3月

凄腕 すごうで
その昔スウェーデンのイェムランドにいた男、なんども戦場におもむいた勇敢な戦士 「ニル
スが出会った物語 6 巨人と勇士トール」セルマ・ラーゲルレーヴ原作;菱木晃子訳構成;平
澤朋子画 福音館書店(世界傑作童話シリーズ) 2013年2月

スコット・カーター
夏休みに兄弟でロンドンからキャッスルキー島にやってきた十三歳の少年、ジャックの兄
「冒険島 1 口ぶえ洞窟の謎」ヘレン・モス著;金原瑞人訳;井上里訳;萩谷薫絵 メディア
ファクトリー 2012年7月

スコット・カーター
夏休みに兄弟でロンドンからキャッスルキー島にやってきた十三歳の少年、ジャックの兄
「冒険島 2 真夜中の幽霊の謎」ヘレン・モス著;金原瑞人訳;井上里訳;萩谷薫絵 メディア
ファクトリー 2012年11月

スコット・カーター
夏休みに兄弟でロンドンからキャッスルキー島にやってきた十三歳の少年、ジャックの兄
「冒険島 3 盗まれた宝の謎」ヘレン・モス著;金原瑞人訳 メディアファクトリー 2013年3月

スーザン
いとこのジョシュといっしょにずっと空き家だったおとなりの家の庭で不思議なミントの葉を摘
んだ女の子 「魔女の庭(魔女の本棚13)」 ルース・チュウ作;日当陽子訳;たんじあきこ絵
フレーベル館 2011年4月

スーザン
グレンウッド小学校一年生のラモーナと同じクラスの女の子 「ゆうかんな女の子ラモーナ－
ゆかいなヘンリーくんシリーズ」ベバリイ・クリアリー作;アラン・ティーグリーン絵;松岡享子
訳 学研教育出版 2013年10月

107

すざん

スーザン
幼稚園生のラモーナと同じ午前組のきれいなまき毛の女の子 「ラモーナは豆台風ーゆかいなヘンリーくんシリーズ」 ベバリイ・クリアリー作;ルイス・ダーリング画;松岡享子訳 学研教育出版 2012年7月

スーザン・ウォーカー
ウォーカー家四きょうだいの長女、小帆船ツバメ号の航海士 「ツバメの谷 上下(ランサム・サーガ2)」 アーサー・ランサム作;神宮輝夫訳 岩波書店(岩波少年文庫) 2011年3月

スーザン・ウォーカー
ウォーカー家四きょうだいの長女、帆船ツバメ号の航海士 「ヤマネコ号の冒険 上下(ランサム・サーガ3)」 アーサー・ランサム作;神宮輝夫訳 岩波書店(岩波少年文庫) 2012年5月

スーザン・ウォーカー
ウォーカー家四きょうだいの長女、帆船ツバメ号の航海士 「長い冬休み 上下(ランサム・サーガ4)」 アーサー・ランサム作;神宮輝夫訳 岩波書店(岩波少年文庫) 2011年7月

スーザン・ウォーカー
ハイトップスと呼ばれる高原地帯で金を探す採鉱師になった子ども、ウォーカー家のきょうだいの長女 「ツバメ号の伝書バト 上下(ランサム・サーガ6)」 アーサー・ランサム作;神宮輝夫訳 岩波書店(岩波少年文庫) 2011年10月

スーザン・ウォーカー
港町ハリッジに来たウォーカー家のきょうだいの長女、帆船ツバメ号の航海士 「海へ出るつもりじゃなかった 上下(ランサム・サーガ7)」 アーサー・ランサム作;神宮輝夫訳 岩波書店(岩波少年文庫) 2013年5月

スーザン・ウォーカー
子どもたちだけで秘密の島々の探検をすることになったウォーカー家のきょうだいの長女 「ひみつの海 上下(ランサム・サーガ8)」 アーサー・ランサム作;神宮輝夫訳 岩波書店(岩波少年文庫) 2013年11月

スザンナ・ギブズ
十八世紀のノーフォークに住む歴史研究者の妻、ロンドンに移りたがっている女性 「呪いの訪問者(トム・マーロウの奇妙な事件簿3)」 クリス・プリーストリー作;堀川志野舞訳;佐竹美保画 ポプラ社 2012年7月

スザンナ・ベニス
五十年前に十七歳で亡くなったフルートを吹いていた女の子 「ある日とつぜん、霊媒師」 エリザベス・コーディー・キメル著;もりうちすみこ訳 朔北社 2011年1月

スージー
イギリスに住む小学生のハリーが犬の学校で知り合った女の子、チワワのデイジー姫の飼い主 「名犬ボニーはマルチーズ 3」 ベル・ムーニー作;宮坂宏美訳;スギヤマカナヨ絵 徳間書店 2012年12月

スージー
少年・アーサーの友だち、異世界『ハウス』にいる元気な少女 「王国の鍵 6 雨やまぬ土曜日」 ガース・ニクス著;原田勝訳 主婦の友社 2011年6月

スージー
少年・アーサーの友だち、異世界『ハウス』にいる元気な少女 「王国の鍵 7 復活の日曜日」 ガース・ニクス著;原田勝訳 主婦の友社 2011年12月

スタニスラウス・ピム博士(ピム博士)　すたにすらうすぴむはかせ(ぴむはかせ)
ケイトたち3きょうだいが送られたケンブリッジフォールズにあるぶきみなピム孤児院の院長、魔法使い 「エメラルド・アトラス(最古の魔術書 〔1〕)」 ジョン・スティーブンス著;片岡しのぶ訳 あすなろ書房 2011年12月

108

スタニスラウス・ピム博士（ピム博士）　すたにすらうすぴむはかせ（ぴむはかせ）
ケンブリッジフォールズの孤児院の院長先生、三冊の最古の魔術書を探す魔法使い「ファイアー・クロニクル（最古の魔術書2）」ジョン・スティーブンス著;こだまともこ訳　あすなろ書房　2013年12月

スターボード
ノーフォーク湖沼地方に住む地元の少女、弁護士のミスターファーランドのふたごのむすめ「オオバンクラブ物語　上下（ランサム・サーガ5）」アーサー・ランサム作;神宮輝夫訳　岩波書店（岩波少年文庫）　2011年10月

スターンデール
ライオン狩りの専門家で有名な探検家の博士「名探偵ホームズ　悪魔の足」コナン・ドイル作;日暮まさみち訳;青山浩行絵　講談社（青い鳥文庫）　2011年11月

スタンプ
ネコイラン町チュウチュウ通り10番地にすむ郵便屋さん、ハツカネズミの青年「セーラと宝の地図（チュウチュウ通り9番地）」エミリー・ロッダ作;さくまゆみこ訳;たしろちさと絵　あすなろ書房　2011年3月

スタンプ
ハツカネズミのネコイラン町のチュウチュウ通り10番地にすむゆうびん屋さん「スタンプに来た手紙（チュウチュウ通り10番地）」エミリー・ロッダ作;さくまゆみこ訳;たしろちさと画　あすなろ書房　2011年4月

スタンリー・ホプキンズ
ロンドン警視庁の将来有望な若い警部「名探偵ホームズ　金縁の鼻めがね」コナン・ドイル作;日暮まさみち訳;青山浩行絵　講談社（青い鳥文庫）　2011年12月

ステイシー警部　すていしーけいぶ
ニューヨーク市警の警部、スパイダーマンになったピーターの同級生・グウェンの父「アメイジングスパイダーマン」アリソン・ローウェンスタイン　ノベル;小山克昌訳;飛田万梨子訳;吉富節子訳　講談社　2013年4月

スティッチ（エリオット）
名探偵ホームズの仕事を手伝う「イレギュラーズ」のメンバー、けんかっぱやい少年「シャーロック・ホームズ&イレギュラーズ　4　最後の対決」T.マック&M.シトリン著;金原瑞人共訳;相山夏奏共訳;スカイエマ画　文溪堂　2012年1月

スティッチ（エリオット）
名探偵ホームズの仕事を手伝う「イレギュラーズ」のメンバー、裁縫の達人で赤毛の少年「シャーロック・ホームズ&イレギュラーズ　1　消されたサーカスの男」T.マック&M.シトリン著;金原瑞人共訳;相山夏奏共訳;スカイエマ画　文溪堂　2011年9月

スティッチ（エリオット）
名探偵ホームズの仕事を手伝う「イレギュラーズ」のメンバー、体が大きく気性の激しい少年「シャーロック・ホームズ&イレギュラーズ　2　冥界からの使者」T.マック&M.シトリン著;金原瑞人共訳;相山夏奏共訳;スカイエマ画　文溪堂　2011年9月

スティッチ（エリオット）
名探偵ホームズの仕事を手伝う「イレギュラーズ」のメンバー、体が大きく気性の激しい少年「シャーロック・ホームズ&イレギュラーズ　3　女神ディアーナの暗号」T.マック&M.シトリン著;金原瑞人共訳;相山夏奏共訳;スカイエマ画　文溪堂　2011年11月

スティービー・マンズ
イギリスの人気バンド「ファイブナイン」のボーカル、中学生の女の子アリーが真剣に恋をしたスター「スキ・キス・スキ!」アレックス・シアラー著;田中亜希子訳　あかね書房（YA Step!）　2011年2月

すてい

スティーブ・クロース
代々サンタクロースを継いでいるクロース家の長男、すごいプレゼント配達システムをつくった青年 「アーサー・クリスマスの大冒険」 ジャスティン・フォンテス著;ロン・フォンテス著;中村佐千江訳 メディアファクトリー 2011年11月

スティーヴン卿　すてぃーぶんきょう
孤児の少年・マイケルの後見人、精神を病んでいるらしいお金持ちの男性 「ホートン・ミア館の怖い話」 クリス・プリーストリー著;西田佳子訳 理論社 2012年12月

スティング
闇の王国ゴルゴニアにいる魔法使いマルベルに操られているサソリ男、悪のビースト 「ビースト・クエスト18 サソリ男スティング」 アダム・ブレード作;浅尾敦則訳;大庭賢哉イラスト ゴマブックス 2011年2月

ステファノ
ジュゼッペら大道芸人の少年たちを奴隷のように働かせている親方 「クロックワークスリー　マコーリー公園の秘密と三つの宝物」 マシュー・カービー作;石崎洋司訳;平澤朋子絵 講談社 2011年12月

ステュアート
自転車で「地獄坂」をおりようと友だちのマーヴィンをさそった三年生の男の子 「地獄坂へまっしぐら!」 ルイス・サッカー作;はらるい訳;むかいながまさ絵 文研出版(文研ブックランド) 2012年10月

ステラ・メイナード
赤毛のアンと同じレドモンド大学に編入してきたクイーン学院時代の同級生の女の子 「アンの愛情(赤毛のアン3)」 L.M.モンゴメリ作;村岡花子訳;HACCAN絵 講談社(青い鳥文庫) 2011年2月

ストーム
ヤンセン乗馬クラブにいる気むずかしい馬術競技用の馬 「動物と話せる少女リリアーネ5 走れストーム風のように!」 タニヤ・シュテーブナー著;中村智子訳;駒形イラスト 学研教育出版 2011年7月

ストリーガ
「中の国」から来た青いフクロウ、ガフールの勇者の娘・ベルの命の恩人 「ガフールの勇者たち15 炎の石を賭けた大戦」 キャスリン・ラスキー著;食野雅子訳 メディアファクトリー 2012年3月

ストリーガ
「中の国」から来た青いフクロウ、ガフールの勇者の娘・ベルの命の恩人 「ガフールの勇者たち14 神木に迫る悪の炎」 キャスリン・ラスキー著;食野雅子訳 メディアファクトリー 2011年12月

ストーン(ルーファス・ストーン)
少年シャーロックがイギリスからアメリカに渡る船上で出会ったバイオリンひきの男 「ヤング・シャーロック・ホームズ vol.2 赤い吸血ヒル」 アンドリュー・レーン著;田村義進訳 静山社 2012年11月

ストーン(ルーファス・ストーン)
少年シャーロックがイギリスからアメリカに渡る船上で出会ったバイオリンひきの男 「ヤング・シャーロック・ホームズ vol.3 雪の罠」 アンドリュー・レーン著;田村義進訳 静山社 2013年11月

スナッフル
人間に夢を配達するドリームライダーでドリームチームの一員、エリート一家の次男坊 「ドリーム☆チーム5 悪夢ストップ大作戦」 アン・コバーン作;伊藤菜摘子訳;山本ルンルン絵 偕成社 2011年3月

すのて

スナッフル
人間に夢を配達するドリームライダーでドリームチームの一員、エリート一家の次男坊 「ドリーム☆チーム6 デイジーと雪の妖精」 アン・コバーン作;伊藤菜摘子訳;山本ルンルン絵 偕成社 2011年11月

スノウ
「プリンセススクール」一年生、「グリム学院」校長のまま母からにげて森でくらすお姫さま 「プリンセススクール 3 いちばんのお姫さまは?」 ジェーン・B.メーソン作;セアラ・ハインズ・スティーブンス作;田中薫子訳;小栗麗加絵 徳間書店 2011年7月

スノウ
「プリンセススクール」一年生、「グリム学院」校長のまま母をおそれているお姫さま 「プリンセススクール 4 いちばんのお姫さまは?」 ジェーン・B.メーソン作;セアラ・ハインズ・スティーブンス作;田中薫子訳;小栗麗加絵 徳間書店 2011年7月

スノウ
「プリンセススクール」一年生のシンディの同級生、七人のこびととくらすお姫さま 「プリンセススクール 2 お姫さまにぴったりのくつ」 ジェーン・B.メーソン作;セアラ・ハインズ・スティーブンス作;田中薫子訳;小栗麗加絵 徳間書店 2011年6月

スノウ
森の中の「プリンセススクール」に入学した女の子、七人のこびととくらすお姫さま 「プリンセススクール 1 お姫さまにぴったりのくつ」 ジェーン・B.メーソン作;セアラ・ハインズ・スティーブンス作;田中薫子訳;小栗麗加絵 徳間書店 2011年6月

スノーウィ
ジャーナリストの少年・タンタンの相棒の犬、白いワイヤー・フォックス・テリア 「小説タンタンの冒険」 アレックス・アーバイン 文;スティーヴン・モファット脚本;石田文子訳 角川書店(角川つばさ文庫) 2011年11月

スノット
モジャモジャ族というバイキングの新しいカシラ、少年ヒックのいとこ 「ヒックとドラゴン 10 砂漠の宝石」 クレシッダ・コーウェル作;相良倫子・陶浪亜希訳 小峰書店 2013年7月

スノット(ソフィ)
オチコボレ族の落ちこぼれの小さな女の子 「グリニッジ大冒険 "時"が盗まれた!」 ヴァル・タイラー著;柏倉美穂[ほか]訳 バベルプレス 2011年2月

スノッベ・グルドロック
スベーダラの大首領、スウェーデンの族長の中でも評判の悪い巻き毛の男 「ビッケと弓矢の贈りもの」 ルーネル・ヨンソン作;エーヴェット・カールソン絵;石渡利康訳 評論社(評論社の児童図書館・文学の部屋) 2011年12月

スノーティア
ルビーとララとのなかよし三人組のひとり 「プリンセス★マジック 3 わたし、キケンなシンデレラ?」 ジェニー・オールドフィールド作;田中亜希子訳 ポプラ社 2012年6月

スノーティア
ルビーとララとのなかよし三人組のひとり、 「プリンセス★マジック 1 ある日とつぜん、シンデレラ!」 ジェニー・オールドフィールド作;田中亜希子訳 ポプラ社 2011年10月

スノーティア
ルビーとララとのなかよし三人組のひとり、 「プリンセス★マジック 2 王子さまには恋しないっ!」 ジェニー・オールドフィールド作;田中亜希子訳 ポプラ社 2012年2月

スノーティア
ルビーとララとのなかよし三人組のひとり、 「プリンセス★マジック 4 おねがい!魔法をとかないで!」 ジェニー・オールドフィールド作;田中亜希子訳 ポプラ社 2012年10月

すのて

スノーティア
ルビーとララとのなかよし三人組のひとり、かがみの魔法にかかって白雪姫になってしまった女の子「プリンセス★マジックティア 1 かがみの魔法で白雪姫!」ジェニー・オールドフィールド作 ポプラ社 2013年2月

スノーティア
ルビーとララとのなかよし三人組のひとり、魔法にかかって白雪姫になってしまった女の子「プリンセス★マジックティア 2 白雪姫と七人の森の王子さま!」ジェニー・オールドフィールド作 ポプラ社 2013年6月

スノーティア
ルビーとララとのなかよし三人組のひとり、魔法にかかって白雪姫になってしまった女の子「プリンセス★マジックティア 3 わたし、夢みる白雪姫!」ジェニー・オールドフィールド作 ポプラ社 2013年10月

スパイクさん
沈没船のお宝をさがしているふたり組のひとり「ぼくらのミステリータウン 4 沈没船と黄金のガチョウ号」ロン・ロイ作;八木恭子訳;ハラカズヒロ絵 フレーベル館 2011年12月

スパイダーマン(ピーター・パーカー)
遺伝子改良されたクモにかまれスパイダーマンになったスケートボードと写真が趣味の高校生「アメイジングスパイダーマン」アリソン・ローウェンスタイン ノベル;小山克昌訳;飛田万梨子訳;吉富節子訳 講談社 2013年4月

スパーキー
十歳の天才科学少年・ビクターの飼い犬、無邪気なブルテリア犬「フランケンウィニー」エリザベス・ルドニック作;橘高弓枝訳 偕成社(ディズニーアニメ小説版) 2012年12月

スピック
オランダ人の十一歳の少女ポレケの離婚して家を出た父親「いつもいつまでもいっしょに! ポレケのしゃかりき思春期」フース・コイヤー作;野坂悦子訳;YUJI画 福音館書店(世界傑作童話シリーズ) 2012年10月

スベン
皇帝ペンギンのエリックがアデリーペンギン王国で会った空飛ぶペンギン「ハッピーフィート2」河井直子訳 メディアファクトリー 2011年11月

スペンサー船長 すぺんさーせんちょう
なぞの島に閉じこめられていた海賊、黒い帆を張ったメアリー・グレイ号の船長「ユリシーズ・ムーアと空想の旅人」Pierdomenico Baccalario著;金原瑞人訳;佐野真奈美訳;井上里訳 学研教育出版 2013年10月

スペンサー・ヘイスティングス
ローズウッド学院に通う完璧主義者、遺体で見つかったアリソンの元親友「ライアーズ3 誘惑の代償」サラ・シェパード著;中尾眞樹訳 AC Books 2011年3月

スペンサー・ヘイスティングス
ローズウッド学院に通う完璧主義者、遺体で見つかったアリソンの元親友「ライアーズ4 つながれた絆」サラ・シェパード著;中尾眞樹訳 AC Books 2011年5月

スマイルおばさん
アフリカの女の子・アンナのおばさん、アメリカに住んでいる女の人「アンナのうちはいつもにぎやか」アティヌーケ作;ローレン・トビア絵;永瀬比奈訳 徳間書店 2012年7月

スマシーヌ
元気なキューピッド・ピコのクラスメイト、いばりんぼのキューピッドの女の子「ラブリーキューピッド 1 とべないキューピッド!?」セシリア・ガランテ著;田中亜希子訳;谷朋絵 小学館 2012年12月

ズラトコ・ブルンチッチ
ゼレニ・ブルフから都会のザグレブに引っ越してきたココが知り合った近所の背の高い新しい友だち 「ココと幽霊」 イワン・クーシャン作;山本郁子訳 冨山房インターナショナル 2013年3月

スリ・スンバジ
インド洋の海賊長、自分では話さずに側近に話をさせる男 「パイレーツ・オブ・カリビアン外伝 シャドウ・ゴールドの秘密3」 ロブ・キッド著;川村玲訳 講談社 2011年5月

スルタン・サラディン(サラディン)
エルサレムを奪還し統治する支配者、テンプル騎士団の騎士たちを処刑した男 「賢者ナータンと子どもたち」 ミリヤム・プレスラー作;森川弘子訳 岩波書店 2011年11月

スロ
マッティのパパ、ドイツでバスの運転手をしながら携帯ゲームの開発者になろうとしている無口なフィンランド人 「マッティのうそとほんとの物語」 ザラー・ナオウラ作;森川弘子訳 岩波書店 2013年10月

スワラ
娘のシサンダの手術費用を手に入れるためマラソン大会への出場を決意した母親 「走れ!マスワラ」 グザヴィエ=ローラン・プティ作;浜辺貴絵訳 PHP研究所 2011年9月

【せ】

セイディー
アメリカメイン州にある農場の夫婦にひきとられた足にケガをしているボーダーコリーの雑種のメス犬 「アンガスとセイディー 農場の子犬物語」 シンシア・ヴォイト作;せきねゆき絵;陶浪亜希訳 小峰書店(おはなしメリーゴーラウンド) 2011年10月

セイディ・ケイン
ファラオの血を引く魔術師、兄のカーターと邪神セトに立ち向かう十二歳の少女 「ケイン・クロニクル 3 最強の魔術師」 リック・リオーダン著;小浜杏訳;エナミカツミイラスト メディアファクトリー 2012年12月

セイディ・ケイン
兄妹で古代ファラオの血を引く魔術師、カーターの十三歳の妹 「ケイン・クロニクル炎の魔術師たち 1」 リック・リオーダン著;小浜杏訳;エナミカツミイラスト メディアファクトリー 2013年8月

セイディ・ケイン
考古学者の父親と兄のカーターと離れてロンドンで祖父母と暮らしている十二歳の娘 「ケイン・クロニクル 1 灼熱のピラミッド」 リック・リオーダン著;小浜杏訳;エナミカツミイラスト メディアファクトリー 2012年3月

セイディ・ケイン
自分たち兄妹がファラオの血を引く魔術師だと知った十二歳の少女、カーターの妹 「ケイン・クロニクル 2 ファラオの血統」 リック・リオーダン著;小浜杏訳;エナミカツミイラスト メディアファクトリー 2012年8月

精霊 せいれい
クリスマスにスクルージ老人の部屋に現れた三人の精霊、過去と現在と未来のクリスマスの精霊 「クリスマス・キャロル」 ディケンズ作;木村由利子訳 集英社(集英社みらい文庫) 2011年11月

セオ(セオドア・ブーン)
法律家を夢見て友だちの法律相談にものる十三歳の少年弁護士 「少年弁護士セオの事件簿1 なぞの目撃者」 ジョン・グリシャム作;石崎洋司訳 岩崎書店 2011年9月

せお(

セオ（セオドア・ブーン）
法律家を夢見て友だちの法律相談にものる十三歳の少年弁護士 「少年弁護士セオの事件簿2 誘拐ゲーム」 ジョン・グリシャム作;石崎洋司訳 岩崎書店 2011年11月

セオ（セオドア・ブーン）
法律家を夢見て友だちの法律相談にものる十三歳の少年弁護士 「少年弁護士セオの事件簿3 消えた被告人」 ジョン・グリシャム作;石崎洋司訳 岩崎書店 2012年11月

セオ（セオドア・ブーン）
法律家を夢見て友だちの法律相談にものる十三歳の少年弁護士 「少年弁護士セオの事件簿4 正義の黒幕」 ジョン・グリシャム作;石崎洋司訳 岩崎書店 2013年11月

セオドア・ブーン
法律家を夢見て友だちの法律相談にものる十三歳の少年弁護士 「少年弁護士セオの事件簿1 なぞの目撃者」 ジョン・グリシャム作;石崎洋司訳 岩崎書店 2011年9月

セオドア・ブーン
法律家を夢見て友だちの法律相談にものる十三歳の少年弁護士 「少年弁護士セオの事件簿2 誘拐ゲーム」 ジョン・グリシャム作;石崎洋司訳 岩崎書店 2011年11月

セオドア・ブーン
法律家を夢見て友だちの法律相談にものる十三歳の少年弁護士 「少年弁護士セオの事件簿3 消えた被告人」 ジョン・グリシャム作;石崎洋司訳 岩崎書店 2012年11月

セオドア・ブーン
法律家を夢見て友だちの法律相談にものる十三歳の少年弁護士 「少年弁護士セオの事件簿4 正義の黒幕」 ジョン・グリシャム作;石崎洋司訳 岩崎書店 2013年11月

セオドラ
美しく純真な西の魔女、東の魔女・エバノラの妹 「オズ はじまりの戦い」 エリザベス・ルドニック作;しぶやまさこ訳 偕成社（ディズニーアニメ小説版） 2013年4月

セシル・ジョンソン（インジラ）
黒人の少女・デルフィーンの母親、人種差別と闘うブラックパンサー党の人 「クレイジー・サマー」 リタ・ウィリアムズ=ガルシア作;代田亜香子訳 鈴木出版（鈴木出版の海外児童文学） 2013年1月

セシル・バーカー（バーカー）
謎の死をとげたジョン・ダグラスの昔からの友人 「名探偵ホームズ 恐怖の谷」 コナン・ドイル作;日暮まさみち訳;青山浩行絵 講談社（青い鳥文庫） 2011年7月

セト
現代によみがえって地上を支配しようとしている古代エジプトの邪神 「ケイン・クロニクル 2 ファラオの血統」 リック・リオーダン著;小浜杏訳;エナミカツミイラスト メディアファクトリー 2012年8月

セト
世界を滅亡させようとしている古代エジプトの邪神 「ケイン・クロニクル 3 最強の魔術師」 リック・リオーダン著;小浜杏訳;エナミカツミイラスト メディアファクトリー 2012年12月

セドリック
メタムア王国の悪の王・フォボスの忠実な部下 「奇跡を起こす少女」 エリザベス・レンハード作;岡田好惠訳;千秋ユウ絵 講談社（ディズニー・ウィッチシリーズ6） 2012年5月

セドリック（フォントルロイ）
伯爵の祖父のあとつぎとしてイギリスに渡ることになったアメリカに住む七歳の少年 「小公子」 フランシス・ホジソン・バーネット作;脇明子訳 岩波書店（岩波少年文庫） 2011年11月

せれな

セバスチャン（セブ）
ダウン症の十六歳の少年、ガンにかかっている牧場のオーナーの母さんの息子 「ウィッシュ 願いをかなえよう!」 フェリーチェ・アリーナ作;横山和江訳 講談社 2011年8月

セバスチャン・モラン
ロナルド・アデア卿のカード仲間の大佐、元大英帝国インド陸軍の将校 「名探偵ホームズ 三年後の生還」 コナン・ドイル作;日暮まさみち訳;青山浩行絵 講談社（青い鳥文庫） 2011年8月

セブ
ダウン症の十六歳の少年、ガンにかかっている牧場のオーナーの母さんの息子 「ウィッシュ 願いをかなえよう!」 フェリーチェ・アリーナ作;横山和江訳 講談社 2011年8月

ゼブ
ドロシーの親戚の農場で働いている力持ちの少年、ドロシーといっしょに地下の世界へ落ちてしまった男の子 「オズの魔法使いシリーズ4 完訳オズとドロシー」 ライマン・フランク・ボーム著;田中亜希子訳 復刊ドットコム 2012年2月

セーラ
ネコイラン町チュウチュウ通り9番地にすむ船大工、器用で頭がよくていつもいそがしくしているハツカネズミの娘 「セーラと宝の地図（チュウチュウ通り9番地）」 エミリー・ロッダ作;さくまゆみこ訳;たしろちさと絵 あすなろ書房 2011年3月

セーラ・クルー
イギリスの寄宿学校セレクト女学院にあずけられたインド育ちの女の子、読書と空想がだいすきな少女 「小公女セーラ」 バーネット作;杉田七重訳;椎名優絵 角川書店（角川つばさ文庫） 2013年7月

セーラ・クルー
インドからきてロンドンにあるミンチン先生の寄宿女学校に転入した7歳の少女 「小公女」 フランシス・ホジソン・バーネット作;高楼方子訳;エセル・フランクリン・ベッツ;画 福音館書店（福音館古典童話シリーズ） 2011年9月

セーラ・クルー（公女さま）　せーらくるー（こうじょさま）
七歳でロンドンの精華女子学院に入った少女、ある日孤児となった女の子 「小公女」 フランシス・ホジソン・バーネット作;脇明子訳 岩波書店（岩波少年文庫） 2012年11月

セリア
キルデンリー国の世継ぎの王女アニィの侍女 「グース・ガール―がちょう番の娘の物語」 シャノン・ヘイル著;石黒美央[ほか]訳 バベルプレス 2011年1月

ゼルダ
ナチスに家を焼かれ両親を殺されたポーランドに住む六歳くらいの女の子 「フェリックスとゼルダ」 モーリス・グライツマン著;原田勝訳 あすなろ書房 2012年7月

ゼルダ（ヴィオレッタ）
十歳のユダヤ人の少年・フェリックスが旅で出会った少女、親を殺された六歳の子 「フェリックスとゼルダその後」 モーリス・グライツマン著;原田勝訳 あすなろ書房 2013年8月

セレステ
お父さんに連れられてベルギーの古都ブルージュにあるホテルにきた女の子、メリサンドの妹 「ゴールデン・バスケットホテル」 ルドウィッヒ・ベーメルマンス作;江國香織訳 BL出版 2011年4月

セレーナ姫　せれーなひめ
夜ねる前にお姫さまが出てくるお話しをきくのがだいすきなこんもり王国のお姫さま 「おとぎ話をききすぎたお姫さま」 シルヴィア・ロンカーリァ作;エレーナ・テンプリン絵;たかはしたかこ訳 西村書店(ときめきお姫さま1) 2011年12月

115

せんせ

先生（ヘリオット先生）　せんせい（へりおっとせんせい）
イングランド北東部の若い獣医、農場を訪ねて家畜を診る先生　「ヘリオット先生と動物たちの8つの物語」ジェイムズ・ヘリオット作;杉田比呂美絵;村上由見子訳　集英社　2012年11月

先生（ワウター）　せんせい（わうたー）
オランダの小学校教師、担任のクラスの生徒・ポレケのママに夢中の先生　「いつもいつまでもいっしょに! ポレケのしゃかりき思春期」フース・コイヤー作;野坂悦子訳;YUJI画　福音館書店(世界傑作童話シリーズ)　2012年10月

【そ】

ぞうくん
かぞくでフランスへりょこうにいくことになったちいさなぞうのおとこのこ　「ぞうくんのすてきなりょこう(ぞうくんのちいさなどくしょ2)」セシル・ジョスリン作;レナード・ワイスガード絵;こみやゆう訳　あかね書房　2011年5月

ぞうくん
クリスマス・イブにかぞくみんなにひみつのねがいごとをきいたちいさなぞうのおとこのこ　「ぞうくんのクリスマスプレゼント(ぞうくんのちいさなどくしょ3)」セシル・ジョスリン作;レナード・ワイスガード絵;こみやゆう訳　あかね書房　2011年10月

ぞうくん
はじめてひとりでぼうけんにでかけようとしたちいさなぞうのおとこのこ　「ぞうくんのはじめてのぼうけん(ぞうくんのちいさなどくしょ1)」セシル・ジョスリン作;レナード・ワイスガード絵;こみやゆう訳　あかね書房　2011年5月

ゾエ
<エデフィア>国の君主の地位の継承者オクサ・ポロックが通うロンドンの聖プロクシマス中学校の生徒、オクサの同級生　「オクサ・ポロック 2 迷い人の森」アンヌ・プリショタ著;サンドリーヌ・ヴォルフ著;児玉しおり訳　西村書店　2013年6月

ゾエ
少女オクサたちの故郷<エデフィア>国の反逆者(フェロン)の一人・オーソンの双子の妹のレミニサンスの孫　「オクサ・ポロック 3 二つの世界の中心」アンヌ・プリショタ著;サンドリーヌ・ヴォルフ著;児玉しおり訳　西村書店　2013年12月

ゾニー
動物保護団体「トラックス」のメンバー、活発で動物のあつかいがうまい十三歳の少女　「アニマル・アドベンチャー ミッション2 タイガーシャークの襲撃」アンソニー・マゴーワン作;西本かおる訳　静山社　2013年12月

ゾニー
両親が動物保護の仕事をしている動物好きの活発な12歳の少女　「アニマル・アドベンチャー ミッション1 アムールヒョウの親子を救え!」アンソニー・マゴーワン作;西本かおる訳　静山社　2013年6月

ソバキン（ヴォフカ・ソバキン）
スターリンを崇拝する10歳のザイチクの学級の模範生だったが父親を人民の敵とされ処刑された男の子　「スターリンの鼻が落っこちた」ユージン・イェルチン作・絵;若林千鶴訳　岩波書店　2013年2月

ソフィ
オチコボレ族の落ちこぼれの小さな女の子　「グリニッジ大冒険 "時"が盗まれた!」ヴァル・タイラー著;柏倉美穂[ほか]訳　バベルプレス　2011年2月

そらす

ソフィー
サイモンが孤児院にいたときの友だち、バタシー公爵夫人の小間使い 「バタシー城の悪者たち(「ダイドーの冒険」シリーズ)」 ジョーン・エイキン作;こだまともこ訳 冨山房 2011年7月

ソフィー
サンフランシスコの高校生、ジョシュの双子の姉で"伝説の双子"の一人 「死霊術師ジョン・ディー－ネクロマンサー(アルケミスト4)」 マイケル・スコット著;橋本恵訳 理論社 2011年7月

ソフィー
サンフランシスコの高校生、ジョシュの双子の姉で"伝説の双子"の一人 「伝説の双子ソフィー&ジョシュ(アルケミスト6)」 マイケル・スコット著;橋本恵訳 理論社 2013年11月

ソフィー
サンフランシスコの高校生、ジョシュの双子の姉で"伝説の双子"の一人 「魔導師アブラハム(アルケミスト5)」 マイケル・スコット著;橋本恵訳 理論社 2012年12月

ソフィー
スパイ犬とは知らずにララを保護センターからひきとったクック家の長女 「スパイ・ドッグ－天才スパイ犬、ララ誕生!」 アンドリュー・コープ作;前沢明枝訳;柴野理奈子訳 講談社(青い鳥文庫) 2012年10月

ソフィー
ニューヨークで人形修理店をいとなむ両親と暮らす三姉妹の十一さいの長女 「うちはお人形の修理屋さん」 ヨナ・ゼルディス・マクドノー作;おびかゆうこ訳;杉浦さやか絵 徳間書店 2012年5月

ソフィー
ニューヨークに住む十三さいの少女、お人形屋さん一家の三姉妹の長女 「お人形屋さんに来たネコ」 ヨナ・ゼルディス・マクドノー作;おびかゆうこ訳;杉浦さやか絵 徳間書店 2013年5月

ソフィー
元イギリス秘密情報部の天才スパイ犬ララを飼うクック家のおてんばな長女 「天才犬ララ、危機一髪!? 秘密指令!誘拐団をやっつけろ!!」 アンドリュー・コープ作;柴野理奈子訳 講談社(青い鳥文庫) 2013年2月

ソフィー(ペンドラゴン夫人) そふぃー(ぺんどらごんふじん)
ハイ・ノーランド王国の王様の娘ヒルダ王女の友人、おしゃれできれいな人 「ハウルの動く城3 チャーメインと魔法の家」 ダイアナ・ウィン・ジョーンズ作;市田泉訳 徳間書店 2013年5月

ソフィー・プレンティス
デービットのガールフレンド、野生動物保護のボランティア 「龍のすむ家 第2章－氷の伝説」 クリス・ダレーシー著;三辺律子訳 竹書房(竹書房文庫) 2013年7月

ソフィー・プレンティス
野生動物保護活動のボランティアをしている若い女性 「龍のすむ家」 クリス・ダレーシー著;三辺律子訳 竹書房(竹書房文庫) 2013年3月

ソラス
「古の土地」の魔術師、センとエンの父 「最果てのサーガ4 火の時」 リリアナ・ボドック著;中川紀子訳 PHP研究所 2011年3月

ソラス
表向きはミサイアネスにひれふして抵抗団を支える「古の土地」の魔術師 「最果てのサーガ3 泥の時」 リリアナ・ボドック著;中川紀子訳 PHP研究所 2011年3月

そらと

空飛ぶキルト　そらとぶきると
かわいらしい幽霊の男の子・ハンフリーの父親、スコットランド戦士の幽霊 「リックとさまよえる幽霊たち」 エヴァ・イボットソン著;三辺律子訳 偕成社 2012年9月

ソール・ハーシュ
医者から余命宣告されている九十二歳の老人、中学生のユミのおじいちゃんで日本人の妻をもつユダヤ人 「ユミとソールの10か月」 クリスティーナ・ガルシア著;小田原智美訳 作品社 2011年6月

ソーレン
夢視力をもつメンフクロウで正義の代行者・ガフールの勇者、ガフールの神木の王・コーリンの叔父 「ガフールの勇者たち 12 コーリン王対決の旅」 キャスリン・ラスキー著;食野雅子訳 メディアファクトリー 2011年3月

ソーレン
夢視力をもつメンフクロウで正義の代行者・ガフールの勇者、ガフールの神木の王・コーリンの叔父 「ガフールの勇者たち 13 風の谷の向こうの王国」 キャスリン・ラスキー著;食野雅子訳 メディアファクトリー 2011年7月

ソーレン
夢視力をもつメンフクロウで正義の代行者・ガフールの勇者、ガフールの神木の王・コーリンの叔父 「ガフールの勇者たち 15 炎の石を賭けた大戦」 キャスリン・ラスキー著;食野雅子訳 メディアファクトリー 2012年3月

ソーレン
夢視力をもつメンフクロウで正義の代行者・ガフールの勇者、ガフールの神木の王・コーリンの叔父 「ガフールの勇者たち14 神木に迫る悪の炎」 キャスリン・ラスキー著;食野雅子訳 メディアファクトリー 2011年12月

ソーン・マルキン
魔女で暗殺者のグリマルキンの弟子、十五歳の少女 「魔使いの盟友 魔女グリマルキン（魔使いシリーズ）」 ジョゼフ・ディレイニー著;田中亜希子訳 東京創元社(sogen bookland) 2013年8月

【た】

ダイアナ
住みなれた家を離れて遠くの祖父の家に引っ越した女の子、詩を書くのが好きな小学生 「ここがわたしのおうちです」 アイリーン・スピネリ文;マット・フェラン絵;渋谷弘子訳 さ・え・ら書房 2011年10月

ダイアナ・バリー
グリーン・ゲイブルズに引き取られた孤児アンの親友になった少女 「新訳 赤毛のアン」 モンゴメリ作;木村由利子訳;羽海野チカイラスト;おのともえイラスト 集英社(集英社みらい文庫) 2011年3月

ダイアナ・バリー
出会った日に「縁の友」を誓い合ったアンの親友、アボンリー改善会の会計 「新訳 アンの青春」 モンゴメリ作;木村由利子訳;羽海野チカイラスト;おのともえイラスト 集英社(集英社みらい文庫) 2012年3月

ダイア・マグヌス
力のある魔法使い、三冊から成る最古の魔術書をねらう男 「ファイアー・クロニクル(最古の魔術書 2)」 ジョン・スティーブンス著;こだまともこ訳 あすなろ書房 2013年12月

タイラー
二〇一四年のイギリスで過去から来たジョシュに会った十七歳の少年 「ジョシュア・ファイル10 世界の終わりのとき 下」 マリア・G.ハリス作;石随じゅん訳 評論社 2012年11月

たし

ダウ
キルダー王国の王女、イフ王国のアルランド王子と婚約している娘 「イフ」アナ・アロンソ
作;ハビエル・ペレグリン作;ばんどうとしえ訳;市瀬淑子絵 未知谷 2011年8月

ダーク
海賊の友軍となりヴァンパイレーツと戦う「ノクターン号」の船長 「ヴァンパイレーツ 13 予言
の刻」ジャスティン・ソンパー作;海後礼子訳 岩崎書店 2013年10月

ダグラス
イングランド南部のサセックス州にあるバールストンの領主館の主人 「名探偵ホームズ 恐
怖の谷」コナン・ドイル作;日暮まさみち訳;青山浩行絵 講談社（青い鳥文庫）2011年7月

ダコタ・ジョーンズ
仲間と暗号を作って遊ぶ「暗号クラブ」のメンバー、六年生の女の子 「暗号クラブ 1 ガイコ
ツ屋敷と秘密のカギ」ペニー・ワーナー著;番由美子訳;ヒョーゴノスケ絵 メディアファクト
リー 2013年4月

ダコタ・ジョーンズ
仲間と暗号を作って遊ぶ「暗号クラブ」のメンバー、六年生の女の子 「暗号クラブ 2 ゆうれ
い灯台ツアー」ペニー・ワーナー著;番由美子訳;ヒョーゴノスケ絵 メディアファクトリー
2013年8月

ダコタ・ジョーンズ
仲間と暗号を作って遊ぶ「暗号クラブ」のメンバー、六年生の女の子 「暗号クラブ 3 海賊が
のこしたカーメルの宝」ペニー・ワーナー著;番由美子訳;ヒョーゴノスケ絵 KADOKAWA
2013年12月

タシ
おじさんの土地で王様の墓の遺跡が見つかった話をクラスメイトにした男の子 「タシと王様
の墓」アナ・ファインバーグ作;バーバラ・ファインバーグ作;加藤伸美訳;キム・ギャンブル絵
朝日学生新聞社(タシのぼうけんシリーズ10) 2013年3月

タシ
オニにつかまっていたサラシナ姫を助けた男の子、ジャックの友だち 「タシと赤い目玉のオ
ニたち」アナ・ファインバーグ作;バーバラ・ファインバーグ作;加藤伸美訳;キム・ギャンブル
絵 朝日学生新聞社(タシのぼうけんシリーズ6) 2012年6月

タシ
ゆうれいから「ゆうれいパイ」のレシピを教えてもらった男の子、ジャックの友だち 「タシとひ
みつのゆうれいパイ」アナ・ファインバーグ作;バーバラ・ファインバーグ作;加藤伸美訳;キ
ム・ギャンブル絵 朝日学生新聞社(タシのぼうけんシリーズ3) 2011年12月

タシ
新しい友だちのジャックに巨人に会った話をした男の子 「タシとふたりの巨人」アナ・ファ
インバーグ作;バーバラ・ファインバーグ作;加藤伸美訳;キム・ギャンブル絵 朝日学生新聞
社(タシのぼうけんシリーズ2) 2011年11月

タシ
友だちになったジャックにとおいところからハクチョウに乗ってきたと話した男の子 「とおい
国からきたタシ」アナ・ファインバーグ作;バーバラ・ファインバーグ作;加藤伸美訳;キム・
ギャンブル絵 朝日学生新聞社(タシのぼうけんシリーズ1) 2011年10月

タシ
友だちのジャックたちにいとこの女の子がいなくなったときの話をした男の子 「タシと魔法
の赤いくつ」アナ・ファインバーグ作;バーバラ・ファインバーグ作;加藤伸美訳;キム・ギャン
ブル絵 朝日学生新聞社(タシのぼうけんシリーズ8) 2012年11月

たし

タシ
友だちのジャックたちにゆうれいやしきに行ったときの話をした男の子 「タシとゆうれいやしき」 アナ・ファインバーグ作;バーバラ・ファインバーグ作;加藤伸美訳;キム・ギャンブル絵 朝日学生新聞社(タシのぼうりんシリーズ9) 2013年2月

タシ
友だちのジャックにランプの精に会ったときの話をした男の子 「タシとぐうたらランプの精」 アナ・ファインバーグ作;バーバラ・ファインバーグ作;加藤伸美訳;キム・ギャンブル絵 朝日学生新聞社(タシのぼうけんシリーズ4) 2012年4月

タシ
友だちのジャックに巨人のチンツーのお城へ行ったときの話をした男の子 「タシとはらぺこ巨人」 アナ・ファインバーグ作;バーバラ・ファインバーグ作;加藤伸美訳;キム・ギャンブル絵 朝日学生新聞社(タシのぼうけんシリーズ7) 2012年9月

タシ
友だちのジャックに魔女・バーバ・ヤーガの話をした男の子 「タシと魔女バーバ・ヤーガ」 アナ・ファインバーグ作;バーバラ・ファインバーグ作;加藤伸美訳;キム・ギャンブル絵 朝日学生新聞社(タシのぼうけんシリーズ5) 2012年5月

ダーシャ
ティラ王国の大使の娘、水をあやつる不思議な力を持つ少女 「ラゾー川の秘密」 シャノン・ヘイル著;石黒美央[ほか]訳 バベルプレス 2013年4月

ターシュ
サンデー島のことはなんでも知っていてツリーハウスを隠れ家にしているボーイッシュな女の子 「ビーチサンダルガールズ1 つまさきに自由を!」 エレン・リチャードソン作;中林晴美訳;たちばなはるか絵 フレーベル館 2013年5月

ターシュ
サンデー島のことはなんでも知っていてツリーハウスを隠れ家にしているボーイッシュな女の子、エリーの最高の友だち 「ビーチサンダルガールズ2 パレオを旗にSOS!」 エレン・リチャードソン作;中林晴美訳;たちばなはるか絵 フレーベル館 2013年7月

タスク
闇の王国ゴルゴニアにいる魔法使いマルベルに操られているマンモス、悪のビースト 「ビースト・クエスト17 超マンモスタスク」 アダム・ブレード作;浅尾敦則訳;大庭賢哉イラスト ゴマブックス 2011年1月

ダスティ・クロップホッパー
いなかの農場ではたらく農業用飛行機、世界一周レースに出場する夢をもつ飛行機 「プレーンズ」 アイリーン・トリンブル作;倉田真木訳 偕成社(ディズニーアニメ小説版) 2013年12月

ダーティー・ドーラ・ディーン
＜魔女が谷＞に巣くう死んだ魔女 「魔女の物語(魔使いシリーズ外伝)」 ジョゼフ・ディレイニー著;田中亜希子訳 東京創元社(sogen bookland) 2012年8月

タナトス
アラスカに拘束されている死神 「オリンポスの神々と7人の英雄2 海神の息子」 リック・リオーダン作;金原瑞人訳;小林みき訳 ほるぷ出版 2012年11月

ダニー
テレビを通ってバリアのむこう側へ行った四歳の少年、パトリックとクレアの弟 「謎の国からのSOS」 エミリー・ロッダ著;さくまゆみこ訳;杉田比呂美絵 あすなろ書房 2013年11月

タニア
ニューヨークに住むいとこの家族とくらすためにロシアから来た十一歳の少女 「お人形屋さんに来たネコ」 ヨナ・ゼルディス・マクドノー作;おびかゆうこ訳;杉浦さやか絵 徳間書店 2013年5月

だみあ

ダニエル
コネチカット州のスノウヒル小学校の五年生、太めなのを気にしているまじめな女子 「テラプト先生がいるから」ロブ・ブイエー作;西田佳子訳 静山社 2013年7月

ダニエル・ソーンリー
十八世紀のロンドンにあった処刑場で幼なじみのハーカー博士に再会した男 「悪夢の目撃者(トム・マーロウの奇妙な事件簿2)」クリス・プリーストリー作;堀川志野舞訳;佐竹美保画 ポプラ社 2012年3月

ダニエル・リーヴァ―
かあさんが家を出たあとにとうさんと二人でスポーツ・リゾートのレジャー・ワールドに一週間滞在することになったスポーツぎらいの少年 「バイバイ、サマータイム」エドワード・ホーガン作;安達まみ訳 岩波書店(STAMP BOOKS) 2013年9月

タニッシュ・ユール
バンパイア一族をはなれて流浪の身となっていた男、かつてのラーテンの親友 「クレプスリー伝説―ダレン・シャン前史3 呪われた宮殿」Darren Shan作;橋本恵訳;田口智子絵 小学館 2011年12月

ダニー・フィリップス
となりに住む科学者ポッツさんの計画をふたごの弟ジョシュと手伝うことになった少年 「SWITCH 3 バッタにスイッチ!」アリ・スパークス作;神戸万知訳;舵真秀斗絵 フレーベル館 2013年12月

ダニー・フィリップス
八歳のジョシュのふたごの兄、スケートボードが得意で虫が大きらいな男の子 「SWITCH 1 クモにスイッチ!」アリ・スパークス作;神戸万知訳;舵真秀斗絵 フレーベル館 2013年10月

ダニー・フィリップス
八歳のジョシュのふたごの兄、スケートボードが得意で虫が大きらいな男の子 「SWITCH 2 ハエにスイッチ!」アリ・スパークス作;神戸万知訳;舵真秀斗絵 フレーベル館 2013年10月

タハマパー
森で出会ったリスのタンピとハリネズミのヴェイッコとヘラジカのイーロと友だちになった大きなクマ 「大きなクマのタハマパー 友だちになるのまき」ハンネレ・フオヴィ作;末延弘子訳;いたやさとし絵 ひさかたチャイルド(SHIRAKABA BUNKO) 2011年3月

ダフィー氏(ピーター・ダフィー) だふぃーし(ぴーたー・だふぃー)
妻・マイラ・ダフィーの殺害容疑で起訴されている四九歳の男 「少年弁護士セオの事件簿 1 なぞの目撃者」ジョン・グリシャム作;石崎洋司訳 岩崎書店 2011年9月

ダフィー氏(ピーター・ダフィー) だふぃーし(ぴーたー・だふぃー)
妻・マイラ・ダフィーの殺害容疑で起訴されている四九歳の男 「少年弁護士セオの事件簿 3 消えた被告人」ジョン・グリシャム作;石崎洋司訳 岩崎書店 2012年11月

タブス夫人 たぶすさん
ずっと昔に犬とアヒルと豚といっしょに小さな農場で暮らしていたおばあさん 「トミーとティリーとタブスおばあさん」ヒュー・ロフティング文と絵;南條竹則訳 集英社 2012年2月

ダミアン・ヴェスパー
アイルランド一帯を支配する男爵、ギデオンの開発した秘薬を手に入れようとする男 「サーティーナイン・クルーズ 11 新たなる脅威」リック・リオーダン著;ピーター・ルランジス著;ゴードン・コーマン著;ジュード・ワトソン著;小浜杏訳;HACCANイラスト メディアファクトリー 2012年6月

たむ

タム
お屋敷を出て街にやってきた猫・バージャックの仲間、チョコブラウン色の猫 「バージャック アウトローの掟」 SFサイード作;金原瑞人訳;相山夏奏訳;田口智子画; 偕成社 2011年3月

タム
妖精と人間のあいだに生まれた子ども・サースキが岩場で出会った山羊飼いの少年 「サースキの笛がきこえる」 エロイーズ・マッグロウ作;斎藤倫子訳;丹地陽子絵 偕成社 2012年6月

ダーヤ
十字軍の若い兵士と結婚してエルサレムに来たドイツ人キリスト教徒、ユダヤ人商人ナータンの娘レーハの侍女 「賢者ナータンと子どもたち」 ミリヤム・プレスラー作;森川弘子訳 岩波書店 2011年11月

タラニー・クック
シェフィールド学院の女子中学生、地球を悪者から守る「ガーディアン」のメンバー 「奇跡を起こす少女」 エリザベス・レンハード作;岡田好惠訳;千秋ユウ絵 講談社(ディズニー・ウィッチシリーズ6) 2012年5月

タラニー・クック
ヘザーフィールドにある名門中学「シェフィールド学院」に転校してきた女の子 「選ばれた少女たち」 エリザベス・レンハード作;岡田好惠訳;千秋ユウ絵 講談社(ディズニー・ウィッチシリーズ1) 2011年9月

タラニー・クック
宇宙を悪から守る「ガーディアン」のメンバー、火の力をあたえられた少女 「悪の都メリディアン」 エリザベス・レンハード作;岡田好惠訳;千秋ユウ絵 講談社(ディズニー・ウィッチシリーズ3) 2011年11月

タラニー・クック
宇宙を悪から守る「ガーディアン」のメンバー、火の力をあたえられた少女 「消えた友だち」 エリザベス・レンハード作;岡田好惠訳;千秋ユウ絵 講談社(ディズニー・ウィッチシリーズ2) 2011年10月

タラニー・クック
世界を悪から救う「ガーディアン」に選ばれた五人の中学生少女の一人 「危険な時空旅行」 エリザベス・レンハード作;岡田好惠訳;千秋ユウ絵 講談社(ディズニー・ウィッチシリーズ5) 2012年3月

タラニー・クック
地球を守る「ガーディアン」のメンバー、悪の国・メタムアでとらえられた少女 「再びメリディアンへ」 エリザベス・レンハード作;岡田好惠訳;千秋ユウ絵 講談社(ディズニー・ウィッチシリーズ4) 2012年1月

ダルシーおばさん
十三歳のアリの伯母で芸術家 「深く、暗く、冷たい場所」 メアリー・D.ハーン作;せなあいこ訳 評論社(海外ミステリーBOX) 2011年1月

ダン
めぐまれない少年少女たちの学校・プラムフィールド学園にひきとられた孤児の少年 「若草物語 3 ジョーの魔法」 オルコット作;谷口由美子訳;藤田香絵 講談社(青い鳥文庫) 2011年3月

ダン
めぐまれない少年少女たちの学校・プラムフィールド学園のかつての生徒、風来坊の青年 「若草物語 4 それぞれの赤い糸」 オルコット作;谷口由美子訳;藤田香絵 講談社(青い鳥文庫) 2011年10月

だんけ

ダンカン
キルダー王国の騎士をよそおってイフ王国へむかったキルダーのダウ王女「イフ」アナ・アロンソ作;ハビエル・ベレグリン作;ばんどうとしえ訳;市瀬淑子絵 未知谷 2011年8月

ダンカン・マクダンカン
オオカミの部族・マクダンカン一家の首領、骨ウルフのファラオンを部族に迎え入れた長老「ファオランの冒険 2 運命の「聖ウルフ」選抜競技会」キャスリン・ラスキー著;中村佐千江訳 メディアファクトリー 2013年1月

タンク
見習い霊媒師のキャットが隣の空き家で出会った少年の霊「ある日とつぜん、霊媒師 2 恐怖の空き家」エリザベス・コーディー・キメル著;もりうちすみこ訳 朔北社 2012年4月

ダン・ケイヒル
ケイヒル家の亡き祖母グレースの遺言により姉のエイミーとともに三十九の手がかりの謎を解明した高い記憶と数学的な才能を持つ男の子「サーティーナイン・クルーズ 11 新たなる脅威」リック・リオーダン著;ピーター・ルランジス著;ゴードン・コーマン著;ジュード・ワトソン著;小浜杏訳;HACCANイラスト メディアファクトリー 2012年6月

ダン・ケイヒル
姉のエイミーとともにケイヒル一族の若きリーダー、驚異の記憶力をもつ好奇心旺盛な13歳の男の子「サーティーナイン・クルーズ 12 メドゥーサの罠」ゴードン・コーマン著;小浜杏訳;HACCANイラスト メディアファクトリー 2012年11月

ダン・ケイヒル
姉のエイミーとともにケイヒル一族の若きリーダー、驚異の記憶力をもつ好奇心旺盛な13歳の男の子「サーティーナイン・クルーズ 13 いにしえの地図」ジュード・ワトソン著;小浜杏訳;HACCANイラスト メディアファクトリー 2013年2月

ダン・ケイヒル
姉のエイミーとともにケイヒル一族の若きリーダー、驚異の記憶力をもつ好奇心旺盛な13歳の男の子「サーティーナイン・クルーズ 14 天文台の謎」ピーター・ルランジス著;小浜杏訳;HACCANイラスト メディアファクトリー 2013年6月

ダン・ケイヒル
名門ケイヒル一族の女当主だったグレースの孫でエイミーの弟、遺産相続人候補となり39の手がかりを探すレースに参加するいたずら好きの11歳「サーティーナイン・クルーズ 8 皇帝の暗号」ゴードン・コーマン著;小浜杏訳;HACCANイラスト メディアファクトリー 2011年2月

ダン・ケイヒル
名門ケイヒル一族の女当主だったグレースの孫でエイミーの弟、遺産相続人候補となり39の手がかりを探すレースに参加するいたずら好きの11歳「サーティーナイン・クルーズ 9 海賊の秘宝」リンダ・スー・パーク著;小浜杏訳;HACCANイラスト メディアファクトリー 2011年6月

ダン・ケイヒル
名門ケイヒル一族の女当主だったグレースの孫で分家マドリガル家の成員、39の手がかりを探すレースに参加する11歳の男の子「サーティーナイン・クルーズ 10 最期の試練 後編」マーガレット・ピーターソン・ハディックス著;小浜杏訳;HACCANイラスト メディアファクトリー 2012年2月

ダン・ケイヒル
名門ケイヒル一族の女当主だったグレースの孫で分家マドリガル家の成員、39の手がかりを探すレースに参加する11歳の男の子「サーティーナイン・クルーズ 10 最期の試練 前編」マーガレット・ピーターソン・ハディックス著;小浜杏訳;HACCANイラスト メディアファクトリー 2011年11月

123

だんし

男爵　だんしゃく
発見された王様の墓を荒らしにきて現場にいたタシをつかまえたよくばりな男　「タシと王様の墓」　アナ・ファインバーグ作;バーバラ・ファインバーグ作;加藤伸美訳;キム・ギャンブル絵　朝日学生新聞社(タシのぼうけんシリーズ10)　2013年3月

タンタルム
ヤバン諸島一残酷なブサイク族のカシラ・ユージーの娘、美しい姫　「ヒックとドラゴン 8 樹海の決戦」　クレシッダ・コーウェル作;相良倫子・陶浪亜希訳　小峰書店　2011年3月

タンタン
事件をさがしだして真相をあきらかにするジャーナリストの少年　「小説タンタンの冒険」　アレックス・アーバイン 文;スティーヴン・モファット脚本;石田文子訳　角川書店(角川つばさ文庫)　2011年11月

ダンテ
ミラノからおばあちゃんが住むヴェネツィアに引っ越してきた5年生の男の子　「ネコの目からのぞいたら」　シルヴァーナ・ガンドルフィ作;関口英子訳;ジュリア・オレッキア絵　岩波書店　2013年7月

タンピ
森で出会ったクマのタハマパーとハリネズミのヴェイッコとヘラジカのイーロと友だちになったリス　「大きなクマのタハマパー 友だちになるのまき」　ハンネレ・フオヴィ作;末延弘子訳;いたやさとし絵　ひさかたチャイルド(SHIRAKABA BUNKO)　2011年3月

【ち】

小さいおうち　ちいさいおうち
年をとった船長さんが町にたてたおうち、ぼうけんがだいすきで海べの町まで歩いていったおうち　「ちいさいおうちうみへいく」　エリーシュ・ディロン作;たがきょうこ訳;ひらさわともこ絵　福音館書店(ランドセルブックス)　2013年9月

チェイス
十三歳の少年弁護士・セオの同級生、少女・エイプリル誘拐事件の捜査に協力する少年　「少年弁護士セオの事件簿2 誘拐ゲーム」　ジョン・グリシャム作;石崎洋司訳　岩崎書店　2011年11月

チェイス・ウェルズ
オハイオ州グレインの野球チームのメンバー、保安官の息子で学校の人気者の十六歳の少年　「沈黙の殺人者」　ダンディ・デイリー・マコール著;武富博子訳　評論社(海外ミステリーBOX)　2013年3月

チェイン
POG商会の護衛剣士、感情欠乏症患者と呼ばれている男　「フューチャーウォーカー 2 詩人の帰還」　イヨンド作;ホンカズミ訳;金田榮路画　岩崎書店　2011年2月

チェイン
POG商会の護衛剣士、感情欠乏症患者と呼ばれている男　「フューチャーウォーカー 3 影はひとりで歩かない」　イヨンド作;ホンカズミ訳;金田榮路画　岩崎書店　2011年5月

チェイン
POG商会の護衛剣士、感情欠乏症患者と呼ばれている男　「フューチャーウォーカー 4 未来へはなつ矢」　イヨンド作;ホンカズミ訳;金田榮路画　岩崎書店　2011年8月

チェイン
POG商会の護衛剣士、感情欠乏症患者と呼ばれている男　「フューチャーウォーカー 5 忘れられたものを呼ぶ声」　イヨンド作;ホンカズミ訳;金田榮路画　岩崎書店　2011年11月

ちち

チェイン
POG商会の護衛剣士、感情欠乏症患者と呼ばれている男 「フューチャーウォーカー 6 時の匠人」 イヨンド作;ホンカズミ訳;金田榮路画 岩崎書店 2012年2月

チェイン
POG商会の護衛剣士、感情欠乏症患者と呼ばれている男 「フューチャーウォーカー 7 愛しい人を待つ海辺」 イヨンド作;ホンカズミ訳;金田榮路画 岩崎書店 2012年6月

チェスラブ
モスクワから逃げてフランスの港町カレーにたどりついたロシア人少年、イギリスへ向かうボートに乗ったひとり 「きみ、ひとりじゃない」 デボラ・エリス作;もりうちすみこ訳 さ・え・ら書房 2011年4月

チェッカーズ
赤い玉をくわえた白と黒の宿なしネコ、「とってこい」のうまいネコ 「黒ネコジェニーのおはなし3 ジェニーときょうだい」 エスター・アベリル作・絵;松岡享子訳;張替惠子訳 福音館書店（世界傑作童話シリーズ） 2012年2月

チェリー
家出少年サムが暮らすアパートの上の階に十歳の娘と住んでいる若い母親 「迷子のアリたち」 ジェニー・ヴァレンタイン著;田中亜希子訳 小学館(SUPER! YA) 2011年4月

チェロ少女　ちぇろしょうじょ
いつ見てもでっかいチェロのケースを引きずっている赤毛の女の子 「ある日とつぜん、霊媒師」 エリザベス・コーディー・キメル著;もりうちすみこ訳 朔北社 2011年1月

チェン・リー
ヴァンパイレーツ暗殺の特殊任務をあたえられた「タイガー号」の船長 「ヴァンパイレーツ10 死者の伝言」 ジャスティン・ソンパー作;海後礼子訳 岩崎書店 2011年9月

チェン・リー
ヴァンパイレーツ暗殺の特殊任務をあたえられた「タイガー号」の船長 「ヴァンパイレーツ11 夜の帝国」 ジャスティン・ソンパー作;海後礼子訳 岩崎書店 2013年3月

チェン・リー
ヴァンパイレーツ暗殺の特殊任務をあたえられた「タイガー号」の船長 「ヴァンパイレーツ12 微笑む罠」 ジャスティン・ソンパー作;海後礼子訳 岩崎書店 2013年6月

チェン・リー
海賊連盟から船長に任命された元海賊アカデミー教官 「ヴァンパイレーツ9 眠る秘密」 ジャスティン・ソンパー作;海後礼子訳 岩崎書店 2011年5月

チキ・プーおじさん
おいのタシにお城のパーティーに行こうとさそったおじさん 「タシと魔法の赤いくつ」 アナ・ファインバーグ作;バーバラ・ファインバーグ作;加藤伸美訳;キム・ギャンブル絵 朝日学生新聞社（タシのぼうけんシリーズ8） 2012年11月

チクタク
エヴの国でドロシーたちがであった銅でできた機械男 「オズの魔法使いシリーズ3 完訳オズのオズマ姫」 ライマン・フランク・ボーム著;ないとうふみこ訳 復刊ドットコム 2011年12月

チクタク
銅でできた機械人間、ぼさぼさの男・ボサ男の友だち 「オズの魔法使いシリーズ8 完訳オズのチクタク」 ライマン・フランク・ボーム著;宮坂宏美訳 復刊ドットコム 2012年10月

チーチー
アフリカ生まれのエサを見つけてくるのがうまいサル 「ドリトル先生の月旅行」 ヒュー・ロフティング作;河合祥一郎訳;patty絵 アスキー・メディアワークス（角川つばさ文庫） 2013年6月

ちちお

父親　ちちおや
昏睡状態から目覚めた少女・ジェンナの父親、家族と離れてボストンに住む医者　「ジェンナ 奇跡を生きる少女」メアリ・E.ピアソン著;三辺律子訳　小学館(SUPER!YA)　2012年2月

チップ
オズの国の北部ギリキンの国で魔女のモンビばあさんに育てられた少年　「オズの魔法使いシリーズ2 完訳オズのふしぎな国」ライマン・フランク・ボーム著;宮坂宏美訳　復刊ドットコム　2011年10月

チップくん
コップ巡査のパートナー、ラブラドール・レトリバーの警察犬　「ジュディ・モード、探偵になる!(ジュディ・モードとなかまたち9)」メーガン・マクドナルド作;ピーター・レイノルズ絵;宮坂宏美訳　小峰書店　2013年3月

チップさん
沈没船のお宝をさがしているふたり組のひとり　「ぼくらのミステリータウン 4 沈没船と黄金のガチョウ号」ロン・ロイ作;八木恭子訳;ハラカズヒロ絵　フレーベル館　2011年12月

ちび王子(おちびちゃん)　ちびおうじ(おちびちゃん)
砂漠に不時着した「ぼく」が出会った彼方の惑星から来た少年　「星の王子さま」サン=テグジュペリ作;管啓次郎訳　角川書店(角川つばさ文庫)　2011年6月

ちびのフリント
イギリスのキルモア・コーヴのフリント家の3人の悪ガキといとこたちのうちのちびの少年　「ユリシーズ・ムーアと空想の旅人」Pierdomenico Baccalario著;金原瑞人訳;佐野真奈美訳;井上里訳　学研教育出版　2013年10月

チビ虫くん　ちびむしくん
十一歳になったばかりのマービンの家のキッチンに住みついている甲虫、天才的な絵の才能のもちぬし　「チビ虫マービンは天才画家!」エリース・ブローチ作;ケリー・マーフィー絵;伊藤菜摘子訳　偕成社　2011年3月

チープ(オウマー・チープ)
探偵会社の経営者、がっしりした体つきのスキンヘッドの男　「少年弁護士セオの事件簿1 なぞの目撃者」ジョン・グリシャム作;石崎洋司訳　岩崎書店　2011年9月

チャグ
空港のかたすみで整備所をいとなむ燃料トラック、飛行機のダスティの親友　「プレーンズ」アイリーン・トリンブル作;倉田真木訳　偕成社(ディズニーアニメ小説版)　2013年12月

チャティおばさん
サマーサイド高校の校長に就任したアンが下宿する柳風荘(ウィンディ・ウィローズ)の家主の未亡人姉妹　「アンの幸福(赤毛のアン 4)」L.M.モンゴメリ作;村岡花子訳;HACCAN絵　講談社(青い鳥文庫)　2013年4月

チャーメイン・ベイカー
ハイ・ノーランド王国の王宮図書室で王様の手伝いをはじめた少女、本の虫　「ハウルの動く城 3 チャーメインと魔法の家」ダイアナ・ウィン・ジョーンズ作;市田泉訳　徳間書店　2013年5月

チャーリー
イギリス東部の農場に住む十二歳の少女　「時をつなぐおもちゃの犬」マイケル・モーパーゴ作;マイケル・フォアマン絵;杉田七重訳　あかね書房　2013年6月

チャーリー
海賊船「シーウルフ号」の一員で男の子用のズボンをはいている女の子、サムの親友　「タイムスリップ海賊サム・シルバー 2 幽霊船をおいかけろ!」ジャン・バーチェット著;サラ・ボーラー著;浅尾敦則訳;スカイエマ絵　KADOKAWA　2013年10月

ちるち

チャーリー・ジョー・ジャクソン
どうすれば本を読まなくてすむかいつも考えている本ギライの男の子 「チャーリー・ジョー・ジャクソンの本がキライなきみのための本」トミー・グリーンウォルド作;元井夏彦訳;J.Pクーヴァート絵 フレーベル館 2013年10月

チャーリー・スパークス
しっかり者の長女ミンティと次女エッグズの生活力はないけれど詩の暗唱とパンケーキづくりは一流のパパ 「ミンティたちの森のかくれ家」キャロル・ライリー・ブリンク著;谷口由美子訳;中村悦子画 文溪堂(Modern Classic Selection) 2011年1月

チャーリー・チーヴァリー
タイムトラベルの特殊能力をもつ14歳の少年、秘密組織「ヒストリーキーパーズ」の一員 「ヒストリーキーパーズ 時空の守り人 上下」ダミアン・ディベン著;中村浩美訳 ソフトバンククリエイティブ 2012年8月

チャールズ・インガルス
アメリカ北部にある大きな森の小さな丸太づくりの家で暮らしはじめた一家の父さん 「大きな森の小さな家(新装版) 大草原の小さな家シリーズ」ローラ・インガルス・ワイルダー作;こだまともこ・渡辺南都子訳;丹地陽子絵 講談社(青い鳥文庫) 2012年8月

チャールズ・インガルス
ウィスコンシン州の「大きな森」に建てた小さな家に住む一家の父親 「大きな森の小さな家」ローラ・インガルス・ワイルダー作;中村凪子訳;椎名優絵 角川書店(角川つばさ文庫) 2012年1月

チャールズ・インガルス
カンザス州の大草原へと引っ越すことになった一家の父親 「大草原の小さな家」ローラ・インガルス・ワイルダー作;中村凪子訳;椎名優絵 角川書店(角川つばさ文庫) 2012年7月

チャールズ・ディケンズ
十九世紀のロンドンに住む作家、現代から来たジャックとアニーに会った男性 「ロンドンのゴースト」メアリー・ポープ・オズボーン著;食野雅子訳 メディアファクトリー(マジック・ツリーハウス30) 2011年6月

チャールズ・ベガ
インテリアデザイナー、オリビアとアイビーの実の父 「バンパイアガールズno.5 映画スターは吸血鬼!?」シーナ・マーサー作;田中亜希子訳 理論社 2012年7月

チャールズ・ベガ
インテリアデザイナー、オリビアとアイビーの実の父 「バンパイアガールズno.6 吸血鬼の王子さま!」シーナ・マーサー作;田中亜希子訳 理論社 2013年1月

町長さん　ちょうちょうさん
プリッツェル町の人たちのために動物園を作ることにした町長さん 「ライオンがいないどうぶつ園」フレート・ロドリアン作;ヴェルナー・クレムケ絵;たかはしふみこ訳 徳間書店 2012年4月

長老ティム　ちょうろうてぃむ
すべての種族のために時の番をしているトキモリ族の守護官長、グリニッジ公園に工房を持ち時をつかさどる魔法の「大時計」の作り手 「グリニッジ大冒険 "時"が盗まれた!」ヴァル・タイラー著;柏倉美穂[ほか]訳 バベルプレス 2011年2月

チョコチップ
マリーのパパの動物病院の前におきざりにされていた子犬 「動物病院のマリー 1 走れ、捨て犬チョコチップ!」タチアナ・ゲスラー著;中村智子訳 学研教育出版 2013年6月

チルチル
クリスマス・イヴの夜に妖精のおばあさんに「青い鳥」を探すようたのまれた貧しいきこりの兄妹の兄 「青い鳥(新装版)」メーテルリンク作;江國香織訳 講談社(講談社青い鳥文庫) 2013年10月

127

ちんぱ

チンパンジー（アームストロング）
動物と話せるリリが公園で出会ったなぞのチンパンジー 「動物と話せる少女リリアーネ 4 笑うチンパンジーのひみつ!」 タニヤ・シュテーブナー著;中村智子訳;駒形イラスト 学研教育出版 2011年3月

【つ】

ツイード博士　ついーどはかせ
博物館でエジプトの古代のお墓とミイラの展示をした博士 「ぼくらのミステリータウン 9 ミイラどろぼうを探せ!」 ロン・ロイ作;八木恭子訳 フレーベル館 2013年6月

ツィポラ
ナータンの家の料理女 「賢者ナータンと子どもたち」 ミリヤム・プレスラー作;森川弘子訳 岩波書店 2011年11月

月姫　つきひめ
月の魔法の使い手、霊気（エーテル）の僕 「天空の少年ニコロ2 呪われた月姫」 カイ・マイヤー著;遠山明子訳;佐竹美保画 あすなろ書房 2011年7月

月姫　つきひめ
月の魔法の使い手、霊気（エーテル）の僕 「天空の少年ニコロ3 龍とダイヤモンド」 カイ・マイヤー著;遠山明子訳;佐竹美保画 あすなろ書房 2012年3月

ツソ
アフリカのタンザニアにすむ少年、町でおにいちゃんとはぐれて路上でくらすことになった子 「ただいま!マラング村 タンザニアの男の子のお話」 ハンナ・ショット作;佐々木田鶴子訳;齊藤木綿子絵 徳間書店 2013年9月

ツバッキー博士　つばっきーはかせ
編集長・ジェロニモから取材を受けた博士、エジプトで大発明をしたと話すネズミ 「チーズピラミッドの呪い（冒険作家ジェロニモ・スティルトン）」 ジェロニモ・スティルトン作;加門ベル訳 講談社 2011年8月

つぶれソフト
ハイトップスと呼ばれる高原地帯で金を探す採鉱師になった子どもたちの行くところにあらわれるあやしい男 「ツバメ号の伝書バト 上下（ランサム・サーガ6）」 アーサー・ランサム作;神宮輝夫訳 岩波書店（岩波少年文庫） 2011年10月

ツラノカワ
「ホラー横丁」にきたゾンビ人気バンド「ノーミソ・クレー」の伝説的ボーカリスト 「ホラー横丁13番地 4 ゾンビの肉」 トミー・ドンババンド作;伏見操訳;ヒョーゴノスケ絵 偕成社 2012年3月

【て】

テア・スティルトン
子住島の首都・東中都で新聞社を経営しているネズミ・ジェロニモの冷静な妹 「ユーレイ城のなぞ（冒険作家ジェロニモ・スティルトン）」 ジェロニモ・スティルトン作;加門ベル訳 講談社 2011年6月

ティー
「ホラー横丁」でゾンビにおそわれたクレオをすくったゾンビ、記憶をなくした男の子 「ホラー横丁13番地 4 ゾンビの肉」 トミー・ドンババンド作;伏見操訳;ヒョーゴノスケ絵 偕成社 2012年3月

でいじ

ティア・ダルマ
超能力を持つ女魔術師「パイレーツ・オブ・カリビアン外伝 シャドウ・ゴールドの秘密1」ロブ・キッド著;川村玲訳 講談社 2011年4月

ディエゴ・デ・レオン
ジャック・スパロウ船長のブラックパール号に乗り込んだ密航者、スペイン出身の少年「パイレーツ・オブ・カリビアン外伝 シャドウ・ゴールドの秘密1」ロブ・キッド著;川村玲訳 講談社 2011年4月

ディエゴ・デ・レオン
ブラックパール号のジャックの仲間になり旅をするスペイン出身の少年、スペインのプリンセス・カロリーナの馬の世話係「パイレーツ・オブ・カリビアン外伝 シャドウ・ゴールドの秘密2」ロブ・キッド著;川村玲訳 講談社 2011年4月

ディエゴ・デ・レオン
ブラックパール号のジャックの仲間になり旅をするスペイン出身の少年、スペインのプリンセス・カロリーナの馬の世話係「パイレーツ・オブ・カリビアン外伝 シャドウ・ゴールドの秘密3」ロブ・キッド著;川村玲訳 講談社 2011年5月

ディエゴ・デ・レオン
ブラックパール号のジャックの仲間になり旅をするスペイン出身の少年、スペインのプリンセス・カロリーナの馬の世話係「パイレーツ・オブ・カリビアン外伝 シャドウ・ゴールドの秘密4」ロブ・キッド著;川村玲訳 講談社 2011年6月

ディエゴ・デ・レオン
ブラックパール号のジャックの仲間になり旅をするスペイン出身の少年、スペインのプリンセス・カロリーナの馬の世話係「パイレーツ・オブ・カリビアン外伝 シャドウ・ゴールドの秘密5」ロブ・キッド著;川村玲訳 講談社 2011年7月

ティーグ
ブラックパール号の船長・ジャックの父親、海賊たちが引退して住むリベルタリアの王「パイレーツ・オブ・カリビアン外伝 シャドウ・ゴールドの秘密4」ロブ・キッド著;川村玲訳 講談社 2011年6月

ディケンズ(チャールズ・ディケンズ)
十九世紀のロンドンに住む作家、現代から来たジャックとアニーに会った男性「ロンドンのゴースト」メアリー・ポープ・オズボーン著;食野雅子訳 メディアファクトリー(マジック・ツリーハウス30) 2011年6月

デイジー
イギリスの小学生、おじさんにさそわれてはじめてさかなつりにでかけた女の子「デイジーのめちゃくちゃ!おさかなつり(いたずらデイジーの楽しいおはなし)」ケス・グレイ作;ニック・シャラット+ギャリー・パーソンズ絵;吉上恭太訳 小峰書店 2012年3月

デイジー
イギリスの小学生、はじめて飛行機に乗って夏休みにママとスペインへ旅行した女の子「デイジーのもんだい!子ネコちゃん(いたずらデイジーの楽しいおはなし)」ケス・グレイ作;ニック・シャラット+ギャリー・パーソンズ絵;吉上恭太訳 小峰書店 2011年8月

デイジー
おばのジョーがひらいた学校・プラムフィールド学園で暮らす少女「若草物語3 ジョーの魔法」オルコット作;谷口由美子訳;藤田香絵 講談社(青い鳥文庫) 2011年3月

デイジー
クリスマスにドキドキしてこまっちゃう女の子「デイジーのびっくり!クリスマス(いたずらデイジーの楽しいおはなし)」ケス・グレイ作;ニック・シャラット+ギャリー・パーソンズ絵;吉上恭太訳 小峰書店 2011年11月

ていじ

デイジー
ドリームライダーのバートを雪の精のティンクル・フロストと思っている人間の女の子 「ドリーム☆チーム6 デイジーと雪の妖精」 アン・コバーン作;伊藤菜摘子訳;山本ルンルン絵 偕成社 2011年11月

TJ(トマス・ジェームズ・バウアーズ) てぃーじぇい(とますじぇーむずばうあーず)
オハイオ州グレインの野球チームのメンバー、親友のホープを常に助ける十六歳の少年 「沈黙の殺人者」 ダンディ・デイリー・マコール著;武富博子訳 評論社(海外ミステリーBOX) 2013年3月

デイスター
魔法の森の王妃シモリーンの息子、礼儀正しい十六歳の少年 「困っちゃった王子さま」 パトリシア・C.リーデ著;田中亜希子訳; 東京創元社(sogen bookland) 2011年9月

ディック・カラム
ノーフォーク湖沼地方にあるヨット・ティーズル号に招待されたカラムきょうだいの弟 「オオバンクラブ物語 上下(ランサム・サーガ5)」 アーサー・ランサム作;神宮輝夫訳 岩波書店(岩波少年文庫) 2011年10月

ディック・カラム
ハイトップスと呼ばれる高原地帯で金を探す採鉱師になった子ども、小さな地質学者 「ツバメ号の伝書バト 上下(ランサム・サーガ6)」 アーサー・ランサム作;神宮輝夫訳 岩波書店(岩波少年文庫) 2011年10月

ディック・カラム
冬休みにディックおばさんの農場に来たカラムきょうだいの弟、小さな天文学者 「長い冬休み 上下(ランサム・サーガ4)」 アーサー・ランサム作;神宮輝夫訳 岩波書店(岩波少年文庫) 2011年7月

ティッド・モッセル
トキモリ族の守護官長・長老ティムの孫 「グリニッジ大冒険 "時"が盗まれた!」 ヴァル・タイラー著;柏倉美穂[ほか]訳 バベルプレス 2011年2月

ティティ・ウォーカー
ウォーカー家四きょうだいの次女、小帆船ツバメ号のAB船員 「ツバメの谷 上下(ランサム・サーガ2)」 アーサー・ランサム作;神宮輝夫訳 岩波書店(岩波少年文庫) 2011年3月

ティティ・ウォーカー
ウォーカー家四きょうだいの次女、帆船ツバメ号のAB船員 「ヤマネコ号の冒険 上下(ランサム・サーガ3)」 アーサー・ランサム作;神宮輝夫訳 岩波書店(岩波少年文庫) 2012年5月

ティティ・ウォーカー
ウォーカー家四きょうだいの次女、帆船ツバメ号のAB船員 「長い冬休み 上下(ランサム・サーガ4)」 アーサー・ランサム作;神宮輝夫訳 岩波書店(岩波少年文庫) 2011年7月

ティティ・ウォーカー
ハイトップスと呼ばれる高原地帯で金を探す採鉱師になった子ども、ウォーカー家のきょうだいの次女 「ツバメ号の伝書バト 上下(ランサム・サーガ6)」 アーサー・ランサム作;神宮輝夫訳 岩波書店(岩波少年文庫) 2011年10月

ティティ・ウォーカー
港町ハリッジに来たウォーカー家のきょうだいの次女、帆船ツバメ号のAB船員 「海へ出るつもりじゃなかった 上下(ランサム・サーガ7)」 アーサー・ランサム作;神宮輝夫訳 岩波書店(岩波少年文庫) 2013年5月

ティティ・ウォーカー
子どもたちだけで秘密の島々の探検をすることになったウォーカー家のきょうだいの次女 「ひみつの海 上下(ランサム・サーガ8)」 アーサー・ランサム作;神宮輝夫訳 岩波書店(岩波少年文庫) 2013年11月

でいり

ティナ
オランダ人の少女ポレケの母親、娘のクラスの担任教師と恋に落ちた女性 「いつもいつまでもいっしょに! ポレケのしゃかりき思春期」 フース・コイヤー作;野坂悦子訳;YUJI画 福音館書店(世界傑作童話シリーズ) 2012年10月

デイビー
グリーン・ゲイブルズで暮らすマリラが引き取った遠縁で孤児になった六歳のふたご、いたずらっ子の男の子 「新訳 アンの青春」 モンゴメリ作;木村由利子訳;羽海野チカイラスト;おのともえイラスト 集英社(集英社みらい文庫) 2012年3月

デイビッド・Q・ドーソン博士　でいびっどきゅーどーそんはかせ
ねずみの国で有名な私立探偵・ベイジルの親友であり助手、医師 「ベイジル ねずみの国のシャーロック・ホームズ」 イブ・タイタス作;ポール・ガルドン絵;晴海耕平訳 童話館出版(子どもの文学・青い海シリーズ) 2013年12月

ティファニー
ランプの精のごしゅじんさま・アリの同級生、お金もちで気どりやの小学四年生 「リトル・ジーニーときめきプラス ティファニーの恋に注意報!」 ミランダ・ジョーンズ作;宮坂宏美訳;サトウユカ絵 ポプラ社 2013年3月

ティファニー・ファンクラフト
陶製のアンティーク人形・アナベルの親友、プラスチック人形の女の子 「アナベル・ドールとちっちゃなティリー(アナベル・ドール3)」 アン・M・マーティン作;ローラ・ゴドウィン作;三原泉訳 偕成社 2012年10月

ティミー
ペットショップ「ペットランド」の店番をすることになったドイツの男の子 「ペットショップはぼくにおまかせ」 ヒルケ・ローゼンボーム作;若松宣子訳;岡本順画 徳間書店 2011年9月

ティミー・マッギブニー
本ギライの少年チャーリーに本の内容を教えてあげている友だちの男の子 「チャーリー・ジョー・ジャクソンの本がキライなきみのための本」 トミー・グリーンウォルド作;元井夏彦訳;J.Pクーヴァート絵 フレーベル館 2013年10月

テイラー・ブキャナン(サクラソウ)
小さな黒いカラスのはねを杖にもつわずかなヒントで謎を解く力をもつフェアリー 「NEW フェアリーズ 秘密の妖精たち5 ルナと秘密の井戸」 J.H.スイート作;津森優子訳;唐橋美奈子絵 文溪堂 2011年1月

ティリー
パーマー家にとどいた小包の中から出てきた陶製の赤ちゃん人形、三歳の女の子 「アナベル・ドールとちっちゃなティリー(アナベル・ドール3)」 アン・M・マーティン作;ローラ・ゴドウィン作;三原泉訳 偕成社 2012年10月

ティリー
ハロウィーンにべつの星にでかけてうちゅうじんをおどかしてこようとしゅっぱつしたまじょ 「ハロウィーンのまじょティリー うちゅうへいく」 ドン・フリーマン作;なかがわちひろ訳 BL出版 2012年10月

デイリー
グリーヴ王国の王女メグのメイド 「にげだした王女さま」 ケイト・クームズ著;綾音惠美子[ほか]訳 バベルプレス 2012年5月

ディーリア
イギリスの小学生・トムのいつもふきげんなお姉さん 「トム・ゲイツ [1] トホホなまいにち」 L.ピーション作;宮坂宏美訳 小学館 2013年11月

でいる

デイル・ソーントン
太っちょエリックと顔と手にやけどのあとがあるサラの中学時代からの知り合いの落ちこぼれ
のチンピラ 「彼女のためにぼくができること」 クリス・クラッチャー著;西田登訳 あかね書房
（YA Step!） 2011年2月

ティレット
貧しいきこりの兄妹チルチルとミチルが飼っている猫のティレット 「青い鳥（新装版）」 メー
テルリンク作;江國香織訳 講談社（講談社青い鳥文庫） 2013年10月

ティロウ
貧しいきこりの兄妹チルチルとミチルが飼っている犬のティロウ 「青い鳥（新装版）」 メーテ
ルリンク作;江國香織訳 講談社（講談社青い鳥文庫） 2013年10月

ディロン・ルイス
動物のお医者さんになりたい小学生・マンディのクラスメート、意地悪できらわれ者の男の
子 「子ヒツジかんさつノート（こちら動物のお医者さん）」 ルーシー・ダニエルズ作;千葉茂
樹訳;サカイノビー絵 ほるぷ出版 2013年5月

ティン・エバン
ベトナム高地の村で暮らすラーデ族の少年、象使い 「象使いティンの戦争」 シンシア・カ
ドハタ著;代田亜香子訳 作品社 2013年5月

ティンカー・ベル（ティンク）
ネバーランドのピクシー・ホロウに住む想像力が豊かで好奇心の強いものづくりの妖精
「ティンカー・ベルと輝く羽の秘密」 サラ・ネイサン作;橘高弓枝訳 偕成社（ディズニーアニ
メ小説版） 2013年2月

ティンカー・ベル（ティンク）
ネバーランドの秘密の場所・ピクシー・ホロウに住む金もの修理の妖精 「ティンカー・ベル
は"修理やさん"」 キキ・ソープ作;デニース・シマブクロ絵;小宮山みのり訳 講談社（新ディ
ズニーフェアリーズ文庫） 2011年4月

ティンク
ネバーランドのピクシー・ホロウに住む想像力が豊かで好奇心の強いものづくりの妖精
「ティンカー・ベルと輝く羽の秘密」 サラ・ネイサン作;橘高弓枝訳 偕成社（ディズニーアニ
メ小説版） 2013年2月

ティンク
ネバーランドの秘密の場所・ピクシー・ホロウに住む金もの修理の妖精 「ティンカー・ベル
は"修理やさん"」 キキ・ソープ作;デニース・シマブクロ絵;小宮山みのり訳 講談社（新ディ
ズニーフェアリーズ文庫） 2011年4月

ディンク（ドナルド・デイヴィッド・ダンカン）
グリーン・ローンの町に住む小学3年生、読書がしゅみの男の子 「ぼくらのミステリータウン
1 消えたミステリー作家の謎」 ロン・ロイ作;八木恭子訳;ハラカズヒロ絵 フレーベル館
2011年6月

ディンク（ドナルド・デイヴィッド・ダンカン）
グリーン・ローンの町に住む小学3年生、読書がしゅみの男の子 「ぼくらのミステリータウン
10 ひみつの島の宝物」 ロン・ロイ作;八木恭子訳;ハラカズヒロ絵 フレーベル館 2013年10
月

ディンク（ドナルド・デイヴィッド・ダンカン）
グリーン・ローンの町に住む小学3年生、読書がしゅみの男の子 「ぼくらのミステリータウン
2 お城の地下のゆうれい」 ロン・ロイ作;八木恭子訳;ハラカズヒロ絵 フレーベル館 2011年
6月

てい

ディンク（ドナルド・デイヴィッド・ダンカン）
グリーン・ローンの町に住む小学3年生、読書がしゅみの男の子 「ぼくらのミステリータウン
3 銀行強盗を追いかけろ!」ロン・ロイ作;八木恭子訳;ハラカズヒロ絵 フレーベル館 2011
年10月

ディンク（ドナルド・デイヴィッド・ダンカン）
グリーン・ローンの町に住む小学3年生、読書がしゅみの男の子 「ぼくらのミステリータウン
4 沈没船と黄金のガチョウ号」ロン・ロイ作;八木恭子訳;ハラカズヒロ絵 フレーベル館
2011年12月

ディンク（ドナルド・デイヴィッド・ダンカン）
グリーン・ローンの町に住む小学3年生、読書がしゅみの男の子 「ぼくらのミステリータウン
5 盗まれたジャガーの秘宝」ロン・ロイ作;八木恭子訳;ハラカズヒロ絵 フレーベル館 2012
年2月

ディンク（ドナルド・デイヴィッド・ダンカン）
グリーン・ローンの町に住む小学3年生、読書がしゅみの男の子 「ぼくらのミステリータウン
6 恐怖のゾンビタウン」ロン・ロイ作;八木恭子訳;ハラカズヒロ絵 フレーベル館 2012年7
月

ディンク（ドナルド・デイヴィッド・ダンカン）
グリーン・ローンの町に住む小学3年生、読書がしゅみの男の子 「ぼくらのミステリータウン
7 ねらわれたペンギンダイヤ」ロン・ロイ作;八木恭子訳 フレーベル館 2012年10月

ディンク（ドナルド・デイヴィッド・ダンカン）
グリーン・ローンの町に住む小学3年生、読書がしゅみの男の子 「ぼくらのミステリータウン
8 学校から消えたガイコツ」ロン・ロイ作;八木恭子訳;ハラカズヒロ絵 フレーベル館 2013
年2月

ディンク（ドナルド・デイヴィッド・ダンカン）
グリーン・ローンの町に住む小学3年生、読書がしゅみの男の子 「ぼくらのミステリータウン
9 ミイラどろぼうを探せ!」ロン・ロイ作;八木恭子訳 フレーベル館 2013年6月

ティンクル・フロスト
人間に夢を配達するドリームライダーでドリームチームの一員、高いところが苦手な心やさし
い男の子 「ドリーム☆チーム6 デイジーと雪の妖精」アン・コバーン作;伊藤菜摘子訳;山
本ルンルン絵 偕成社 2011年11月

デオ
故郷ジンバブエでの虐殺を生きのび難民となって南アフリカに来た少年、イノセントの弟
「路上のストライカー」マイケル・ウィリアムズ作;さくまゆみこ訳 岩波書店(STAMP
BOOKS) 2013年12月

デジャー・ソリス
ヘリウム帝国の若いプリンセス、聡明な科学者で宿敵と闘う勇敢な女戦士 「ジョン・カー
ター」スチュアート・ムーア作;橘高弓枝訳 偕成社(ディズニーアニメ小説版) 2012年4月

テックス・リッチマン
腹黒い石油王 「ザ・マペッツ」キャサリン・ターナー作;しぶやまさこ訳 偕成社(ディズニー
アニメ小説版) 2012年6月

テッド・ステンソン・ジュニア
パインリッジ中学一年生、両親とアルツハイマー病のおばあちゃんと暮らす男の子 「テッド
がおばあちゃんを見つけた夜」ペグ・ケレット作;吉上恭太訳 徳間書店 2011年5月

テティス
海の女神、ギリシアのプティーア国王ペーレウスの妻でアキレウスの母 「ホメーロスのイーリ
アス物語」ホメーロス原作;バーバラ・レオニ・ピカード作;高杉一郎;訳 岩波書店(岩波少
年文庫) 2013年10月

てでぃ

テディ・ロビンソン
大きくてだきごごちのいいひとなつっこいくまのぬいぐるみ、小さい女の子デボラのおもちゃ 「テディ・ロビンソンとサンタクロース」ジョーン・G・ロビンソン作・絵;小宮由訳 岩波書店 2012年10月

テディ・ロビンソン
大きくてだきごごちのいいひとなつっこいくまのぬいぐるみ、小さい女の子デボラのおもちゃ 「テディ・ロビンソンのたんじょう日」ジョーン・G・ロビンソン作・絵;小宮由訳 岩波書店 2012年4月

テディ・ロビンソン
大きくてだきごごちのいいひとなつっこいくまのぬいぐるみ、小さい女の子デボラのおもちゃ 「ゆうかんなテディ・ロビンソン」ジョーン・G・ロビンソン作・絵;小宮由訳 岩波書店 2012年7月

デニー（デニス・マックガフィン）
十一歳のマービンの画家であるおとうさんの古い友だち、ロサンゼルスのゲティ美術館の学芸員 「チビ虫マービンは天才画家!」エリース・ブローチ作;ケリー・マーフィー絵;伊藤菜摘子訳 偕成社 2011年3月

デニス
父さんと兄さんの三人で暮らす十二歳、ファッション雑誌「ヴォーグ」を買った少年 「ドレスを着た男子」デイヴィッド・ウォリアムズ作;クェンティン・ブレイク画;鹿田昌美訳 福音館書店（世界傑作童話シリーズ） 2012年5月

デニス・マックガフィン
十一歳のマービンの画家であるおとうさんの古い友だち、ロサンゼルスのゲティ美術館の学芸員 「チビ虫マービンは天才画家!」エリース・ブローチ作;ケリー・マーフィー絵;伊藤菜摘子訳 偕成社 2011年3月

デーヴィッド
カナダのハリファックスに住む11歳の女の子ロザリーの近所の住人、墓地で働いている少年 「ロザリーの秘密－夏の日、ジョニーを捜して」ハドリー・ダイアー著;粉川栄訳 バベルプレス 2011年5月

デービット・レイン
ペニーケトル家の下宿人、スクラブレイ大学で地理学を専攻している学生 「龍のすむ家 第2章－氷の伝説」クリス・ダレーシー著;三辺律子訳 竹書房(竹書房文庫) 2013年7月

デービット・レイン
ペニーケトル家の下宿人、スクラブレイ大学の学生 「龍のすむ家」クリス・ダレーシー著;三辺律子訳 竹書房(竹書房文庫) 2013年3月

デービッド・レイン
ペニーケトル家の下宿人、スクラブレイ大学の学生 「龍のすむ家 第3章－炎の星 上下」クリス・ダレーシー著;三辺律子訳 竹書房(竹書房文庫) 2013年12月

デボラ
くまのぬいぐるみテディ・ロビンソンの持ち主の小さい女の子 「テディ・ロビンソンとサンタクロース」ジョーン・G・ロビンソン作・絵;小宮由訳 岩波書店 2012年10月

デボラ
くまのぬいぐるみテディ・ロビンソンの持ち主の小さい女の子 「テディ・ロビンソンのたんじょう日」ジョーン・G・ロビンソン作・絵;小宮由訳 岩波書店 2012年4月

デボラ
くまのぬいぐるみテディ・ロビンソンの持ち主の小さい女の子 「ゆうかんなテディ・ロビンソン」ジョーン・G・ロビンソン作・絵;小宮由訳 岩波書店 2012年7月

てれる

デューイ（番人）　でゅーい（ばんにん）
冬の森にある図書室で妖精のすべての知識を記録保存している知識の番人　「ティンカー・ベルと輝く羽の秘密」　サラ・ネイサン作;橘高弓枝訳　偕成社（ディズニーアニメ小説版）2013年2月

デューク・スケルトン（首なしの騎士）　でゅーくすけるとん（くびなしのきし）
ヒーローとしてふるさとの「ホラー横丁」に帰ってきた騎士、ガイコツの男　「ホラー横丁13番地 5 骸骨の頭」　トミー・ドンババンド作;伏見操訳;ヒョーゴノスケ絵　偕成社　2012年3月

テュグデュアル
＜エデフィア＞国の君主の地位の継承者オクサ・ポロックの祖母のドラゴミラの友人の孫、15歳の翳りある少年　「オクサ・ポロック 2 迷い人の森」　アンヌ・プリショタ著;サンドリーヌ・ヴォルフ著;児玉しおり訳　西村書店　2013年6月

テュグデュアル
活発な少女オクサ・ポロックの祖母のドラゴミラの友人の孫、15歳の翳りある少年　「オクサ・ポロック 1 希望の星」　アンヌ・プリショタ著;サンドリーヌ・ヴォルフ著;児玉しおり訳　西村書店　2012年12月

テュグデュアル
少女オクサたちの故郷＜エデフィア＞国から亡命したクヌット夫妻の孫、翳りある少年　「オクサ・ポロック 3 二つの世界の中心」　アンヌ・プリショタ著;サンドリーヌ・ヴォルフ著;児玉しおり訳　西村書店　2013年12月

デュシェス
十四歳の少年・ペッパーが乗りこんだ船にいた体格のいい男、船長の世話係　「ペッパー・ルーと死の天使」　ジェラルディン・マコックラン作;金原瑞人訳　偕成社　2012年4月

デューデルモント
海賊船を取り締まっている三本帆柱の高速縦帆船の船長　「ダークエルフ物語 夜明けへの道」　R.A.サルバトーレ著;安田均監訳;笠井道子訳　アスキー・メディアワークス　2011年3月

テラプト先生　てらぷとせんせい
コネチカット州のスノウヒル小学校の男性新任教師、五年生のクラス担任　「テラプト先生がいるから」　ロブ・ブイエー作;西田佳子訳　静山社　2013年7月

デリク・フィングル
イギリスの小学五年生、となりに住む親友・トムとバンドをくんでいる男の子　「トム・ゲイツ [1] トホホなまいにち」　L.ピーション作;宮坂宏美訳　小学館　2013年11月

デルス
ロシアに暮らす先住民ウデヘ族の老狩人・マカの孫、英語が話せる少年　「アニマル・アドベンチャー ミッション1 アムールヒョウの親子を救え!」　アンソニー・マゴーワン作;西本かおる訳　静山社　2013年6月

デルフィーン
黒人の三姉妹の長女、自分を捨てた母親に会いにオークランドにむかう十一歳の女の子　「クレイジー・サマー」　リタ・ウィリアムズ=ガルシア作;代田亜香子訳　鈴木出版（鈴木出版の海外児童文学）　2013年1月

テレサ・アボット
メイン州のシカモア湖で死んだ女の子　「深く、暗く、冷たい場所」　メアリー・D.ハーン作;せなあいこ訳　評論社（海外ミステリーBOX）　2011年1月

テレル・ハリス・ドゥーガン
ユタ州生まれの女性作家、知的障がい者の妹アイリーンの六歳上の姉　「アイリーンといっしょに」　テレル・ハリス・ドゥーガン著;宇野葉子訳　ポプラ社　2012年9月

135

てれん

テレンス・マカファティ博士（マック）　てれんすまかふぁていはかせ（まっく）
英国情報局の裏組織で十七歳以下の子どもが活躍する極秘スパイ機関「チェラブ」の前
チェアマン　「英国情報局秘密組織 CHERUB（チェラブ）Mission9 クラッシュ」 ロバート・マ
カモア作；大澤晶訳　ほるぷ出版　2013年12月

【と】

とうさん
かあさんが家を出たあと息子のダニエルと二人でスポーツ・リゾートのレジャー・ワールドに
一週間滞在することにした酒びたりのとうさん　「バイバイ、サマータイム」 エドワード・ホー
ガン作；安達まみ訳　岩波書店（STAMP BOOKS）　2013年9月

父さん（チャールズ・インガルス）　とうさん（ちゃーるずいんがるす）
アメリカ北部にある大きな森の小さな丸太づくりの家で暮らしはじめた一家の父さん　「大き
な森の小さな家（新装版）大草原の小さな家シリーズ」 ローラ・インガルス・ワイルダー作；こ
だまともこ・渡辺南都子訳；丹地陽子絵　講談社（青い鳥文庫）　2012年8月

父さん（チャールズ・インガルス）　とうさん（ちゃーるずいんがるす）
ウィスコンシン州の「大きな森」に建てた小さな家に住む一家の父親　「大きな森の小さな
家」 ローラ・インガルス・ワイルダー作；中村凪子訳；椎名優絵　角川書店（角川つばさ文庫）
2012年1月

父さん（チャールズ・インガルス）　とうさん（ちゃーるずいんがるす）
カンザス州の大草原へと引っ越すことになった一家の父親　「大草原の小さな家」 ローラ・
インガルス・ワイルダー作；中村凪子訳；椎名優絵　角川書店（角川つばさ文庫）　2012年7月

父さん（ヤーコブ）　とうさん（やーこぶ）
オランダ・ユトレヒトの大学に勤めていたユダヤ人学者、デン・ハム村に隠れ住んでいた娘
リーネケに絵入りの手紙を送ってくれた父さん　「父さんの手紙はぜんぶおぼえた」 タミ・
シェム=トヴ著；母袋夏生訳　岩波書店　2011年10月

トゥースレス
バイキングの少年ヒックの相棒、わがままなチビドラゴン　「ヒックとドラゴン 外伝 トゥースレス
大騒動」 クレシッダ・コーウェル作；相良倫子・陶浪亜希訳　小峰書店　2012年11月

とうちゃん
日ざかり村に暮らす少年フアン・デ・ルナの父親、戦争がくると聞き山にこもった男　「日ざか
り村に戦争がくる」 フアン・ファリアス作；宇野和美訳；堀越千秋画　福音館書店（世界傑作
童話シリーズ）　2013年9月

ドゥーフェンシュマーツ博士　どぅーふぇんしゅまーつはかせ
世界せいふくをたくらむ悪のリーダー、悪い発明品をつぎつぎ作る博士　「フィニアスと
ファーブ カーレースに出よう」 ジャスミン・ジョーンズ文；ララ・バージェン文；杉田七重訳
KADOKAWA（角川つばさ文庫）　2013年11月

トゥホムティドム
魔術師、七つのわかれ道秘密作戦の仲間　「七つのわかれ道の秘密 上下」 トンケ・ドラフト
作；西村由美訳　岩波書店（岩波少年文庫）　2012年8月

ドゥーラン
アイルランドにいる邪悪な魔術師たちの首領、危険でいかれた大男　「魔使いの運命（魔使
いシリーズ）」 ジョゼフ・ディレイニー著；田中亜希子訳　東京創元社（sogen bookland）
2013年3月

トゥリル
ネバーランドの秘密の場所・ピクシー・ホロウに住む音楽の妖精　「トゥリルのコンサート革
命」 ゲイル・ハーマン作；デニース・シマブクロ絵；アドリンヌ・ブラウン絵；小宮山みのり訳　講
談社（新ディズニーフェアリーズ文庫）　2011年4月

136

ドゥルカンセリン
「最果て」に暮らすウシウィルケ族の歴戦の戦士、五人のこどもの父親 「最果てのサーガ 1 鹿の時」 リリアナ・ボドック著;中川紀子訳 PHP研究所 2011年1月

トゥングル
ウシウィルケ族の戦士で「鹿」の軍の指揮官 「最果てのサーガ 2 影の時」 リリアナ・ボドック著;中川紀子訳 PHP研究所 2011年1月

トゥングル
ウシウィルケ族の戦士で「鹿」の軍の指揮官 「最果てのサーガ 4 火の時」 リリアナ・ボドック著;中川紀子訳 PHP研究所 2011年3月

トゥングル
ウシウィルケ族の戦士で「鹿」の軍の指揮官、ナナワトリの恋人 「最果てのサーガ 3 泥の時」 リリアナ・ボドック著;中川紀子訳 PHP研究所 2011年3月

ドゥンネ
一年生になってエッラ・フリーダと友だちになった女の子 「あたしって、しあわせ!」 ローセ・ラーゲルクランツ作;エヴァ・エリクソン絵;菱木晃子訳 岩波書店 2012年3月

トゥンプさん
殺虫剤会社の人、デパートのエレベーターに乗って空へ飛び出した4人のひとり 「アーベルチェの冒険」 アニー・M.G.シュミット作;西村由美訳 岩波書店(岩波少年文庫) 2011年1月

トゥンプさん
車にかけるカバーを売っている人、デパートのエレベーターボーイのかつての冒険仲間 「アーベルチェとふたりのラウラ」 アニー・M.G.シュミット作;西村由美訳 岩波書店(岩波少年文庫) 2011年12月

ドクター・コーリー
ユダヤ人少女リーネケを姪と偽って預かってくれたオランダのデン・ハム村の村医 「父さんの手紙はぜんぶおぼえた」 タミ・シェム=トヴ著;母袋夏生訳 岩波書店 2011年10月

ドクター・フレッド
赤アリのココといっしょにくらすことになった村のお医者さんのゾウ 「ゾウの家にやってきた赤アリ」 カタリーナ・ヴァルクス作・絵;伏見操訳 文研出版(文研ブックランド) 2013年4月

ドーソンくん(デイビッド・Q・ドーソン博士)　どーそんくん(でいびっどきゅーどーそんはかせ)
ねずみの国で有名な私立探偵・ベイジルの親友であり助手、医師 「ベイジル ねずみの国のシャーロック・ホームズ」 イブ・タイタス作;ポール・ガルドン絵;晴海耕平訳 童話館出版(子どもの文学・青い海シリーズ) 2013年12月

トッド・ブレッケン・バイヤー
ベンドックス学園六年生のアンナの同級生で親友、人気者の少年 「アンナとプロフェッショナルズ 1 天才カウンセラー、あらわる!」 MAC著;なかがわいずみ訳;岸田メルイラスト メディアファクトリー 2012年2月

トト
たからものをみつけるゆめを抱いて家からひとり立ちしたわかい野ウサギ 「ウサギのトトのたからもの」 ヘルメ・ハイネ作・絵;はたさわゆうこ訳 徳間書店 2012年1月

トト
たつまきに飛ばされてドロシーといっしょにオズの国に来た犬 「オズの魔法使い 新訳」 ライマン・フランク・ボーム作;西田佳子訳 集英社(集英社みらい文庫) 2013年6月

ドナルド・デイヴィッド・ダンカン
グリーン・ローンの町に住む小学3年生、読書がしゅみの男の子 「ぼくらのミステリータウン 1 消えたミステリー作家の謎」 ロン・ロイ作;八木恭子訳;ハラカズヒロ絵 フレーベル館 2011年6月

どなる

ドナルド・デイヴィッド・ダンカン
グリーン・ローンの町に住む小学3年生、読書がしゅみの男の子 「ぼくらのミステリータウン 10 ひみつの島の宝物」ロン・ロイ作;八木恭子訳;ハラカズヒロ絵 フレーベル館 2013年10月

ドナルド・デイヴィッド・ダンカン
グリーン・ローンの町に住む小学3年生、読書がしゅみの男の子 「ぼくらのミステリータウン 2 お城の地下のゆうれい」ロン・ロイ作;八木恭子訳;ハラカズヒロ絵 フレーベル館 2011年6月

ドナルド・デイヴィッド・ダンカン
グリーン・ローンの町に住む小学3年生、読書がしゅみの男の子 「ぼくらのミステリータウン 3 銀行強盗を追いかけろ!」ロン・ロイ作;八木恭子訳;ハラカズヒロ絵 フレーベル館 2011年10月

ドナルド・デイヴィッド・ダンカン
グリーン・ローンの町に住む小学3年生、読書がしゅみの男の子 「ぼくらのミステリータウン 4 沈没船と黄金のガチョウ号」ロン・ロイ作;八木恭子訳;ハラカズヒロ絵 フレーベル館 2011年12月

ドナルド・デイヴィッド・ダンカン
グリーン・ローンの町に住む小学3年生、読書がしゅみの男の子 「ぼくらのミステリータウン 5 盗まれたジャガーの秘宝」ロン・ロイ作;八木恭子訳;ハラカズヒロ絵 フレーベル館 2012年2月

ドナルド・デイヴィッド・ダンカン
グリーン・ローンの町に住む小学3年生、読書がしゅみの男の子 「ぼくらのミステリータウン 6 恐怖のゾンビタウン」ロン・ロイ作;八木恭子訳;ハラカズヒロ絵 フレーベル館 2012年7月

ドナルド・デイヴィッド・ダンカン
グリーン・ローンの町に住む小学3年生、読書がしゅみの男の子 「ぼくらのミステリータウン 7 ねらわれたペンギンダイヤ」ロン・ロイ作;八木恭子訳 フレーベル館 2012年10月

ドナルド・デイヴィッド・ダンカン
グリーン・ローンの町に住む小学3年生、読書がしゅみの男の子 「ぼくらのミステリータウン 8 学校から消えたガイコツ」ロン・ロイ作;八木恭子訳;ハラカズヒロ絵 フレーベル館 2013年2月

ドナルド・デイヴィッド・ダンカン
グリーン・ローンの町に住む小学3年生、読書がしゅみの男の子 「ぼくらのミステリータウン 9 ミイラどろぼうを探せ!」ロン・ロイ作;八木恭子訳 フレーベル館 2013年6月

ドナル・リディ
もと演奏家のJ.J.リディの長男、最高司令官である弟のエイダンの右腕となって軍隊の指揮をとっている兄 「世界の終わりと妖精の馬 上下－時間のない国で3」ケイト・トンプソン著;渡辺庸子訳 東京創元社(sogen bookland) 2011年5月

トニー・スターク
アメリカの巨大軍需企業スターク・インダストリーズ社の社長、天才科学者 「アイアンマン」ピーター・デイビッド ノベル;吉田章子訳;大島資生訳 講談社 2013年5月

トニー・スターク
天才科学者、「アイアンマン」であることを公表しヒーローとなった男 「アイアンマン2」アレキサンダー・イルヴァイン ノベル;上原尚子訳;有馬さとこ訳 講談社 2013年6月

トニー・スターク
天才科学者、「アイアンマン」であることを公表しヒーローとなった男 「アイアンマン3」マイケル・シグレイン ノベル;吉田章子[ほか]訳 講談社(ディズニーストーリーブック) 2013年9月

とます

ドニファン
難破船「スラウギ号」で無人島に漂着した十五人の少年のひとり、地主の息子でいばり屋の十三歳 「十五少年漂流記 ながい夏休み」 ベルヌ作;末松氷海子訳;はしもとしん絵 集英社(集英社みらい文庫) 2011年6月

トパーズ・サントノレ
タイムトラベルの特殊能力をもつ15歳の少女、秘密組織「ヒストリーキーパーズ」の一員 「ヒストリーキーパーズ 時空の守り人 上下」 ダミアン・ディベン著;中村浩美訳 ソフトバンククリエイティブ 2012年8月

トビー
赤ちゃんのころ海岸通りぞいにたつグランドホテルのあき部屋で発見された小間使いの少年 「11号室のひみつ」 ヘザー・ダイヤー作;ピーター・ベイリー絵;相良倫子訳 小峰書店(おはなしメリーゴーラウンド) 2011年12月

トビー(トビアス)
孤児のミンを引き取った小児科医・ジェスの名付け子、十二歳の男の子 「ミンのあたらしい名前」 ジーン・リトル著;田中奈津子訳 講談社 2011年2月

トビアス
孤児のミンを引き取った小児科医・ジェスの名付け子、十二歳の男の子 「ミンのあたらしい名前」 ジーン・リトル著;田中奈津子訳 講談社 2011年2月

トマーシュ・ボビック
名門ユナイテッドの十二歳以下チームのゴールキーパー、ポーランドから父親とふたりでイギリスに移住してきた少年 「フットボール・アカデミー 1 ユナイテッド入団!MFジェイクの挑戦」 トム・パーマー作;石崎洋司訳;岡本正樹画 岩崎書店 2013年4月

トマーシュ・ボビック
名門ユナイテッドの十二歳以下チームのゴールキーパー、ポーランドから父親とふたりでイギリスに移住してきた少年 「フットボール・アカデミー 3 PKはまかせろ!GKトマーシュの勇気」 トム・パーマー作;石崎洋司訳;岡本正樹画 岩崎書店 2013年10月

トーマス
ダブリンで働く青年、サリーの友人 「サリーの愛する人」 エリザベス・オハラ作;もりうちすみこ訳 さ・え・ら書房 2012年4月

トーマス
どんな病や傷も癒すことのできる七歳の少年、盲目の魔術師ジョーグの弟子 「エリアナンの魔女2 魔女メガンの弟子(下)」 ケイト・フォーサイス作;井辻朱美訳 徳間書店 2011年1月

トーマス
どんな病や傷も癒すことのできる七歳の少年、盲目の魔術師ジョーグの弟子 「エリアナンの魔女3 黒き翼の王(上)」 ケイト・フォーサイス作;井辻朱美訳 徳間書店 2011年2月

トーマス
身よりのない子どもの家から少女アーヤをひきとった魔女・ベラ・ヤーガの使い魔、黒ネコ 「アーヤと魔女」 ダイアナ・ウィン・ジョーンズ作;田中薫子訳;佐竹美保絵 徳間書店 2012年7月

トマス
第二次世界停戦中チェコスロバキアにいた幼い三人兄弟の真ん中の弟、九歳の男の子 「真夜中の動物園」 ソーニャ・ハートネット著;野沢佳織訳 主婦の友社 2012年7月

トーマス(トリビックリ・トーマス)
ドイツのとある村のキャベツ畑に立てられたかかし、人や動物の言葉がわかる畑の見張り役 「かかしのトーマス」 オトフリート・プロイスラー作;ヘルベルト・ホルツィング絵;吉田孝夫訳 さ・え・ら書房 2012年9月

とます

トーマス・J・ウォード（トム）　とーますじぇいうぉーど（とむ）
悪を封じる職人である魔使いの弟子の少年、農夫の七番目の息子　「魔使いの悪夢（魔使いシリーズ）」ジョゼフ・ディレイニー著;田中亜希子訳　東京創元社(sogen bookland) 2012年3月

トーマス・J・ウォード（トム）　とーますじぇいうぉーど（とむ）
悪を封じる職人である魔使いの弟子の少年、農夫の七番目の息子　「魔使いの運命（魔使いシリーズ）」ジョゼフ・ディレイニー著;田中亜希子訳　東京創元社(sogen bookland) 2013年3月

トーマス・J・ウォード（トム）　とーますじぇいうぉーど（とむ）
悪を封じる職人である魔使いの弟子の少年、農夫の七番目の息子　「魔使いの犠牲（魔使いシリーズ）」ジョゼフ・ディレイニー著;田中亜希子訳　東京創元社(sogen bookland) 2011年3月

トマス・ジェームズ・バウアーズ
オハイオ州グレインの野球チームのメンバー、親友のホープを常に助ける十六歳の少年　「沈黙の殺人者」ダンディ・デイリー・マコール著;武富博子訳　評論社(海外ミステリーBOX) 2013年3月

トマス・スタビンズ
ドリトル先生の助手、先生のおうちの「湿原のほとりのパドルビー」でおるす番をしている少年　「ドリトル先生月から帰る－新訳」ヒュー・ロフティング作;河合祥一郎訳;patty絵　KADOKAWA（角川つばさ文庫）2013年12月

トマス・スタビンズ
ドリトル先生の助手、先生のおうちの「湿原のほとりのパドルビー」に住んでいる少年　「ドリトル先生と月からの使い－新訳」ヒュー・ロフティング作;河合祥一郎訳;patty絵　アスキー・メディアワークス（角川つばさ文庫）2013年3月

トマス・スタビンズ
動物と話せるお医者さん・ドリトル先生のただひとりの助手　「ドリトル先生の月旅行」ヒュー・ロフティング作;河合祥一郎訳;patty絵　アスキー・メディアワークス（角川つばさ文庫）2013年6月

トーマス・トップ
九歳の誕生日に妖精に飛べるようになりたいと願って飛べるようになった男の子　「空を飛んだ男の子のはなし（マジカルチャイルド3）」サリー・ガードナー作;三辺律子訳　小峰書店 2013年8月

トマスナル
ベトナム高地の村で少年ティンに象使いの仕事を教えた少年、象使い　「象使いティンの戦争」シンシア・カドハタ著;代田亜香子訳　作品社 2013年5月

トミー（トマス・スタビンズ）
ドリトル先生の助手、先生のおうちの「湿原のほとりのパドルビー」でおるす番をしている少年　「ドリトル先生月から帰る－新訳」ヒュー・ロフティング作;河合祥一郎訳;patty絵　KADOKAWA（角川つばさ文庫）2013年12月

トミー（トマス・スタビンズ）
ドリトル先生の助手、先生のおうちの「湿原のほとりのパドルビー」に住んでいる少年　「ドリトル先生と月からの使い－新訳」ヒュー・ロフティング作;河合祥一郎訳;patty絵　アスキー・メディアワークス（角川つばさ文庫）2013年3月

トミー（トマス・スタビンズ）
動物と話せるお医者さん・ドリトル先生のただひとりの助手　「ドリトル先生の月旅行」ヒュー・ロフティング作;河合祥一郎訳;patty絵　アスキー・メディアワークス（角川つばさ文庫）2013年6月

とむ

トミー・ラニエリ・ストランビ
ベネチア生まれの冒険物語が好きな13歳、ロンドン生まれのアニータの友人 「ユリシーズ・ムーアとなぞの迷宮」 Pierdomenico Baccalario著;金原瑞人訳;佐野真奈美訳;井上里訳 学研教育出版 2012年12月

トミー・ラニエリ・ストランビ
ベネチア生まれの冒険物語が好きな13歳、ロンドン生まれのアニータの友人 「ユリシーズ・ムーアと隠された町」 Pierdomenico Baccalario著;金原瑞人訳;佐野真奈美訳;井上里訳 学研パブリッシング 2012年6月

トミー・ラニエリ・ストランビ
ベネチア生まれの冒険物語が好きな13歳、ロンドン生まれのアニータの友人 「ユリシーズ・ムーアと灰の庭」 Pierdomenico Baccalario著;金原瑞人訳;佐野真奈美訳;井上里訳 学研教育出版 2013年7月

トミー・ラニエリ・ストランビ
ベネチア生まれの冒険物語が好きな13歳、ロンドン生まれのアニータの友人 「ユリシーズ・ムーアと空想の旅人」 Pierdomenico Baccalario著;金原瑞人訳;佐野真奈美訳;井上里訳 学研教育出版 2013年10月

トミー・ラニエリ・ストランビ
ベネチア生まれの冒険物語が好きな13歳、ロンドン生まれのアニータの友人 「ユリシーズ・ムーアと氷の国」 Pierdomenico Baccalario著;金原瑞人訳;佐野真奈美訳;井上里訳 学研教育出版 2013年4月

トミー・ラニエリ・ストランビ
ベネチア生まれの冒険物語が好きな13歳、ロンドン生まれのアニータの友人 「ユリシーズ・ムーアと雷の使い手」 Pierdomenico Baccalario著;金原瑞人訳;佐野真奈美訳;井上里訳 学研パブリッシング 2012年10月

トム
アバンティア王国の守り神・火龍フェルノを相棒のエレナと救出しに行った少年 「ビースト・クエスト 17 超マンモスタスク」 アダム・ブレード作;浅尾敦則訳;大庭賢哉イラスト ゴマブックス 2011年1月

トム
アバンティア王国の守り神・山男アークタを相棒のエレナと救出しに行った少年 「ビースト・クエスト 18 サソリ男スティング」 アダム・ブレード作;浅尾敦則訳;大庭賢哉イラスト ゴマブックス 2011年2月

トム
悪を封じる職人である魔使いの弟子の少年、農夫の七番目の息子 「魔使いの悪夢(魔使いシリーズ)」 ジョゼフ・ディレイニー著;田中亜希子訳 東京創元社(sogen bookland) 2012年3月

トム
悪を封じる職人である魔使いの弟子の少年、農夫の七番目の息子 「魔使いの運命(魔使いシリーズ)」 ジョゼフ・ディレイニー著;田中亜希子訳 東京創元社(sogen bookland) 2013年3月

トム
悪を封じる職人である魔使いの弟子の少年、農夫の七番目の息子 「魔使いの犠牲(魔使いシリーズ)」 ジョゼフ・ディレイニー著;田中亜希子訳 東京創元社(sogen bookland) 2011年3月

トム
森でくらしている四ひきのこぶたのいちばん年上のにいさん、家族の料理番 「おめでたこぶた その1 四ひきのこぶたとアナグマのお話」 アリソン・アトリー作;すがはらひろくに訳;やまわきゆりこ画 福音館書店(世界傑作童話シリーズ) 2012年2月

とむげ

トム・ゲイツ
イギリスの小学五年生、しゅくだいをわすれてばかりいる男の子 「トム・ゲイツ [1] トホホなまいにち」L.ピーション作;宮坂宏美訳 小学館 2013年11月

トム・ソーヤ
いたずらっ子だが正義感が強く思いやりのある少年 「トム・ソーヤの冒険 宝さがしに出発だ!」マーク・トウェイン作;亀井俊介訳;ミギー絵 集英社(集英社みらい文庫) 2011年7月

トム・ソーヤー
アメリカの田舎町でポリーおばさんに育てられている冒険といたずらが好きなわんぱく少年 「トム・ソーヤーの冒険」 マーク・トウェーン作;飯島淳秀訳 講談社(講談社青い鳥文庫) 2012年4月

トム・ダッジョン
ノーフォーク湖沼地方に住む地元の少年、ヨットのティトマス号に乗り野鳥保護クラブを結成している子 「オオバンクラブ物語 上下(ランサム・サーガ5)」 アーサー・ランサム作;神宮輝夫訳 岩波書店(岩波少年文庫) 2011年10月

トム・トゥルーハート
「おとぎの国」で有名な冒険一家の末っ子、行方不明の兄たちを探す旅に出た少年 「盗まれたおとぎ話−少年冒険家トム1」 イアン・ベック作・絵;松岡ハリス佑子訳 静山社 2012年1月

トム・トゥルーハート
行方不明の父親を探しに「神話と伝説の島」へ行った「おとぎの国」の少年冒険家 「予言された英雄−少年冒険家トム3」 イアン・ベック作・絵;松岡ハリス佑子訳 静山社 2013年4月

トム・トゥルーハート
有名な冒険一家の末っ子、任務をおびて「暗い物語の国」への旅に出た少年 「暗闇城の黄金−少年冒険家トム2」 イアン・ベック作・絵;松岡ハリス佑子訳 静山社 2012年7月

トム・マーロウ
十八世紀のロンドンに暮らす十五歳の少年、父親が営む印刷工房の見習い 「死神の追跡者(トム・マーロウの奇妙な事件簿1)」 クリス・プリーストリー作;堀川志野舞訳;佐竹美保画 ポプラ社 2011年11月

トム・マーロウ
十八世紀のロンドンに暮らす十六歳の少年、ノーフォークへと旅することになった少年 「呪いの訪問者(トム・マーロウの奇妙な事件簿3)」 クリス・プリーストリー作;堀川志野舞訳;佐竹美保画 ポプラ社 2012年7月

トム・マーロウ
十八世紀のロンドンに暮らす十六歳の少年、ハーカー博士の助手 「悪夢の目撃者(トム・マーロウの奇妙な事件簿2)」 クリス・プリーストリー作;堀川志野舞訳;佐竹美保画 ポプラ社 2012年3月

トム・ヤンセン
乗馬クラブを経営している牧場の息子でヴォルケの兄、乗馬が上手い少年 「動物と話せる少女リリアーネ5 走れストーム風のように!」 タニヤ・シュテーブナー著;中村智子訳;駒形イラスト 学研教育出版 2011年7月

トーラー
ぶなやしきの召し使い、あらっぽい下品なおとこ 「シャーロック・ホームズ 04 なぞのブナやしき」 コナン・ドイル作;中尾明訳;岡本正樹絵 岩崎書店 2011年3月

トラー
ウィンチェスター郊外にあるぶな屋敷の使用人 「名探偵ホームズ ぶな屋敷のなぞ」 コナン・ドイル作;日暮まさみち訳;青山浩行絵 講談社(青い鳥文庫) 2011年5月

とりく

ドーラ
グリーン・ゲイブルズで暮らすマリラが引き取った遠縁で孤児になった六歳のふたご、おとなしい女の子 「新訳 アンの青春」 モンゴメリ作;木村由利子訳;羽海野チカイラスト;おのともえイラスト 集英社(集英社みらい文庫) 2012年3月

ドラゴミラ(バーバ・ポロック)
〈エデフィア〉国の君主の地位の継承者オクサ・ポロックの祖母、秘密の工房を持つ老女 「オクサ・ポロック 2 迷い人の森」 アンヌ・プリショタ著;サンドリーヌ・ヴォルフ著;児玉しおり訳 西村書店 2013年6月

ドラゴミラ(バーバ・ポロック)
〈エデフィア〉国の君主の地位の継承者オクサ・ポロックの祖母、秘密の工房を持つ老女 「オクサ・ポロック 3 二つの世界の中心」 アンヌ・プリショタ著;サンドリーヌ・ヴォルフ著;児玉しおり訳 西村書店 2013年12月

ドラゴミラ(バーバ・ポロック)
活発な少女オクサ・ポロックの祖母、秘密の工房を持つハーブ薬剤師 「オクサ・ポロック 1 希望の星」 アンヌ・プリショタ著;サンドリーヌ・ヴォルフ著;児玉しおり訳 西村書店 2012年12月

ドラゴン
グリーヴ王国の岩山にいるというドラゴン 「にげだした王女さま」 ケイト・クームズ著;綾音恵美子[ほか]訳 バベルプレス 2012年5月

トラップ・スティルトン
子住島の首都・東中都で新聞社を経営しているネズミ・ジェロニモのいとこ 「ユーレイ城のなぞ(冒険作家ジェロニモ・スティルトン)」 ジェロニモ・スティルトン作;加門ベル訳 講談社 2011年6月

ドーラ・ポメロイ
シカゴ美術館のソーン・ミニチュアルームを研究しているインテリアデザイナー 「消えた鍵の謎 12分の1の冒険 2」 マリアン・マローン作;橋本恵訳 ほるぷ出版 2012年11月

ドリー
ふとっちょハト、ペテフレット荘の塔の部屋に住む少年・プルックの友だち 「ペテフレット荘のプルック 下 とんでけ、空へ」 アニー・M.G.シュミット作;フィープ・ヴェステンドルプ絵;西村由美訳 岩波書店 2011年7月

ドリー
ふとっちょハト、ペテフレット荘の塔の部屋に住む少年・プルックの友だち 「ペテフレット荘のプルック 上 あたらしい友だち」 アニー・M.G.シュミット作;フィープ・ヴェステンドルプ絵;西村由美訳 岩波書店 2011年7月

トリクシー
魔法の国「ひみつの王国」のヨロコビ王のおつきの妖精 「シークレット♥キングダム 3 空飛ぶアイランド」 ロージー・バンクス作;井上里訳 理論社 2012年12月

トリクシー
魔法の国「ひみつの王国」のヨロコビ王のおつきの妖精 「シークレット♥キングダム 4 マーメイドの海」 ロージー・バンクス作;井上里訳 理論社 2013年1月

トリクシー
魔法の国「ひみつの王国」のヨロコビ王のおつきの妖精 「シークレット♥キングダム 5 魔法の山」 ロージー・バンクス作;井上里訳 理論社 2013年2月

トリクシー
魔法の国「ひみつの王国」のヨロコビ王のおつきの妖精 「シークレット♥キングダム 6 かがやきのビーチ」 ロージー・バンクス作;井上里訳 理論社 2013年3月

とりく

トリクシー
魔法の生き物たちがくらす「ひみつの王国」のヨロコビ王のおつきの妖精 「シークレット♥キングダム 2 ユニコーンの谷」 ロージー・バンクス作;井上里訳 理論社 2012年11月

トリクシィ・エラー
四年生のリリの同級生、母親に暴力をふるわれていたため祖母に引きとられた少女 「動物と話せる少女リリアーネ 6 赤ちゃんパンダのママを探して!」 タニヤ・シュテーブナー著;中村智子訳;駒形イラスト 学研教育出版 2011年12月

トリクシィ・エラー
小学四年生、同級生のリリになにかにつけて意地悪をする女の子 「動物と話せる少女リリアーネ 4 笑うチンパンジーのひみつ!」 タニヤ・シュテーブナー著;中村智子訳;駒形イラスト 学研教育出版 2011年3月

トリジェニス
コーンウォールの牧師館に下宿する資産家の紳士 「名探偵ホームズ 悪魔の足」 コナン・ドイル作;日暮まさみち訳;青山浩行絵 講談社(青い鳥文庫) 2011年11月

ドリッズト・ドゥアーデン
魔法も使える二刀流の天才剣士、善なる魂を持ったダークエルフ 「ダークエルフ物語 夜明けへの道」 R.A.サルバトーレ著;安田均監訳;笠井道子訳 アスキー・メディアワークス 2011年3月

ドリトル先生　どりとるせんせい
動物と話せるお医者さん、月から帰ってきた博物学者 「ドリトル先生月から帰る－新訳」 ヒュー・ロフティング作;河合祥一郎訳;patty絵 KADOKAWA(角川つばさ文庫) 2013年12月

ドリトル先生　どりとるせんせい
動物と話せるお医者さん、博物学者 「ドリトル先生と月からの使い－新訳」 ヒュー・ロフティング作;河合祥一郎訳;patty絵 アスキー・メディアワークス(角川つばさ文庫) 2013年3月

ドリトル先生　どりとるせんせい
動物と話せるお医者さんで博物学者 「ドリトル先生の月旅行」 ヒュー・ロフティング作;河合祥一郎訳;patty絵 アスキー・メディアワークス(角川つばさ文庫) 2013年6月

トリビックリ・トーマス
ドイツのとある村のキャベツ畑に立てられたかかし、人や動物の言葉がわかる畑の見張り役 「かかしのトーマス」 オトフリート・プロイスラー作;ヘルベルト・ホルツィング絵;吉田孝夫訳 さ・え・ら書房 2012年9月

トリレ
フィヨルドの町クネルト・マチルデに住む九歳のやさしい少年、同級生の女の子レーナの幼なじみ 「ぼくたちとワッフルハート」 マリア・パル作;松沢あさか訳 さ・え・ら書房 2011年2月

ドリーンおばさん
しっかり者の女の子・リジーの家に来たロうるさくて心配性のおばさん 「パパはバードマン」 デイヴィッド・アーモンド作;ポリー・ダンバー絵;金原瑞人訳 フレーベル館 2011年10月

ドリンコート伯爵　どりんこーとはくしゃく
アメリカにいる孫のセドリックをあとつぎとしてイギリスに呼びよせた老伯爵 「小公子」 フランシス・ホジソン・バーネット作;脇明子訳 岩波書店(岩波少年文庫) 2011年11月

トリンドル
ネバーランドの秘密の場所・ピクシー・ホロウに住む裁縫の妖精 「ティンカー・ベルは"修理やさん"」 キキ・ソープ作;デニース・シマブクロ絵;小宮山みのり訳 講談社(新ディズニーフェアリーズ文庫) 2011年4月

ドール
難破船「スラウギ号」で無人島に漂着した十五人の少年のひとり、陸軍将校の息子で意地っ張りの八歳 「十五少年漂流記 ながい夏休み」ベルヌ作;末松氷海子訳;はしもとしん絵 集英社(集英社みらい文庫) 2011年6月

トール(凄腕)　とーる(すごうで)
その昔スウェーデンのイェムランドにいた男、なんども戦場におもむいた勇敢な戦士 「ニルスが出会った物語 6 巨人と勇士トール」セルマ・ラーゲルレーヴ原作;菱木晃子訳構成;平澤朋子画 福音館書店(世界傑作童話シリーズ) 2013年2月

トルケル・クローケ
ホルムゴードの王、ビッケとチェスの試合をした男 「ビッケと空とぶバイキング船」ルーネル・ヨンソン作;エーヴェット・カールソン絵;石渡利康訳 評論社(評論社の児童図書館・文学の部屋) 2011年11月

トルーディ
ニューヨークで人形修理店をいとなむ両親と暮らす三姉妹の七さいの三女 「うちはお人形の修理屋さん」ヨナ・ゼルディス・マクドノー作;おびかゆうこ訳;杉浦さやか絵 徳間書店 2012年5月

トルーディ
ニューヨークに住む九さいの少女、お人形屋さん一家の三姉妹の三女 「お人形屋さんに来たネコ」ヨナ・ゼルディス・マクドノー作;おびかゆうこ訳;杉浦さやか絵 徳間書店 2013年5月

トレヴァー
ブラックスロープ村の民宿を経営する夫妻の孫、自然科学者になりたい少年 「XX・ホームズの探偵ノート 2 ブラックスロープの怪物」トレーシー・バレット作;こだまともこ訳;十々夜絵 フレーベル館 2011年3月

トレバー(ビクター・トレバー)
名探偵ホームズの大学時代の友人 「名探偵ホームズ 囚人船の秘密」コナン・ドイル作;日暮まさみち訳;青山浩行絵 講談社(青い鳥文庫) 2011年9月

トレバー老人　とればーろうじん
ホームズの大学時代の友人ビクターの父親、ノーフォーク州の治安判事 「名探偵ホームズ 囚人船の秘密」コナン・ドイル作;日暮まさみち訳;青山浩行絵 講談社(青い鳥文庫) 2011年9月

ドレンテ先生　どれんてせんせい
ミラノからヴェネツィアに引っ越してきた5年生の男の子ダンテの家庭教師、変わり者のおじいさん 「ネコの目からのぞいたら」シルヴァーナ・ガンドルフィ作;関口英子訳;ジュリア・オレッキア絵 岩波書店 2013年7月

ドロシー
アメリカのカンザス州からオズの国にひっこしてきた女の子、オズマ姫の一番の友だちでオズの王女 「オズの魔法使いシリーズ11 完訳オズの消えた姫」ライマン・フランク・ボーム著;宮坂宏美訳 復刊ドットコム 2013年3月

ドロシー
アメリカのカンザス州からオズの国にひっこしてきた女の子、オズマ姫の一番の友だちでオズの王女 「オズの魔法使いシリーズ14 完訳オズのグリンダ」ライマン・フランク・ボーム著;宮坂宏美訳 復刊ドットコム 2013年9月

ドロシー
カンザスで大竜巻に巻きこまれ魔法の国オズに飛ばされた少女 「オズの魔法使い」L.フランク・ボーム作;柴田元幸訳;吉野朔実絵 角川書店(角川つばさ文庫) 2013年2月

どろし

ドロシー
カンザスに住んでいた孤児、竜巻に飛ばされて魔法使いオズの国にやってきた少女 「オズの魔法使い」L.F.バーム作;松村達雄訳;鳥羽雨画 講談社(青い鳥文庫) 2013年1月

ドロシー
カンザス州の広大な平原の小さな家にいた孤児、竜巻で家ごと吹き飛ばされた少女 「オズの魔法使い」ライマン・フランク・ボウム著;江國香織訳 小学館 2013年3月

ドロシー
カンザス出身の少女、オズマ姫の親友でありオズの王女 「オズの魔法使いシリーズ13 完訳オズの魔法」ライマン・フランク・ボーム著;田中亜希子訳 復刊ドットコム 2013年7月

ドロシー
たつまきによって愛犬トトといっしょにカンザス州の大草原から魔法のオズの国にとばされてしまった少女 「オズの魔法使いシリーズ1 完訳オズの魔法使い」ライマン・フランク・ボーム著;宮坂宏美訳 復刊ドットコム 2011年10月

ドロシー
大たつまきに家ごと飛ばされてカンザス州の草原からオズの国に来た女の子 「オズの魔法使い 新訳」ライマン・フランク・ボーム作;西田佳子訳 集英社(集英社みらい文庫) 2013年6月

ドロシア・カラム
ノーフォーク湖沼地方にあるヨット・ティーズル号に招待されたカラムきょうだいの姉 「オオバンクラブ物語 上下(ランサム・サーガ5)」アーサー・ランサム作;神宮輝夫訳 岩波書店(岩波少年文庫) 2011年10月

ドロシア・カラム
ハイトップスと呼ばれる高原地帯で金を探す採鉱師になった子ども 「ツバメ号の伝書バト 上下(ランサム・サーガ6)」アーサー・ランサム作;神宮輝夫訳 岩波書店(岩波少年文庫) 2011年10月

ドロシア・カラム
冬休みにディックおばさんの農場に来たカラムきょうだいの姉、物語を書く少女 「長い冬休み 上下(ランサム・サーガ4)」アーサー・ランサム作;神宮輝夫訳 岩波書店(岩波少年文庫) 2011年7月

ドロシー・ゲイル
おじさんおばさんとともにオズの国に移住することになった女の子、オズの国では王女さま 「オズの魔法使いシリーズ6 完訳オズのエメラルドの都」ライマン・フランク・ボーム著;ないとうふみこ訳 復刊ドットコム 2012年6月

ドロシー・ゲイル
航海中にあらしにあい魔法の国・エヴの国にたどりついたカンザスからきた少女 「オズの魔法使いシリーズ3 完訳オズのオズマ姫」ライマン・フランク・ボーム著;ないとうふみこ訳 復刊ドットコム 2011年12月

ドロシー・ゲイル
地震にあって地下の世界へ落ちてしまった少女 「オズの魔法使いシリーズ4 完訳オズとドロシー」ライマン・フランク・ボーム著;田中亜希子訳 復刊ドットコム 2012年2月

ドロシー・ゲイル
魔法のオズの国にあるエメラルドの都をめざして冒険がはじまったカンザスから来た女の子 「オズの魔法使いシリーズ5 完訳オズへの道」ライマン・フランク・ボーム著;宮坂宏美訳 復刊ドットコム 2012年3月

トロット
大きくてまじめな目をした小さな女の子、元船乗りのビル船長の相棒 「オズの魔法使いシリーズ9 完訳オズのかかし」ライマン・フランク・ボーム著;ないとうふみこ訳 復刊ドットコム 2012年12月

なさに

とんでる姫　とんでるひめ
心のやさしいこわいもの知らずのお姫さま 「とんでる姫と怪物ズグルンチ」 シルヴィア・ロンカーリァ作;エレーナ・テンポリン絵;たかはしたかこ訳　西村書店(ときめきお姫さま3) 2012年3月

トント
アメリカ先住民コマンチ族の悪霊ハンター、巨悪とたたかうローン・レンジャーの相棒 「ローン・レンジャー」 エリザベス・ルドニック作;橘高弓枝訳　偕成社(ディズニーアニメ小説版) 2013年8月

ドンドンドシン一家　どんどんどしんいっか
ペテフレット荘の二十一階に住む六人兄弟とパパ一人のにぎやかな家族 「ペテフレット荘のプルック 上 あたらしい友だち」 アニー・M.G.シュミット作;フィープ・ヴェステンドルプ絵;西村由美訳　岩波書店 2011年7月

ドーン・ロシェル
十三歳で白血病と診断され寛解したが再発し骨髄移植をした十五歳の女の子 「ドーン・ロシェルの季節 4 いのちの光あふれて」 ローレイン・マクダニエル作;日当陽子訳　岩崎書店 2011年1月

【な】

ナイジェル
海岸通りぞいにたつグランドホテルのオーナー・ハリスさんの息子 「11号室のひみつ」 ヘザー・ダイヤー作;ピーター・ベイリー絵;相良倫子訳　小峰書店(おはなしメリーゴーラウンド) 2011年12月

ナイトソング
テキサス州の森で千年ほど昔にヌママムシの婆に娘として育てられたヘビ 「千年の森をこえて」 キャシー・アッペルト著;デイビッド・スモール画;片岡しのぶ訳　あすなろ書房 2011年5月

ナイラ
伝説の地・フール島のガフールの神木の王・コーリンの母、メンフクロウの武装集団「純血団」の最高司令官 「ガフールの勇者たち 12 コーリン王対決の旅」 キャスリン・ラスキー著;食野雅子訳　メディアファクトリー 2011年3月

ナイラ
伝説の地・フール島のガフールの神木の王・コーリンの母、メンフクロウの武装集団「純血団」の最高司令官 「ガフールの勇者たち 15 炎の石を賭けた大戦」 キャスリン・ラスキー著;食野雅子訳　メディアファクトリー 2012年3月

長ひげ　ながひげ
六年生の女の子・コーディが遠足で訪れた博物館にいた山羊ひげのおじさん 「暗号クラブ 3 海賊がのこしたカーメルの宝」 ペニー・ワーナー著;番由美子訳;ヒョーゴノスケ絵　KADOKAWA 2013年12月

ナサニエル・フラッド
見習い幻獣学者、幻獣学者フィルおばさんとくらしている十歳の少年 「見習い幻獣学者ナサニエル・フラッドの冒険 2 バジリスクの毒」 R.L.ラフィーバース作;ケリー・マーフィー絵;千葉茂樹訳　あすなろ書房 2012年12月

ナサニエル・フラッド
見習い幻獣学者、幻獣学者フィルおばさんとくらしている十歳の少年 「見習い幻獣学者ナサニエル・フラッドの冒険 3 ワイバーンの反乱」 R.L.ラフィーバース作;ケリー・マーフィー絵;千葉茂樹訳　あすなろ書房 2012年12月

なさに

ナサニエル・フラッド
見習い幻獣学者、幻獣学者フィルおばさんとくらしている十歳の少年 「見習い幻獣学者ナサニエル・フラッドの冒険 4 ユニコーンの赤ちゃん」 R.L.ラフィーバース作；ケリー・マーフィー絵；千葉茂樹訳 あすなろ書房 2013年1月

ナサニエル・フラッド
探検家の両親を事故で亡くし父のいとこの幻獣学者とくらすことになった十歳の少年 「見習い幻獣学者ナサニエル・フラッドの冒険 1 フェニックスのたまご」 R.L.ラフィーバース作；ケリー・マーフィー絵；千葉茂樹訳 あすなろ書房 2012年12月

ナスアダ
ヴァーデン軍を率いて帝国アラゲイジアと戦う若き指揮官、亡き名将アジハドの娘 「インヘリタンス―果てなき旅 上下（ドラゴンライダー BOOK4）」 クリストファー・パオリーニ著；大嶌双恵訳 静山社 2012年11月

ナタリー・カブラ
ケイヒル一族の分家ルシアン家の一員、39の手がかりを探すレースに参加するロンドン在住の裕福で天使のように美しい11歳の少女 「サーティーナイン・クルーズ 10 最期の試練 後編」 マーガレット・ピーターソン・ハディックス著；小浜杳訳；HACCANイラスト メディアファクトリー 2012年2月

ナタリー・カブラ
ケイヒル一族の分家ルシアン家の一員、39の手がかりを探すレースに参加するロンドン在住の裕福で天使のように美しい11歳の少女 「サーティーナイン・クルーズ 10 最期の試練 前編」 マーガレット・ピーターソン・ハディックス著；小浜杳訳；HACCANイラスト メディアファクトリー 2011年11月

ナタリー・カブラ
ケイヒル一族の分家ルシアン家の一員、39の手がかりを探すレースに参加するロンドン在住の裕福で天使のように美しい11歳の少女 「サーティーナイン・クルーズ 8 皇帝の暗号」 ゴードン・コーマン著；小浜杳訳；HACCANイラスト メディアファクトリー 2011年2月

ナタリー・カブラ
ケイヒル一族の分家ルシアン家の一員、39の手がかりを探すレースに参加するロンドン在住の裕福で天使のように美しい11歳の少女 「サーティーナイン・クルーズ 9 海賊の秘宝」 リンダ・スー・パーク著；小浜杳訳；HACCANイラスト メディアファクトリー 2011年6月

ナタリー・フィールド
作曲家を目指すもうすぐ十八歳の女の子 「どこからも彼方にある国」 アーシュラ・K・ル・グィン著；中村浩美訳 あかね書房（YA Step!） 2011年2月

ナータン
エルサレムに住むユダヤ人の商人、賢者と呼ばれている男 「賢者ナータンと子どもたち」 ミリヤム・ブレスラー作；森川弘子訳 岩波書店 2011年11月

ナット・ブレイク
めぐまれない少年少女たちの学校・プラムフィールド学園にひきとられた孤児の少年 「若草物語 3 ジョーの魔法」 オルコット作；谷口由美子訳；藤田香絵 講談社（青い鳥文庫） 2011年3月

ナナワトリ
「太陽の国」の王子の妹、ウシウィルケ族のトゥングルの恋人 「最果てのサーガ 2 影の時」 リリアナ・ボドック著；中川紀子訳 PHP研究所 2011年1月

ナナワトリ
「太陽の国」の王女の身分を捨て「最果て」にやって来た娘、トゥングルの恋人 「最果てのサーガ 3 泥の時」 リリアナ・ボドック著；中川紀子訳 PHP研究所 2011年3月

ナーヤ
スーダンのヌアー族の十一歳の少女、家族のための水汲みで一日が終わってしまう女の子
「魔法の泉への道」リンダ・スー・パーク著;金利光訳 あすなろ書房 2011年11月

ナン
めぐまれない少年少女たちの学校・プラムフィールド学園にひきとられた少女 「若草物語
3 ジョーの魔法」オルコット作;谷口由美子訳;藤田香絵 講談社(青い鳥文庫)2011年3
月

ナン
めぐまれない少年少女たちの学校・プラムフィールド学園のかつての生徒、医者をめざす
女の子 「若草物語 4 それぞれの赤い糸」オルコット作;谷口由美子訳;藤田香絵 講談社
(青い鳥文庫)2011年10月

ナンシー
旧家ハリントン家のメイド 「少女ポリアンナ」エレナ・ポーター作;木村由利子訳;結川カズ
ノ絵 角川書店(角川つばさ文庫)2012年6月

ナンシイ・ブラケット
アマゾン号の船長、ハウスボートで暮らすジムおじさんのめい 「ヤマネコ号の冒険 上下(ラ
ンサム・サーガ3)」アーサー・ランサム作;神宮輝夫訳 岩波書店(岩波少年文庫)2012年
5月

ナンシイ・ブラケット
アマゾン号の船長、ハウスボートで暮らすジムおじさんのめい 「長い冬休み 上下(ランサ
ム・サーガ4)」アーサー・ランサム作;神宮輝夫訳 岩波書店(岩波少年文庫)2011年7月

ナンシイ・ブラケット
ウォーカー家のきょうだいといっしょに秘密の島々の探検をした子ども 「ひみつの海 上下
(ランサム・サーガ8)」アーサー・ランサム作;神宮輝夫訳 岩波書店(岩波少年文庫)
2013年11月

ナンシイ・ブラケット
ハイトップスと呼ばれる高原地帯で金を探す採鉱師になった子ども、アマゾン号の船長 「ツ
バメ号の伝書バト 上下(ランサム・サーガ6)」アーサー・ランサム作;神宮輝夫訳 岩波書
店(岩波少年文庫)2011年10月

ナンシイ・ブラケット(船長ナンシイ)　なんしいぶらけっと(きゃぷてんなんしい)
アマゾン号の船長兼共同所有者、ハウスボートで暮らすジムおじさんのめい 「ツバメの谷
上下(ランサム・サーガ2)」アーサー・ランサム作;神宮輝夫訳 岩波書店(岩波少年文庫)
2011年3月

ナンジ・リム
アメリカの田舎に住む男の子レイが丘の上で出合った大きくて白い馬 「丘はうたう」マイン
ダート・ディヤング作;モーリス・センダック絵;脇明子訳 福音館書店(世界傑作童話シリー
ズ)2011年6月

ナンス弁護士(クリフォード・ナンス弁護士)　なんすべんごし(くりふぉーどなんすべんごし)
妻殺害の容疑者・ダフィーの主任弁護人、白髪まじりの男 「少年弁護士セオの事件簿1 な
ぞの目撃者」ジョン・グリシャム作;石崎洋司訳 岩崎書店 2011年9月

【に】

ニコ
人間界とは別の量子の世界に迷い込んだ少年 「3つの鍵の扉」ソニア・フェルナンデス=
ビダル著;轟志津香訳 晶文社 2013年11月

にこで

ニコ・ディ・アンジェロ
冥界の王プルトの息子でヘイゼルの兄 「オリンポスの神々と7人の英雄 2 海神の息子」
リック・リオーダン作;金原瑞人訳;小林みき訳 ほるぷ出版 2012年11月

ニコラ・フラメル
伝説の錬金術師、サンフランシスコでソフィーとジョシュに会った不死身の男 「死霊術師
ジョン・ディー－ネクロマンサー(アルケミスト4)」 マイケル・スコット著;橋本恵訳 理論社
2011年7月

ニコラ・フラメル
伝説の錬金術師、サンフランシスコでソフィーとジョシュに会った不死身の男 「伝説の双子
ソフィー&ジョシュ(アルケミスト6)」 マイケル・スコット著;橋本恵訳 理論社 2013年11月

ニコラ・フラメル
伝説の錬金術師、不死身の男だったが不老不死の術を失った男 「魔導師アブラハム(ア
ルケミスト5)」 マイケル・スコット著;橋本恵訳 理論社 2012年12月

ニコロ・スピーニ
天空の民の金色の目をした少年 「天空の少年ニコロ3 龍とダイヤモンド」 カイ・マイヤー著
;遠山明子訳;佐竹美保画 あすなろ書房 2012年3月

ニコロ・スピーニ
天空の民を救うために選ばれ龍が吐きだす霊気(エーテル)をさがして旅をする金色の目
の少年 「天空の少年ニコロ2 呪われた月姫」 カイ・マイヤー著;遠山明子訳;佐竹美保画
あすなろ書房 2011年7月

ニコロ・マキャベリ
ダークエルダーに仕える不死身の男 「死霊術師ジョン・ディー－ネクロマンサー(アルケミ
スト4)」 マイケル・スコット著;橋本恵訳 理論社 2011年7月

ニコロ・マキャベリ
ダークエルダーに仕える不死身の男 「伝説の双子ソフィー&ジョシュ(アルケミスト6)」 マイ
ケル・スコット著;橋本恵訳 理論社 2013年11月

ニコロ・マキャベリ
ダークエルダーに仕える不死身の男 「魔導師アブラハム(アルケミスト5)」 マイケル・スコッ
ト著;橋本恵訳 理論社 2012年12月

西の悪い魔女　にしのわるいまじょ
オズの国の西の悪い魔女 「オズの魔法使いシリーズ1 完訳オズの魔法使い」 ライマン・
フランク・ボーム著;宮坂宏美訳 復刊ドットコム 2011年10月

ニック
自転車で「地獄坂」をおりようと友だちのマーヴィンをさそった三年生の男の子 「地獄坂へ
まっしぐら!」 ルイス・サッカー作;はらるい訳;むかいながまさ絵 文研出版(文研ブックラン
ド) 2012年10月

ニミー・エイミー
ブリキのきこりがかつて結婚の約束をしていた美しいマンチキンの娘 「オズの魔法使いシ
リーズ12 完訳オズのブリキのきこり」 ライマン・フランク・ボーム著;ないとうふみこ訳 復刊
ドットコム 2013年5月

ニャナ・ジョージアナ・ハすラーさ・オブ・フュルドラーカ(フローラ)
カリファ共和国ハすラーさ家当主の娘、魔法勉強中の軍士官候補生の十六歳 「怒りのフ
ローラ 上下」 イザボー・S.ウィルス著;杉田七重訳 東京創元社(一万一千の部屋を持つ屋
敷と魔法の執事) 2013年4月

ねすた

ニルス
ガチョウの背中にのりスウェーデンの空を旅する小人の大きさの男の子 「ニルスが出会った物語 1 まぼろしの町」 セルマ・ラーゲルレーヴ原作;菱木晃子訳構成;平澤朋子画 福音館書店(世界傑作童話シリーズ) 2012年5月

ニルス
ガチョウの背中にのりスウェーデンの空を旅する小人の大きさの男の子 「ニルスが出会った物語 2 風の魔女カイサ」 セルマ・ラーゲルレーヴ原作;菱木晃子訳構成;平澤朋子画 福音館書店(世界傑作童話シリーズ) 2012年6月

ニルス
ガチョウの背中にのりスウェーデンの空を旅する小人の大きさの男の子 「ニルスが出会った物語 3 クマと製鉄所」 セルマ・ラーゲルレーヴ原作;菱木晃子訳構成;平澤朋子画 福音館書店(世界傑作童話シリーズ) 2012年9月

【ぬ】

ヌママムシの婆　ぬままむしのばば
テキサス州の森に埋まっていた甕に閉じこめられているヘビ、魔性の生き物 「千年の森をこえて」 キャシー・アッペルト著;デイビッド・スモール画;片岡しのぶ訳 あすなろ書房 2011年5月

【ね】

ネイサン・ワイルダー
タイムトラベルの特殊能力をもつ16歳の少年、秘密組織「ヒストリーキーパーズ」の一員 「ヒストリーキーパーズ 時空の守り人 上下」 ダミアン・ディベン著;中村浩美訳 ソフトバンククリエイティブ 2012年8月

ネオ
四年生の少年ウィリアムの家に引きとられた動物保護センターの犬、おしゃべり犬 「犬のことばが聞こえたら」 パトリシア・マクラクラン作;こだまともこ訳 徳間書店 2012年12月

ネスター・マクダグラス
イギリスのキルモア・コーヴにあるアルゴ邸の庭師、アルゴ邸の前所有者のユリシーズ・ムーアと同一人物 「ユリシーズ・ムーアとなぞの迷宮」 Pierdomenico Baccalario著;金原瑞人訳;佐野真奈美訳;井上里訳 学研教育出版 2012年12月

ネスター・マクダグラス
イギリスのキルモア・コーヴにあるアルゴ邸の庭師、アルゴ邸の前所有者のユリシーズ・ムーアと同一人物 「ユリシーズ・ムーアと隠された町」 Pierdomenico Baccalario著;金原瑞人訳;佐野真奈美訳;井上里訳 学研パブリッシング 2012年6月

ネスター・マクダグラス
イギリスのキルモア・コーヴにあるアルゴ邸の庭師、アルゴ邸の前所有者のユリシーズ・ムーアと同一人物 「ユリシーズ・ムーアと灰の庭」 Pierdomenico Baccalario著;金原瑞人訳;佐野真奈美訳;井上里訳 学研教育出版 2013年7月

ネスター・マクダグラス
イギリスのキルモア・コーヴにあるアルゴ邸の庭師、アルゴ邸の前所有者のユリシーズ・ムーアと同一人物 「ユリシーズ・ムーアと空想の旅人」 Pierdomenico Baccalario著;金原瑞人訳;佐野真奈美訳;井上里訳 学研教育出版 2013年10月

ねすた

ネスター・マクダグラス
イギリスのキルモア・コーヴにあるアルゴ邸の庭師、アルゴ邸の前所有者のユリシーズ・ムーアと同一人物 「ユリシーズ・ムーアと氷の国」 Pierdomenico Baccalario著;金原瑞人訳;佐野真奈美訳;井上里訳 学研教育出版 2013年4月

ネスター・マクダグラス
イギリスのキルモア・コーヴにあるアルゴ邸の庭師、アルゴ邸の前所有者のユリシーズ・ムーアと同一人物 「ユリシーズ・ムーアと雷の使い手」 Pierdomenico Baccalario著;金原瑞人訳;佐野真奈美訳;井上里訳 学研パブリッシング 2012年10月

ネスター・マクダグラス
ふたごのジェイソンとジュリアが引っこしてきたアルゴ邸のなぞが多い庭師 「ユリシーズ・ムーアと仮面の島」 Pierdomenico Baccalario著;金原瑞人訳;佐野真奈美訳;井上里訳 学研パブリッシング 2011年2月

ネスター・マクダグラス
ふたごのジェイソンとジュリアが引っこしてきたアルゴ邸のなぞが多い庭師 「ユリシーズ・ムーアと石の守護者」 Pierdomenico Baccalario著;金原瑞人訳;佐野真奈美訳;井上里訳 学研パブリッシング 2011年4月

ネスター・マクダグラス
ふたごのジェイソンとジュリアが引っこしてきたアルゴ邸のなぞが多い庭師 「ユリシーズ・ムーアと第一のかぎ」 Pierdomenico Baccalario著;金原瑞人訳;佐野真奈美訳;井上里訳 学研パブリッシング 2011年6月

ネズミさん
雪がふって大よろこびのネズミ 「ネズミさんとモグラくん4 冬ってわくわくするね」 ウォン・ハーバート・イー作;小野原千鶴訳 小峰書店 2012年1月

ネズミさん
大の仲良しのモグラくんと新しい服を買いにいくことになったネズミ 「ネズミさんとモグラくん2 新しい日がはじまるよ」 ウォン・ハーバート・イー作;小野原千鶴訳 小峰書店 2011年5月

ネズミさん
鳥が大すきなモグラくんと鳥をかんさつしていっしょに本をつくることになったネズミ 「ネズミさんとモグラくん3 ふかふかの羽の友だち」 ウォン・ハーバート・イー作;小野原千鶴訳 小峰書店 2011年8月

ネッド
突然亡くなったおじ・ジョン・カーターの回顧録を物語にまとめた作家 「ジョン・カーター」 スチュアート・ムーア作;橘高弓枝訳 偕成社(ディズニーアニメ小説版) 2012年4月

ネート
アメリカの小学校にかよっているわんぱく少年 「クラスで1番!ビッグネート ホームランをうっちゃった!!」 リンカーン・ピアス作;中井はるの訳 ポプラ社 2011年9月

ネート
アメリカの小学校にかよっているわんぱく少年 「クラスで1番!ビッグネート」 リンカーン・ピアス作;中井はるの訳 ポプラ社 2011年5月

眠り姫　ねむりひめ
「おとぎの国」で有名な冒険一家の四男との結婚式で悪者のオームストーンにさらわれた姫 「暗闇城の黄金-少年冒険家トム2」 イアン・ベック作・絵;松岡ハリス佑子訳 静山社 2012年7月

ネリア
バイサスの女盗賊、グランとウンチャイとともに反逆者を追う女 「フューチャーウォーカー 2 詩人の帰還」 イヨンド作;ホンカズミ訳;金田榮路画 岩崎書店 2011年2月

ネリア
バイサスの女盗賊、グランとウンチャイとともに反逆者を追う女 「フューチャーウォーカー 3 影はひとりで歩かない」 イヨンド作;ホンカズミ訳;金田榮路画 岩崎書店 2011年5月

ネリア
バイサスの女盗賊、グランとウンチャイとともに反逆者を追う女 「フューチャーウォーカー 4 未来へはなつ矢」 イヨンド作;ホンカズミ訳;金田榮路画 岩崎書店 2011年8月

ネリア
バイサスの女盗賊、グランとウンチャイとともに反逆者を追う女 「フューチャーウォーカー 5 忘れられたものを呼ぶ声」 イヨンド作;ホンカズミ訳;金田榮路画 岩崎書店 2011年11月

ネリア
バイサスの女盗賊、グランとウンチャイとともに反逆者を追う女 「フューチャーウォーカー 6 時の匠人」 イヨンド作;ホンカズミ訳;金田榮路画 岩崎書店 2012年2月

ネリア
バイサスの女盗賊、グランとウンチャイとともに反逆者を追う女 「フューチャーウォーカー 7 愛しい人を待つ海辺」 イヨンド作;ホンカズミ訳;金田榮路画 岩崎書店 2012年6月

ネリー・ゴメス
ケイヒル一族の39の手がかりを探すレースに参加するエイミーとダンの世話係、パンク音楽好きの現役大学生 「サーティーナイン・クルーズ 8 皇帝の暗号」 ゴードン・コーマン著;小浜杏訳;HACCANイラスト メディアファクトリー 2011年2月

ネリー・ゴメス
ケイヒル一族の39の手がかりを探すレースに参加するエイミーとダンの世話係、パンク音楽好きの現役大学生 「サーティーナイン・クルーズ 9 海賊の秘宝」 リンダ・スー・パーク著;小浜杏訳;HACCANイラスト メディアファクトリー 2011年6月

ネリー・ゴメス
ケイヒル一族の39の手がかりを探すレースに参加するエイミーとダンの世話係、分家マドリガル家の成員 「サーティーナイン・クルーズ 10 最期の試練 後編」 マーガレット・ピーターソン・ハディックス著;小浜杏訳;HACCANイラスト メディアファクトリー 2012年2月

ネリー・ゴメス
ケイヒル一族の39の手がかりを探すレースに参加するエイミーとダンの世話係、分家マドリガル家の成員 「サーティーナイン・クルーズ 10 最期の試練 前編」 マーガレット・ピーターソン・ハディックス著;小浜杏訳;HACCANイラスト メディアファクトリー 2011年11月

ネロ
ベルギー・フランダース地方の小さな村でおじいさんとくらしていた美しい子ども 「フランダースの犬」 ウィーダ作;高橋由美子訳 ポプラ社(ポプラポケット文庫) 2011年11月

ネロ
犬のパトラッシュと兄弟よりもつよい友情で結ばれている親のいない貧しい少年 「フランダースの犬」 ウィーダ作;雨沢泰訳 偕成社(偕成社文庫) 2011年4月

ネロ博士(マクシミリアン) ねろはかせ(まくしみりあん)
悪人養成機関「HIVE」の最高責任者、何者かに誘拐された男 「ハイブ－悪のエリート養成機関 volume3 ルネッサンス・イニシアチブ」 マーク・ウォールデン作;三辺律子訳 ほるぷ出版 2011年12月

【の】

のうさ

ノウサギ
ハリネズミのだんなと畑でかけっこをすることになったノウサギのだんな 「ノウサギとハリネズミ」 W・デ・ラ・メア再話;脇明子訳;はたこうしろう絵 福音館書店(ランドセルブックス) 2013年3月

ノウサギ
銅の城に住む年老いたマンソレイン王に仕えるたったひとりの家来、ノウサギ 「ネジマキ草と銅の城」 パウル・ビーヘル作;野坂悦子訳;村上勉画 福音館書店(世界傑作童話シリーズ) 2012年1月

ノコギリ馬　のこぎりうま
魔法の粉で動き出した木の幹でつくった古い作業台の木馬 「オズの魔法使いシリーズ2 完訳オズのふしぎな国」 ライマン・フランク・ボーム著;宮坂宏美訳 復刊ドットコム 2011年10月

ノニー
ロンドンで暮らすファッションに夢中な十四歳の女の子 「リアル・ファッション」 ソフィア・ベネット著;西本かおる訳 小学館(SUPER!YA) 2012年4月

ノーム王　のーむおう
地下世界を治めて岩と岩にふくまれるすべてのものをつかさどる地の精、名前は岩のロクワット 「オズの魔法使いシリーズ3 完訳オズのオズマ姫」 ライマン・フランク・ボーム著;ないとうふみこ訳 復刊ドットコム 2011年12月

ノーム王　のーむおう
地中にある金属はみんな自分のものだといっている金属帝王、ノームたちの王 「オズの魔法使いシリーズ8 完訳オズのチクタク」 ライマン・フランク・ボーム著;宮坂宏美訳 復刊ドットコム 2012年10月

ノーム王(ロクワット)　のーむおう(ろくわっと)
ドロシーたちにうばわれた魔法のベルトをとりかえそうとする地下王国を支配する王 「オズの魔法使いシリーズ6 完訳オズのエメラルドの都」 ライマン・フランク・ボーム著;ないとうふみこ訳 復刊ドットコム 2012年6月

ノルト
グリーヴ王国の衛兵見習い 「にげだした王女さま」 ケイト・クームズ著;綾音惠美子[ほか]訳 バベルプレス 2012年5月

【は】

ばあちゃん
ブラックパール号の船長・ジャックの祖母、戦いが何よりも好きな元海賊長 「パイレーツ・オブ・カリビアン外伝 シャドウ・ゴールドの秘密4」 ロブ・キッド著;川村玲訳 講談社 2011年6月

バイオレット・ハンター
事件の依頼人の独身女性、家庭教師 「名探偵ホームズ ぶな屋敷のなぞ」 コナン・ドイル作;日暮まさみち訳;青山浩行絵 講談社(青い鳥文庫) 2011年5月

バイオレット・ハンター(ミス・ハンター)
ルーカスルの6歳の子どもの家庭教師にやとわれたわかいおんな 「シャーロック・ホームズ04 なぞのブナやしき」 コナン・ドイル作;中尾明訳;岡本正樹絵 岩崎書店 2011年3月

パイパー・マクリーン
ギリシャの女神・アフロディテの娘、話術が使える女の子 「オリンポスの神々と7人の英雄3 アテナの印」 リック・リオーダン作;金原瑞人訳;小林みき訳 ほるぷ出版 2013年11月

パイパー・マクリーン
神と人間との間に生まれた「ハーフ」があつまるハーフ訓練所に新たに入った美しい少女「オリンポスの神々と7人の英雄 1 消えた英」リック・リオーダン作;金原瑞人訳;小林みき訳 ほるぷ出版 2011年10月

HIVEマインド　はいぶまいんど
悪人養成機関「HIVE」を管理している感情を持つ人工知能　「ハイブ－悪のエリート養成機関 volume3 ルネッサンス・イニシアチブ」マーク・ウォールデン作;三辺律子訳　ほるぷ出版 2011年12月

バイブル・J　ばいぶるじぇい
古いロンドンの街を再現したテーマパーク「パストワールド」を徘徊するスリ　「パストワールド 暗闇のファントム」イアン・ベック作;大嶌双恵訳　静山社 2011年12月

パイラー
サーカスではたらいている占い師の娘、「イレギュラーズ」と行動をともにする少女　「シャーロック・ホームズ&イレギュラーズ 1 消されたサーカスの男」T.マック&M.シトリン著;金原瑞人共訳;相山夏奏共訳;スカイエマ画　文溪堂 2011年9月

パイラー
名探偵ホームズから依頼された「イレギュラーズ」の仕事を手伝っていたスペイン人の少女「シャーロック・ホームズ&イレギュラーズ 3 女神ディアーナの暗号」T.マック&M.シトリン著;金原瑞人共訳;相山夏奏共訳;スカイエマ画　文溪堂 2011年11月

パイラー
名探偵ホームズの仕事を手伝う「イレギュラーズ」のメンバーに助けを求められた少女「シャーロック・ホームズ&イレギュラーズ 2 冥界からの使者」T.マック&M.シトリン著;金原瑞人共訳;相山夏奏共訳;スカイエマ画　文溪堂 2011年9月

パイラー
名探偵ホームズの仕事を手伝う「イレギュラーズ」の正式なメンバーになった女の子「シャーロック・ホームズ&イレギュラーズ 4 最後の対決」T.マック&M.シトリン著;金原瑞人共訳;相山夏奏共訳;スカイエマ画　文溪堂 2012年1月

ハイロイシ伯爵(フラドゥス・ハイロイシ)　はいろいしはくしゃく(ふらどぅすはいろいし)
階段屋敷に住んでいる伯爵、強欲な心を持った策略家　「七つのわかれ道の秘密 上下」トンケ・ドラフト作;西村由美訳　岩波書店(岩波少年文庫) 2012年8月

バイロンさん
ニューオーリンズの森のなかの小屋でたったひとりで暮らしている男の人　「ぼくらのミステリータウン 6 恐怖のゾンビタウン」ロン・ロイ作;八木恭子訳;ハラカズヒロ絵　フレーベル館 2012年7月

バイロン・マーフィ
五年生のヘンリーの家の近所に引っこしてきた天才少年　「ヘンリーくんと新聞配達－ゆかいなヘンリーくんシリーズ」ベバリイ・クリアリー作;ルイス・ターリング画;松岡享子訳　学研教育出版 2013年11月

バイロン・マーフィ
友だちのヘンリーたちと古材木でクラブ小屋をたてることにした小学生の男の子　「ヘンリーくんと秘密クラブ－ゆかいなヘンリーくんシリーズ」ベバリイ・クリアリー作;ルイス・ターリング画;松岡享子訳　学研教育出版 2013年12月

バウ
友だちのネコ・マウと丘の上の家で暮らしているイヌ、現実的な働き者　「マウとバウのクリスマス」ティモ・パルヴェラ作;末延弘子訳;矢島眞澄絵　文研出版(文研じゅべにーる) 2012年12月

ばう

友だちのネコ・マウと丘の上の家で暮らしているイヌ、現実的な働き者 「月までサイクリング」ティモ・パルヴェラ作;末延弘子訳;矢島眞澄絵 文研出版（文研じゅべにーる）2012年2月

ハーウィ・ケムプ

幼稚園生のラモーナと同じ午前組のアメリカ人の男の子 「ラモーナは豆台風ーゆかいなヘンリーくんシリーズ」ベバリイ・クリアリー作;ルイス・ダーリング画;松岡享子訳 学研教育出版 2012年7月

パウラ

ドイツの小学五年生、捨てネコを同じクラスの親友・グエンにたくした少女 「どこに行ったの?子ネコのミニ」ルザルカ・レー作;齋藤尚子訳;杉田比呂美絵 徳間書店 2012年4月

バーカー

謎の死をとげたジョン・ダグラスの昔からの友人 「名探偵ホームズ 恐怖の谷」コナン・ドイル作;日暮まさみち訳;青山浩行絵 講談社（青い鳥文庫）2011年7月

ハーカー博士　はーかーはかせ

十八世紀のロンドンに暮らす博士、印刷工房の息子・トムをかわいがっている紳士 「死神の追跡者(トム・マーロウの奇妙な事件簿1)」クリス・プリーストリー作;堀川志野舞訳;佐竹美保画 ポプラ社 2011年11月

ハーカー博士　はーかーはかせ

十八世紀のロンドンに暮らす博士、印刷工房の息子・トムを助手にした紳士 「悪夢の目撃者(トム・マーロウの奇妙な事件簿2)」クリス・プリーストリー作;堀川志野舞訳;佐竹美保画 ポプラ社 2012年3月

ハーカー博士　はーかーはかせ

十八世紀のロンドンに暮らす博士、助手のトムを連れてノーフォークへと旅に出た紳士 「呪いの訪問者(トム・マーロウの奇妙な事件簿3)」クリス・プリーストリー作;堀川志野舞訳;佐竹美保画 ポプラ社 2012年7月

墓掘り(デーヴィッド)　はかほり(でーびっど)

カナダのハリファックスに住む11歳の女の子ロザリーの近所の住人、墓地で働いている少年 「ロザリーの秘密ー夏の日、ジョニーを捜して」ハドリー・ダイアー著;粉川栄訳 バベルプレス 2011年5月

ハギレ

パッチワークのキルトでできている女の子の人形 「オズの魔法使いシリーズ7 完訳オズのパッチワーク娘」ライマン・フランク・ボーム著;田中亜希子訳 復刊ドットコム 2012年8月

ハグ

かわいらしい幽霊の男の子・ハンフリーの母親、黒い翼とかぎづめをもつおそろしい幽霊 「リックとさまよえる幽霊たち」エヴァ・イボットソン著;三辺律子訳 偕成社 2012年9月

伯爵(ハンガーブルグ＝ハンガーブルグ伯爵)　はくしゃく(はんがーぶるぐはんがーぶるぐはくしゃく)

正直で忠実なバティストさんがはたらくことになったハル・イン・チロルの九番屋敷というお城にすむ伯爵 「バティストさんとハンガーブルグ＝ハンガーブルグ伯爵のおはなし」ルドウィッヒ・ベーメルマンス作;江國香織訳 BL出版 2012年1月

伯爵夫人　はくしゃくふじん

偉大な魔法使いたちが創った魔術書を探す女、見かけは若く美しいが実は百歳以上の魔女 「エメラルド・アトラス(最古の魔術書〔1〕)」ジョン・スティーブンス著;片岡しのぶ訳 あすなろ書房 2011年12月

バクスター

難破船「スラウギ号」で無人島に漂着した十五人の少年のひとり、商人の息子で手先が器用な十三歳 「十五少年漂流記 ながい夏休み」ベルヌ作;末松氷海子訳;はしもとしん絵 集英社(集英社みらい文庫) 2011年6月

バーグストローム

カナダで極地研究をしているノルウェー人の地理学教授 「龍のすむ家 第2章－氷の伝説」 クリス・ダレーシー著;三辺律子訳 竹書房(竹書房文庫) 2013年7月

バーグストローム教授(アンダース・バーグストローム教授) ばーぐすとろーむきょうじゅ(あんだーすばーぐすとろーむきょうじゅ)

小説を書く青年デービッドと恋人ザナの大学の指導教官 「龍のすむ家 第3章－炎の星 上下」 クリス・ダレーシー著;三辺律子訳 竹書房(竹書房文庫) 2013年12月

ハークル・ハーペル

変わり者の魔術師集団ハーペル一族の一人、発想が突飛な好人物でトラブルメーカー 「ダークエルフ物語 夜明けへの道」 R.A.サルバトーレ著;安田均監訳;笠井道子訳 アスキー・メディアワークス 2011年3月

バケーシュ

エリアナンの王妃マヤによって鳥に姿を変えられた王・ジャスパーの末弟、鳥の翼と鉤爪を持つ男 「エリアナンの魔女3 黒き翼の王(上)」 ケイト・フォーサイス作;井辻朱美訳 徳間書店 2011年2月

バケーシュ

エリアナンの王妃マヤによって鳥に姿を変えられた王・ジャスパーの末弟、鳥の翼と鉤爪を持つ男 「エリアナンの魔女4 黒き翼の王(下)」 ケイト・フォーサイス作;井辻朱美訳 徳間書店 2011年4月

バケーシュ

見習いの魔女・イサボーが旅の途中で助けだした若者 「エリアナンの魔女2 魔女メガンの弟子(下)」 ケイト・フォーサイス作;井辻朱美訳 徳間書店 2011年1月

パーシー・ジャクソン

ギリシャの神・ポセイドンの息子でハーフ訓練所のリーダー、水を操ることができる少年 「オリンポスの神々と7人の英雄 3 アテナの印」 リック・リオーダン作;金原瑞人訳;小林みき訳 ほるぷ出版 2013年11月

パーシー・ジャクソン

行方不明になったポセイドンの息子でハーフ訓練所のリーダー 「オリンポスの神々と7人の英雄 1 消えた英」 リック・リオーダン作;金原瑞人訳;小林みき訳 ほるぷ出版 2011年10月

パーシー・ジャクソン

行方不明になったポセイドンの息子でハーフ訓練所のリーダー 「オリンポスの神々と7人の英雄 2 海神の息子」 リック・リオーダン作;金原瑞人訳;小林みき訳 ほるぷ出版 2012年11月

バージニア・クロウ

少年シャーロックの家庭教師クロウの娘、赤毛のアメリカ人の少女 「ヤング・シャーロック・ホームズ vol.1 死の煙」 アンドリュー・レーン著;田村義進訳 静山社 2012年9月

バージニア・クロウ

少年シャーロックの家庭教師クロウの娘、赤毛のアメリカ人の少女 「ヤング・シャーロック・ホームズ vol.2 赤い吸血ヒル」 アンドリュー・レーン著;田村義進訳 静山社 2012年11月

バージニア・クロウ

少年シャーロックの家庭教師クロウの娘、赤毛のアメリカ人の少女 「ヤング・シャーロック・ホームズ vol.3 雪の罠」 アンドリュー・レーン著;田村義進訳 静山社 2013年11月

バージニア・ポッツ

アメリカの軍需企業スターク・インダストリーズ社社長のトニーの個人秘書 「アイアンマン」 ピーター・デイビッド ノベル;吉田章子訳;大島資生訳 講談社 2013年5月

バージャック・ポー

飼われていた家を飛び出し街で暮らしているシルバーブルーの猫 「バージャック アウトローの掟」 SFサイード作;金原瑞人訳;相山夏奏訳;田口智子画; 偕成社 2011年3月

ばじり

バジリスク
ヘビの王、地上でもっとも毒気の強い生き物 「見習い幻獣学者ナサニエル・フラッドの冒険 2 バジリスクの毒」R.L.ラフィーバース作;ケリー・マーフィー絵;千葉茂樹訳 あすなろ書房 2012年12月

パスカレ
夏休みにマルチーヌ伯母さんと故郷のピエルーレ村への旅に出た少年 「犬のバルボッシュ パスカレ少年の物語」 アンリ・ボスコ作;ジャン・パレイエ画;天沢退二郎訳 福音館書店(福音館文庫) 2013年11月

ハッカム
東方大草原から来た騎馬民族・テムジャイの長、侵略軍の冷酷な総指令官 「アラルエン戦記 4 銀葉」 ジョン・フラナガン作;入江真佐子訳 岩崎書店 2013年7月

ハックルベリ・フィン
のんだくれの子で浮浪児 「トム・ソーヤの冒険 宝さがしに出発だ!」 マーク・トウェイン作;亀井俊介訳;ミギー絵 集英社(集英社みらい文庫) 2011年7月

ハックルベリ・フィン
わんぱく少年トムの町に住む宿なし少年、トムと一緒に冒険する犬の仲よし 「トム・ソーヤーの冒険」 マーク・トウェーン作;飯島淳秀訳 講談社(講談社青い鳥文庫) 2012年4月

ハッチさん
十一歳のジョニーのアルバイト先のハッチンソン雑貨店兼郵便局の主人 「天才ジョニーの秘密」 エレナー・アップデール作;こだまともこ訳 評論社(海外ミステリーBOX) 2012年11月

パッチワーク娘(ハギレ)　ぱっちわーくむすめ(はぎれ)
パッチワークのキルトでできている女の子の人形 「オズの魔法使いシリーズ7 完訳オズのパッチワーク娘」 ライマン・フランク・ボーム著;田中亜希子訳 復刊ドットコム 2012年8月

バッハ・ミレナ
女子寄宿学校四年生、歌えば歌うほど人々を勇気づけることができる不思議な歌声をもつ十五歳の伝説の歌姫 「抵抗のディーバ」 ジャン・クロード・ムルルヴァ著;横川晶子訳 岩崎書店(海外文学コレクション) 2012年3月

パップ
大きすぎるブーツをはいてだぶだぶの服を着ている十歳の少年兵 「世界の終わりと妖精の馬 上下―時間のない国で3」 ケイト・トンプソン著;渡辺庸子訳 東京創元社(sogen bookland) 2011年5月

ハーディ
十三歳の少年・セオの同級生、道路建設工事で犠牲になりそうな家の土地を守ろうとする少年 「少年弁護士セオの事件簿4 正義の黒幕」 ジョン・グリシャム作;石崎洋司訳 岩崎書店 2013年11月

バディ(キング)
いくつもの事件を解決してきた名探偵犬、セラピー犬としてフォーレイクス小学校にかようことになったゴールデンレトリーバー 「なぞの火災報知器事件(名探偵犬バディ)」 ドリー・ヒルスタッド・バトラー作;もりうちすみこ訳;うしろだなぎさ絵 国土社 2013年9月

バディ(キング)
ゴールデンレトリーバーの優れた能力と犬のネットワークを活用していくつもの事件を解決してきた名探偵犬 「すりかわったチャンピオン犬(名探偵犬バディ)」 ドリー・ヒルスタッド・バトラー作;もりうちすみこ訳;うしろだなぎさ絵 国土社 2012年9月

バディ(キング)
ゴールデンレトリーバーの優れた能力と犬のネットワークを活用していくつもの事件を解決してきた名探偵犬 「なぞのワゴン車を追え!(名探偵犬バディ)」 ドリー・ヒルスタッド・バトラー作;もりうちすみこ訳;うしろだなぎさ絵 国土社 2012年12月

ぱとろ

バディ（キング）
ゴールデンレトリーバーの優れた能力と犬のネットワークを活用していくつもの事件を解決してきた名探偵犬 「消えた少年のひみつ（名探偵犬バディ）」 ドリー・ヒルスタッド・バトラー作;もりうちすみこ訳;うしろだなぎさ絵 国土社 2012年5月

ハティ・アイネズ・ブルックス
伯父さんからモンタナの開墾途中の土地をたったひとりで引き継いだ十六歳の孤児の女の子 「ハティのはてしない空」 カービー・ラーソン作;杉田七重訳 鈴木出版（鈴木出版の海外児童文学） 2011年7月

バティストさん
長いあいだあちこちの王さまやお姫さまのもとではたらき今は猫とオーストリアのメルクに暮らす正直で忠実な男 「バティストさんとハンガーブルグ＝ハンガーブルグ伯爵のおはなし」 ルドウィッヒ・ベーメルマンス作;江國香織訳 BL出版 2012年1月

バート
人間に夢を配達するドリームライダーでドリームチームの一員、高いところが苦手な心やさしい男の子 「ドリーム☆チーム5 悪夢ストップ大作戦」 アン・コバーン作;伊藤菜摘子訳;山本ルンルン絵 偕成社 2011年3月

バート（ティンクル・フロスト）
人間に夢を配達するドリームライダーでドリームチームの一員、高いところが苦手な心やさしい男の子 「ドリーム☆チーム6 デイジーと雪の妖精」 アン・コバーン作;伊藤菜摘子訳;山本ルンルン絵 偕成社 2011年11月

ハドソン
トレバー老人の昔の知り合いの船乗り 「名探偵ホームズ 囚人船の秘密」 コナン・ドイル作;日暮まさみち訳;青山浩行絵 講談社（青い鳥文庫） 2011年9月

パトラッシュ
ベルギー・フランダース地方の小さな村でおじいさんとネロとくらしていた大きな犬 「フランダースの犬」 ウィーダ作;高橋由美子訳 ポプラ社（ポプラポケット文庫） 2011年11月

パトラッシュ
親のいない貧しい少年ネロと兄弟のように仲のいい犬 「フランダースの犬」 ウィーダ作;雨沢泰訳 偕成社（偕成社文庫） 2011年4月

パトリック
テレビを通って「謎の国」に行ったり来たりすることができる少年 「謎の国からのSOS」 エミリー・ロッダ著;さくまゆみこ訳;杉田比呂美絵 あすなろ書房 2013年11月

パトリック・ピンク（ピンク）
おばあさんのタブス夫人と犬とアヒルと長年いっしょに農場で暮らしていた豚 「トミーとティリーとタブスおばあさん」 ヒュー・ロフティング文と絵;南條竹則訳 集英社 2012年2月

パトロギュス（黒いプリンス） ぱとろぎゅす（くろいぷりんす）
人類を謎の病気で破滅させようともくろむ「パトロギュス団」のリーダー 「オスカー・ピル 2 メディキュスの秘宝を守れ! 上下」 エリ・アンダーソン著;坂田雪子訳 角川書店 2013年5月

パトロギュス（黒いプリンス） ぱとろぎゅす（くろいぷりんす）
人類を謎の病気で破滅させようともくろむ「パトロギュス団」のリーダー 「オスカー・ピル 体内に潜入せよ! 上下」 エリ・アンダーソン著;坂田雪子訳 角川書店 2012年2月

パトロクロス
ギリシアのプティーアの王子アキレウスの親友、トロイア戦争で戦死した青年 「ホメーロスのイーリアス物語」 ホメーロス原作;バーバラ・レオニ・ピカード作;高杉一郎訳 岩波書店（岩波少年文庫） 2013年10月

はなひ

ハナヒゲ博士　はなひげはかせ
自分のことを世界でもっとも賢い動物だと思っているアルプスマーモット「動物と話せる少女リリアーネ 8 迷子の子鹿と雪山の奇跡!」タニヤ・シュテーブナー著;中村智子訳;駒形イラスト　学研教育出版 2013年2月

バーニー
ゲットーの地下室でユダヤ人の子どもたちと暮らす男の人、ユダヤ人歯科医「フェリックスとゼルダ」モーリス・グライツマン著;原田勝訳　あすなろ書房 2012年7月

バーニー
ドラン通りに住むいちばん古株の犬、ヤギのメイビスを育てた老犬「だれも知らない犬たちのおはなし」エミリー・ロッダ著;さくまゆみこ訳;山西ゲンイチ画　あすなろ書房 2012年4月

バネッサ
こんにちはといえなくて学校で友だちがひとりもいないねずみの女の子「こんにちはといってごらん」マージョリー・W.シャーマット作;リリアン・ホーバン絵;さがのやよい訳　童話館出版（子どもの文学・緑の原っぱシリーズ） 2012年2月

バネロペ
ゲームセンターのカートレースゲームの孤独な少女キャラクター、口達者な女の子「シュガー・ラッシュ」アイリーン・トリンブル作;倉田真木訳　偕成社（ディズニーアニメ小説版）2013年3月

パパ
ニューヨークのお人形の修理屋さん一家のパパ、アナたち三姉妹の父親「うちはお人形の修理屋さん」ヨナ・ゼルディス・マクドノー作;おびかゆうこ訳;杉浦さやか絵　徳間書店 2012年5月

パパ
ニューヨークのお人形屋さん一家のパパ、ロシアからの移民「お人形屋さんに来たネコ」ヨナ・ゼルディス・マクドノー作;おびかゆうこ訳;杉浦さやか絵　徳間書店 2013年5月

パパ
九歳の娘・ヴィンニとヴェネチアをおとずれたパパ「ヴィンニイタリアへ行く [ヴィンニ!] (3)」ペッテル・リードベック作;菱木晃子訳;杉田比呂美絵　岩波書店 2011年6月

パパ
三年生の女の子・ヴィンニのパパ、ストックホルムの近くの日曜日島に住んでいる人「ヴィンニとひみつの友だち [ヴィンニ!] (2)」ペッテル・リードベック作;菱木晃子訳;杉田比呂美絵　岩波書店 2011年6月

パパ
四年生の少年ウィリアムの家出したパパ、大学で文学を教える先生「犬のことばが聞こえたら」パトリシア・マクラクラン作;こだまともこ訳　徳間書店 2012年12月

パパ
少女ロージーの突然家を出ていき何カ月も連絡がないパパ「ロージーとムサ パパからの手紙」ミヒャエル・デコック作;ユーディット・バニステンダール絵;久保谷洋訳　朝日学生新聞社 2012年10月

パパ
数学ぎらいの男の子・マイクのパパ、大学の電気工学部で数学を教える先生「ぼくの見つけた絶対値」キャスリン・アースキン著;代田亜香子訳　作品社 2012年7月

パパ（ジャッキー・カラス）
イギリス北部の町で娘のリジーとふたり暮らしするパパ、鳥人間コンテストの参加者「パパはバードマン」デイヴィッド・アーモンド作;ポリー・ダンバー絵;金原瑞人訳　フレーベル館 2011年10月

パパ(ジュリアス・ケイン)
邪神セトに連れ去られたエジプト考古学者、兄妹ケインとセイディの父親 「ケイン・クロニクル 2 ファラオの血統」 リック・リオーダン著;小浜杳訳;エナミカツミイラスト メディアファクトリー 2012年8月

パパ(ジュリアス・ケイン)
邪神セトに連れ去られたエジプト考古学者、兄妹ケインとセイディの父親 「ケイン・クロニクル 3 最強の魔術師」 リック・リオーダン著;小浜杳訳;エナミカツミイラスト メディアファクトリー 2012年12月

パパ(ジュリアス・ケイン)
世界中を旅しているエジプト考古学者、別々に暮らす兄妹ケインとセイディの父親 「ケイン・クロニクル 1 灼熱のピラミッド」 リック・リオーダン著;小浜杳訳;エナミカツミイラスト メディアファクトリー 2012年3月

パパ(スピック)
オランダ人の十一歳の少女ポレケの離婚して家を出た父親 「いつもいつまでもいっしょに! ポレケのしゃかりき思春期」 フース・コイヤー作;野坂悦子訳;YUJI画 福音館書店(世界傑作童話シリーズ) 2012年10月

パパ(スロ)
マッティのパパ、ドイツでバスの運転手をしながら携帯ゲームの開発者になろうとしている無口なフィンランド人 「マッティのうそとほんとの物語」 ザラー・ナオウラ作;森川弘子訳 岩波書店 2013年10月

パパ(チャーリー・スパークス)
しっかり者の長女ミンティと次女エッグズの生活力はないけれど詩の暗唱とパンケーキづくりは一流のパパ 「ミンティたちの森のかくれ家」 キャロル・ライリー・ブリンク著;谷口由美子訳;中村悦子画 文溪堂(Modern Classic Selection) 2011年1月

婆(ヌママムシの婆) ばば(ぬままむしのばば)
テキサス州の森に埋まっていた甕に閉じこめられているヘビ、魔性の生き物 「千年の森をこえて」 キャシー・アッペルト著;デイビッド・スモール画;片岡しのぶ訳 あすなろ書房 2011年5月

母親(エロル夫人) ははおや(えろるふじん)
イギリス人エロル大尉の未亡人のアメリカ人女性、セドリックの母親 「小公子」 フランシス・ホジソン・バーネット作;脇明子訳 岩波書店(岩波少年文庫) 2011年11月

母親(クレア) ははおや(くれあ)
昏睡状態から目覚めた少女・ジェンナの母親、母親と娘とカリフォルニアに住む女性 「ジェンナ 奇跡を生きる少女」 メアリ・E.ピアソン著;三辺律子訳 小学館(SUPER!YA) 2012年2月

ハーバート
特別な種類のアザラシ、ナイフでさすと人間のすがたになる伝説の生きもの・セルキー 「クラーケンの島」 エヴァ・イボットソン著;三辺律子訳 偕成社 2011年10月

パヴァーナ
戦乱のアフガニスタンで生まれ育った少女、米軍に収監された女の子 「希望の学校 新・生きのびるために」 デボラ・エリス作;もりうちすみこ訳 さ・え・ら書房 2013年4月

バーバ・ポロック
<エデフィア>国の君主の地位の継承者オクサ・ポロックの祖母、秘密の工房を持つ老女 「オクサ・ポロック 2 迷い人の森」 アンヌ・プリショタ著;サンドリーヌ・ヴォルフ著;児玉しおり訳 西村書店 2013年6月

ばばぽ

バーバ・ポロック
〈エデフィア〉国の君主の地位の継承者オクサ・ポロックの祖母、秘密の工房を持つ老女
「オクサ・ポロック3 二つの世界の中心」アンヌ・プリショタ著;サンドリーヌ・ヴォルフ著;児玉
しおり訳 西村書店 2013年12月

バーバ・ポロック
活発な少女オクサ・ポロックの祖母、秘密の工房を持つハーブ薬剤師 「オクサ・ポロック1
希望の星」アンヌ・プリショタ著;サンドリーヌ・ヴォルフ著;児玉しおり訳 西村書店 2012年
12月

バーバ・ヤーガ
森のなかのふしぎな家に住んでいて中をのぞきに来たタシをお茶にさそった魔女 「タシと
魔女バーバ・ヤーガ」アナ・ファインバーグ作;バーバラ・ファインバーグ作;加藤伸美訳;キ
ム・ギャンブル絵 朝日学生新聞社(タシのぼうけんシリーズ5) 2012年5月

バーバ・ヤガー
かじやにやさしい声がでるようにしてもらい舟で魚をつっていたイワーシェチカをだましてつ
かまえた魔女 「イワーシェチカと白い鳥」I.カルナウーホワ再話;松谷さやか訳;M.ミトゥー
リチ絵 福音館書店(ランドセルブックス) 2013年1月

バーバラ・ハンティントン
東インド貿易会社のベネディクト・ハンティントンの美しく残酷な妻 「パイレーツ・オブ・カリ
ビアン外伝 シャドウ・ゴールドの秘密3」ロブ・キッド著;川村玲訳 講談社 2011年5月

バーバラ・ハンティントン
東インド貿易会社のベネディクト・ハンティントンの美しく残酷な妻 「パイレーツ・オブ・カリ
ビアン外伝 シャドウ・ゴールドの秘密4」ロブ・キッド著;川村玲訳 講談社 2011年6月

バーバラ・ハンティントン
東インド貿易会社のベネディクト・ハンティントンの美しく残酷な妻 「パイレーツ・オブ・カリ
ビアン外伝 シャドウ・ゴールドの秘密5」ロブ・キッド著;川村玲訳 講談社 2011年7月

パヴェル・ポロック
〈エデフィア〉国の君主の地位の継承者オクサ・ポロックの父、パリからロンドンにきたフレン
チレストランのオーナーシェフ 「オクサ・ポロック2 迷い人の森」アンヌ・プリショタ著;サン
ドリーヌ・ヴォルフ著;児玉しおり訳 西村書店 2013年6月

パヴェル・ポロック
〈エデフィア〉国の君主の地位の継承者オクサ・ポロックの父、背中に「闇のドラゴン」を宿す
男 「オクサ・ポロック3 二つの世界の中心」アンヌ・プリショタ著;サンドリーヌ・ヴォルフ著;
児玉しおり訳 西村書店 2013年12月

パヴェル・ポロック
活発な少女オクサ・ポロックの父、パリからロンドンに移ってきたフレンチレストランのオー
ナーシェフ 「オクサ・ポロック1 希望の星」アンヌ・プリショタ著;サンドリーヌ・ヴォルフ著;
児玉しおり訳 西村書店 2012年12月

ハマー
アメリカ政府の多くの兵器を請け負っている企業の社長、武器の専門家 「アイアンマン2」
アレキサンダー・イルヴァイン ノベル;上原尚子訳;有馬さとこ訳 講談社 2013年6月

ハーミッシュ(空飛ぶキルト)　はーみっしゅ(そらとぶきると)
かわいらしい幽霊の男の子・ハンフリーの父親、スコットランド戦士の幽霊 「リックとさまよえ
る幽霊たち」エヴァ・イボットソン著;三辺律子訳 偕成社 2012年9月

ハミルトン・ホルト
ケイヒル一族の分家トマス家の一員、39の手がかりを探すレースに参加する体育会系のホル
ト一家の長男 「サーティーナイン・クルーズ 10 最期の試練 前編」マーガレット・ピー
ターソン・ハディックス著;小浜杏訳;HACCANイラスト メディアファクトリー 2011年11月

バラの姫　ばらのひめ
バラ王国を追放されてしまった姫 「オズの魔法使いシリーズ8 完訳オズのチクタク」ライマン・フランク・ボーム著;宮坂宏美訳　復刊ドットコム　2012年10月

ハラルド
三年生の女の子・ヴィンニの教室にきた臨時の先生、背の高い男の人 「われらがヴィンニ [ヴィンニ!](4)」ペッテル・リードベック作;菱木晃子訳;杉田比呂美絵　岩波書店　2011年6月

ハーリー
人間に夢を配達するドリームライダーでドリームチームの一員、スクーターの運転技術はピカイチでたよりになる姉御肌の女の子 「ドリーム☆チーム5 悪夢ストップ大作戦」アン・コバーン作;伊藤菜摘子訳;山本ルンルン絵　偕成社　2011年3月

ハーリー
人間に夢を配達するドリームライダーでドリームチームの一員、スクーターの運転技術はピカイチでたよりになる姉御肌の女の子 「ドリーム☆チーム6 デイジーと雪の妖精」アン・コバーン作;伊藤菜摘子訳;山本ルンルン絵　偕成社　2011年11月

バリー
スイス・アルプスの峠にある修道院にいたやんちゃな性格の子犬 「アルプスの救助犬バリー」メアリー・ポープ・オズボーン著;食野雅子訳　メディアファクトリー(マジック・ツリーハウス32)　2012年6月

パーリー
ジュビリーパークのふんすいの上にある石のいえにすんでいる公園の妖精 「パークフェアリーのパーリー3 パーリーとオパール」ウェンディ・ハーマー作;マイク・ザーブ絵;あんどうゆう訳　講談社　2011年1月

パリス
トロイア王プリアモスの息子、スパルタの王宮を訪ねヘレネーを奪って逃げた王子 「ホメーロスのイーリアス物語」ホメーロス原作;バーバラ・レオニ・ピカード作;高杉一郎;訳　岩波書店(岩波少年文庫)　2013年10月

ハリスさん
海岸通りぞいにたつグランドホテルのオーナー 「11号室のひみつ」ヘザー・ダイヤー作;ピーター・ベイリー絵;相良倫子訳　小峰書店(おはなしメリーゴーラウンド)　2011年12月

ハリー・スミス
イギリスに住む小学生、お母さんから小さなマルチーズのボニーをプレゼントされた男の子 「名犬ボニーはマルチーズ 1」ベル・ムーニー作;宮坂宏美訳;スギヤマカナヨ絵　徳間書店　2012年6月

ハリー・スミス
イギリスに住む小学生の男の子、やんちゃな小さいマルチーズのボニーの飼い主 「名犬ボニーはマルチーズ 3」ベル・ムーニー作;宮坂宏美訳;スギヤマカナヨ絵　徳間書店　2012年12月

ハリー・スミス
イギリスに住む小学生の男の子、やんちゃな小さいマルチーズのボニーの飼い主 「名犬ボニーはマルチーズ 4」ベル・ムーニー作;宮坂宏美訳　徳間書店　2013年1月

ハリー・スミス
イギリスに住む小学生の男の子、小さなかしこいマルチーズのボニーの飼い主 「名犬ボニーはマルチーズ 2」ベル・ムーニー作;宮坂宏美訳;スギヤマカナヨ絵　徳間書店　2012年8月

はりね

ハリネズミ
ノウサギのだんなと畑でかけっこをすることになったハリネズミのだんな 「ノウサギとハリネズミ」W・デ・ラ・メア再話;脇明子訳;はたこうしろう絵 福音館書店(ランドセルブックス) 2013年3月

ハル
お金持ちの家の一人っ子、犬がほしくてたまらない十歳の少年 「おいでフレック、ぼくのところに」エヴァ・イボットソン著;三辺律子訳 偕成社 2013年9月

ハル
幼いころに父親をなくしたアイルランドの男の子、おしゃべりな女の子オリビアの幼なじみ 「空色の凧」シヴォーン・パーキンソン作;渋谷弘子訳 さ・え・ら書房 2011年11月

ハルおじさん
動物保護団体「トラックス」の設立者、アマゾンの父・ロジャーの兄でフレイザーの父 「アニマル・アドベンチャー ミッション1 アムールヒョウの親子を救え!」アンソニー・マゴーワン作;西本かおる訳 静山社 2013年6月

ハルシュタイル侯爵(コウシャク) はるしゅたいるこうしゃく(こうしゃく)
グランたちに追われているバイサスの反逆者 「フューチャーウォーカー 3 影はひとりで歩かない」イヨンド作;ホンカズミ訳;金田榮路画 岩崎書店 2011年5月

ハルシュタイル侯爵(コウシャク) はるしゅたいるこうしゃく(こうしゃく)
グランたちに追われているバイサスの反逆者 「フューチャーウォーカー 4 未来へはなつ矢」イヨンド作;ホンカズミ訳;金田榮路画 岩崎書店 2011年8月

ハルシュタイル侯爵(コウシャク) はるしゅたいるこうしゃく(こうしゃく)
グランたちに追われているバイサスの反逆者 「フューチャーウォーカー 5 忘れられたものを呼ぶ声」イヨンド作;ホンカズミ訳;金田榮路画 岩崎書店 2011年11月

ハルシュタイル侯爵(コウシャク) はるしゅたいるこうしゃく(こうしゃく)
グランたちに追われているバイサスの反逆者 「フューチャーウォーカー 6 時の匠人」イヨンド作;ホンカズミ訳;金田榮路画 岩崎書店 2012年2月

ハルシュタイル侯爵(コウシャク) はるしゅたいるこうしゃく(こうしゃく)
グランたちに追われているバイサスの反逆者 「フューチャーウォーカー 7 愛しい人を待つ海辺」イヨンド作;ホンカズミ訳;金田榮路画 岩崎書店 2012年6月

ヴァルター
イギリスの農場に住む十二歳の少女チャーリーが出会ったドイツ人 「時をつなぐおもちゃの犬」マイケル・モーパーゴ作;マイケル・フォアマン絵;杉田七重訳 あかね書房 2013年6月

バルトロメオ・カザル
男子寄宿学校四年生、独裁者による圧政からの解放を求め伝説の歌姫ミレナとともに立ち上がった十五歳の少年 「抵抗のディーバ」ジャン・クロード・ムルルヴァ著;横川晶子訳 岩崎書店(海外文学コレクション) 2012年3月

バルハララマ
バイキングの少年ヒックのお母さん、バイキング一の戦士 「ヒックとドラゴン 10 砂漠の宝石」クレシッダ・コーウェル作;相良倫子・陶浪亜希訳 小峰書店 2013年7月

ハルバル
スウェーデンのフラーケ地方に住むバイキングの族長、ビッケのお父さん 「ビッケと弓矢の贈りもの」ルーネル・ヨンソン作;エーヴェット・カールソン絵;石渡利康訳 評論社(評論社の児童図書館・文学の部屋) 2011年12月

ハルバル
スウェーデンのフラーケ地方に住むバイキングの族長、ビッケのお父さん 「ビッケと空とぶバイキング船」 ルーネル・ヨンソン作;エーヴェット・カールソン絵;石渡利康訳 評論社(評論社の児童図書館・文学の部屋) 2011年11月

ハルバル
スウェーデンのフラーケ地方に住むバイキングの族長、ビッケのお父さん 「ビッケと赤目のバイキング」 ルーネル・ヨンソン作;エーヴェット・カールソン絵;石渡利康訳 評論社(評論社の児童図書館・文学の部屋) 2011年9月

ハルバル
スウェーデンのフラーケ地方に住むバイキングの族長、ビッケのお父さん 「ビッケと木馬の大戦車」 ルーネル・ヨンソン作;エーヴェット・カールソン絵;石渡利康訳 評論社(評論社の児童図書館・文学の部屋) 2012年2月

ハルバル
スウェーデンのフラーケ地方に住むバイキングの族長、ビッケのお父さん 「ビッケのとっておき大作戦」 ルーネル・ヨンソン作;エーヴェット・カールソン絵;石渡利康訳 評論社(評論社の児童図書館・文学の部屋) 2012年3月

ハルバル
スウェーデンのフラーケ地方に住むバイキングの族長、ビッケのお父さん 「小さなバイキングビッケ」 ルーネル・ヨンソン作;エーヴェット・カールソン絵;石渡利康訳 評論社(評論社の児童図書館・文学の部屋) 2011年9月

ハル・ハント(ハルおじさん)
動物保護団体「トラックス」の設立者、アマゾンの父・ロジャーの兄でフレイザーの父 「アニマル・アドベンチャー ミッション1 アムールヒョウの親子を救え!」 アンソニー・マゴーワン作;西本かおる訳 静山社 2013年6月

バルボッサ(ヘクター・バルボッサ)
海賊ジャック・スパロウの宿敵、イギリス国王の命をうけて航海に出た私拿捕船の船長 「パイレーツ・オブ・カリビアン― 生命の泉」 ジェームズ・ポンティ作;橘高弓枝訳 偕成社(ディズニーアニメ小説版) 2011年6月

パレット王子　ぱれっとおうじ
絵をかくのがだいすきな心のやさしい王子さま 「とんでる姫と怪物ズグルンチ」 シルヴィア・ロンカーリャ作;エレーナ・テンポリン絵;たかはしたかこ訳 西村書店(ときめきお姫さま3) 2012年3月

バレンタイン
「体内潜入の術」でオスカーがつれてかえってきた赤血球の少女 「オスカー・ピル 2メディキュスの秘宝を守れ! 上下」 エリ・アンダーソン著;坂田雪子訳 角川書店 2013年5月

バレンタイン
生き物の体内に入る能力を持つ少年オスカーが出会った赤血球の少女 「オスカー・ピル 体内に潜入せよ! 上下」 エリ・アンダーソン著;坂田雪子訳 角川書店 2012年2月

ハンガーブルグ＝ハンガーブルグ伯爵　はんがーぶるぐはんがーぶるぐはくしゃく
正直で忠実なバティストさんがはたらくことになったハル・イン・チロルの九番屋敷というお城にすむ伯爵 「バティストさんとハンガーブルグ＝ハンガーブルグ伯爵のおはなし」 ルドウィッヒ・ベーメルマンス作;江國香織訳 BL出版 2012年1月

ヴァンキ
はじめて学校へ行くことになった勉強好きのおとなしいあらいぐまの男の子 「うさぎのヤニスとあらいぐまのヴァンキ 学校へ行く」 ユルキ・キースキネン作;末延弘子訳;はまのゆか絵 ひさかたチャイルド(SHIRAKABA BUNKO) 2012年12月

ぱんく

パンク
おばあさんのタブス夫人とアヒルと豚と長年いっしょに農場で暮らしていた犬 「トミーとティリーとタブスおばあさん」 ヒュー・ロフティング文と絵;南條竹則訳 集英社 2012年2月

バンシー魔女　ばんしーまじょ
アイルランドから来た死をもたらす魔女 「魔女の物語(魔使いシリーズ外伝)」 ジョゼフ・ディレイニー著;田中亜希子訳 東京創元社(sogen bookland) 2012年8月

ハンナ
家族のために学校をやめてギルバートホテルでメイドの仕事をしている十二歳の少女 「クロックワークスリー マコーリー公園の秘密と三つの宝物」 マシュー・カービー作;石崎洋司訳;平澤朋子絵 講談社 2011年12月

ハンナ・スピヴェロ
本ギライの少年チャーリーが大好きないつも明るい女の子 「チャーリー・ジョー・ジャクソンの本がキライなきみのための本」 トミー・グリーンウォルド作;元井夏彦訳;J.Pクーヴァート絵 フレーベル館 2013年10月

ハンナ・トーマス
目が見えないけれどいろんなことを空想するのがとくいな九歳の女の子 「ハンナの学校」 グロリア・ウィーラン作;中家多惠子訳;スギヤマカナヨ画 文研出版(文研ブックランド) 2012年10月

ハンナ・マリン
ローズウッド学院に通う太めだった過去を持つモデル体型の女の子、遺体で見つかったアリソンの元親友 「ライアーズ3 誘惑の代償」 サラ・シェパード著;中尾眞樹訳 AC Books 2011年3月

ハンナ・マリン
ローズウッド学院に通う太めだった過去を持つモデル体型の女の子、遺体で見つかったアリソンの元親友 「ライアーズ4 つながれた絆」 サラ・シェパード著;中尾眞樹訳 AC Books 2011年5月

番人　ばんにん
冬の森にある図書室で妖精のすべての知識を記録保存している知識の番人 「ティンカー・ベルと輝く羽の秘密」 サラ・ネイサン作;橘高弓枝訳 偕成社(ディズニーアニメ小説版) 2013年2月

ハンフリー
廃墟になった古城に住む幽霊一家の末っ子、かわいらしい幽霊の男の子 「リックとさまよえる幽霊たち」 エヴァ・イボットソン著;三辺律子訳 偕成社 2012年9月

バンポ王子　ばんぽおうじ
アフリカの王子、イギリスの名門大学に学んだ秀才 「ドリトル先生と月からの使い―新訳」 ヒュー・ロフティング作;河合祥一郎訳;patty絵 アスキー・メディアワークス(角川つばさ文庫) 2013年3月

【ひ】

ビアトリス
グレンウッド小学校の六年生、一年生のラモーナのおねえさん 「ゆうかんな女の子ラモーナ―ゆかいなヘンリーくんシリーズ」 ベバリイ・クリアリー作;アラン・ティーグリーン絵;松岡享子訳 学研教育出版 2013年10月

ピエール
テーリング学校中等部一年生、人生は無意味だと言って登校をやめた少年 「人生なんて無意味だ」 ヤンネ・テラー著;長島要一訳 幻冬舎 2011年11月

ヴィオレッタ
十歳のユダヤ人の少年・フェリックスが旅で出会った少女、親を殺された六歳の子 「フェリックスとゼルダその後」 モーリス・グライツマン著;原田勝訳 あすなろ書房 2013年8月

ピーカピカさん
ペテフレット荘の二十階に住むきれい好きすぎる女の人、アーヒエのお母さん 「ペテフレット荘のブルック 上 あたらしい友だち」 アニー・M.G.シュミット作;フィープ・ヴェステンドルプ絵;西村由美訳 岩波書店 2011年7月

光　ひかり
しずかな美しさをたたえた女の人のかたちになった光の精 「青い鳥（新装版）」 メーテルリンク作;江國香織訳 講談社（講談社青い鳥文庫） 2013年10月

光の魔女　ひかりのまじょ
闇の悪魔の手下で邪悪な魔女 「NEWフェアリーズ 秘密の妖精たち5 ルナと秘密の井戸」 J.H.スイート作;津森優子訳;唐橋美奈子絵 文溪堂 2011年1月

ヴィクター
アフリカの内戦をのがれアマボ家の家族たちと同じ飛行機でアメリカにやってきた男 「闇のダイヤモンド」 キャロライン・B・クーニー著;武富博子訳 評論社（海外ミステリーBOX） 2011年4月

ビクター・トレバー
名探偵ホームズの大学時代の友人 「名探偵ホームズ 囚人船の秘密」 コナン・ドイル作;日暮まさみち訳;青山浩行絵 講談社（青い鳥文庫） 2011年9月

ビクター・フランケンシュタイン
ニュー・オランダの町にすむ十歳の小学生、映画作りと発明に没頭している天才科学少年 「フランケンウィニー」 エリザベス・ルドニック作;橘高弓枝訳 偕成社（ディズニーアニメ小説版） 2012年12月

ピコ
遠い空の上にある「フワキラ・ワールド」でくらす元気なキューピッドの女の子 「ラブリーキューピッド　1　とべないキューピッド!?」 セシリア・ガランテ著;田中亜希子訳;谷朋絵 小学館 2012年12月

ピコ
遠い空の上にある「フワキラ・ワールド」でくらす元気なキューピッドの女の子 「ラブリーキューピッド 2 おとまり会で大さわぎ!?」 セシリア・ガランテ著;田中亜希子訳;谷朋絵 小学館 2013年4月

ビゴレス
メキシコの秘密都市「エク・ナーブ」の執行部員、街から時々姿を消す謎めいた老人 「ジョシュア・ファイル10 世界の終わりのとき 下」 マリア・G.ハリス作;石随じゅん訳 評論社 2012年11月

ビーザス（ビアトリス）
グレンウッド小学校の六年生、一年生のラモーナのおねえさん 「ゆうかんな女の子ラモーナ―ゆかいなヘンリーくんシリーズ」 ベバリイ・クリアリー作;アラン・ティーグリーン絵;松岡享子訳 学研教育出版 2013年10月

ビジャヌエバ
カリブ海で勢力を拡大しているスペインの海賊長 「パイレーツ・オブ・カリビアン外伝 シャドウ・ゴールドの秘密1」 ロブ・キッド著;川村玲訳 講談社 2011年4月

ビジャヌエバ
カリブ海で勢力を拡大しているスペインの海賊長 「パイレーツ・オブ・カリビアン外伝 シャドウ・ゴールドの秘密5」 ロブ・キッド著;川村玲訳 講談社 2011年7月

ぴた

ピーター
コネチカット州のスノウヒル小学校の五年生、調子にのりすぎる男子 「テラプト先生がいるから」 ロブ・ブイエー作;西田佳子訳 静山社 2013年7月

ピーター
ロンドンから田舎の一軒家へ引っ越した一家の三人きょうだいの長男 「鉄道きょうだい」 E.ネズビット著;チャールズ・E.ブロック画;中村妙子訳 教文館 2011年12月

ピーターサンドさん
ニューヨーク州ホタル島でたくさんのねこたちとくらしていた漁師 「ピーターサンドさんのねこ」 ルイス・スロボドキン作・絵;清水眞砂子訳 あすなろ書房 2012年1月

ピーター・ダック
ヤマネコ号の船員に雇われた男、船乗り暮らし60年のベテラン老水夫 「ヤマネコ号の冒険 上下(ランサム・サーガ3)」 アーサー・ランサム作;神宮輝夫訳 岩波書店(岩波少年文庫) 2012年5月

ピーター・ダフィー
妻・マイラ・ダフィーの殺害容疑で起訴されている四九歳の男 「少年弁護士セオの事件簿 1 なぞの目撃者」 ジョン・グリシャム作;石崎洋司訳 岩崎書店 2011年9月

ピーター・ダフィー
妻・マイラ・ダフィーの殺害容疑で起訴されている四九歳の男 「少年弁護士セオの事件簿 3 消えた被告人」 ジョン・グリシャム作;石崎洋司訳 岩崎書店 2012年11月

ピーター・ディーダラス
アルゴ邸があるキルモア・コーヴの時計職人、鏡の館のもと持ち主 「ユリシーズ・ムーアと仮面の島」 Pierdomenico Baccalario著;金原瑞人訳;佐野真奈美訳;井上里訳 学研パブリッシング 2012年2月

ピーター・パーカー
遺伝子改良されたクモにかまれスパイダーマンになったスケートボードと写真が趣味の高校生 「アメイジングスパイダーマン」 アリソン・ローウェンスタイン ノベル;小山克昌訳;飛田万梨子訳;吉富節子訳 講談社 2013年4月

ピーター・パンク(パンク)
おばあさんのタブス夫人とアヒルと豚と長年いっしょに農場で暮らしていた犬 「トミーとティリーとタブスおばあさん」 ヒュー・ロフティング文と絵;南條竹則訳 集英社 2012年2月

ピーター・ヴァン・ホーテン
甲状腺がんを患う16歳のヘイゼルが愛読する作家、「至高の痛み」の著者 「さよならを待つふたりのために」 ジョン・グリーン作;金原瑞人訳;竹内茜訳 岩波書店(STAMP BOOKS) 2013年7月

ピーター・リージス
ハイ・ノーランド王国の王室づき魔法使いであるウィリアム大おじさんの弟子になりたい少年 「ハウルの動く城 3 チャーメインと魔法の家」 ダイアナ・ウィン・ジョーンズ作;市田泉訳 徳間書店 2013年5月

ビッグ・ジャック・トゥルーハート
「おとぎの国」で有名な冒険一家の父親、悪者のオームストーンの捕虜になっている人 「予言された英雄-少年冒険家トム3」 イアン・ベック作・絵;松岡ハリス佑子訳 静山社 2013年4月

ヒック・ホレンダス・ハドック三世　ひっくほれんだすはどっくさんせい
モジャモジャ族というバイキングのカシラの息子、目立たないタイプの平凡な少年 「ヒックとドラゴン 8 樹海の決戦」 クレシッダ・コーウェル作;相良倫子・陶浪亜希訳 小峰書店 2011年3月

168

ヒック・ホレンダス・ハドック三世　ひっくほれんだすはどっくさんせい
モジャモジャ族というバイキングのカシラの息子、目立たないタイプの平凡な少年 「ヒックと
ドラゴン 9 運命の秘剣」 クレシッダ・コーウェル作;相良倫子・陶浪亜希訳 小峰書店 2012
年6月

ヒック・ホレンダス・ハドック三世　ひっくほれんだすはどっくさんせい
モジャモジャ族というバイキングのカシラの息子、目立たないタイプの平凡な少年 「ヒックと
ドラゴン 外伝 トゥースレス大騒動」 クレシッダ・コーウェル作;相良倫子・陶浪亜希訳 小峰
書店 2012年11月

ヒック・ホレンダス・ハドック三世　ひっくほれんだすはどっくさんせい
モジャモジャ族というバイキングの少年、人間たちから追放された流れ者 「ヒックとドラゴン
10 砂漠の宝石」 クレシッダ・コーウェル作;相良倫子・陶浪亜希訳 小峰書店 2013年7月

ピッグル・ウィッグルおばさん
町はずれの農場で動物たちと暮らしている子ども好きなおばさん 「ピッグル・ウィッグルお
ばさんの農場」 ベティ・マクドナルド作;小宮由訳 岩波書店(岩波少年文庫) 2011年5月

ピックルズ
ニューヨーク市の消防署にすんでいる黒いポツポツのある大きな黄色いネコ 「黒ネコジェ
ニーのおはなし1 ジェニーとキャットクラブ」 エスター・アベリル作・絵;松岡享子訳;張替惠
子訳 福音館書店(世界傑作童話シリーズ) 2011年10月

ピックルズ
小さな黒いネコ・ジェニーのなかよしの消防ネコ 「黒ネコジェニーのおはなし2 ジェニーの
ぼうけん」 エスター・アベリル作・絵;松岡享子訳;張替惠子訳 福音館書店(世界傑作童話
シリーズ) 2012年1月

ビッケ
スウェーデンのフラーケ地方に住むバイキングの族長・ハルバルの息子、頭のいい子ども
「ビッケと弓矢の贈りもの」 ルーネル・ヨンソン作;エーヴェット・カールソン絵;石渡利康訳
評論社(評論社の児童図書館・文学の部屋) 2011年12月

ビッケ
スウェーデンのフラーケ地方に住むバイキングの族長・ハルバルの息子、頭のいい子ども
「ビッケと空とぶバイキング船」 ルーネル・ヨンソン作;エーヴェット・カールソン絵;石渡利康
訳 評論社(評論社の児童図書館・文学の部屋) 2011年11月

ビッケ
スウェーデンのフラーケ地方に住むバイキングの族長・ハルバルの息子、頭のいい子ども
「ビッケと赤目のバイキング」 ルーネル・ヨンソン作;エーヴェット・カールソン絵;石渡利康訳
評論社(評論社の児童図書館・文学の部屋) 2011年9月

ビッケ
スウェーデンのフラーケ地方に住むバイキングの族長・ハルバルの息子、頭のいい子ども
「ビッケと木馬の大戦車」 ルーネル・ヨンソン作;エーヴェット・カールソン絵;石渡利康訳 評
論社(評論社の児童図書館・文学の部屋) 2012年2月

ビッケ
スウェーデンのフラーケ地方に住むバイキングの族長・ハルバルの息子、頭のいい子ども
「ビッケのとっておき大作戦」 ルーネル・ヨンソン作;エーヴェット・カールソン絵;石渡利康訳
評論社(評論社の児童図書館・文学の部屋) 2012年3月

ビッケ
スウェーデンのフラーケ地方に住むバイキングの族長・ハルバルの息子、頭のいい子ども
「小さなバイキングビッケ」 ルーネル・ヨンソン作;エーヴェット・カールソン絵;石渡利康訳
評論社(評論社の児童図書館・文学の部屋) 2011年9月

ぴっつ

ピッツ博士　ぴっつはかせ
インカ秘宝協会の博士 「ぼくらのミステリータウン 5 盗まれたジャガーの秘宝」 ロン・ロイ作;八木恭子訳;ハラカズヒロ絵　フレーベル館　2012年2月

ピッパ
レンタル会社「おてがるペット社」の雑用係・ケイリーの妹、しっかりした十歳の女の子 「おいでフレック、ぼくのところに」 エヴァ・イボットソン著;三辺律子訳　偕成社　2013年9月

ビティ
四年生の少年ウィリアムの家に引きとられた動物保護センターの犬、おしゃべり犬 「犬のことばが聞こえたら」 パトリシア・マクラクラン作;こだまともこ訳　徳間書店　2012年12月

ビディー
ダブリンのエリクソン家の女中 「サリーの愛する人」 エリザベス・オハラ作;もりうちすみこ訳　さ・え・ら書房　2012年4月

ヴィニーさん
飛べるようになったトーマスが出会った飛べる男の人 「空を飛んだ男の子のはなし(マジカルチャイルド3)」 サリー・ガードナー作;三辺律子訳　小峰書店　2013年8月

ビーネ
プリッツェル町に動物園ができると聞いてなかよしのウリと大よろこびした女の子 「ライオンがいないどうぶつ園」 フレート・ロドリアン作;ヴェルナー・クレムケ絵;たかはしふみこ訳　徳間書店　2012年4月

ビネガー園長　びねがーえんちょう
動物通訳としてリリに動物園を手伝ってもらっている園長 「動物と話せる少女リリアーネ 9 ペンギン、飛べ大空へ! 上下」 タニヤ・シュテーブナー著;中村智子訳;駒形イラスト　学研教育出版　2013年10月

ビネー先生　びねーせんせい
アメリカ人の女の子ラモーナの通う幼稚園の先生、わかくてきれいな女の人 「ラモーナは豆台風―ゆかいなヘンリーくんシリーズ」 ベバリイ・クリアリー作;ルイス・ターリング画;松岡享子訳　学研教育出版　2012年7月

ビーバーム姫　びーばーむひめ
妖精王国のプリンセス、ライラにいじわるをするむすめ 「妖精ライラ 1 妖精学校に入学するっ!の巻」 エリザベス・リンジー著;杉田七重訳　アルファポリス　2011年7月

ビーバーム姫　びーばーむひめ
妖精王国のプリンセス、ライラにいじわるをするむすめ 「妖精ライラ 2 わがまま姫のいやがらせの巻」 エリザベス・リンジー著;杉田七重訳　アルファポリス　2011年7月

微風　びふう
魔剣をあやつる編み笠をかぶった女剣士 「天空の少年ニコロ2 呪われた月姫」 カイ・マイヤー著;遠山明子訳;佐竹美保画　あすなろ書房　2011年7月

微風　びふう
旅する女剣士 「天空の少年ニコロ3 龍とダイヤモンド」 カイ・マイヤー著;遠山明子訳;佐竹美保画　あすなろ書房　2012年3月

ビブロス長老　びぶろすちょうろう
ゴロゴロ山にくらす「大きい族」の王さまの相談役、王立博物館の館長 「マンクル・トロッグ 大きい族の小さな少年」 ジャネット・フォクスレイ作;スティーブ・ウェルズ絵;鹿田昌美訳　小学館　2013年9月

ピム博士　ぴむはかせ
ケイトたち3きょうだいが送られたケンブリッジフォールズにあるぶきみなピム孤児院の院長、魔法使い 「エメラルド・アトラス(最古の魔術書 〔1〕)」 ジョン・スティーブンス著;片岡しのぶ訳　あすなろ書房　2011年12月

ピム博士　ぴむはかせ
ケンブリッジフォールズの孤児院の院長先生、三冊の最古の魔術書を探す魔法使い 「ファイアー・クロニクル（最古の魔術書2）」ジョン・スティーブンス著;こだまともこ訳　あすなろ書房 2013年12月

ヒューゴ・ボンヴィレン（ボンヴィレン）
アイルランド沖の小さな君主国・ソルティー・アイランズの近衛師団の司令官 「エアーマン」 オーエン・コルファー作;茅野美ど里訳　偕成社 2011年7月

ヒョンス
組み立てると命を宿すおもちゃ「バイオ・トイ」のお母さんを買ってもらった七歳の男の子 「お母さん取扱説明書」キムソンジン作;キムジュンソク絵;吉原育子訳　金の星社 2013年11月

ヒラテウッチ
森の洞窟でくらす盗賊 「ねてもさめてもいたずら姫」シルヴィア・ロンカーリャ作;エレーナ・テンポリン絵;たかはしたかこ訳　西村書店（ときめきお姫さま4） 2012年3月

ビリー（ビル・ターナー）
ブラックパール号の船長・ジャック・スパロウの古い友人 「パイレーツ・オブ・カリビアン外伝シャドウ・ゴールドの秘密1」ロブ・キッド著;川村玲訳　講談社 2011年4月

ビリー（ビル・ターナー）
ブラックパール号の船長・ジャック・スパロウの古い友人 「パイレーツ・オブ・カリビアン外伝シャドウ・ゴールドの秘密2」ロブ・キッド著;川村玲訳　講談社 2011年4月

ビリー（ビル・ターナー）
ブラックパール号の船長・ジャック・スパロウの古い友人 「パイレーツ・オブ・カリビアン外伝シャドウ・ゴールドの秘密3」ロブ・キッド著;川村玲訳　講談社 2011年5月

ビリー（ビル・ターナー）
ブラックパール号の船長・ジャック・スパロウの古い友人 「パイレーツ・オブ・カリビアン外伝シャドウ・ゴールドの秘密4」ロブ・キッド著;川村玲訳　講談社 2011年6月

ビリー（ビル・ターナー）
ブラックパール号の船長・ジャック・スパロウの古い友人 「パイレーツ・オブ・カリビアン外伝シャドウ・ゴールドの秘密5」ロブ・キッド著;川村玲訳　講談社 2011年7月

ビリー・サラサテール
ニュージーランドにすむ鳥・プケコの男の子「ぼく」のむかつくクラスメイト 「プケコの日記」サリー・サットン作;デイヴ・ガンソン絵;大作道子訳　文研出版（文研ブックランド） 2013年10月

ビリーナ
航海中にあらしにあいドロシーといっしょに魔法の国・エヴの国にたどりついた話せる黄色いめんどり 「オズの魔法使いシリーズ3 完訳オズのオズマ姫」ライマン・フランク・ボーム著;ないとうふみこ訳　復刊ドットコム 2011年12月

ビル
スクーナー・マムシ号で働く孤児の少年 「ヤマネコ号の冒険 上下（ランサム・サーガ3）」アーサー・ランサム作;神宮輝夫訳　岩波書店（岩波少年文庫） 2012年5月

ビル
森でくらしている四ひきのこぶたの二番目のにいさん、庭師 「おめでたこぶた その1 四ひきのこぶたとアナグマのお話」アリソン・アトリー作;すがはらひろくに訳;やまわきゆりこ画　福音館書店（世界傑作童話シリーズ） 2012年2月

ビル・アークライト（アークライト）
悪を封じる職人の魔使い、魔使いの少年トムの師匠 「魔女の物語（魔使いシリーズ外伝）」 ジョゼフ・ディレイニー著;田中亜希子訳　東京創元社（sogen bookland） 2012年8月

びるせ

ビル船長　びるせんちょう
左足のひざから下を失って義足をはめた元船乗り、少女トロットの相棒　「オズの魔法使いシリーズ9 完訳オズのかかし」ライマン・フランク・ボーム著;ないとうふみこ訳　復刊ドットコム　2012年12月

ビル・ターナー
ブラックパール号の船長・ジャック・スパロウの古い友人　「パイレーツ・オブ・カリビアン外伝シャドウ・ゴールドの秘密1」ロブ・キッド著;川村玲訳　講談社　2011年4月

ビル・ターナー
ブラックパール号の船長・ジャック・スパロウの古い友人　「パイレーツ・オブ・カリビアン外伝シャドウ・ゴールドの秘密2」ロブ・キッド著;川村玲訳　講談社　2011年4月

ビル・ターナー
ブラックパール号の船長・ジャック・スパロウの古い友人　「パイレーツ・オブ・カリビアン外伝シャドウ・ゴールドの秘密3」ロブ・キッド著;川村玲訳　講談社　2011年5月

ビル・ターナー
ブラックパール号の船長・ジャック・スパロウの古い友人　「パイレーツ・オブ・カリビアン外伝シャドウ・ゴールドの秘密4」ロブ・キッド著;川村玲訳　講談社　2011年6月

ビル・ターナー
ブラックパール号の船長・ジャック・スパロウの古い友人　「パイレーツ・オブ・カリビアン外伝シャドウ・ゴールドの秘密5」ロブ・キッド著;川村玲訳　講談社　2011年7月

ビルビル
リンキティンク王が乗る口の悪いヤギ　「オズの魔法使いシリーズ10 完訳オズのリンキティンク」ライマン・フランク・ボーム著;田中亜希子訳　復刊ドットコム　2013年1月

ヴィルヘルム
南ドイツに暮らす大家族の七人兄妹の次男、父親似でほがらかな少年　「愛の一家 あるドイツの冬物語」アグネス・ザッパー作;マルタ・ヴェルシュ画;遠山明子訳　福音館書店（福音館文庫）2012年1月

ヴィレメインおばさん
フランス先生の下宿の女家主、七つのわかれ道秘密作戦の仲間　「七つのわかれ道の秘密 上下」トンケ・ドラフト作;西村由美訳　岩波書店（岩波少年文庫）2012年8月

ピンカートン校長　ぴんかーとんこうちょう
グリムロックス手品師＆魔術師養成学校の鐘みたいな体型をした女の校長先生　「世界一ちいさな女の子のはなし（マジカルチャイルド2）」サリー・ガードナー作;三辺律子訳　小峰書店　2012年9月

ピンク
おばあさんのタブス夫人と犬とアヒルと長年いっしょに農場で暮らしていた豚　「トミーとティリーとタブスおばあさん」ヒュー・ロフティング文と絵;南條竹則訳　集英社　2012年2月

ヴィンニ
ママとストックホルムで暮らす九歳の女の子、パパとヴェネチアをおとずれた子　「ヴィンニイタリアへ行く［ヴィンニ!］(3)」ペッテル・リードベック作;菱木晃子訳;杉田比呂美絵　岩波書店　2011年6月

ヴィンニ
ママとストックホルムで暮らす三年生、クラスメートのアレックスに恋をした女の子　「ヴィンニとひみつの友だち［ヴィンニ!］(2)」ペッテル・リードベック作;菱木晃子訳;杉田比呂美絵　岩波書店　2011年6月

ヴィンニ
ママとストックホルムで暮らす三年生、先生に男の子とまちがえられた女の子 「われらが
ヴィンニ [ヴィンニ!] (4)」 ペッテル・リードベック作;菱木晃子訳;杉田比呂美絵 岩波書店
2011年6月

【ふ】

ファオラン
生まれてすぐに呪われた子として母親と離されたオオカミ 「ファオランの冒険 1 王となるべ
き子の誕生」 キャスリン・ラスキー著;中村佐千江訳 メディアファクトリー 2012年7月

ファオラン
生まれてすぐに母親と離されて生きのびたオオカミ、マクダンカン部族の骨ウルフ 「ファオ
ランの冒険 2 運命の「聖ウルフ」選抜競技会」 キャスリン・ラスキー著;中村佐千江訳 メ
ディアファクトリー 2013年1月

ファオラン
生まれてすぐに母親と離されて生きのびたオオカミ、聖なる火山の番人の聖ウルフ 「ファオ
ランの冒険 3 クマ対オオカミ戦いの火蓋」 キャスリン・ラスキー著;中村佐千江訳 メディア
ファクトリー 2013年6月

ファーガス王　ふぁーがすおう
スコットランドのダンブロッホ王国の王、巨大なクマ・モルデューにおそれれ義足をつけてい
る伝説的な勇士 「メリダとおそろしの森」 アイリーン・トリンブル作;しぶやまさこ訳 偕成社
(ディズニーアニメ小説版) 2012年7月

ファーガソン
事件の依頼人、お茶の仲買商でワトソンの昔の知人 「名探偵ホームズ サセックスの吸血
鬼」 コナン・ドイル作;日暮まさみち訳;青山浩行絵 講談社 (青い鳥文庫) 2012年1月

ファニー・ブレーク
年をとって弱ってしまった大好きなおじいちゃんに生きててほしい女の子 「魔法がくれた時
間」 トビー・フォワード作;浜田かつこ訳;ナカムラユキ画 金の星社 2012年12月

ファハス
百年という時間をこえて復活した伝説の吟遊詩人 「フューチャーウォーカー 2 詩人の帰
還」 イヨンド作;ホンカズミ訳;金田榮路画 岩崎書店 2011年2月

ファハス
百年という時間をこえて復活した伝説の吟遊詩人 「フューチャーウォーカー 3 影はひとり
で歩かない」 イヨンド作;ホンカズミ訳;金田榮路画 岩崎書店 2011年5月

ファハス
百年という時間をこえて復活した伝説の吟遊詩人 「フューチャーウォーカー 4 未来へはな
つ矢」 イヨンド作;ホンカズミ訳;金田榮路画 岩崎書店 2011年8月

ファビオ
秘密の「島」に住む姉妹に誘拐された少年、イギリス紳士に育てるために亡くなった父親の
両親に引きとられたブラジルの男の子 「クラーケンの島」 エヴァ・イボットソン著;三辺律子
訳 偕成社 2011年10月

ファヒム・ビンハッサム
ロンドンの高級住宅街に住むアラブ系の貿易商・ハッサム・ビンハッサムの十一歳の息子
「英国情報局秘密組織 CHERUB (チェラブ) Mission9 クラッシュ」 ロバート・マカモア作;大
澤晶訳 ほるぷ出版 2013年12月

ふぁぶ

ファーブ・フレッチャー
天才発明家の仲良し兄弟の弟、無口な物作りの天才少年 「フィニアスとファーブ カーレースに出よう」ジャスミン・ジョーンズ文;ララ・バージェン文;杉田七重訳 KADOKAWA（角川つばさ文庫）2013年11月

ファ・L・グラシエル　ふぁるごぐらしえる
未来をみることができる巫女・ミの妹 「フューチャーウォーカー 2 詩人の帰還」イヨンド作;ホンカズミ訳;金田榮路画 岩崎書店 2011年2月

ファ・L・グラシエル　ふぁるごぐらしえる
未来をみることができる巫女・ミの妹 「フューチャーウォーカー 3 影はひとりで歩かない」イヨンド作;ホンカズミ訳;金田榮路画 岩崎書店 2011年5月

ファ・L・グラシエル　ふぁるごぐらしえる
未来をみることができる巫女・ミの妹 「フューチャーウォーカー 4 未来へはなつ矢」イヨンド作;ホンカズミ訳;金田榮路画 岩崎書店 2011年8月

ファ・L・グラシエル　ふぁるごぐらしえる
未来をみることができる巫女・ミの妹 「フューチャーウォーカー 5 忘れられたものを呼ぶ声」イヨンド作;ホンカズミ訳;金田榮路画 岩崎書店 2011年11月

ファ・L・グラシエル　ふぁるごぐらしえる
未来をみることができる巫女・ミの妹 「フューチャーウォーカー 6 時の匠人」イヨンド作;ホンカズミ訳;金田榮路画 岩崎書店 2012年2月

ファ・L・グラシエル　ふぁるごぐらしえる
未来をみることができる巫女・ミの妹 「フューチャーウォーカー 7 愛しい人を待つ海辺」イヨンド作;ホンカズミ訳;金田榮路画 岩崎書店 2012年6月

ファーン
黒人の三姉妹の末っこ、自分を捨てた母親に会いにオークランドにむかう七歳の女の子 「クレイジー・サマー」リタ・ウィリアムズ＝ガルシア作;代田亜香子訳 鈴木出版（鈴木出版の海外児童文学）2013年1月

ファンティーヌ
少女コゼットの母、宿屋のテナルディエに娘をあずけ女工となった女 「レ・ミゼラブル－ああ無情」ビクトル・ユーゴー作;塚原亮一訳;片山若子絵 講談社（青い鳥文庫）2012年11月

ファン・デル・ステフ
嵐の夜に手紙を受け取り七つのわかれ道秘密作戦の仲間になった小学校の先生 「七つのわかれ道の秘密 上下」トンケ・ドラフト作;西村由美訳 岩波書店（岩波少年文庫）2012年8月

フアン・デ・ルナ
片いなかの日ざかり村に両親と暮らしていてある日戦争がくると聞いた少年 「日ざかり村に戦争がくる」フアン・ファリアス作;宇野和美訳;堀越千秋画 福音館書店(世界傑作童話シリーズ) 2013年9月

ファントム
古いロンドンの街を再現したテーマパーク「パストワールド」に出没する謎の男 「パストワールド 暗闇のファントム」イアン・ベック作;大嶌双恵訳 静山社 2011年12月

フィスク・ケイヒル
ケイヒル一族の分家マドリガル家に属している男、女当主だったグレースの弟 「サーティーナイン・クルーズ 10 最期の試練 後編」マーガレット・ピーターソン・ハディックス著;小浜杏訳;HACCANイラスト メディアファクトリー 2012年2月

ふいる

フィスク・ケイヒル
ケイヒル一族の分家マドリガル家に属している男、女当主だったグレースの弟 「サーティーナイン・クルーズ 10 最期の試練 前編」 マーガレット・ピーターソン・ハディックス著;小浜杏訳;HACCANイラスト メディアファクトリー 2011年11月

フィッシュ
モジャモジャ族というバイキングのカシラの息子ヒックの親友、バイキングの少年 「ヒックとドラゴン 8 樹海の決戦」 クレシッダ・コーウェル作;相良倫子・陶浪亜希訳 小峰書店 2011年3月

フィッシュ・ボーモント
水から嵐をうむチカラをもった十四歳の少年、妹のミブズたちと事故にあったパパを訪ねてバスで密航した男の子 「チ・カ・ラ。」 イングリッド・ロウ著;田中亜希子訳 小学館 2011年11月

フィニアス・フリン
天才発明家の仲良し兄弟の兄、まわりをあっとおどろかせる発明を思いつく少年 「フィニアスとファーブ カーレースに出よう」 ジャスミン・ジョーンズ文;ララ・バージェン文;杉田七重訳 KADOKAWA（角川つばさ文庫） 2013年11月

フィービー
シカゴ美術館のサウスカロライナの舞踏室のミニチュアルームに入ったルーシーとジャックが出会った黒人奴隷の少女 「消えた鍵の謎 12分の1の冒険 2」 マリアン・マローン作;橋本恵訳 ほるぷ出版 2012年11月

フィービー
ピッグル・ウィッグルおばさんの農場にあずけられた子ども、こわがりでおくびょうな女の子 「ピッグル・ウィッグルおばさんの農場」 ベティ・マクドナルド作;小宮由訳 岩波書店（岩波少年文庫） 2011年5月

フィリス
ロンドンから田舎の一軒家へ引っ越した一家の三人きょうだいの次女 「鉄道きょうだい」 E.ネズビット著;チャールズ・E.ブロック画;中村妙子訳 教文館 2011年12月

フィリッポ・フィリベルト（フィルフィル）
注射がこわくてにげだしたジャンピがであった中世の国のお城の王子さま 「ルンピ・ルンピ ぼくのともだちドラゴン おそろしい注射からにげろ!の巻」 シルヴィア・ロンカーリア文;ロベルト・ルチアーニ絵;佐藤まどか訳 集英社 2012年6月

フィリパ・ゴードン
裕福な名士の娘、レドモンド大学でアンと同級生になった女の子 「新訳 アンの愛情」 モンゴメリ作;木村由利子訳;羽海野チカイラスト;おのともえイラスト 集英社（集英社みらい文庫） 2013年3月

フィリパ・ゴードン（フィル）
レドモンド大学に入学したアンが出会ったお金持ちの「ノバスコシア市民」の家柄の娘 「アンの愛情（赤毛のアン 3）」 L.M.モンゴメリ作;村岡花子訳;HACCAN絵 講談社（青い鳥文庫） 2011年2月

フィル
レドモンド大学に入学したアンが出会ったお金持ちの「ノバスコシア市民」の家柄の娘 「アンの愛情（赤毛のアン 3）」 L.M.モンゴメリ作;村岡花子訳;HACCAN絵 講談社（青い鳥文庫） 2011年2月

フィル・A・フラッド　ふぃるえーふらっど
イングランド北部のハエブンブン村に住む幻獣学者、ナサニエルの父のいとこ 「見習い幻獣学者ナサニエル・フラッドの冒険 2 バジリスクの毒」 R.L.ラフィーバース作;ケリー・マーフィー絵;千葉茂樹訳 あすなろ書房 2012年12月

ふぃる

フィル・A・フラッド　ふぃるえーふらっど
イングランド北部のハエブンブン村に住む幻獣学者、十歳のナサニエルの父のいとこ　「見習い幻獣学者ナサニエル・フラッドの冒険 1 フェニックスのたまご」 R.L.ラフィーバース作;ケリー・マーフィー絵;千葉茂樹訳　あすなろ書房　2012年12月

フィル・A・フラッド　ふぃるえーふらっど
イングランド北部のハエブンブン村に住む幻獣学者、十歳のナサニエルの父のいとこ　「見習い幻獣学者ナサニエル・フラッドの冒険 3 ワイバーンの反乱」 R.L.ラフィーバース作;ケリー・マーフィー絵;千葉茂樹訳　あすなろ書房　2012年12月

フィル・A・フラッド　ふぃるえーふらっど
イングランド北部のハエブンブン村に住む幻獣学者、十歳のナサニエルの父のいとこ　「見習い幻獣学者ナサニエル・フラッドの冒険 4 ユニコーンの赤ちゃん」 R.L.ラフィーバース作;ケリー・マーフィー絵;千葉茂樹訳　あすなろ書房　2013年1月

フィルおばさん（フィル・A・フラッド）　ふぃるおばさん（ふぃるえーふらっど）
イングランド北部のハエブンブン村に住む幻獣学者、ナサニエルの父のいとこ　「見習い幻獣学者ナサニエル・フラッドの冒険 2 バジリスクの毒」 R.L.ラフィーバース作;ケリー・マーフィー絵;千葉茂樹訳　あすなろ書房　2012年12月

フィルおばさん（フィル・A・フラッド）　ふぃるおばさん（ふぃるえーふらっど）
イングランド北部のハエブンブン村に住む幻獣学者、十歳のナサニエルの父のいとこ　「見習い幻獣学者ナサニエル・フラッドの冒険 1 フェニックスのたまご」 R.L.ラフィーバース作;ケリー・マーフィー絵;千葉茂樹訳　あすなろ書房　2012年12月

フィルおばさん（フィル・A・フラッド）　ふぃるおばさん（ふぃるえーふらっど）
イングランド北部のハエブンブン村に住む幻獣学者、十歳のナサニエルの父のいとこ　「見習い幻獣学者ナサニエル・フラッドの冒険 3 ワイバーンの反乱」 R.L.ラフィーバース作;ケリー・マーフィー絵;千葉茂樹訳　あすなろ書房　2012年12月

フィルおばさん（フィル・A・フラッド）　ふぃるおばさん（ふぃるえーふらっど）
イングランド北部のハエブンブン村に住む幻獣学者、十歳のナサニエルの父のいとこ　「見習い幻獣学者ナサニエル・フラッドの冒険 4 ユニコーンの赤ちゃん」 R.L.ラフィーバース作;ケリー・マーフィー絵;千葉茂樹訳　あすなろ書房　2013年1月

フィルフィル
注射がこわくてにげだしたジャンピがであった中世の国のお城の王子さま　「ルンピ・ルンピ ぼくのともだちドラゴン おそろしい注射からにげろ!の巻」 シルヴィア・ロンカーリア文;ロベルト・ルチアーニ絵;佐藤まどか訳　集英社　2012年6月

フィン
ベイヤーン王国の森の民の少年、ベイヤーン王直属隊屈指の剣の使い手　「ラゾー川の秘密」 シャノン・ヘイル著;石黒美央[ほか]訳　バベルプレス　2013年4月

フィン
ベイヤーン王国の森の民の少年、炎をあやつる力を身につけたエナの友だち　「エナ 火をあやつる少女の物語」 シャノン・ヘイル著;石黒美央[ほか]訳　バベルプレス　2011年10月

フィンケルシュテイン
スターリンを崇拝する10歳のザイチクの学級でたった一人のユダヤ人　「スターリンの鼻が落っこちた」 ユージン・イェルチン作・絵;若林千鶴訳　岩波書店　2013年2月

フィン・マックミサイル
イギリスのベテランスパイ　「カーズ2」 アイリーン・トリンブル作;橘高弓枝訳　偕成社（ディズニーアニメ小説版）　2011年8月

フィンリー
ホテルのベルボーイのようなかっこうをした翼のある猿、オズのしもベ　「オズ はじまりの戦い」 エリザベス・ルドニック作;しぶやまさこ訳　偕成社（ディズニーアニメ小説版）　2013年4

ぷぶり

飛卿　ふぇいきん
龍の呪いで龍の衣裳が脱げなくなった記憶喪失の男　「天空の少年ニコロ2 呪われた月姫」 カイ・マイヤー著;遠山明子訳;佐竹美保画　あすなろ書房　2011年7月

飛卿　ふぇいきん
龍の呪いで龍の衣裳が脱げなくなった記憶喪失の男　「天空の少年ニコロ3 龍とダイヤモンド」 カイ・マイヤー著;遠山明子訳;佐竹美保画　あすなろ書房　2012年3月

フェットロック・ハローウェイ
ピッグル・ウィッグルおばさんの農場にあずけられた子ども、うそつきのきらわれもの　「ピッグル・ウィッグルおばさんの農場」 ベティ・マクドナルド作;小宮由訳　岩波書店(岩波少年文庫) 2011年5月

フェリックス
ゲームセンターの旧式ゲーム機の主役キャラクター、なんでも直す修理屋　「シュガー・ラッシュ」 アイリーン・トリンブル作;倉田真木訳　偕成社(ディズニーアニメ小説版) 2013年3月

フェリックス
ポーランドの山中の孤児院で暮らしていた十歳のユダヤ人少年、ナチスに捕まった両親を探す旅に出た男の子　「フェリックスとゼルダ」 モーリス・グライツマン著;原田勝訳　あすなろ書房　2012年7月

フェリックス(ウィルヘルム)
十歳になるユダヤ人の少年、ナチスに捕まった両親を探す旅に出た男の子　「フェリックスとゼルダその後」 モーリス・グライツマン著;原田勝訳　あすなろ書房　2013年8月

フェルノ
魔法使いマルベルにさらわれてゴルゴニアにいるアバンティア王国の守り神の火龍　「ビースト・クエスト 17 超マンモスタスク」 アダム・ブレード作;浅尾敦則訳;大庭賢哉イラスト　ゴマブックス　2011年1月

フォイヤーバッハ
老人ホームでくらすおじいさん、元蹄鉄職人　「ミルクマンという名の馬」 ヒルケ・ローゼンボーム作;木本栄訳　岩波書店　2011年3月

フォボス
メタムア王国をのっとった悪の王、うぬぼれやで凶暴な専制君主　「奇跡を起こす少女」 エリザベス・レンハード作;岡田好惠訳;千秋ユウ絵　講談社(ディズニー・ウィッチシリーズ6) 2012年5月

フォントルロイ
伯爵の祖父のあとつぎとしてイギリスに渡ることになったアメリカに住む七歳の少年　「小公子」 フランシス・ホジソン・バーネット作;脇明子訳　岩波書店(岩波少年文庫) 2011年11月

フォン・ボルク
ドイツの腕ききスパイ　「名探偵ホームズ 最後のあいさつ」 コナン・ドイル作;日暮まさみち訳;青山浩行絵　講談社(青い鳥文庫) 2012年2月

プス
人間の言葉を話す不思議なおすネコ　「おねがいの木と魔女(魔女の本棚15)」 ルース・チュウ作;日当陽子訳;たんじあきこ絵　フレーベル館　2011年10月

フーパーせんちょう
ホイッティカーさんたちがきた海べの家にすむおおきなさわがしいゆうれい　「おばけのジョージーとさわがしいゆうれい」 ロバート・ブライト作・絵;なかがわちひろ訳　徳間書店　2013年3月

ププリウス
古代ローマの学校に通う七人の生徒の一人、皮肉屋で嘲笑的な少年　「カイウスはばかだ」 ヘンリー・ウィンターフェルト作;関楠生訳　岩波書店(岩波少年文庫) 2011年6月

ふゆの

冬の支配者ミロリ　ふゆのしはいしゃみろり
冬の森をおさめる妖精「ティンカー・ベルと輝く羽の秘密」サラ・ネイサン作;橘高弓枝訳 偕成社(ディズニーアニメ小説版) 2013年2月

フュリオス
人間たちに戦いをいどむドラゴンの群れ<ドラゴン解放軍>のリーダー、巨大なドラゴン「ヒックとドラゴン 10 砂漠の宝石」クレシッダ・コーウェル作;相良倫子・陶浪亜希訳　小峰書店 2013年7月

フュリオス
人間たちに戦いをいどむドラゴンの群れ<ドラゴン解放軍>のリーダー、巨大なドラゴン「ヒックとドラゴン 9 運命の秘剣」クレシッダ・コーウェル作;相良倫子・陶浪亜希訳　小峰書店 2012年6月

ブライアン
姉のペギーと人間の言葉を話すネコといっしょに魔法の国につづいているというブナの木の中に入っていった男の子「おねがいの木と魔女(魔女の本棚15)」ルース・チュウ作;日当陽子訳;たんじあきこ絵 フレーベル館 2011年10月

ブライアンおじさん
ベンドックス学園六年生のクエントンの叔父、かつてミスター・フーの下で働いていた人「アンナとプロフェッショナルズ 2 カリスマシェフ、誕生!!」MAC著;なかがわいずみ訳;岸田メルイラスト メディアファクトリー 2012年8月

フライデー(レディ・フライデー)
万物の創造主の不誠実な七人の管財人のうちの一人、人間の記憶を食べる女「王国の鍵 5 記憶を盗む金曜日」ガース・ニクス著;原田勝訳　主婦の友社 2011年1月

プライマス
万物の創造主がのこした遺書の化身、長身の女性「王国の鍵 6 雨やまぬ土曜日」ガース・ニクス著;原田勝訳　主婦の友社 2011年6月

プライマス
万物の創造主がのこした遺書の化身、長身の女性「王国の鍵 7 復活の日曜日」ガース・ニクス著;原田勝訳　主婦の友社 2011年12月

フラウィウス
古代ローマの学校に通う七人の生徒の一人、臆病でいつもへっぴり腰の少年「カイウスはばかだ」ヘンリー・ウィンターフェルト作;関楠生訳　岩波書店(岩波少年文庫) 2011年6月

フラウロ
「古の土地」の支配者・ミサイアネスの艦隊指揮官「最果てのサーガ 4 火の時」リリアナ・ボドック著;中川紀子訳　PHP研究所 2011年3月

ブラック・ジャックジェイク
黒いスクーナー・マムシ号の船長、ヤマネコ号のあとをつけるぶきみな海賊「ヤマネコ号の冒険 上下(ランサム・サーガ3)」アーサー・ランサム作;神宮輝夫訳　岩波書店(岩波少年文庫) 2012年5月

ブラック・ボルケーノ
アルゴ邸があるキルモア・コーヴの電車技師「ユリシーズ・ムーアと石の守護者」Pierdomenico Baccalario著;金原瑞人訳;佐野真奈美訳;井上里訳　学研パブリッシング 2011年4月

ブラック・ボルケーノ
アルゴ邸があるキルモア・コーヴの電車技師「ユリシーズ・ムーアと第一のかぎ」Pierdomenico Baccalario著;金原瑞人訳;佐野真奈美訳;井上里訳　学研パブリッシング 2011年6月

フラッシュバーン
バイキングの少年少女たちに剣術を教える剣の達人、とびきりハンサムな男 「ヒックとドラゴン 9 運命の秘剣」 クレシッダ・コーウェル作;相良倫子・陶浪亜希訳 小峰書店 2012年6月

フラドゥス・ハイロイシ
階段屋敷に住んでいる伯爵、強欲な心を持った策略家 「七つのわかれ道の秘密 上下」 トンケ・ドラフト作;西村由美訳 岩波書店(岩波少年文庫) 2012年8月

フラーマン先生　ふらーまんせんせい
イギリスの小学生・トムのたんにんの先生 「トム・ゲイツ [1] トホホなまいにち」 L.ピーション作;宮坂宏美訳 小学館 2013年11月

フランキー（フランチェスカ・ダイアナ・ブラッドリー）
イギリス・キングスウェアにある高級住宅地のてっぺんに住むお金持ちのお嬢様、さえない女の子カリスの親友 「フライ・ハイ」 ポーリン・フィスク著;代田亜香子訳 あかね書房(YA Step!) 2011年3月

フランキー・ワロップ
パパの恋人かもしれない女の人からきた父親あてのメールを読みショックをうけた十二歳の女の子 「パパのメールはラブレター!?」 メアリー・アマート作;尾高薫訳 徳間書店 2011年12月

フランク・チャン
ローマの神・マルスの息子、動物に変身することができる少年 「オリンポスの神々と7人の英雄 3 アテナの印」 リック・リオーダン作;金原瑞人訳;小林みき訳 ほるぷ出版 2013年11月

フランク・チャン
神と人間との間に生まれた「ハーフ」があつまる「ユピテル訓練所」の見習い生 「オリンポスの神々と7人の英雄 2 海神の息子」 リック・リオーダン作;金原瑞人訳;小林みき訳 ほるぷ出版 2012年11月

ブランコ・ビゴレス（ビゴレス）
メキシコの秘密都市「エク・ナーブ」の執行部員、街から時々姿を消す謎めいた老人 「ジョシュア・ファイル10 世界の終わりのとき 下」 マリア・G.ハリス作;石随じゅん訳 評論社 2012年11月

フランス先生（ファン・デル・ステフ）　ふらんすせんせい（ふぁんでるすてふ）
嵐の夜に手紙を受け取り七つのわかれ道秘密作戦の仲間になった小学校の先生 「七つのわかれ道の秘密 上下」 トンケ・ドラフト作;西村由美訳 岩波書店(岩波少年文庫) 2012年8月

フランチェスカ・ダイアナ・ブラッドリー
イギリス・キングスウェアにある高級住宅地のてっぺんに住むお金持ちのお嬢様、さえない女の子カリスの親友 「フライ・ハイ」 ポーリン・フィスク著;代田亜香子訳 あかね書房(YA Step!) 2011年3月

ブランチさん
孤児院に預けられていたフレデリックの時計職人の親方 「クロックワークスリー マコーリー公園の秘密と三つの宝物」 マシュー・カービー作;石崎洋司訳;平澤朋子絵 講談社 2011年12月

プリアモス
トロイア王、勇士ヘクトールの父 「ホメーロスのイーリアス物語」 ホメーロス原作;バーバラ・レオニ・ピカード作;高杉一郎.訳 岩波書店(岩波少年文庫) 2013年10月

ぶりあ

ブリアン
難破船「スラウギ号」で無人島に漂着した十五人の少年のひとり、親切で勇敢なフランス人の十三歳、ジャックの兄 「十五少年漂流記 ながい夏休み」ベルヌ作;末松氷海子訳;はしもとしん絵 集英社(集英社みらい文庫) 2011年6月

ブリキのきこり
オズの国にとばされたドロシーが旅のとちゅうで仲間になった心臓がほしいブリキのきこり 「オズの魔法使いシリーズ1 完訳オズの魔法使い」ライマン・フランク・ボーム著;宮坂宏美訳 復刊ドットコム 2011年10月

ブリキのきこり
オズの国のウィンキーの国の皇帝、エメラルドの都の王・かかし陛下のなつかしの友 「オズの魔法使いシリーズ2 完訳オズのふしぎな国」ライマン・フランク・ボーム著;宮坂宏美訳 復刊ドットコム 2011年10月

ブリキのきこり
オズの国のウィンキー国の皇帝 「オズの魔法使いシリーズ12 完訳オズのブリキのきこり」ライマン・フランク・ボーム著;ないとうふみこ訳 復刊ドットコム 2013年5月

ブリキのきこり
オズの国のエメラルドの都へ行くドロシーの道づれになったブリキのきこり 「オズの魔法使い 新訳」ライマン・フランク・ボーム作;西田佳子訳 集英社(集英社みらい文庫) 2013年6月

ブリキのきこり
偉大な魔法使い・オズのいるエメラルドの街をめざし少女・ドロシーと旅をするブリキのきこり 「オズの魔法使い」ライマン・フランク・ボウム著;江國香織訳 小学館 2013年3月

ブリキの木こり　ぶりきのきこり
エメラルドの都にいるオズの魔法使いに会うためにドロシーと旅に出たブリキの木こり 「オズの魔法使い」L.F.バーム作;松村達雄訳;鳥羽雨画 講談社(青い鳥文庫) 2013年1月

ブリキの木こり　ぶりきのきこり
魔法使いオズに会うためにエメラルドの街を目指すドロシーと旅に出たブリキの木こり 「オズの魔法使い」L.フランク・ボーム作;柴田元幸訳;吉野朔実絵 角川書店(角川つばさ文庫) 2013年2月

ブリザード
魔法の国「ひみつの王国」の「魔法の山」の雪の妖精 「シークレット♥キングダム 5 魔法の山」ロージー・バンクス作;井上里訳 理論社 2013年2月

ブリジット
子どもたちだけで秘密の島々の探検をすることになったウォーカー家のきょうだいの末っ子 「ひみつの海 上下(ランサム・サーガ8)」アーサー・ランサム作;神宮輝夫訳 岩波書店(岩波少年文庫) 2013年11月

ブリジット
十一歳の少女オーブリーのおばあちゃんの家のおとなりにすむ女の子 「もういちど家族になる日まで」スザンヌ・ラフルーア作;永瀬比奈訳 徳間書店 2011年12月

プリシラ・グラント
赤毛のアンと同じレドモンド大学に入学したクイーン学院時代の同級生の女の子 「アンの愛情(赤毛のアン 3)」L.M.モンゴメリ作;村岡花子訳;HACCAN絵 講談社(青い鳥文庫) 2011年2月

フリーダー
南ドイツに暮らす大家族の七人兄妹の四男、夢見がちな少年 「愛の一家 あるドイツの冬物語」アグネス・ザッパー作;マルタ・ヴェルシュ画;遠山明子訳 福音館書店(福音館文庫) 2012年1月

ふれっ

ブリン
四年生の少年ウィリアムの家に引きとられた動物保護センターの犬、おしゃべり犬 「犬のことばが聞こえたら」パトリシア・マクラクラン作;こだまともこ訳 徳間書店 2012年12月

フリン・ライダー
プリンセスの冠を盗んだために指名手配中のハンサムな大泥棒 「塔の上のラプンツェル」アイリーン・トリンブル作;しぶやまさこ訳 偕成社(ディズニーアニメ小説版) 2011年2月

ブルシャーさん
六年生の女の子・コーディが遠足で訪れた博物館のガイドのおじさん 「暗号クラブ 3 海賊がのこしたカーメルの宝」ペニー・ワーナー著;番由美子訳;ヒョーゴノスケ絵 KADOKAWA 2013年12月

ブルース・ノリス
英国情報局の裏組織で十七歳以下の子どもが活躍する極秘スパイ機関「チェラブ」のエージェントで格闘技のエキスパート 「英国情報局秘密組織 CHERUB(チェラブ) Mission8 ギャング戦争」ロバート・マカモア作;大澤晶訳 ほるぷ出版 2012年12月

ブルック
ペテフレット荘の最上階の塔の部屋に一人で住んでいる赤いクレーン車にのった男の子 「ペテフレット荘のブルック 下 とんでけ、空へ」アニー・M.G.シュミット作;フィープ・ヴェステンドルプ絵;西村由美訳 岩波書店 2011年7月

ブルック
ペテフレット荘の最上階の塔の部屋に一人で住んでいる赤いクレーン車にのった男の子 「ペテフレット荘のブルック 上 あたらしい友だち」アニー・M.G.シュミット作;フィープ・ヴェステンドルプ絵;西村由美訳 岩波書店 2011年7月

ブルーノー
伝説の故郷ミスリル・ホールへ帰還し王の座についた老ドワーフ戦士、ダークエルフのドリッズトの友人 「ダークエルフ物語 夜明けへの道」R.A.サルバトーレ著;安田均監訳;笠井道子訳 アスキー・メディアワークス 2011年3月

ブルレット
野蛮で戦うのがじょうずなブルドゥース人の首領、ものすごい力持ちでカミナリ声の大男 「ビッケと木馬の大戦車」ルーネル・ヨンソン作;エーヴェット・カールソン絵;石渡利康訳 評論社(評論社の児童図書館・文学の部屋) 2012年2月

ブレイク
イングランドに住む十五歳、親友ロスの遺灰を持って遠くの町・ロスへ旅をした三人の少年のひとり 「ロス、きみを送る旅」キース・グレイ作;野沢佳織訳 徳間書店 2012年3月

フレイザー・ハント
動物好きのアマゾンの13歳のいとこ、メカ好きの明るい少年 「アニマル・アドベンチャー ミッション1 アムールヒョウの親子を救え!」アンソニー・マゴーワン作;西本かおる訳 静山社 2013年6月

フレイザー・ハント
動物保護団体「トラックス」のメンバー、団体の設立者・ハルの息子で明るい少年 「アニマル・アドベンチャー ミッション2 タイガーシャークの襲撃」アンソニー・マゴーワン作;西本かおる訳 静山社 2013年12月

プレシャス・ラモツエ
ボツワナに住む探偵にふさわしい才能をもっていた女の子 「スプラッシュ・ストーリーズ・14 おいしいケーキはミステリー!?」アレグザンダー・マコール・スミス作;もりうちすみこ訳;木村いこ画 あかね書房 2013年7月

フレック
ロンドンの中心にあるレンタル会社「おてがるペット社」のレンタル犬、小さな雑種犬 「おいでフレック、ぼくのところに」エヴァ・イボットソン著;三辺律子訳 偕成社 2013年9月

ふれっ

フレッド
会計事務所の経営者でケチな男・スクルージのあたたかくゆたかな心をもつ甥っ子 「クリスマス・キャロル」ディケンズ作;杉田七重訳;HACCAN絵 KADOKAWA(角川つばさ文庫) 2013年11月

フレディ
第二次大戦後のヨーロッパで腹話術師として旅をしていた孤独なアメリカ人の若者 「＜天才フレディ＞と幽霊の旅」シド・フライシュマン作;野沢佳織訳 徳間書店 2011年3月

フレデリック
時計職人の弟子、孤児院に預けられていた十三歳の少年 「クロックワークスリー マコーリー公園の秘密と三つの宝物」マシュー・カービー作;石崎洋司訳;平澤朋子絵 講談社 2011年12月

ブレード船長　ぶれーどせんちょう
三百年前のイギリスに生きていたこわいもの知らずの海賊、海賊船「シーウルフ号」の船長 「タイムスリップ海賊サム・シルバー 1」ジャン・バーチェット著;サラ・ボーラー著;浅尾敦則訳;スカイエマイラスト メディアファクトリー 2013年7月

フレーム
子ねこの姿に変身して人間界に身をかくしているライオン王国の王子様、魔法がつかえる子ねこ 「ヒミツの子ねこ 1 子ねこととびっきりのバカンス!?」スー・ベントレー作;松浦直美訳;naoto絵 ポプラ社(ポプラポケット文庫) 2013年11月

フレーム
子ねこの姿に変身して人間界に身をかくしているライオン王国の王子様、魔法がつかえる子ねこ 「ヒミツの子ねこ 2 アビーの学園は大さわぎ!」スー・ベントレー作;松浦直美訳;naoto絵 ポプラ社(ポプラポケット文庫) 2013年11月

ブロックさん
森でいっしょにくらしている四ひきのこぶたの友だちで親がわりのアナグマ 「おめでたこぶた その1 四ひきのこぶたとアナグマのお話」アリソン・アトリー作;すがはらひろくに訳;やまわきゆりこ画 福音館書店(世界傑作童話シリーズ) 2012年2月

ブロックさん
森でいっしょにくらしている四ひきのこぶたの友だちで親がわりのアナグマ 「おめでたこぶた その2 サム、風をつかまえる」アリソン・アトリー作;すがはらひろくに訳;やまわきゆりこ画 福音館書店(世界傑作童話シリーズ) 2012年10月

ブロディ
物置小屋で出くわした少年テッドをむりやり連れ去ったあやしい男 「テッドがおばあちゃんを見つけた夜」ペグ・ケレット作;吉上恭太訳 徳間書店 2011年5月

フローラ
カリファ共和国ハすラーさ家当主の娘、魔法勉強中の軍士官候補生の十六歳 「怒りのフローラ 上下」イザボー・S.ウィルス著;杉田七重訳 東京創元社(一万一千の部屋を持つ屋敷と魔法の執事) 2013年4月

フローラおばさん
交通事故で両親を亡くした姪のグエンとドイツで暮らしている女性、花屋さん 「どこに行ったの?子ネコのミニ」ルザルカ・レー作;齋藤尚子訳;杉田比呂美絵 徳間書店 2012年4月

ブローレ
赤目をしているノルウェー人のバイキングの首領、大声でどなる男 「ビッケと赤目のバイキング」ルーネル・ヨンソン作;エーヴェット・カールソン絵;石渡利康訳 評論社(評論社の児童図書館・文学の部屋) 2011年9月

ブロンウェン
前王ジャスパーと前王妃マヤの娘 「エリアナンの魔女5 薔薇と茨の塔(上)」ケイト・フォーサイス作;井辻朱美訳 徳間書店 2011年5月

ブロンウェン
前王ジャスパーと前王妃マヤの娘 「エリアナンの魔女6 薔薇と茨の塔(下)」ケイト・フォーサイス作;井辻朱美訳 徳間書店 2011年6月

ブロントサウルス
森にブロンドサウルスをさがしにきたルルに見つかった恐竜 「ルルとブロントサウルス」ジュディス・ヴィオースト文;レイン・スミス絵;宮坂宏美訳 小学館 2011年6月

【へ】

ベア先生　べあせんせい
アメリカの片田舎にあるマーチ家の四姉妹の次女・ジョーの夫、教養あふれるドイツ人 「若草物語3 ジョーの魔法」オルコット作;谷口由美子訳;藤田香絵 講談社(青い鳥文庫) 2011年3月

ベア先生　べあせんせい
売れっ子作家・ジョーの夫、おおぜいの学生が学ぶローレンス大学の学長 「若草物語4 それぞれの赤い糸」オルコット作;谷口由美子訳;藤田香絵 講談社(青い鳥文庫) 2011年10月

ベイジル
ねずみの国で有名な私立探偵、名探偵シャーロック・ホームズ氏のもとで探偵の勉強をしたねずみ 「ベイジル ねずみの国のシャーロック・ホームズ」イブ・タイタス作;ポール・ガルドン絵;晴海耕平訳 童話館出版(子どもの文学・青い海シリーズ) 2013年12月

ヘイゼル・グレイス
甲状腺がんが肺に転移して酸素ボンベが手放せない生活を送っている16歳の少女 「さよならを待つふたりのために」ジョン・グリーン作;金原瑞人訳;竹内茜訳 岩波書店(STAMP BOOKS) 2013年7月

ヘイゼル・レベック
ギリシャの神・ハデスの娘、どこでも走れる名馬アリオンを乗りこなす少女 「オリンポスの神々と7人の英雄3 アテナの印」リック・リオーダン作;金原瑞人訳;小林みき訳 ほるぷ出版 2013年11月

ヘイゼル・レベック
神と人間との間に生まれた「ハーフ」があつまる「ユピテル訓練所」の訓練生、冥界の王ハデス(プルト)の娘 「オリンポスの神々と7人の英雄2 海神の息子」リック・リオーダン作;金原瑞人訳;小林みき訳 ほるぷ出版 2012年11月

ヴェイッコ
森で出会ったクマのタハマパーとリスのタンピとヘラジカのイーロと友だちになったハリネズミ 「大きなクマのタハマパー 友だちになるのまき」ハンネレ・フオヴィ作;末延弘子訳;いたやさとし絵 ひさかたチャイルド(SHIRAKABA BUNKO) 2011年3月

ヘイリー
元イギリス秘密情報部の天才スパイ犬ララの飼い主ベンの活発で人気者のいとこ 「天才犬ララ、危機一髪!? 秘密指令!誘拐団をやっつけろ!!」アンドリュー・コープ作;柴野理奈子訳 講談社(青い鳥文庫) 2013年2月

ヘイリー・ターナー
なかまを探す旅に出たエバが初めて会った人間の少年 「ワンダラ4 謎の人類再生計画」トニー・ディテルリッジ作;飯野眞由美訳 文溪堂 2013年8月

ヘイリー・ターナー
なかまを探す旅に出たエバが初めて会った人間の少年 「ワンダラ5 独裁者カドマスの攻撃」トニー・ディテルリッジ作;飯野眞由美訳 文溪堂 2013年11月

へいり

ヘイ・リン
シェフィールド学院の女子中学生、地球を悪者から守る「ガーディアン」のメンバー 「奇跡を起こす少女」 エリザベス・レンハード作;岡田好惠訳;千秋ユウ絵 講談社(ディズニー・ウィッチシリーズ6) 2012年5月

ヘイ・リン
ヘザーフィールドにある名門中学「シェフィールド学院」の生徒、中国系の女の子 「選ばれた少女たち」 エリザベス・レンハード作;岡田好惠訳;千秋ユウ絵 講談社(ディズニー・ウィッチシリーズ1) 2011年9月

ヘイ・リン
宇宙を悪から守る「ガーディアン」のメンバー、空気をあやつる力をあたえられた少女 「悪の都メリディアン」 エリザベス・レンハード作;岡田好惠訳;千秋ユウ絵 講談社(ディズニー・ウィッチシリーズ3) 2011年11月

ヘイ・リン
宇宙を悪から守る「ガーディアン」のメンバー、空気をあやつる力をあたえられた少女 「消えた友だち」 エリザベス・レンハード作;岡田好惠訳;千秋ユウ絵 講談社(ディズニー・ウィッチシリーズ2) 2011年10月

ヘイ・リン
世界を悪から救う「ガーディアン」に選ばれた五人の中学生少女の一人 「危険な時空旅行」 エリザベス・レンハード作;岡田好惠訳;千秋ユウ絵 講談社(ディズニー・ウィッチシリーズ5) 2012年3月

ヘイ・リン
世界を悪から救う「ガーディアン」に選ばれた五人の中学生少女の一人 「再びメリディアンへ」 エリザベス・レンハード作;岡田好惠訳;千秋ユウ絵 講談社(ディズニー・ウィッチシリーズ4) 2012年1月

ペギー
弟のブライアンと人間の言葉を話すネコといっしょに魔法の国につづいているというブナの木の中に入っていった女の子 「おねがいの木と魔女(魔女の本棚15)」 ルース・チュウ作;日当陽子訳;たんじあきこ絵 フレーベル館 2011年10月

ペギイ・ブラケット
アマゾン号の航海士、ハウスボートで暮らすジムおじさんのめい 「ヤマネコ号の冒険 上下(ランサム・サーガ3)」 アーサー・ランサム作;神宮輝夫訳 岩波書店(岩波少年文庫) 2012年5月

ペギイ・ブラケット
アマゾン号の航海士、ハウスボートで暮らすジムおじさんのめい 「長い冬休み 上下(ランサム・サーガ4)」 アーサー・ランサム作;神宮輝夫訳 岩波書店(岩波少年文庫) 2011年7月

ペギイ・ブラケット
アマゾン号の航海士兼共同所有者、ハウスボートで暮らすジムおじさんのめい 「ツバメの谷 上下(ランサム・サーガ2)」 アーサー・ランサム作;神宮輝夫訳 岩波書店(岩波少年文庫) 2011年3月

ペギイ・ブラケット
ウォーカー家のきょうだいといっしょに秘密の島々の探検をした子ども 「ひみつの海 上下(ランサム・サーガ8)」 アーサー・ランサム作;神宮輝夫訳 岩波書店(岩波少年文庫) 2013年11月

ペギイ・ブラケット
ハイトップスと呼ばれる高原地帯で金を探す採鉱師になった子ども、アマゾン号の航海士 「ツバメ号の伝書バト 上下(ランサム・サーガ6)」 アーサー・ランサム作;神宮輝夫訳 岩波書店(岩波少年文庫) 2011年10月

ヘクター・バルボッサ
ブラックパール号の一等航海士 「パイレーツ・オブ・カリビアン外伝 シャドウ・ゴールドの秘密1」 ロブ・キッド著;川村玲訳 講談社 2011年4月

ヘクター・バルボッサ
ブラックパール号の一等航海士 「パイレーツ・オブ・カリビアン外伝 シャドウ・ゴールドの秘密2」 ロブ・キッド著;川村玲訳 講談社 2011年4月

ヘクター・バルボッサ
ブラックパール号の一等航海士 「パイレーツ・オブ・カリビアン外伝 シャドウ・ゴールドの秘密3」 ロブ・キッド著;川村玲訳 講談社 2011年5月

ヘクター・バルボッサ
ブラックパール号の一等航海士 「パイレーツ・オブ・カリビアン外伝 シャドウ・ゴールドの秘密4」 ロブ・キッド著;川村玲訳 講談社 2011年6月

ヘクター・バルボッサ
ブラックパール号の一等航海士 「パイレーツ・オブ・カリビアン外伝 シャドウ・ゴールドの秘密5」 ロブ・キッド著;川村玲訳 講談社 2011年7月

ヘクター・バルボッサ
海賊ジャック・スパロウの宿敵、イギリス国王の命をうけて航海に出た私拿捕船の船長 「パイレーツ・オブ・カリビアン 生命の泉」 ジェームズ・ポンティ作;橘高弓枝訳 偕成社(ディズニーアニメ小説版) 2011年6月

ヘクトール
トロイア王プリアモスの息子、トロイア軍の総指揮官でもっとも勇敢な戦士 「ホメーロスのイーリアス物語」 ホメーロス原作;バーバラ・レオニ・ピカード作;高杉一郎;訳 岩波書店(岩波少年文庫) 2013年10月

ベーコンさん(ヘンリー・ベーコン)
ペニーケトル家のおとなりさん、気むずかしくてちょっぴり偏屈な年配の紳士 「龍のすむ家 グラッフェンのぼうけん」 クリス・ダレーシー著;三辺律子訳 竹書房 2011年3月

ベーコンさん(ヘンリー・ベーコン)
ペニーケトル家のおとなりさん、気むずかしくてちょっぴり偏屈な年配の紳士 「龍のすむ家 ゲージと時計塔の幽霊」 クリス・ダレーシー著;三辺律子訳 竹書房 2013年3月

ベーコンさん(ヘンリー・ベーコン)
ペニーケトル家の隣人、図書館司書でかなりの変人 「龍のすむ家 第2章－氷の伝説」 クリス・ダレーシー著;三辺律子訳 竹書房(竹書房文庫) 2013年7月

ベーコンさん(ヘンリー・ベーコン)
ペニーケトル家の隣人、博識だが変人の図書館司書 「龍のすむ家 第3章－炎の星 上下」 クリス・ダレーシー著;三辺律子訳 竹書房(竹書房文庫) 2013年12月

ベーコンさん(ヘンリー・ベーコン)
ペニーケトル家の隣人、博識だが変人の図書館司書 「龍のすむ家」 クリス・ダレーシー著;三辺律子訳 竹書房(竹書房文庫) 2013年3月

ベス
マーチ家四姉妹のおしとやかでしっかり者の十三歳の三女 「若草物語 四姉妹とすてきな贈り物」 オルコット作;植松佐知子訳;駒形絵 集英社(集英社みらい文庫) 2012年4月

ベス
妖精と人間のあいだに生まれた子ども・サースキのおばあさん、薬草師 「サースキの笛がきこえる」 エロイーズ・マッグロウ作;斎藤倫子訳;丹地陽子絵 偕成社 2012年6月

べすて

ベスティール
地下シェルター「サンクチュアリー」でくらしていたエバをねらうドーシアン人のハンター 「ワンダラ2 人類滅亡?」トニー・ディテルリッジ作;飯野眞由美訳 文溪堂 2013年2月

ベスティール
地下シェルター「サンクチュアリー」でくらすエバをねらうドーシアン人のハンター 「ワンダラ1 地下シェルターからの脱出」トニー・ディテルリッジ作;飯野眞由美訳 文溪堂 2013年2月

ヴェスパー1　べすぱーわん
ケイヒル家の秘薬を狙う悪の組織「ヴェスパー一族」の幹部 「サーティーナイン・クルーズ12 メドゥーサの罠」ゴードン・コーマン著;小浜杏訳;HACCANイラスト メディアファクトリー 2012年11月

ヴェスパー1　べすぱーわん
ケイヒル家の秘薬を狙う悪の組織「ヴェスパー一族」の幹部 「サーティーナイン・クルーズ13 いにしえの地図」ジュード・ワトソン著;小浜杏訳;HACCANイラスト メディアファクトリー 2013年2月

ヴェスパー1　べすぱーわん
ケイヒル家の秘薬を狙う悪の組織「ヴェスパー一族」の幹部 「サーティーナイン・クルーズ14 天文台の謎」ピーター・ルランジス著;小浜杏訳;HACCANイラスト メディアファクトリー 2013年6月

ペーター・カム
ゾウのマレーネとともに空襲から逃げたリジーたちが出会ったカナダ人の敵兵 「ゾウと旅した戦争の冬」マイケル・モーパーゴ作;杉田七重訳 徳間書店 2013年12月

ベッキー
セーラがくらすロンドンの寄宿学校の洗い場女中、14歳の少女 「小公女」フランシス・ホジソン・バーネット作;高楼方子訳;エセル・フランクリン・ベッツ;画 福音館書店(福音館古典童話シリーズ) 2011年9月

ベッキー
セーラが住むイギリスの寄宿学校セレクト女学院の小間使いの女の子 「小公女セーラ」バーネット作;杉田七重訳;椎名優絵 角川書店(角川つばさ文庫) 2013年7月

ベッキー
ロンドンの精華女子学院で下働きのメイドをしている十四歳の女の子 「小公女」フランシス・ホジソン・バーネット作;脇明子訳 岩波書店(岩波少年文庫) 2012年11月

ベッキー(レベッカ・ヴィンター)
ロンドンにいるラツカヴィア王国王子の妻にドイツ語を教えることになった十六歳の少女 「ブリキの王女 上下 サリー・ロックハートの冒険 外伝」フィリップ・プルマン著;山田順子訳 東京創元社(sogen bookland) 2011年11月

ベッキー・サッチャー
転校生、偉い判事の娘 「トム・ソーヤの冒険 宝さがしに出発だ!」マーク・トウェイン作;亀井俊介訳;ミギー絵 集英社(集英社みらい文庫) 2011年7月

ベック
ネバーランドの秘密の場所・ピクシー・ホロウに住んでいて動物と話せる妖精 「トゥリルのコンサート革命」ゲイル・ハーマン作;デニース・シマブクロ絵;アドリンヌ・ブラウン絵;小宮山みのり訳 講談社(新ディズニーフェアリーズ文庫) 2011年4月

ベッツィ・ボビン
のっていた船が難破してバラ王国にたどりついたオクラホマからやってきた元気いっぱいで冒険が大好きな女の子 「オズの魔法使いシリーズ8 完訳オズのチクタク」ライマン・フランク・ボーム著;宮坂宏美訳 復刊ドットコム 2012年10月

ぺどり

ベッティーナ・グレゴリー（キンギョソウ）
イノシシの毛を杖にもつとてもはやく飛ぶことができるフェアリー 「NEWフェアリーズ 秘密の妖精たち5 ルナと秘密の井戸」J.H.スイート作;津森優子訳;唐橋美奈子絵 文溪堂 2011年1月

ペッパー（バージニア・ポッツ）
アメリカの軍需企業スターク・インダストリーズ社社長のトニーの個人秘書 「アイアンマン」ピーター・デイビッド ノベル;吉田章子訳;大島資生訳 講談社 2013年5月

ペッパー・ポッツ
スターク・インダストリーズ社の社長、トニーの邸宅で暮らす女性 「アイアンマン3」マイケル・シグレイン ノベル;吉田章子[ほか]訳 講談社（ディズニーストーリーブック） 2013年9月

ペッパー・ルー
天使から死亡宣告されて十四歳の誕生日に家出した少年 「ペッパー・ルーと死の天使」ジェラルディン・マコックラン作;金原瑞人訳 偕成社 2012年4月

ペッペ・ツバッキー博士（ツバッキー博士）　ぺっぺつばっきーはかせ（つばっきーはかせ）
編集長・ジェロニモから取材を受けた博士、エジプトで大発明をしたと話すネズミ 「チーズピラミッドの呪い（冒険作家ジェロニモ・スティルトン）」ジェロニモ・スティルトン作;加門ベル訳 講談社 2011年8月

ベッポ
イタリア人の彫刻職人 「名探偵ホームズ 六つのナポレオン像」コナン・ドイル作;日暮まさみち訳;青山浩行絵 講談社（青い鳥文庫） 2011年10月

ペティグルーさん
海辺のだだっぴろい湿地のなかに鉄道の客車を置いてそのなかで暮らしている「外人」の女性 「発電所のねむるまち」マイケル・モーパーゴ作;ピーター・ベイリー絵;杉田七重訳 あかね書房 2012年11月

ペティ・ポッツ
ふたごの兄弟ジョシュとダニーがいるフィリップス家のとなりに住む科学者のおばあさん 「SWITCH 2 ハエにスイッチ!」アリ・スパークス作;神戸万知訳;舵真秀斗絵 フレーベル館 2013年10月

ペティ・ポッツ
ふたごの兄弟ジョシュとダニーの家のとなりに住むかわり者のおばあさん 「SWITCH 1 クモにスイッチ!」アリ・スパークス作;神戸万知訳;舵真秀斗絵 フレーベル館 2013年10月

ペティ・ポッツ
生きものを虫に変身させる薬を発明した科学者、かわり者のおばあさん 「SWITCH 3 バッタにスイッチ!」アリ・スパークス作;神戸万知訳;舵真秀斗絵 フレーベル館 2013年12月

ベドーズ
トレバー老人と船乗りのハドソン両方の昔の知り合い 「名探偵ホームズ 囚人船の秘密」コナン・ドイル作;日暮まさみち訳;青山浩行絵 講談社（青い鳥文庫） 2011年9月

ペトラ
ラブラドールのダメ犬ジャックのガールフレンド、白いふわふわした毛のかわいい犬 「ダメ犬ジャックは今日もごきげん」パトリシア・フィニー作;ピーター・ベイリー絵;相良倫子訳 徳間書店 2012年2月

ペドリンニョ
ブラジルの密林でいたずら妖怪サッシをつかまえた九歳の少年 「いたずら妖怪サッシー密林の大冒険」モンテイロ・ロバート作;小坂允雄訳;松田シヅコ絵 子どもの未来社 2013年10月

187

べに(

ベニー(ベネディクト・ハンティントン)
海賊と敵対する東インド貿易会社社員で香港地区の総責任者、冷酷で打算的なイギリス人
「パイレーツ・オブ・カリビアン外伝 シャドウ・ゴールドの秘密3」ロブ・キッド 著;川村玲訳
講談社 2011年5月

ベニー(ベネディクト・ハンティントン)
海賊と敵対する東インド貿易会社社員で香港地区の総責任者、冷酷で打算的なイギリス人
「パイレーツ・オブ・カリビアン外伝 シャドウ・ゴールドの秘密4」ロブ・キッド 著;川村玲訳
講談社 2011年6月

ベニー(ベネディクト・ハンティントン)
海賊と敵対する東インド貿易会社社員で香港地区の総責任者、冷酷で打算的なイギリス人
「パイレーツ・オブ・カリビアン外伝 シャドウ・ゴールドの秘密5」ロブ・キッド 著;川村玲訳
講談社 2011年7月

ペニー(ペネロペ・ドクバリー)
飛行場で会った冒険作家のジェロニモにファンだと名乗った美ネズミ「ジャングルを脱出
せよ!(冒険作家ジェロニモ・スティルトン)」ジェロニモ・スティルトン作;加門ベル訳 講談社
2011年12月

ベニーシオ
メキシコの秘密都市「エク・ナーブ」の少年パイロット、イギリス人のジョシュのはとこ「ジョ
シュア・ファイル6 消えた時間 下」マリア・G.ハリス作;石随じゅん訳 評論社 2011年3月

ベニーシオ
メキシコの秘密都市「エク・ナーブ」の少年パイロット、イギリス人のジョシュのはとこ「ジョ
シュア・ファイル9 世界の終わりのとき 上」マリア・G.ハリス作;石随じゅん訳 評論社 2012
年11月

ベネディクト・ハンティントン
海賊と敵対する東インド貿易会社社員で香港地区の総責任者、冷酷で打算的なイギリス人
「パイレーツ・オブ・カリビアン外伝 シャドウ・ゴールドの秘密2」ロブ・キッド 著;川村玲訳
講談社 2011年4月

ベネディクト・ハンティントン
海賊と敵対する東インド貿易会社社員で香港地区の総責任者、冷酷で打算的なイギリス人
「パイレーツ・オブ・カリビアン外伝 シャドウ・ゴールドの秘密3」ロブ・キッド 著;川村玲訳
講談社 2011年5月

ベネディクト・ハンティントン
海賊と敵対する東インド貿易会社社員で香港地区の総責任者、冷酷で打算的なイギリス人
「パイレーツ・オブ・カリビアン外伝 シャドウ・ゴールドの秘密4」ロブ・キッド 著;川村玲訳
講談社 2011年6月

ベネディクト・ハンティントン
海賊と敵対する東インド貿易会社社員で香港地区の総責任者、冷酷で打算的なイギリス人
「パイレーツ・オブ・カリビアン外伝 シャドウ・ゴールドの秘密5」ロブ・キッド 著;川村玲訳
講談社 2011年7月

ペネロピおばさま
ロンドンのお屋敷で姪であるボロゴヴィア王国プリンセスのアリスと暮らしている女性「XX・
ホームズの探偵ノート 4 いなくなったプリンセス」トレーシー・バレット作;こだまともこ訳;
十々夜絵 フレーベル館 2012年7月

ペネロペ・グウィン
グリーン・ローンの町に来たロック歌手、ステージでダイヤモンドを盗まれた少女「ぼくらの
ミステリータウン 7 ねらわれたペンギンダイヤ」ロン・ロイ作;八木恭子訳 フレーベル館
2012年10月

188

ペネロペ・ドクバリー
飛行場で会った冒険作家のジェロニモにファンだと名乗った美ネズミ 「ジャングルを脱出せよ!(冒険作家ジェロニモ・スティルトン)」ジェロニモ・スティルトン作;加門ベル訳 講談社 2011年12月

ペフリング氏　ぺふりんぐし
七人の子どもたちと南ドイツに暮らす大家族の父親、音楽教師 「愛の一家 あるドイツの冬物語」アグネス・ザッパー作;マルタ・ヴェルシュ画;遠山明子訳 福音館書店(福音館文庫) 2012年1月

ペフリング夫人　ぺふりんぐふじん
七人の子どもたちと南ドイツに暮らす大家族の母親、音楽教師の妻 「愛の一家 あるドイツの冬物語」アグネス・ザッパー作;マルタ・ヴェルシュ画;遠山明子訳 福音館書店(福音館文庫) 2012年1月

ヘマ子　へまこ
ピンクの脳とかたいルビーの心臓を持った生意気で礼儀をわきまえないガラスでできたネコ 「オズの魔法使いシリーズ7 完訳オズのパッチワーク娘」ライマン・フランク・ボーム著;田中亜希子訳 復刊ドットコム 2012年8月

ヘラ
オリンポス十二神の一人で最高神ゼウスの妻 「オリンポスの神々と7人の英雄 1 消えた英」リック・リオーダン作;金原瑞人訳;小林みき訳 ほるぷ出版 2011年10月

ベラ・ヤーガ
身よりのない子どもの家から少女アーヤをひきとった変わったふたり組のうちのひとり、魔女 「アーヤと魔女」ダイアナ・ウィン・ジョーンズ作;田中薫子訳;佐竹美保絵 徳間書店 2012年7月

ペリー(エージェントP)　ぺりー(えーじぇんとぴー)
天才発明家兄弟・フィニアスとファーブのペットのカモノハシ、政府の秘密組織のスパイ 「フィニアスとファーブ カーレースに出よう」ジャスミン・ジョーンズ文;ララ・バージェン文;杉田七重訳 KADOKAWA(角川つばさ文庫) 2013年11月

ペリウィンクル
ティンカー・ベルに会うと羽が輝く冬の森に住む霜の妖精 「ティンカー・ベルと輝く羽の秘密」サラ・ネイサン作;橘高弓枝訳 偕成社(ディズニーアニメ小説版) 2013年2月

ヘリオット先生　へりおっとせんせい
イングランド北東部の若い獣医、農場を訪ねて家畜を診る先生 「ヘリオット先生と動物たちの8つの物語」ジェイムズ・ヘリオット作;杉田比呂美絵;村上由見子訳 集英社 2012年11月

ベリリュンヌ
貧しいきこりの兄妹チルチルとミチルに青い鳥を探すようにたのんだふしぎな妖精のおばあさん 「青い鳥(新装版)」メーテルリンク作;江國香織訳 講談社(講談社青い鳥文庫) 2013年10月

ペルシア人　ぺるしあじん
いつもオペラ座にいるペルシア人 「オペラ座の怪人」ガストン・ルルー作;村松定史訳 集英社(集英社みらい文庫) 2011年12月

ヘル・シュトラウス
若い女性アデレードと秘密裏に結婚して英国にいるラツカヴィア王国王子 「ブリキの王女 上下 サリー・ロックハートの冒険 外伝」フィリップ・プルマン著;山田順子訳 東京創元社(sogen bookland) 2011年11月

ヘールトーヤン　へーると-やん
階段屋敷の宝の相続人、おじのハイロイシ伯爵の捕らわれている子ども 「七つのわかれ道の秘密 上下」トンケ・ドラフト作;西村由美訳 岩波書店(岩波少年文庫) 2012年8月

へるま

ヘルマン
学校を休んでいた日に家に入ってきた白い迷い馬をかくしてやった小学生の男の子 「ミルクマンという名の馬」ヒルケ・ローゼンボーム作;木本栄訳 岩波書店 2011年3月

ペーレウス
ギリシアのプティーア国の王、海の女神テティスの夫でアキレウスの父 「ホメーロスのイーリアス物語」ホメーロス原作;バーバラ・レオニ・ピカード作;高杉一郎;訳 岩波書店(岩波少年文庫) 2013年10月

ヘレネー　へれね—
スパルタ王テュンダレーオスの娘、求婚者の一人メネラーオスの妃となった美女 「ホメーロスのイーリアス物語」ホメーロス原作;バーバラ・レオニ・ピカード作;高杉一郎;訳 岩波書店(岩波少年文庫) 2013年10月

ペレネル・フラメル
伝説の錬金術師ニコラ・フラメルの妻、強力な呪術師 「死霊術師ジョン・ディー—ネクロマンサー(アルケミスト4)」マイケル・スコット著;橋本恵訳 理論社 2011年7月

ペレネル・フラメル
伝説の錬金術師ニコラ・フラメルの妻、強力な呪術師 「伝説の双子ソフィー&ジョシュ(アルケミスト6)」マイケル・スコット著;橋本恵訳 理論社 2013年11月

ペレネル・フラメル
伝説の錬金術師ニコラ・フラメルの妻、強力な呪術師 「魔導師アブラハム(アルケミスト5)」マイケル・スコット著;橋本恵訳 理論社 2012年12月

ヘレン・ストーナー
事件の依頼人、母の再婚相手であるロイロット博士の屋敷に住んでいた娘 「名探偵ホームズ まだらのひも」コナン・ドイル作;日暮まさみち訳;青山浩行絵 講談社(青い鳥文庫) 2011年1月

ヘレン・ストーナー
母と姉をなくして義父のロイロット博士と古いやしきでくらすむすめ 「シャーロック・ホームズ 11 まだらのひも事件」コナン・ドイル作;中尾明訳;岡本正樹絵 岩崎書店 2011年3月

ヘレン・ドルマン
女子寄宿学校四年生、独裁者による圧政からの解放を求め伝説の歌姫ミレナとともに立ち上がった十五歳の少女 「抵抗のディーバ」ジャン・クロード・ムルルヴァ著;横川晶子訳 岩崎書店(海外文学コレクション) 2012年3月

ベロンカ
こわがりやさんの男の子・ヨッシーが手作りしたおばけ人形 「赤ちゃんおばけベロンカ」クリスティーネ・ネストリンガー作;フランツィスカ・ビアマン絵;若松宣子訳 偕成社 2011年8月

ベン
おばあちゃんとロンドン塔に保管されている戴冠用宝玉を盗む計画をたてた十一歳の少年 「おばあちゃんは大どろぼう?!」デイヴィッド・ウォリアムズ作;三辺律子訳;きたむらさとし絵 小学館 2013年12月

ベン
スパイ犬とは知らずにララを保護センターからひきとったクック家の長男 「スパイ・ドッグ—天才スパイ犬、ララ誕生!」アンドリュー・コープ作;前沢明枝訳;柴野理奈子訳 講談社(青い鳥文庫) 2012年10月

ベン
元イギリス秘密情報部の天才スパイ犬ララの飼い主でクック家の長男 「天才犬ララ、危機一髪!? 秘密指令!誘拐団をやっつけろ!!」アンドリュー・コープ作;柴野理奈子訳 講談社(青い鳥文庫) 2013年2月

へんり

ペンおじさん
ペテフレット荘の塔の部屋に住む少年ブルックの相談にいつものってくれる本屋のおじさん
「ペテフレット荘のブルック 下 とんでけ、空へ」アニー・M.G.シュミット作;フィープ・ヴェス
テンドルプ絵;西村由美訳 岩波書店 2011年7月

ペンおじさん
ペテフレット荘の塔の部屋に住む少年ブルックの相談にいつものってくれる本屋のおじさん
「ペテフレット荘のブルック 上 あたらしい友だち」アニー・M.G.シュミット作;フィープ・ヴェ
ステンドルプ絵;西村由美訳 岩波書店 2011年7月

ベン・クマロ
インド人とズールー人の血が半分ずつまじった謎の多い男子、動物に対して特別な能力を
持つマーティーンのクラスメート「砂の上のイルカ」ローレン・セントジョン著;さくまゆみこ
訳 あすなろ書房 2013年4月

ベンジャミン・スティルトン
子住島の首都・東中都で新聞社を経営しているネズミ・ジェロニモのかわいいおいっこ
「ユーレイ城のなぞ(冒険作家ジェロニモ・スティルトン)」ジェロニモ・スティルトン作;加門
ベル訳 講談社 2011年6月

ペンドラゴン夫人　ぺんどらごんふじん
ハイ・ノーランド王国の王様の娘ヒルダ王女の友人、おしゃれできれいな人「ハウルの動く
城 3 チャーメインと魔法の家」ダイアナ・ウィン・ジョーンズ作;市田泉訳 徳間書店 2013
年5月

ペンドルトンさん(ジョン・ペンドルトン)
大きなお屋敷に一人で暮らす気むずかしい男性「少女ポリアンナ」エレナ・ポーター作;
木村由利子訳;結川カズノ絵 角川書店(角川つばさ文庫) 2012年6月

ヘンリー
ピーボディ家のネコ・ロマーナの毛の中でくらすノミ、ゴキブリのおんなの子・メイベルのたよ
りになる友だち「かわいいゴキブリのおんなの子 メイベルのぼうけん」ケイティ・スペック作
;おびかゆうこ訳;大野八生画 福音館書店(世界傑作童話シリーズ) 2013年4月

ヘンリエッタ
はるに赤ちゃんがうまれるねずみ、オスカーのおかあさん「ねずみのオスカーとはるのおく
りもの」リリアン・ホーバン作;みはらいずみ訳 のら書店 2012年11月

ヘンリエッタ・ポップルホフ
四年生のアリが遠足で行ったポップルホフ城をさまよう十さいくらいの女の子のゆうれい
「ランプの精リトル・ジーニー 4 ゆうれいにさらわれた!」ミランダ・ジョーンズ作;宮坂宏美訳
ポプラ社(ポプラポケット文庫) 2013年6月

ヘンリーおじさん
めいのドロシーとともにオズの国に住むことになったおじさん「オズの魔法使いシリーズ6
完訳オズのエメラルドの都」ライマン・フランク・ボーム著;ないとうふみこ訳 復刊ドットコム
2012年6月

ヘンリー・ギャントリー判事(ギャントリー判事)　へんりーぎゃんとりーはんじ(ぎゃんとりー
はんじ)
ダフィー婦人殺人事件の裁判の担当裁判官、十三歳の少年弁護士・セオの友だち「少年
弁護士セオの事件簿1 なぞの目撃者」ジョン・グリシャム作;石崎洋司訳 岩崎書店 2011
年9月

ヘンリー男爵　へんりーだんしゃく
中世のドイツにあった竜殺しの館の城主、コンラッド男爵に殺されたフレデリックの甥「銀の
うでのオットー」ハワード=パイル作・画;渡辺茂男訳 童話館出版(子どもの文学・青い海シ
リーズ) 2013年7月

へんり

ヘンリー・ハギンズ
グレンウッド小学校の五年生、新聞配達員になろうと決心した男の子 「ヘンリーくんと新聞配達－ゆかいなヘンリーくんシリーズ」 ベバリイ・クリアリー作;ルイス・ターリング画;松岡享子訳 学研教育出版 2013年11月

ヘンリー・ハギンズ
友だちのマーフたちと古材木でクラブ小屋をたてることにした小学生の男の子 「ヘンリーくんと秘密クラブ－ゆかいなヘンリーくんシリーズ」 ベバリイ・クリアリー作;ルイス・ターリング画;松岡享子訳 学研教育出版 2013年12月

ヘンリー・ベーコン
ペニーケトル家のおとなりさん、気むずかしくてちょっぴり偏屈な年配の紳士 「龍のすむ家 グラッフェンのぼうけん」 クリス・ダレーシー著;三辺律子訳 竹書房 2011年3月

ヘンリー・ベーコン
ペニーケトル家のおとなりさん、気むずかしくてちょっぴり偏屈な年配の紳士 「龍のすむ家 ゲージと時計塔の幽霊」 クリス・ダレーシー著;三辺律子訳 竹書房 2013年3月

ヘンリー・ベーコン
ペニーケトル家の隣人、図書館司書でかなりの変人 「龍のすむ家 第2章－氷の伝説」 クリス・ダレーシー著;三辺律子訳 竹書房(竹書房文庫) 2013年7月

ヘンリー・ベーコン
ペニーケトル家の隣人、博識だが変人の図書館司書 「龍のすむ家 第3章－炎の星 上下」 クリス・ダレーシー著;三辺律子訳 竹書房(竹書房文庫) 2013年12月

ヘンリー・ベーコン
ペニーケトル家の隣人、博識だが変人の図書館司書 「龍のすむ家」 クリス・ダレーシー著;三辺律子訳 竹書房(竹書房文庫) 2013年3月

【ほ】

ホー
元気なキューピッドの女の子・ピコの友だち、小さな茶色いフクロウ 「ラブリーキューピッド2 おとまり会で大さわぎ!?」 セシリア・ガランテ著;田中亜希子訳;谷朋絵 小学館 2013年4月

ホイッティカーさん
じぶんの家にちいさなおばけ・ジョージーがすんでいることをしらない男の人 「おばけのジョージーとさわがしいゆうれい」 ロバート・ブライト作・絵;なかがわちひろ訳 徳間書店 2013年3月

ホイットニー・ウィルソン
ホテルのエレベーターが気に入って泊まることに決めたウィルソン一家のふたごの姉 「エレベーター・ファミリー」 ダグラス・エバンス作;清水奈緒子訳;矢島真澄絵 PHP研究所(PHP創作シリーズ) 2011年7月

ボウエン医師（エドナ・ボウエン）　ぼうえんいし（えどなぼうえん）
アルゴ邸があるキルモア・コーヴの医者、アルゴ邸の庭師・ネスターの幼なじみ 「ユリシーズ・ムーアと氷の国」 Pierdomenico Baccalario著;金原瑞人訳;佐野真奈美訳;井上里訳 学研教育出版 2013年4月

ホーガン検事（ジャック・ホーガン検事）　ほーがんけんじ（じゃっくほーがんけんじ）
ダフィー婦人殺人事件の裁判で被告人を追求する主任検察官 「少年弁護士セオの事件簿1 なぞの目撃者」 ジョン・グリシャム作;石崎洋司訳 岩崎書店 2011年9月

ホークマン
テキサス州の森にいた魔性の鷹 「千年の森をこえて」 キャシー・アッペルト著;デイビッド・スモール画;片岡しのぶ訳 あすなろ書房 2011年5月

ボサ男　ぼさお
持っているとみんなに好かれる「愛の磁石」を持っている全身ぼさぼさの男 「オズの魔法使いシリーズ5 完訳オズへの道」 ライマン・フランク・ボーム著;宮坂宏美訳 復刊ドットコム 2012年3月

ボサ男　ぼさお
弟をさがしてオズの国からきた着ているものがみんなぼさぼさの男、魔法の道具「愛の磁石」を持つ人間 「オズの魔法使いシリーズ8 完訳オズのチクタク」 ライマン・フランク・ボーム著;宮坂宏美訳 復刊ドットコム 2012年10月

ボージョ
少年ココが住んでいたゼレニ・ブルフの昔の友人、でっかい眼鏡をかけた少年 「ココと幽霊」 イワン・クーシャン作;山本郁子訳 冨山房インターナショナル 2013年3月

ボス
ラブラドールのダメ犬ジャックの飼い主、犬のジャックが＜サル犬＞と呼ぶ人間 「ダメ犬ジャックは今日もごきげん」 パトリシア・フィニー作;ピーター・ベイリー絵;相良倫子訳 徳間書店 2012年2月

ボス
復讐に燃えてスパイ犬・ララの命をねらっている麻薬密輸団のボス 「スパイ・ドッグ－天才スパイ犬、ララ誕生!」 アンドリュー・コープ作;前沢明枝訳;柴野理奈子訳 講談社(青い鳥文庫) 2012年10月

ホズマー・エンジェル
メアリーの婚約者で結婚式の当日になぞの失踪をした男 「名探偵ホームズ 消えた花むこ」 コナン・ドイル作;日暮まさみち訳;青山浩行絵 講談社(青い鳥文庫) 2011年2月

ホタル
光りかがやく麦わらを杖にして強い光をはなつ才能をもつフェアリー 「NEWフェアリーズ 秘密の妖精たち5 ルナと秘密の井戸」 J.H.スイート作;津森優子訳;唐橋美奈子絵 文溪堂 2011年1月

ボタン
シンデレラのお話のなかでシンデレラになったララをたすけてくれるくつみがきの少年 「プリンセス★マジック 1 ある日とつぜん、シンデレラ!」 ジェニー・オールドフィールド作;田中亜希子訳 ポプラ社 2011年10月

ボタン
シンデレラのお話のなかでシンデレラになったララをたすけてくれるくつみがきの少年 「プリンセス★マジック 2 王子さまには恋しないっ!」 ジェニー・オールドフィールド作;田中亜希子訳 ポプラ社 2012年2月

ボタン
シンデレラのお話のなかでシンデレラになったララをたすけてくれるくつみがきの少年 「プリンセス★マジック 3 わたし、キケンなシンデレラ?」 ジェニー・オールドフィールド作;田中亜希子訳 ポプラ社 2012年6月

ボタン
シンデレラのお話のなかでシンデレラになったララをたすけてくれるくつみがきの少年 「プリンセス★マジック 4 おねがい!魔法をとかないで!」 ジェニー・オールドフィールド作;田中亜希子訳 ポプラ社 2012年10月

ボタン・ブライト
ドロシーたちが出会ったまいごの男の子 「オズの魔法使いシリーズ5 完訳オズへの道」 ライマン・フランク・ボーム著;宮坂宏美訳 復刊ドットコム 2012年3月

ぼたん

ボタン・ブライト
ドロシーたちが出会ったまいごの男の子、「空の島」までトロットといっしょに冒険をした友だち 「オズの魔法使いシリーズ9 完訳オズのかかし」ライマン・フランク・ボーム著;ないとうふみこ訳 復刊ドットコム 2012年12月

ボッシュ
二十二世紀から超古代のイサパに来たタイムトラベラー、考古学者 「ジョシュア・ファイル8 パラレルワールド 下」マリア・G.ハリス作;石随じゅん訳 評論社 2012年10月

ポッター
インジャン・ジョーの仲間 「トム・ソーヤの冒険 宝さがしに出発だ!」マーク・トウェイン作;亀井俊介訳;ミギー絵 集英社(集英社みらい文庫) 2011年7月

ポッツさん(ペティ・ポッツ)
ふたごの兄弟ジョシュとダニーがいるフィリップス家のとなりに住む科学者のおばあさん 「SWITCH 2 ハエにスイッチ!」アリ・スパークス作;神戸万知訳;舵真秀斗絵 フレーベル館 2013年10月

ポッツさん(ペティ・ポッツ)
ふたごの兄弟ジョシュとダニーの家のとなりに住むかわり者のおばあさん 「SWITCH 1 クモにスイッチ!」アリ・スパークス作;神戸万知訳;舵真秀斗絵 フレーベル館 2013年10月

ポッツさん(ペティ・ポッツ)
生きものを虫に変身させる薬を発明した科学者、かわり者のおばあさん 「SWITCH 3 バッタにスイッチ!」アリ・スパークス作;神戸万知訳;舵真秀斗絵 フレーベル館 2013年12月

ホットドッグ
デンマークの小学生・シッセの通学路で毎日お弁当をもらっていた胴長ののら犬 「のら犬ホットドッグ 大かつやく」シャーロッテ・ブレイ作;オスターグレン晴子訳;むかいながまさ絵 徳間書店 2011年11月

ボーディシア
皇帝ペンギン王国の音楽教師バイオラ先生の娘、皇帝ペンギンのエリックの友だち 「ハッピーフィート2」河井直子訳 メディアファクトリー 2011年11月

ポート
ノーフォーク湖沼地方に住む地元の少女、弁護士のミスターファーランドのふたごのむすめ 「オオバンクラブ物語 上下(ランサム・サーガ5)」アーサー・ランサム作;神宮輝夫訳 岩波書店(岩波少年文庫) 2011年10月

ホートレイ先生　ほーとれいせんせい
十二歳の少年デニスを退学にした校長、暗黒の心を持つ先生 「ドレスを着た男子」デイヴィッド・ウォリアムズ作;クェンティン・ブレイク画;鹿田昌美訳 福音館書店(世界傑作童話シリーズ) 2012年5月

ボニー
イギリスに住む小学生ハリーの家に犬ネコホームからやってきた小さなかしこいマルチーズ 「名犬ボニーはマルチーズ 1」ベル・ムーニー作;宮坂宏美訳;スギヤマカナヨ絵 徳間書店 2012年6月

ボニー
イギリスに住む小学生ハリーの家の犬、やんちゃな小さいマルチーズ 「名犬ボニーはマルチーズ 3」ベル・ムーニー作;宮坂宏美訳;スギヤマカナヨ絵 徳間書店 2012年12月

ボニー
イギリスに住む小学生ハリーの家の犬、やんちゃな小さいマルチーズ 「名犬ボニーはマルチーズ 4」ベル・ムーニー作;宮坂宏美訳 徳間書店 2013年1月

ぼぶく

ボニー
イギリスに住む小学生ハリーの家の犬、小さなかしこいマルチーズ 「名犬ボニーはマルチーズ 2」 ベル・ムーニー作;宮坂宏美訳;スギヤマカナヨ絵 徳間書店 2012年8月

ボニー
カルチャーセンターの「おしゃれ教室」で一日をすごすはめになったおしゃれが大きらいな女の子 「おしゃれ教室」 アン・ファイン作;灰島かり訳 評論社 2011年1月

ボニー・リジー
人間の骨を集める魔女、魔女アリスの母親 「魔使いの悪夢（魔使いシリーズ）」 ジョゼフ・ディレイニー著;田中亜希子訳 東京創元社（sogen bookland） 2012年3月

ヴォネッタ
黒人の三姉妹の次女、自分を捨てた母親に会いにオークランドにむかう九歳の女の子 「クレイジー・サマー」 リタ・ウィリアムズ=ガルシア作;代田亜香子訳 鈴木出版（鈴木出版の海外児童文学） 2013年1月

ボビー（グレイフライアーズ・ボビー）
エディンバラの町でおまわりさんのジョン・グレイに飼われていた警察犬のスカイテリア 「グレイフライアーズ・ボビー―心あたたまる名犬の物語」 デイヴィッド・ロス著;ヴァージニア・グレイ画;樋口陽子訳 あるば書房 2011年7月

ボビー（ロバータ）
ロンドンから田舎の一軒家へ引っ越した一家の三人きょうだいの長女 「鉄道きょうだい」 E.ネズビット著;チャールズ・E.ブロック画;中村妙子訳 教文館 2011年12月

ボビー（ロバータ・ミークス）
牧師の娘でウィル・ジュニアの姉、友人のミブズのパパを訪ねるバス旅に同行した十六歳の少女 「チ・カ・ラ。」 イングリッド・ロウ著;田中亜希子訳 小学館 2011年11月

ボビー・コブラー
ピップ通りに引っこしてきた一家の息子、ネコのコンクールの飼い主 「ピップ通りは大さわぎ! 1 ボビーの町はデンジャラス!」 ジョー・シモンズ作;スティーブ・ウェルズ絵;岡田好惠訳 学研教育出版 2013年11月

ボブ
ケチでいじわるなスクルージの会計事務所ではたらかされている事務員 「クリスマス・キャロル」 ディケンズ作;杉田七重訳;HACCAN絵 KADOKAWA（角川つばさ文庫） 2013年11月

ポープ
ニュージーランドにすむ鳥・プケコの男の子「ぼく」の親友 「プケコの日記」 サリー・サットン作;デイヴ・ガンソン絵;大作道子訳 文研出版（文研ブックランド） 2013年10月

ヴォフカ・ソバキン
スターリンを崇拝する10歳のザイチクの学級の模範生だったが父親を人民の敵とされ処刑された男の子 「スターリンの鼻が落っこちた」 ユージン・イェルチン作・絵;若林千鶴訳 岩波書店 2013年2月

ホプキンズ（スタンリー・ホプキンズ）
ロンドン警視庁の将来有望な若い警部 「名探偵ホームズ 金縁の鼻めがね」 コナン・ドイル作;日暮まさみ訳;青山浩行絵 講談社（青い鳥文庫） 2011年12月

ボブ・クラチット
スクルージのおい、会計事務所の薄給の事務員 「クリスマス・キャロル」 ディケンズ作;木村由利子訳 集英社（集英社みらい文庫） 2011年11月

ほぷぱ

ホープ・バルデス
本当の姿を見ぬく才能をもち杖がなくても魔法がかけられる強い力をもった蛾のフェアリー「NEWフェアリーズ 秘密の妖精たち5 ルナと秘密の井戸」J.H.スイート作;津森優子訳;唐橋美奈子絵 文溪堂 2011年1月

ボブ・ブラウン(ミスター・ブラウン)
ウィルソン一家が泊まったホテルの客、旅から旅で家族と過ごせない営業マン「エレベーター・ファミリー」ダグラス・エバンス作;清水奈緒子訳;矢島真澄絵 PHP研究所(PHP創作シリーズ) 2011年7月

ホープ・ロング
殺人罪に問われている兄の無実を信じて真実をさぐりはじめたオハイオ州グレインに住む十六歳の少女「沈黙の殺人者」ダンディ・デイリー・マコール著;武富博子訳 評論社(海外ミステリーBOX) 2013年3月

ボヘミア
家出少年サムが暮らすアパートの上の階に母親と住んでいる十歳の女の子「迷子のアリたち」ジェニー・ヴァレンタイン著;田中亜希子訳 小学館(SUPER! YA) 2011年4月

ホームズ
「イレギュラーズ」の少年たちに仕事を手伝わせている名探偵「シャーロック・ホームズ&イレギュラーズ 1 消されたサーカスの男」T.マック&M.シトリン著;金原瑞人共訳;相山夏奏共訳;スカイエマ画 文溪堂 2011年9月

ホームズ
「イレギュラーズ」の少年たちに仕事を手伝わせている名探偵「シャーロック・ホームズ&イレギュラーズ 2 冥界からの使者」T.マック&M.シトリン著;金原瑞人共訳;相山夏奏共訳;スカイエマ画 文溪堂 2011年9月

ホームズ
「イレギュラーズ」の少年たちに仕事を手伝わせている名探偵「シャーロック・ホームズ&イレギュラーズ 3 女神ディアーナの暗号」T.マック&M.シトリン著;金原瑞人共訳;相山夏奏共訳;スカイエマ画 文溪堂 2011年11月

ホームズ
ロンドンのベーカー街に事務所をかまえる私立探偵「おどる人形」ドイル作;亀山龍樹訳 ポプラ社(〈図書館版〉名探偵ホームズ5) 2012年3月

ホームズ
ロンドンのベーカー街に事務所をかまえる私立探偵「ひん死の探偵」ドイル作;亀山龍樹訳 ポプラ社(〈図書館版〉名探偵ホームズ8) 2012年3月

ホームズ
ロンドンのベーカー街に事務所をかまえる私立探偵「ぶな屋敷のなぞ」ドイル作;亀山龍樹訳 ポプラ社(〈図書館版〉名探偵ホームズ2) 2012年3月

ホームズ
ロンドンのベーカー街に事務所をかまえる私立探偵「悪魔の足」ドイル作;亀山龍樹訳 ポプラ社(〈図書館版〉名探偵ホームズ7) 2012年3月

ホームズ
ロンドンのベーカー街に事務所をかまえる私立探偵「銀星号事件」ドイル作;亀山龍樹訳 ポプラ社(〈図書館版〉名探偵ホームズ3) 2012年3月

ホームズ
ロンドンのベーカー街に事務所をかまえる私立探偵「赤毛連盟」ドイル作;亀山龍樹訳 ポプラ社(〈図書館版〉名探偵ホームズ1) 2012年3月

ほむず

ホームズ
ロンドンのベーカー街に事務所をかまえる私立探偵 「盗まれた秘密文書」ドイル作;亀山龍樹訳 ポプラ社(〈図書館版〉名探偵ホームズ4) 2012年3月

ホームズ
ロンドンのベーカー街に事務所をかまえる私立探偵 「名探偵ホームズ8 ひん死の探偵」ドイル作;亀山龍樹訳 ポプラ社(ポプラポケット文庫) 2011年2月

ホームズ
ロンドンのベーカー街に事務所をかまえる私立探偵 「六つのナポレオン像」ドイル作;亀山龍樹訳 ポプラ社(〈図書館版〉名探偵ホームズ6) 2012年3月

ホームズ
ロンドンのベーカー街に住む世界的に有名な私立探偵 「名探偵ホームズ サセックスの吸血鬼」コナン・ドイル作;日暮まさみち訳;青山浩行絵 講談社(青い鳥文庫) 2012年1月

ホームズ
ロンドンのベーカー街に住む世界的に有名な私立探偵 「名探偵ホームズ ぶな屋敷のなぞ」コナン・ドイル作;日暮まさみち訳;青山浩行絵 講談社(青い鳥文庫) 2011年5月

ホームズ
ロンドンのベーカー街に住む世界的に有名な私立探偵 「名探偵ホームズ まだらのひも」コナン・ドイル作;日暮まさみち訳;青山浩行絵 講談社(青い鳥文庫) 2011年1月

ホームズ
ロンドンのベーカー街に住む世界的に有名な私立探偵 「名探偵ホームズ 悪魔の足」コナン・ドイル作;日暮まさみち訳;青山浩行絵 講談社(青い鳥文庫) 2011年11月

ホームズ
ロンドンのベーカー街に住む世界的に有名な私立探偵 「名探偵ホームズ 恐怖の谷」コナン・ドイル作;日暮まさみち訳;青山浩行絵 講談社(青い鳥文庫) 2011年7月

ホームズ
ロンドンのベーカー街に住む世界的に有名な私立探偵 「名探偵ホームズ 金縁の鼻めがね」コナン・ドイル作;日暮まさみち訳;青山浩行絵 講談社(青い鳥文庫) 2011年12月

ホームズ
ロンドンのベーカー街に住む世界的に有名な私立探偵 「名探偵ホームズ 最後のあいさつ」コナン・ドイル作;日暮まさみち訳;青山浩行絵 講談社(青い鳥文庫) 2012年2月

ホームズ
ロンドンのベーカー街に住む世界的に有名な私立探偵 「名探偵ホームズ 最後の事件」コナン・ドイル作;日暮まさみち訳;青山浩行絵 講談社(青い鳥文庫) 2011年6月

ホームズ
ロンドンのベーカー街に住む世界的に有名な私立探偵 「名探偵ホームズ 三年後の生還」コナン・ドイル作;日暮まさみち訳;青山浩行絵 講談社(青い鳥文庫) 2011年8月

ホームズ
ロンドンのベーカー街に住む世界的に有名な私立探偵 「名探偵ホームズ 四つの署名」コナン・ドイル作;日暮まさみち訳;青山浩行絵 講談社(青い鳥文庫) 2011年4月

ホームズ
ロンドンのベーカー街に住む世界的に有名な私立探偵 「名探偵ホームズ 囚人船の秘密」コナン・ドイル作;日暮まさみち訳;青山浩行絵 講談社(青い鳥文庫) 2011年9月

ホームズ
ロンドンのベーカー街に住む世界的に有名な私立探偵 「名探偵ホームズ 消えた花むこ」コナン・ドイル作;日暮まさみち訳;青山浩行絵 講談社(青い鳥文庫) 2011年2月

ほむず

ホームズ
ロンドンのベーカー街に住む世界的に有名な私立探偵 「名探偵ホームズ 緋色の研究」
コナン・ドイル作;日暮まさみち訳;青山浩行絵 講談社（青い鳥文庫） 2011年3月

ホームズ
ロンドンのベーカー街に住む世界的に有名な私立探偵 「名探偵ホームズ 六つのナポレ
オン像」コナン・ドイル作;日暮まさみち訳;青山浩行絵 講談社（青い鳥文庫） 2011年10
月

ホームズ
宿敵のモリアーティ教授と対決することになった名探偵 「シャーロック・ホームズ&イレギュ
ラーズ 4 最後の対決」T.マック&M.シトリン著;金原瑞人共訳;相山夏奏共訳;スカイエマ画
 文溪堂 2012年1月

ホームズ
名探偵 「シャーロック・ホームズ 01 マザリンの宝石事件」コナン・ドイル作;中尾明訳;岡
本正樹絵 岩崎書店 2011年3月

ホームズ
名探偵 「シャーロック・ホームズ 02 赤毛軍団のひみつ」コナン・ドイル作;中尾明訳;岡
本正樹絵 岩崎書店 2011年3月

ホームズ
名探偵 「シャーロック・ホームズ 03 くちびるのねじれた男」コナン・ドイル作;中尾明訳;
岡本正樹絵 岩崎書店 2011年3月

ホームズ
名探偵 「シャーロック・ホームズ 04 なぞのブナやしき」コナン・ドイル作;中尾明訳;岡本
正樹絵 岩崎書店 2011年3月

ホームズ
名探偵 「シャーロック・ホームズ 05 三人のガリデブ事件」コナン・ドイル作;中尾明訳;岡
本正樹絵 岩崎書店 2011年3月

ホームズ
名探偵 「シャーロック・ホームズ 06 技師のおやゆび事件」コナン・ドイル作;中尾明訳;
岡本正樹絵 岩崎書店 2011年3月

ホームズ
名探偵 「シャーロック・ホームズ 07 なぞのソア橋事件」コナン・ドイル作;中尾明訳;岡本
正樹絵 岩崎書店 2011年3月

ホームズ
名探偵 「シャーロック・ホームズ 08 背中のまがった男」コナン・ドイル作;中尾明訳;岡本
正樹絵 岩崎書店 2011年3月

ホームズ
名探偵 「シャーロック・ホームズ 09 ボスコム谷のなぞ」コナン・ドイル作;中尾明訳;岡本
正樹絵 岩崎書店 2011年3月

ホームズ
名探偵 「シャーロック・ホームズ 10 はう男のひみつ」コナン・ドイル作;中尾明訳;岡本正
樹絵 岩崎書店 2011年3月

ホームズ
名探偵 「シャーロック・ホームズ 11 まだらのひも事件」コナン・ドイル作;中尾明訳;岡本
正樹絵 岩崎書店 2011年3月

ホームズ
名探偵 「シャーロック・ホームズ 12 ライオンのたてがみ事件」 コナン・ドイル作;中尾明訳;岡本正樹絵 岩崎書店 2011年3月

ホームズ
名探偵 「シャーロック・ホームズ 13 名馬シルバー・ブレイズ号」 コナン・ドイル作;中尾明訳;岡本正樹絵 岩崎書店 2011年3月

ホームズ
名探偵 「シャーロック・ホームズ 14 引退した絵具屋のなぞ」 コナン・ドイル作;中尾明訳;岡本正樹絵 岩崎書店 2011年3月

ホームズ
名探偵 「シャーロック・ホームズ 15 ホームズ最後の事件」 コナン・ドイル作;中尾明訳;岡本正樹絵 岩崎書店 2011年3月

ホームレス
数学ぎらいの男の子・マイクがペンシルバニアのいなかで会ったホームレス、イケメンの男 「ぼくの見つけた絶対値」 キャスリン・アースキン著;代田亜香子訳 作品社 2012年7月

ポメロイ夫人　ぽめろいふじん
メイドの仕事をしているハンナが働いているホテルの最上階スイートルームの宿泊客の婦人 「クロックワークスリー マコーリー公園の秘密と三つの宝物」 マシュー・カービー作;石崎洋司訳;平澤朋子絵 講談社 2011年12月

ホラス・アルトマン
レドモント城の孤児院でウィルとともに育ったたくましくスポーツ万能の少年 「アラルエン戦記 1 弟子」 ジョン・フラナガン作;入江真佐子訳 岩崎書店 2012年6月

ホラス・アルトマン
レドモント領の戦闘学校の訓練生、レンジャーの弟子となったウィルの孤児院仲間 「アラルエン戦記 2 炎橋」 ジョン・フラナガン作;入江真佐子訳 岩崎書店 2012年10月

ホラス・アルトマン
レドモント領の戦闘学校の訓練生、親友・ウィルの救出に加わった少年 「アラルエン戦記 3 氷賊」 ジョン・フラナガン作;入江真佐子訳 岩崎書店 2013年3月

ホラス・アルトマン
レドモント領の戦闘学校の訓練生、親友・ウィルの救出に加わった少年 「アラルエン戦記 4 銀葉」 ジョン・フラナガン作;入江真佐子訳 岩崎書店 2013年7月

ホーリー
弟のマシューといっしょに不思議なしゃべるネコを飼っているおばあちゃんの家に泊まりにいった女の子 「魔女のネコ(魔女の本棚14)」 ルース・チュウ作;日当陽子訳;たんじあきこ絵 フレーベル館 2011年7月

ホリー
お屋敷を出て街にやってきた猫・バージャックの仲間、白黒のめす猫 「バージャック アウトローの掟」 SFサイード作;金原瑞人訳;相山夏奏訳;田口智子画 偕成社 2011年3月

ホリー
問題児のスカーレットの九歳の義妹 「スカーレット わるいのはいつもわたし?」 キャシー・キャシディー作;もりうちすみこ訳;大高郁子画 偕成社 2011年6月

ポリー(ポリクローム)
虹の上に帰れなくなってしまった虹の娘 「オズの魔法使いシリーズ5 完訳オズへの道」 ライマン・フランク・ボーム著;宮坂宏美訳 復刊ドットコム 2012年3月

ぽりあ

ポリアンナ・ホイッティアー
両親を亡くし気むずかしいポリーおばさんに引きとられた明るく前むきな11歳の女の子 「少女ポリアンナ」 エレナ・ポーター作;木村由利子訳;結川カズノ絵 角川書店(角川つばさ文庫) 2012年6月

ポリーおばさん
トムたち兄弟を育てているおばさん 「トム・ソーヤの冒険 宝さがしに出発だ!」 マーク・トウェイン作;亀井俊介訳;ミギー絵 集英社(集英社みらい文庫) 2011年7月

ポリーおばさん(ミス・ポリー・ハリントン)
旧家ハリントン家の女主人、両親を亡くした11歳のポリアンナを引きとった気むずかしいおばさん 「少女ポリアンナ」 エレナ・ポーター作;木村由利子訳;結川カズノ絵 角川書店(角川つばさ文庫) 2012年6月

ホリーキット(ホリーポー)
星の力をもつと予言され生まれたサンダー族の三きょうだいの姉、黒い雌猫 「ウォーリアーズⅢ1 見えるもの」 エリン・ハンター作;高林由香子訳 小峰書店 2011年10月

ポリクローム
地上にとりのこされてしまった虹の娘、妖精 「オズの魔法使いシリーズ8 完訳オズのチクタク」 ライマン・フランク・ボーム著;宮坂宏美訳 復刊ドットコム 2012年10月

ポリクローム
虹の上に帰れなくなってしまった虹の娘 「オズの魔法使いシリーズ5 完訳オズへの道」 ライマン・フランク・ボーム著;宮坂宏美訳 復刊ドットコム 2012年3月

ホリー・シフトウェル
イギリスのベテランスパイ・フィンと組んで活動する新米女性スパイ 「カーズ2」 アイリーン・トリンブル作;橘高弓枝訳 偕成社(ディズニーアニメ小説版) 2011年8月

ポリネシア
物知りのおばあちゃんオウム 「ドリトル先生の月旅行」 ヒュー・ロフティング作;河合祥一郎訳;patty絵 アスキー・メディアワークス(角川つばさ文庫) 2013年6月

ホリーポー
星の力をもつと予言され生まれたサンダー族の三きょうだいの姉、黒い雌猫 「ウォーリアーズⅢ1 見えるもの」 エリン・ハンター作;高林由香子訳 小峰書店 2011年10月

ホリーポー
予言された運命の猫でサンダー族の見習い戦士、ブランクファーの弟子 「ウォーリアーズⅢ2 闇の川」 エリン・ハンター作;高林由香子訳 小峰書店 2012年3月

ホリーポー
予言された運命の猫でサンダー族の見習い戦士、ブランクファーの弟子 「ウォーリアーズⅢ3 追放」 エリン・ハンター作;高林由香子訳 小峰書店 2012年10月

ホリーポー
予言された運命の猫でサンダー族の見習い戦士、ブランクファーの弟子 「ウォーリアーズⅢ4 日食」 エリン・ハンター作;高林由香子訳 小峰書店 2013年3月

ポリー・ポンク(ポンク)
おばあさんのタブス夫人と犬と豚と長年いっしょに農場で暮らしていたアヒル 「トミーとティリーとタブスおばさん」 ヒュー・ロフティング文と絵;南條竹則訳 集英社 2012年2月

ホーリーリーフ
予言された運命の猫、サンダー族の戦士 「ウォーリアーズⅢ5 長い影」 エリン・ハンター作;高林由香子訳 小峰書店 2013年11月

まいく

ポーリーン
イギリスの人気バンドのメンバー・チャーリーの大ファンの女の子、中学生の少女アリーのクラスメイトで親友 「スキ・キス・スキ!」 アレックス・シアラー著;田中亜希子訳 あかね書房（YA Step!）2011年2月

ポーリン
中世のドイツにあった竜殺しの館の城主・ヘンリー男爵の八才の娘 「銀のうでのオットー」ハワード=パイル作・画;渡辺茂男訳 童話館出版(子どもの文学・青い海シリーズ) 2013年7月

ヴォルケ・ヤンセン
乗馬クラブを経営している牧場の娘、四年生のリリのクラスにきた内気な転校生 「動物と話せる少女リリアーネ 5 走れストーム風のように!」 タニヤ・シュテーブナー著;中村智子訳;駒形イラスト 学研教育出版 2011年7月

ポール・スティーブンス
動物好きな小学生・マンディの住む村に引っ越してきたポニーが大好きな男の子 「ポニー・パレード(こちら動物のお医者さん)」 ルーシー・ダニエルズ作;千葉茂樹訳;サカイノビー絵 ほるぷ出版 2012年12月

ホールト
アラルエン王国のレンジャー、王に反逆して弟子・ウィルの救出に向かった男 「アラルエン戦記 3 氷賊」 ジョン・フラナガン作;入江真佐子訳 岩崎書店 2013年3月

ホールト
アラルエン王国のレンジャー、王に反逆して弟子・ウィルの救出に向かった男 「アラルエン戦記 4 銀葉」 ジョン・フラナガン作;入江真佐子訳 岩崎書店 2013年7月

ホールト
アラルエン王国レドモント領が任地の上級レンジャー、孤児院で育ったウィルの師匠 「アラルエン戦記 1 弟子」 ジョン・フラナガン作;入江真佐子訳 岩崎書店 2012年6月

ホールト
アラルエン王国レドモント領が任地の上級レンジャー、孤児院で育ったウィルの師匠 「アラルエン戦記 2 炎橋」 ジョン・フラナガン作;入江真佐子訳 岩崎書店 2012年10月

ボレク
ドイツの小学五年生、少女グエンのクラスに来た転校生で意地悪な男の子 「どこに行ったの?子ネコのミニ」 ルザルカ・レー作;齋藤尚子訳;杉田比呂美絵 徳間書店 2012年4月

ポレケ
オランダ人の小学五年生、モロッコ人の少年ミムンのことが好きな女の子 「いつもいつまでもいっしょに! ポレケのしゃかりき思春期」 フース・コイヤー作;野坂悦子訳;YUJI画 福音館書店(世界傑作童話シリーズ) 2012年10月

ポンク
おばあさんのタブス夫人と犬と豚と長年いっしょに農場で暮らしていたアヒル 「トミーとティリーとタブスおばあさん」 ヒュー・ロフティング文と絵;南條竹則訳 集英社 2012年2月

ボンヴィレン
アイルランド沖の小さな君主国・ソルティー・アイランズの近衛師団の司令官 「エアーマン」 オーエン・コルファー作;茅野美ど里訳 偕成社 2011年7月

【ま】

マイク
数学ぎらいの十四歳、夏休みにペンシルバニアにある親戚の家にいった男の子 「ぼくの見つけた絶対値」 キャスリン・アースキン著;代田亜香子訳 作品社 2012年7月

まいく

マイク
両親を亡くし里親のおばさんと二人きりで暮らす十四歳の少年 「駅の小さな野良ネコ」
ジーン・クレイグヘッド・ジョージ作;斎藤倫子訳;鈴木まもる絵 徳間書店 2013年1月

マイクス
動物病院の娘・マリーの一学年上の友人、目立ちたがり屋の少年 「動物病院のマリー 2
猫たちが行方不明!」タチアナ・ゲスラー著;中村智子訳 学研教育出版 2013年11月

マイクロフト・ホームズ
少年ホームズの兄でよき相談相手、イギリス外務省に勤めている利口な男 「ヤング・シャー
ロック・ホームズ vol.1 死の煙」 アンドリュー・レーン著;田村義進訳 静山社 2012年9月

マイクロフト・ホームズ
少年ホームズの兄でよき相談相手、イギリス外務省に勤めている利口な男 「ヤング・シャー
ロック・ホームズ vol.2 赤い吸血ヒル」 アンドリュー・レーン著;田村義進訳 静山社 2012年
11月

マイクロフト・ホームズ
少年ホームズの兄でよき相談相手、イギリス外務省に勤めている利口な男 「ヤング・シャー
ロック・ホームズ vol.3 雪の罠」 アンドリュー・レーン著;田村義進訳 静山社 2013年11月

マイク・ワゾウスキ
モンスターズ・ユニバーシティの新入生、がんばりやで勉強家のモンスター 「モンスター
ズ・ユニバーシティ」アイリーン・トリンブル作;しぶやまさこ訳 偕成社(ディズニーアニメ小
説版) 2013年7月

マイケ
動物病院の娘・マリーの親友、牧場を経営している一家の娘 「動物病院のマリー 2 猫たち
が行方不明!」タチアナ・ゲスラー著;中村智子訳 学研教育出版 2013年11月

マイケル
「謎の国」のテレビ局で働く技師、「むこう側」から来た少年・パトリックと知りあった男性 「謎
の国からのSOS」 エミリー・ロッダ著;さくまゆみこ訳;杉田比呂美絵 あすなろ書房 2013年
11月

マイケル
ロンドンにきた家出少年・サムの田舎の幼なじみ、頭はいいが不器用な少年 「迷子のアリ
たち」 ジェニー・ヴァレンタイン著;田中亜希子訳 小学館(SUPER! YA) 2011年4月

マイケル
海辺においた鉄道の客車にすむペティグルーさんと知りあった少年 「発電所のねむるま
ち」 マイケル・モーパーゴ作;ピーター・ベイリー絵;杉田七重訳 あかね書房 2012年11月

マイケル
孤児院をたらいまわしにされてきたケイトたち3きょうだいの十二歳の弟、こびとのドワーフの
ことならなんでも知っているドワーフ博士 「エメラルド・アトラス(最古の魔術書 〔1〕)」ジョ
ン・スティーブンス著;片岡しのぶ訳 あすなろ書房 2011年12月

マイケル
三冊の最古の魔術書を発見し運命を成就させることができると予言された子どもたち、ケイ
トたち3きょうだいの弟 「ファイアー・クロニクル(最古の魔術書 2)」 ジョン・スティーブンス
著;こだまともこ訳 あすなろ書房 2013年12月

マイケル
十九世紀のイギリスにいた孤児、お金持ちの男・スティーブン卿が館に招待した少年
「ホートン・ミア館の怖い話」 クリス・プリーストリー著;西田佳子訳 理論社 2012年12月

マイケル・アンドレッティ
アデレードに住む弁護士、イタリア系オーストラリア人の女子高生ジョセフィンの本当の父親 「アリブランディを探して」 メリーナ・マーケッタ作;神戸万知訳 岩波書店(STAMP BOOKS) 2013年1月

マイケル・コックス
東海岸から引っ越してきたクロスビー一家のおとなりさん、車いすで生活している男性 「嵐にいななく」 L.S.マシューズ作;三辺律子訳 小学館 2013年3月

マイルズ・アクセルロッド(アクセルロッド)
新しいエコ燃料「アリノール」を開発した石油王、ワールド・グランプリの主催者 「カーズ2」 アイリーン・トリンブル作;橘高弓枝訳 偕成社(ディズニーアニメ小説版) 2011年8月

マウ
友だちのイヌ・バウと丘の上の家で暮らしているネコ、気まぐれなロマンチスト 「マウとバウのクリスマス」 ティモ・パルヴェラ作;末延弘子訳;矢島眞澄絵 文研出版(文研じゅべにーる) 2012年12月

マウ
友だちのイヌ・バウと丘の上の家で暮らしているネコ、気まぐれなロマンチスト 「月までサイクリング」 ティモ・パルヴェラ作;末延弘子訳;矢島眞澄絵 文研出版(文研じゅべにーる) 2012年2月

魔王 まおう
魔使いの弟子トムの命を狙う闇の世界からきた魔王、魔女アリスの父 「魔使いの犠牲(魔使いシリーズ)」 ジョゼフ・ディレイニー著;田中亜希子訳 東京創元社(sogen bookland) 2011年3月

マーカス・ハイルブローナー
ニューヨークに住む六年生、同級生の少年サルをなぐった少年 「きみに出会うとき」 レベッカ・ステッド著;ないとうふみこ訳 東京創元社 2011年4月

マーガレット(メグ)
マーチ家四姉妹のやさしくておしとやかな十六歳の長女 「若草物語 四姉妹とすてきな贈り物」 オルコット作;植松佐知子訳;駒形絵 集英社(集英社みらい文庫) 2012年4月

マギンティ
慈善と親睦を目的とする「自由民団」のバーミッサ支部長 「名探偵ホームズ 恐怖の谷」 コナン・ドイル作;日暮まさみち訳;青山浩行絵 講談社(青い鳥文庫) 2011年7月

マクシミリアン
悪人養成機関「HIVE」の最高責任者、何者かに誘拐された男 「ハイブ-悪のエリート養成機関 volume3 ルネッサンス・イニシアチブ」 マーク・ウォールデン作;三辺律子訳 ほるぷ出版 2011年12月

マグダレーナ
三年生の女の子・ヴィンニのクラスメート、いじわるな女の子 「われらがヴィンニ [ヴィンニ!] (4)」 ペッテル・リードベック作;菱木晃子訳;杉田比呂美絵 岩波書店 2011年6月

マクマード
慈善と親睦を目的とする「自由民団」のシカゴ支部員 「名探偵ホームズ 恐怖の谷」 コナン・ドイル作;日暮まさみち訳;青山浩行絵 講談社(青い鳥文庫) 2011年7月

マーゴ・ロス・スピーゲルマン
フロリダの分譲住宅地ジェファソンパークに住み突然失踪した女子高校生、クエンティンの隣人で幼なじみ 「ペーパータウン」 ジョン・グリーン作;金原瑞人訳 岩波書店(STAMP BOOKS) 2013年1月

まざ

マザー
地下シェルター「サンクチュアリー」から逃げだしたエバの母親がわり兼教育係のロボット
「ワンダラ2 人類滅亡?」トニー・ディテルリッジ作;飯野眞由美訳 文溪堂 2013年2月

マザー
地下シェルター「サンクチュアリー」から逃げだしたエバの母親がわり兼教育係のロボット
「ワンダラ3 惑星オーボナの秘密」トニー・ディテルリッジ作;飯野眞由美訳 文溪堂 2013
年4月

マザー
地下シェルター「サンクチュアリー」でくらすエバの母親がわり兼教育係のロボット 「ワンダ
ラ1 地下シェルターからの脱出」トニー・ディテルリッジ作;飯野眞由美訳 文溪堂 2013年
2月

マーサ・フィンチ
アフリカからの難民家族を一時あずかることになったアメリカのフィンチ家の末娘、人と話を
するのが大好きな十一歳の少女 「闇のダイヤモンド」キャロライン・B・クーニー著;武富博
子訳 評論社(海外ミステリーBOX) 2011年4月

マージ
ネコイラン町チュウチュウ通り8番地のぶきみな家にすんでいるハツカネズミの魔術師
「マージともう一ぴきのマージ(チュウチュウ通り8番地)」エミリー・ロッダ作;さくまゆみこ訳;
たしろちさと絵 あすなろ書房 2011年1月

マジー
元気なキューピッド・ピコの親友、めがねをかけているキューピッドの女の子 「ラブリー
キューピッド 1 とべないキューピッド!?」セシリア・ガランテ著;田中亜希子訳;谷朋絵 小
学館 2012年12月

マジー
元気なキューピッド・ピコの親友、めがねをかけているキューピッドの女の子 「ラブリー
キューピッド 2 おとまり会で大さわぎ!?」セシリア・ガランテ著;田中亜希子訳;谷朋絵 小学
館 2013年4月

まじない師　まじないし
年老いたマンソレイン王のためにネジマキ草という薬草を取る旅に出たまじない師 「ネジマ
キ草と銅の城」パウル・ビーヘル作;野坂悦子訳;村上勉画 福音館書店(世界傑作童話シ
リーズ) 2012年1月

マージ2号　まーじにごう
ハツカネズミの魔術師のマージがふたごの呪文をとなえてうみ出したもうひとりの自分
「マージともう一ぴきのマージ(チュウチュウ通り8番地)」エミリー・ロッダ作;さくまゆみこ訳;
たしろちさと絵 あすなろ書房 2011年1月

マシュー
姉のホーリーといっしょに不思議なしゃべるネコを飼っているおばあちゃんの家に泊まりに
いった男の子 「魔女のネコ(魔女の本棚14)」ルース・チュウ作;日当陽子訳;たんじあきこ
絵 フレーベル館 2011年7月

マシュー・アーナット(マティ)
少年シャーロックが夏休みを過ごすことになった田舎町ファーナムで出会った家なき子、十
四歳の少年 「ヤング・シャーロック・ホームズ vol.1 死の煙」アンドリュー・レーン著;田村義
進訳 静山社 2012年9月

マシュー・アーナット(マティ)
少年シャーロックが夏休みを過ごすことになった田舎町ファーナムで出会った家なき子、十
四歳の少年 「ヤング・シャーロック・ホームズ vol.2 赤い吸血ヒル」アンドリュー・レーン著;
田村義進訳 静山社 2012年11月

204

またぐ

マシュー・アーナット（マティ）
少年シャーロックが夏休みを過ごすことになった田舎町ファーナムで出会った家なき子、十四歳の少年 「ヤング・シャーロック・ホームズ vol.3 雪の罠」 アンドリュー・レーン著;田村義進訳 静山社 2013年11月

マシュー・カスバート
内気で引っこみ思案の独身、妹マリラとグリーン・ゲイブルズで暮らしている六十になる男の人 「新訳 赤毛のアン」 モンゴメリ作;木村由利子訳;羽海野チカイラスト;おのともえイラスト 集英社（集英社みらい文庫） 2011年3月

魔女　まじ
オズの国にある東西南北四つの小国にいる四人の魔女たち 「オズの魔法使い 新訳」 ライマン・フランク・ボーム作;西田佳子訳 集英社（集英社みらい文庫） 2013年6月

魔女　まじょ
青い木イチゴでかざられたお菓子の家に住む魔女のようなおばあさん 「ルンピ・ルンピ ぼくのともだちドラゴン ぜんぶ青い木イチゴのせいだ!の巻」 シルヴィア・ロンカーリア文;ロベルト・ルチアーニ絵;佐藤まどか訳 集英社 2012年3月

マストドン
秘密の島々の探検をすることになったウォーカー家のきょうだいとなかよくなった地元の少年 「ひみつの海 上下（ランサム・サーガ8）」 アーサー・ランサム作;神宮輝夫訳 岩波書店（岩波少年文庫） 2013年11月

マスワラ（スワラ）
娘のシサンダの手術費用を手に入れるためマラソン大会への出場を決意した母親 「走れ!マスワラ」 グザヴィエ=ローラン・プティ作;浜辺貴絵訳 PHP研究所 2011年9月

マーセラ・マグリオール
ブラックパール号の船長・ジャック・スパロウの古い友人であるジーンの海賊が嫌いな従妹 「パイレーツ・オブ・カリビアン外伝 シャドウ・ゴールドの秘密1」 ロブ・キッド著;川村玲訳 講談社 2011年4月

マーセラ・マグリオール
ブラックパール号の船長・ジャック・スパロウの古い友人であるジーンの海賊が嫌いな従妹 「パイレーツ・オブ・カリビアン外伝 シャドウ・ゴールドの秘密2」 ロブ・キッド著;川村玲訳 講談社 2011年4月

マーセラ・マグリオール
ブラックパール号の船長・ジャック・スパロウの古い友人であるジーンの海賊が嫌いな従妹 「パイレーツ・オブ・カリビアン外伝 シャドウ・ゴールドの秘密3」 ロブ・キッド著;川村玲訳 講談社 2011年5月

マーセラ・マグリオール
ブラックパール号の船長・ジャック・スパロウの古い友人であるジーンの海賊が嫌いな従妹 「パイレーツ・オブ・カリビアン外伝 シャドウ・ゴールドの秘密4」 ロブ・キッド著;川村玲訳 講談社 2011年6月

マーセラ・マグリオール
ブラックパール号の船長・ジャック・スパロウの古い友人であるジーンの海賊が嫌いな従妹 「パイレーツ・オブ・カリビアン外伝 シャドウ・ゴールドの秘密5」 ロブ・キッド著;川村玲訳 講談社 2011年7月

マータグ
ドラゴンライダー・エラゴンの兄、帝国の支配者ガルバトリックスの下僕 「インヘリタンス－果てなき旅 上下（ドラゴンライダー BOOK4）」 クリストファー・パオリーニ著;大嶌双恵訳 静山社 2012年11月

またひ

マタヒ
たくましいが無口で暗いポリネシア人のガイドの若者 「アニマル・アドベンチャー ミッション2 タイガーシャークの襲撃」アンソニー・マゴーワン作;西本かおる訳 静山社 2013年12月

マダム・セリーナ
フィスパリング・パイン・マウンティン・ハウスという古いホテルにすみついていた亡霊、ヴィクトリア朝の服装をした婦人 「ある日とつぜん、霊媒師3 呪われた504号室」エリザベス・コーディー・キメル著;もりうちすみこ訳 朔北社 2013年4月

マダム・チン
中国を根城にする太平洋の女性海賊長 「パイレーツ・オブ・カリビアン外伝 シャドウ・ゴールドの秘密2」ロブ・キッド著;川村玲訳 講談社 2011年4月

マダム・バタフライ
うつくしいペルシャネコ、小さな黒いネコ・ジェニーのキャット・クラブのなかま 「黒ネコジェニーのおはなし2 ジェニーのぼうけん」エスター・アベリル作・絵;松岡享子訳;張替惠子訳 福音館書店(世界傑作童話シリーズ) 2012年1月

マダム・パンプルムース
パリで「パンプルムース食品店」をやっているなぞめいた女の人 「マドレーヌは小さな名コック」ルパート・キングフィッシャー作;三原泉訳;つつみあれい絵 徳間書店 2012年9月

マダム・プライマス(プライマス)
万物の創造主がのこした遺書の化身、長身の女性 「王国の鍵6 雨やまぬ土曜日」ガース・ニクス著;原田勝訳 主婦の友社 2011年6月

マダム・プライマス(プライマス)
万物の創造主がのこした遺書の化身、長身の女性 「王国の鍵7 復活の日曜日」ガース・ニクス著;原田勝訳 主婦の友社 2011年12月

マダム・ペレ
ハワイのキラウエア火山の中に住んでいるとてもおこりっぽい女神 「恐怖!!火の神ののろい(ザックのふしぎたいけんノート)」ダン・グリーンバーグ著;原京子訳;原ゆたか絵 メディアファクトリー 2011年4月

マック
英国情報局の裏組織で十七歳以下の子どもが活躍する極秘スパイ機関「チェラブ」の前チェアマン 「英国情報局秘密組織 CHERUB(チェラブ)Mission9 クラッシュ」ロバート・マカモア作;大澤晶訳 ほるぷ出版 2013年12月

マックィーン
稲妻のようなスピードをほこる若いレーシングカー、古ぼけたレッカー車・メーターの親友 「カーズ2」アイリーン・トリンブル作;橘高弓枝訳 偕成社(ディズニーアニメ小説版) 2011年8月

マックグロー先生(オーソン・マックグロー) まっくぐろーせんせい(おーそんまっくぐろー)
〈エデフィア〉国の君主の地位の継承者オクサ・ポロックが通うロンドンの聖プロクシマス中学校の教師 「オクサ・ポロック2 迷い人の森」アンヌ・プリショタ著;サンドリーヌ・ヴォルフ著;児玉しおり訳 西村書店 2013年6月

マックグロー先生(オーソン・マックグロー) まっくぐろーせんせい(おーそんまっくぐろー)
活発な少女オクサ・ポロックが転校したロンドンの聖プロクシマス中学校の数学教師、オクサの担任 「オクサ・ポロック1 希望の星」アンヌ・プリショタ著;サンドリーヌ・ヴォルフ著;児玉しおり訳 西村書店 2012年12月

マックス
パレスチナの地にやってきたイギリスの映像記者、しゃべる事ができない少年・サイードと出会い友だちになった男 「カイト パレスチナの風に希望をのせて」マイケル・モーパーゴ作;ローラ・カーリン絵;杉田七重訳 あかね書房 2011年6月

まてい

マックス1号　まっくすいちごう
ドラン通りに住む若くて元気いっぱいのふたごの犬　「だれも知らない犬たちのおはなし」
エミリー・ロッダ著;さくまゆみこ訳;山西ゲンイチ画　あすなろ書房　2012年4月

マックス・ジャクソン
アメリカ合衆国大統領の娘・モーガンの新任SP、20歳にして護衛のスペシャリスト　「ママは
大統領－ファーストガールの告白」　キャシディ・キャロウェイ著;山本紗耶訳　小学館
（SUPER!YA）　2012年11月

マックス2号　まっくすにごう
ドラン通りに住む若くて元気いっぱいのふたごの犬　「だれも知らない犬たちのおはなし」
エミリー・ロッダ著;さくまゆみこ訳;山西ゲンイチ画　あすなろ書房　2012年4月

マッジ
なにかおてつだいをしようとおもっておとなりのハンブルおばあさんのうちへいった女の子
「はじめてのおてつだい」　ジャネット・マクネイル作;松野正子訳　岩波書店（せかいのどうわ
シリーズ）　2012年4月

マッティ
ドイツの町の団地のアパートに住んでいる小学五年生　「マッティのうそとほんとの物語」　ザ
ラー・ナオウラ作;森川弘子訳　岩波書店　2013年10月

マット
数百年前の世界に迷いこんでしまった姉弟メレディスとクリストファーの前にあらわれた海賊
の男　「魔女と魔法のコイン（魔女の本棚16）」　ルース・チュウ作;日当陽子訳;たんじあきこ
絵　フレーベル館　2013年9月

マーティ
イギリスの農場に住む十二歳の少女チャーリーが出会ったイギリス人、ドイツ人のヴァル
ターの古くからの友だち　「時をつなぐおもちゃの犬」　マイケル・モーパーゴ作;マイケル・
フォアマン絵　杉田七重訳　あかね書房　2013年6月

マティ
少年シャーロックが夏休みを過ごすことになった田舎町ファーナムで出会った家なき子、十
四歳の少年　「ヤング・シャーロック・ホームズ vol.1 死の煙」　アンドリュー・レーン著;田村義
進訳　静山社　2012年9月

マティ
少年シャーロックが夏休みを過ごすことになった田舎町ファーナムで出会った家なき子、十
四歳の少年　「ヤング・シャーロック・ホームズ vol.2 赤い吸血ヒル」　アンドリュー・レーン著;
田村義進訳　静山社　2012年11月

マティ
少年シャーロックが夏休みを過ごすことになった田舎町ファーナムで出会った家なき子、十
四歳の少年　「ヤング・シャーロック・ホームズ vol.3 雪の罠」　アンドリュー・レーン著;田村義
進訳　静山社　2013年11月

マーティノウ（マリウス・マーティノウ）
秘密都市「エク・ナーブ」の反対勢力・フラカン派のリーダー、大学教授　「ジョシュア・ファイ
ル7 パラレルワールド 上」　マリア・G.ハリス作;石随じゅん訳　評論社　2012年10月

マーティノウ（マリウス・マーティノウ）
秘密都市「エク・ナーブ」の反対勢力・フラカン派のリーダー、大学教授　「ジョシュア・ファイ
ル8 パラレルワールド 下」　マリア・G.ハリス作;石随じゅん訳　評論社　2012年10月

マーティーン・アレン
南アフリカの祖母が管理する鳥獣保護区サウボナ住む動物に対して特別な才能や力を
持っている11歳の女の子　「砂の上のイルカ」　ローレン・セントジョン著;さくまゆみこ訳　あ
すなろ書房　2013年4月

まてぃ

マーティン・ソーパー（マーティ）
イギリスの農場に住む十二歳の少女チャーリーが出会ったイギリス人、ドイツ人のヴァルターの古くからの友だち 「時をつなぐおもちゃの犬」 マイケル・モーパーゴ作;マイケル・フォアマン絵;杉田七重訳　あかね書房　2013年6月

マデリン・ケイヒル
科学者のギデオンとオリヴィアの三女 「サーティーナイン・クルーズ 11 新たなる脅威」 リック・リオーダン著;ピーター・ルランジス著;ゴードン・コーマン著;ジュード・ワトソン著;小浜杏訳;HACCANイラスト　メディアファクトリー　2012年6月

マトゥ・アマボ
アフリカの内戦をのがれアメリカにやってきたアマボ家の長男、運動神経が良く真面目で礼儀正しい十六歳の少年 「闇のダイヤモンド」 キャロライン・B・クーニー著;武富博子訳　評論社（海外ミステリーBOX）　2011年4月

マートル
秘密の「島」に住む姉妹のいちばん年下の妹、「島」のてつだいをさせるために子どもたちを誘拐したおばさん 「クラーケンの島」 エヴァ・イボットソン著;三辺律子訳　偕成社　2011年10月

マドレーヌ
一切れのパンを盗んだため十九年間も牢獄に入っていた男 「レ・ミゼラブル―ああ無情」 ビクトル・ユーゴー作;塚原亮一訳;片山若子絵　講談社（青い鳥文庫）　2012年11月

マドレーヌ
夏休みになるとパリでレストランを営むおじさんにあずけられる小さな女の子 「マドレーヌは小さな名コック」 ルパート・キングフィッシャー作;三原泉訳;つつみあれい絵　徳間書店　2012年9月

マドレーヌ
怪物ヤークがほったらかしの灯台で出会った女の子、天使のように心がきれいな少女 「ヤーク」 ベルトラン・サンティーニ作;ロラン・ガパイヤール絵;安積みづの訳;越智三起子訳　朝日学生新聞社　2012年9月

マナス・カニング
北アイルランドの田舎で育った娘・サリーの親しい学校友だちの二歳上の兄 「サリーのえらぶ道」 エリザベス・オハラ作;もりうちすみこ訳　さ・え・ら書房　2011年12月

マナス・カニング
北アイルランドの田舎で育った娘・サリーの同郷人、友だちの二歳上の兄 「サリーの愛する人」 エリザベス・オハラ作;もりうちすみこ訳　さ・え・ら書房　2012年4月

マービン（チビ虫くん）　まーびん（ちびむしくん）
十一歳になったばかりのマービンの家のキッチンに住みついている甲虫、天才的な絵の才能のもちぬし 「チビ虫マービンは天才画家!」 エリース・ブローチ作;ケリー・マーフィー絵;伊藤菜摘子訳　偕成社　2011年3月

マーヴィン・レッドポスト
「ひじにキスしたら女子になる」とクラスメートのケイシーに言われた九歳の男子 「ぼくって女の子??」 ルイス・サッカー作;はらるい訳;むかいながまさ絵　文研出版（文研ブックランド）2011年8月

マーヴィン・レッドポスト
クラスメートの女子ケイシーの家で「まほうの水晶」を見せられた男の子 「きみの声がききたいよ!」 ルイス・サッカー作;はらるい訳;むかいながまさ絵　文研出版（文研ブックランド）2012年4月

まま

マーヴィン・レッドポスト
新しいマウンテンバイクで「地獄坂」をかけおりることになった三年生の男の子 「地獄坂へまっしぐらい！」 ルイス・サッカー作;はらるい訳;むかいながまさ絵 文研出版（文研ブックランド） 2012年10月

マーフ（バイロン・マーフィ）
五年生のヘンリーの家の近所に引っこしてきた天才少年 「ヘンリーくんと新聞配達－ゆかいなヘンリーくんシリーズ」 ベバリイ・クリアリー作;ルイス・ターリング画;松岡享子訳 学研教育出版 2013年11月

マーフ（バイロン・マーフィ）
友だちのヘンリーたちと古材木でクラブ小屋をたてることにした小学生の男の子 「ヘンリーくんと秘密クラブ－ゆかいなヘンリーくんシリーズ」 ベバリイ・クリアリー作;ルイス・ターリング画;松岡享子訳 学研教育出版 2013年12月

マフィン
散歩につれていってもらったドッグランで飼い主の男の子に捨てられたパグ 「すりかわったチャンピオン犬（名探偵犬バディ）」 ドリー・ヒルスタッド・バトラー作;もりうちすみこ訳;うしろだなぎさ絵 国土社 2012年9月

マフムード
パレスチナにすむヒツジ飼いの少年サイードの兄でイスラエルの占領軍に殺された少年 「カイト パレスチナの風に希望をのせて」 マイケル・モーパーゴ作;ローラ・カーリン絵;杉田七重訳 あかね書房 2011年6月

まほう使い　まほうつかい
村人たちがこわがる大おとこの声をひとりだけきくことができた大どろぼう 「やさしい大おとこ」 ルイス・スロボドキン作・絵;こみやゆう訳 徳間書店 2013年6月

魔法使いオズ　まほうつかいおず
オズの国の魔法使い、はげ頭にするどい目で楽しげな丸顔をした小柄な男 「オズの魔法使いシリーズ13 完訳オズの魔法」 ライマン・フランク・ボーム著;田中亜希子訳 復刊ドットコム 2013年7月

魔法使いオズ　まほうつかいおず
気球で地下のマンガブー国に落ちてきたペテン師の魔法使い 「オズの魔法使いシリーズ4 完訳オズとドロシー」 ライマン・フランク・ボーム著;田中亜希子訳 復刊ドットコム 2012年2月

マボロシドラゴン
バイキングの少年ヒックが住むバーク島近くに現れた巨大な海のドラゴン 「ヒックとドラゴン外伝 トゥースレス大騒動」 クレシッダ・コーウェル作;相良倫子・陶浪亜希訳 小峰書店 2012年11月

ママ
ニューヨークのお人形の修理屋さん一家のママ、アナたち三姉妹の母親 「うちはお人形の修理屋さん」 ヨナ・ゼルディス・マクドノー作;おびかゆうこ訳;杉浦さやか絵 徳間書店 2012年5月

ママ
ニューヨークのお人形屋さん一家のママ、ロシアからの移民 「お人形屋さんに来たネコ」 ヨナ・ゼルディス・マクドノー作;おびかゆうこ訳;杉浦さやか絵 徳間書店 2013年5月

ママ
フォークレイクス小学校の新しい校長先生、フォークレイクス小学校に通うコナーのママ 「消えた少年のひみつ（名探偵犬バディ）」 ドリー・ヒルスタッド・バトラー作;もりうちすみこ訳;うしろだなぎさ絵 国土社 2012年5月

まま

ママ
マッティのママ、無口なフィンランド人のパパと結婚したいつも忙しい病院の医療助手のママ 「マッティのうそとほんとの物語」 ザラー・ナオウラ作;森川弘子訳 岩波書店 2013年10月

ママ
三年生の女の子・ヴィンニとストックホルムで暮らすママ 「ヴィンニとひみつの友だち [ヴィンニ!] (2)」 ペッテル・リードベック作;菱木晃子訳;杉田比呂美絵 岩波書店 2011年6月

ママ(エレーナ・ヴィルカス)
1940年ソ連に占領されたリトアニアで子どもたちと一緒に拘束されてシベリアの強制労働収容所へ送られたリナのママ 「灰色の地平線のかなたに」 ルータ・セペティス作;野沢佳織訳 岩波書店 2012年1月

ママ(グレース)
イギリス東部の農場で木でつくられた犬のおもちゃ「リトル・マンフレート」をとても大切にしているチャーリーのママ 「時をつなぐおもちゃの犬」 マイケル・モーパーゴ作;マイケル・フォアマン絵;杉田七重訳 あかね書房 2013年6月

ママ(チェリー)
家出少年サムが暮らすアパートの上の階に十歳の娘と住んでいる若い母親 「迷子のアリたち」 ジェニー・ヴァレンタイン著;田中亜希子訳 小学館(SUPER! YA) 2011年4月

ママ(ティナ)
オランダ人の少女ポレケの母親、娘のクラスの担任教師と恋に落ちた女性 「いつもいつまでもいっしょに! ポレケのしゃかりき思春期」 フース・コイヤー作;野坂悦子訳;YUJI画 福音館書店(世界傑作童話シリーズ) 2012年10月

ママ(リズ)
十一歳の娘・オーブリーを置いて家を出ていってしまった母親 「もういちど家族になる日まで」 スザンヌ・ラフルーア作;永瀬比奈訳 徳間書店 2011年12月

ママ(レギーナ・スーゼヴィンド)
娘のリリの不思議な能力が世間に知られるのを恐れている母親、アナウンサー 「動物と話せる少女リリアーネ6 赤ちゃんパンダのママを探して!」 タニヤ・シュテーブナー著;中村智子訳;駒形イラスト 学研教育出版 2011年12月

マーモン・ビーニー
物理学の「書」を手に入れようとしている物理学団の団員 「空想科学少年サイモン・ブルーム 重力の番人 上下」 マイケル・ライスマン作;三田村信行編訳;加藤アカツキ絵 文溪堂 2013年7月

マヤ
エリアナンの王妃(バンリー)で妖術師、魔法使いたちを襲い魔女術を禁じた王妃 「エリアナンの魔女2 魔女メガンの弟子(下)」 ケイト・フォーサイス作;井辻朱美訳 徳間書店 2011年1月

マヤ
エリアナンの王妃(バンリー)で妖術師、魔法使いたちを襲い魔女術を禁じた王妃 「エリアナンの魔女3 黒き翼の王(上)」 ケイト・フォーサイス作;井辻朱美訳 徳間書店 2011年2月

マヤ
エリアナンの王妃(バンリー)で妖術師、魔法使いたちを襲い魔女術を禁じた王妃 「エリアナンの魔女4 黒き翼の王(下)」 ケイト・フォーサイス作;井辻朱美訳 徳間書店 2011年4月

マヤ
エリアナンの前王妃、海の妖精フェアジーンの血を引いている妖術師 「エリアナンの魔女5 薔薇と茨の塔(上)」 ケイト・フォーサイス作;井辻朱美訳 徳間書店 2011年5月

まり

マヤ

エリアナンの前王妃、海の妖精フェアジーンの血を引いている妖術師 「エリアナンの魔女 6 薔薇と茨の塔（下）」 ケイト・フォーサイス作;井辻朱美訳 徳間書店 2011年6月

マヤ・ミュラー

ストックホルムの高校の美術コースに通う女子高生、授業中に親指の先を切り落としてしまった女の子 「わたしは倒れて血を流す」 イェニー・ヤーゲルフェルト作;ヘレンハルメ美穂訳 岩波書店（STAMP BOOKS） 2013年5月

マラリウス・ヴォイニッチ

イギリスでもっとも手厳しい批評家、空想によるまやかしをつぶす「放火クラブ」のリーダー 「ユリシーズ・ムーアと隠された町」 Pierdomenico Baccalario著;金原瑞人訳;佐野真奈美訳;井上里訳 学研パブリッシング 2012年6月

マラリウス・ヴォイニッチ

イギリスでもっとも手厳しい批評家、新しいものをつぶす「放火クラブ」のリーダー 「ユリシーズ・ムーアとなぞの迷宮」 Pierdomenico Baccalario著;金原瑞人訳;佐野真奈美訳;井上里訳 学研教育出版 2012年12月

マラリウス・ヴォイニッチ

イギリスでもっとも手厳しい批評家、新しいものをつぶす「放火クラブ」のリーダー 「ユリシーズ・ムーアと灰の庭」 Pierdomenico Baccalario著;金原瑞人訳;佐野真奈美訳;井上里訳 学研教育出版 2013年7月

マラリウス・ヴォイニッチ

イギリスでもっとも手厳しい批評家、新しいものをつぶす「放火クラブ」のリーダー 「ユリシーズ・ムーアと空想の旅人」 Pierdomenico Baccalario著;金原瑞人訳;佐野真奈美訳;井上里訳 学研教育出版 2013年10月

マラリウス・ヴォイニッチ

イギリスでもっとも手厳しい批評家、新しいものをつぶす「放火クラブ」のリーダー 「ユリシーズ・ムーアと氷の国」 Pierdomenico Baccalario著;金原瑞人訳;佐野真奈美訳;井上里訳 学研教育出版 2013年4月

マラリウス・ヴォイニッチ

イギリスでもっとも手厳しい批評家、新しいものをつぶす「放火クラブ」のリーダー 「ユリシーズ・ムーアと雷の使い手」 Pierdomenico Baccalario著;金原瑞人訳;佐野真奈美訳;井上里訳 学研パブリッシング 2012年10月

マリー

ウィーンの修道院で看護を学ぶ少女マリア・フローラ、庭師のヤーコプ親方の娘 「庭師の娘」 ジークリート・ラウベ作;若松宣子訳 岩波書店 2013年7月

マリー

ドイツのハイデルベルクの近くの田舎の村にある動物病院の娘、子犬のチョコチップの飼い主 「動物病院のマリー 1 走れ、捨て犬チョコチップ!」 タチアナ・ゲスラー著;中村智子訳 学研教育出版 2013年6月

マリー

ドイツのハイデルベルクの近くの田舎の村にある動物病院の娘、子犬のチョコチップの飼い主 「動物病院のマリー 2 猫たちが行方不明!」 タチアナ・ゲスラー著;中村智子訳 学研教育出版 2013年11月

マリー

南ドイツに暮らす大家族の七人兄妹でアンネのふたごの姉妹 「愛の一家 あるドイツの冬物語」 アグネス・ザッパー作;マルタ・ヴェルシュ画;遠山明子訳 福音館書店（福音館文庫） 2012年1月

まりあ

マリアエレナ・エスペラント
仲間と暗号を作って遊ぶ「暗号クラブ」のメンバー、六年生の女の子 「暗号クラブ 1 ガイコツ屋敷と秘密のカギ」ペニー・ワーナー著;番由美子訳;ヒョーゴノスケ絵 メディアファクトリー 2013年4月

マリアエレナ・エスペラント
仲間と暗号を作って遊ぶ「暗号クラブ」のメンバー、六年生の女の子 「暗号クラブ 2 ゆうれい灯台ツアー」ペニー・ワーナー著;番由美子訳;ヒョーゴノスケ絵 メディアファクトリー 2013年8月

マリアエレナ・エスペラント
仲間と暗号を作って遊ぶ「暗号クラブ」のメンバー、六年生の女の子 「暗号クラブ 3 海賊がのこしたカーメルの宝」ペニー・ワーナー著;番由美子訳;ヒョーゴノスケ絵 KADOKAWA 2013年12月

マリウス
フランスを共和政治の国にしようと考える秘密結社に入った弁護士、少女コゼットにひと目ぼれした青年 「レ・ミゼラブル―ああ無情」ビクトル・ユーゴー作;塚原亮一訳;片山若子絵 講談社(青い鳥文庫) 2012年11月

マリウス・マーティノウ
秘密都市「エク・ナーブ」の反対勢力・フラカン派のリーダー、大学教授 「ジョシュア・ファイル7 パラレルワールド 上」マリア・G.ハリス作;石随じゅん訳 評論社 2012年10月

マリウス・マーティノウ
秘密都市「エク・ナーブ」の反対勢力・フラカン派のリーダー、大学教授 「ジョシュア・ファイル8 パラレルワールド 下」マリア・G.ハリス作;石随じゅん訳 評論社 2012年10月

マリラ・カスバート
グリーン・ゲイブルズで兄マシューと暮らしている独身の女の人 「新訳 赤毛のアン」モンゴメリ作;木村由利子訳;羽海野チカイラスト;おのともえイラスト 集英社(集英社みらい文庫) 2011年3月

マリラ・カスバート
孤児のアンを十一歳のころ引き取ってくれたグリーン・ゲイブルズで暮らす女の人 「新訳 アンの青春」モンゴメリ作;木村由利子訳;羽海野チカイラスト;おのともえイラスト 集英社(集英社みらい文庫) 2012年3月

マーリン
ヤンセン牧場の元調教師に連れ去られたあし毛の馬 「動物と話せる少女リリアーネ スペシャル1 友だちがいっしょなら!」タニヤ・シュテーブナー著;中村智子訳;駒形イラスト 学研教育出版 2012年9月

マーリーン・フォレスター
少女アリーの小学生のころからの知り合いで敵対している女の子、スター・スティービーをめぐるライバル 「スキ・キス・スキ!」アレックス・シアラー著;田中亜希子訳 あかね書房(YA Step!) 2011年2月

マール・オ・デーブ
ジャングルでのサバイバルプログラムに冒険作家ジェロニモと一緒に参加した太ったネズミ 「ジャングルを脱出せよ!(冒険作家ジェロニモ・スティルトン)」ジェロニモ・スティルトン作;加門ベル訳 講談社 2011年12月

マルグリット
エリアナンの南東に位置する霧の地アランの女藩公(バンプリオンサ) 「エリアナンの魔女 3 黒き翼の王(上)」ケイト・フォーサイス作;井辻朱美訳 徳間書店 2011年2月

まんで

マルゴット
海岸通りぞいにたつグランドホテルの二十二号室にこもっている元オーナーの娘 「11号室のひみつ」 ヘザー・ダイヤー作;ピーター・ベイリー絵;相良倫子訳 小峰書店（おはなしメリーゴーラウンド） 2011年12月

マールさん
コロンビアのメデジンにあるスペイン公園図書館の図書館員、若いおねえさん 「雨あがりのメデジン－この地球を生きる子どもたち」 アルフレッド・ゴメス＝セルダ作;宇野和美訳;鴨下潤絵 鈴木出版（鈴木出版の海外児童文学） 2011年12月

マルセロ・サンドバル
発達障害をもつ17歳、弁護士の父親の望みでひと夏を父の法律事務所で働くことになった青年 「マルセロ・イン・ザ・リアルワールド」 フランシスコ・X.ストーク作;千葉茂樹訳 岩波書店（STAMP BOOKS） 2013年3月

マルチーヌ伯母さん　まるちーぬおばさん
夏休みにおいっ子のパスカレを連れて故郷のピエルーレ村への旅に出た伯母さん 「犬のバルボッシュ パスカレ少年の物語」 アンリ・ボスコ作;ジャン・パレイエ画;天沢退二郎訳 福音館書店（福音館文庫） 2013年11月

マルベル
闇の王国ゴルゴニアを支配している暗黒の魔法使い 「ビースト・クエスト 18 サソリ男スティング」 アダム・ブレード作;浅尾敦則訳;大庭賢哉イラスト ゴマブックス 2011年2月

マール・ヘンリー
わな猟が何よりも好きな男の子、半分猟犬の血が入ったブルーの飼い主 「ローズの小さな図書館」 キンバリー・ウィリス・ホルト作;谷口由美子訳 徳間書店 2013年7月

マロドーラ
「プリンセススクール」一年生のスノウのまま母、魔女学校「グリム学院」の校長 「プリンセススクール 3 いちばんのお姫さまは?」 ジェーン・B.メーソン作;セアラ・ハインズ・スティーブンス作;田中薫子訳;小栗麗加絵 徳間書店 2011年7月

マロドーラ
「プリンセススクール」一年生のスノウのまま母、魔女学校「グリム学院」の校長 「プリンセススクール 4 いちばんのお姫さまは?」 ジェーン・B.メーソン作;セアラ・ハインズ・スティーブンス作;田中薫子訳;小栗麗加絵 徳間書店 2011年7月

マローラ
長くさまよっていたバンパイアのラーテンについてきた人間の少女 「クレプスリー伝説－ダレン・シャン前史2 死への航海」 Darren Shan作;橋本恵訳;田口智子絵 小学館 2011年6月

マンクル・トロッグ
ゴロゴロ山にくらす家族の十歳の長男、「大きい族」なのに小さい少年 「マンクル・トロッグ 大きい族の小さな少年」 ジャネット・フォクスレイ作;スティーブ・ウェルズ絵;鹿田昌美訳 小学館 2013年9月

マンソレイン王　まんそれいんおう
千年ものあいだ国を治めてきた銅の城に住む年老いた王 「ネジマキ草と銅の城」 パウル・ビーヘル作;野坂悦子訳;村上勉画 福音館書店（世界傑作童話シリーズ） 2012年1月

マンディ・ホープ
将来動物のお医者さんになりたい九歳の女の子、イギリスの農村に住む獣医の娘 「ウサギおたすけレース（こちら動物のお医者さん）」 ルーシー・ダニエルズ作;千葉茂樹訳;サカイノビー絵 ほるぷ出版 2011年2月

まんで

マンディ・ホープ
将来動物のお医者さんになりたい九歳の女の子、イギリスの農村に住む獣医の娘 「おさわがせハムスター(こちら動物のお医者さん)」ルーシー・ダニエルズ作;千葉茂樹訳;サカイノビー絵 ほるぷ出版 2011年3月

マンディ・ホープ
将来動物のお医者さんになりたい九歳の女の子、イギリスの農村に住む獣医の娘 「カエルのおひっこし(こちら動物のお医者さん)」ルーシー・ダニエルズ作;千葉茂樹訳;サカイノビー絵 ほるぷ出版 2013年12月

マンディ・ホープ
将来動物のお医者さんになりたい九歳の女の子、イギリスの農村に住む獣医の娘 「チビ犬どんでんがえし(こちら動物のお医者さん)」ルーシー・ダニエルズ作;千葉茂樹訳;サカイノビー絵 ほるぷ出版 2013年8月

マンディ・ホープ
将来動物のお医者さんになりたい九歳の女の子、イギリスの農村に住む獣医の娘 「ヒヨコだいさくせん(こちら動物のお医者さん)」ルーシー・ダニエルズ作;千葉茂樹訳;サカイノビー絵 ほるぷ出版 2012年8月

マンディ・ホープ
将来動物のお医者さんになりたい九歳の女の子、イギリスの農村に住む獣医の娘 「ポニー・パレード(こちら動物のお医者さん)」ルーシー・ダニエルズ作;千葉茂樹訳;サカイノビー絵 ほるぷ出版 2012年12月

マンディ・ホープ
将来動物のお医者さんになりたい九歳の女の子、イギリスの農村に住む獣医の娘 「モルモットおうえんだん(こちら動物のお医者さん)」ルーシー・ダニエルズ作;千葉茂樹訳;サカイノビー絵 ほるぷ出版 2013年3月

マンディ・ホープ
将来動物のお医者さんになりたい九歳の女の子、イギリスの農村に住む獣医の娘 「子ヒツジかんさつノート(こちら動物のお医者さん)」ルーシー・ダニエルズ作;千葉茂樹訳;サカイノビー絵 ほるぷ出版 2013年5月

マンドレーク
身よりのない子どもの家から少女アーヤをひきとった変わったふたり組のうちのひとり、きげんが悪い男の人 「アーヤと魔女」ダイアナ・ウィン・ジョーンズ作;田中薫子訳;佐竹美保絵 徳間書店 2012年7月

マンブル
皇帝ペンギン王国のタップダンスの名手でダンスが苦手な息子・エリックの父親 「ハッピーフィート2」河井直子訳 メディアファクトリー 2011年11月

【み】

ミキ・ホルバティッチ
海辺の地方から来たばかりの転校生、ココのすぐ隣の家に住んでいて同じクラスの少年 「ココと幽霊」イワン・クーシャン作;山本郁子訳 冨山房インターナショナル 2013年3月

ミサイアネス(主) みさいあねす(あるじ)
「永遠の憎悪」を持つ「古の土地」の支配者、「死の女」の息子 「最果てのサーガ 1 鹿の時」リリアナ・ボドック著;中川紀子訳 PHP研究所 2011年1月

ミサイアネス(主) みさいあねす(あるじ)
「永遠の憎悪」を持つ「古の土地」の支配者、「死の女」の息子 「最果てのサーガ 2 影の時」リリアナ・ボドック著;中川紀子訳 PHP研究所 2011年1月

みすぴ

ミシシッピ・ボーモント（ミブズ）
不思議な「チカラ」をもった一族に生まれた十三歳の女の子、事故にあったパパを訪ねて遠くの町へバスで密航した少女 「チ・カ・ラ。」 イングリッド・ロウ著;田中亜希子訳 小学館 2011年11月

ミシュー
お菓子作りが大好きなジャコの大切な友だち、ジャコの作ったお菓子を食べるのが大好きなサッカー少年 「ジャコのお菓子な学校」 ラッシェル・オスファテール作;ダニエル遠藤みのり訳;風川恭子絵 文研出版（文研じゅべにーる） 2012年12月

ミス・セイラ
サマーサイドのプリングル一族を束ねる老婦人 「アンの幸福（赤毛のアン 4）」 L.M.モンゴメリ作;村岡花子訳;HACCAN絵 講談社（青い鳥文庫） 2013年4月

ミスター
アメリカのメイン州にある農場「オールド・デイビス・プレイス」の主人、黒犬アンガスの飼い主 「アンガスとセイディー 農場の子犬物語」 シンシア・ヴォイト作;せきねゆき絵;陶浪亜希訳 小峰書店（おはなしメリーゴーラウンド） 2011年10月

ミスターおとぎ
魔法のくつやぼうしを売っている店の主人 「ルンピ・ルンピ ぼくのともだちドラゴン わがままはトラブルのはじまりの巻」 シルヴィア・ロンカーリア文;ロベルト・ルチアーニ絵;佐藤まどか訳 集英社 2012年9月

ミスター・チュン
中国人の事業家、大きな帆船のオーナー 「アニマル・アドベンチャー ミッション2 タイガーシャークの襲撃」 アンソニー・マゴーワン作;西本かおる訳 静山社 2013年12月

ミスター・ツースーツ
世界一力もちの女の子・ジョシーのやとい主 「世界一力もちの女の子のはなし（マジカルチャイルド1）」 サリー・ガードナー作;三辺律子訳 小峰書店 2012年5月

ミスター・フー
全世界の裏組織を操る黒幕、じつはベンドックス学園六年生のクエントンの同級生 「アンナとプロフェッショナルズ 2 カリスマシェフ、誕生!!」 MAC著;なかがわいずみ訳;岸田メルイラスト メディアファクトリー 2012年8月

ミスター・フー
全世界の裏組織を操る黒幕、ニューヨーク警察が逮捕に取り組んできた男 「アンナとプロフェッショナルズ 1 天才カウンセラー、あらわる!」 MAC著;なかがわいずみ訳;岸田メルイラスト メディアファクトリー 2012年2月

ミスター・ブラウン
ウィルソン一家が泊まったホテルの客、旅から旅で家族と過ごせない営業マン 「エレベーター・ファミリー」 ダグラス・エバンス作;清水奈緒子訳;矢島真澄絵 PHP研究所（PHP創作シリーズ） 2011年7月

ミス・デンジャーフィールド
何かと十一歳のジョニーを目の敵にするいじわるでひねくれたおばあさん 「天才ジョニーの秘密」 エレナー・アップデール作;こだまともこ訳 評論社（海外ミステリーBOX） 2012年11月

ミス・ハンター
ルーカスルの6歳の子どもの家庭教師にやとわれたわかいおんな 「シャーロック・ホームズ 04 なぞのブナやしき」 コナン・ドイル作;中尾明訳;岡本正樹絵 岩崎書店 2011年3月

ミス・ピギー
テレビ番組「マペット・ショー」の歌姫、一流のファッション誌の編集長として活躍中のブタ 「ザ・マペッツ」 キャサリン・ターナー作;しぶやまさこ訳 偕成社（ディズニーアニメ小説版） 2012年6月

みすべ

ミス・ベヴァン
ラツカヴィア王国の王子と秘密裏に結婚しロンドンで暮らしている英国人の若い女性 「ブリキの王女 上下 サリー・ロックハートの冒険 外伝」フィリップ・プルマン著;山田順子訳 東京創元社(sogen bookland) 2011年11月

ミス・ポリー・ハリントン
旧家ハリントン家の女主人、両親を亡くした11歳のポリアンナを引きとった気むずかしいおばさん 「少女ポリアンナ」エレナ・ポーター作;木村由利子訳;結川カズノ絵 角川書店(角川つばさ文庫) 2012年6月

ミス・ミンチン
ロンドンの精華女子学院の経営者、生徒のセーラをひそかにきらっている女性 「小公女」フランシス・ホジソン・バーネット作;脇明子訳 岩波書店(岩波少年文庫) 2012年11月

ミセス
アメリカのメイン州にある農場「オールド・デイビス・プレイス」のおくさん、赤茶犬セイディーの飼い主 「アンガスとセイディー 農場の子犬物語」シンシア・ヴォイト作;せきねゆき絵;陶浪亜希訳 小峰書店(おはなしメリーゴーラウンド) 2011年10月

ミセス・ゴールデンゲート
ウィルソン一家が泊まったホテルの最上階でくらす人、いつも急いでいる人 「エレベーター・ファミリー」ダグラス・エバンス作;清水奈緒子訳;矢島真澄絵 PHP研究所(PHP創作シリーズ) 2011年7月

ミセス・バラブル
ノーフォーク湖沼地方にあるヨット・ティーズル号にカラムきょうだいを招待した婦人 「オオバンクラブ物語 上下(ランサム・サーガ5)」アーサー・ランサム作;神宮輝夫訳 岩波書店(岩波少年文庫) 2011年10月

ミセス・マクビティー
古美術商、子どものころミニチュアルームの魔法を体験している年配の女性 「消えた鍵の謎 12分の1の冒険 2」マリアン・マローン作;橋本恵訳 ほるぷ出版 2012年11月

ミセス・マッキー
不登校の女の子ミナの理解ある母親 「ミナの物語」デイヴィッド・アーモンド著;山田順子訳 東京創元社 2012年10月

ミセス・マルドゥーン
スーザンのおとなりのずっと空き家だった家に引っ越してきた小柄でやせている不思議なおばあさん 「魔女の庭(魔女の本棚13)」ルース・チュウ作;日当陽子訳;たんじあきこ絵 フレーベル館 2011年4月

ミセス・ミネルバ・マクビティー(ミセス・マクビティー)
古美術商、子どものころミニチュアルームの魔法を体験している年配の女性 「消えた鍵の謎 12分の1の冒険 2」マリアン・マローン作;橋本恵訳 ほるぷ出版 2012年11月

ミセス・モッグス
川のほとりに住んでいる街でいちばんの年寄りでいちばん利口な猫 「バージャック アウトローの掟」SFサイード作;金原瑞人訳;相山夏奏訳;田口智子画 偕成社 2011年3月

ミダス
散歩で公園に来ていたリリとイザヤを誘拐した男 「動物と話せる少女リリアーネ 7 さすらいのオオカミ森に帰る!」タニヤ・シュテーブナー著;中村智子訳;駒形イラスト 学研教育出版 2012年4月

ミチル
クリスマス・イヴの夜に妖精のおばあさんに「青い鳥」を探すようたのまれた貧しいきこりの兄妹の妹 「青い鳥(新装版)」メーテルリンク作;江國香織訳 講談社(講談社青い鳥文庫) 2013年10月

ミッキー
裏社会のボス・ミスター・フーの組織に潜入した警察官 「アンナとプロフェッショナルズ 2 カリスマシェフ、誕生!!」 MAC著;なかがわいずみ訳;岸田メルイラスト メディアファクトリー 2012年8月

ミッジ
人間に夢を配達するドリームライダーでドリームチームの一員、背は低いが人一倍がんばりやの女の子 「ドリーム☆チーム5 悪夢ストップ大作戦」 アン・コバーン作;伊藤菜摘子訳;山本ルンルン絵 偕成社 2011年3月

ミッジ
人間に夢を配達するドリームライダーでドリームチームの一員、背は低いが人一倍がんばりやの女の子 「ドリーム☆チーム6 デイジーと雪の妖精」 アン・コバーン作;伊藤菜摘子訳;山本ルンルン絵 偕成社 2011年11月

ミッツィ
こわがりやさんの男の子・ヨッシーの妹、こわいものなしの勇ましい女の子 「赤ちゃんおばけベロンカ」 クリスティーネ・ネストリンガー作;フランツィスカ・ビアマン絵;若松宜子訳 偕成社 2011年8月

ミップ
妖精王国の宮殿のキッチンで働くみなしごの妖精ライラの親友、宮殿のくつみがきエルフ 「妖精ライラ 1 妖精学校に入学するっ!の巻」 エリザベス・リンジー著;杉田七重訳 アルファポリス 2011年7月

ミナ・マッキー
”変わっている”とレッテルを貼られ不登校になった女の子、自分の気持ちを日記に書く子 「ミナの物語」 デイヴィッド・アーモンド著;山田順子訳 東京創元社 2012年10月

ミネット
秘密の「島」に住む姉妹に誘拐された十歳の女の子、別居している両親のあいだをいったりきたりしてくらしている少女 「クラーケンの島」 エヴァ・イボットソン著;三辺律子訳 偕成社 2011年10月

ミ・V・グラシエル　みぶいぐらしえる
北海に向けて旅に出た未来をみることができる二十五歳の巫女、フューチャーウォーカー 「フューチャーウォーカー 2 詩人の帰還」 イヨンド作;ホンカズミ訳;金田榮路画 岩崎書店 2011年2月

ミ・V・グラシエル　みぶいぐらしえる
北海に向けて旅に出た未来をみることができる二十五歳の巫女、フューチャーウォーカー 「フューチャーウォーカー 3 影はひとりで歩かない」 イヨンド作;ホンカズミ訳;金田榮路画 岩崎書店 2011年5月

ミ・V・グラシエル　みぶいぐらしえる
北海に向けて旅に出た未来をみることができる二十五歳の巫女、フューチャーウォーカー 「フューチャーウォーカー 4 未来へはなつ矢」 イヨンド作;ホンカズミ訳;金田榮路画 岩崎書店 2011年8月

ミ・V・グラシエル　みぶいぐらしえる
北海に向けて旅に出た未来をみることができる二十五歳の巫女、フューチャーウォーカー 「フューチャーウォーカー 5 忘れられたものを呼ぶ声」 イヨンド作;ホンカズミ訳;金田榮路画 岩崎書店 2011年11月

ミ・V・グラシエル　みぶいぐらしえる
北海に向けて旅に出た未来をみることができる二十五歳の巫女、フューチャーウォーカー 「フューチャーウォーカー 6 時の匠人」 イヨンド作;ホンカズミ訳;金田榮路画 岩崎書店 2012年2月

みぶい

ミ・V・グラシエル　みぶいぐらしえる
北海に向けて旅に出た未来をみることができる二十五歳の巫女、フューチャーウォーカー
「フューチャーウォーカー 7 愛しい人を待つ海辺」イヨンド作;ホンカズミ訳;金田榮路画
岩崎書店 2012年6月

ミブズ
不思議な「チカラ」をもった一族に生まれた十三歳の女の子、事故にあったパパを訪ねて遠
くの町へバスで密航した少女 「チ・カ・ラ。」イングリッド・ロウ著;田中亜希子訳 小学館
2011年11月

ミムン
オランダに住むモロッコ人の五年生の男の子、同級生のポレケのボーイフレンド 「いつもい
つまでもいっしょに! ポレケのしゃかりき思春期」フース・コイヤー作;野坂悦子訳;YUJI画
福音館書店(世界傑作童話シリーズ) 2012年10月

ミラー
アメリカ独立戦争時代に生きた18世紀のアメリカ開拓民、エリザベスの祖先の少女ズィーの
隣人の青年 「語りつぐ者」パトリシア・ライリー・ギフ作;もりうちすみこ訳 さ・え・ら書房
2013年4月

ミラダ・クラリチェク(エファ)
チェコスロバキアの農村の少女、ナチスに拉致されてアーリア人化を強いられた十一歳
「名前をうばわれた少女」ジョアン・M.ウルフ作;日当陽子訳;朝倉めぐみ絵 フレーベル館
 2012年8月

ミランダ
ニューヨークに住む六年生、「あなた」から謎のメッセージをもらった少女 「きみに出会うと
き」レベッカ・ステッド著;ないとうふみこ訳 東京創元社 2011年4月

ミリエル司教　みりえるしきょう
人々から尊敬をうけていた司教、南フランス暮らす七十五歳になる老人 「レ・ミゼラブル―
ああ無情」ビクトル・ユーゴー作;塚原亮一訳;片山若子絵 講談社(青い鳥文庫) 2012年
11月

ミルクマン
ある朝学校を休んでいたヘルマンの家に入ってきた一頭の大きな白い迷い馬 「ミルクマン
という名の馬」ヒルケ・ローゼンボーム作;木本栄訳 岩波書店 2011年3月

ミロス・フェランジ
男子寄宿学校四年生、独裁者による圧政からの解放を求め伝説の歌姫ミレナとともに立ち
上がった十五歳の少年 「抵抗のディーバ」ジャン・クロード・ムルルヴァ著;横川晶子訳
岩崎書店(海外文学コレクション) 2012年3月

ミンタク
旅のおわりにたどり着いたマオフリ族の村で自分の名前を思いだした少女 「あたしがおう
ちに帰る旅」ニコラ・デイビス作;代田亜香子訳 小学館 2013年6月

ミンチン先生　みんちんせんせい
セーラが入学したロンドンの寄宿学校の先生、陰気で醜い人 「小公女」フランシス・ホジソ
ン・バーネット作;高楼方子訳;エセル・フランクリン・ベッツ;画 福音館書店(福音館古典童
話シリーズ) 2011年9月

ミンチン先生　みんちんせんせい
空想がだいすきな女の子・セーラがあずけられたイギリスの寄宿学校セレクト女学院の校
長、厳しくてケチな性格の女性 「小公女セーラ」バーネット作;杉田七重訳;椎名優絵 角
川書店(角川つばさ文庫) 2013年7月

めあり

ミンティ・スパークス
森の中にひっそりと建つ家にひと冬かくれ住まわせてもらおうとしたスパークス家のしっかり者の長女 「ミンティたちの森のかくれ家」キャロル・ライリー・ブリンク著;谷口由美子訳;中村悦子画 文溪堂(Modern Classic Selection) 2011年1月

ミン・ランドル
カナダ全国博覧会のトイレに置き去りにされ四度も里親が替わっている孤児の女の子 「ミンのあたらしい名前」ジーン・リトル著;田中奈津子訳 講談社 2011年2月

【む】

ムカムカ
全身が四角と平面でできたきみょうな動物 「オズの魔法使いシリーズ7 完訳オズのパッチワーク娘」ライマン・フランク・ボーム著;田中亜希子訳 復刊ドットコム 2012年8月

ムキウス
古代ローマの学校に通う七人の生徒の一人、護民官の息子で首席の模範生 「カイウスはばかだ」ヘンリー・ウィンターフェルト作;関楠生訳 岩波書店(岩波少年文庫) 2011年6月

ムサ
少女ロージーが引っこし先で出会った変わった少年 「ロージーとムサ」ミヒャエル・デコック作;ユーディット・バニステンダール絵;久保谷洋訳 朝日学生新聞社 2012年7月

ムサ
少女ロージーのマンションの一階上に住んでいる友だち、変わった少年 「ロージーとムサ パパからの手紙」ミヒャエル・デコック作;ユーディット・バニステンダール絵;久保谷洋訳 朝日学生新聞社 2012年10月

ムッシュ・カルヌヴァル
ベルギーの古都ブルージュにある屋根の上に金色のバスケットの飾りがついたホテルの食堂の責任者 「ゴールデン・バスケットホテル」ルドウィッヒ・ベーメルマンス作;江國香織訳 BL出版 2011年4月

【め】

メアリー
かぜをひいたエミリー大おばさんのかわりにかいものにいった女の子 「はじめてのおてつだい」ジャネット・マクネイル作;松野正子訳 岩波書店(せかいのどうわシリーズ) 2012年4月

メアリー
ランプの精のごしゅじんさまのアリの親友、モンゴメリー小学校に通う四年生の少女 「ランプの精リトル・ジーニー 3 ピンクのまほう」ミランダ・ジョーンズ作;宮坂宏美訳 ポプラ社(ポプラポケット文庫) 2013年4月

メアリー
少女・ローラの姉さん、大きな森の小さな家で暮らしはじめた一家の女の子 「大きな森の小さな家(新装版)大草原の小さな家シリーズ」ローラ・インガルス・ワイルダー作;こだまともこ・渡辺南都子訳;丹地陽子絵 講談社(青い鳥文庫) 2012年8月

メアリー
親友のアリと野生動物のアメリカモモンガについてしらべることになった小学四年生の女の子 「ランプの精リトル・ジーニー 19 空とぶおひっこし大作戦!」ミランダ・ジョーンズ作;宮坂宏美訳;サトウユカ画 ポプラ社 2011年11月

219

めあり

メアリー・インガルス
ウィスコンシン州の「大きな森」に建てた小さな家に住む一家の長女、ローラの姉 「大きな森の小さな家」ローラ・インガルス・ワイルダー作;中村凪子訳;椎名優絵 角川書店(角川つばさ文庫) 2012年1月

メアリー・インガルス
カンザス州の大草原へと引っ越すことになった一家の長女、ローラの姉 「大草原の小さな家」ローラ・インガルス・ワイルダー作;中村凪子訳;椎名優絵 角川書店(角川つばさ文庫) 2012年7月

メアリー・オーウェンス
雪におしつぶされて亡くなった十代の少女 「恐怖のお泊まり会 吹雪の夜に消えた少女」P.J.ナイト著;岡本由香子訳 KADOKAWA 2013年12月

メアリー・サザーランド
婚約者がなぞの失踪をした事件の依頼人、タイピストの女性 「名探偵ホームズ 消えた花むこ」コナン・ドイル作;日暮まさみち訳;青山浩行絵 講談社(青い鳥文庫) 2011年2月

メアリー・モースタン
姿を消した父の謎について相談するためホームズのもとをおとずれた独身女性 「名探偵ホームズ 四つの署名」コナン・ドイル作;日暮まさみち訳;青山浩行絵 講談社(青い鳥文庫) 2011年4月

メイさん
不思議な薬を作る名人 「魔法がくれた時間」トビー・フォワード作;浜田かつこ訳;ナカムラユキ画 金の星社 2012年12月

メイビス
ドラン通りに住む自分ではヤギだと思っていないヤギ 「だれも知らない犬たちのおはなし」エミリー・ロッダ著;さくまゆみこ訳;山西ゲンイチ画 あすなろ書房 2012年4月

メイヴィス・グリーン
有名なミステリー作家・ウォリス・ウォレスのお友だち、赤いスカーフをまいた女の人 「ぼくらのミステリータウン 1 消えたミステリー作家の謎」ロン・ロイ作;八木恭子訳;ハラカズヒロ絵 フレーベル館 2011年6月

メイベル
きれいずきなピーボディさんの家のれいぞうこの下でくらすくいしんぼうでちょっとふとめのかわいいゴキブリのおんなの子 「かわいいゴキブリのおんなの子 メイベルのぼうけん」ケイティ・スペック作;おびかゆうこ訳;大野八生画 福音館書店(世界傑作童話シリーズ) 2013年4月

メイベル・ブラッシュ
夏にホタル島の別荘にきたブラッシュ家の八歳の娘、ねこ好きの女の子 「ピーターサンドさんのねこ」ルイス・スロボドキン作・絵;清水眞砂子訳 あすなろ書房 2012年1月

メガネ(フィンケルシュテイン)
スターリンを崇拝する10歳のザイチクの学級でたった一人のユダヤ人 「スターリンの鼻が落っこちた」ユージン・イェルチン作・絵;若林千鶴訳 岩波書店 2013年2月

メガン
エリアナンの魔法使いの長「魔女の鍵持ち」、魔女見習いのイサボーの後見人 「エリアナンの魔女2 魔女メガンの弟子(下)」ケイト・フォーサイス作;井辻朱美訳 徳間書店 2011年1月

メガン
エリアナンの魔法使いの長「魔女の鍵持ち」、魔女見習いのイサボーの後見人 「エリアナンの魔女3 黒き翼の王(上)」ケイト・フォーサイス作;井辻朱美訳 徳間書店 2011年2月

めれで

メガン
エリアナンの魔法使いの長「魔女の鍵持ち」、魔女見習いのイサボーの後見人 「エリアナンの魔女4 黒き翼の王(下)」ケイト・フォーサイス作;井辻朱美訳 徳間書店 2011年4月

メガン
エリアナンの魔法使いの長「魔女の鍵持ち」、魔女見習いのイサボーの後見人 「エリアナンの魔女5 薔薇と茨の塔(上)」ケイト・フォーサイス作;井辻朱美訳 徳間書店 2011年5月

メガン
エリアナンの魔法使いの長「魔女の鍵持ち」、魔女見習いのイサボーの後見人 「エリアナンの魔女6 薔薇と茨の塔(下)」ケイト・フォーサイス作;井辻朱美訳 徳間書店 2011年6月

メギー
朗読すると物語が現実になる魔法の声を持つ少女、モーの娘 「魔法の言葉」コルネーリア・フンケ著;浅見昇吾訳 WAVE出版 2013年3月

メグ
グリーヴ王国の王女マーガレット 「にげだした王女さま」ケイト・クームズ著;綾音恵美子[ほか]訳 バベルプレス 2012年5月

メグ
マーチ家四姉妹のやさしくておしとやかな十六歳の長女 「若草物語 四姉妹とすてきな贈り物」オルコット作;植ары佐知子訳;駒形絵 集英社(集英社みらい文庫) 2012年4月

メグ・スケルトン
魔使いの若者ジョンが愛してしまった魔女、美しい娘 「魔女の物語(魔使いシリーズ外伝)」ジョゼフ・ディレイニー著;田中亜希子訳 東京創元社(sogen bookland) 2012年8月

メスメル博士　めすめるはかせ
ウィーンの美しい屋敷で暮らす医学者、庭師になりたいマリーの理解者 「庭師の娘」ジークリート・ラウベ作;若松宣子訳 岩波書店 2013年7月

雌ライオン　めすらいおん
第二次世界大戦中チェコスロバキアにあった貧しい村の小さな動物園にいた雌ライオン 「真夜中の動物園」ソーニャ・ハートネット著;野沢佳織訳 主婦の友社 2012年7月

メーター
古ぼけたレッカー車、レーシングカーのマックィーンの親友 「カーズ2」アイリーン・トリンブル作;橘高弓枝訳 偕成社(ディズニーアニメ小説版) 2011年8月

メネラーオス
美しいヘレネーの夫でアガメムノーンの弟、スパルタ王を継ぎトロイア戦争ではギリシア全軍の副将 「ホメーロスのイーリアス物語」ホメーロス原作;バーバラ・レオニ・ピカード作;高杉一郎;訳 岩波書店(岩波少年文庫) 2013年10月

メリサンド
お父さんに連れられてベルギーの古都ブルージュにあるホテルにきた女の子、セレステのお姉さん 「ゴールデン・バスケットホテル」ルドウィッヒ・ベーメルマンス作;江國香織訳 BL出版 2011年4月

メリダ
スコットランドのダンブロッホ王国の王女、勇敢で弓や剣が得意な男まさりのお姫さま 「メリダとおそろしの森」アイリーン・トリンブル作;しぶやまさこ訳 偕成社(ディズニーアニメ小説版) 2012年7月

メレディス
魔女の顔が彫られていてお願いすれば色んなものに変身してくれる魔法のコインを手に入れた姉弟の姉 「魔女と魔法のコイン(魔女の本棚16)」ルース・チュウ作;日当陽子訳;たんじあきこ絵 フレーベル館 2013年9月

221

めんだ

メンダンバー
十六歳の少年デイスターがさがしている魔法の森の王 「困っちゃった王子さま」 パトリシア・C.リーデ著;田中亜希子訳; 東京創元社(sogen bookland) 2011年9月

【も】

モー
数学ぎらいの男の子・マイクの親戚、ペンシルバニアにいる天然ボケのおばあちゃん 「ぼくの見つけた絶対値」 キャスリン・アースキン著;代田亜香子訳 作品社 2012年7月

モー(モルティマ)
娘のメギーと同じく魔法の声を持つ父、古い本を修繕する仕事をしている男 「魔法の言葉」 コルネーリア・フンケ著;浅見昇吾訳 WAVE出版 2013年3月

モーウェン
魔法の森の奥深くでネコたちと暮らす魔女 「困っちゃった王子さま」 パトリシア・C.リーデ著;田中亜希子訳; 東京創元社(sogen bookland) 2011年9月

モーガン・アボット
アメリカ合衆国大統領の娘、演劇部に所属する高校3年生 「ママは大統領－ファーストガールの告白」 キャシディ・キャロウェイ著;山本紗耶訳 小学館(SUPER!YA) 2012年11

モグラくん
ネズミさんと鳥をかんさつしていっしょに本をつくることになった鳥が大すきなモグラ 「ネズミさんとモグラくん3 ふかふかの羽の友だち」 ウォン・ハーバート・イー作;小野原千鶴訳 小峰書店 2011年8月

モグラくん
雪がふって外にでたくないモグラ 「ネズミさんとモグラくん4 冬ってわくわくするね」 ウォン・ハーバート・イー作;小野原千鶴訳 小峰書店 2012年1月

モグラくん
大の仲良しのネズミさんと新しい服を買いに行くことになったモグラ 「ネズミさんとモグラくん2 新しい日がはじまるよ」 ウォン・ハーバート・イー作;小野原千鶴訳 小峰書店 2011年5月

モコ
難破船「スラウギ号」で無人島に漂着した十五人の少年のひとり、唯一の乗組員で十二歳の黒人見習い水夫 「十五少年漂流記 ながい夏休み」 ベルヌ作;末松氷海子訳;はしもとしん絵 集英社(集英社みらい文庫) 2011年6月

モースタン大尉　もーすたんたいい
メアリーの行方不明になった父親、インド陸軍のイギリス人士官 「名探偵ホームズ 四つの署名」 コナン・ドイル作;日暮まさみち訳;青山浩行絵 講談社(青い鳥文庫) 2011年4月

モーティマー
〈エデフィア〉国の君主の地位の継承者オクサ・ポロックが通うロンドンの聖プロクシマス中学校の生徒、オクサをおそう野蛮人 「オクサ・ポロック2 迷い人の森」 アンヌ・プリショタ著;サンドリーヌ・ヴォルフ著;児玉しおり訳 西村書店 2013年6月

モーティマー・トリジェニス(トリジェニス)
コーンウォールの牧師館に下宿する資産家の紳士 「名探偵ホームズ 悪魔の足」 コナン・ドイル作;日暮まさみち訳;青山浩行絵 講談社(青い鳥文庫) 2011年11月

モートン・ヘザーウィック
ピッグル・ウィッグルおばさんの農場にあずけられた子ども、さがしものをすぐにあきらめる男の子 「ピッグル・ウィッグルおばさんの農場」 ベティ・マクドナルド作;小宮由訳 岩波書店(岩波少年文庫) 2011年5月

もりあ

モナ・ヴァンダーワール
ローズウッド学院に通うハンナの親友 「ライアーズ4 つながれた絆」 サラ・シェパード著;中尾眞樹訳 AC Books 2011年5月

モービー
母と二人暮らしの男の子、幼少のころからデブとからかわれ続けた水泳部員の高校生 「彼女のためにぼくができること」 クリス・クラッチャー著;西田登訳 あかね書房(YA Step!) 2011年2月

モプシー(マーサ・フィンチ)
アフリカからの難民家族を一時あずかることになったアメリカのフィンチ家の末娘、人と話をするのが大好きな十一歳の少女 「闇のダイヤモンド」 キャロライン・B・クーニー著;武富博子訳 評論社(海外ミステリーBOX) 2011年4月

モラグ
凶暴な海の妖・フェアジーンに詳しい謎の妊婦 「エリアナンの魔女4 黒き翼の王(下)」 ケイト・フォーサイス作;井辻朱美訳 徳間書店 2011年4月

モリー
シェル・ビーチに住む8才の子、貝のかけらのペンダントの力で夜のあいだだけマーメイドになれる女の子 「ひみつのマーメイド 3 海ぞく船の宝もの」 スー・モングレディエン作;柴野理奈子訳 メディアファクトリー 2012年11月

モリー
シェル・ビーチに住む8才の子、貝のかけらのペンダントの力で夜のあいだだけマーメイドになれる女の子 「ひみつのマーメイド 4 七色のサンゴしょう」 スー・モングレディエン作;柴野理奈子訳 メディアファクトリー 2013年3月

モリー
シェル・ビーチに住む8才の子、貝のかけらのペンダントの力で夜のあいだだけマーメイドになれる女の子 「ひみつのマーメイド 5 深海のアドベンチャー」 スー・モングレディエン作;柴野理奈子訳 メディアファクトリー 2013年7月

モリー
シェル・ビーチに住むことになった8才の子、貝のかけらのペンダントの力で夜のあいだだけマーメイドになれる女の子 「ひみつのマーメイド 2 光るどうくつのふしぎ」 スー・モングレディエン作;柴野理奈子訳 メディアファクトリー 2012年7月

モリー
海辺のおうちに住むことになった8才の子、貝のかけらのペンダントの力で夜のあいだだけマーメイドになれる女の子 「ひみつのマーメイド 1 まほうの貝のかけら」 スー・モングレディエン作;柴野理奈子訳 メディアファクトリー 2012年3月

モリー
夜の間だけマーメイドになって海の王国へ行ける八歳の女の子 「ひみつのマーメイド 6 闇の女王と光のマーチ」 スー・モングレディエン作;柴野理奈子訳 KADOKAWA 2013年11月

モリアーティ
名探偵ホームズの宿敵、「犯罪界のナポレオン」と呼ばれている大学教授 「シャーロック・ホームズ&イレギュラーズ 4 最後の対決」 T.マック&M.シトリン著;金原瑞人共訳;相山夏奏共訳;スカイエマ画 文溪堂 2012年1月

モリアーティ教授　もりあーてぃきょうじゅ
イギリス犯罪界の帝王 「名探偵ホームズ 恐怖の谷」 コナン・ドイル作;日暮まさみち訳;青山浩行絵 講談社(青い鳥文庫) 2011年7月

モリアーティ教授　もりあーてぃきょうじゅ
イギリス犯罪界の帝王、数学の天才 「名探偵ホームズ 最後の事件」 コナン・ドイル作;日暮まさみち訳;青山浩行絵 講談社(青い鳥文庫) 2011年6月

モリアン
アイルランドにいる古代神、血に飢えた殺戮の女神 「魔使いの運命(魔使いシリーズ)」
ジョゼフ・ディレイニー著;田中亜希子訳 東京創元社(sogen bookland) 2013年3月

モリツモス
「太陽の国」の王子の座を狙う貴族 「最果てのサーガ 2 影の時」 リリアナ・ボドック著;中川
紀子訳 PHP研究所 2011年1月

モリツモス
「肥沃な土地」の主の座を狙う「太陽の国」の王子 「最果てのサーガ 3 泥の時」 リリアナ・
ボドック著;中川紀子訳 PHP研究所 2011年3月

モリツモス
「肥沃な土地」の主の座を狙う「太陽の国」の王子 「最果てのサーガ 4 火の時」 リリアナ・
ボドック著;中川紀子訳 PHP研究所 2011年3月

モルガラス
アララエン王国ゴルラン領の元領主、謀反が失敗に終わり国を追放された男 「アララエン
戦記 1 弟子」 ジョン・フラナガン作;入江真佐子訳 岩崎書店 2012年6月

モルガラス
アララエン国王の宿敵、夜雨山脈の領主で極悪非道の男 「アララエン戦記 2 炎橋」 ジョ
ン・フラナガン作;入江真佐子訳 岩崎書店 2012年10月

モルティマ
娘のメギーと同じく魔法の声を持つ父、古い本を修繕する仕事をしている男 「魔法の言
葉」 コルネーリア・フンケ著;浅見昇吾訳 WAVE出版 2013年3月

モントヨ(カルロス・モントヨ)
メキシコの秘密の地底都市「エク・ナーブ」の執行部の一員、ユカタン大学教授 「ジョシュ
ア・ファイル7 パラレルワールド 上」 マリア・G.ハリス作;石随じゅん訳 評論社 2012年10月

モントヨ(カルロス・モントヨ)
メキシコの秘密都市「エク・ナーブ」の執行部の一員 「ジョシュア・ファイル5 消えた時間
上」 マリア・G.ハリス作;石随じゅん訳 評論社 2011年3月

【や】

ヤオーツィ
南海龍王、人の子の女禍を育てた龍 「天空の少年ニコロ3 龍とダイヤモンド」 カイ・マイ
ヤー著;遠山明子訳;佐竹美保画 あすなろ書房 2012年3月

ヤーク
子どもたちをむさぼり食う世にもおそろしいモンスター、悪い子を食べるとアレルギーをおこ
す怪物 「ヤーク」 ベルトラン・サンティーニ作;ロラン・ガパイヤール絵;安積みづの訳;越智
三起子訳 朝日学生新聞社 2012年9月

ヤーコブ
オランダ・ユトレヒトの大学に勤めていたユダヤ人学者、デン・ハム村に隠れ住んでいた娘
リーネケに絵入りの手紙を送ってくれた父さん 「父さんの手紙はぜんぶおぼえた」 タミ・
シェム=トヴ著;母袋夏生訳 岩波書店 2011年10月

ヤーコブ
ナータンの雇い人 「賢者ナータンと子どもたち」 ミリヤム・プレスラー作;森川弘子訳 岩波
書店 2011年11月

やんり

ヤーコプ
ウィーンの美しい屋敷に雇われた庭師の親方、マリーの父 「庭師の娘」 ジークリート・ラウベ作;若松宣子訳 岩波書店 2013年7月

ヤスミン
チッカディ通りに住む男の子アレックスの仲よしのしっかり者の女の子 「名探偵ネコ ルオー 〜ハロウィンを探せ〜」 マーシャ・フリーマン著;栗山理栄[ほか]訳 バベルプレス 2011年10月

ヤナ・ミュラー
女子高生マヤのママ、離婚してマヤと定期的に会っている大学の心理学部の研究者 「わたしは倒れて血を流す」 イェニー・ヤーゲルフェルト作;ヘレンハルメ美穂訳 岩波書店 (STAMP BOOKS) 2013年5月

ヤニス
はじめて学校へ行くことになったわんぱくで遊び好きなうさぎの男の子 「うさぎのヤニスとあらいぐまのヴァンキ 学校へ行く」 ユルキ・キースキネン作;末延弘子訳;はまのゆか絵 ひさかたチャイルド(SHIRAKABA BUNKO) 2012年12月

ヤネケ
シンタクラースのプレゼントをとなりに住むなかよしのイップとまつオランダの女の子 「イップとヤネケ シンタクラースがやってくる!」 アニー・M.G.シュミット作;フィープ・ヴェステンドルプ絵;西村由美訳 岩波書店 2011年11月

闇の魔女　やみのまじょ
闇の悪魔に生み出されたが光の道を選んだ闇の魔女 「NEWフェアリーズ 秘密の妖精たち5 ルナと秘密の井戸」 J.H.スイート作;津森優子訳;唐橋美奈子絵 文溪堂 2011年1月

ヤール・エラク(エラク)
北方の国スカンディアの海賊のリーダー、ウィルとエヴァリンを捕虜にした男 「アラルエン戦記 3 氷賊」 ジョン・フラナガン作;入江真佐子訳 岩崎書店 2013年3月

ヤール・エラク(エラク)
北方の国スカンディアの海賊のリーダー、捕虜だったウィルとエヴァリンを逃した男 「アラルエン戦記 4 銀葉」 ジョン・フラナガン作;入江真佐子訳 岩崎書店 2013年7月

ヤン
ベルギーの古都ブルージュにある屋根の上に金色のバスケットの飾りがついたホテルの息子 「ゴールデン・バスケットホテル」 ルドウィッヒ・ベーメルマンス作;江國香織訳 BL出版 2011年4月

ヤン
生まれつき心臓が弱い男の子、ちょっと太ったヨシュの幼なじみで親友 「ぼくとヨシュと水色の空」 ジーグリット・ツェーフェルト作;はたさわゆうこ訳 徳間書店 2012年11月

ヤン・トゥーレルルーレ
ハイロイシ伯爵の御者、七つのわかれ道秘密作戦の仲間 「七つのわかれ道の秘密 上下」 トンケ・ドラフト作;西村由美訳 岩波書店(岩波少年文庫) 2012年8月

ヤン・リンおばあちゃん
中国系の女の子・ヘイ・リンのおばあちゃん、孫にふしぎなことをふきこむのが好きな人 「選ばれた少女たち」 エリザベス・レンハード作;岡田好惠訳;千秋ユウ絵 講談社(ディズニー・ウィッチシリーズ1) 2011年9月

【ゆ】

ゆあと

ユーアト・アスカー
英国情報局の裏組織で十七歳以下の子どもが活躍する極秘スパイ機関「チェラブ」のミッション監理官、チェラブの最高責任者・ザーラの夫 「英国情報局秘密組織 CHERUB(チェラブ) Mission7 疑惑」 ロバート・マカモア作;大澤晶訳 ほるぷ出版 2011年8月

ユエン
ベトナム高地の村で暮らす象使いの少年ティンの親友 「象使いティンの戦争」 シンシア・カドハタ著;代田亜香子訳 作品社 2013年5月

ユキ
「動物セラピスト」のリリがいる動物園に来たたくさんの傷あとがあるペンギン 「動物と話せる少女リリアーネ 9 ペンギン、飛べ大空へ! 上下」 タニヤ・シュテーブナー著;中村智子訳;駒形イラスト 学研教育出版 2013年10月

ユッタ・ママ
少年ツソがくらす寄宿舎で子どもたちの勉強を見ている女の人、かつて学校の先生だった人 「ただいま!マラング村 タンザニアの男の子のお話」 ハンナ・ショット作;佐々木田鶴子訳;齊藤木綿子絵 徳間書店 2013年9月

ユニス・カーン
名門ユナイテッドの十二歳以下チームのエースストライカー、厳しいお父さんがいるアジア系の男の子 「フットボール・アカデミー 2 ストライカーはおれだ!FWユニスの希望」 トム・パーマー作;石崎洋司訳;岡本正樹画 岩崎書店 2013年7月

ユニス・カーン
名門ユナイテッドの入団テストでジェイクが知り合ったアジア系の少年 「フットボール・アカデミー 1 ユナイテッド入団!MFジェイクの挑戦」 トム・パーマー作;石崎洋司訳;岡本正樹画 岩崎書店 2013年4月

ユミ・ルイス・ハーシュ
癌を患うおじいちゃん・ソールの孫むすめ、学校のオーケストラにはいっている十四歳の女の子 「ユミとソールの10か月」 クリスティーナ・ガルシア著;小田原智美訳 作品社 2011年6月

ユリウス
古代ローマの学校に通う七人の生徒の一人、裁判官の息子で理屈っぽい少年 「カイウスはばかだ」 ヘンリー・ウィンターフェルト作;関楠生訳 岩波書店(岩波少年文庫) 2011年6月

ユリーカ
もとは野良でドロシーにひろわれた子ネコ 「オズの魔法使いシリーズ4 完訳オズとドロシー」 ライマン・フランク・ボーム著;田中亜希子訳 復刊ドットコム 2012年2月

ユリシーズ・ムーア
ふたごのジェイソンとジュリアが引っこしてきたアルゴ邸のもと持ち主 「ユリシーズ・ムーアと仮面の島」 Pierdomenico Baccalario著;金原瑞人訳;佐野真奈美訳;井上里訳 学研パブリッシング 2011年2月

ユリシーズ・ムーア
ふたごのジェイソンとジュリアが引っこしてきたアルゴ邸のもと持ち主 「ユリシーズ・ムーアと石の守護者」 Pierdomenico Baccalario著;金原瑞人訳;佐野真奈美訳;井上里訳 学研パブリッシング 2011年4月

ユリシーズ・ムーア
ふたごのジェイソンとジュリアが引っこしてきたアルゴ邸のもと持ち主 「ユリシーズ・ムーアと第一のかぎ」 Pierdomenico Baccalario著;金原瑞人訳;佐野真奈美訳;井上里訳 学研パブリッシング 2011年6月

【よ】

妖精　ようせい
髪はピンク色で羽はおれまがっていてつぶれたティアラをつけた太ったおばさんの妖精
「空を飛んだ男の子のはなし（マジカルチャイルド3）」サリー・ガードナー作；三辺律子訳
小峰書店　2013年8月

ヨコシマ女王　よこしまじょおう
魔法の国「ひみつの王国」のヨロコビ王のいじわるな姉「シークレット♥キングダム3 空飛ぶ
アイランド」ロージー・バンクス作；井上里訳　理論社　2012年12月

ヨコシマ女王　よこしまじょおう
魔法の国「ひみつの王国」のヨロコビ王のいじわるな姉「シークレット♥キングダム4 マーメ
イドの海」ロージー・バンクス作；井上里訳　理論社　2013年1月

ヨコシマ女王　よこしまじょおう
魔法の国「ひみつの王国」のヨロコビ王のいじわるな姉「シークレット♥キングダム5 魔法の
山」ロージー・バンクス作；井上里訳　理論社　2013年2月

ヨコシマ女王　よこしまじょおう
魔法の国「ひみつの王国」のヨロコビ王のいじわるな姉「シークレット♥キングダム6 かがや
きのビーチ」ロージー・バンクス作；井上里訳　理論社　2013年3月

ヨコシマ女王　よこしまじょおう
魔法の生き物たちがくらす「ひみつの王国」のヨロコビ王のいじわるな姉「シークレット♥キ
ングダム2 ユニコーンの谷」ロージー・バンクス作；井上里訳　理論社　2012年11月

ヨシュ
お母さんとふたりぐらしのちょっと太った男の子、心臓が弱いヤンと幼なじみで親友「ぼくと
ヨシュと水色の空」ジーグリット・ツェーフェルト作；はたさわゆうこ訳　徳間書店　2012年11
月

ヨスネビト
ハッセラーヴァールトに住むとてもひっこみじあんな変な人、本屋のペンおじさんの友だち
「ペテフレット荘のブルック 下 とんでけ、空へ」アニー・M.G.シュミット作；フィープ・ヴェステ
ンドルプ絵；西村由美訳　岩波書店　2011年7月

ヨッシー
妹をこわがらせようとおばけ人形を作ったこわがりやさんの男の子「赤ちゃんおばけベロン
カ」クリスティーネ・ネストリンガー作；フランツィスカ・ビアマン絵；若松宜子訳　偕成社　2011
年8月

ヨナ
フランスの港町カレーから不法移民をボートに乗せた密輸業者の甥、イギリスへ向かうボー
トに乗った子ども「きみ、ひとりじゃない」デボラ・エリス作；もりうちすみこ訳　さ・え・ら書房
2011年4月

ヨーナス
1940年ソ連に占領されたリトアニアでママやリナと一緒に拘束されてシベリアの強制労働収
容所へ送られた男の子「灰色の地平線のかなたに」ルータ・セペティス作；野沢佳織訳
岩波書店　2012年1月

ヨーナス
離婚してマヤと暮らしている女子高生マヤのパパ「わたしは倒れて血を流す」イェニー・
ヤーゲルフェルト作；ヘレンハルメ美穂訳　岩波書店（STAMP BOOKS）2013年5月

【ら】

ライアン・フリン
名門ユナイテッドの十二歳以下チームのキャプテン、いじわるなところがある男の子 「フットボール・アカデミー 1 ユナイテッド入団!MFジェイクの挑戦」 トム・パーマー作;石崎洋司訳;岡本正樹画 岩崎書店 2013年4月

ライアン・フリン
名門ユナイテッドの十二歳以下チームのキャプテン、たのもしいがいじわるなところがある男の子 「フットボール・アカデミー 3 PKはまかせろ!GKトマーシュの勇気」 トム・パーマー作;石崎洋司訳;岡本正樹画 岩崎書店 2013年10月

ライオン
エメラルドの都にいるオズの魔法使いに会うためにドロシーと旅に出たライオン 「オズの魔法使い」 L.F.バーム作;松村達雄訳;鳥羽雨画 講談社(青い鳥文庫) 2013年1月

ライオン
オズの国にとばされたドロシーが旅のとちゅうで仲間になった勇気がほしいおくびょうなライオン 「オズの魔法使いシリーズ1 完訳オズの魔法使い」 ライマン・フランク・ボーム著;宮坂宏美訳 復刊ドットコム 2011年10月

ライオン
オズの国のエメラルドの都へ行くドロシーの道づれになったおくびょうなライオン 「オズの魔法使い 新訳」 ライマン・フランク・ボーム作;西田佳子訳 集英社(集英社みらい文庫) 2013年6月

ライオン
偉大な魔法使い・オズのいるエメラルドの街をめざし少女・ドロシーと旅をする臆病なライオン 「オズの魔法使い」 ライマン・フランク・ボウム著;江國香織訳 小学館 2013年3月

ライオン
魔法使いオズに会うためにエメラルドの街を目指すドロシーと旅に出たライオン 「オズの魔法使い」 L.フランク・ボーム作;柴田元幸訳;吉野朔実絵 角川書店(角川つばさ文庫) 2013年2月

ライオンキット(ライオンポー)
星の力をもつと予言され生まれたサンダー族の三きょうだいの兄、黄金色のとら柄の雄猫 「ウォーリアーズⅢ1 見えるもの」 エリン・ハンター作;高林由香子訳 小峰書店 2011年10

ライオンブレイズ
予言された運命の猫、サンダー族の戦士 「ウォーリアーズⅢ5 長い影」 エリン・ハンター作;高林由香子訳 小峰書店 2013年11月

ライオンポー
星の力をもつと予言され生まれたサンダー族の三きょうだいの兄、黄金色のとら柄の雄猫 「ウォーリアーズⅢ1 見えるもの」 エリン・ハンター作;高林由香子訳 小峰書店 2011年10

ライオンポー
予言された運命の猫でサンダー族の見習い戦士、アッシュファーの弟子 「ウォーリアーズⅢ2 闇の川」 エリン・ハンター作;高林由香子訳 小峰書店 2012年3月

ライオンポー
予言された運命の猫でサンダー族の見習い戦士、アッシュファーの弟子 「ウォーリアーズⅢ3 追放」 エリン・ハンター作;高林由香子訳 小峰書店 2012年10月

ライオンポー
予言された運命の猫でサンダー族の見習い戦士、アッシュファーの弟子 「ウォーリアーズⅢ4 日食」 エリン・ハンター作;高林由香子訳 小峰書店 2013年3月

らくら

ライトニング・マックィーン（マックィーン）
稲妻のようなスピードをほこる若いレーシングカー、古ぼけたレッカー車・メーターの親友
「カーズ2」アイリーン・トリンブル作;橘高弓枝訳 偕成社（ディズニーアニメ小説版）2011
年8月

ライナス・ウィンター
アイルランド沖にあるリトル・ソルティー島の監獄にいた男、盲目のアメリカ人ピアニスト「エ
アーマン」オーエン・コルファー作;茅野美ど里訳 偕成社 2011年7月

ライラ
妖精王国のシルバーレイク妖精学校の生徒になったみなしご 「妖精ライラ2 わがまま姫の
いやがらせの巻」エリザベス・リンジー著;杉田七重訳 アルファポリス 2011年7月

ライラ
妖精王国の宮殿のキッチンで働くみなしごの妖精、魔法の勉強がしたい女 「妖精ライラ1
妖精学校に入学するっ!の巻」エリザベス・リンジー著;杉田七重訳 アルファポリス 2011年
7月

ラウラ
オランダのミデルム市に住むかわいい女の子、デパートのエレベーターに乗って空へ飛び
出した4人のひとり 「アーベルチェの冒険」アニー・M.G.シュミット作;西村由美訳 岩波書
店（岩波少年文庫）2011年1月

ラウラ
オランダのミデルム市に住むかわいい女の子、音楽の先生クラターフーンさんの養女
「アーベルチェとふたりのラウラ」アニー・M.G.シュミット作;西村由美訳 岩波書店（岩波少
年文庫）2011年12月

ラウル
金ぱつの美しい歌い手クリスチーヌのこい人の青年 「オペラ座の怪人」ガストン・ルルー
作;村松定史訳 集英社（集英社みらい文庫）2011年12月

ラクシュミ
スンバジの砦にいる不思議な武器をあやつる少女戦士 「パイレーツ・オブ・カリビアン外伝
シャドウ・ゴールドの秘密3」ロブ・キッド著;川村玲訳 講談社 2011年5月

ラグドー（老ノーム） らぐどー（ろうのーむ）
かつてのノームの国王 「オズの魔法使いシリーズ13 完訳オズの魔法」ライマン・フランク・
ボーム著;田中亜希子訳 復刊ドットコム 2013年7月

ラクラン
エリアナンの王、前王妃マヤによってクロウタドリにされていたため背に翼がある男 「エリア
ナンの魔女5 薔薇と茨の塔（上）」ケイト・フォーサイス作;井辻朱美訳 徳間書店 2011年5
月

ラクラン
エリアナンの王、前王妃マヤによってクロウタドリにされていたため背に翼がある男 「エリア
ナンの魔女6 薔薇と茨の塔（下）」ケイト・フォーサイス作;井辻朱美訳 徳間書店 2011年6
月

ラクラン（バケーシュ）
エリアナンの王妃マヤによって鳥に姿を変えられた王・ジャスパーの末弟、鳥の翼と鉤爪を
持つ男 「エリアナンの魔女3 黒き翼の王（上）」ケイト・フォーサイス作;井辻朱美訳 徳間
書店 2011年2月

ラクラン（バケーシュ）
エリアナンの王妃マヤによって鳥に姿を変えられた王・ジャスパーの末弟、鳥の翼と鉤爪を
持つ男 「エリアナンの魔女4 黒き翼の王（下）」ケイト・フォーサイス作;井辻朱美訳 徳間
書店 2011年4月

229

らげど

ラゲドー（ノーム王）　らげどー（のーむおう）
地中にある金属はみんな自分のものだといっている金属帝王、ノームたちの王　「オズの魔法使いシリーズ8 完訳オズのチクタク」ライマン・フランク・ボーム著;宮坂宏美訳　復刊ドットコム　2012年10月

ラザー伯爵夫妻　らざーはくしゃくふさい
オリビアとアイビーの祖父母、トランシルバニアの屋敷に暮らしている夫婦　「バンパイアガールズno.6 吸血鬼の王子さま!」シーナ・マーサー作;田中亜希子訳　理論社　2013年1

ラヅ
ベイヤーン王国の森の民のいたずら好きの少年、炎をあやつる力を身につけたエナの友だち　「エナ─火をあやつる少女の物語」シャノン・ヘイル著;石黒美央[ほか]訳　バベルプレス　2011年10月

ラヅ
ベイヤーン王国の森の民のおっちょこちょいの少年、ベイヤーンの精鋭部隊に選ばれた若者　「ラヅ─川の秘密」シャノン・ヘイル著;石黒美央[ほか]訳　バベルプレス　2013年4月

ラチェット
十四歳のマイクが「ラチェット」と名前をつけた若いメスの野良のトラネコ　「駅の小さな野良ネコ」ジーン・クレイグヘッド・ジョージ作;斎藤倫子訳;鈴木まもる絵　徳間書店　2013年1月

ラッシュ
スウェーデン中部のエーレブローという町にいた農家の主人、ケチな男　「ニルスが出会った物語 2 風の魔女カイサ」セルマ・ラーゲルレーヴ原作;菱木晃子訳構成;平澤朋子画　福音館書店(世界傑作童話シリーズ)　2012年6月

ラティファ
魔女メガンの友人で火の魔女、王の城の料理長であり家政を司る女　「エリアナンの魔女4 黒き翼の王(下)」ケイト・フォーサイス作;井辻朱美訳　徳間書店　2011年4月

ラーテン・クレプスリー
ナチ党とバンパイア一族の協議に元帥とともに選ばれドイツに来たバンパイア　「クレプスリー伝説─ダレン・シャン前史4 運命の兄弟」Darren Shan作;橋本恵訳;田口智子絵　小学館　2012年4月

ラーテン・クレプスリー
バンパイア一族からはなれ流浪の身となり人間になろうとしたバンパイア　「クレプスリー伝説─ダレン・シャン前史3 呪われた宮殿」Darren Shan作;橋本恵訳;田口智子絵　小学館　2011年12月

ラーテン・クレプスリー
工場長を殺してにげこんだ霊廟でバンパイアのシーバーに出会った少年　「クレプスリー伝説─ダレン・シャン前史1 殺人誕生」Darren Shan作;橋本恵訳;田口智子絵　小学館　2011年4月

ラーテン・クレプスリー
少年時代に師匠のシーバーに出会い手下になりバンパイアとなった男　「クレプスリー伝説─ダレン・シャン前史2 死への航海」Darren Shan作;橋本恵訳;田口智子絵　小学館　2011年6月

ラード氏　らーどし
パリのレストラン「コマンタレ・ブーブー」のオーナー、マドレーヌのいじわるなおじさん　「マドレーヌは小さな名コック」ルパート・キングフィッシャー作;三原泉訳;つつみあれい絵　徳間書店　2012年9月

ラヴィニア
イギリスの寄宿学校セレクト女学院の生徒、セーラをねたむ意地悪な女の子　「小公女セーラ」バーネット作;杉田七重訳;椎名優絵　角川書店(角川つばさ文庫)　2013年7月

230

らもな

ラプンツェル
「おとぎの国」で有名な冒険一家の次男との結婚式で悪者のオームストーンにさらわれた姫
「暗闇城の黄金-少年冒険家トム2」 イアン・ベック作・絵;松岡ハリス佑子訳 静山社
2012年7月

ラプンツェル
「プリンセススクール」一年生、大運動会のキャプテンに選ばれた女の子 「プリンセススクール 3 いちばんのお姫さまは?」 ジェーン・B.メーソン作;セアラ・ハインズ・スティーブンス作;田中薫子訳;小栗麗加絵 徳間書店 2011年7月

ラプンツェル
「プリンセススクール」一年生、大運動会のキャプテンに選ばれた女の子 「プリンセススクール 4 いちばんのお姫さまは?」 ジェーン・B.メーソン作;セアラ・ハインズ・スティーブンス作;田中薫子訳;小栗麗加絵 徳間書店 2011年7月

ラプンツェル
「プリンセススクール」一年生のシンディの同級生、塔の上に住んでいる子 「プリンセススクール 2 お姫さまにぴったりのくつ」 ジェーン・B.メーソン作;セアラ・ハインズ・スティーブンス作;田中薫子訳;小栗麗加絵 徳間書店 2011年6月

ラプンツェル
森の中の「プリンセススクール」に入学した女の子、塔の上に住んでいる子 「プリンセススクール 1 お姫さまにぴったりのくつ」 ジェーン・B.メーソン作;セアラ・ハインズ・スティーブンス作;田中薫子訳;小栗麗加絵 徳間書店 2011年6月

ラプンツェル
深い森の奥の塔の中で外を知らずに暮らしてきたプリンセス、長い髪の美しい十八歳 「塔の上のラプンツェル」 アイリーン・トリンブル作;しぶやまさこ訳 偕成社(ディズニーアニメ小説版) 2011年2月

ラヘル
オランダ・ユトレヒトに住んでいたユダヤ人の少女、リーネケの姉 「父さんの手紙はぜんぶおぼえた」 タミ・シェム=トヴ著;母袋夏生訳 岩波書店 2011年10月

ラベンダー王　らべんだーおう
クマ本部という町でクマたちを治めている魔法使い、あらゆる質問に正しくこたえられるピンクのコグマを持つラベンダー色のクマ 「オズの魔法使いシリーズ11 完訳オズの消えた姫」 ライマン・フランク・ボーム著;宮坂宏美訳 復刊ドットコム 2013年3月

ラボック
ハイ・ノーランド王国にいる昆虫の顔をした危険な魔物 「ハウルの動く城 3 チャーメインと魔法の家」 ダイアナ・ウィン・ジョーンズ作;市田泉訳 徳間書店 2013年5月

ラム・ダス
セーラがくらすロンドンの寄宿学校のとなりの家の使用人で屋根裏部屋に住むインド人 「小公女」 フランシス・ホジソン・バーネット作;高楼方子訳;エセル・フランクリン・ベッツ;画 福音館書店(福音館古典童話シリーズ) 2011年9月

ラモーナ・クインビー
グレンウッド小学校に入学したアメリカ人の女の子、六年生のビーザスのいもうと 「ゆうかんな女の子ラモーナーゆかいなヘンリーくんシリーズ」 ベバリイ・クリアリー作;アラン・ティーグリーン絵;松岡享子訳 学研教育出版 2013年10月

ラモーナ・クインビー
新聞配達員のヘンリーのじゃまばかりする幼稚園に通う女の子 「ヘンリーくんと秘密クラブ ーゆかいなヘンリーくんシリーズ」 ベバリイ・クリアリー作;ルイス・ターリング画;松岡享子訳 学研教育出版 2013年12月

231

らもな

ラモーナ・クインビー
幼稚園に通うことになったアメリカ人のちょっぴり元気がよすぎる女の子 「ラモーナは豆台風－ゆかいなヘンリーくんシリーズ」ベバリイ・クリアリー作;ルイス・ダーリング画;松岡享子訳 学研教育出版 2012年7月

ラモン
皇帝ペンギン王国に住むアデリーペンギンで皇帝ペンギン・マンブルの親友 「ハッピーフィート2」河井直子訳 メディアファクトリー 2011年11月

ララ
スノーティアとルビーとのなかよし三人組のひとり 「プリンセス★マジックティア 1 かがみの魔法で白雪姫!」ジェニー・オールドフィールド作 ポプラ社 2013年2月

ララ
スノーティアとルビーとのなかよし三人組のひとり 「プリンセス★マジックティア 2 白雪姫と七人の森の王子さま!」ジェニー・オールドフィールド作 ポプラ社 2013年6月

ララ
スノーティアとルビーとのなかよし三人組のひとり 「プリンセス★マジックティア 3 わたし、夢みる白雪姫!」ジェニー・オールドフィールド作 ポプラ社 2013年10月

ララ
スノーティアとルビーとのなかよし三人組のひとり、「プリンセス★マジック 1 ある日とつぜん、シンデレラ!」ジェニー・オールドフィールド作;田中亜希子訳 ポプラ社 2011年10月

ララ
スノーティアとルビーとのなかよし三人組のひとり、古いボンネットの魔法にかけられてシンデレラのお話のなかにはいってしまった女の子 「プリンセス★マジック 2 王子さまには恋しないっ!」ジェニー・オールドフィールド作;田中亜希子訳 ポプラ社 2012年2月

ララ
スノーティアとルビーとのなかよし三人組のひとり、古いボンネットの魔法にかけられてシンデレラのお話のなかにはいってしまった女の子 「プリンセス★マジック 4 おねがい!魔法をとかないで!」ジェニー・オールドフィールド作;田中亜希子訳 ポプラ社 2012年10月

ララ
スノーティアとルビーとのなかよし三人組のひとり、古いマントの魔法にかけられてシンデレラのお話のなかにはいってしまった女の子 「プリンセス★マジック 3 わたし、キケンなシンデレラ?」ジェニー・オールドフィールド作;田中亜希子訳 ポプラ社 2012年6月

ララ（GM451） らら（じーえむよんごーいち）
イギリス秘密情報部のスパイ犬、麻薬密輸団を追うとちゅうで仲間とはぐれた犬 「スパイ・ドッグ 天才スパイ犬、ララ誕生!」アンドリュー・コープ作;前沢明枝訳;柴野理奈子訳 講談社（青い鳥文庫） 2012年10月

ララ（GM451） らら（じーえむよんごーいち）
元イギリス秘密情報部の天才スパイ犬、いまはクック家の飼い犬 「天才犬ララ、危機一髪!? 秘密指令!誘拐団をやっつけろ!!」アンドリュー・コープ作;柴野理奈子訳 講談社（青い鳥文庫） 2013年2月

ラルフ
ゲームセンターの旧式ゲーム機の悪役キャラクター、怪力でものをこわすのが仕事の大男 「シュガー・ラッシュ」アイリーン・トリンブル作;倉田真木訳 偕成社（ディズニーアニメ小説版） 2013年3月

ラルファゴン・ウィントロフリン
物理学の「書」を持つ物理学団の番人、ふだんはラルフ・ウィンターと名乗るミルンズ大学の教授 「空想科学少年サイモン・ブルーム 重力の番人 上下」マイケル・ライスマン作;三田村信行編訳;加藤アカツキ絵 文溪堂 2013年7月

ラングィディア姫　らんぐいでいあひめ
エヴ国の前王のめい、美しい頭を三十個持つ姫 「オズの魔法使いシリーズ3 完訳オズの
オズマ姫」 ライマン・フランク・ボーム著;ないとうふみこ訳　復刊ドットコム　2011年12月

ラングフォード先生　らんぐふぉーどせんせい
十一歳のジョニーの母・ウィニーが働いているお屋敷の主人、引退した医師 「天才ジョ
ニーの秘密」 エレナー・アップデール作;こだまともこ訳　評論社(海外ミステリーBOX)
2012年11月

ランバート・スプロット
秘密の「島」に住む姉妹に誘拐された金持ちの鼻持ちならない少年 「クラーケンの島」 エ
ヴァ・イボットソン著;三辺律子訳　偕成社　2011年10月

【り】

離　りー
八仙人のひとり、八仙人のうち五人を殺した月姫を追う巨漢の仙人 「天空の少年ニコロ2
呪われた月姫」 カイ・マイヤー著;遠山明子訳;佐竹美保画　あすなろ書房　2011年7月

リアン・ダオ
アジアの海を統べる海賊長、サオ・フェンの兄 「パイレーツ・オブ・カリビアン外伝 シャドウ・
ゴールドの秘密2」 ロブ・キッド著;川村玲訳　講談社　2011年4月

リイサス・ネガティブ
「ホラー横丁」に住む吸血鬼一家にうまれた人間の男の子、ルークの友だち 「ホラー横丁
13番地 5 骸骨の頭」 トミー・ドンババンド作;伏見操訳;ヒョーゴノスケ絵　偕成社　2012年3
月

リイサス・ネガティブ
「ホラー横丁」に住む吸血鬼一家にうまれた人間の男の子、ルークの友だち 「ホラー横丁
13番地 6 狼男の爪」 トミー・ドンババンド作;伏見操訳;ヒョーゴノスケ絵　偕成社　2012年3
月

リイサス・ネガティブ
「ホラー横丁」に住む吸血鬼一家の息子、じつはふつうの人間の男の子 「ホラー横丁13番
地 2 魔女の血」 トミー・ドンババンド作;伏見操訳;ヒョーゴノスケ絵　偕成社　2012年3月

リイサス・ネガティブ
「ホラー横丁」に住む吸血鬼一家の息子、ワトソン一家のとなりの住人 「ホラー横丁13番地
1 吸血鬼の牙」 トミー・ドンババンド作;伏見操訳;ヒョーゴノスケ絵　偕成社　2012年2月

リイサス・ネガティブ
「ホラー横丁」に住む吸血鬼一家の息子でふつうの人間の男の子 「ホラー横丁13番地 3 ミ
イラの心臓」 トミー・ドンババンド作;伏見操訳;ヒョーゴノスケ絵　偕成社　2012年3月

リイサス・ネガティブ
「ホラー横丁」に住む吸血鬼一家の息子でふつうの人間の男の子、ルークの友だち 「ホ
ラー横丁13番地 4 ゾンビの肉」 トミー・ドンババンド作;伏見操訳;ヒョーゴノスケ絵　偕成社
2012年3月

リオ・バルデス
ギリシャの神・ヘパイストスの息子、手先が器用でアルゴⅡ号を制作した少年 「オリンポス
の神々と7人の英雄 3 アテナの印」 リック・リオーダン作;金原瑞人訳;小林みき訳　ほるぷ
出版　2013年11月

りおば

リオ・バルデス
神と人間との間に生まれた「ハーフ」があつまるハーフ訓練所に新たに入った陽気な少年
「オリンポスの神々と7人の英雄 1 消えた英」 リック・リオーダン作;金原瑞人訳;小林みき訳
ほるぷ出版 2011年10月

リーコ
特別支援学級に通う子ども、オスカーの親友 「リーコとオスカーと幸せなどろぼう石」 アン
ドレアス・シュタインヘーフェル作;森川弘子訳 岩波書店 2012年7月

リサ・グローバー
動物好きな男の子・ジェイムズのクラスメート、めずらしいモルモットを飼いはじめた女の子
「モルモットおうえんだん(こちら動物のお医者さん)」 ルーシー・ダニエルズ作;千葉茂樹
訳;サカイノビー絵 ほるぷ出版 2013年3月

リサ・ジェームズ
十二歳の少年デニスが強烈にあこがれる学校一の美女、十四歳の生徒 「ドレスを着た男
子」 デイヴィッド・ウォリアムズ作;クェンティン・ブレイク画;鹿田昌美訳 福音館書店(世界
傑作童話シリーズ) 2012年5月

リザード
トカゲ男、正体はオズコープ社の科学者・コナーズ博士 「アメイジングスパイダーマン」 ア
リソン・ローウェンスタイン ノベル;小山克昌訳;飛田万梨子訳;吉富節子訳 講談社 2013年
4月

リサ・モーガン
夏休みをいなかのおばさんの家ですごすことになった十歳の女の子 「ヒミツの子ねこ 1 子
ねこととびっきりのバカンス!?」 スー・ベントレー作;松浦直美訳;naoto絵 ポプラ社(ポプラ
ポケット文庫) 2013年11月

リジー
オーストラリアに住む家族の母親、バザーに中古服のお店を出す女性 「とくべつなお気に
入り」 エミリー・ロッダ作;神戸万知訳;下平けーすけ絵 岩崎書店 2011年4月

リジー
鳥人間コンテストに出るパパを心配するしっかり者の女の子 「パパはバードマン」 デイ
ヴィッド・アーモンド作;ポリー・ダンバー絵;金原瑞人訳 フレーベル館 2011年10月

リジー(エリーザベト)
十六歳のころドイツ東部の町ドレスデンの空襲から子ゾウのマレーネとともに逃げたと話す
おばあちゃん、介護施設に入っている老人 「ゾウと旅した戦争の冬」 マイケル・モーパー
ゴ作;杉田七重訳 徳間書店 2013年12月

リズ
ペニーケトル家の女主人、陶器の龍に命を吹き込む力を持っている陶芸家 「龍のすむ家
　第2章－氷の伝説」 クリス・ダレーシー著;三辺律子訳 竹書房(竹書房文庫) 2013年7
月

リズ
ペニーケトル家の女主人、龍の置物ばかりを作る陶芸家 「龍のすむ家 グラッフェンのぼう
けん」 クリス・ダレーシー著;三辺律子訳 竹書房 2011年3月

リズ
ペニーケトル家の女主人、龍の置物ばかりを作る陶芸家 「龍のすむ家 ゲージと時計塔の
幽霊」 クリス・ダレーシー著;三辺律子訳 竹書房 2013年3月

リズ
ペニーケトル家の女主人、龍の置物ばかりを作る陶芸家 「龍のすむ家」 クリス・ダレー
シー著;三辺律子訳 竹書房(竹書房文庫) 2013年3月

りっく

リズ
十一歳の娘・オーブリーを置いて家を出ていってしまった母親 「もういちど家族になる日まで」 スザンヌ・ラフルーア作;永瀬比奈訳 徳間書店 2011年12月

リズ
小説を書く青年デービッドの大家さん、陶器の龍に命を吹き込む力を持った陶芸家 「龍のすむ家 第3章－炎の星 上下」 クリス・ダレーシー著;三辺律子訳 竹書房(竹書房文庫) 2013年12月

リチャード・パーカー
高校生のピーターがおさないころに失踪した父、オズコープ社でクモの研究をしていた科学者 「アメイジングスパイダーマン」 アリソン・ローウェンスタイン ノベル;小山克昌訳;飛田万梨子訳;吉富節子訳 講談社 2013年4月

リック
ノートン・キャッスル校の生徒、環境破壊に心を痛めている少年 「リックとさまよえる幽霊たち」 エヴァ・イボットソン著;三辺律子訳 偕成社 2012年9月

リック・バナー
アルゴ邸に引っこしてきたふたごのジェイソンとジュリアの友人、冷静沈着で体力もある12歳 「ユリシーズ・ムーアと仮面の島」 Pierdomenico Baccalario著;金原瑞人訳;佐野真奈美訳;井上里訳 学研パブリッシング 2011年2月

リック・バナー
アルゴ邸に引っこしてきたふたごのジェイソンとジュリアの友人、冷静沈着で体力もある12歳 「ユリシーズ・ムーアと石の守護者」 Pierdomenico Baccalario著;金原瑞人訳;佐野真奈美訳;井上里訳 学研パブリッシング 2011年4月

リック・バナー
アルゴ邸に引っこしてきたふたごのジェイソンとジュリアの友人、冷静沈着で体力もある12歳 「ユリシーズ・ムーアと第一のかぎ」 Pierdomenico Baccalario著;金原瑞人訳;佐野真奈美訳;井上里訳 学研パブリッシング 2011年6月

リック・バナー
イギリスのキルモア・コーヴ生まれの13歳、ふたごの姉弟ジュリアとジェイソンの友人 「ユリシーズ・ムーアとなぞの迷宮」 Pierdomenico Baccalario著;金原瑞人訳;佐野真奈美訳;井上里訳 学研教育出版 2012年12月

リック・バナー
イギリスのキルモア・コーヴ生まれの13歳、ふたごの姉弟ジュリアとジェイソンの友人 「ユリシーズ・ムーアと隠された町」 Pierdomenico Baccalario著;金原瑞人訳;佐野真奈美訳;井上里訳 学研パブリッシング 2012年6月

リック・バナー
イギリスのキルモア・コーヴ生まれの13歳、ふたごの姉弟ジュリアとジェイソンの友人 「ユリシーズ・ムーアと灰の庭」 Pierdomenico Baccalario著;金原瑞人訳;佐野真奈美訳;井上里訳 学研教育出版 2013年7月

リック・バナー
イギリスのキルモア・コーヴ生まれの13歳、ふたごの姉弟ジュリアとジェイソンの友人 「ユリシーズ・ムーアと空想の旅人」 Pierdomenico Baccalario著;金原瑞人訳;佐野真奈美訳;井上里訳 学研教育出版 2013年10月

リック・バナー
イギリスのキルモア・コーヴ生まれの13歳、ふたごの姉弟ジュリアとジェイソンの友人 「ユリシーズ・ムーアと氷の国」 Pierdomenico Baccalario著;金原瑞人訳;佐野真奈美訳;井上里訳 学研教育出版 2013年4月

りっく

リック・バナー
イギリスのキルモア・コーヴ生まれの13歳、ふたごの姉弟ジュリアとジェイソンの友人 「ユリシーズ・ムーアと雷の使い手」 Pierdomenico Baccalario著;金原瑞人訳;佐野真奈美訳;井上里訳 学研パブリッシング 2012年10月

リッチマン（テックス・リッチマン）
腹黒い石油王 「ザ・マペッツ」 キャサリン・ターナー作;しぶやまさこ訳 偕成社（ディズニーアニメ小説版） 2012年6月

リディア・ロビン
目が見えない女の子・ハンナの家に下宿することになった先生 「ハンナの学校」 グロリア・ウィーラン作;中家多惠子訳;スギヤマカナヨ画 文研出版（文研ブックランド） 2012年10月

リディ将軍（ドナル・リディ）　りでいしょうぐん（どなるりでい）
もと演奏家のJ.J.リディの長男、最高司令官である弟のエイダンの右腕となって軍隊の指揮をとっている兄 「世界の終わりと妖精の馬 上・下－時間のない国で3」 ケイト・トンプソン著;渡辺庸子訳 東京創元社（sogen bookland） 2011年5月

リトル・ジーニー
修行中のランプの精霊、ごしゅじんさまの四年生のアリになんでもピンクにしてしまうまほうをかけたドジでおちゃめな女の子 「ランプの精リトル・ジーニー 3 ピンクのまほう」 ミランダ・ジョーンズ作;宮坂宏美訳 ポプラ社（ポプラポケット文庫） 2013年4月

リトル・ジーニー
修行中のランプの精霊、ごしゅじんさまの四年生のアリに変身し代わりに学校に行くことになったドジでおちゃめな女の子 「ランプの精リトル・ジーニー 2 小さくなるまほうってすてき?」 ミランダ・ジョーンズ作;宮坂宏美訳 ポプラ社（ポプラポケット文庫） 2013年4月

リトル・ジーニー
修行中のランプの精霊、ごしゅじんさまの四年生のアリの遠足についていったドジでおちゃめな女の子 「ランプの精リトル・ジーニー 4 ゆうれいにさらわれた!」 ミランダ・ジョーンズ作;宮坂宏美訳 ポプラ社（ポプラポケット文庫） 2013年6月

リトル・ジーニー
修行中のランプの精霊、四十年ぶりに古いラバ・ランプから出てきたちょっとドジでおちゃめな女の子 「ランプの精リトル・ジーニー 1 おねがいごとを、いってみて!」 ミランダ・ジョーンズ作;宮坂宏美訳 ポプラ社（ポプラポケット文庫） 2013年4月

リトル・ジーニー
小学四年生のアリにつかえているランプの精 「ランプの精リトル・ジーニー 17 タイム・トラベル!」 ミランダ・ジョーンズ作;宮坂宏美訳;サトウユカ画 ポプラ社 2011年3月

リトル・ジーニー
小学四年生のアリにつかえているランプの精 「ランプの精リトル・ジーニー 18 ひみつの海のお友だち」 ミランダ・ジョーンズ作;宮坂宏美訳;サトウユカ画 ポプラ社 2011年7月

リトル・ジーニー
小学四年生のアリにつかえているランプの精 「ランプの精リトル・ジーニー 19 空とぶおひっこし大作戦!」 ミランダ・ジョーンズ作;宮坂宏美訳;サトウユカ画 ポプラ社 2011年11月

リトル・ジーニー
小学四年生のアリにつかえているランプの精 「ランプの精リトル・ジーニー 20 ジーニーランドの卒業式」 ミランダ・ジョーンズ作;宮坂宏美訳;サトウユカ画 ポプラ社 2012年3月

リトル・ジーニー（ジーニー）
小学生アリをごしゅじんさまにもつランプの精、まほうのしゅぎょうちゅうの女の子 「リトル・ジーニーときめきプラス アリの初恋パレード」 ミランダ・ジョーンズ作;宮坂宏美訳;サトウユカ絵 ポプラ社 2012年9月

りふぷ

リトル・ジーニー（ジーニー）
小学生アリをごしゅじんさまにもつランプの精、まほうのしゅぎょうちゅうの女の子 「リトル・ジーニーときめきプラス ティファニーの恋に注意報!」 ミランダ・ジョーンズ作;宮坂宏美訳;サトウユカ絵 ポプラ社 2013年3月

リトル・ジーニー（ジーニー）
小学生アリをごしゅじんさまにもつランプの精、まほうのしゅぎょうちゅうの女の子 「リトル・ジーニーときめきプラス ドキドキ!恋する仮装パーティー」 ミランダ・ジョーンズ作;宮坂宏美訳;サトウユカ絵 ポプラ社 2013年8月

リトルホーン
魔法の生き物たちがくらす「ひみつの王国」のユニコーン一族の長・シルバーテイルの娘 「シークレット♥キングダム 2 ユニコーンの谷」 ロージー・バンクス作;井上里訳 理論社 2012年11月

リーナ
バングラディシュ首都ダッカの縫製工場で低賃金で過酷労働している十二歳の少女 「このTシャツは児童労働で作られました。」 シモン・ストランゲル著;枇谷玲子訳 汐文社 2013年2月

リナ
1940年ソ連に占領されたリトアニアでママと一緒に拘束されてシベリアの強制労働収容所へ送られた15歳の少女 「灰色の地平線のかなたに」 ルータ・セペティス作;野沢佳織訳 岩波書店 2012年1月

リネア
九歳の女の子・ヴィンニがのった飛行機のパイロット、若い女の人 「ヴィンニイタリアへ行く[ヴィンニ!](3)」 ペッテル・リードベック作;菱木晃子訳;杉田比呂美絵 岩波書店 2011年6月

リーネケ
オランダ・ユトレヒトに住んでいたユダヤ人の少女、デン・ハム村 「父さんの手紙はぜんぶおぼえた」 タミ・シェム=トヴ著;母袋夏生訳 岩波書店 2011年10月

リビー・マスターズ
動物のお医者さんになりたい女の子・マンディの小学校の一年生、農場の娘 「カエルのおひっこし(こちら動物のお医者さん)」 ルーシー・ダニエルズ作;千葉茂樹訳;サカイノビー絵 ほるぷ出版 2013年12月

リビー・マスターズ
動物のお医者さんになりたい女の子・マンディの小学校の新入生、農場の娘 「ヒヨコだいさくせん(こちら動物のお医者さん)」 ルーシー・ダニエルズ作;千葉茂樹訳;サカイノビー絵 ほるぷ出版 2012年8月

リーフ
少年・アーサーの友だち、現実世界と異世界『ハウス』を行き来する人間の少女 「王国の鍵 5 記憶を盗む金曜日」 ガース・ニクス著;原田勝訳 主婦の友社 2011年1月

リーフ
少年・アーサーの友だち、現実世界と異世界『ハウス』を行き来する人間の少女 「王国の鍵 7 復活の日曜日」 ガース・ニクス著;原田勝訳 主婦の友社 2011年12月

リーフプール
サンダー族の族長の娘で看護猫 「ウォーリアーズⅢ 1 見えるもの」 エリン・ハンター作;高林由香子訳 小峰書店 2011年10月

リーフプール
サンダー族の族長の娘で看護猫、弟子は目の見えないジェイポー 「ウォーリアーズⅢ 2 闇の川」 エリン・ハンター作;高林由香子訳 小峰書店 2012年3月

237

りふぷ

リーフプール
サンダー族の族長の娘で看護猫、弟子は目の見えないジェイポー 「ウォーリアーズⅢ3 追放」 エリン・ハンター作;高林由香子訳 小峰書店 2012年10月

リーフプール
サンダー族の族長の娘で看護猫、弟子は目の見えないジェイポー 「ウォーリアーズⅢ4 日食」 エリン・ハンター作;高林由香子訳 小峰書店 2013年3月

リーフプール
サンダー族の族長の娘で看護猫、弟子は目の見えないジェイポー 「ウォーリアーズⅢ5 長い影」 エリン・ハンター作;高林由香子訳 小峰書店 2013年11月

リプリー・ピアス
有名なミステリー作家の弟・ウォーカーの友だち、ロブスター漁をしている男の人 「ぼくらのミステリータウン2 お城の地下のゆうれい」 ロン・ロイ作;八木恭子訳;ハラカズヒロ絵 フレーベル館 2011年6月

龍　りゅう
龍の森でこぶたのサムの前にあらわれた龍 「おめでたこぶた その2 サム、風をつかまえる」 アリソン・アトリー作;すがはらひろくに訳;やまわきゆりこ画 福音館書店(世界傑作童話シリーズ) 2012年10月

漁師　りょうし
バルト海のリディンゲー島に住む漁師、岸にいた美しい乙女のとりこになった若者 「ニルスが出会った物語4 ストックホルム」 セルマ・ラーゲルレーヴ原作;菱木晃子訳構成;平澤朋子画 福音館書店(世界傑作童話シリーズ) 2012年10月

リランテ
木の妖精「木成り」と人間のあいだに生まれた「木化け」の少女、イサボーの友人 「エリアナンの魔女5 薔薇と茨の塔(上)」 ケイト・フォーサイス作;井辻朱美訳 徳間書店 2011年5月

リリ
小学四年生、「動物セラピスト」として世界中に知られるようになった少女 「動物と話せる少女リリアーネ9 ペンギン、飛べ大空へ! 上下」 タニヤ・シュテーブナー著;中村智子訳;駒形イラスト 学研教育出版 2013年10月

リリ
小学四年生、となりに住む親友イザヤの家族とアルプスにスキー旅行に来た少女 「動物と話せる少女リリアーネ8 迷子の子鹿と雪山の奇跡!」 タニヤ・シュテーブナー著;中村智子訳;駒形イラスト 学研教育出版 2013年2月

リリ
小学四年生、動物と話せる不思議な能力を持つことで有名になった少女 「動物と話せる少女リリアーネ7 さすらいのオオカミ森に帰る!」 タニヤ・シュテーブナー著;中村智子訳;駒形イラスト 学研教育出版 2012年4月

リリ
動物と話せる能力を持つ小学四年生、育児放棄された赤ちゃんパンダの話を聞いた少女 「動物と話せる少女リリアーネ6 赤ちゃんパンダのママを探して!」 タニヤ・シュテーブナー著;中村智子訳;駒形イラスト 学研教育出版 2011年12月

リリ
動物と話せる能力を持つ小学四年生、公園でなぞのチンパンジーに出会った少女 「動物と話せる少女リリアーネ4 笑うチンパンジーのひみつ!」 タニヤ・シュテーブナー著;中村智子訳;駒形イラスト 学研教育出版 2011年3月

リリ
動物と話せる能力を持つ小学四年生、転校生ヴォルケのうちの牧場をおとずれた少女 「動物と話せる少女リリアーネ5 走れストーム風のように!」 タニヤ・シュテーブナー著;中村智子訳;駒形イラスト 学研教育出版 2011年7月

りんか

リリ
動物と話せる能力を持つ小学四年生、馬のマリーンの救出に動物たちと向かった少女
「動物と話せる少女リリアーネ スペシャル1 友だちがいっしょなら!」タニヤ・シュテーブナー
著;中村智子訳;駒形イラスト 学研教育出版 2012年9月

リリー
昏睡状態から目覚めた少女・ジェンナの祖母、娘家族とカリフォルニアに住む元内科医
「ジェンナ 奇跡を生きる少女」メアリ・E.ピアソン著;三辺律子訳 小学館(SUPER!YA)
2012年2月

リリー
魔女のテストに合格し「秘密の魔女」になった小学生の女の子 「秘密の魔女魔法のタイム
トラベル」クニスター作;たかしなえみり訳;睦月ムンク画 金の星社 2011年9月

リリアーネ・スーゼウィンド(リリ)
小学四年生、「動物セラピスト」として世界中に知られるようになった少女 「動物と話せる少
女リリアーネ 9 ペンギン、飛べ大空へ! 上下」タニヤ・シュテーブナー著;中村智子訳;駒形
イラスト 学研教育出版 2013年10月

リリアーネ・スーゼウィンド(リリ)
小学四年生、となりに住む親友イザヤの家族とアルプスにスキー旅行に来た少女 「動物と
話せる少女リリアーネ 8 迷子の子鹿と雪山の奇跡!」タニヤ・シュテーブナー著;中村智子
訳;駒形イラスト 学研教育出版 2013年2月

リリアーネ・スーゼウィンド(リリ)
小学四年生、動物と話せる不思議な能力を持つことで有名になった少女 「動物と話せる
少女リリアーネ 7 さすらいのオオカミ森に帰る!」タニヤ・シュテーブナー著;中村智子訳;駒
形イラスト 学研教育出版 2012年4月

リリアーネ・スーゼウィンド(リリ)
動物と話せる能力を持つ小学四年生、育児放棄された赤ちゃんパンダの話を聞いた少女
「動物と話せる少女リリアーネ 6 赤ちゃんパンダのママを探して!」タニヤ・シュテーブナー
著;中村智子訳;駒形イラスト 学研教育出版 2011年12月

リリアーネ・スーゼウィンド(リリ)
動物と話せる能力を持つ小学四年生、公園でなぞのチンパンジーに出会った少女 「動物
と話せる少女リリアーネ 4 笑うチンパンジーのひみつ!」タニヤ・シュテーブナー著;中村智
子訳;駒形イラスト 学研教育出版 2011年3月

リリアーネ・スーゼウィンド(リリ)
動物と話せる能力を持つ小学四年生、転校生ヴォルケのうちの牧場をおとずれた少女
「動物と話せる少女リリアーネ 5 走れストーム風のように!」タニヤ・シュテーブナー著;中村
智子訳;駒形イラスト 学研教育出版 2011年7月

リリアーネ・スーゼウィンド(リリ)
動物と話せる能力を持つ小学四年生、馬のマリーンの救出に動物たちと向かった少女
「動物と話せる少女リリアーネ スペシャル1 友だちがいっしょなら!」タニヤ・シュテーブナー
著;中村智子訳;駒形イラスト 学研教育出版 2012年9月

リンカン大統領　りんかんだいとうりょう
一八六一年に就任したアメリカ合衆国の大統領 「大統領の秘密」メアリー・ポープ・オズ
ボーン著;食野雅子訳 メディアファクトリー(マジック・ツリーハウス33) 2012年11月

**リンカーン・マクリーン夫人(チャティおばさん)　りんかーんまくりーんふじん(ちゃてぃおば
さん)**
サマーサイド高校の校長に就任したアンが下宿する柳風荘(ウィンディ・ウィローズ)の家主
の未亡人姉妹 「アンの幸福(赤毛のアン 4)」L.M.モンゴメリ作;村岡花子訳;HACCAN絵
講談社(青い鳥文庫) 2013年4月

239

りんき

リンキティンク王　りんきてぃんくおう
太っちょで陽気なリンキティンク王国の王 「オズの魔法使いシリーズ10 完訳オズのリンキティンク」 ライマン・フランク・ボーム著;田中亜希子訳　復刊ドットコム 2013年1月

【る】

ルイーザ
シカゴ美術館の1930年代のパリのミニチュアルームに入ったルーシーとジャックが出会ったユダヤ人の少女 「消えた鍵の謎 12分の1の冒険 2」 マリアン・マローン作;橋本恵訳 ほるぷ出版 2012年11月

ルイス
世界一の力もちになった八歳の女の子・ジョシーの十二歳の兄 「世界一力もちの女の子のはなし(マジカルチャイルド1)」 サリー・ガードナー作;三辺律子訳　小峰書店 2012年5月

ルオー
チッカディ通りに住む男の子アレックスの飼いネコ、名探偵 「名探偵ネコ ルオー〜ハロウィンを探せ〜」 マーシャ・フリーマン著;栗山理栄[ほか]訳　バベルプレス 2011年10月

ルーカスル
イギリスのハンプシャー州にあるぶなやしきにすむふとったおとこ 「シャーロック・ホームズ 04 なぞのブナやしき」 コナン・ドイル作;中尾明訳;岡本正樹絵 岩崎書店 2011年3月

ルーカッスル
ウィンチェスター郊外にあるぶな屋敷の持ち主 「名探偵ホームズ ぶな屋敷のなぞ」 コナン・ドイル作;日暮まさみち訳;青山浩行絵　講談社(青い鳥文庫) 2011年5月

ルーク
コネチカット州のスノウヒル小学校の五年生、学校が好きで勉強ができる男子 「テラプト先生がいるから」 ロブ・ブイエー作;西田佳子訳　静山社 2013年7月

ルーク・ケイヒル
ケイヒル家の長男、一家離散のあとイングランドでヘンリー八世の側近として成功した男 「サーティーナイン・クルーズ 11 新たなる脅威」 リック・リオーダン著;ピーター・ルランジス著;ゴードン・コーマン著;ジュード・ワトソン著;小浜杳訳;HACCANイラスト メディアファクトリー 2012年6月

ルーク・ラヴォー
仲間と暗号を作って遊ぶ「暗号クラブ」のメンバー、六年生の男の子 「暗号クラブ 1 ガイコツ屋敷と秘密のカギ」 ペニー・ワーナー著;番由美子訳;ヒョーゴノスケ絵 メディアファクトリー 2013年4月

ルーク・ラヴォー
仲間と暗号を作って遊ぶ「暗号クラブ」のメンバー、六年生の男の子 「暗号クラブ 2 ゆうれい灯台ツアー」 ペニー・ワーナー著;番由美子訳;ヒョーゴノスケ絵 メディアファクトリー 2013年8月

ルーク・ラヴォー
仲間と暗号を作って遊ぶ「暗号クラブ」のメンバー、六年生の男の子 「暗号クラブ 3 海賊がのこしたカーメルの宝」 ペニー・ワーナー著;番由美子訳;ヒョーゴノスケ絵 KADOKAWA 2013年12月

ルーク・ワトソン
「ホラー横丁」から両親をつれてかえるため六つの聖遺物をさがすの狼男の少年 「ホラー横丁13番地 2 魔女の血」 トミー・ドンババンド作;伏見操訳;ヒョーゴノスケ絵　偕成社 2012年3月

ルーク・ワトソン
「ホラー横丁」から両親をつれてかえるため六つの聖遺物をさがすの狼男の少年 「ホラー横丁13番地 3 ミイラの心臓」トミー・ドンババンド作;伏見操訳;ヒョーゴノスケ絵 偕成社 2012年3月

ルーク・ワトソン
「ホラー横丁」から両親をつれてかえるため六つの聖遺物をさがすの狼男の少年 「ホラー横丁13番地 4 ゾンビの肉」トミー・ドンババンド作;伏見操訳;ヒョーゴノスケ絵 偕成社 2012年3月

ルーク・ワトソン
「ホラー横丁」から両親をつれてかえるため六つの聖遺物をさがすの狼男の少年 「ホラー横丁13番地 5 骸骨の頭」トミー・ドンババンド作;伏見操訳;ヒョーゴノスケ絵 偕成社 2012年3月

ルーク・ワトソン
「ホラー横丁」から両親をつれてかえるため六つの聖遺物をさがすの狼男の少年 「ホラー横丁13番地 6 狼男の爪」トミー・ドンババンド作;伏見操訳;ヒョーゴノスケ絵 偕成社 2012年3月

ルーク・ワトソン
十歳のたんじょう日に狼男になり「ホラー横丁」に両親とつれてこられた少年 「ホラー横丁13番地 1 吸血鬼の牙」トミー・ドンババンド作;伏見操訳;ヒョーゴノスケ絵 偕成社 2012年2月

ルーシー
田舎のおじいちゃんから聞く緑の精ロブの話が大好きなロンドンに住む少女 「緑の精にまた会う日」リンダ・ニューベリー作;野の水生訳;平澤朋子絵 徳間書店 2012年10月

ルーシー・スチュワート
シカゴ美術館のソーン・ミニチュアルームに入っていける魔法の鍵を手に入れた女の子、オークトン私立小学校に通う六年生 「消えた鍵の謎 12分の1の冒険 2」マリアン・マローン作;橋本恵訳 ほるぷ出版 2012年11月

ルーシー・フェリア
財産家ジョン・フェリアの養女でジェファーソン・ホープの婚約者の美しい娘 「名探偵ホームズ 緋色の研究」コナン・ドイル作;日暮まさみち訳;青山浩行絵 講談社(青い鳥文庫)2011年3月

ルーシー・ペニーケトル
ペニーケトル家の女主人リズのひとり娘 「龍のすむ家 グラッフェンのぼうけん」クリス・ダレーシー著;三辺律子訳 竹書房 2011年3月

ルーシー・ペニーケトル
ペニーケトル家の女主人リズのひとり娘 「龍のすむ家 ゲージと時計塔の幽霊」クリス・ダレーシー著;三辺律子訳 竹書房 2013年3月

ルーシー・ペニーケトル
ペニーケトル家の女主人リズのひとり娘 「龍のすむ家 第2章－氷の伝説」クリス・ダレーシー著;三辺律子訳 竹書房(竹書房文庫)2013年7月

ルーシー・ペニーケトル
ペニーケトル家の女主人リズのひとり娘 「龍のすむ家」クリス・ダレーシー著;三辺律子訳 竹書房(竹書房文庫)2013年3月

ルーシー・ペニーケトル(ルース)
ペニーケトル家の女主人リズのひとり娘、やんちゃな十一歳の少女 「龍のすむ家 第3章－炎の星 上下」クリス・ダレーシー著;三辺律子訳 竹書房(竹書房文庫)2013年12月

るす

ルース
ペニーケトル家の女主人リズのひとり娘、やんちゃな十一歳の少女 「龍のすむ家 第3章
－炎の星 上下」クリス・ダレーシー著;三辺律子訳 竹書房(竹書房文庫) 2013年12月

ルースおばあちゃん
パインリッジに娘夫婦と孫のテッドと暮らすおばあちゃん、アルツハイマー病になった人
「テッドがおばあちゃんを見つけた夜」ペグ・ケレット作;吉上恭太訳 徳間書店 2011年5

ルース・ローズ・ハサウェイ
グリーン・ローンの町のディンクのとなりの家に住む小学3年生、いつも全身同じ色の服を着
子訳;ハラカズヒロ絵 フレーベル館 2011年6月

ルース・ローズ・ハサウェイ
グリーン・ローンの町のディンクのとなりの家に住む小学3年生、いつも全身同じ色の服を着
ている女の子 「ぼくらのミステリータウン 10 ひみつの島の宝物」ロン・ロイ作;八木恭子訳;
ハラカズヒロ絵 フレーベル館 2013年10月

ルース・ローズ・ハサウェイ
グリーン・ローンの町のディンクのとなりの家に住む小学3年生、いつも全身同じ色の服を着
ている女の子 「ぼくらのミステリータウン 2 お城の地下のゆうれい」ロン・ロイ作;八木恭子
訳;ハラカズヒロ絵 フレーベル館 2011年6月

ルース・ローズ・ハサウェイ
グリーン・ローンの町のディンクのとなりの家に住む小学3年生、いつも全身同じ色の服を着
ている女の子 「ぼくらのミステリータウン 3 銀行強盗を追いかけろ!」ロン・ロイ作;八木恭
子訳;ハラカズヒロ絵 フレーベル館 2011年10月

ルース・ローズ・ハサウェイ
グリーン・ローンの町のディンクのとなりの家に住む小学3年生、いつも全身同じ色の服を着
ている女の子 「ぼくらのミステリータウン 4 沈没船と黄金のガチョウ号」ロン・ロイ作;八木
恭子訳;ハラカズヒロ絵 フレーベル館 2011年12月

ルース・ローズ・ハサウェイ
グリーン・ローンの町のディンクのとなりの家に住む小学3年生、いつも全身同じ色の服を着
ている女の子 「ぼくらのミステリータウン 5 盗まれたジャガーの秘宝」ロン・ロイ作;八木恭
子訳;ハラカズヒロ絵 フレーベル館 2012年2月

ルース・ローズ・ハサウェイ
グリーン・ローンの町のディンクのとなりの家に住む小学3年生、いつも全身同じ色の服を着
ている女の子 「ぼくらのミステリータウン 6 恐怖のゾンビタウン」ロン・ロイ作;八木恭子訳;
ハラカズヒロ絵 フレーベル館 2012年7月

ルース・ローズ・ハサウェイ
グリーン・ローンの町のディンクのとなりの家に住む小学3年生、いつも全身同じ色の服を着
ている女の子 「ぼくらのミステリータウン 7 ねらわれたペンギンダイヤ」ロン・ロイ作;八木
恭子訳 フレーベル館 2012年10月

ルース・ローズ・ハサウェイ
グリーン・ローンの町のディンクのとなりの家に住む小学3年生、いつも全身同じ色の服を着
ている女の子 「ぼくらのミステリータウン 8 学校から消えたガイコツ」ロン・ロイ作;八木恭
子訳;ハラカズヒロ絵 フレーベル館 2013年2月

ルース・ローズ・ハサウェイ
グリーン・ローンの町のディンクのとなりの家に住む小学3年生、いつも全身同じ色の服を着
ている女の子 「ぼくらのミステリータウン 9 ミイラどろぼうを探せ!」ロン・ロイ作;八木恭子訳
 フレーベル館 2013年6月

るふす

ルドルフ王子（ヘル・シュトラウス）　るどるふおうじ（へるしゅとらうす）
若い女性アデレードと秘密裏に結婚して英国にいるラツカヴィア王国王子 「ブリキの王女 上下　サリー・ロックハートの冒険 外伝」 フィリップ・プルマン著;山田順子訳　東京創元社 (sogen bookland)　2011年11月

ルナ（ホープ・バルデス）
本当の姿を見ぬく才能をもち杖がなくても魔法がかけられる強い力をもった蛾のフェアリー 「NEWフェアリーズ 秘密の妖精たち5 ルナと秘密の井戸」 J.H.スイート作;津森優子訳;唐橋美奈子絵　文溪堂　2011年1月

ルビー
スノーティアとララとのなかよし三人組のひとり 「プリンセス★マジック 3 わたし、キケンなシンデレラ?」 ジェニー・オールドフィールド作;田中亜希子訳　ポプラ社　2012年6月

ルビー
スノーティアとララとのなかよし三人組のひとり 「プリンセス★マジックティア 1 かがみの魔法で白雪姫!」 ジェニー・オールドフィールド作　ポプラ社　2013年2月

ルビー
スノーティアとララとのなかよし三人組のひとり 「プリンセス★マジックティア 2 白雪姫と七人の森の王子さま!」 ジェニー・オールドフィールド作　ポプラ社　2013年6月

ルビー
スノーティアとララとのなかよし三人組のひとり 「プリンセス★マジックティア 3 わたし、夢みる白雪姫!」 ジェニー・オールドフィールド作　ポプラ社　2013年10月

ルビー
スノーティアとララとのなかよし三人組のひとり、「プリンセス★マジック 1 ある日とつぜん、シンデレラ!」 ジェニー・オールドフィールド作;田中亜希子訳　ポプラ社　2011年10月

ルビー
スノーティアとララとのなかよし三人組のひとり、「プリンセス★マジック 2 王子さまには恋しないっ!」 ジェニー・オールドフィールド作;田中亜希子訳　ポプラ社　2012年2月

ルビー
スノーティアとララとのなかよし三人組のひとり、「プリンセス★マジック 4 おねがい!魔法をとかないで!」 ジェニー・オールドフィールド作;田中亜希子訳　ポプラ社　2012年10月

ルビー・ジン
魔法の血が流れているジン家に生まれた期待はずれの女の子 「世界一ちいさな女の子のはなし（マジカルチャイルド2）」 サリー・ガードナー作;三辺律子訳　小峰書店　2012年9月

ルーファス・ストーン
少年シャーロックがイギリスからアメリカに渡る船上で出会ったバイオリンひきの男 「ヤング・シャーロック・ホームズ vol.2 赤い吸血ヒル」 アンドリュー・レーン著;田村義進訳　静山社　2012年11月

ルーファス・ストーン
少年シャーロックがイギリスからアメリカに渡る船上で出会ったバイオリンひきの男 「ヤング・シャーロック・ホームズ vol.3 雪の罠」 アンドリュー・レーン著;田村義進訳　静山社　2013年11月

ルーフス
古代ローマの学校に通う七人の生徒の一人、級友のカイウスと仲たがいした少年 「カイウスはばかだ」 ヘンリー・ウィンターフェルト作;関楠生訳　岩波書店（岩波少年文庫）　2011年6月

るる

ルル
たんじょう日プレゼントにブロントサウルスがほしいとパパとママにいった女の子 「ルルとブロントサウルス」ジュディス・ヴィオースト文;レイン・スミス絵;宮坂宏美訳 小学館 2011年6月

ルンピ・ルンピ
ジャンピが空想した青いドラゴンでジャンピのともだち 「ルンピ・ルンピ ぼくのともだちドラゴン おそろしい注射からにげろ!の巻」シルヴィア・ロンカーリア文;ロベルト・ルチアーニ絵;佐藤まどか訳 集英社 2012年6月

ルンピ・ルンピ
ジャンピが空想した青いドラゴンでジャンピのともだち 「ルンピ・ルンピ ぼくのともだちドラゴン ぜんぶ青い木イチゴのせいだ!の巻」シルヴィア・ロンカーリア文;ロベルト・ルチアーニ絵;佐藤まどか訳 集英社 2012年3月

ルンピ・ルンピ
ジャンピが空想した青いドラゴンでジャンピのともだち 「ルンピ・ルンピ ぼくのともだちドラゴン たいせつなカーペットさがしの巻」シルヴィア・ロンカーリア文;ロベルト・ルチアーニ絵;佐藤まどか訳 集英社 2012年3月

ルンピ・ルンピ
ジャンピが空想した青いドラゴンでジャンピのともだち 「ルンピ・ルンピ ぼくのともだちドラゴン わがままはトラブルのはじまりの巻」シルヴィア・ロンカーリア文;ロベルト・ルチアーニ絵;佐藤まどか訳 集英社 2012年9月

ルンペルスティルツキン
木の精、おとぎ工房の悪い作家・オームストーンのかつての腹心の部下 「予言された英雄-少年冒険家トム3」イアン・ベック作・絵;松岡ハリス佑子訳 静山社 2013年4月

【れ】

レイ
アメリカの田舎でトウモロコシ畑にかこまれた農家に住んでいる男の子 「丘はうたう」マインダート・ディヤング作;モーリス・センダック絵;脇明子訳 福音館書店(世界傑作童話シリーズ) 2011年6月

レイ
空とぶじゅうたん売りの男の子、ランプの精のリトル・ジーニーのむかしからの友だち 「ランプの精リトル・ジーニー 2 小さくなるまほうってすてき?」ミランダ・ジョーンズ作;宮坂宏美訳 ポプラ社(ポプラポケット文庫) 2013年4月

レイチェル・ライリー
ベンドックス学園六年生のアンナの同級生で親友、ニュース記者志望の女の子 「アンナとプロフェッショナルズ 1 天才カウンセラー、あらわる!」MAC著;なかがわいずみ訳;岸田メルイラスト メディアファクトリー 2012年2月

レイフ
過去にとんだケイトを助けた少年、ニューヨークの古い教会を隠れ家にしている魔法の力を持つ孤児 「ファイアー・クロニクル(最古の魔術書 2)」ジョン・スティーブンス著;こだまともこ訳 あすなろ書房 2013年12月

レイフ・キャチャドリアン
ヒルズ・ビレッジを出て家族でドッティおばあちゃんのいる大都会にひっこしてきた中学生 「ザ・ワースト中学生 ここから出してくれ〜!!」ジェームズ・パターソン作;クリス・テベッツ作;ローラ・パーク絵;たからしげる訳 ポプラ社 2013年2月

れきし

レイフ・キャチャドリアン
校則集にのっているすべての規則を右から左に破っていくことを決めたヒルズ・ビレッジ中学校に通う少年 「ザ・ワースト中学生 1」 ジェームズ・パターソン作;クリス・テベッツ作;ローラ・パーク絵;たからしげる訳 ポプラ社 2012年9月

レイモンド（レイ）
アメリカの田舎でトウモロコシ畑にかこまれた農家に住んでいる男の子 「丘はうたう」 マインダート・ディヤング作;モーリス・センダック絵;脇明子訳 福音館書店（世界傑作童話シリーズ） 2011年6月

レエナ
アルプスの山で雪崩にあって大けがを負った鹿、パクリの母親 「動物と話せる少女リリアーネ 8 迷子の子鹿と雪山の奇跡!」 タニヤ・シュテーブナー著;中村智子訳;駒形イラスト 学研教育出版 2013年2月

レオ
中学生のレイフの中にいるもうひとりの自分、絵の才能がありとても正直で純真な少年 「ザ・ワースト中学生 1」 ジェームズ・パターソン作;クリス・テベッツ作;ローラ・パーク絵;たからしげる訳 ポプラ社 2012年9月

レオ
中学生のレイフの中にいるもうひとりの自分、絵の才能がありレイフの心の親友 「ザ・ワースト中学生 ここから出してくれ～!!」 ジェームズ・パターソン作;クリス・テベッツ作;ローラ・パーク絵;たからしげる訳 ポプラ社 2013年2月

レオナルド（レオ）
中学生のレイフの中にいるもうひとりの自分、絵の才能がありとても正直で純真な少年 「ザ・ワースト中学生 1」 ジェームズ・パターソン作;クリス・テベッツ作;ローラ・パーク絵;たからしげる訳 ポプラ社 2012年9月

レオナルド（レオ）
中学生のレイフの中にいるもうひとりの自分、絵の才能がありレイフの心の親友 「ザ・ワースト中学生 ここから出してくれ～!!」 ジェームズ・パターソン作;クリス・テベッツ作;ローラ・パーク絵;たからしげる訳 ポプラ社 2013年2月

レオナルド・ミナゾー
イギリスのキルモア・コーヴの灯台守、片目を失った男 「ユリシーズ・ムーアと仮面の島」 Pierdomenico Baccalario著;金原瑞人訳;佐野真奈美訳;井上里訳 学研パブリッシング 2011年2月

レオナルド・ミナゾー
イギリスのキルモア・コーヴの灯台守、片目を失った男 「ユリシーズ・ムーアと石の守護者」 Pierdomenico Baccalario著;金原瑞人訳;佐野真奈美訳;井上里訳 学研パブリッシング 2011年4月

レオナルド・ミナゾー
イギリスのキルモア・コーヴの灯台守、片目を失った男 「ユリシーズ・ムーアと第一のかぎ」 Pierdomenico Baccalario著;金原瑞人訳;佐野真奈美訳;井上里訳 学研パブリッシング 2011年6月

レオン・スターンデール（スターンデール）
ライオン狩りの専門家で有名な探検家の博士 「名探偵ホームズ 悪魔の足」 コナン・ドイル作;日暮まさみち訳;青山浩行絵 講談社（青い鳥文庫） 2011年11月

レキシー
かあさんが家を出たあとにとうさんと二人でスポーツ・リゾートのレジャー・ワールドに一週間滞在することになった少年ダニエルが出会ったふしぎな少女 「バイバイ、サマータイム」 エドワード・ホーガン作;安達まみ訳 岩波書店（STAMP BOOKS） 2013年9月

れぎす

レギス
元盗賊のハーフリング、食いしん坊で怠けものだが機転がきく男 「ダークエルフ物語 夜明けへの道」 R.A.サルバトーレ著;安田均監訳;笠井道子訳 アスキー・メディアワークス 2011年3月

レギーナ・スーゼウィンド
娘のリリの不思議な能力が世間に知られるのを恐れている母親、アナウンサー 「動物と話せる少女リリアーネ6 赤ちゃんパンダのママを探して!」 タニヤ・シュテーブナー著;中村智子訳;駒形イラスト 学研教育出版 2011年12月

レクシー
コネチカット州のスノウヒル小学校の五年生、クラスのボス的な存在の女子 「テラプト先生がいるから」 ロブ・ブイエー作;西田佳子訳 静山社 2013年7月

レストレード
ロンドン警視庁のベテラン警部 「名探偵ホームズ 六つのナポレオン像」 コナン・ドイル作;日暮まさみち訳;青山浩行絵 講談社(青い鳥文庫) 2011年10月

レッド・ラッカム
世界をまたにかけるおしゃれな海賊、赤いマントをはおった大男 「小説タンタンの冒険」 アレックス・アーバイン文;スティーヴン・モファット脚本;石田文子訳 角川書店(角川つばさ文庫) 2011年11月

レディ
ベトナム高地の村で暮らす象使いの少年ティンが世話をする象 「象使いティンの戦争」 シンシア・カドハタ著;代田亜香子訳 作品社 2013年5月

レディ・フライデー
万物の創造主の不誠実な七人の管財人のうちの一人、人間の記憶を食べる女 「王国の鍵5 記憶を盗む金曜日」 ガース・ニクス著;原田勝訳 主婦の友社 2011年1月

レディ・マーレイナ
魔法の国「ひみつの王国」の「マーメイドの海」にくらす水の一族の長、うつくしいマーメイド 「シークレット♥キングダム4 マーメイドの海」 ロージー・バンクス作;井上里訳 理論社 2013年1月

レディ・ローラ・ロックウッド
ヴァンパイレーツ船「バガボンド号」の船長、美ぼうのヴァンパイア 「ヴァンパイレーツ10 死者の伝言」 ジャスティン・ソンパー作;海後礼子訳 岩崎書店 2011年9月

レディ・ローラ・ロックウッド
ヴァンパイレーツ船「バガボンド号」の船長、美ぼうのヴァンパイア 「ヴァンパイレーツ9 眠る秘密」 ジャスティン・ソンパー作;海後礼子訳 岩崎書店 2011年5月

レディ・ローラ・ロックウッド
ヴァンパイレーツ船「バガボンド号」船長、ヴァンパイア・シドリオの妻 「ヴァンパイレーツ11 夜の帝国」 ジャスティン・ソンパー作;海後礼子訳 岩崎書店 2013年3月

レディ・ローラ・ロックウッド
ヴァンパイレーツ船「バガボンド号」船長、ヴァンパイア・シドリオの妻 「ヴァンパイレーツ12 微笑む罠」 ジャスティン・ソンパー作;海後礼子訳 岩崎書店 2013年6月

レディ・ローラ・ロックウッド
ヴァンパイレーツ船「バガボンド号」船長、ヴァンパイア・シドリオの妻 「ヴァンパイレーツ13 予言の刻」 ジャスティン・ソンパー作;海後礼子訳 岩崎書店 2013年10月

レーナ
フィヨルドの町クネルト・マチルデに住む九歳の元気な少女、同級生の男の子トリレの幼なじみ 「ぼくたちとワッフルハート」 マリア・パル作;松沢あさか訳 さ・え・ら書房 2011年2月

れんじ

レーナ・シーグリスト
九歳の女の子・ヴィンニがおとずれたヴェネチアに滞在していた女流作家 「ヴィンニイタリアへ行く [ヴィンニ!] (3)」 ペッテル・リードベック作;菱木晃子訳;杉田比呂美絵 岩波書店 2011年6月

レノックス・ハート（ホタル）
光りかがやく麦わらを杖にして強い光をはなつ才能をもつフェアリー 「NEWフェアリーズ 秘密の妖精たち5 ルナと秘密の井戸」 J.H.スイート作;津森優子訳;唐橋美奈子絵 文溪堂 2011年1月

レーハ
エルサレムに住むユダヤ人の商人のナータンの若い娘 「賢者ナータンと子どもたち」 ミリヤム・プレスラー作;森川弘子訳 岩波書店 2011年11月

レープ
貧富の差が大きすぎる町を圧政している裕福な家系の三人の王さまの一人 「ビッケのとっておき大作戦」 ルーネル・ヨンソン作;エーヴェット・カールソン絵;石渡利康訳 評論社(評論社の児童図書館・文学の部屋) 2012年3月

レプラコーン
アイルランドからこぶたのサムの家にきた小人の妖精 「おめでたこぶた その2 サム、風をつかまえる」 アリソン・アトリー作;すがはらひろくに訳;やまわきゆりこ画 福音館書店(世界傑作童話シリーズ) 2012年10月

レベッカ・デュー
サマーサイド高校校長のアンが下宿する柳風荘(ウィンディ・ウィローズ)の家主の未亡人姉妹の世話をしている中年女性 「アンの幸福(赤毛のアン 4)」 L.M.モンゴメリ作;村岡花子訳;HACCAN絵 講談社(青い鳥文庫) 2013年4月

レベッカ姫（いたずら姫）　れべっかひめ（いたずらひめ）
いたずらばかりしているお姫さま 「ねてもさめてもいたずら姫」 シルヴィア・ロンカーリャ作;エレーナ・テンポリン絵;たかはしたかこ訳 西村書店(ときめきお姫さま4) 2012年3月

レベッカ・ヴィンター
ロンドンにいるラツカヴィア王国王子の妻にドイツ語を教えることになった十六歳の少女 「ブリキの王女 上下 サリー・ロックハートの冒険 外伝」 フィリップ・プルマン著;山田順子訳 東京創元社(sogen bookland) 2011年11月

レベッカ・ロルフ
ピッグル・ウィッグルおばさんの農場にあずけられた女の子、ペットたちへのえさやりをいつもわすれる子 「ピッグル・ウィッグルおばさんの農場」 ベティ・マクドナルド作;小宮由訳 岩波書店(岩波少年文庫) 2011年5月

レミニサンス
少女オクサたちの故郷〈エデフィア〉国の反逆者(フェロン)の一人・オーソンの双子の妹 「オクサ・ポロック 3 二つの世界の中心」 アンヌ・プリショタ著;サンドリーヌ・ヴォルフ著;児玉しおり訳 西村書店 2013年12月

レムリー先生　れむりーせんせい
太っちょ高校生エリックの水泳部のコーチであり良き理解者、現代アメリカ思想(CAT)を担当する高校教師 「彼女のためにぼくができること」 クリス・クラッチャー著;西田登訳 あかね書房(YA Step!) 2011年2月

レンジャー
テキサス州の森の中で暮らすガーフェースが鎖でつないだ犬 「千年の森をこえて」 キャシー・アッペルト著;デイビッド・スモール画;片岡しのぶ訳 あすなろ書房 2011年5月

【ろ】

ろあん

ロアン
名探偵ホームズの仕事を手伝う「イレギュラーズ」のメンバー、分別と腕力を持つ少年
「シャーロック・ホームズ&イレギュラーズ 4 最後の対決」 T.マック&M.シトリン著;金原瑞人
共訳;相山夏奏共訳;スカイエマ画　文溪堂　2012年1月

ロアン
名探偵ホームズの仕事を手伝う「イレギュラーズ」のメンバー、力は強いけれどひかえめな
少年 「シャーロック・ホームズ&イレギュラーズ 2 冥界からの使者」 T.マック&M.シトリン著;
金原瑞人共訳;相山夏奏共訳;スカイエマ画　文溪堂　2011年9月

ロアン
名探偵ホームズの仕事を手伝う「イレギュラーズ」のメンバー、力持ちの心優しい少年
「シャーロック・ホームズ&イレギュラーズ 1 消されたサーカスの男」 T.マック&M.シトリン著;
金原瑞人共訳;相山夏奏共訳;スカイエマ画　文溪堂　2011年9月

ロアン
名探偵ホームズの仕事を手伝う「イレギュラーズ」のメンバー、力持ちの心優しい少年
「シャーロック・ホームズ&イレギュラーズ 3 女神ディアーナの暗号」 T.マック&M.シトリン著;
金原瑞人共訳;相山夏奏共訳;スカイエマ画　文溪堂　2011年11月

ロイ
アンが出会ったレドモンド大学の学生、お金持ちでハンサムな青年 「新訳 アンの愛情」
モンゴメリ作;木村由利子訳;羽海野チカイラスト;おのともえイラスト　集英社(集英社みらい
文庫)　2013年3月

ロイ
ノバスコシアでもいちばんお金持ちで貴族的な家柄の男性、赤毛のアンと同じレドモンド大
学の三年生 「アンの愛情(赤毛のアン 3)」 L.M.モンゴメリ作;村岡花子訳;HACCAN絵
講談社(青い鳥文庫)　2011年2月

ロイヤル・ガードナー(ロイ)
アンが出会ったレドモンド大学の学生、お金持ちでハンサムな青年 「新訳 アンの愛情」
モンゴメリ作;木村由利子訳;羽海野チカイラスト;おのともえイラスト　集英社(集英社みらい
文庫)　2013年3月

ロイヤル・ガードナー(ロイ)
ノバスコシアでもいちばんお金持ちで貴族的な家柄の男性、赤毛のアンと同じレドモンド大
学の三年生 「アンの愛情(赤毛のアン 3)」 L.M.モンゴメリ作;村岡花子訳;HACCAN絵
講談社(青い鳥文庫)　2011年2月

ロイロット博士　ろいろっとはかせ
ヘレン・ストーナーの義理の父親、医者で古い家がらのロイロット家のさいごの主人
「シャーロック・ホームズ 11 まだらのひも事件」 コナン・ドイル作;中尾明訳;岡本正樹絵
岩崎書店　2011年3月

ロイロット博士　ろいろっとはかせ
事件の依頼人ヘレンの義理の父でおちぶれた貴族ロイロット家の当主、怪力の大男 「名
探偵ホームズ まだらのひも」 コナン・ドイル作;日暮まさみち訳;青山浩行絵 講談社(青い
鳥文庫)　2011年1月

老人　ろうじん
「りっぱな兵士になるための九か条」をきっちりと実行しているりっぱな兵士であったしわく
ちゃな小男 「りっぱな兵士になりたかった男の話」 グイード・スガルドリ著;杉本あり訳 講
談社　2012年6月

老紳士　ろうしんし
ストックホルムに住む年老いたバイオリン弾き・クレメントに話しかけてきたりっぱな身なりの
老紳士 「ニルスが出会った物語 4 ストックホルム」 セルマ・ラーゲルレーヴ原作;菱木晃子
訳構成;平澤朋子画 福音館書店(世界傑作童話シリーズ)　2012年10月

248

ろじゃ

老ノーム　ろうのーむ
かつてのノームの国王 「オズの魔法使いシリーズ13 完訳オズの魔法」 ライマン・フランク・
ボーム著;田中亜希子訳　復刊ドットコム　2013年7月

ローカン・フューリー
ヴァンパイレーツ船「ノクターン号」の海尉、少女グレースを助け支える若者 「ヴァンパイ
レーツ 10 死者の伝言」 ジャスティン・ソンパー作;海後礼子訳　岩崎書店　2011年9月

ローカン・フューリー
ヴァンパイレーツ船「ノクターン号」の海尉、少女グレースを常に見守る若者 「ヴァンパイ
レーツ 11 夜の帝国」 ジャスティン・ソンパー作;海後礼子訳　岩崎書店　2013年3月

ローカン・フューリー
ヴァンパイレーツ船「ノクターン号」の海尉、少女グレースを常に見守る若者 「ヴァンパイ
レーツ 12 微笑む罠」 ジャスティン・ソンパー作;海後礼子訳　岩崎書店　2013年6月

ローカン・フューリー
海賊の友軍となりヴァンパイレーツと戦う「ノクターン号」の司令官 「ヴァンパイレーツ 13 予
言の刻」 ジャスティン・ソンパー作;海後礼子訳　岩崎書店　2013年10月

ロクワット
ドロシーたちにうばわれた魔法のベルトをとりかえそうとする地下王国を支配する王 「オズ
の魔法使いシリーズ6 完訳オズのエメラルドの都」 ライマン・フランク・ボーム著;ないとうふ
みこ訳　復刊ドットコム　2012年6月

ローザ
一九一二年アメリカ東部ローレンスの町にいたイタリア移民の娘、貧しい暮らしの少女 「パ
ンとバラ―ローザとジェイクの物語」 キャサリン・パターソン作;岡本浜江訳　偕成社　2012
年9月

ロザリア
ベルリンから逃げてフランスの港町カレーにたどりついたロマの少女、イギリスへ向かうボー
トに乗ったひとり 「きみ、ひとりじゃない」 デボラ・エリス作;もりうちすみこ訳　さ・え・ら書房
2011年4月

ロザリー・ノーマン
カナダのハリファックスに住む11歳の女の子、大家族の末っ子 「ロザリーの秘密－夏の
日、ジョニーを捜して」 ハドリー・ダイアー著;粉川栄訳　バベルプレス　2011年5月

ロージー
ママと二人で暮らしている少女、同じマンションに住む少年ムサの友だち 「ロージーとムサ
パパからの手紙」 ミヒャエル・デコック作;ユーディット・バニステンダール絵;久保谷洋訳
朝日学生新聞社　2012年10月

ロージー
引っこし先で少年ムサと出会った心に孤独を抱えている少女 「ロージーとムサ」 ミヒャエ
ル・デコック作;ユーディット・バニステンダール絵;久保谷洋訳　朝日学生新聞社　2012年7

ロジャ・ウォーカー
ウォーカー家四きょうだいの次男、小帆船ツバメ号のシップスボーイ 「ツバメの谷 上下(ラ
ンサム・サーガ2)」 アーサー・ランサム作;神宮輝夫訳　岩波書店(岩波少年文庫)　2011年
3月

ロジャ・ウォーカー
ウォーカー家四きょうだいの次男、帆船ツバメ号のシップスボーイ 「ヤマネコ号の冒険 上
下(ランサム・サーガ3)」 アーサー・ランサム作;神宮輝夫訳　岩波書店(岩波少年文庫)
2012年5月

ろじゃ

ロジャ・ウォーカー
ウォーカー家四きょうだいの次男、帆船ツバメ号のシップスボーイ 「長い冬休み 上下(ランサム・サーガ4)」 アーサー・ランサム作;神宮輝夫訳 岩波書店(岩波少年文庫) 2011年7月

ロジャ・ウォーカー
ハイトップスと呼ばれる高原地帯で金を探す採鉱師になった子ども、ウォーカー家のきょうだいの次男 「ツバメ号の伝書バト 上下(ランサム・サーガ6)」 アーサー・ランサム作;神宮輝夫訳 岩波書店(岩波少年文庫) 2011年10月

ロジャ・ウォーカー
港町ハリッジに来たウォーカー家のきょうだいの次男、帆船ツバメ号のシップスボーイ 「海へ出るつもりじゃなかった 上下(ランサム・サーガ7)」 アーサー・ランサム作;神宮輝夫訳 岩波書店(岩波少年文庫) 2013年5月

ロジャ・ウォーカー
子どもたちだけで秘密の島々の探検をすることになったウォーカー家のきょうだいの次男 「ひみつの海 上下(ランサム・サーガ8)」 アーサー・ランサム作;神宮輝夫訳 岩波書店(岩波少年文庫) 2013年11月

ローズ
「プリンセススクール」一年生、「グリム学院」との大運動会にそなえている女の子 「プリンセススクール 4 いちばんのお姫さまは?」 ジェーン・B.メーソン作;セアラ・ハインズ・スティーブンス作;田中薫子訳;小栗麗加絵 徳間書店 2011年7月

ローズ
「プリンセススクール」一年生、やさしくて美人のお姫さま 「プリンセススクール 3 いちばんのお姫さまは?」 ジェーン・B.メーソン作;セアラ・ハインズ・スティーブンス作;田中薫子訳;小栗麗加絵 徳間書店 2011年7月

ローズ
「プリンセススクール」一年生のシンディの同級生、やさしくて美人のお姫さま 「プリンセススクール 2 お姫さまにぴったりのくつ」 ジェーン・B.メーソン作;セアラ・ハインズ・スティーブンス作;田中薫子訳;小栗麗加絵 徳間書店 2011年6月

ローズ
森の中の「プリンセススクール」に入学した女の子、やさしくて美人のお姫さま 「プリンセススクール 1 お姫さまにぴったりのくつ」 ジェーン・B.メーソン作;セアラ・ハインズ・スティーブンス作;田中薫子訳;小栗麗加絵 徳間書店 2011年6月

ローズ・マギー
家族のために年をごまかし図書館バスのドライバーとして働きはじめた十四歳の女の子 「ローズの小さな図書館」 キンバリー・ウィリス・ホルト作;谷口由美子訳 徳間書店 2013年7月

ロスマレインさん
ハーブ園の女主人、七つのわかれ道秘密作戦の仲間 「七つのわかれ道の秘密 上下」 トンケ・ドラフト作;西村由美訳 岩波書店(岩波少年文庫) 2012年8月

ロゼッタ
ネバーランドの秘密の場所・ピクシー・ホロウに住む植物の妖精 「ティンカー・ベルは"修理やさん"」 キキ・ソープ作;デニース・シマブクロ絵;小宮山みのり訳 講談社(新ディズニーフェアリーズ文庫) 2011年4月

ロゼッタ
魔法の島ネバーランドの妖精の谷・ピクシー・ホロウに住むおしゃれが大好きな植物の妖精 「ロゼッタはおしゃれ番長さん」 ローラ・ドリスコール作;小宮山みのり訳;デニース・シマブクロ絵 講談社(新ディズニーフェアリーズ文庫) 2013年1月

ロータス・ブラッサム
いとこのタシと森のなかのゆうれいやしきに行った女の子 「タシとゆうれいやしき」アナ・ファインバーグ作;バーバラ・ファインバーグ作;加藤伸美訳;キム・ギャンブル絵 朝日学生新聞社(タシのぼうけんシリーズ9) 2013年2月

ロータス・ブラッサム
おばあちゃんが目をはなしたすきにいなくなった女の子、タシのいとこ 「タシと魔法の赤いくつ」アナ・ファインバーグ作;バーバラ・ファインバーグ作;加藤伸美訳;キム・ギャンブル絵 朝日学生新聞社(タシのぼうけんシリーズ8) 2012年11月

ローディ
アメリカ空軍中佐、アイアンマンのトニーの親友 「アイアンマン2」アレキサンダー・イルヴァイン ノベル;上原尚子訳;有馬さとこ訳 講談社 2013年6月

ロナルド・アデア卿　ろなるどあであきょう
カードゲームが好きな青年貴族 「名探偵ホームズ 三年後の生還」コナン・ドイル作;日暮まさみち訳;青山浩行絵 講談社(青い鳥文庫) 2011年8月

ロナン・モス
「メディキュス団」訓練生・オスカーが通う中学校にいる腕力自慢のいじめっ子 「オスカー・ピル 2メディキュスの秘宝を守れ! 上下」エリ・アンダーソン著;坂田雪子訳 角川書店 2013年5月

ロバータ
ロンドンから田舎の一軒家へ引っ越した一家の三人きょうだいの長女 「鉄道きょうだい」E.ネズビット著;チャールズ・E.ブロック画;中村妙子訳 教文館 2011年12月

ロバータ・ミークス
牧師の娘でウィル・ジュニアの姉、友人のミブズのパパを訪ねるバス旅に同行した十六歳の少女 「チ・カ・ラ。」イングリッド・ロウ著;田中亜希子訳 小学館 2011年11月

ロバート・ファーガソン(ファーガソン)
事件の依頼人、お茶の仲買商でワトソンの昔の知人 「名探偵ホームズ サセックスの吸血鬼」コナン・ドイル作;日暮まさみち訳;青山浩行絵 講談社(青い鳥文庫) 2012年1月

ロバート・ワロップ
息子二人と十二歳の娘フランキーの四人でくらしている楽器職人 「パパのメールはラブレター!?」メアリー・アマート作;尾高薫訳 徳間書店 2011年12月

ロビィ(ロベンダー・キット)
体がひょろ長く空色をしているセルリアン人 「ワンダラ 1 地下シェルターからの脱出」トニー・ディテルリッジ作;飯野眞由美訳 文溪堂 2013年2月

ロビィ(ロベンダー・キット)
体がひょろ長く空色をしているセルリアン人 「ワンダラ 2 人類滅亡?」トニー・ディテルリッジ作;飯野眞由美訳 文溪堂 2013年2月

ロビィ(ロベンダー・キット)
体がひょろ長く空色をしているセルリアン人 「ワンダラ 3 惑星オーボナの秘密」トニー・ディテルリッジ作;飯野眞由美訳 文溪堂 2013年4月

ロビィ(ロベンダー・キット)
体がひょろ長く空色をしているセルリアン人、12歳の少女エバの旅のなかまでありたのもしい友人 「ワンダラ 4 謎の人類再生計画」トニー・ディテルリッジ作;飯野眞由美訳 文溪堂 2013年8月

ロビィ(ロベンダー・キット)
体がひょろ長く空色をしているセルリアン人、13歳の少女エバの旅のなかまでありたのもしい友人 「ワンダラ 5 独裁者カドマスの攻撃」トニー・ディテルリッジ作;飯野眞由美訳 文溪堂 2013年11月

ろびん

ロビン先生（リディア・ロビン） ろびんせんせい（りでぃあろびん）
目が見えない女の子・ハンナの家に下宿することになった先生 「ハンナの学校」 グロリア・
ウィーラン作;中家多惠子訳;スギヤマカナヨ画 文研出版（文研ブックランド） 2012年10月

ロブ
イーデンで一番強いジュニアサッカーチーム「シューティング・スターズ」のキャプテン
「サッカー少女サミー 1 魔法のシューズでキックオフ!」 ミッシェル・コックス著;今居美月訳;
十々夜絵 学研教育出版 2013年5月

ロブ
たいていの人は姿を見ることはできない庭仕事を手伝ってくれる緑の妖精 「緑の精にまた
会う日」 リンダ・ニューベリー作;野の水生訳;平澤朋子絵 徳間書店 2012年10月

ロブ
母親のジョーがひらいた学校・プラムフィールド学園で暮らす少年 「若草物語 3 ジョーの
魔法」 オルコット作;谷口由美子訳;藤田香絵 講談社（青い鳥文庫） 2011年3月

ロベルト
バイクに乗ったボウソウゾクの少年、七つのわかれ道秘密作戦の仲間 「七つのわかれ道の
秘密 上下」 トンケ・ドラフト作;西村由美訳 岩波書店（岩波少年文庫） 2012年8月

ロベンダー・キット
体がひょろ長く空色をしているセルリアン人 「ワンダラ 1 地下シェルターからの脱出」 ト
ニー・ディテルリッジ作;飯野眞由美訳 文溪堂 2013年2月

ロベンダー・キット
体がひょろ長く空色をしているセルリアン人 「ワンダラ 2 人類滅亡?」 トニー・ディテルリッ
ジ作;飯野眞由美訳 文溪堂 2013年2月

ロベンダー・キット
体がひょろ長く空色をしているセルリアン人 「ワンダラ 3 惑星オーボナの秘密」 トニー・
ディテルリッジ作;飯野眞由美訳 文溪堂 2013年4月

ロベンダー・キット
体がひょろ長く空色をしているセルリアン人、12歳の少女エバの旅のなかまでありたのもし
い友人 「ワンダラ 4 謎の人類再生計画」 トニー・ディテルリッジ作;飯野眞由美訳 文溪堂
2013年8月

ロベンダー・キット
体がひょろ長く空色をしているセルリアン人、13歳の少女エバの旅のなかまでありたのもし
い友人 「ワンダラ 5 独裁者カドマスの攻撃」 トニー・ディテルリッジ作;飯野眞由美訳 文
溪堂 2013年11月

ローラ・インガルス
ウィスコンシン州の「大きな森」に建てた小さな家に住む一家の次女、メアリーの妹 「大きな
森の小さな家」 ローラ・インガルス・ワイルダー作;中村凪子訳;椎名優絵 角川書店（角川
つばさ文庫） 2012年1月

ローラ・インガルス
カンザス州の大草原へと引っ越すことになった一家の次女、メアリーの妹 「大草原の小さ
な家」 ローラ・インガルス・ワイルダー作;中村凪子訳;椎名優絵 角川書店（角川つばさ文
庫） 2012年7月

ローラ・インガルス・ワイルダー
アメリカ北部にある大きな森の小さな丸太づくりの家で暮らしはじめた一家の女の子 「大き
な森の小さな家（新装版）大草原の小さな家シリーズ」 ローラ・インガルス・ワイルダー作;
こだまともこ・渡辺南都子訳;丹地陽子絵 講談社（青い鳥文庫） 2012年8月

ろんれ

ローラ・ブランド
悪人養成機関「HIVE」の生徒でシェルビーの親友、天才ハッカーの少女 「ハイブ－悪の
エリート養成機関 volume3 ルネッサンス・イニシアチブ」 マーク・ウォールデン作;三辺律子
訳 ほるぷ出版 2011年12月

ローラン
ドラゴンライダー・エラゴンの従兄、カーヴァホール村を率いる青年 「インヘリタンス－果て
なき旅 上下(ドラゴンライダー BOOK4)」 クリストファー・パオリーニ著;大嶌双恵訳 静山
社 2012年11月

ローリィ
メグたち四姉妹の隣に住む資産家・ローレンス氏の孫 「若草物語 四姉妹とすてきな贈り
物」 オルコット作;植松佐知子訳;駒形絵 集英社(集英社みらい文庫) 2012年4月

ローレン・アダムズ
英国情報局の裏組織で十七歳以下の子どもが活躍する極秘スパイ機関「チェラブ」の優秀
な十二歳のエージェント、チェラブの一員・ジェームズの異父妹 「英国情報局秘密組織
CHERUB(チェラブ) Mission7 疑惑」 ロバート・マカモア作;大澤晶訳 ほるぷ出版 2011年
8月

ローレン・アダムズ
英国情報局の裏組織で十七歳以下の子どもが活躍する極秘スパイ機関「チェラブ」の優秀
な十二歳のエージェント、チェラブの一員・ジェームズの異父妹 「英国情報局秘密組織
CHERUB(チェラブ) Mission8 ギャング戦争」 ロバート・マカモア作;大澤晶訳 ほるぷ出版
 2012年12月

ローレン・アダムズ
英国情報局の裏組織で十七歳以下の子どもが活躍する極秘スパイ機関「チェラブ」の優秀
な十二歳のエージェント、チェラブの一員・ジェームズの異父妹 「英国情報局秘密組織
CHERUB(チェラブ) Mission9 クラッシュ」 ロバート・マカモア作;大澤晶訳 ほるぷ出版
2013年12月

ローレンス
「体内潜入の術」でオスカーがつれてかえってきた「肝臓にいた少年」 「オスカー・ピル 2 メ
ディキュスの秘宝を守れ! 上下」 エリ・アンダーソン著;坂田雪子訳 角川書店 2013年5月

ローレンス
生き物の体内に入る能力を持つ少年オスカーが出会った肝臓に住む少年 「オスカー・ピ
ル 体内に潜入せよ! 上下」 エリ・アンダーソン著;坂田雪子訳 角川書店 2012年2月

ロロ
「空飛ぶアイランド」に住み「ひみつの王国」の雲をつくるお仕事をする天気の妖精 「シー
クレット♥キングダム 3 空飛ぶアイランド」 ロージー・バンクス作;井上里訳 理論社 2012年
12月

ロロ
ネバーランドの秘密の場所・ピクシー・ホロウに住む伝言の妖精 「ティンカー・ベルは"修理
やさん"」 キキ・ソープ作;デニース・シマブクロ絵;小宮山みのり訳 講談社(新ディズニー
フェアリーズ文庫) 2011年4月

ローン・レンジャー
若き検事、正体をかくして巨悪とたたかうローン・レンジャー 「ローン・レンジャー」 エリザベ
ス・ルドニック作;橘高弓枝訳 偕成社(ディズニーアニメ小説版) 2013年8月

【わ】

253

わうた

ワウター
オランダの小学校教師、担任のクラスの生徒・ポレケのママに夢中の先生 「いつもいつまでもいっしょに! ポレケのしゃかりき思春期」フース・コイヤー作;野坂悦子訳;YUJI画 福音館書店(世界傑作童話シリーズ) 2012年10月

わし
塔に閉じこめられたわがままな王女・キルディーンを厳しくしつけたわし 「わし姫物語」 マリー王妃作;長井那智子訳;ジョブ絵 集英社(集英社みらい文庫) 2012年10月

ワトスン
名探偵ホームズの親友の医者 「シャーロック・ホームズ 01 マザリンの宝石事件」コナン・ドイル作;中尾明訳;岡本正樹絵 岩崎書店 2011年3月

ワトスン
名探偵ホームズの親友の医者 「シャーロック・ホームズ 02 赤毛軍団のひみつ」コナン・ドイル作;中尾明訳;岡本正樹絵 岩崎書店 2011年3月

ワトスン
名探偵ホームズの親友の医者 「シャーロック・ホームズ 03 くちびるのねじれた男」コナン・ドイル作;中尾明訳;岡本正樹絵 岩崎書店 2011年3月

ワトスン
名探偵ホームズの親友の医者 「シャーロック・ホームズ 04 なぞのブナやしき」コナン・ドイル作;中尾明訳;岡本正樹絵 岩崎書店 2011年3月

ワトスン
名探偵ホームズの親友の医者 「シャーロック・ホームズ 05 三人のガリデブ事件」コナン・ドイル作;中尾明訳;岡本正樹絵 岩崎書店 2011年3月

ワトスン
名探偵ホームズの親友の医者 「シャーロック・ホームズ 06 技師のおやゆび事件」コナン・ドイル作;中尾明訳;岡本正樹絵 岩崎書店 2011年3月

ワトスン
名探偵ホームズの親友の医者 「シャーロック・ホームズ 07 なぞのソア橋事件」コナン・ドイル作;中尾明訳;岡本正樹絵 岩崎書店 2011年3月

ワトスン
名探偵ホームズの親友の医者 「シャーロック・ホームズ 08 背中のまがった男」コナン・ドイル作;中尾明訳;岡本正樹絵 岩崎書店 2011年3月

ワトスン
名探偵ホームズの親友の医者 「シャーロック・ホームズ 09 ボスコム谷のなぞ」コナン・ドイル作;中尾明訳;岡本正樹絵 岩崎書店 2011年3月

ワトスン
名探偵ホームズの親友の医者 「シャーロック・ホームズ 10 はう男のひみつ」コナン・ドイル作;中尾明訳;岡本正樹絵 岩崎書店 2011年3月

ワトスン
名探偵ホームズの親友の医者 「シャーロック・ホームズ 11 まだらのひも事件」コナン・ドイル作;中尾明訳;岡本正樹絵 岩崎書店 2011年3月

ワトスン
名探偵ホームズの親友の医者 「シャーロック・ホームズ 12 ライオンのたてがみ事件」コナン・ドイル作;中尾明訳;岡本正樹絵 岩崎書店 2011年3月

ワトスン
名探偵ホームズの親友の医者 「シャーロック・ホームズ 13 名馬シルバー・ブレイズ号」コナン・ドイル作;中尾明訳;岡本正樹絵 岩崎書店 2011年3月

ワトスン
名探偵ホームズの親友の医者 「シャーロック・ホームズ 14 引退した絵具屋のなぞ」 コナン・ドイル作;中尾明訳;岡本正樹絵 岩崎書店 2011年3月

ワトスン
名探偵ホームズの親友の医者 「シャーロック・ホームズ 15 ホームズ最後の事件」 コナン・ドイル作;中尾明訳;岡本正樹絵 岩崎書店 2011年3月

ワトソン
開業医、私立探偵ホームズの事件を記録している親友 「名探偵ホームズ8 ひん死の探偵」 ドイル作;亀山龍樹訳 ポプラ社(ポプラポケット文庫) 2011年2月

ワトソン
開業医、名探偵ホームズの親友 「おどる人形」 ドイル作;亀山龍樹訳 ポプラ社(〈図書館版〉名探偵ホームズ5) 2012年3月

ワトソン
開業医、名探偵ホームズの親友 「ひん死の探偵」 ドイル作;亀山龍樹訳 ポプラ社(〈図書館版〉名探偵ホームズ8) 2012年3月

ワトソン
開業医、名探偵ホームズの親友 「ぶな屋敷のなぞ」 ドイル作;亀山龍樹訳 ポプラ社(〈図書館版〉名探偵ホームズ2) 2012年3月

ワトソン
開業医、名探偵ホームズの親友 「悪魔の足」 ドイル作;亀山龍樹訳 ポプラ社(〈図書館版〉名探偵ホームズ7) 2012年3月

ワトソン
開業医、名探偵ホームズの親友 「銀星号事件」 ドイル作;亀山龍樹訳 ポプラ社(〈図書館版〉名探偵ホームズ3) 2012年3月

ワトソン
開業医、名探偵ホームズの親友 「赤毛連盟」 ドイル作;亀山龍樹訳 ポプラ社(〈図書館版〉名探偵ホームズ1) 2012年3月

ワトソン
開業医、名探偵ホームズの親友 「盗まれた秘密文書」 ドイル作;亀山龍樹訳 ポプラ社(〈図書館版〉名探偵ホームズ4) 2012年3月

ワトソン
開業医、名探偵ホームズの親友 「六つのナポレオン像」 ドイル作;亀山龍樹訳 ポプラ社(〈図書館版〉名探偵ホームズ6) 2012年3月

ワトソン博士　わとそんはかせ
名探偵ホームズの友人の医者 「名探偵ホームズ サセックスの吸血鬼」 コナン・ドイル作;日暮まさみち訳;青山浩行絵 講談社(青い鳥文庫) 2012年1月

ワトソン博士　わとそんはかせ
名探偵ホームズの友人の医者 「名探偵ホームズ ぶな屋敷のなぞ」 コナン・ドイル作;日暮まさみち訳;青山浩行絵 講談社(青い鳥文庫) 2011年5月

ワトソン博士　わとそんはかせ
名探偵ホームズの友人の医者 「名探偵ホームズ まだらのひも」 コナン・ドイル作;日暮まさみち訳;青山浩行絵 講談社(青い鳥文庫) 2011年1月

ワトソン博士　わとそんはかせ
名探偵ホームズの友人の医者 「名探偵ホームズ 悪魔の足」 コナン・ドイル作;日暮まさみち訳;青山浩行絵 講談社(青い鳥文庫) 2011年11月

わとそ

ワトソン博士　わとそんはかせ
名探偵ホームズの友人の医者 「名探偵ホームズ 恐怖の谷」 コナン・ドイル作;日暮まさみち訳;青山浩行絵 講談社（青い鳥文庫） 2011年7月

ワトソン博士　わとそんはかせ
名探偵ホームズの友人の医者 「名探偵ホームズ 金縁の鼻めがね」 コナン・ドイル作;日暮まさみち訳;青山浩行絵 講談社（青い鳥文庫） 2011年12月

ワトソン博士　わとそんはかせ
名探偵ホームズの友人の医者 「名探偵ホームズ 最後のあいさつ」 コナン・ドイル作;日暮まさみち訳;青山浩行絵 講談社（青い鳥文庫） 2012年2月

ワトソン博士　わとそんはかせ
名探偵ホームズの友人の医者 「名探偵ホームズ 最後の事件」 コナン・ドイル作;日暮まさみち訳;青山浩行絵 講談社（青い鳥文庫） 2011年6月

ワトソン博士　わとそんはかせ
名探偵ホームズの友人の医者 「名探偵ホームズ 三年後の生還」 コナン・ドイル作;日暮まさみち訳;青山浩行絵 講談社（青い鳥文庫） 2011年8月

ワトソン博士　わとそんはかせ
名探偵ホームズの友人の医者 「名探偵ホームズ 四つの署名」 コナン・ドイル作;日暮まさみち訳;青山浩行絵 講談社（青い鳥文庫） 2011年4月

ワトソン博士　わとそんはかせ
名探偵ホームズの友人の医者 「名探偵ホームズ 囚人船の秘密」 コナン・ドイル作;日暮まさみち訳;青山浩行絵 講談社（青い鳥文庫） 2011年9月

ワトソン博士　わとそんはかせ
名探偵ホームズの友人の医者 「名探偵ホームズ 消えた花むこ」 コナン・ドイル作;日暮まさみち訳;青山浩行絵 講談社（青い鳥文庫） 2011年2月

ワトソン博士　わとそんはかせ
名探偵ホームズの友人の医者 「名探偵ホームズ 緋色の研究」 コナン・ドイル作;日暮まさみち訳;青山浩行絵 講談社（青い鳥文庫） 2011年3月

ワトソン博士　わとそんはかせ
名探偵ホームズの友人の医者 「名探偵ホームズ 六つのナポレオン像」 コナン・ドイル作;日暮まさみち訳;青山浩行絵 講談社（青い鳥文庫） 2011年10月

笑う男　わらうおとこ
ニューヨークに住む少女ミランダの家の近所にいるへんなホームレスのおじさん 「きみに出会うとき」 レベッカ・ステッド著;ないとうふみこ訳 東京創元社 2011年4月

ワルサ
「プリンセススクール」の上級生、新入生のシンディのいじわるな義理の姉 「プリンセススクール 2 お姫さまにぴったりのくつ」 ジェーン・B.メーソン作;セアラ・ハインズ・スティーブンス作;田中薫子訳;小栗麗加絵 徳間書店 2011年6月

ワルサ
森の中の「プリンセススクール」の上級生、新入生のシンディの義理の姉 「プリンセススクール 1 お姫さまにぴったりのくつ」 ジェーン・B.メーソン作;セアラ・ハインズ・スティーブンス作;田中薫子訳;小栗麗加絵 徳間書店 2011年6月

収録作品一覧（児童文学作家の姓の表記順→名の順→出版社の字順並び）

ユリシーズ・ムーアと仮面の島／Pierdomenico **Baccalario** 著／学研パブリッシング／2011/02
ユリシーズ・ムーアと石の守護者／Pierdomenico **Baccalario** 著／学研パブリッシング／2011/04
ユリシーズ・ムーアと第一のかぎ／Pierdomenico **Baccalario** 著／学研パブリッシング／2011/06
ユリシーズ・ムーアと隠された町／Pierdomenico **Baccalario** 著／学研パブリッシング／2012/06
ユリシーズ・ムーアと雷の使い手／Pierdomenico **Baccalario** 著／学研パブリッシング／2012/10
ユリシーズ・ムーアとなぞの迷宮／Pierdomenico **Baccalario** 著／学研教育出版／2012/12
ユリシーズ・ムーアと氷の国／Pierdomenico **Baccalario** 著／学研教育出版／2013/04
ユリシーズ・ムーアと灰の庭／Pierdomenico **Baccalario** 著／学研教育出版／2013/07
ユリシーズ・ムーアと空想の旅人／Pierdomenico **Baccalario** 著／学研教育出版／2013/10
アンナとプロフェッショナルズ 1 天才カウンセラー、あらわる!／**MAC** 著／メディアファクトリー／
　2012/02
アンナとプロフェッショナルズ 2 カリスマシェフ、誕生!!／**MAC** 著／メディアファクトリー／2012/08
クレプスリー伝説－ダレン・シャン前史 1 殺人誕生／Darren **Shan** 作／小学館／2011/04
クレプスリー伝説－ダレン・シャン前史 2 死への航海／Darren **Shan** 作／小学館／2011/06
クレプスリー伝説－ダレン・シャン前史 3 呪われた宮殿／Darren **Shan** 作／小学館／2011/12
クレプスリー伝説－ダレン・シャン前史 4 運命の兄弟／Darren **Shan** 作／小学館／2012/04
はじまりのはじまりのはじまりのおわり／**アヴィ**作／福音館書店（福音館文庫）／2012/11
ぼくの見つけた絶対値／キャスリン・**アースキン**著／作品社／2012/07
天才ジョニーの秘密／エレナー・**アップデール**作／評論社（海外ミステリーBOX）／2012/11
千年の森をこえて／キャシー・**アッペルト**著／あすなろ書房／2011/05
アンナのうちはいつもにぎやか／**アティヌーケ**作／徳間書店／2012/07
おめでたこぶた その 1 四ひきのこぶたとアナグマのお話／アリソン・**アトリー**作／福音館書店（世界傑作
　童話シリーズ）／2012/02
おめでたこぶた その 2 サム、風をつかまえる／アリソン・**アトリー**作／福音館書店（世界傑作童話シリー
　ズ）／2012/10
小説タンタンの冒険／アレックス・**アーバイン**文／角川書店（角川つばさ文庫）／2011/11
黒ネコジェニーのおはなし 1 ジェニーとキャットクラブ／エスター・**アベリル**作・絵／福音館書店（世界
　傑作童話シリーズ）／2011/10
黒ネコジェニーのおはなし 2 ジェニーのぼうけん／エスター・**アベリル**作・絵／福音館書店（世界傑作童
　話シリーズ）／2012/01
黒ネコジェニーのおはなし 3 ジェニーときょうだい／エスター・**アベリル**作・絵／福音館書店（世界傑作
　童話シリーズ）／2012/02
パパのメールはラブレター!?／メアリー・**アマート**作／徳間書店／2011/12
パパはバードマン／デイヴィッド・**アーモンド**作／フレーベル館／2011/10
ミナの物語／デイヴィッド・**アーモンド**作／東京創元社／2012/10
ウィッシュ 願いをかなえよう!／フェリーチェ・**アリーナ**作／講談社／2011/08
イフ／アナ・**アロンソ**作／未知谷／2011/08
オスカー・ピル 体内に潜入せよ! 上下／エリ・**アンダーソン**著／角川書店／2012/02
オスカー・ピル 2 メディキュスの秘宝を守れ! 上下／エリ・**アンダーソン**著／角川書店／2013/05
ネズミさんとモグラくん 2 新しい日がはじまるよ／ウォン・ハーバート・**イー**作／小峰書店／2011/05
ネズミさんとモグラくん 3 ふかふかの羽の友だち／ウォン・ハーバート・**イー**作／小峰書店／2011/08
ネズミさんとモグラくん 4 冬ってわくわくするね／ウォン・ハーバート・**イー**作／小峰書店／2012/01
スターリンの鼻が落っこちた／ユージン・**イェルチン**作・絵／岩波書店／2013/02

しんせつなかかし／ウェンディ・イートン作／福音館書店（ランドセルブックス）／2012/01

おいでフレック、ぼくのところに／エヴァ・イボットソン著／偕成社／2013/09

クラーケンの島／エヴァ・イボットソン著／偕成社／2011/10

リックとさまよえる幽霊たち／エヴァ・イボットソン著／偕成社／2012/09

アイアンマン2／アレキサンダー・イルヴァイン ノベル／講談社／2013/06

フューチャーウォーカー 2 詩人の帰還／イヨンド作／岩崎書店／2011/02

フューチャーウォーカー 3 影はひとりで歩かない／イヨンド作／岩崎書店／2011/05

フューチャーウォーカー 4 未来へはなつ矢／イヨンド作／岩崎書店／2011/08

フューチャーウォーカー 5 忘れられたものを呼ぶ声／イヨンド作／岩崎書店／2011/11

フューチャーウォーカー 6 時の匠人／イヨンド作／岩崎書店／2012/02

フューチャーウォーカー 7 愛しい人を待つ海辺／イヨンド作／岩崎書店／2012/06

ゾウの家にやってきた赤アリ／カタリーナ・ヴァルクス作・絵／文研出版（文研ブックランド）／2013/04

迷子のアリたち／ジェニー・ヴァレンタイン著／小学館（SUPER!YA）／2011/04

ルルとブロントサウルス／ジュディス・ヴィオースト文／小学館／2011/06

フランダースの犬／ウィーダ作／ポプラ社（ポプラポケット文庫）／2011/11

フランダースの犬／ウィーダ作／偕成社（偕成社文庫）／2011/04

ハンナの学校／グロリア・ウィーラン作／文研出版（文研ブックランド）／2012/10

路上のストライカー／マイケル・ウィリアムズ作／岩波書店（STAMP BOOKS）／2013/12

クレイジー・サマー／リタ・ウィリアムズ＝ガルシア作／鈴木出版（鈴木出版の海外児童文学）／2013/01

怒りのフローラ 上下／イザボー・S.ウィルス著／東京創元社（一万一千の部屋を持つ屋敷と魔法の執事）
／2013/04

カイウスはばかだ／ヘンリー・ウィンターフェルト作／岩波書店（岩波少年文庫）／2011/06

あしながおじさん／ジーン・ウェブスター作／KADOKAWA（角川つばさ文庫）／2013/12

あしながおじさん 世界でいちばん楽しい手紙／ジェーン・ウェブスター作・絵／講談社（青い鳥文庫）／
2011/04

あしながおじさん／ウェブスター作／集英社（集英社みらい文庫）／2011/08

サリー・ジョーンズの伝説－あるゴリラの数奇な運命／ヤコブ・ヴェゲリウス作／福音館書店（世界傑作
童話シリーズ）／2013/06

アンガスとセイディー 農場の子犬物語／シンシア・ヴォイト作／小峰書店（おはなしメリーゴーラウン
ド）／2011/10

おばあちゃんは大どろぼう?!／デイヴィッド・ウォリアムズ作／小学館／2013/12

ドレスを着た男子／デイヴィッド・ウォリアムズ作／福音館書店（世界傑作童話シリーズ）／2012/05

ハイブ－悪のエリート養成機関 volume3 ルネッサンス・イニシアチブ／マーク・ウォールデン作／ほるぷ
出版／2011/12

名前をうばわれた少女／ジョアン・M.ウルフ作／フレーベル館／2012/08

バタシー城の悪者たち（「ダイドーの冒険」シリーズ）／ジョーン・エイキン作／冨山房／2011/07

エレベーター・ファミリー／ダグラス・エバンス作／PHP研究所（PHP創作シリーズ）／2011/07

黒猫オルドウィンの探索－三びきの魔法使いと動く要塞／アダム・ジェイ・エプスタイン著／早川書房／
2011/10

きみ、ひとりじゃない／デボラ・エリス作／さ・え・ら書房／2011/04

希望の学校 新・生きのびるために／デボラ・エリス作／さ・え・ら書房／2013/04

ハートビートに耳をかたむけて／ロレッタ・エルスワース著／小学館（SUPER!YA）／2011/03

ジャコのお菓子な学校／ラッシェル・オスファテール作／文研出版（文研じゅべにーる）／2012/12

アレクサンダー大王の馬／メアリー・ポープ・オズボーン／KADOKAWA（マジック・ツリーハウス
35）／2013/11

アルプスの救助犬バリー／メアリー・ポープ・オズボーン著／メディアファクトリー（マジック・ツリー
ハウス32）／2012/06

インド大帝国の冒険／メアリー・ポープ・オズボーン著／メディアファクトリー（マジック・ツリーハウス 31）／2011/11

パンダ救出作戦／メアリー・ポープ・オズボーン著／メディアファクトリー（マジック・ツリーハウス 34）／2013/06

ロンドンのゴースト／メアリー・ポープ・オズボーン著／メディアファクトリー（マジック・ツリーハウス 30）／2011/06

大統領の秘密／メアリー・ポープ・オズボーン著／メディアファクトリー（マジック・ツリーハウス 33）／2012/11

サリーの愛する人／エリザベス・オハラ作／さ・え・ら書房／2012/04

サリーのえらぶ道／エリザベス・オハラ作／さ・え・ら書房／2011/12

12 種類の氷／エレン・ブライアン・オベッド文／ほるぷ出版／2013/09

若草物語 四姉妹とすてきな贈り物／オルコット作／集英社（集英社みらい文庫）／2012/04

若草物語 3 ジョーの魔法／オルコット作／講談社（青い鳥文庫）／2011/03

若草物語 4 それぞれの赤い糸／オルコット作／講談社（青い鳥文庫）／2011/10

プリンセス★マジック 1 ある日とつぜん、シンデレラ!／ジェニー・オールドフィールド作／ポプラ社／2011/10

プリンセス★マジック 2 王子さまには恋しないっ!／ジェニー・オールドフィールド作／ポプラ社／2012/02

プリンセス★マジック 3 わたし、キケンなシンデレラ?／ジェニー・オールドフィールド作／ポプラ社／2012/06

プリンセス★マジック 4 おねがい!魔法をとかないで!／ジェニー・オールドフィールド作／ポプラ社／2012/10

プリンセス★マジックティア 1 かがみの魔法で白雪姫!／ジェニー・オールドフィールド作／ポプラ社／2013/02

プリンセス★マジックティア 2 白雪姫と七人の森の王子さま!／ジェニー・オールドフィールド作／ポプラ社／2013/06

プリンセス★マジックティア 3 わたし、夢みる白雪姫!／ジェニー・オールドフィールド作／ポプラ社／2013/10

世界一力もちの女の子のはなし（マジカルチャイルド 1）／サリー・ガードナー作／小峰書店／2012/05

世界一ちいさな女の子のはなし（マジカルチャイルド 2）／サリー・ガードナー作／小峰書店／2012/09

空を飛んだ男の子のはなし（マジカルチャイルド 3）／サリー・ガードナー作／小峰書店／2013/08

象使いティンの戦争／シンシア・カドハタ著／作品社／2013/05

クロックワークスリー マコーリー公園の秘密と三つの宝物／マシュー・カービー作／講談社／2011/12

両手を奪われても シエラレオネの少女マリアトゥ／マリアトゥ・カマラ共著／汐文社／2012/12

ラブリーキューピッド 1 とべないキューピッド!?／セシリア・ガランテ著／小学館／2012/12

ラブリーキューピッド 2 おとまり会で大さわぎ!?／セシリア・ガランテ著／小学館／2013/04

ユミとソールの 10 か月／クリスティーナ・ガルシア著／作品社／2011/06

イワーシェチカと白い鳥／I.カルナウーホワ再話／福音館書店（ランドセルブックス）／2013/01

ネコの目からのぞいたら／シルヴァーナ・ガンドルフィ作／岩波書店／2013/07

うさぎのヤニスとあらいぐまのヴァンキ 学校へ行く／ユルキ・キースキネン作／ひさかたチャイルド（SHIRAKABA BUNKO）／2012/12

パイレーツ・オブ・カリビアン外伝 シャドウ・ゴールドの秘密 1／ロブ・キッド著／講談社／2011/04

パイレーツ・オブ・カリビアン外伝 シャドウ・ゴールドの秘密 2／ロブ・キッド著／講談社／2011/04

パイレーツ・オブ・カリビアン外伝 シャドウ・ゴールドの秘密 3／ロブ・キッド著／講談社／2011/05

パイレーツ・オブ・カリビアン外伝 シャドウ・ゴールドの秘密 4／ロブ・キッド著／講談社／2011/06

パイレーツ・オブ・カリビアン外伝 シャドウ・ゴールドの秘密 5／ロブ・キッド著／講談社／2011/07

グレッグのダメ日記 どうかしてるよ!／ジェフ・キニー作／ポプラ社／2011/11

グレッグのダメ日記　どんどん、ひどくなるよ／ジェフ・キニー作／ポプラ社／2012/11

グレッグのダメ日記　わけがわからないよ!／ジェフ・キニー作／ポプラ社／2013/11

語りつぐ者／パトリシア・ライリー・ギフ作／さ・え・ら書房／2013/04

ある日とつぜん、霊媒師／エリザベス・コーディー・キメル著／朔北社／2011/01

ある日とつぜん、霊媒師 2 恐怖の空き家／エリザベス・コーディー・キメル著／朔北社／2012/04

ある日とつぜん、霊媒師 3 呪われた 504 号室／エリザベス・コーディー・キメル著／朔北社／2013/04

お母さん取扱説明書／キムソンジン作／金の星社／2013/11

スカーレット　わるいのはいつもわたし?／キャシー・キャシディー作／偕成社／2011/06

ママは大統領－ファーストガールの告白／キャシディ・キャロウェイ著／小学館（SUPER!YA）／2012/11

マドレーヌは小さな名コック／ルパート・キングフィッシャー作／徳間書店／2012/09

ココと幽霊／イワン・クーシャン作／冨山房インターナショナル／2013/03

闇のダイヤモンド／キャロライン・B・クーニー著／評論社（海外ミステリーBOX）／2011/04

秘密の魔女魔法のタイムトラベル／クニスター作／金の星社／2011/09

にげだした王女さま／ケイト・クームズ著／バベルプレス／2012/05

フェリックスとゼルダ／モーリス・グライツマン著／あすなろ書房／2012/07

フェリックスとゼルダその後／モーリス・グライツマン著／あすなろ書房／2013/08

けしつぶクッキー／マージェリー・クラーク作／童話館出版／2013/10

彼女のためにぼくができること／クリス・クラッチャー著／あかね書房（YA Step!）／2011/02

ラモーナは豆台風－ゆかいなヘンリーくんシリーズ／ベバリイ・クリアリー作／学研教育出版／2012/07

ゆうかんな女の子ラモーナ－ゆかいなヘンリーくんシリーズ／ベバリイ・クリアリー作／学研教育出版／
2013/10

ヘンリーくんと新聞配達－ゆかいなヘンリーくんシリーズ／ベバリイ・クリアリー作／学研教育出版／
2013/11

ヘンリーくんと秘密クラブ－ゆかいなヘンリーくんシリーズ／ベバリイ・クリアリー作／学研教育出版／
2013/12

少年弁護士セオの事件簿 1 なぞの目撃者／ジョン・グリシャム作／岩崎書店／2011/09

少年弁護士セオの事件簿 2 誘拐ゲーム／ジョン・グリシャム作／岩崎書店／2011/11

少年弁護士セオの事件簿 3 消えた被告人／ジョン・グリシャム作／岩崎書店／2012/11

少年弁護士セオの事件簿 4 正義の黒幕／ジョン・グリシャム作／岩崎書店／2013/11

ペーパータウン／ジョン・グリーン作／岩波書店（STAMP BOOKS）／2013/01

さよならを待つふたりのために／ジョン・グリーン／岩波書店（STAMP BOOKS）／2013/07

チャーリー・ジョー・ジャクソンの本がキライなきみのための本／トミー・グリーンウォルド作／フレー
ベル館／2013/10

恐怖!!火の神ののろい（ザックのふしぎたいけんノート）／ダン・グリーンバーグ著／メディアファクトリ
ー／2011/04

ロス、きみを送る旅／キース・グレイ作／徳間書店／2012/03

デイジーのもんだい!子ネコちゃん（いたずらデイジーの楽しいおはなし）／ケス・グレイ作／小峰書店／
2011/08

デイジーのびっくり!クリスマス（いたずらデイジーの楽しいおはなし）／ケス・グレイ作／小峰書店／
2011/11

デイジーのめちゃくちゃ!おさかなつり（いたずらデイジーの楽しいおはなし）／ケス・グレイ作／小峰書
店／2012/03

はるかなるアフガニスタン／アンドリュー・クレメンツ著／講談社（青い鳥文庫）／2012/02

動物病院のマリー 1 走れ、捨て犬チョコチップ!／タチアナ・ゲスラー著／学研教育出版／2013/06

動物病院のマリー 2 猫たちが行方不明!／タチアナ・ゲスラー著／学研教育出版／2013/11

ダーウィンと出会った夏／ジャクリーン・ケリー作／ほるぷ出版／2011/07

テッドがおばあちゃんを見つけた夜／ペグ・ケレット作／徳間書店／2011/05

いつもいつまでもいっしょに！　ポレケのしゃかりき思春期／フース・コイヤー作／福音館書店（世界傑作童話シリーズ）／2012/10

ヒックとドラゴン　8　樹海の決戦／クレシッダ・コーウェル作／小峰書店／2011/03

ヒックとドラゴン　9　運命の秘剣／クレシッダ・コーウェル作／小峰書店／2012/06

ヒックとドラゴン　10　砂漠の宝石／クレシッダ・コーウェル作／小峰書店／2013/07

ヒックとドラゴン　外伝　トゥースレス大騒動／クレシッダ・コーウェル作／小峰書店／2012/11

サッカー少女サミー　1　魔法のシューズでキックオフ！／ミッシェル・コックス著／学研教育出版／2013/05

サッカー少女サミー　2　友と涙と逆転ゴール!?／ミッシェル・コックス著／学研教育出版／2013/07

ドリーム☆チーム5　悪夢ストップ大作戦／アン・コバーン作／偕成社／2011/03

ドリーム☆チーム6　デイジーと雪の妖精／アン・コバーン作／偕成社／2011/11

スパイ・ドッグ—天才スパイ犬、ララ誕生！／アンドリュー・コープ作／講談社（青い鳥文庫）／2012/10

天才犬ララ、危機一髪!?　秘密指令!誘拐団をやっつけろ!!／アンドリュー・コープ作／講談社（青い鳥文庫）／2013/02

サーティーナイン・クルーズ　8　皇帝の暗号／ゴードン・コーマン著／メディアファクトリー／2011/02

サーティーナイン・クルーズ　12　メドゥーサの罠／ゴードン・コーマン著／メディアファクトリー／2012/11

雨あがりのメデジン—この地球を生きる子どもたち／アルフレッド・ゴメス＝セルダ作／鈴木出版（鈴木出版の海外児童文学）／2011/12

エアーマン／オーエン・コルファー作／偕成社／2011/07

カッシアの物語　1／アリー・コンディ著／プレジデント社／2011/11

カッシアの物語　2／アリー・コンディ著／プレジデント社／2013/04

バージャック　アウトローの掟／SFサイード作／偕成社／2011/03

きみの声がききたいよ！／ルイス・サッカー作／文研出版（文研ブックランド）／2012/04

ぼくって女の子??／ルイス・サッカー作／文研出版（文研ブックランド）／2011/08

地獄坂へまっしぐら！／ルイス・サッカー作／文研出版（文研ブックランド）／2012/10

ブケコの日記／サリー・サットン作／文研出版（文研ブックランド）／2013/10

愛の一家　あるドイツの冬物語／アグネス・ザッパー作／福音館書店（福音館文庫）／2012/01

ダークエルフ物語　夜明けへの道／R.A.サルバトーレ著／アスキー・メディアワークス／2011/03

ヤーク／ベルトラン・サンティーニ作／朝日学生新聞社／2012/09

星の王子さま／サン＝テグジュペリ作／角川書店（角川つばさ文庫）／2011/06

あの雲を追いかけて／アレックス・シアラー著／竹書房／2012/11

スキ・キス・スキ！／アレックス・シアラー著／あかね書房（YA Step!）／2011/02

ライアーズ3　誘惑の代償／サラ・シェパード著／AC Books／2011/03

ライアーズ4　つながれた絆／サラ・シェパード著／AC Books／2011/05

父さんの手紙はぜんぶおぼえた／タミ・シェム＝トヴ著／岩波書店／2011/10

キリエル／ジェンキンス著／あかね書房（YA Step!）／2011/03

アイアンマン3／マイケル・シグレイン　ノベル／講談社(ディズニーストーリーブック)／2013/09

ピップ通りは大さわぎ！1　ボビーの町はデンジャラス！／ジョー・シモンズ作／学研教育出版／2013/11

真夜中の図書館　1／ニック・シャドウ作／集英社（集英社みらい文庫）／2011/05

真夜中の図書館　2／ニック・シャドウ作／集英社（集英社みらい文庫）／2011/08

こんにちはといってごらん／マージョリー・W.シャーマット作／童話館出版（子どもの文学・緑の原っぱシリーズ）／2012/02

リーコとオスカーと幸せなどろぼう石／アンドレアス・シュタインヘーフェル作／岩波書店／2012/07

動物と話せる少女リリアーネ　4　笑うチンパンジーのひみつ！／タニヤ・シュテーブナー著／学研教育出版／2011/03

動物と話せる少女リリアーネ　5　走れストーム風のように！／タニヤ・シュテーブナー著／学研教育出版／2011/07

動物と話せる少女リリアーネ 6 赤ちゃんパンダのママを探して!／タニヤ・シュテーブナー著／学研教育出版／2011/12

動物と話せる少女リリアーネ 7 さすらいのオオカミ森に帰る!／タニヤ・シュテーブナー著／学研教育出版／2012/04

動物と話せる少女リリアーネ 8 迷子の子鹿と雪山の奇跡!／タニヤ・シュテーブナー著／学研教育出版／2013/02

動物と話せる少女リリアーネ 9 ペンギン、飛べ大空へ! 上下／タニヤ・シュテーブナー著／学研教育出版／2013/10

動物と話せる少女リリアーネ スペシャル 1 友だちがいっしょなら!／タニヤ・シュテーブナー著／学研教育出版／2012/09

アーベルチェとふたりのラウラ／アニー・M.G.シュミット作／岩波書店（岩波少年文庫）／2011/12

アーベルチェの冒険／アニー・M.G.シュミット作／岩波書店（岩波少年文庫）／2011/01

イップとヤネケ シンタクラースがやってくる!／アニー・M.G.シュミット作／岩波書店／2011/11

ペテフレット荘のブルック 下 とんでけ、空へ／アニー・M.G.シュミット作／岩波書店／2011/07

ペテフレット荘のブルック 上 あたらしい友だち／アニー・M.G.シュミット作／岩波書店／2011/07

駅の小さな野良ネコ／ジーン・クレイグヘッド・ジョージ作／徳間書店／2013/01

ぞうくんのはじめてのぼうけん（ぞうくんのちいさなどくしょ 1）／セシル・ジョスリン作／あかね書房／2011/05

ぞうくんのすてきなりょこう（ぞうくんのちいさなどくしょ 2）／セシル・ジョスリン作／あかね書房／2011/05

ぞうくんのクリスマスプレゼント（ぞうくんのちいさなどくしょ 3）／セシル・ジョスリン作／あかね書房／2011/10

ただいま!マラング村 タンザニアの男の子のお話／ハンナ・ショット作／徳間書店／2013/09

フィニアスとファーブ カーレースに出よう／ジャスミン・ジョーンズ文／KADOKAWA（角川つばさ文庫）／2013/11

アーヤと魔女／ダイアナ・ウィン・ジョーンズ作／徳間書店／2012/07

ハウルの動く城 3 チャーメインと魔法の家／ダイアナ・ウィン・ジョーンズ作／徳間書店／2013/05

ランプの精リトル・ジーニー 1 おねがいごとを、いってみて!／ミランダ・ジョーンズ作／ポプラ社（ポプラポケット文庫）／2013/04

ランプの精リトル・ジーニー 2 小さくなるまほうってすてき?／ミランダ・ジョーンズ作／ポプラ社（ポプラポケット文庫）／2013/04

ランプの精リトル・ジーニー 3 ピンクのまほう／ミランダ・ジョーンズ作／ポプラ社（ポプラポケット文庫）／2013/04

ランプの精リトル・ジーニー 4 ゆうれいにさらわれた!／ミランダ・ジョーンズ作／ポプラ社（ポプラポケット文庫）／2013/06

ランプの精リトル・ジーニー 17 タイム・トラベル!／ミランダ・ジョーンズ作／ポプラ社／2011/03

ランプの精リトル・ジーニー 18 ひみつの海のお友だち／ミランダ・ジョーンズ作／ポプラ社／2011/07

ランプの精リトル・ジーニー 19 空とぶおひっこし大作戦!／ミランダ・ジョーンズ作／ポプラ社／2011/11

ランプの精リトル・ジーニー 20 ジーニーランドの卒業式／ミランダ・ジョーンズ作／ポプラ社／2012/03

リトル・ジーニーときめきプラス アリの初恋パレード／ミランダ・ジョーンズ作／ポプラ社／2012/09

リトル・ジーニーときめきプラス ティファニーの恋に注意報!／ミランダ・ジョーンズ作／ポプラ社／2013/03

リトル・ジーニーときめきプラス ドキドキ!恋する仮装パーティー／ミランダ・ジョーンズ作／ポプラ社／2013/08

NEW フェアリーズ 秘密の妖精たち 5 ルナと秘密の井戸／J.H.スイート作／文溪堂／2011/01

りっぱな兵士になりたかった男の話／グイード・スガルドリ著／講談社／2012/06

死霊術師ジョン・ディーーネクロマンサー（アルケミスト 4）／マイケル・スコット著／理論社／2011/07

伝説の双子ソフィー＆ジョシュ（アルケミスト6）／マイケル・スコット著／理論社／2013/11

魔導師アブラハム（アルケミスト5）／マイケル・スコット著／理論社／2012/12

ファイアー・クロニクル（最古の魔術書 2）／ジョン・スティーブンス著／あすなろ書房／2013/12

エメラルド・アトラス（最古の魔術書 〔1〕）／ジョン・スティーブンス著／あすなろ書房／2011/12

ジャングルを脱出せよ！（冒険作家ジェロニモ・スティルトン）／ジェロニモ・スティルトン作／講談社／
　2011/12

チーズピラミッドの呪い（冒険作家ジェロニモ・スティルトン）／ジェロニモ・スティルトン作／講談社
　／2011/08

ユーレイ城のなぞ（冒険作家ジェロニモ・スティルトン）／ジェロニモ・スティルトン作／講談社／
　2011/06

きみに出会うとき／レベッカ・ステッド著／東京創元社／2011/04

マルセロ・イン・ザ・リアルワールド／フランシスコ・X.ストーク作／岩波書店（STAMP BOOKS）／
　2013/03

このTシャツは児童労働で作られました。／シモン・ストラングル著／汐文社／2013/02

SWITCH 1 クモにスイッチ！／アリ・スパークス作／フレーベル館／2013/10

SWITCH 2 ハエにスイッチ！／アリ・スパークス作／フレーベル館／2013/10

SWITCH 3 バッタにスイッチ！／アリ・スパークス作／フレーベル館／2013/12

ここがわたしのおうちです／アイリーン・スピネリ文／さ・え・ら書房／2011/10

かわいいゴキブリのおんなの子 メイベルのぼうけん／ケイティ・スペック作／福音館書店（世界傑作童話
　シリーズ）／2013/04

ピーターサンドさんのねこ／ルイス・スロボドキン作・絵／あすなろ書房／2012/01

やさしい大おとこ／ルイス・スロボドキン作・絵／徳間書店／2013/06

シーグと拳銃と黄金の謎／マーカス・セジウィック著／作品社／2012/02

灰色の地平線のかなたに／ルータ・セペティス作／岩波書店／2012/01

砂の上のイルカ／ローレン・セントジョン著／あすなろ書房／2013/04

ティンカー・ベルは"修理やさん"／キキ・ソープ作／講談社（新ディズニーフェアリーズ文庫）／
　2011/04

ヴァンパイレーツ 9 眠る秘密／ジャスティン・ソンパー作／岩崎書店／2011/05

ヴァンパイレーツ 10 死者の伝言／ジャスティン・ソンパー作／岩崎書店／2011/09

ヴァンパイレーツ 11 夜の帝国／ジャスティン・ソンパー作／岩崎書店／2013/03

ヴァンパイレーツ 12 微笑む罠／ジャスティン・ソンパー作／岩崎書店／2013/06

ヴァンパイレーツ 13 予言の刻／ジャスティン・ソンパー作／岩崎書店／2013/10

ロザリーの秘密－夏の日、ジョニーを捜して／ハドリー・ダイアー著／バベルプレス／2011/05

ベイジル ねずみの国のシャーロック・ホームズ／イブ・タイタス作／童話館出版（子どもの文学・青い海
　シリーズ）／2013/12

11号室のひみつ／ヘザー・ダイヤー作／小峰書店（おはなしメリーゴーラウンド）／2011/12

グリニッジ大冒険 "時"が盗まれた！／ヴァル・タイラー著／バベルプレス／2011/02

ザ・マペッツ／キャサリン・ターナー作／偕成社（ディズニーアニメ小説版）／2012/06

ウサギおたすけレース（こちら動物のお医者さん）／ルーシー・ダニエルズ作／ほるぷ出版／2011/02

おさわがせハムスター（こちら動物のお医者さん）／ルーシー・ダニエルズ作／ほるぷ出版／2011/03

カエルのおひっこし（こちら動物のお医者さん）／ルーシー・ダニエルズ作／ほるぷ出版／2013/12

チビ犬どんでんがえし（こちら動物のお医者さん）／ルーシー・ダニエルズ作／ほるぷ出版／2013/08

ヒヨコだいさくせん（こちら動物のお医者さん）／ルーシー・ダニエルズ作／ほるぷ出版／2012/08

ポニー・パレード（こちら動物のお医者さん）／ルーシー・ダニエルズ作／ほるぷ出版／2012/12

モルモットおうえんだん（こちら動物のお医者さん）／ルーシー・ダニエルズ作／ほるぷ出版／2013/03

子ヒツジかんさつノート（こちら動物のお医者さん）／ルーシー・ダニエルズ作／ほるぷ出版／2013/05

龍のすむ家／クリス・ダレーシー著／竹書房（竹書房文庫）／2013/03

龍のすむ家 グラッフェンのぼうけん／クリス・ダレーシー著／竹書房／2011/03
龍のすむ家 ゲージと時計塔の幽霊／クリス・ダレーシー著／竹書房／2013/03
龍のすむ家 第2章－氷の伝説／クリス・ダレーシー著／竹書房（竹書房文庫）／2013/07
龍のすむ家 第3章－炎の星 上下／クリス・ダレーシー著／竹書房（竹書房文庫）／2013/12
魔女の庭（魔女の本棚13）／ルース・チュウ作／フレーベル館／2011/04
魔女のネコ（魔女の本棚14）／ルース・チュウ作／フレーベル館／2011/07
魔女と魔法のコイン（魔女の本棚16）／ルース・チュウ作／フレーベル館／2013/09
おねがいの木と魔女（魔女の本棚15）／ルース・チュウ作／フレーベル館／2011/10
ぼくとヨシュと水色の空／ジーグリット・ツェーフェルト作／徳間書店／2012/11
クリスマス・キャロル／ディケンズ作／KADOKAWA（角川つばさ文庫）／2013/11
クリスマス・キャロル／ディケンズ作／集英社（集英社みらい文庫）／2011/11
ワンダ*ラ 1 地下シェルターからの脱出／トニー・ディテルリッジ作／文溪堂／2013/02
ワンダ*ラ 2 人類滅亡?／トニー・ディテルリッジ作／文溪堂／2013/02
ワンダ*ラ 3 惑星オーボナの秘密／トニー・ディテルリッジ作／文溪堂／2013/04
ワンダ*ラ 4 謎の人類再生計画／トニー・ディテルリッジ作／文溪堂／2013/08
ワンダ*ラ 5 独裁者カドマスの攻撃／トニー・ディテルリッジ作／文溪堂／2013/11
あたしがおうちに帰る旅／ニコラ・デイビス作／小学館／2013/06
アイアンマン／ピーター・デイビッド ノベル／講談社／2013/05
ヒストリーキーパーズ 時空の守り人 上下／ダミアン・ディベン著／ソフトバンククリエイティブ／
　2012/08
丘はうたう／マインダート・ディヤング作／福音館書店（世界傑作童話シリーズ）／2011/06
魔使いの悪夢（魔使いシリーズ）／ジョゼフ・ディレイニー著／東京創元社（sogen bookland）／2012/03
魔使いの運命（魔使いシリーズ）／ジョゼフ・ディレイニー著／東京創元社（sogen bookland）／2013/03
魔使いの犠牲（魔使いシリーズ）／ジョゼフ・ディレイニー著／東京創元社（sogen bookland）／2011/03
魔使いの盟友 魔女グリマルキン（魔使いシリーズ）／ジョゼフ・ディレイニー著／東京創元社（sogen
　bookland）／2013/08
魔女の物語（魔使いシリーズ外伝）／ジョゼフ・ディレイニー著／東京創元社（sogen bookland）／
　2012/08
ちいさいおうちうみへいく／エリーシュ・ディロン作／福音館書店（ランドセルブックス）／2013/09
ロージーとムサ／ミヒャエル・デコック作／朝日学生新聞社／2012/07
ロージーとムサ パパからの手紙／ミヒャエル・デコック作／朝日学生新聞社／2012/10
人生なんて無意味だ／ヤンネ・テラー著／幻冬舎／2011/11
ノウサギとハリネズミ／W・デ・ラ・メア再話／福音館書店（ランドセルブックス）／2013/03
赤毛連盟／ドイル作／ポプラ社（《図書館版》名探偵ホームズ1）／2012/03
ぶな屋敷のなぞ／ドイル作／ポプラ社（《図書館版》名探偵ホームズ2）／2012/03
銀星号事件／ドイル作／ポプラ社（《図書館版》名探偵ホームズ3）／2012/03
盗まれた秘密文書／ドイル作／ポプラ社（《図書館版》名探偵ホームズ4）／2012/03
おどる人形／ドイル作／ポプラ社（《図書館版》名探偵ホームズ5）／2012/03
六つのナポレオン像／ドイル作／ポプラ社（《図書館版》名探偵ホームズ6）／2012/03
悪魔の足／ドイル作／ポプラ社（《図書館版》名探偵ホームズ7）／2012/03
ひん死の探偵／ドイル作／ポプラ社（《図書館版》名探偵ホームズ8）／2012/03
名探偵ホームズ8 ひん死の探偵／ドイル作／ポプラ社（ポプラポケット文庫）／2011/02
シャーロック・ホームズ 01 マザリンの宝石事件／コナン・ドイル作／岩崎書店／2011/03
シャーロック・ホームズ 02 赤毛軍団のひみつ／コナン・ドイル作／岩崎書店／2011/03
シャーロック・ホームズ 03 くちびるのねじれた男／コナン・ドイル作／岩崎書店／2011/03
シャーロック・ホームズ 04 なぞのブナやしき／コナン・ドイル作／岩崎書店／2011/03
シャーロック・ホームズ 05 三人のガリデブ事件／コナン・ドイル作／岩崎書店／2011/03

シャーロック・ホームズ 06 技師のおやゆび事件／コナン・ドイル作／岩崎書店／2011/03
シャーロック・ホームズ 07 なぞのソア橋事件／コナン・ドイル作／岩崎書店／2011/03
シャーロック・ホームズ 08 背中のまがった男／コナン・ドイル作／岩崎書店／2011/03
シャーロック・ホームズ 09 ボスコム谷のなぞ／コナン・ドイル作／岩崎書店／2011/03
シャーロック・ホームズ 10 はう男のひみつ／コナン・ドイル作／岩崎書店／2011/03
シャーロック・ホームズ 11 まだらのひも事件／コナン・ドイル作／岩崎書店／2011/03
シャーロック・ホームズ 12 ライオンのたてがみ事件／コナン・ドイル作／岩崎書店／2011/03
シャーロック・ホームズ 13 名馬シルバー・ブレイズ号／コナン・ドイル作／岩崎書店／2011/03
シャーロック・ホームズ 14 引退した絵具屋のなぞ／コナン・ドイル作／岩崎書店／2011/03
シャーロック・ホームズ 15 ホームズ最後の事件／コナン・ドイル作／岩崎書店／2011/03
名探偵ホームズ サセックスの吸血鬼／コナン・ドイル作／講談社（青い鳥文庫）／2012/01
名探偵ホームズ ぶな屋敷のなぞ／コナン・ドイル作／講談社（青い鳥文庫）／2011/05
名探偵ホームズ まだらのひも／コナン・ドイル作／講談社（青い鳥文庫）／2011/01
名探偵ホームズ 悪魔の足／コナン・ドイル作／講談社（青い鳥文庫）／2011/11
名探偵ホームズ 恐怖の谷／コナン・ドイル作／講談社（青い鳥文庫）／2011/07
名探偵ホームズ 金縁の鼻めがね／コナン・ドイル作／講談社（青い鳥文庫）／2011/12
名探偵ホームズ 最後のあいさつ／コナン・ドイル作／講談社（青い鳥文庫）／2012/02
名探偵ホームズ 最後の事件／コナン・ドイル作／講談社（青い鳥文庫）／2011/06
名探偵ホームズ 三年後の生還／コナン・ドイル作／講談社（青い鳥文庫）／2011/08
名探偵ホームズ 四つの署名／コナン・ドイル作／講談社（青い鳥文庫）／2011/04
名探偵ホームズ 囚人船の秘密／コナン・ドイル作／講談社（青い鳥文庫）／2011/09
名探偵ホームズ 消えた花むこ／コナン・ドイル作／講談社（青い鳥文庫）／2011/02
名探偵ホームズ 緋色の研究／コナン・ドイル作／講談社（青い鳥文庫）／2011/03
名探偵ホームズ 六つのナポレオン像／コナン・ドイル作／講談社（青い鳥文庫）／2011/10
トム・ソーヤの冒険 宝さがしに出発だ!／マーク・トウェイン作／集英社（集英社みらい文庫）／2011/07
トム・ソーヤーの冒険／マーク・トウェーン作／講談社（講談社青い鳥文庫）／2012/04
アイリーンといっしょに／テレル・ハリス・ドゥーガン著／ポプラ社／2012/09
七つのわかれ道の秘密 上下／トンケ・ドラフト作／岩崎書店（岩波少年文庫）／2012/08
ロゼッタはおしゃれ番長さん／ローラ・ドリスコール作／講談社（新ディズニーフェアリーズ文庫）／
　2013/01
カーズ2／アイリーン・トリンブル作／偕成社（ディズニーアニメ小説版）／2011/08
シュガー・ラッシュ／アイリーン・トリンブル作／偕成社（ディズニーアニメ小説版）／2013/03
プレーンズ／アイリーン・トリンブル作／偕成社（ディズニーアニメ小説版）／2013/12
メリダとおそろしの森／アイリーン・トリンブル作／偕成社（ディズニーアニメ小説版）／2012/07
モンスターズ・ユニバーシティ／アイリーン・トリンブル作／偕成社（ディズニーアニメ小説版）／
　2013/07
塔の上のラプンツェル／アイリーン・トリンブル作／偕成社（ディズニーアニメ小説版）／2011/02
ホラー横丁13番地 1 吸血鬼の牙／トミー・ドンババンド作／偕成社／2012/02
ホラー横丁13番地 2 魔女の血／トミー・ドンババンド作／偕成社／2012/03
ホラー横丁13番地 3 ミイラの心臓／トミー・ドンババンド作／偕成社／2012/03
ホラー横丁13番地 4 ゾンビの肉／トミー・ドンババンド作／偕成社／2012/03
ホラー横丁13番地 5 骸骨の頭／トミー・ドンババンド作／偕成社／2012/03
ホラー横丁13番地 6 狼男の爪／トミー・ドンババンド作／偕成社／2012/03
世界の終わりと妖精の馬 上下－時間のない国で3／ケイト・トンプソン著／東京創元社（sogen
　bookland）／2011/05
恐怖のお泊まり会 〔1〕 死者から届いたメール／P.J.ナイト著／メディアファクトリー／2013/07
恐怖のお泊まり会 吹雪の夜に消えた少女／P.J.ナイト著／KADOKAWA／2013/12

マッティのうそとほんとの物語／ザラー・ナオウラ作／岩波書店／2013/10

王国の鍵 5 記憶を盗む金曜日／ガース・ニクス著／主婦の友社／2011/01

王国の鍵 6 雨やまぬ土曜日／ガース・ニクス著／主婦の友社／2011/06

工国の鍵 7 復活の日曜日／ガース・ニクス著／主婦の友社／2011/12

緑の精にまた会う日／リンダ・ニューベリー作／徳間書店／2012/10

ティンカー・ベルと輝く羽の秘密／サラ・ネイサン作／偕成社（ディズニーアニメ小説版）／2013/02

怪物はささやく／シヴォーン・ダウド原案 パトリック・ネス著／あすなろ書房／2011/11

赤ちゃんおばけベロンカ／クリスティーネ・ネストリンガー作／偕成社／2011/08

鉄道きょうだい／E.ネズビット著／教文館／2011/12

漫画少年／ベッツィ・バイアーズ作／さ・え・ら書房／2011/10

ウサギのトトのたからもの／ヘルメ・ハイネ作・絵／徳間書店／2012/01

銀のうでのオットー／ハワード＝パイル作・画／童話館出版（子どもの文学・青い海シリーズ）／2013/07

インヘリタンス―果てなき旅 上下（ドラゴンライダー BOOK4）／クリストファー・パオリーニ著／静山社／2012/11

空色の凧／シヴォーン・パーキンソン作／さ・え・ら書房／2011/11

魔法の泉への道／リンダ・スー・パーク著／あすなろ書房／2011/11

サーティーナイン・クルーズ 9 海賊の秘宝／リンダ・スー・パーク著／メディアファクトリー／2011/06

パンとバラ―ローザとジェイクの物語／キャサリン・パターソン作／偕成社／2012/09

ザ・ワースト中学生 1／キャサリン・パターソン作／ポプラ社／2012/09

ザ・ワースト中学生 ここから出してくれ～!!／キャサリン・パターソン作／ポプラ社／2013/02

タイムスリップ海賊サム・シルバー 1／ジャン・バーチェット著／メディアファクトリー／2013/07

タイムスリップ海賊サム・シルバー 2 幽霊船をおいかけろ!／ジャン・バーチェット著／KADOKAWA／2013/10

サーティーナイン・クルーズ 10 最期の試練 前編／マーガレット・ピーターソン・ハディックス著／メディアファクトリー／2011/11

サーティーナイン・クルーズ 10 最期の試練 後編／マーガレット・ピーターソン・ハディックス著／メディアファクトリー／2012/02

真夜中の動物園／ソーニャ・ハートネット著／主婦の友社／2012/07

すりかわったチャンピオン犬（名探偵犬バディ）／ドリー・ヒルスタッド・バトラー作／国土社／2012/09

なぞのワゴン車を追え!（名探偵犬バディ）／ドリー・ヒルスタッド・バトラー作／国土社／2012/12

なぞの火災報知器事件（名探偵犬バディ）／ドリー・ヒルスタッド・バトラー作／国土社／2013/09

消えた少年のひみつ（名探偵犬バディ）／ドリー・ヒルスタッド・バトラー作／国土社／2012/05

小公女セーラ／バーネット作／角川書店 （角川つばさ文庫）／2013/07

小公子／フランシス・ホジソン・バーネット作／岩波書店（岩波少年文庫）／2011/11

小公女／フランシス・ホジソン・バーネット作／岩波書店（岩波少年文庫）／2012/11

小公女／フランシス・ホジソン・バーネット作／福音館書店（福音館古典童話シリーズ）／2011/09

パークフェアリーのパーリー3 パーリーとオパール／ウェンディ・ハーマー作／講談社／2011/01

フットボール・アカデミー 1 ユナイテッド入団!MF ジェイクの挑戦／トム・パーマー作／岩崎書店／2013/04

フットボール・アカデミー 2 ストライカーはおれだ!FW ユニスの希望／トム・パーマー作／岩崎書店／2013/07

フットボール・アカデミー 3 PK はまかせろ!GK トマーシュの勇気／トム・パーマー作／岩崎書店／2013/10

トゥリルのコンサート革命／ゲイル・ハーマン作／講談社（新ディズニーフェアリーズ文庫）／2011/04

オズの魔法使い／L.F.バーム作／講談社（青い鳥文庫）／2013/01

ジョシュア・ファイル5 消えた時間 上／マリア・G.ハリス作／評論社／2011/03

ジョシュア・ファイル6 消えた時間 下／マリア・G.ハリス作／評論社／2011/03

ジョシュア・ファイル7 パラレルワールド 上／マリア・G.ハリス作／評論社／2012/10

ジョシュア・ファイル8 パラレルワールド 下／マリア・G.ハリス作／評論社／2012/10

ジョシュア・ファイル9 世界の終わりのとき 上／マリア・G.ハリス作／評論社／2012/11

ジョシュア・ファイル10 世界の終わりのとき 下／マリア・G.ハリス作／評論社／2012/11

ぼくたちとワッフルハート／マリア・パル作／さ・え・ら書房／2011/02

マウとバウのクリスマス／ティモ・パルヴェラ作／文研出版（文研じゅべにーる）／2012/12

月までサイクリング／ティモ・パルヴェラ作／文研出版（文研じゅべにーる）／2012/02

XX・ホームズの探偵ノート 2 ブラックスロープの怪物／トレーシー・バレット作／フレーベル館／
2011/03

XX・ホームズの探偵ノート 3 消えたエジプトの魔よけ／トレーシー・バレット作／フレーベル館／
2011/07

XX・ホームズの探偵ノート 4 いなくなったプリンセス／トレーシー・バレット作／フレーベル館／
2012/07

深く、暗く、冷たい場所／メアリー・D.ハーン作／評論社（海外ミステリーBOX）／2011/01

シークレット♥キングダム 2 ユニコーンの谷／ロージー・バンクス作／理論社／2012/11

シークレット♥キングダム 3 空飛ぶアイランド／ロージー・バンクス作／理論社／2012/12

シークレット♥キングダム 4 マーメイドの海／ロージー・バンクス作／理論社／2013/01

シークレット♥キングダム 5 魔法の山／ロージー・バンクス作／理論社／2013/02

シークレット♥キングダム 6 かがやきのビーチ／ロージー・バンクス作／理論社／2013/03

ウォーリアーズIII1 見えるもの／エリン・ハンター作／小峰書店／2011/10

ウォーリアーズIII2 闇の川／エリン・ハンター作／小峰書店／2012/03

ウォーリアーズIII3 追放／エリン・ハンター作／小峰書店／2012/10

ウォーリアーズIII4 日食／エリン・ハンター作／小峰書店／2013/03

ウォーリアーズIII5 長い影／エリン・ハンター作／小峰書店／2013/11

クラスで1番!ビッグネート／リンカーン・ピアス作／ポプラ社／2011/05

クラスで1番!ビッグネート ホームランをうっちゃった!!／リンカーン・ピアス作／ポプラ社／2011/09

ジェンナ 奇跡を生きる少女／メアリ・E.ピアソン著／小学館（SUPER!YA）／2012/02

ホメーロスのイーリアス物語／ホメーロス原作 バーバラ・レオニ・ピカード作／岩波書店（岩波少年文
庫）／2013/10

トム・ゲイツ [1] トホホなまいにち／L.ピーション作／小学館／2013/11

ネジマキ草と銅の城／パウル・ビーヘル作／福音館書店（世界傑作童話シリーズ）／2012/01

おしゃれ教室／アン・ファイン作／評論社／2011/01

とおい国からきたタシ／アナ・ファインバーグ作／朝日学生新聞社（タシのぼうけんシリーズ1）／
2011/10

タシとふたりの巨人／アナ・ファインバーグ作／朝日学生新聞社（タシのぼうけんシリーズ2）／2011/11

タシとひみつのゆうれいパイ／アナ・ファインバーグ作／朝日学生新聞社（タシのぼうけんシリーズ3）／
2011/12

タシとぐうたらランプの精／アナ・ファインバーグ作／朝日学生新聞社（タシのぼうけんシリーズ4）／
2012/04

タシと魔女バーバ・ヤーガ／アナ・ファインバーグ作／朝日学生新聞社（タシのぼうけんシリーズ5）／
2012/05

タシと赤い目玉のオニたち／アナ・ファインバーグ作／朝日学生新聞社（タシのぼうけんシリーズ6）／
2012/06

タシとはらぺこ巨人／アナ・ファインバーグ作／朝日学生新聞社（タシのぼうけんシリーズ7）／2012/09

タシと魔法の赤いくつ／アナ・ファインバーグ作／朝日学生新聞社（タシのぼうけんシリーズ8）／
2012/11

タシとゆうれいやしき／アナ・ファインバーグ作／朝日学生新聞社（タシのぼうけんシリーズ9）／

2013/02

タシと王様の墓／アナ・ファインバーグ作／朝日学生新聞社（タシのぼうけんシリーズ10）／2013/03

日ざかり村に戦争がくる／フアン・ファリアス作／福音館書店（世界傑作童話シリーズ）／2013/09

テラプト先生がいるから／ロブ・ブイエー作／静山社／2013/07

フライ・ハイ／ポーリン・フィスク著／あかね書房（YA Step!）／2011/03

ダメ犬ジャックは今日もごきげん／パトリシア・フィニー作／徳間書店／2012/02

3つの鍵の扉／ソニア・フェルナンデス＝ビダル著／晶文社／2013/11

大きなクマのタハマパー 友だちになるのまき／ハンネレ・フオヴィ作／ひさかたチャイルド
　（SHIRAKABA BUNKO）／2011/03

マンクル・トロッグ 大きい族の小さな少年／ジャネット・フォクスレイ作／小学館／2013/09

エリアナンの魔女2 魔女メガンの弟子（下）／ケイト・フォーサイス作／徳間書店／2011/01

エリアナンの魔女3 黒き翼の王（上）／ケイト・フォーサイス作／徳間書店／2011/02

エリアナンの魔女4 黒き翼の王（下）／ケイト・フォーサイス作／徳間書店／2011/04

エリアナンの魔女5 薔薇と茨の塔（上）／ケイト・フォーサイス作／徳間書店／2011/05

エリアナンの魔女6 薔薇と茨の塔（下）／ケイト・フォーサイス作／徳間書店／2011/06

魔法がくれた時間／トビー・フォワード作／金の星社／2012/12

アーサー・クリスマスの大冒険／ジャスティン・フォンテス著／メディアファクトリー／2011/11

走れ!マスワラ／グザヴィエ＝ローラン・プティ作／PHP研究所／2011/09

＜天才フレディ＞と幽霊の旅／シド・フライシュマン作／徳間書店／2011/03

おばけのジョージーとさわがしいゆうれい／ロバート・ブライト作・絵／徳間書店／2013/03

シフト／ジェニファー・ブラッドベリ著／福音館書店／2012/09

アラルエン戦記 1 弟子／ジョン・フラナガン作／岩崎書店／2012/06

アラルエン戦記 2 炎橋／ジョン・フラナガン作／岩崎書店／2012/10

アラルエン戦記 3 氷賊／ジョン・フラナガン作／岩崎書店／2013/03

アラルエン戦記 4 銀葉／ジョン・フラナガン作／岩崎書店／2013/07

オクサ・ポロック 1 希望の星／アンヌ・プリショタ著／西村書店／2012/12

オクサ・ポロック 2 迷い人の森／アンヌ・プリショタ著／西村書店／2013/06

オクサ・ポロック 3 二つの世界の中心／アンヌ・プリショタ著／西村書店／2013/12

死神の追跡者（トム・マーロウの奇妙な事件簿1）／クリス・プリーストリー作／ポプラ社／2011/11

悪夢の目撃者（トム・マーロウの奇妙な事件簿2）／クリス・プリーストリー作／ポプラ社／2012/03

呪いの訪問者（トム・マーロウの奇妙な事件簿3）／クリス・プリーストリー作／ポプラ社／2012/07

ホートン・ミア館の怖い話／クリス・プリーストリー作／理論社／2012/12

ハロウィーンのまじょティリー うちゅうへいく／ドン・フリーマン作／BL出版／2012/10

名探偵ネコ ルオー～ハロウィンを探せ～／マーシャ・フリーマン著／バベルプレス／2011/10

ミンティたちの森のかくれ家／キャロル・ライリー・ブリンク著／文溪堂（Modern Classic Selection）／
　2011/01

ブリキの王女 上下 サリー・ロックハートの冒険 外伝／フィリップ・プルマン著／東京創元社（sogen
　bookland）／2011/11

のら犬ホットドッグ大かつやく／シャーロッテ・ブレイ作／徳間書店／2011/11

賢者ナータンと子どもたち／ミリヤム・プレスラー作／岩波書店／2011/11

ビースト・クエスト 17 超マンモスタスク／アダム・ブレード作／ゴマブックス／2011/01

ビースト・クエスト 18 サソリ男スティング／アダム・ブレード作／ゴマブックス／2011/02

かかしのトーマス／オトフリート・プロイスラー作／さ・え・ら書房／2012/09

チビ虫マービンは天才画家!／エリース・ブローチ作／偕成社／2011/03

魔法の言葉／コルネーリア・フンケ著／WAVE出版／2013/03

エナー火をあやつる少女の物語／シャノン・ヘイル著／バベルプレス／2011/10

グース・ガールーがちょう番の娘の物語／シャノン・ヘイル著／バベルプレス／2011/01

ラゾー川の秘密／シャノン・ヘイル著／バベルプレス／2013/04

パストワールド　暗闇のファントム／イアン・ベック作／静山社／2011/12

盗まれたおとぎ話－少年冒険家トム 1／イアン・ベック作・絵／静山社／2012/01

暗闇城の黄金-少年冒険家トム 2／イアン・ベック作・絵／静山社／2012/07

予言された英雄-少年冒険家トム 3／イアン・ベック作・絵／静山社／2013/04

リアル・ファッション／ソフィア・ベネット著／小学館（SUPER!YA）／2012/04

ゴールデン・バスケットホテル／ルドウィッヒ・ベーメルマンス作／BL 出版／2011/04

バディストさんとハンガ－ブルグ＝ハンガーブルグ伯爵のおはなし／ルドウィッヒ・ベーメルマンス作／
BL 出版／2012/01

ヘリオット先生と動物たちの 8 つの物語／ジェイムズ・ヘリオット作／集英社／2012/11

十五少年漂流記　ながい夏休み／ベルヌ作／集英社（集英社みらい文庫）／2011/06

ヒミツの子ねこ 1 子ねこととびっきりのバカンス!?／スー・ベントレー作／ポプラ社（ポプラポケット文
庫）／2013/11

ヒミツの子ねこ 2 アビーの学園は大さわぎ!／スー・ベントレー作／ポプラ社（ポプラポケット文庫）／
2013/11

オズの魔法使い／ライマン・フランク・ボウム著／小学館／2013/03

バイバイ、サマータイム／エドワード・ホーガン作／岩波書店（STAMP BOOKS）／2013/09

犬のバルボッシュ　パスカレ少年の物語／アンリ・ボスコ作／福音館書店（福音館文庫）／2013/11

少女ポリアンナ／エレナ・ポーター作／角川書店（角川つばさ文庫）／2012/06

最果てのサーガ 1 鹿の時／リリアナ・ボドック著／PHP 研究所／2011/01

最果てのサーガ 2 影の時／リリアナ・ボドック著／PHP 研究所／2011/01

最果てのサーガ 3 泥の時／リリアナ・ボドック著／PHP 研究所／2011/03

最果てのサーガ 4 火の時／リリアナ・ボドック著／PHP 研究所／2011/03

ねずみのオスカーとはるのおくりもの／リリアン・ホーバン作／のら書店／2012/11

オズの魔法使い／L フランク・ボーム作／角川書店（角川つばさ文庫）／2013/02

オズの魔法使い 新訳／ライマン・フランク・ボーム作／集英社（集英社みらい文庫）／2013/06

オズの魔法使いシリーズ 1　完訳オズの魔法使い／ライマン・フランク・ボーム著／復刊ドットコム／
2011/10

オズの魔法使いシリーズ 2 完訳オズのふしぎな国／ライマン・フランク・ボーム著／復刊ドットコム／
2011/10

オズの魔法使いシリーズ 3 完訳オズのオズマ姫／ライマン・フランク・ボーム著／復刊ドットコム／
2011/12

オズの魔法使いシリーズ 4 完訳オズとドロシー／ライマン・フランク・ボーム著／復刊ドットコム／
2012/02

オズの魔法使いシリーズ 5 完訳オズへの道／ライマン・フランク・ボーム著／復刊ドットコム／2012/03

オズの魔法使いシリーズ 6 完訳オズのエメラルドの都／ライマン・フランク・ボーム著／復刊ドットコム
／2012/06

オズの魔法使いシリーズ 7 完訳オズのパッチワーク娘／ライマン・フランク・ボーム著／復刊ドットコム
／2012/08

オズの魔法使いシリーズ 8 完訳オズのチクタク／ライマン・フランク・ボーム著／復刊ドットコム／
2012/10

オズの魔法使いシリーズ 9 完訳オズのかかし／ライマン・フランク・ボーム著／復刊ドットコム／2012/12

オズの魔法使いシリーズ 10 完訳オズのリンキティンク／ライマン・フランク・ボーム著／復刊ドットコム
／2013/01

オズの魔法使いシリーズ 11 完訳オズの消えた姫／ライマン・フランク・ボーム著／復刊ドットコム／
2013/03

オズの魔法使いシリーズ 12 完訳オズのブリキのきこり／ライマン・フランク・ボーム著／復刊ドットコム

／2013/05

オズの魔法使いシリーズ13 完訳オズの魔法／ライマン・フランク・ボーム著／復刊ドットコム／2013/07

オズの魔法使いシリーズ14 完訳オズのグリンダ／ライマン・フランク・ボーム著／復刊ドットコム／
2013/09

ローズの小さな図書館／キンバリー・ウィリス・ホルト作／徳間書店／2013/07

パイレーツ・オブ・カリビアン─生命の泉／ジェームズ・ポンティ作／偕成社（ディズニーアニメ小説
版）／2011/06

天空の少年ニコロ2 呪われた月姫／カイ・マイヤー著／あすなろ書房／2011/07

天空の少年ニコロ3 龍とダイヤモンド／カイ・マイヤー著／あすなろ書房／2012/03

英国情報局秘密組織 CHERUB（チェラブ）　Mission7 疑惑／ロバート・マカモア作／ほるぷ出版／
2011/08

英国情報局秘密組織 CHERUB（チェラブ）　Mission8 ギャング戦争／ロバート・マカモア作／ほるぷ出
版／2012/12

英国情報局秘密組織 CHERUB（チェラブ）　Mission9 クラッシュ／ロバート・マカモア作／ほるぷ出版
／2013/12

ドーン・ロシェルの季節 4 いのちの光あふれて／ローレイン・マクダニエル作／岩崎書店／2011/01

ピッグル・ウィッグルおばさんの農場／ベティ・マクドナルド作／岩崎書店（岩崎少年文庫）／2011/05

ジュディ・モード、世界をまわる！（ジュディ・モードとなかまたち7）／メーガン・マクドナルド作／小
峰書店／2012/04

ジュディ・モード、大学にいく！（ジュディ・モードとなかまたち8）／メーガン・マクドナルド作／小峰
書店／2012/10

ジュディ・モード、探偵になる！（ジュディ・モードとなかまたち9）／メーガン・マクドナルド作／小峰
書店／2013/03

うちはお人形の修理屋さん／ヨナ・ゼルディス・マクドノー作／徳間書店／2012/05

お人形屋さんに来たネコ／ヨナ・ゼルディス・マクドノー作／徳間書店／2013/05

はじめてのおてつだい／ジャネット・マクネイル作／岩波書店（せかいのどうわシリーズ）／2012/04

犬のことばが聞こえたら／パトリシア・マクラクラン作／徳間書店／2012/12

アリブランディを探して／メリーナ・マーケッタ作／岩波書店（STAMP BOOKS）／2013/01

ペッパー・ルーと死の天使／ジェラルディン・マコックラン作／偕成社／2012/04

沈黙の殺人者／ダンディ・デイリー・マコール著／評論社（海外ミステリーBOX）／2013/03

スプラッシュ・ストーリーズ・14 おいしいケーキはミステリー!?／アレグザンダー・マコール・スミス作
／あかね書房／2013/07

アニマル・アドベンチャー ミッション1 アムールヒョウの親子を救え！／アンソニー・マゴーワン作／静
山社／2013/06

アニマル・アドベンチャー ミッション2 タイガーシャークの襲撃／アンソニー・マゴーワン作／静山社／
2013/12

バンパイア＊ガールズ no.5 映画スターは吸血鬼!?／シーナ・マーサー作／理論社／2012/07

バンパイア＊ガールズ no.6 吸血鬼の王子さま！／シーナ・マーサー作／理論社／2013/01

嵐にいななく／L.S.マシューズ作／小学館／2013/03

シャーロック・ホームズ＆イレギュラーズ 1 消されたサーカスの男／T.マック＆M.シトリン著／文溪堂／
2011/09

シャーロック・ホームズ＆イレギュラーズ 2 冥界からの使者／T.マック＆M.シトリン著／文溪堂／2011/09

シャーロック・ホームズ＆イレギュラーズ 3 女神ディアーナの暗号／T.マック＆M.シトリン著／文溪堂／
2011/11

シャーロック・ホームズ＆イレギュラーズ 4 最後の対決／T.マック＆M.シトリン著／文溪堂／2012/01

サースキの笛がきこえる／エロイーズ・マッグロウ作／偕成社／2012/06

アナベル・ドールとちっちゃなティリー（アナベル・ドール3）／アン・M・マーティン作／偕成社／

2012/10
わし姫物語／マリー王妃作／集英社（集英社みらい文庫）／2012/10
消えた鍵の謎 12分の1の冒険 2／マリアン・マローン作／ほるぷ出版／2012/11
ジョン・カーター／スチュアート・ムーア作／偕成社（ディズニーアニメ小説版）／2012/04
名犬ボニーはマルチーズ 1／ベル・ムーニー作／徳間書店／2012/06
名犬ボニーはマルチーズ 2／ベル・ムーニー作／徳間書店／2012/08
名犬ボニーはマルチーズ 3／ベル・ムーニー作／徳間書店／2012/12
名犬ボニーはマルチーズ 4／ベル・ムーニー作／徳間書店／2013/01
抵抗のディーバ／ジャン・クロード・ムルルヴァ著／岩崎書店（海外文学コレクション）／2012/03
プリンセススクール 1 お姫さまにぴったりのくつ／ジェーン・B.メーソン作／徳間書店／2011/06
プリンセススクール 2 お姫さまにぴったりのくつ／ジェーン・B.メーソン作／徳間書店／2011/06
プリンセススクール 3 いちばんのお姫さまは?／ジェーン・B.メーソン作／徳間書店／2011/07
プリンセススクール 4 いちばんのお姫さまは?／ジェーン・B.メーソン作／徳間書店／2011/07
青い鳥（新装版）／メーテルリンク作／講談社（講談社青い鳥文庫）／2013/10
冒険島 1 ロぶえ洞窟の謎／ヘレン・モス著／メディアファクトリー／2012/07
冒険島 2 真夜中の幽霊の謎／ヘレン・モス著／メディアファクトリー／2012/11
冒険島 3 盗まれた宝の謎／ヘレン・モス著／メディアファクトリー／2013/03
カイト パレスチナの風に希望をのせて／マイケル・モーパーゴ作／あかね書房／2011/06
発電所のねむるまち／マイケル・モーパーゴ作／あかね書房／2012/11
時をつなぐおもちゃの犬／マイケル・モーパーゴ作／あかね書房／2013/06
ゾウと旅した戦争の冬／マイケル・モーパーゴ作／徳間書店／2013/12
戦火の馬／マイケル・モーパーゴ作／評論社／2012/01
ひみつのマーメイド 1 まほうの貝のかけら／スー・モングレディエン作／メディアファクトリー／
　2012/03
ひみつのマーメイド 2 光るどうくつのふしぎ／スー・モングレディエン作／メディアファクトリー／
　2012/07
ひみつのマーメイド 3 海ぞく船の宝もの／スー・モングレディエン作／メディアファクトリー／2012/11
ひみつのマーメイド 4 七色のサンゴしょう／スー・モングレディエン作／メディアファクトリー／
　2013/03
ひみつのマーメイド 5 深海のアドベンチャー／スー・モングレディエン作／メディアファクトリー／
　2013/07
ひみつのマーメイド 6 闇の女王と光のマーチ／スー・モングレディエン作／KADOKAWA／2013/11
アンの愛情（赤毛のアン 3）／L.M.モンゴメリ作／講談社（青い鳥文庫）／2011/02
アンの幸福（赤毛のアン 4）／L.M.モンゴメリ作／講談社（青い鳥文庫）／2013/04
新訳 赤毛のアン／モンゴメリ作／集英社（集英社みらい文庫）／2011/03
新訳 アンの青春／モンゴメリ作／集英社（集英社みらい文庫）／2012/03
新訳 アンの愛情／モンゴメリ作／集英社（集英社みらい文庫）／2013/03
わたしは倒れて血を流す／イェニー・ヤーゲルフェルト作／岩波書店（STAMP BOOKS）／2013/05
レ・ミゼラブルーああ無情／ビクトル・ユーゴー作／講談社（青い鳥文庫）／2012/11
小さなバイキングビッケ／ルーネル・ヨンソン作／評論社（評論社の児童図書館・文学の部屋）／2011/09
ビッケと弓矢の贈りもの／ルーネル・ヨンソン作／評論社（評論社の児童図書館・文学の部屋）／2011/12
ビッケと空とぶバイキング船／ルーネル・ヨンソン作／評論社（評論社の児童図書館・文学の部屋）／
　2011/11
ビッケと赤目のバイキング／ルーネル・ヨンソン作／評論社（評論社の児童図書館・文学の部屋）／
　2011/09
ビッケと木馬の大戦車／ルーネル・ヨンソン作／評論社（評論社の児童図書館・文学の部屋）／2012/02
ビッケのとっておき大作戦／ルーネル・ヨンソン作／評論社（評論社の児童図書館・文学の部屋）／

2012/03

空想科学少年サイモン・ブルーム 重力の番人 上下／マイケル・ライスマン作／文溪堂／2013/07

庭師の娘／ジークリート・ラウベ作／岩波書店／2013/07

あたしって、しあわせ!／ローセ・ラーゲルクランツ作／岩波書店／2012/03

ニルスが出会った物語 1 まぼろしの町／セルマ・ラーゲルレーヴ原作／福音館書店（世界傑作童話シリーズ）／2012/05

ニルスが出会った物語 2 風の魔女カイサ／セルマ・ラーゲルレーヴ原作／福音館書店（世界傑作童話シリーズ）／2012/06

ニルスが出会った物語 3 クマと製鉄所／セルマ・ラーゲルレーヴ原作／福音館書店（世界傑作童話シリーズ）／2012/09

ニルスが出会った物語 4 ストックホルム／セルマ・ラーゲルレーヴ原作／福音館書店（世界傑作童話シリーズ）／2012/10

ニルスが出会った物語 5 ワシのゴルゴ／セルマ・ラーゲルレーヴ原作／福音館書店（世界傑作童話シリーズ）／2013/01

ニルスが出会った物語 6 巨人と勇士トール／セルマ・ラーゲルレーヴ原作／福音館書店（世界傑作童話シリーズ）／2013/02

ガフールの勇者たち 12 コーリン王対決の旅／キャスリン・ラスキー著／メディアファクトリー／2011/03

ガフールの勇者たち 13 風の谷の向こうの王国／キャスリン・ラスキー著／メディアファクトリー／2011/07

ガフールの勇者たち 14 神木に迫る悪の炎／キャスリン・ラスキー著／メディアファクトリー／2011/12

ガフールの勇者たち 15 炎の石を賭けた大戦／キャスリン・ラスキー著／メディアファクトリー／2012/03

ファオランの冒険 1 王となるべき子の誕生／キャスリン・ラスキー著／メディアファクトリー／2012/07

ファオランの冒険 2 運命の「聖ウルフ」選抜競技会／キャスリン・ラスキー著／メディアファクトリー／2013/01

ファオランの冒険 3 クマ対オオカミ戦いの火蓋／キャスリン・ラスキー著／メディアファクトリー／2013/06

ハティのはてしない空／カービー・ラーソン作／鈴木出版（鈴木出版の海外児童文学）／2011/07

見習い幻獣学者ナサニエル・フラッドの冒険 1 フェニックスのたまご／R.L.ラフィーバース作／あすなろ書房／2012/12

見習い幻獣学者ナサニエル・フラッドの冒険 2 バジリスクの毒／R.L.ラフィーバース作／あすなろ書房／2012/12

見習い幻獣学者ナサニエル・フラッドの冒険 3 ワイバーンの反乱／R.L.ラフィーバース作／あすなろ書房／2012/12

見習い幻獣学者ナサニエル・フラッドの冒険 4 ユニコーンの赤ちゃん／R.L.ラフィーバース作／あすなろ書房／2013/01

もういちど家族になる日まで／スザンヌ・ラフルーア作／徳間書店／2011/12

ツバメの谷 上下（ランサム・サーガ 2）／アーサー・ランサム作／岩波書店（岩波少年文庫）／2011/03

ヤマネコ号の冒険 上下（ランサム・サーガ 3）／アーサー・ランサム作／岩波書店（岩波少年文庫）／2012/05

長い冬休み 上下（ランサム・サーガ 4）／アーサー・ランサム作／岩波書店（岩波少年文庫）／2011/07

オオバンクラブ物語 上下（ランサム・サーガ 5）／アーサー・ランサム作／岩波書店（岩波少年文庫）／2011/10

ツバメ号の伝書バト 上下（ランサム・サーガ 6）／アーサー・ランサム作／岩波書店（岩波少年文庫）／2011/10

海へ出るつもりじゃなかった 上下（ランサム・サーガ 7）／アーサー・ランサム作／岩波書店（岩波少年文庫）／2013/05

ひみつの海 上下（ランサム・サーガ 8）／アーサー・ランサム作／岩波書店（岩波少年文庫）／2013/11

大地のランナー／ジェイムズ・リオーダン作／鈴木出版（鈴木出版の海外児童文学）／2012/07
オリンポスの神々と７人の英雄 1 消えた英／リック・リオーダン作／ほるぷ出版／2011/10
オリンポスの神々と７人の英雄 2 海神の息子／リック・リオーダン作／ほるぷ出版／2012/11
オリンポスの神々と７人の英雄 3 アテナの印／リック・リオーダン作／ほるぷ出版／2013/11
ケイン・クロニクル 1 灼熱のピラミッド／リック・リオーダン著／メディアファクトリー／2012/03
ケイン・クロニクル 2 ファラオの血統／リック・リオーダン著／メディアファクトリー／2012/08
ケイン・クロニクル 3 最強の魔術師／リック・リオーダン著／メディアファクトリー／2012/12
ケイン・クロニクル炎の魔術師たち 1／リック・リオーダン著／メディアファクトリー／2013/08
サーティーナイン・クルーズ 11 新たなる脅威／リック・リオーダン著／メディアファクトリー／2012/06
ビーチサンダルガールズ 1 つまさきに自由を!／エレン・リチャードソン作／フレーベル館／2013/05
ビーチサンダルガールズ 2 パレオを旗に SOS!／エレン・リチャードソン作／フレーベル館／2013/07
困っちゃった王子さま／パトリシア・C.リーデ著／東京創元社（sogen bookland）／2011/09
ヴィンニとひみつの友だち［ヴィンニ!］(2)／ペッテル・リードベック作／岩波書店／2011/06
ヴィンニイタリアへ行く［ヴィンニ!］(3)／ペッテル・リードベック作／岩波書店／2011/06
われらがヴィンニ［ヴィンニ!］(4)／ペッテル・リードベック作／岩波書店／2011/06
ミンのあたらしい名前／ジーン・リトル作／講談社／2011/02
妖精ライラ 1 妖精学校に入学するっ!の巻／エリザベス・リンジー著／アルファポリス／2011/07
妖精ライラ 2 わがまま姫のいやがらせの巻／エリザベス・リンジー著／アルファポリス／2011/07
ミサゴのくる谷／ジル・ルイス作／評論社（評論社の児童図書館・文学の部屋）／2013/06
どこからも彼方にある国／アーシュラ・K・ル・グィン著／あかね書房（YA Step!）／2011/02
オズ はじまりの戦い／エリザベス・ルドニック作／偕成社（ディズニーアニメ小説版）／2013/04
フランケンウィニー／エリザベス・ルドニック作／偕成社（ディズニーアニメ小説版）／2012/12
ローン・レンジャー／エリザベス・ルドニック作／偕成社（ディズニーアニメ小説版）／2013/08
サーティーナイン・クルーズ 14 天文台の謎／ピーター・ルランジス著／メディアファクトリー／2013/06
オペラ座の怪人／ガストン・ルルー作／集英社（集英社みらい文庫）／2011/12
どこに行ったの?子ネコのミニ／ルザルカ・レー作／徳間書店／2012/04
ヤング・シャーロック・ホームズ vol.1 死の煙／アンドリュー・レーン著／静山社／2012/09
ヤング・シャーロック・ホームズ vol.2 赤い吸血ヒル／アンドリュー・レーン著／静山社／2012/11
ヤング・シャーロック・ホームズ vol.3 雪の罠／アンドリュー・レーン著／静山社／2013/11
選ばれた少女たち／エリザベス・レンハード作／講談社（ディズニー・ウィッチシリーズ 1）／2011/09
消えた友だち／エリザベス・レンハード作／講談社（ディズニー・ウィッチシリーズ 2）／2011/10
悪の都メリディアン／エリザベス・レンハード作／講談社（ディズニー・ウィッチシリーズ 3）／2011/11
再びメリディアンへ／エリザベス・レンハード作／講談社（ディズニー・ウィッチシリーズ 4）／2012/01
危険な時空旅行／エリザベス・レンハード作／講談社（ディズニー・ウィッチシリーズ 5）／2012/03
奇跡を起こす少女／エリザベス・レンハード作／講談社（ディズニー・ウィッチシリーズ 6）／2012/05
ぼくらのミステリータウン 1 消えたミステリー作家の謎／ロン・ロイ作／フレーベル館／2011/06
ぼくらのミステリータウン 2 お城の地下のゆうれい／ロン・ロイ作／フレーベル館／2011/06
ぼくらのミステリータウン 3 銀行強盗を追いかけろ!／ロン・ロイ作／フレーベル館／2011/10
ぼくらのミステリータウン 4 沈没船と黄金のガチョウ号／ロン・ロイ作／フレーベル館／2011/12
ぼくらのミステリータウン 5 盗まれたジャガーの秘宝／ロン・ロイ作／フレーベル館／2012/02
ぼくらのミステリータウン 6 恐怖のゾンビタウン／ロン・ロイ作／フレーベル館／2012/07
ぼくらのミステリータウン 7 ねらわれたペンギンダイヤ／ロン・ロイ作／フレーベル館／2012/10
ぼくらのミステリータウン 8 学校から消えたガイコツ／ロン・ロイ作／フレーベル館／2013/02
ぼくらのミステリータウン 9 ミイラどろぼうを探せ!／ロン・ロイ作／フレーベル館／2013/06
ぼくらのミステリータウン 10 ひみつの島の宝物／ロン・ロイ作／フレーベル館／2013/10
チ・カ・ラ。／イングリッド・ロウ著／小学館／2011/11
アメイジングスパイダーマン／アリソン・ローウェンスタイン ノベル／講談社／2013/04

グレイフライアーズ・ボビー―心あたたまる名犬の物語／デイヴィッド・ロス著／あるば書房／2011/07
ペットショップはぼくにおまかせ／ヒルケ・ローゼンボーム作／徳間書店／2011/09
ミルクマンという名の馬／ヒルケ・ローゼンボーム作／岩波書店／2011/03
マージともう一ぴきのマージ（チュウチュウ通り8番地）／エミリー・ロッダ作／あすなろ書房／2011/01
セーラと宝の地図（チュウチュウ通り9番地）／エミリー・ロッダ作／あすなろ書房／2011/03
スタンプに来た手紙（チュウチュウ通り10番地）／エミリー・ロッダ作／あすなろ書房／2011/04
だれも知らない犬たちのおはなし／エミリー・ロッダ作／あすなろ書房／2012/04
謎の国からのSOS／エミリー・ロッダ作／あすなろ書房／2013/11
とくべつなお気に入り／エミリー・ロッダ作／岩崎書店／2011/04
ライオンがいないどうぶつ園／フレート・ロドリアン作／徳間書店／2012/04
いたずら妖怪サッシー密林の大冒険／モンテイロ・ロバート作／子どもの未来社／2013/10
テディ・ロビンソンのたんじょう日／ジョーン・G・ロビンソン作・絵／岩波書店／2012/04
テディ・ロビンソンとサンタクロース／ジョーン・G・ロビンソン作・絵／岩波書店／2012/10
ゆうかんなテディ・ロビンソン／ジョーン・G・ロビンソン作・絵／岩波書店／2012/07
ドリトル先生月から帰る―新訳／ヒュー・ロフティング作／KADOKAWA（角川つばさ文庫）／2013/12
ドリトル先生と月からの使い―新訳／ヒュー・ロフティング作／アスキー・メディアワークス（角川つばさ文庫）／2013/03
ドリトル先生の月旅行／ヒュー・ロフティング作／アスキー・メディアワークス（角川つばさ文庫）／2013/06
トミーとティリーとタブスおばあさん／ヒュー・ロフティング文と絵／集英社／2012/02
ルンピ・ルンピ ぼくのともだちドラゴン ぜんぶ青い木イチゴのせいだ!の巻／シルヴィア・ロンカーリア文／集英社／2012/03
ルンピ・ルンピ ぼくのともだちドラゴン たいせつなカーペットさがしの巻／シルヴィア・ロンカーリア文／集英社／2012/03
ルンピ・ルンピ ぼくのともだちドラゴン おそろしい注射からにげろ!の巻／シルヴィア・ロンカーリア文／集英社／2012/06
ルンピ・ルンピ ぼくのともだちドラゴン わがままはトラブルのはじまりの巻／シルヴィア・ロンカーリア文／集英社／2012/09
いやいや姫とおねだり王子／シルヴィア・ロンカーリァ作／西村書店（ときめきお姫さま2）／2011/12
おとぎ話をききすぎたお姫さま／シルヴィア・ロンカーリァ作／西村書店（ときめきお姫さま1）／2011/12
とんでる姫と怪物ズグルンチ／シルヴィア・ロンカーリァ作／西村書店（ときめきお姫さま3）／2012/03
ねてもさめてもいたずら姫／シルヴィア・ロンカーリァ作／西村書店（ときめきお姫さま4）／2012/03
大きな森の小さな家／ローラ・インガルス・ワイルダー作／角川書店（角川つばさ文庫）／2012/01
大草原の小さな家／ローラ・インガルス・ワイルダー作／角川書店（角川つばさ文庫）／2012/07
大きな森の小さな家（新装版）大草原の小さな家シリーズ／ローラ・インガルス・ワイルダー作／講談社（青い鳥文庫）／2012/08
サーティーナイン・クルーズ13 いにしえの地図／ジュード・ワトソン著／メディアファクトリー／2013/02
暗号クラブ1 ガイコツ屋敷と秘密のカギ／ペニー・ワーナー著／メディアファクトリー／2013/04
暗号クラブ2 ゆうれい灯台ツアー／ペニー・ワーナー著／メディアファクトリー／2013/08
暗号クラブ3 海賊がのこしたカーメルの宝／ペニー・ワーナー著／KADOKAWA／2013/12
ハッピーフィート2／河井直子訳／メディアファクトリー／2011/11

世界の児童文学登場人物索引 単行本篇
2011-2013

2018年2月15日　第1刷発行

発行者	道家佳織
編集・発行	株式会社 DB ジャパン
	〒 223-0058　神奈川県横浜市港北区新吉田東 3-11-53
電話	045-453-1335
ファクス	045-453-1347
e-mail	books@db-japan.co.jp
装丁	DB ジャパン
電算漢字処理	DB ジャパン
印刷・製本	大日本法令印刷株式会社
制作スタッフ	後宮信美、加賀谷志保子、小寺恭子、 竹中陽子、野本純子、古田紗英子、 森田香 、森雅子

不許複製・禁無断転載
〈落丁・乱丁本はお取り換えいたします〉
ISBN 978-4-86140-034-6
Printed in Japan 2018

DB ジャパン　既刊一覧

歴史・時代小説 ・・・・・・・・・・・・・・・・・・・・・・・

- 歴史・時代小説登場人物索引 単行本篇 2000-2009
  定価 22,000 円　2010.12　発行　ISBN978-4-86140-015-5
- 歴史・時代小説登場人物索引 アンソロジー篇 2000-2009
  定価 20,000 円　2010.05　発行　ISBN978-4-86140-014-8
- 歴史・時代小説登場人物索引 遡及版・アンソロジー篇
  定価 21,000 円　2003.07　発行　ISBN978-4-9900690-9-4
- 歴史・時代小説登場人物索引 単行本篇
  定価 22,000 円　2001.04　発行　ISBN978-4-9900690-1-8
- 歴史・時代小説登場人物索引 アンソロジー篇
  定価 20,000 円　2000.11　発行　ISBN978-4-9900690-0-1

ミステリー小説 ・・・・・・・・・・・・・・・・・・・・・・・

- 日本のミステリー小説登場人物索引 単行本篇 2001-2011 上下
  定価 25,000 円　2013.05　発行　ISBN978-4-86140-021-6
- 日本のミステリー小説登場人物索引 アンソロジー篇 2001-2011
  定価 20,000 円　2012.05　発行　ISBN978-4-86140-018-6
- 日本のミステリー小説登場人物索引 単行本篇 上下
  定価 28,000 円　2003.01　発行　ISBN978-4-9900690-8-7
- 日本のミステリー小説登場人物索引 アンソロジー篇
  定価 20,000 円　2002.05　発行　ISBN978-4-9900690-5-6
- 翻訳ミステリー小説登場人物索引 上下
  定価 28,000 円　2001.09　発行　ISBN978-4-9900690-4-9

絵本・紙芝居 ・・・・・・・・・・・・・・・・・・・・・・・・・・・

● テーマ・ジャンルからさがす乳幼児絵本

定価 22,000 円 2014.02 発行 ISBN978-4-86140-022-3

● テーマ・ジャンルからさがす物語・お話絵本① 子どもの世界・生活/架空のもの・ファンタジー

定価 22,000 円 2011.09 発行 ISBN978-4-86140-016-2

● テーマ・ジャンルからさがす物語・お話絵本②

民話・昔話・名作/動物/自然・環境・宇宙/戦争と平和・災害・社会問題/人・仕事・生活

定価 22,000 円 2011.09 発行 ISBN978-4-86140-017-9

● 紙芝居登場人物索引

定価 22,000 円 2009.09 発行 ISBN978-4-86140-013-1

● 紙芝居登場人物索引 2009-2015

定価 5,000 円 2016.08 発行 ISBN978-4-86140-024-7

● 日本の物語・お話絵本登場人物索引 1953-1986 ロングセラー絵本ほか

定価 22,000 円 2008.08 発行 ISBN978-4-86140-011-7

● 日本の物語・お話絵本登場人物索引

定価 22,000 円 2007.08 発行 ISBN978-4-86140-009-4

● 日本の物語・お話絵本登場人物索引 2007-2015

定価 22,000 円 2017.05 発行 ISBN978-4-86140-028-5

● 世界の物語・お話絵本登場人物索引 1953-1986 ロングセラー絵本ほか

定価 20,000 円 2009.02 発行 ISBN978-4-86140-012-4

● 世界の物語・お話絵本登場人物索引

定価 22,000 円 2008.01 発行 ISBN978-4-86140-010-0

● 世界の物語・お話絵本登場人物索引 2007-2015

定価 15,000 円 2017.05 発行 ISBN978-4-86140-030-8

児童文学 ・・・・・・・・・・・・・・・・・・・・・・・・・・・・・

● 日本の児童文学登場人物索引 民話・昔話集篇

定価 22,000 円 2006.11 発行 ISBN978-4-86140-008-7

● 日本の児童文学登場人物索引 単行本篇 上下

定価 28,000 円 2004.10 発行 ISBN978-4-86140-003-2

● 日本の児童文学登場人物索引 単行本篇 2003-2007

定価 22,000 円 2017.08 発行 ISBN 978-4-86140-030-8

● 日本の児童文学登場人物索引 単行本篇 2008-2012

定価 22,000 円 2017.09 発行 ISBN 978-4-86140-031-5

● 児童文学登場人物索引 アンソロジー篇 2003－2014

定価 23,000 円 2015.08 発行 ISBN978-4-86140-023-0

● 日本の児童文学登場人物索引 アンソロジー篇

定価 22,000 円 2004.02 発行 ISBN978-4-86140-000-1

● 世界の児童文学登場人物索引 単行本篇 上下

定価 28,000 円 2006.03 発行 ISBN978-4-86140-007-0

● 世界の児童文学登場人物索引 単行本篇 2005-2007

定価 15,000 円 2017.11 発行 ISBN978-4-86140-032-2

● 世界の児童文学登場人物索引 単行本篇 2008-2010

定価 15,000 円 2018.01 発行 ISBN978-4-86140-033-9

● 世界の児童文学登場人物索引 アンソロジーと民話・昔話集篇

定価 21,000 円 2005.06 発行 ISBN978-4-86140-004-9